AtV

POLINA DASCHKOWA ist eine Entdeckung, nicht nur für Krimi-Fans. Geboren 1960, studierte sie am Gorki-Literaturinstitut in Moskau und arbeitete als Dolmetscherin und Übersetzerin, bevor sie mit einer Gesamtauflage von heute 16 Millionen verkauften Büchern zur beliebtesten russischen Krimiautorin avancierte. Für die Medien erstellt sie psychologische Tätergutachten in aktuellen Kriminalfällen.
Polina Daschkowa lebt mit ihrem Mann und zwei Töchtern in Moskau.

In der Aufbau Verlagsgruppe erschienen bisher die Romane »Die leichten Schritte des Wahnsinns« (2001), »Club Kalaschnikow« (2002), »Russische Orchidee« (2003), »Lenas Flucht« (2004) und »Für Nikita« (2004) sowie die Hörspiele »Die leichten Schritte des Wahnsinns« und »Club Kalaschnikow«.

Ist der Mord an dem Fernsehmoderator Butejko wirklich ein Routinefall? Neben der Leiche findet die Moskauer Miliz einen Mann, bewußtlos, die Tatwaffe in der Hand. Auch das Motiv ist offensichtlich – zu offensichtlich, meint Untersuchungsführer Borodin. Und tatsächlich: Verwickelt sind die Umstände, die zu Butejkos Tod geführt haben könnten. Viele Prominente hat der halbseidene TV-Journalist in seiner Klatschsendung mit Schmutz beworfen – und sich reichlich Feinde gemacht. Gibt es eine Verbindung zu der aufrechten, populären Nachrichtenmoderatorin Lisa? Oder ist der sagenhafte Diamant »Pawel« der Schlüssel zu diesem Fall? Seine Spur verliert sich im Jahre 1917, in den Wirren der Revolution, auf dem Gut des unglücklich liebenden Grafen Paurier. Muß Borodin erst die Orchideenbrosche finden, in die der legendäre Stein eingesetzt wurde, um auch den Mörder dingfest zu machen?

Polina Daschkowa

Russische Orchidee

Roman

Aus dem Russischen
von Margret Fieseler

Aufbau Taschenbuch Verlag

Die Originalausgabe mit dem Titel
Эфирное время
erschien 1999 im Verlag Astrel, Moskau.

ISBN 3-7466-2154-2

1. Auflage 2005
Aufbau Taschenbuch Verlag GmbH, Berlin

Umschlaggestaltung Torsten Lemme
unter Verwendung eines Fotos von zefa
Druck GGP Media GmbH, Pößneck
Printed in Germany

www.aufbau-taschenbuch.de

Kapitel 1

Artjom Butejko glotzte stumpf sein bleich-grünes, verschwollenes Gesicht im Spiegel an. Seine Augen waren kalt und trüb, wie die mit einer dünnen Eisschicht bedeckten morgendlichen Moskauer Pfützen.

»Wir werden zu Neujahr wohl mal wieder Schwimmflossen brauchen.« Die Maskenbildnerin Ljuba, ein noch sehr junges Mädchen, schnitt eine säuerliche Grimasse und begann mit schnellen, leichten Bewegungen Make-up auf Artjoms unrasierte Wangen aufzutragen. »Hör mal, Butejko, soll ich dir vielleicht etwas Baldrian in die Augen träufeln?«

»Wozu?« fragte Artjom mit träger Verwunderung.

»Du hast so einen toten Blick, und von Baldrian kriegen die Augen wieder Glanz. Im vorigen Jahrhundert haben sich das die feinen Damen in die Augen getan, wenn sie auf einen Ball oder zum Rendezvous gingen. Und außerdem haben sie Essig getrunken, der romantischen Blässe wegen.«

»Was bist du gebildet«, knurrte Artjom und reckte sich, daß seine Gelenke knackten. »Ich hasse gebildete Frauen.«

Bis zur Sendung waren es noch fünf Minuten. Artjom dachte, es wäre nicht schlecht, mit ebendiesem Satz seinen ironischen Rückblick auf die schmutzigsten Skandalgeschichten der letzten Woche zu beginnen.

»Genug rumgeschmiert.« Er verzog das Gesicht und stieß Ljubas Hand mit dem rosa Schwämmchen grob beiseite. Er schwitzte stark und fürchtete, daß im heißen Licht der Scheinwerfer die Schminke zerlaufen könnte.

Die Erkennungsmelodie, eine kurze, schmissige Fanfare, war verklungen. Drückende Stille hing im Raum, wie immer vor einer Sendung. Sie dauert nicht länger als einen Augenblick, kommt einem aber vor wie eine Ewigkeit. Dieser Augenblick ist so nervenzerreibend, daß man aufspringen und aus dem Studio rennen möchte, bevor es zu spät ist.

Artjom konzentrierte sich, kniff die Augen fest zusammen und bewegte die Schultern. Vorbei. Jetzt erschien sein Gesicht auf dem Bildschirm. Er war live auf Sendung, Auge in Auge mit Millionen von Fernsehzuschauern.

»Ich hasse gebildete Frauen«, sagte Artjom und blickte düster in die Kamera, »ich kann sie nicht ausstehen. Na schön, meine Damen und Herren, lassen wir das, das ist mein persönliches Problem. Also, was hat sich getan in den quälend langen Tagen der Trennung? Beginnen wir mit der Politik. Herr Pribawkin, der bekannte Demokrat und bedeutende Staatsmann, wurde an einem sehr interessanten Ort gesichtet – in einem elitären Club mit dem bescheidenen Namen ›P‹, in Gesellschaft des noch bekannteren Schlagerstars Katja Krasnaja, genauer gesagt, nicht einfach in ihrer Gesellschaft, sondern in ihren Armen. Katja hatte es sich auf dem Schoß des Politikers bequem gemacht und teilte unserem Reporter eine interessante Neuigkeit mit. Sie hat nämlich vor, in naher Zukunft unter aktiver Mithilfe des Demokraten Pribawkin einem neuen Messias, einem Retter Rußlands, das Leben zu schenken, der uns allen eine lichte und freudvolle Zukunft bescheren wird. Sie sehen also, meine Herrschaften und meine lieben Genossen, wir haben keinen Grund zur Panik. Ich denke, in der nächsten Sendung werde ich die Ehre haben, Ihnen mitteilen zu dürfen, daß die historische Empfängnis stattgefunden hat. Vielleicht glückt es uns sogar, Einzelheiten über diesen bedeutsamen Akt zu erfahren.«

Artjom verschwand vom Bildschirm, und an seiner Stelle tauchte das runde, stupsnäsige Gesicht der Sängerin Katja Krasnaja auf. Ein dreiminütiger Ausschnitt aus ihrem letzten Videoclip wurde gezeigt.

Es handelte sich natürlich um einen gekauften Beitrag. Katjas Produzent hatte gefeilscht, was er nur konnte. Nach der Wirtschaftskrise vom August waren die Preise gefallen, eine Minute Werbung kostete selbst in den beliebtesten Sendungen fünfmal weniger als vorher. Artjom war es gelungen, das Maximum herauszuschlagen: dreihundert Dollar pro Minute. Der gesamte, fünf Minuten dauernde Beitrag brachte ihm also anderthalbtausend. Aber das wußte niemand außer Artjom, und er teilte mit seinen Kollegen auf der Grundlage von hundertfünfzig Dollar pro Minute. Diese Art zu rechnen wirkte beflügelnd auf ihn. Wenn es weiter so gut lief, würde er ziemlich schnell seine unangenehmsten Schulden los sein.

Der Clip war zu Ende und Artjom wieder auf dem Bildschirm.

»Tja, liebe Zuschauer, das war doch wirklich ein erotischer, oder nein, ein ästhetischer Genuß. Na, das muß jeder für sich entscheiden. Unsere entzückende Katja ist jedenfalls wie immer einsame Spitze. Wir können ihr nur wünschen, daß sie ihre verführerischen Kurven noch viele Jahre lang behält. Nun aber von Schönem zu noch Schönerem. Ein französischer Filmstar, der jahrzehntelang in der ganzen Welt ein Sex-Symbol war, verschwendet heute seine ganze unverbrauchte Liebe auf heimatlose Tiere. Dieser Tage ist die Dame zu uns nach Rußland gekommen, um sich für ein armes Hündchen einzusetzen, das auf der Müllhalde in der reizenden Stadt Schisserow im Gebiet Rostow lebt. Hier ist unser Sonderbericht.«

Wieder verschwand Artjoms Gesicht, um einem Film

Platz zu machen. Zum giftigen Kommentar der jungen Korrespondentin sah man die gealterte französische Filmschauspielerin, wie sie einen räudigen streunenden Köter mit Schinkenstückchen fütterte. Anschließend fletschte sie professionell die Zähne in die Kamera, hüllte sich in ihren Nerzmantel und rollte in einem Mafia-Jeep, den ihr die örtlichen Behörden zusammen mit ein paar Bodyguards zur Verfügung gestellt hatten, aus dem Bild.

»Verzeihen Sie.« Artjom schniefte kurz auf und wischte sich eine imaginäre Träne aus dem Augenwinkel. »Was wir gerade gesehen haben, hat mich so gerührt, daß mir unwillkürlich die Tränen kamen. Nun brauchen wir uns um das Schicksal des Schisserower Hündchens keine Sorgen mehr zu machen. Übrigens hat der große Star das Tier großmütig mit dem eigenen berühmten Namen beschenkt. Der Hund heißt jetzt Brigitte, und auf einer Müllhalde wird man ihn nie wieder sehen.«

Er schniefte noch einmal. Seine Augen tränten tatsächlich, allerdings keineswegs vor Rührung. Er fühlte sich derart zerschlagen, daß er nur mit Mühe bis zum Ende der Sendung durchhielt.

Nach der schweren Krise, die das Land Ende August erschüttert hatte, hatten die Zuschauer die Fernsehdebatten, in denen nur über gewichtige globale Probleme, finstere Prophezeiungen und die eigenen zerstörten Hoffnungen geredet wurde, gründlich satt.

»Wir alle brauchen jetzt Entspannung. Wirkliche Entspannung«, versicherte Artjom den Fernsehbossen, die die Krise überlebt hatten.

Die Bosse reagierten unterschiedlich, die einen billigten sein Projekt, andere zuckten skeptisch die Schultern. Sein Plazet für die Sendung hatte der neue stellvertretende Direktor des Senders erst vor anderthalb Monaten gegeben, aber nicht, weil er den Zuschauern zu mehr Entspannung verhelfen wollte. Er hatte nur einfach begriffen, daß man in einer derartigen Sendung leicht auch die dreisteste Schleichwerbung unterbringen konnte. Nach einer inoffiziellen mündlichen Übereinkunft war Artjom Butejko verpflichtet, dem stellvertretenden Direktor von jedem Beitrag, für den der Sender Geld erhielt, dreißig Prozent abzutreten. Das war leicht verdientes Geld und nicht zu kontrollieren. Denn die Sendung machte Artjom praktisch aus nichts.

Er hatte das Talent, jedem Ereignis den Beigeschmack des Skandalösen zu geben. Auch den kleinsten Schritt einer prominenten Persönlichkeit konnte Butejko auf eine Weise kommentieren, daß dem Fernsehpublikum die Illusion vermittelt wurde, reich und berühmt würden nur ausgemachte Gauner, dreiste Halunken und lasterhafte Nichtstuer, er aber, der ehrliche, durchschnittliche Zuschauer, der anständige Bürger, müsse nur wegen seiner angeborenen Ehrlichkeit und der fehlenden Beziehungen tatenlos vor dem Bildschirm sitzen.

Allerdings beherrschten viele die Kunst, derartige Illusionen zu erzeugen und damit Geld zu machen. Tatsächlich waren die skandalösen Details, die die bezahlten Beiträge enthielten, meist Dinge, die die Prominenten dem Publikum selbst mit Vergnügen enthüllten. Artjom war sich darüber im klaren, daß echte Skandale nötig waren, wenn er dauerhaft Erfolg haben wollte. Das Publikum wurde von Jahr zu Jahr schlauer und anspruchsvoller, spürte instinktiv, wo man schwindelte, verlangte immer mehr, etwas ganz Unerhörtes, Verbotenes, Unglaubliches, das eigentlich gar nicht für seine gierigen Augen und Ohren bestimmt war.

Damit das Interesse an der Sendung nicht erlosch, damit der Zuschauer sich nicht betrogen fühlte, wurde es unumgänglich, den erlaubten Schmutz mit unerlaubtem anzureichern und publik zu machen, was die Prominenten lieber verborgen halten wollten.

Artjoms Müdigkeit, seine Kopfschmerzen und die tränenden roten Augen waren die Folge mehrerer schlafloser Nächte, die er auf einer Bank in einem stillen Hinterhof im Zentrum Moskaus verbracht hatte, eine kleine Video-Spezialkamera im Anschlag. Wie üblich war er auf der Jagd nach einem Prominenten.

Eine Woche zuvor hatte er zufällig gehört, wie eine der bekanntesten Fernsehmoderatorinnen, Jelisaweta Pawlowna Beljajewa, die auf Kanal Eins ein politisches Magazin leitete, in der Bar des Moskauer Fernsehzentrums Ostankino von ihrem Handy aus ein leises Gespräch führte. Irgend etwas hatte den Reporter sofort stutzig gemacht – war es nun ihr Tonfall oder ihre angespannte Haltung gewesen. Sie hatte nicht gewußt, daß jemand ihr Gespräch belauschte. Artjom hatte mit dem Rücken zu ihr gesessen, noch dazu im Halbdunkel verborgen, und außerdem waren in der Bar viele Leute gewesen.

»Bitte hör auf ... Nein, das will ich nicht ... Juri, hör mir bitte ganz ruhig zu ... Ich kann nicht, ich habe es versprochen. Halt doch noch ein paar Tage durch«, sagte die Beljajewa und bedeckte dabei den Hörer mit der Hand. »Gut, ich komme sofort nach der Sendung zu dir.«

Artjom wußte, daß ihre Sendung nachts um halb eins zu Ende war. Er wußte auch, daß der Mann der Moderatorin Michail hieß und daß sie weder Brüder noch Cousins hatte. Ihn packte plötzlich schreckliche Neugier, wen der vierzigjährige Fernsehstar, dieser Ausbund an Wohlanständigkeit, diese treue Ehefrau und Mutter von zwei Kindern, zu so später Stunde noch besuchen wollte.

Einen eigenen Wagen besaß Artjom nicht. Er stoppte vorm Fernsehzentrum einen schäbigen kleinen Shiguli, und für einen Hunderter erklärte sich der Fahrer bereit, ihn bis ans Ende der Welt zu bringen.

Dem kirschroten Škoda von Jelisaweta Beljajewa durch die leeren nächtlichen Straßen zu folgen war kinderleicht. Der Škoda fuhr ins Zentrum, bog dann in eine Seitenstraße und von dort in einen Hof ein. Butejko bezahlte den Fahrer und schickte ihn fort.

Durch den Schnee und die Laternen war es im Hof ganz hell. Mit geübtem Auge erspähte Artjom sogleich ein Versteck, einen Spalt zwischen den Garagen, von dem aus man alle Eingänge des solide gebauten Hauses aus der Stalinzeit überschauen konnte.

Die Beljajewa parkte ihren Wagen ein und war noch nicht ganz ausgestiegen, als schon ein großer, tapsiger Welpe, eine Dobermann-Pinscher-Mischung, auf sie zulief. Der Hund freute sich stürmisch über sie, und fast genauso stürmisch freute sich sein Herrchen, ein stämmiger, untersetzter Mann mit einer Hundeleine in der Hand.

Artjom hätte beinahe laut aufgeheult. Die Beljajewa und dieser Mann umarmten und küßten sich mitten auf dem leeren Hof. Artjom war kurz davor, den Kopf gegen die Garagenwand zu schlagen. Ausgerechnet jetzt hatte er weder eine Videokamera noch einen Fotoapparat bei sich. Er wußte sehr wohl, das war nicht ihr Haus, nicht ihr Mann und nicht ihr Hund.

Der Welpe witterte den Fremden und begann die Garage zu verbellen. Artjom trat rasch den Rückzug an. Jelisaweta Beljajewa hätte ihn bemerken können, und das paßte nicht in seine Pläne.

Seither verbrachte er jeden freien Abend in diesem Hinterhof. Noch ein paarmal bekam er den Mann mit dem Welpen zu Gesicht. Für einen Zehner erfuhr er von der redseligen älteren Briefträgerin, daß der Mann Juri Iwanowitsch

Sacharow hieß, dreiundvierzig Jahre alt, Tierarzt und seit langem geschieden war. Ob er Kinder hatte, wußte sie nicht, aber kürzlich habe er sich einen Dobermannwelpen angeschafft. Jelisaweta Beljajewa tauchte jedoch nicht wieder auf.

Das Jagdfieber hatte ihn gepackt. Mehr als alles auf der Welt wünschte er sich, daß die leidenschaftliche Liebesszene noch einmal aufgeführt würde, dann aber auf dem Bildschirm, in seiner Sendung, und deswegen brachte er es fertig, zehn Nächte hintereinander nicht zu schlafen und mit der gezückten Videokamera in der Hand, vor Kälte bibbernd, in dem leeren Hof zu warten.

Auch heute hätte sich Artjom, obwohl er zum Umfallen müde war, sofort nach der Sendung wieder auf den Weg zu dem stillen Hinterhof an der U-Bahnstation »Nowokusnezkaja« gemacht. Doch er wußte genau, daß es zwecklos gewesen wäre. Gestern morgen war die Hauptperson seines heißersehnten Skandals für eine Woche nach Montreal geflogen.

Sämtliche Fernsehkanäle hatten in ihren Nachrichten die offizielle Eröffnung der Internationalen Menschenrechtskonferenz gezeigt. Unter den Mitgliedern der russischen Delegation war eine der prominentesten und charmantesten Frauen Rußlands – Jelisaweta Beljajewa, promovierte Historikerin und politische Kommentatorin bei Kanal Eins. Artjom konnte mit ruhigem Gewissen nach der Sendung nach Hause fahren und sich ausschlafen. In den nächsten fünf Tagen würde er keine Bilder für die exklusive Skandalgeschichte über die heimliche Affäre der beliebten Fernsehmoderatorin schießen können.

Sanja Anissimow zog sich vor dem Spiegel in der Diele den Schal zurecht, glättete sein Haar, schaute, bevor er die Tür öffnete, noch rasch ins halbdunkle Wohnzimmer und sagte so beiläufig wie möglich: »Natascha, ich geh jetzt!«

Die Antwort wartete er nicht ab – er hatte sich heute mit seiner Frau dreimal gestritten und nur zweimal versöhnt.

»Wo willst du hin?« Natascha tauchte wie ein Gespenst in der Tür zum Schlafzimmer auf, barfuß, im Morgenmantel. Wirre hellblonde Strähnen fielen ihr auf die Wangen, ihre entzündeten roten Augen blinzelten krampfhaft.

Sanja registrierte automatisch, daß seine Frau mit nicht getuschten Wimpern einem weißen Kaninchen glich. Früher war ihm ihr blasses, farbloses kleines Gesicht zart und rührend vorgekommen, jetzt aber brachte es ihn nur auf.

Natascha war in letzter Zeit matt und energielos, schlief im Stehen ein, gähnte mit vorgehaltener Hand, sogar dann, wenn sie sich mit Sanja zankte. Schlafen konnte sie nur tagsüber, stundenweise. Nachts schaukelte sie ewig das Kinderbettchen hin und her oder ging mit Dimytsch auf dem Arm im Zimmer auf und ab. Der Kleine war neun Monate alt. Er zahnte, hatte starke Schmerzen und hohes Fieber, nachts weinte er und schlief so gut wie gar nicht.

»Geschäfte«, knurrte Sanja, ohne seine Frau anzusehen. Er zupfte nochmals an seinem Schal und trat wie ein ungeduldiges Pferd auf der Stelle.

»Lüg nicht, Sanja, was sollen das für Geschäfte sein, Samstag abends um zehn?« Nataschas Stimme zitterte, ein hysterischer Unterton schwang darin mit.

»Hör auf. Du weißt sehr gut, ich habe im Moment sehr viel um die Ohren. Ich habe eine Verabredung mit jemandem, der mir sehr nützlich sein kann. Es wird spät werden.« Sanja bemühte sich, ruhig zu sprechen. »Und überhaupt, mir reicht's. Ich habe deine hysterischen Anfälle satt.«

Natascha schluchzte auf. Ihr Gesicht schwoll sofort an und bedeckte sich mit roten Flecken.

»Ich sitze Tag für Tag zu Hause. Hof, Geschäft, Kinderarzt, sonst kriege ich nichts zu sehen. Ich werde noch verrückt, Sanja. Du kommst und gehst, wann es dir paßt, und ich hocke hier wie angebunden in meinen vier Wänden. Ich weiß, daß du eine andere hast. Aber ich kann mich nicht auf die gleiche Weise revanchieren. Ich kann nicht ...«

»Was nervst du mich ewig mit der gleichen Leier? Ekelhaft ist das! Ich habe keine andere, kapier das doch endlich, du blöde Kuh!« schrie Sanja ihr, unerwartet für sich selbst, ins Gesicht. Speichel spritzte, und weil er sich in diesem Augenblick selber zuwider war, wurde er noch wütender. »Du bist mit dem Kind zu Hause. Ich ernähre die Familie. Alles läuft bei uns normal. Wir haben eine Wohnung, ein Auto, du hast zwei Pelzmäntel. Zum Geburtstag wolltest du Smaragdohrringe – ich habe sie dir gekauft. Du wolltest ein Kleid von Dior – ich habe es dir gekauft.«

»Aha, natürlich!« Natascha schniefte. »Und wo soll ich hingehen in diesem Kleid? In die Poliklinik? Auf den Markt? Du hattest mir einen Babysitter versprochen!«

»Jetzt hör mir mal zu, meine Liebe, hast du schon mitgekriegt, daß es in diesem Land eine Wirtschaftskrise gibt? Sieh dir wenigstens einmal statt deiner Seifenopern die Nachrichten an! Wo soll ich in dieser Zeit Geld für einen Babysitter hernehmen? Du kannst dankbar sein, daß es vorläufig noch für die Pampers reicht.«

»Du weißt sehr gut, daß ich keine Seifenopern gucke, die verursachen mir Brechreiz«, schluchzte Natascha, »verkauf mich also nicht für blöd. Sehr bequem, so ein Dummchen zu Hause zu haben. Da kann man sich schon mal einen Seitensprung erlauben.«

Aus dem Zimmer ertönte lautes Kinderweinen. Natascha winkte ab und sagte unerwartet ruhig mit hocherhobenem Kopf: »Na, dann hau doch von mir aus ab.« Sie drehte sich abrupt um, ging ins Zimmer, und einen Augenblick später hörte man von dort ihre Stimme, ganz anders, tief, weich und zärtlich: »Bist du aufgewacht, mein Herzchen, komm zu Mama auf den Arm, mein Kleiner, jetzt gibt's was zu trinken …«

Das Weinen ging in freudiges Glucksen über. Sanja konnte es sich nicht verkneifen, schob die Tür einen Spalt weit auf und erblickte Natascha, die sich auf die Liege gesetzt hatte und dem Kind die Brust gab. Dimytsch schmatzte und schnaufte laut und gierig. Natascha betrachtete ihn lächelnd, die roten Flecken in ihrem Gesicht waren verschwunden, das Licht der Tischlampe schimmerte durch ihre leichten, wirren Haarsträhnen, ihr Gesicht erschien ihm wieder zart, fast durchsichtig. Rasch trat er ein, ging durchs Zimmer, küßte Natascha ungeschickt, gleichsam schuldbewußt, auf den Scheitel und streichelte über das warme seidige Köpfchen von Dimytsch.

»In Schuhen über den Teppich, muß das sein?« warf Natascha träge hin, ohne den Kopf zu heben, und das Lächeln auf ihrem Gesicht verschwand.

Das reicht! Ich hab den Kanal endgültig voll! fluchte Sanja in sich hinein und ging aus dem Haus. Draußen war nasser, dunkler Dezember.

Auf dem Hof zog er mit routinierter Geste die Autoschlüssel aus der Tasche und warf sie sich auf die Hand, steckte sie aber sogleich wieder zurück und spuckte fluchend in den schmutzigen Schnee. In seinem Wagen, einem nagelneuen Renault, war vor drei Tagen die Kupplung kaputtgegangen, und er hatte kein Geld für die Reparatur. Er trat auf die Straße und wollte schon die Hand heben, um ein Taxi herbeizuwinken, aber da fiel ihm ein, daß er nur noch drei Fünfziger im Portemonnaie hatte und es unvernünftig wäre, einen davon für das Taxi zu vergeuden. Er mußte noch

Zigaretten besorgen, und zwar gute, teure. Er rauchte jetzt schon einen Monat die vergleichsweise billigen Chesterfield, die er stangenweise bei einer alten Frau an der Metro-Station kaufte. Heute jedoch war ein besonderer Abend.

Während er in der Metro an der Tür stand, bemühte er sich, nicht daran zu denken, was er Natascha morgen sagen würde, wenn sie von ihm Geld für Lebensmittel oder Pampers haben wollte. Noch heute früh hatte er verärgert festgestellt, daß in dem hellblauen Karton nur noch fünf Windeln lagen. Früher hatte er solche Kleinigkeiten gar nicht bemerkt.

Das Restaurant befand sich gleich gegenüber dem Metro-Ausgang. Sanja huschte rasch, mit gesenktem Kopf und ohne nach links oder rechts zu schauen, auf den nächsten Durchgangshof und von dort in die parallele Seitenstraße. Womöglich waren sie ja schon da, aber noch nicht hineingegangen, sondern saßen im Auto oder standen an der Tür. Auf keinen Fall durften sie sehen, wie er aus der Metro kam.

In der Seitenstraße ließ ihn ein scharfer Stoß des feuchten, stechenden Windes zusammenschauern. Die Kälte ging ihm durch und durch, der leichte Schaffellmantel, den er erst vor kurzem für anderthalbtausend Dollar in einer Filiale von W & L gekauft hatte, schützte nicht gegen das Moskauer Klima. Seine Wildlederschuhe hatten sich mit schmutzigem Eiswasser vollgesogen, weiße Linien von Streusalz zeichneten sich auf ihnen ab.

Als er auf den hell erleuchteten Eingang des Restaurants zusteuerte, zwang er sich, aufrecht zu gehen und die Schultern zurückzubiegen. Aber das leichte Zittern wollte nicht nachlassen. Schon lange war Sanja nicht mehr so nervös gewesen.

»Sie werden erwartet«, teilte ihm ein geschniegelter Oberkellner mit und führte Sanja durch den Saal zu einem separaten Raum.

Im Restaurant dröhnte laute Musik. Ein Live-Orchester spielte eine Variation des letzten Schlagers der beliebten Sängerin Katja Krasnaja. Auf einer runden Plattform vor dem Orchester verrenkte sich mit wabbelndem Bauch ein schwammiges Mädchen in durchsichtigen Pluderhosen und mit silbernen Sternen auf den Brüsten, die groß wie Astrachaner Melonen waren. Das Publikum saß an kleinen Tischen, kaute, trank, schwatzte und lachte fast lautlos, übertönt vom Lärm des Orchesters. Niemand beachtete das Mädchen, doch hinter ihrem schmalen Silbergürtel steckten bereits einige grüne Geldscheine. Unter schlangenartigen Verrenkungen bewegte sich die Tänzerin mit einem schmachtenden, schläfrigen Lächeln an einer Reihe von Tischen entlang direkt auf Sanja und den Oberkellner zu. Plötzlich blieb sie einen Moment stehen und wartete, bis ein älterer Kaukasier Geld aus seinem Portemonnaie gezerrt hatte. Er war ziemlich betrunken; an seinem Kinn hing ein Tropfen roter Tkemal-Sauce, seine Hände zitterten, das Portemonnaie fiel zu Boden, und ein dickes Päckchen Dollarnoten fächerte sich direkt vor Sanjas Füßen auf.

Es waren viele, schamlos viele Scheine. Hunderter, alte und neue. Sanja versuchte sie zu zählen. Lieber Gott, was für ein Haufen Geld!

Noch vor einem halben Jahr hatten solide Leute nie so viel Bargeld bei sich getragen. Sie bevorzugten Kreditkarten. Bei Sanja zu Hause lagen auch noch einige dieser nutzlosen, festen Plastikrechtecke herum.

Sanja schluckte nervös. Das Blut stieg ihm in die Wangen, er stand verwirrt da und wußte nicht, was er tun sollte – dem betrunkenen alten Mann beim Aufsammeln des Geldes behilflich sein? Vorsichtig darüber hinwegschreiten und es nicht weiter beachten? Oder vielleicht rasch auf die Scheine treten, die unmittelbar vor seinem weißgeränderten Schuh lagen?

Verflucht, bin ich denn völlig bescheuert, dachte Sanja, fing in dem riesigen Spiegel seinen bösen, gehetzten Blick auf und begegnete gleich darauf dem ruhigen Lächeln der Tänzerin. Das Mädchen stand neben ihm, blickte in den Spiegel und ordnete sein Haar. Der Oberkellner sammelte die Geldscheine auf.

»Sie müssen dorthin, junger Mann«, hörte Sanja den Oberkellner sagen, und ihm schien, als läge in seiner Stimme, im nachlässigen Kopfnicken zur Tür des Separées eine Spur von Verachtung. Nicht daß dieser Lakai seine Gedanken hatte lesen können. Er hatte einfach nur das Salz auf Sanjas Schuhen bemerkt, als er über den Fußboden kroch. Vornehme Leute, die er in diesem vornehmen Etablissement gastfreundlich empfing, pflegten saubere und trockene Schuhe zu tragen. Sie fuhren Auto und latschten nicht durch den Dreck.

Sanja atmete tief ein, hielt die Luft an, blies die Backen auf und stieß den Atem leise pfeifend wieder aus. Dann setzte er ein hochmütiges, ruhiges Lächeln auf, so wie ein Räuber eine schwarze Strumpfmaske überstreift, und ging entschlossen auf die schwere Samtportiere zu.

In dem geräumigen Zimmer saßen an einem Glastisch, unter dessen Platte sich ein Aquarium befand, zwei Männer. In dem Aquarium schwammen richtige Fische. Als Sanja eintrat, drang der Lärm des Orchesters ins Zimmer. Aber sobald die Tür sich geschlossen hatte, war es wieder still. Nur die Klimaanlage summte gleichmäßig und saugte den Tabakqualm ein. Es roch nach Ozon, wie nach einem Gewitter.

»Gut siehst du aus, hast du zugelegt?« begrüßte ein dicklicher junger Mann in einer Wildlederjacke Sanja.

Wowa Muchin hatte einige Jahre in einer Autowerkstatt gearbeitet und dann versucht, einen eigenen Betrieb aufzumachen, aber ohne Erfolg. Überfälle durch die Mafia, betrügerische Konkurrenten und nicht weniger betrügerische Kompagnons brachten ihn zum Scheitern. Er hatte daraufhin dem freien Unternehmertum adieu gesagt und war Masseur in einem teuren Sportcenter geworden. Um den Kunden die Lenden durchzuwalken, braucht man viel Kraft. Wowa futterte wie ein Scheunendrescher und ging in die Breite. Seitdem teilte er allen mageren Bekannten männlichen Geschlechts, wenn er sie traf, mit boshaftem Grinsen mit, sie hätten »zugelegt«.

Sanja nickte, brummte irgendeine Antwort und wandte seinen Blick langsam dem zweiten Mann zu, der zurückgelehnt auf seinem Stuhl saß. Sein Gesicht war im Halbdunkel verborgen, Sanja konnte nur die Umrisse seines runden, rasierten Kopfes erkennen, einen kräftigen Stierhals und etwas abstehende Ohren.

»Hallo.« Eine Hand, kurz wie ein Holzstumpf und mit dicken Fingern, wurde ihm über den Tisch entgegengestreckt. Zwei schwere Brillantringe funkelten auf. Heute morgen, gleich nach dem Gespräch mit Wowa, hatte Sanja sich folgendes zurechtgelegt: Wenn der legendäre Klim ihm beim Treffen als erster die Hand reicht, bedeutet das, der Handel kommt zustande und alles läuft gut.

Wowa hatte ihn heute morgen völlig überraschend angerufen. Sie hatten sich seit August nicht mehr gesehen. Sanja glaubte zuerst, der Freund wolle ihn um irgend etwas bitten, und wollte das Gespräch schon möglichst schnell beenden. Aber dann lud Wowa ihn ins Restaurant ein, was er noch nie getan hatte. Sein Tonfall war geheimnisvoll-lässig.

»Klim ist gerade mal wieder aus Deutschland gekommen und hat mich gefragt, ob ich nicht ein paar vernünftige und zuverlässige Jungs für ihn wüßte. Solche, die durch die Krise nicht gleich aus dem Tritt gekommen sind. Ich habe sofort an dich gedacht.«

Sanja hatte Ernest Klimow, den erfolgreichen Geschäftsmann und Beinahe-Millionär, noch nie gesehen, aber er hörte jedesmal von ihm, wenn er Wowa traf. Muchin kannte Ernest Klimow ein knappes Jahr, und diese ganze Zeit über wurde er nicht müde, verschiedene phantastische Geschichten über ihn zu erzählen. Klim war eine lebende Legende. Er hatte es aus dem Nichts geschafft, vor fünfzehn Jahren war er noch Zigarettenverkäufer gewesen, und heute besaß er eine große deutsch-russische Handelsagentur.

In den fünfzehn Jahren seiner erfolgreichen Geschäftstätigkeit hatte Klim fünf Attentate überlebt. Nicht einmal hatte er auch nur einen Kratzer abbekommen. Er war niemals krank gewesen, hatte nie im Gefängnis gesessen und konnte mit zwei Fingern einen Silberdollar biegen, bis er zerbrach. Er begrüßte die höchsten Regierungsbeamten per Handschlag und plauderte ganz ungezwungen mit ihnen, nicht nur mit den russischen, sondern auch mit den deutschen, wurde mit allen Attacken der Mafia spielend fertig, war gut Freund mit der deutschen und der russischen Steuerfahndung und hatte beste Beziehungen zum Zoll. Zwei Häuser in Deutschland, eine Villa auf Zypern, Datschen auf der Krim und bei Moskau, eine Jacht, einen kleinen Pferdehof, einmal im Jahr eine Safari.

Wenn Sanja seinem Freund von geschäftlichen Problemen berichtete, konnte Wowa gar nicht schnell genug erzählen, wie Klim einmal ganz Ähnliches widerfahren und wie leicht er damit fertig geworden war. Klim könne Sanja helfen, er habe ein gutes Herz, nur habe er immer schrecklich viel zu tun, gerade jetzt sei er nach Hawaii unterwegs, um dort ein kleines Hotel zu kaufen.

Sanja ließ Wowa gegenüber schon seit längerem durchblicken, es wäre nicht übel, ihn mit diesem Klim endlich bekannt zu machen, ihm den legendären Mann in Fleisch und Blut vorzustellen. Er war aber fest davon überzeugt gewesen, daß es nie dazu kommen würde. Mit derart nützlichen Leuten brachte einen heutzutage niemand einfach nur so aus alter Freundschaft zusammen. Doch jetzt saß Klim tatsächlich im Halbdunkel des Separées vor Sanja.

Das Gespräch drehte sich sofort ums Geschäft, und das ermutigte Sanja noch mehr. Keine langen Vorreden, sofort zur Sache – so machte man es im Westen. Was genau Klim ihm vorschlug, begriff Sanja zwar noch nicht recht, aber er schrieb diese Begriffsstutzigkeit seiner Aufregung zu.

Die ganzen letzten Tage hatte Sanja kaum essen können, jeder Bissen war ihm im Halse steckengeblieben. Jetzt aber hatte er plötzlich riesigen Appetit.

»Liefern muß man nach und nach, in kleinen Partien, im Moment gibt es Probleme mit den Lagerräumen, aber darum kümmern sich meine Leute.« Klim nahm einen Zahnstocher aus der Schale. In dem hellen Licht, das von unten aus dem Aquarium kam, erblickte Sanja an seinem Mittel- und Zeigefinger unter den echten Ringen tätowierte. Solche Tätowierungen, das wußte er, bedeuten, daß derjenige im Gefängnis gesessen hatte. Wer sich auskannte, konnte daran feststellen, in welchem Gefängnis jemand gewesen war.

Aber Klim war doch niemals im Knast, schoß es Sanja durch den Kopf. Doch da bemerkte er an dessen kräftigem Handgelenk eine Uhr der Schweizer Firma Longines. Sie zerstreute seine plötzlich aufgekommenen Zweifel augenblicklich. Eine echte Longines mit mechanischem Uhrwerk, goldenem Gehäuse, Lederarmband. In solch wesentlichen Details der männlichen Toilette kannte sich Sanja aus.

Ein Mann, der eine gewöhnliche Rolex trägt, ist nicht so reich, wie er scheinen möchte. Ist die Rolex aus Gold, braucht man zwar am Reichtum des Besitzers nicht zu zweifeln, aber vertrauen sollte man ihm besser nicht. Er ist leicht und zufällig zu seinem vielen Geld gekommen, morgen kann er es wieder verlieren. Aber so eine Longines, die zeugte von Zuverlässigkeit, von stabilem Wohlstand, wie auch der Anzug und die Krawatte von Bosco di Ciliegi.

Von der Uhr wanderte Sanjas aufmerksamer Blick zu den Manschettenknöpfen: Alles vom Feinsten. Brillanten, Platin. Und ein Feuerzeug von Ronson, auch aus Platin, abgesetzt mit schwarzem Holz.

»Laßt uns noch einmal auf den Erfolg unseres verrückten Geschäfts trinken.« Klim hob den Kognakschwenker. Er hielt ihn, wie es sich gehörte, wärmte den Kognak mit der Handfläche. Sanja stieß zuerst mit ihm, dann mit Wowa an und trank sein Glas in einem Zug aus. Auf den Erfolg.

Natascha ging im Zimmer auf und ab. Dimytsch weinte und quengelte. Sie wiegte ihn in den Armen, sang ihm etwas vor, doch allmählich stieg Ärger in ihr auf. Sie war zum Umfallen müde, Schultern und Rücken schmerzten.

»Na, wo steckt er denn, dein toller Papa?« flüsterte sie gereizt. »Wieso ist er noch nicht zurück? Wo treibt er sich nächtelang rum? Und so einer wagt es, von einem zweiten Kind zu quatschen!«

Sie war knapp zwanzig und fand, sie habe das Kind zu früh bekommen und verderbe sich damit ihre besten Jahre. Sie sehnte sich nach Eleganz und fröhlichem Trubel, nach neuen Bekanntschaften und begehrlichen Männerblicken, sie wollte im Zentrum der Aufmerksamkeit stehen. In ihren seltenen freien Minuten wußte sie nicht, womit sie sich beschäftigen sollte. Sie versuchte zu lesen, glitt mechanisch mit den Augen über die Seiten eines Liebesromans oder eines Krimis, merkte irgendwann, daß sie gar nicht verstand, wovon die Rede war, warf das Buch hin, schaltete den Fernseher ein, aber auch dort, auf dem Bildschirm, war alles langweilig und ohne Sinn.

Natascha hatte das Herumlaufen satt und setzte sich in den Sessel. Sollte Sanja doch mal versuchen, den Kleinen stundenlang in den Schlaf zu wiegen! Dieser gemeine Kerl, dieser widerliche Schuft! Der hockt jetzt mit irgendeiner aufgebrezelten Nutte in der Kneipe oder womöglich schon in ihrer Wohnung auf dem Sofa. Gedämpftes Licht, leise Musik, auf dem Couchtisch stehen Kaffee und Likör. Die Nutte streift die Schuhe ab und zieht graziös die langen Beine hoch. Sanja legt ihr vorsichtig die Hand aufs Knie. Igitt, wie ekelhaft!

Natascha schniefte und blickte Dimytsch an. Das Kind war fest eingeschlafen. Sie brachte es in sein Bettchen, plumpste zurück in den Sessel und machte den Fernseher an. Sofort erschien das müde, erschöpfte Gesicht Artjom Butejkos auf dem Bildschirm.

»Hallo, du Mistkäfer, lange nicht gesehen. Wieso läßt man dich eigentlich immer noch auf die Fernsehzuschauer los? Wer interessiert sich schon für deinen widerlichen Tratsch?«

Als sie merkte, daß sie laut mit dem Fernseher sprach, schaltete sie das Gerät sofort aus und begann zu weinen. Die Fratze von Artjom Butejko hatte ihr endgültig die Laune verdorben. Träge erhob sie sich, schlurfte in die Küche und stellte den Wasserkocher ein, obwohl sie eigentlich gar keinen Tee wollte.

Da klingelte plötzlich das Telefon. Sie zuckte zusammen und stürzte mit solcher Eile zum Apparat, als erwarte sie einen wichtigen Anruf. Aber als sie die Stimme ihrer

Freundin Olga Sitnikowa hörte, sank sie gleich wieder in sich zusammen.

»Ach, du bist das? Hallo.«

»Ist der Kleine schon im Bett?« erkundigte sich Olga sachlich.

»Mhm. Gerade eingeschlafen.«

»Ist dein Mann zu Hause?«

»Nein.«

»Eine merkwürdige Frau bist du«, seufzte Olga, »alles läßt du ihm durchgehen.«

»Was meinst du mit alles?«

»Eben alles. Mein Andrjuscha war auch immer ganze Abende weg, ich hab nie was gesagt, ich dachte, er arbeitet, schuftet für die Familie, schont sich nicht. Du weißt ja selber, wie es geendet hat.«

Es hatte wirklich sehr häßlich geendet. Vor einigen Monaten hatte Andrjuscha Olga und ihre zweijährige Tochter verlassen.

»Sanja mußte geschäftlich weg. Er hat momentan große Probleme wegen der Krise«, widersprach Natascha ohne rechte Überzeugung.

»Geschäftlich, natürlich ... Hör mal, ich hab neulich Swetka Berestnjowa getroffen, weißt du, wo die jetzt arbeitet? Im ›Harlekin‹. Als Striptease-Tänzerin, stell dir das vor.«

»Ernsthaft? Die mit ihren kurzen Beinen?«

Träge und boshaft zogen sie eine Weile über die Figur von Swetka her, dann kam Olga wieder auf ihr Lieblingsthema zu sprechen – die Niedertracht der Männer.

Früher hatte Natascha immer versucht, solche Gespräche abzubrechen, hatte irgendeinen Vorwand erfunden: Dimytsch ist aufgewacht, die Milch ist übergekocht. Aber jetzt war sie so traurig und fühlte sich so einsam, daß sie sogar über Olgas giftiges Geschwätz froh war. Wenigstens eine lebendige Stimme im Hörer.

»Hast du denn nichts gemerkt? Das spürt man doch, wenn der Mann eine andere hat«, sagte Olga und stellte insgeheim fest, daß sie diese Frage zum ersten Mal nicht aus Mitleid, sondern aus Neugier stellte. »Ich habe es doch auch mitgekriegt. Aber ich wollte es nicht wahrhaben. Es ist so kränkend und so erniedrigend! Und was hätte ich schon ändern können? Als es dann nichts mehr zu vertuschen gab, bin ich ins andere Extrem gefallen – habe gebettelt, gefleht, hysterische Szenen gemacht, ihn erpreßt und versucht, mir die Pulsadern aufzuschneiden. Davon wurde es nur schlimmer. Wenn alles noch mal von vorn anfinge, würde ich mich ganz anders verhalten. Ich würde so tun, als ob es mir egal wäre. Oder noch besser, ich würde mir selbst einen anlachen. Dann kann dieser Schuft sich mal Gedanken machen, ob er wirklich gehen will oder nicht. Das rate ich übrigens auch dir.«

»Was?«

»Fang eine Affäre an. Mach ihn eifersüchtig. Um so eher kommt er wieder zurück. Weißt du, die Männer wirken nur von außen so klug und kompliziert. Tatsächlich ist alles ganz einfach. Die ideale Ehefrau sieht für alle gleich aus: barfuß und schwanger in der Küche. Bloß wenn du diesen Idealzustand erreicht hast, dann hat er dich schon längst satt, du bist langweilig geworden. Du wirst behandelt wie ein Dienstmädchen, eher noch schlechter. Einem Dienstmädchen zahlt man wenigstens Lohn und beschimpft es nicht. Es gehört ja nicht zur Familie.«

Natascha lauschte mit Widerwillen und gleichzeitig einer Art masochistischem Vergnügen. Ja, so war es. Alles stimmte. Sollte das etwa Liebe sein? »Grüß dich, Alte! Was gibt's heute zum Abendessen? Schon wieder Hühnchen?

Hör mal, ich hab keine sauberen Socken mehr. Und vergiß nicht, mein hellblaues Hemd zu bügeln.«

Und dann springt er im gebügelten Hemd, frischrasiert und nach dem französischen Toilettenwasser duftend, das du ihm zum Geburtstag geschenkt hast, ins Auto und braust mit hundert Sachen zu seinen freien, nicht schwangeren, nicht stillenden, sorgfältig geschminkten Weibern. Du aber darfst zu Hause sitzen, seine Socken waschen, dich ums Baby kümmern, den Kinderwagen durch Schlamm und Dreck zum Supermarkt schieben und kiloschwere Taschen schleppen, bis du alt und grau bist. Und darüber sollst du auch noch froh sein.

»Wo ist dein teurer Sanja denn jetzt? Sag schon, wo?«

»Bei einer Besprechung.«

»Kluges Kind.« Olga lachte heiser. »Mach nur weiter so.«

»Was meinst du damit?«

»Lüg dir nur weiter in die Tasche. Vielleicht sind diese Lügen ja wirklich weiser und ungefährlicher als die Wahrheit.«

»Und was ist die Wahrheit?«

»Die Wahrheit ist, daß du mit einem Schwein zusammen lebst«, sagte Olga. Man konnte hören, wie sie sich im gleichen Augenblick eine Zigarette ansteckte.

»Mein Mann ist kein Schwein«, erwiderte Natascha nach langem Schweigen finster. »Er hat keine anderen Frauen. Er arbeitet einfach nur sehr viel, besonders jetzt nach der Krise.«

»Natascha! Liebste Natascha! Nun hör aber auf, du bist doch erwachsen.«

Natascha spürte, wie ihr Tränen über die Wangen rannen, sie begriff, daß sie auflegen und dieses widerwärtige Gespräch beenden mußte. Es war alles falsch. Sie und Sanja liebten einander, sie hatten ein Kind, Dimytsch, im Sommer würden sie Urlaub auf Zypern machen. Und deshalb war

Sanja jetzt jeden Abend unterwegs und versuchte Geld zu verdienen. Sie würden eine gute Kinderfrau finden, Dimytsch würde heranwachsen. Das ganze Leben lag noch vor ihnen.

»Oje, entschuldige, Dimytsch ist aufgewacht, ich rufe dich morgen früh wieder an.« Natascha legte auf.

Dimytsch schlief fest und ruhig. Sie zog die Decke zurecht, streichelte ihm über die weiche runde Wange, beugte sich hinunter und küßte ihn vorsichtig auf die Stirn.

»Dummes Zeug ist das alles, Dimytsch«, flüsterte sie. »Wir haben den besten Papa auf der Welt. Wir hören uns diesen Unsinn nicht länger an. Olga ist von ihrem Mann sitzengelassen worden, und deshalb denkt sie jetzt, alle Männer wären Scheusale. Aber das stimmt nicht. Man kann nicht leben, wenn man niemandem glaubt und niemanden liebt.«

Nach dem Gespräch mit Olga fühlte sie sich, als hätte sie am Rand eines Abgrunds gestanden, hätte hineingeschaut und wäre zurückgeschreckt.

Die Augen fielen ihr zu. Es war schon drei Uhr, und Sanja war immer noch nicht zurück. Jetzt dachte sie nicht mehr an langbeinige Furien, sie war nur noch besorgt. Wenn sich Sanja früher verspätet hatte, hatte sie ihn immer übers Handy erreichen können. Aber jetzt benutzte er es aus Sparsamkeit fast gar nicht mehr und schaltete es nur sehr selten ein. Ohne auf eine Antwort zu hoffen, wählte sie dennoch seine Nummer.

Im Hof war ein weiterer Feuerwerkskörper explodiert, das ferne Krachen hallte in seinem Kopf als schwaches Echo wider. Sanja schrie im Schlaf auf, ein Alptraum quälte ihn: Er hing im Schacht eines alten Lifts, krallte sich mit den Fingern an das graue Gitter, die Kräfte verließen ihn, der Draht schnitt ihm in die Haut, die Hände bluteten, unter ihm Schwärze, der Betonfußboden, und von oben kam langsam der Lift. Diesen Alptraum hatte er oft als Kind gehabt, besonders wenn er krank war und hohes Fieber hatte.

Die dunkle Masse des Liftes glitt von oben auf ihn zu, kam immer näher, aber da klingelte zum Glück der Wecker. Mit Mühe öffnete Sanja die verklebten, schweren Augenlider.

Zuerst sah er nur Flecken, helle und dunkle. Irgend etwas war mit seinem Sehvermögen passiert, er strengte seine Augen an, doch alles verschwamm, als blicke er durch eine schmutzige, trübe Glasscheibe. Er blinzelte, stützte sich auf den Ellbogen und stellte fest, daß er auf einem harten, kalten Boden lag. Er hatte geglaubt, er befinde sich zu Hause in seinem Bett. Tatsächlich aber lag er auf einem schmutzigen Fliesenfußboden.

»Natascha«, rief er nach seiner Frau und konnte die eigene Stimme nicht hören, außerdem war sein Mund so trocken, daß ihm die Zunge am Gaumen klebte.

Das melodische Klingeln wollte nicht aufhören. Sanja richtete sich halb auf, sah sich um, und erst jetzt begriff er, daß er sich gar nicht zu Hause befand, sondern in irgendeinem fremden Hausflur. Er hatte seinen Schaffellmantel an, der völlig durchnäßt war, und in der Innentasche klingelte ununterbrochen das Handy.

»Sanja, wo bist du?« hörte er die Stimme seiner Frau und beruhigte sich ein wenig.

»Ich weiß nicht«, erwiderte er, »warte mal, ich will versuchen, ob ich es rauskriegen kann.«

Um auf die Beine zu kommen, mußte er sich mit der Hand auf den nassen Fußboden stützen. Die Hand glitt aus und stieß gegen einen kalten metallischen Gegenstand. Der Gegenstand rutschte über den Boden und prallte dumpf gegen die Wand. Sanja fiel wieder auf die Seite. Nicht nur, daß er fast blind war, ihm war auch ganz schwindlig.

»Natascha, mir ist schlecht.«

»Bist du etwa betrunken? Weißt du, wie spät es ist?«

»Ich hab nicht die leiseste Ahnung.«

»Halb drei. Nimm ein Taxi, und komm sofort nach Hause!«

»Ich kann nicht aufstehen. Ich sehe nichts.«

Ganz in der Nähe erklang ein dumpfes Brummen und Poltern. An dem Geräusch erkannte Sanja, daß jemand den Lift in Bewegung gesetzt hatte. Einen Augenblick später ertönte wütendes Hundegebell und gleich darauf klägliches, aufgeregtes Winseln, als habe der Hund sich vor etwas erschrokken. Gleichzeitig hörte man den Aufschrei einer Frau. Die Tür des Lifts schloß sich geräuschvoll.

»O mein Gott! Zu Hilfe! Lieber Himmel, so viel Blut!«

»Sanja, da schreit jemand«, japste Natascha erschrocken ins Telefon, »erklär mir, was da passiert.«

Der Hund winselte und bellte immer weiter. Sein Frauchen sagte gar nichts mehr, man hörte nur, wie sie zusammen mit dem Hund die Treppe hinaufhastete, ohne zu warten, daß sich die automatische Tür des Aufzugs wieder öffnete.

Irgendwo in der Nähe klickte ein Türschloß. Eine herrische Männerstimme fragte: »Was ist denn los?«

Sanja versuchte erneut aufzustehen, aber das Schwindelgefühl verstärkte sich. Ein Krampf preßte ihm die Kehle zusammen. Er versuchte den Brechreiz zu unterdrücken, schaffte es aber nicht. Er mußte sich übergeben. Das Handy konnte er gerade noch abschalten, dann verlor er das Bewußtsein. Ob es eine tiefe Ohnmacht oder schwerer Schlaf war, wußte er nicht. Er kam wieder zu sich, als ihn jemand heftig und grob an den Ellbogen nach oben zog.

»Los, los, mach die Augen auf. Kannst du dich ausweisen?«

»Der ist doch völlig weggetreten, das versoffene Schwein.

Ih, der ist ganz vollgekotzt, widerlich, den mag man ja gar nicht durchsuchen.«

»Aber teure Klamotten, und ein Handy hat er auch ...«

Räuber, schoß es ihm durch die trübe Suppe in seinem Gehirn, den Stimmen nach mindestens drei. Wo schleppen die mich hin?

Er zwang sich, die Augen zu öffnen. Seine Sehkraft war fast wiederhergestellt. Zuerst erblickte er die graue Uniformjacke eines Milizionärs, dann ein junges, glattes Gesicht.

»Er kommt wieder zu sich, Genosse Hauptmann, er hat die Augen aufgemacht.«

Sanja sah sich stumpf und verwirrt um. Ein fremdes, aber doch irgendwie bekanntes Treppenhaus. Plötzlich begriff er, daß er hier schon früher gewesen war.

»Ich kenne den Mann«, sagte neben seinem Ohr leise die Stimme einer älteren Frau. »Das ist Alexander Anissimow, geboren 1970. Er hat meinen Sohn zweimal bedroht, einmal telefonisch und dann bei uns zu Hause.«

Sanja drehte sich um und wußte sofort, wer die Frau war. Sie hatte sich einen alten Frotteebademantel über das Nachthemd gezogen. Die spärlichen grauen Haare waren zu zwei dünnen Zöpfen geflochten.

»Guten Abend, Jelena Petrowna«, sagte Sanja völlig verdutzt und bemerkte erst jetzt, wie sonderbar ihr Gesicht aussah. Nicht einfach bleich, sondern nahezu blau.

»Mörder«, flüsterte sie zurück, fast ohne die Lippen zu bewegen. »Wegen dieser lumpigen Dollars ... Verflucht sollst du sein.« Sie schwankte plötzlich, ihre Augen verdrehten sich, ein kurzes Ächzen entrang sich ihrem Mund. Jemand fing sie auf. Eine Gestalt in einem grünen Overall, auf dem in großen roten Buchstaben »Erste Hilfe« stand, erschien.

»Was ist denn passiert, Jelena Petrowna?« Sanja schluckte

krampfhaft, mehr als alles andere fürchtete er, sich noch einmal übergeben zu müssen. Die Milizionäre schleiften ihn auf die Straße. Dort blieben sie unter einer hellen Laterne einige Minuten lang stehen. Zwei Sanitäter trugen eine Bahre aus dem Haus.

»Kennst du diesen Mann?« fragte ihn einer der Milizionäre und zeigte auf den Toten.

»Nein«, flüsterte Sanja und wandte sich ab. Er brachte es nicht fertig, in das tote Gesicht zu schauen, auf das große, scharf umrissene Loch mit dem schwarzen Pulverrand in der Schläfe.

»Sieh hin!« herrschte ihn der Milizionär an. »Das ist dein Werk. Du kennst ihn. Na?!«

»Das ist Artjom Butejko«, preßte Sanja sehr langsam, Silbe für Silbe, heraus.

»Ausgezeichnet.« Der Milizionär nickte billigend. »Kommt dir dieser Gegenstand bekannt vor?«

In einer Zellophantüte lag eine Pistole. Sanja kannte sie nur allzu gut. Es war seine eigene nagelneue sechsschüssige Walter, die er in diesem Sommer aus einer Laune heraus von irgendeinem windigen Typen erworben hatte, ein Gelegenheitskauf. Einen Waffenschein besaß er natürlich nicht, aber trotzdem hatte Sanja es sich nicht nehmen lassen, eine Gravierung auf dem Griff zu bestellen – seine Initialen: »A. A.«

Kapitel 2

Die Rue Sainte-Cathérine verläuft quer durch das riesige Montreal, durchschneidet es von einem Ende zum anderen, zieht sich durch das Zentrum, durch die reichen und die armen Viertel. Jelisaweta Beljajewa, die ihren miserablen Orientierungssinn kannte, beschloß, einfach dieser Straße zu folgen und nicht abzubiegen. So war die Gefahr, sich zu verlaufen, geringer.

Viel Zeit hatte sie nicht. Um halb neun mußte sie schon wieder zurück im Hotel sein und sich für das Bankett umziehen. Die folgenden fünf Konferenztage waren randvoll mit Sitzungen, Treffen und Diskussionen, vom frühen Morgen bis zum späten Abend. Nur heute war die zweite Hälfte des Tages laut offiziellem Programm für »Exkursionen und Erholung« reserviert.

Jelisaweta Beljajewa – Lisa, wie ihre Freunde sie nannten – schritt möglichst zügig durch das große Hotelfoyer, um nicht in irgendwelche Gespräche mit Bekannten verwickelt zu werden und dadurch kostbare Zeit zu verlieren. Sie hatte so lange auf diese wenigen Stunden der Freiheit und des Alleinseins gewartet, daß sie schon ein wenig aufgeregt war, fast wie vor einem Rendezvous.

Sie lief über den Parkplatz und blieb vor einem weißen Lincoln stehen, um in der Scheibe ihr Aussehen zu kontrollieren und ihr Haar zu ordnen. Für einen Moment spiegelte sich neben ihr ein bekanntes Gesicht. Anatoli Krassawtschenko, Vertreter des russischen Außenministeriums, rauchte an der frischen Luft eine Zigarette, ohne von ihr Notiz zu nehmen.

Seit ihrer Jugend hatte sich bei ihr die dumme Angewohnheit herausgebildet, sehr rasch zu gehen, selbst wenn es dafür gar keinen Anlaß gab. Auch jetzt verfiel sie unwillkürlich in diesen geschäftigen Laufschritt, statt einfach entspannt zu schlendern.

Nicht weit vom Hotel entfernt erhob sich die postkartenschöne Kathedrale, erbaut zu Beginn des zwanzigsten Jahrhunderts im Stil der Neogotik. Die Kirchtürme konnte man aus dem Fenster von Lisas Hotelzimmer sehen, und heute morgen noch hatte sie beim Hochziehen der Jalousie gedacht, daß sie sich die berühmte Kathedrale unbedingt anschauen müsse.

Aus dem Innern der Kirche tönte die weiche, schwere Musik einer Orgelfuge von Bach. Lisa schob die kupferne Tür auf und bemerkte dabei, daß der edle Grünton künstlich auf dem Kupfer aufgetragen war.

Die Kathedrale war leer. Die Klänge der Fuge strömten aus einem Lautsprecher. Ein buckliger, kleiner alter Mann in einem dunkelkarierten Hemd bearbeitete mit einem Staubsauger geräuschlos den kirschroten Läufer zwischen den Bankreihen. Lisa blieb einige Minuten stehen und betrachtete die Fresken und das Deckenmosaik, das so raffiniert von unten beleuchtet wurde, daß es in allen Regenbogenfarben schillerte. Der Rüssel des Staubsaugers kroch ihr vor die Füße. Die trüben runden Augen des Buckligen streiften verärgert ihr Gesicht. Leise ging Lisa hinaus.

In diesen wenigen Minuten hatte sich der Himmel bezogen, Wind war aufgekommen, und es fing an zu schneien, ein feiner, trockener Schnee. Sie wickelte ihren Schal fester um den Hals und schlenderte langsam weiter. In dem leichten Schneegestöber wirkte die Stadt zart und geheimnisvoll.

Lisa schaute auf die Uhr, stellte fest, daß ihr für ihren Ausflug nur noch zweieinhalb Stunden blieben, und stieg in das riesige Einkaufszentrum von Montreal hinunter. Sie wollte sich ein paar Blusen kaufen, die zu ihrem Businesskostüm paßten.

»Kann ich Ihnen helfen, Ma'am?« Eine junge Verkäuferin, die gelangweilt neben den Umkleidekabinen gestanden hatte, wurde munter.

»Danke, ich komme schon zurecht.«

»Suchen Sie etwas Bestimmtes?« So leicht gab sich die Frau, ganz zuvorkommende Bedienung, nicht geschlagen.

»Eigentlich nicht«, murmelte Lisa, während sie von den

Blusen zu den Hosen ging, »ich weiß es vorläufig selbst noch nicht.«

»Sehen Sie sich doch einmal dieses Modell an. Sie haben blaue Augen, da steht Ihnen dieser Fliederton sehr gut. Der Effekt ist ganz enorm, Ihre Augen leuchten dadurch wie Veilchen. Schauen Sie hier in den Spiegel.« Die Verkäuferin hielt Lisa geschickt etwas Plüschiges, Kurzes und eng Tailliertes an, mit einem lang heruntergezogenen Kragen. »Wenn Sie dazu die ausgestellte lila Stretchhose tragen, sieht das einfach phantastisch aus.«

»Phantastisch vielleicht, aber nichts für mein Alter. Vor fünfzehn Jahren, ja, da hätte ich das bestimmt angezogen.«

»Was reden Sie da, Ma'am, Sie brauchen sich doch wirklich noch keine Gedanken um Ihr Alter zu machen.« Die Verkäuferin kniff schmeichlerisch die Augen zusammen. »Dazu gehört auch noch eine Wildlederweste, wenn Sie alle drei Teile kaufen, geben wir Ihnen einen Preisnachlaß.«

Lisa hatte schon fast kapituliert. Sie ging in eine Umkleidekabine, zog den Vorhang zu und probierte die Sachen an.

Aus dem Spiegel blickte sie eine bildhübsche, fremde junge Frau mit großen, leuchtenden Veilchenaugen und naiv-verzücktem Gesichtsausdruck an. Die aschblonden Haare waren leicht zerzaust, die hohen Wangenknochen etwas gerötet, und der Mund verzog sich wie von selbst zu einem idiotischen Lächeln.

Lisa stellte sich vor, wie ihre Kollegen gucken würden, wenn sie in diesem Teenie-Aufzug in Ostankino auftauchte. Ihr über Jahre hinweg aufgebautes Image als seriöse, korrekte, unnahbare Intellektuelle, sympathisch, charmant, aber beinahe geschlechtslos, wäre in wenigen Tagen dahin. Es würde zweideutige Anspielungen geben, Klatsch und Tratsch würden blühen.

Zweimal wöchentlich informierte Jelisaweta Beljajewa

Millionen Fernsehzuschauer über die politischen Ereignisse, meist beunruhigende und unerfreuliche. Aber ihre einfachen, klaren, kaum merklich ironischen Kommentare trösteten die Leute. Nach ihrer Sendung hatte der Zuschauer nicht wie sonst das Gefühl, er lebe in einem Dreckhaufen und morgen gehe die Welt unter.

Von Anfang an hatte Lisa genug Verstand besessen, um nicht der Versuchung des schnellen Erfolgs zu erliegen. Vor fünf Jahren, bei ihrem ersten Fernsehauftritt als Nachrichtenmoderatorin, hatte sie sich geweigert, das übliche Make-up zu tragen, und erklärt, sie wolle nicht wie alle diese faden Püppchen aussehen. Niemand hatte sie damals verstanden, niemand, außer den Fernsehzuschauern.

Seitdem war sie kein einziges Mal wie ein verwöhntes Model auf dem Bildschirm erschienen, dem man ansah, daß Nerzmantel, Mercedes, Massagen, Fitness-Studio, Urlaub auf den Kanaren zu seinem Alltag gehörten. Sie war eine bodenständige Frau geblieben, eine kluge, ruhige, zuverlässige Gesprächspartnerin für Millionen. Dafür wurde sie geliebt.

»Toll! Die Hose sitzt wie angegossen!« gurrte die Verkäuferin, und ihr zu Hilfe kamen noch zwei weitere aus der Nachbarabteilung. »Glauben Sie uns, Ma'am, dieses Outfit ist wie geschaffen für Sie. Jetzt brauchen Sie nur noch die passenden Schuhe, eine Tasche und ein Tuch.«

All das wurde augenblicklich herbeigeschafft.

Lisa steckte gehorsam ihren Fuß in einen lila Wildlederschuh mit meterhoher, hufartiger Plateausohle, kam aber sofort zur Besinnung, schlüpfte zurück in die Umkleidekabine, zog energisch den Vorhang zu und die veilchenfarbene Pracht aus und kehrte zu ihrem damenhaften Aussehen zurück – schlichter grauer Pullover, legere graue Hose, schwarzer Schal, schwarzer französischer Mantel.

Die einfallsreichen Verkäuferinnen schlugen ihr daraufhin

ein klassisches dunkelblaues Kostüm vor, ein Abendkleid, einen dreiteiligen seidenen Hosenanzug und ein halbes Dutzend Blusen und Pullover. Ihre psychologische Attacke erlahmte erst, als ein neues potentielles Opfer die Boutique betrat, eine etwa fünfzigjährige Dame in einem bodenlangen Nerzmantel. Lisa machte sich unauffällig aus dem Staub und lobte sich in Gedanken dafür, daß sie nicht schwach geworden war und einen Haufen Geld für Sachen ausgegeben hatte, die sie gar nicht brauchte und die ihr überhaupt nicht gefielen.

In einem Antiquitätengeschäft suchte sie für ihren Mann eine winzige Spieldose zum Aufziehen aus. Aus dem bemalten Holzkästchen erklang die Melodie eines Straußwalzers. In einem Spielzeugladen erstand sie einen englischen Teddy für ihre Tochter und eine durchsichtige Gummiblase für ihren Sohn, in deren Innerem Schädel und Knochen schwammen (der sechzehnjährige Witja hatte ihr wie immer ganz genau erläutert, was er haben wollte).

Eine Stunde war ihr noch geblieben. Sie ging wieder nach draußen, kam allerdings nicht auf die Rue Sainte-Cathérine, sondern auf eine ganz andere Straße. Mittlerweile war es dunkel geworden. Ein paar Minuten lang suchte sie auf dem Stadtplan herum und fragte Passanten. Schließlich glaubte sie begriffen zu haben, wie sie zurück zum Hotel gehen mußte, in Wirklichkeit aber lief sie in die entgegengesetzte Richtung.

Die bunten Lichter der Schaufenster und Leuchtreklamen verschwanden und machten dem kalten grellweißen Licht der Straßenlaternen Platz.

Ein schon etwas angejahrter Jüngling mit viel Rouge auf den Wangen, in eng anliegenden rotkarierten Hosen und kurzem rosa Lederjäckchen versperrte ihr den Weg. »Heute gibt's mich fast umsonst«, verkündete er ihr traurig.

Der süßliche Duft von billigem Parfum und allerlei orientalischen Wohlgerüchen war so intensiv, daß ihr Tränen in die Augen traten. Kein Straßenschild, niemand, den sie nach dem Weg hätte fragen können. Lisa machte kehrt und ging in beschleunigtem Tempo wieder zurück, beinahe rannte sie.

»Vielleicht mögen Sie ja lieber Mädchen ...« Eine üppige Schwarze mit zitronengelb gefärbtem Haar faßte sie am Ärmel.

Nun lief Lisa wirklich, schaute starr nach vorn und achtete nicht auf den Weg, aber das Rotlichtviertel wollte kein Ende nehmen. Aus einer dunklen Ecke tauchten plötzlich zwei völlig gleich aussehende junge Männer mit kahlgeschorenen Köpfen auf und versperrten ihr den Weg. Ihre Militärmäntel klappten auf, darunter waren sie nackt.

»Extrarabatt speziell für Sie, fünfzig Dollar für zwei Stunden, siebzig für die ganze Nacht! Sie werden nicht enttäuscht sein!« riefen die beiden mit breitem Grinsen im Chor und entblößten dabei die gleichen löchrigen Zahnreihen.

Sie wich erschrocken zur Seite und erblickte eine Lücke zwischen den Häusern und dahinter eine dunkle, menschenleere Gasse, wagte aber nicht, hineinzulaufen. In panischer Angst hetzte sie hin und her, versuchte herauszufinden, in welche Richtung sie gehen mußte. Plötzlich hörte sie sich halblaut aufschreien. Jemand hatte sie an der Schulter gepackt.

»Jelisaweta Pawlowna, was ist mit Ihnen? Beruhigen Sie sich!«

Sie begriff nicht gleich, daß man sie auf russisch angesprochen hatte.

»Wie haben Sie es bloß geschafft, ausgerechnet in das gefährlichste und anrüchigste Viertel der Stadt zu geraten? Es ist das einzige dieser Art in ganz Montreal.«

Vor ihr stand Krassawtschenko, Mitarbeiter des Außenministeriums, ein Diplomat mit akkuratem grauem Bürstenschnitt, einem sanften Lächeln und verständnisvollen Augen.

»Anatoli Grigorjewitsch, ich habe mich verlaufen«, flüsterte sie und hielt sich krampfhaft an seinem Arm fest.

»Schon gut, schon gut, wir sind ja schon wieder auf sicherem Terrain. Seien Sie nicht so aufgeregt. Haben Sie denn keinen Stadtplan?«

»Doch. Aber ich habe mich noch nie gut orientieren können, außerdem gibt es hier keine Straßenschilder. Vermutlich verspäten wir uns jetzt schon zum Bankett? Wissen Sie, wie man zurück zum Hotel kommt?«

»Ich kenne diese Stadt in- und auswendig, ich habe fünf Jahre hier bei der Botschaft gearbeitet. Das Hotel ist ganz in der Nähe, nur etwa zehn Minuten zu Fuß. Wenn Sie einverstanden sind, können wir erst noch in ein Café gehen. Verschnaufen Sie ein Weilchen, trinken Sie in Ruhe eine Tasse Kaffee. Da drüben ist eine ausgezeichnete Patisserie.«

Gleich hinter dem Rotlichtviertel begannen die reichen, wohlanständigen Straßen, wo sich das normale städtische Leben abspielte.

»Die Gegend, in die Sie geraten sind, ist so was wie ein Reservat für Drogensüchtige, billige Pornoschuppen und ähnliche schöne Dinge«, erklärte Krassawtschenko. »Wie hat es Sie nur dahin verschlagen, Jelisaweta Pawlowna?«

Und Sie? zuckte es Lisa durch den Kopf, aber sie sprach ihre Frage nicht laut aus.

Die kleine Patisserie war menschenleer. Rosa gestrichene Wände, niedrige Glastischchen, geblümte Polsterstühle und Sofas.

»Gleich ist der Schock vorüber, und Sie werden darüber nachdenken, wie man all diese heruntergekommenen Gestalten retten könnte. Eben waren es für Sie noch Monster, doch gleich werden Sie die unschuldigen Opfer sozialer Ungleichheit in ihnen sehen.« Krassawtschenko lächelte und berührte ihre Hand. »Hier gibt es wunderbaren Kuchen. Mögen Sie Süßes?«

»Ich werde mir bestimmt keine Gedanken darüber machen, wie man die da rausholen kann. Und Süßes mag ich auch nicht«, knurrte Lisa ungnädig.

»Aber einen Obstsalat und eine Tasse Cappuccino werden Sie doch hoffentlich nicht ablehnen?«

Krassawtschenko half ihr aus dem Mantel, wobei er ungeniert mit den Fingern über ihren Hals streifte, so als wolle er ihr das Haar im Nacken ordnen.

Das ist ja ganz was Neues, dachte Lisa erstaunt, woher auf einmal diese Vertraulichkeit? Hat das einen Grund?

Seine Finger waren eiskalt. Seine Augen ebenfalls. Überhaupt merkte sie, nachdem der Schock tatsächlich vorüber war, daß er keineswegs so nett und sympathisch war, wie es ihr vorgekommen war. Wieso war er eigentlich genau zur richtigen Zeit am richtigen Ort gewesen? Hatte er vielleicht gerade ein schnelles Abenteuer mit einer billigen Prostituierten gesucht? Oder hatte er mal Marihuana ausprobieren wollen? Denn verirrt konnte er sich schließlich nicht haben, er hatte ja selber gesagt, daß er die Stadt sehr gut kenne. Oder war er ihr gefolgt? Blödsinn …

Lisa setzte sich auf eins der bequemen kleinen Sofas und hielt sich gerade noch zurück, die Schuhe abzustreifen und die Beine hochzuziehen. Krassawtschenko nahm ihr gegenüber auf einem Polsterstuhl Platz.

»Ich habe Sie im Einkaufszentrum bemerkt, in der Spielwarenabteilung. Ich wollte Sie schon ansprechen, aber ich habe einen Grundsatz: Störe nie eine Frau, die gerade einkauft. Und dann sind Sie so rasch gegangen, fast schon gelaufen.«

Ich bin langsam gegangen. Ich bin sogar stehengeblieben,

um den Stadtplan zu studieren. Ich habe Passanten angesprochen, stellte Lisa in Gedanken fest.

»Ich wollte Sie nämlich immer schon näher kennenlernen. Es hat sich nur noch nie ergeben.«

Der Obstsalat war mit einer neckischen Rose aus Schlagsahne verziert. Der Kaffee hatte ein leichtes Vanillearoma. Krassawtschenko stocherte mit dem Löffel in seinem Kuchenstück herum, einer aus mehreren Schichten bestehenden Kreation aus Gelee und Soufflé, ohne etwas zu essen. Dafür trank er sein Mineralwasser in einem Zug aus und zündete sich sofort eine Zigarette an. Lisa dachte, daß er offenbar auch nichts Süßes mochte, und machte sich mit Appetit an ihren Salat.

Sie aß langsam, nippte ab und zu an ihrem Kaffee. Er schaute sie unverwandt an, ohne zu blinzeln. Ja, ihr war auch schon aufgefallen, daß er sie kennenlernen wollte, sie begriff nur nicht, warum. Das Theater, das er ihr vormachte, fand sie unangenehm. Sie war alt genug, um sich von so etwas nicht mehr täuschen zu lassen. Wie ein Mann aussieht, der tatsächlich verliebt ist, wußte sie sehr gut.

»Leute kennenzulernen ist doch das A und O Ihres Berufsstandes«, sagte sie lächelnd, aß den letzten Happen Salat und steckte sich ebenfalls eine Zigarette an. »Dafür sind Sie schließlich Diplomat, um selbst zu solchen Leuten Kontakt zu finden, die gar keinen Kontakt zu Ihnen wollen.«

»Und die das auch gar nicht verbergen«, fügte Krassawtschenko hinzu und lächelte vielsagend. Gleich darauf trat ein verliebter Ausdruck auf sein Gesicht. Sein Blick glitt von ihren Lippen tiefer zu ihrem Hals, er schluckte und wollte schon seine Hand ausstrecken, um ihr eine widerspenstige Haarsträhne zu glätten – »Diese Frisur steht Ihnen sehr gut, Lisa« –, zog die Hand dann aber abrupt wieder zurück und errötete.

Von dem kann man in puncto Selbstdarstellung wirklich noch was lernen, dachte Lisa, während sie die ausdrucksvolle Mimik des Diplomaten beobachtete. Wäre ich fünfzehn Jahre jünger, würde ich glatt darauf hereinfallen.

»Anatoli Grigorjewitsch, ist was mit Ihrem Kuchen? Sie essen ja gar nichts.«

»Ich schaue immerzu nur Sie an, Lisa. Ich versuche zu ergründen, worin Ihr Geheimnis besteht. Und ich glaube fast, ich weiß es. Es besteht nicht darin, daß Sie schön, klug und erfolgreich sind, obwohl auch das wichtig ist. Sie strahlen eine gesunde Energie aus. Licht und Wärme. Wissen Sie, es gibt Menschen, die saugen dem Gesprächspartner alle Energie aus, und es gibt andere, die geben ihre Energie großzügig weiter. Sie gehören zu letzteren. Sie verströmen Energie. Hat Ihnen das noch niemand gesagt?«

Na, mein Junge, jetzt trägst du aber reichlich dick auf, dachte Lisa vergnügt, jetzt gehst du aufs Ganze. Langsam wüßte ich gern, was du eigentlich wirklich von mir willst.

»Danke. Mir werden so selten Komplimente gemacht.«

»Das ist kein Kompliment. Eher eine Warnung.«

»Warum?«

»Wenn Sie Energie verströmen, verlieren Sie selber welche. Sie müssen sich irgendwie regenerieren, sich neu aufladen. Das kann man auf verschiedene Weise: mit Musik, frischer Luft, Sport, Sex.«

Geschmackloser Idiot, dachte Lisa müde.

»Übrigens, was Ihr Privatleben, Sport, Musik und sonstige Zerstreuungen betrifft«, fuhr Krassawtschenko fort, »ein guter Bekannter von mir, Korrespondent der holländischen Zeitschrift ›Volksgarden‹, hat mich gebeten, Sie wegen eines Interviews anzusprechen. Es ist ein älterer, sehr kultivierter Herr, sein Name ist David Bart. Er wird Ihre Zeit nicht länger als eine halbe Stunde in Anspruch nehmen.«

»Sehr interessant.« Lisa lächelte gezwungen. »Warum kommt er nicht einfach in der Pause zu mir ins Foyer? Ich gebe ja ständig Interviews.«

»Sie geben Antworten auf Fragen, die mit der Konferenz zu tun haben, aber er möchte sich mit Ihnen über andere Dinge unterhalten. Sie interessieren ihn als Mensch, als Frau, wenn Sie so wollen ...«

»Und wenn ich nicht will?«

Lisa begann dieser zweideutige, anzügliche Tonfall ernstlich auf die Nerven zu gehen.

»Entschuldigen Sie, ich habe mich wohl etwas ungeschickt ausgedrückt. Also, kurz gesagt, mein Holländer möchte gern ein freundschaftliches, vertrauliches Gespräch. Leider hat er keine Akkreditierung. Und Sie wissen ja selber, wie scharf die Sicherheitsvorkehrungen wegen all dieser Serben und Araber sind.«

»Ich beantworte keine Fragen über mein Privatleben«, sagte Lisa rasch.

»Wie schade, jetzt machen Sie ein ganz anderes Gesicht.« Krassawtschenko seufzte tief auf. »Eben strahlten Sie noch Wärme und Licht aus, und jetzt ... Brrr, wie kalt, Eis in den Augen und Eis in der Stimme. Hat ein Journalist Sie mal beleidigt?«

Sie schwieg eine Weile und brach dann plötzlich in fröhliches Gelächter aus.

»Haben Sie das wirklich nötig, Anatoli Grigorjewitsch?«

Was wollte dieser Diplomat mit dem Gummigesicht von ihr? Sie hatte absolut keine Angst vor einem Interview. Eins mehr oder weniger – darauf kam's nicht an.

»Dürfte ich mir eine Zigarette von ihnen nehmen? Ich versuche gerade, mir das Rauchen abzugewöhnen, meine eigenen sind alle, und sehen Sie, schon schnorre ich.« Er lächelte, aber seine Augen blickten lauernd und stechend.

Noch ist nicht raus, wer in diesem Gespräch wen aushorcht, dachte Lisa, jetzt, mein Herr, gebe ich Ihnen gleich die Chance, elegant das Thema zu wechseln. Mal sehen, ob Sie sich darauf einlassen.

»Bitte.« Sie reichte ihm ihre Zigaretten. »Allerdings wird es Ihnen so nie gelingen, mit dem Rauchen aufzuhören. Bald wird es Ihnen peinlich werden, fremde Zigaretten zu schnorren, und Sie werden sich wieder selbst welche kaufen.«

»Glauben Sie?«

»Mir ist es auch so gegangen. Mit dem Rauchen aufhören kann man erst, wenn man sich klargemacht hat, daß es noch schädlicher ist, als fettes Fleisch, Makkaroni mit Ketchup, Hamburger und Würstchen zu essen, das alles mit Bier und Coca-Cola herunterzuspülen und obendrein noch Autoabgase einzuatmen.«

»Ah, jetzt begreife ich. Sie sehen so gut aus, weil Sie sich gesund ernähren?«

»Genau«, nickte Lisa. »Aber ich rauche und atme Autoabgase ein.«

»Schade, daß jetzt nicht David Bart mit seinem Aufnahmegerät bei uns sitzt. Er will mich morgen früh anrufen, und ich weiß immer noch nicht, was ich ihm sagen soll.«

»Sie haben mir bisher nicht erklärt, warum Ihnen so viel an diesem Interview liegt«, erinnerte ihn Lisa. »Ist er ein besonders guter Freund von Ihnen? Oder hat er Ihnen dafür seinerseits einen Gefallen versprochen?«

»Sie sind wirklich eine harte Nuß«, brummte Krassawtschenko. »Nein, David Bart ist weder ein Freund von mir, noch erwarte ich irgendwelche Gegenleistungen von ihm. Ich habe ihm einfach versprochen, Sie zu überreden. Vielleicht war das etwas voreilig von mir.«

»Das war es wohl.« Lisa stand auf. »Ich denke, wir müssen jetzt zurück ins Hotel, Anatoli Grigorjewitsch.«

»Schade. Sehr schade. Tja, ich muß mich wohl damit abfinden. Es ist Ihr gutes Recht, ein Interview abzulehnen.«

Als er ihr in den Mantel half, streifte er wie unbeabsichtigt mit der Wange über ihr Haar.

»Ich will eine Blutanalyse! Man hat mir irgendwas eingeflößt! Ich habe niemanden umgebracht, das will man mir unterschieben! Ich muß meine Frau anrufen!«

Während das Milizauto Sanja zum Revier fuhr, brüllte er hartnäckig immer wieder die gleichen Sätze, wie ein Verrückter auf einer Versammlung, bekam jedoch keine Antwort außer: »Halt die Klappe, schrei hier nicht rum!«

Darauf flüsterte er resigniert und kaum hörbar, als würde er beten, daß ihm laut Gesetz ein Anwalt zustehe, daß er gar nicht schießen könne, und selbst wenn er es könnte, er sei ja nicht bei Bewußtsein gewesen, und überhaupt habe er keine Ahnung, wie er in dieses fremde Haus gelangt sei. Er erinnere sich nicht einmal an die genaue Adresse des Ermordeten, sein Notizbuch habe er nicht bei sich gehabt, und wo zum Teufel hätte er wohl mitten in der Nacht hinwollen können außer nach Hause?

Das widerlichste war, er konnte sich tatsächlich an nichts erinnern. Der ganze gestrige Tag war in quälendem, undurchdringlichem Nebel versunken. Einige Einzelheiten des Vormittags tauchten noch bruchstückhaft daraus hervor, aber der Abend war ihm vollständig abhanden gekommen. Er konnte sich darauf besinnen, daß er vormittags mit Wowa Muchin telefoniert hatte, daß es ein seltsames, unerwartetes, wichtiges Gespräch gewesen war und sich irgendwie auf den Abend bezogen hatte, aber worüber sie gesprochen hatten, war ihm komplett entfallen, und mit den weiteren Ereignissen wollte sich das Gespräch auch nicht in Zusammenhang bringen lassen. Er versuchte, in Gedanken den ganzen gestrigen Tag zu rekonstruieren, Stunde für Stunde, und vermochte es nicht. Er geriet in Panik, klebriger Schweiß brach ihm aus. Die Ereignisse in seinem Kopf verwirrten sich immer mehr.

Zunächst brachte man ihn auf das Milizrevier des Bezirks und sperrte ihn dort in den sogenannten »Affenkäfig«, eine einsehbare, vergitterte Zelle für vorläufig Festgenommene. Seine Mitinsassen waren mit Drogen vollgepumpte, undisziplinierte Halbwüchsige, ein stilles Pennerpärchen und ein tobsüchtiger älterer Mann, der wegen Vergewaltigung eines zehnjährigen Mädchens verhaftet worden war.

Sanja verkroch sich in eine Ecke. Er sah, wie auf den Köpfen der beiden Penner die Läuse krabbelten, sah die schrecklichen trüben Augen des Vergewaltigers, hörte das träge Fluchen der Jugendlichen. All das hinderte ihn daran, sich zu konzentrieren und sich zu vergegenwärtigen, was tatsächlich geschehen war. Er stellte sich vor, wie Natascha jetzt kopflos in der Wohnung herumlief, und bei diesem Gedanken krampfte sich ihm das Herz schmerzhaft zusammen. Sicher telefonierte sie bereits alle Krankenhäuser ab, man gab ihr immer neue Telefonnummern, wo sie sich erkundigen sollte, sie konnte gar nicht so schnell mitschreiben, weil ihr die Hände zitterten und die Tränen in den Augen standen. Nur gut, wenn Dimytsch schlief.

Die Zeit verging. Niemand beachtete Sanja. Er begriff, daß seine Chancen, hier heil herauszukommen, mit jeder Minute schwanden. In seinem Kopf herrschte totale Leere. Das letzte, was ihm vom Beginn des vergangenen Abends noch in Erinnerung war, waren auf dem Fußboden verstreute Dollarscheine. Aber wo er sie gesehen hatte, wem das Geld gehört hatte und mit wem er dort gewesen war, hatte er vergessen.

Eine Horde billiger Prostituierter stürmte herein. Durchgefroren, mit verschmiertem Make-up, lachten sie laut kreischend, kokettierten mit den Milizionären und führten sich auf, als seien sie auf dem Revier zu Hause und als sei ihre Festnahme nur eine günstige Gelegenheit, sich aufzuwärmen und ein bißchen auszuruhen.

»Was guckst du so traurig, Süßer?« sprach ihn eine mollige Rothaarige in grünen Ledershorts und zerrissenen schwarzen Strümpfen an und blinzelte ihm zu.

Er mußte daran denken, wie er diese verfrorenen billigen Nutten mit einer Mischung aus Mitleid und Ekel aus dem Autofenster heraus angeschaut hatte, wenn er spätabends über die Twerskaja oder den Gartenring gefahren war, wie herablassend er sich über ihre geradezu soldatische Ausdauer gewundert hatte. Schließlich standen sie dort bei Wind und Wetter, bei Kälte, Schnee und Regen fast nackt auf ihrem Posten, während er zufrieden im warmen Auto saß, sauber und unabhängig.

Jetzt aber waren diese Mädchen hundertmal glücklicher als er. Sie würde man wieder laufenlassen, im schlimmsten Fall mußten sie ein Bußgeld zahlen. Die würden hier nicht alt werden. Er jedoch saß fest.

Aus der Sache komme ich nicht mehr raus, dachte Sanja traurig. Die Pistole gehört mir. Meine Fingerabdrücke sind drauf. Ich bin am Tatort neben der Leiche eingeschlafen. Eine klare Sache, ein Routinefall für die Miliz.

Kapitel 3

»Ein Routinefall«, brummte Ilja Borodin, Hauptuntersuchungsführer und Chef der Kriminalabteilung bei der Bezirksstaatsanwaltschaft mit einem Seufzer, als er die neue Akte aufschlug.

Daß bei diesem Fall alles so sonnenklar war, ärgerte Borodin, kränkte ihn geradezu. Im Unterschied zur Mehrzahl seiner Kollegen liebte er komplizierte Fälle. Aber selbst wenn ihm in den langen Jahren seiner Arbeit hin und wieder Verbrechen begegnet waren, denen man nicht so einfach auf die Spur kam, es lief doch immer alles auf die gleichen langweiligen, abgeschmackten Motive hinaus: Geld, Wohnung, geschäftliche Rivalitäten.

Mit den wirklich aufsehenerregenden, skandalösen und bis heute nicht aufgeklärten Verbrechen hatte Borodin noch nie etwas zu tun gehabt. Übrigens wußte er, daß es auch da keine besonderen Geheimnisse gab. Nur mehr handelnde Personen, mehr Nullen bei den Geldbeträgen, größere Geschäfte, aber im Grunde die gleiche stumpfsinnige, gefühllose Geldgier, die gleichen niedrigen Beweggründe. Unaufgeklärt waren diese Verbrechen nicht deshalb geblieben, weil sie so geschickt eingefädelt und so wohldurchdacht waren, sondern weil niemand sie aufklären wollte – aus den gleichen niedrigen und pragmatischen Gründen, was wiederum ebenfalls ein Verbrechen war. So schloß sich der Kreis.

Die tägliche Routine, die Berge von Papier, die ermüdenden Verhöre – das alles hatte wenig mit den romantischen Vorstellungen vom Beruf des Untersuchungsführers gemein, die Borodin in seiner Jugend gehabt hatte. Er wußte sehr gut, daß er diese dummen, kindischen Illusionen im Grunde seines Herzens immer noch mit sich herumtrug, aber trennen wollte er sich von ihnen auch nicht.

Als er den Mordfall Butejko übernahm, begann sein Herz aufgeregt zu klopfen. Ein Fernsehjournalist. Eine bekannte Persönlichkeit. Wen hatte dieser Mann nicht alles mit Schmutz beworfen.

Vielleicht hatte Butejko belastendes Material ausgegraben oder mit seinem dreisten Geschwätz jemanden bloßgestellt? Oder endlich hatte jemand, zutiefst empört über den Unflat, mit dem Butejko Karriere gemacht hatte, beschlossen,

Rache zu nehmen, seine Ehre zu verteidigen, zwar illegal, aber mit Stil. Vielleicht war dieser Mord eine Art Duell, so wie in den guten alten Zeiten, als eine Beleidigung nur mit Blut gesühnt werden konnte.

Borodin wurde vor Aufregung rot und wischte sich mit seinem karierten, gestärkten Taschentuch die Stirn ab. Im selben Moment fing er den spöttischen Blick des diensthabenden Untersuchungsführers auf, der ihm den Fall zur Bearbeitung übergeben hatte.

»Der Verdächtige wurde direkt am Tatort festgenommen, praktisch auf frischer Tat ertappt. Der Ermordete schuldete ihm dreitausend Dollar. Der Verdächtige, ein kleiner Geschäftsmann, ist durch die Wirtschaftskrise ruiniert worden und hat Butejko aufgefordert, ihm die Schuld zurückzuzahlen. Er hat ihm ein paarmal gedroht, sich dann vor Kummer besoffen, dem Opfer im Treppenflur aufgelauert und ihm aus unmittelbarer Nähe in den Kopf geschossen. Ein Routinefall.«

Die Freudenröte wich augenblicklich von Borodins runden Wangen, sein Gesicht wurde lang und bekümmert. Vergeblich bemühte er sich zu verbergen, wie enttäuscht er war.

Da war nichts zu machen. Vermutlich würde er bis zur Rente auf keinen würdigen Gegner treffen, auf keinen intelligenten Verbrecher vom Schlage eines modernen Rodion Raskolnikow.

Starke, echte Gefühle – Haß, Neid, Eifersucht, Liebe, Ehrgeiz, Idealismus – existierten entweder gar nicht oder waren irgendwo in der fernen Vergangenheit geblieben. In der Verwaltung machte man sich über Borodin lustig, nannte ihn Pinkerton oder Sherlock Holmes.

»Du solltest Romane schreiben«, spöttelten die Kollegen, »du phantasierst dir Sachen zusammen, die es nicht gibt. Das Leben muß man einfacher sehen.«

Aber Borodin mochte trotz seines gesetzten Alters, seiner

soliden beruflichen Erfahrung, seines gemütlichen Bäuchleins, seines grauen Backenbartes, der sich um seine runden Wangen kringelte, und seiner Vorliebe für süßen Hefeteig und Fruchtkefir das Leben nicht ohne romantische Illusionen akzeptieren.

Wenn man ihn Sherlock Holmes nannte, protestierte er nicht, aber was Pinkerton anging, war Borodin unversöhnlich. Wenn man ihn so nannte, begann er umständlich zu erklären, daß es zwei Pinkertons gegeben habe, die von vielen Leuten verwechselt würden, aber beide seien sie ausgemachte Schweine gewesen.

Allan Pinkerton, die reale historische Person, wurde 1819 in Glasgow geboren, in der Familie eines armen schottischen Polizisten. Als junger Mann wanderte er nach Nordamerika aus, versuchte sich in vielen verschiedenen Berufen und eröffnete schließlich 1850 ein Detektivbüro. Das Firmenzeichen seines Büros war ein Auge, sein Wahlspruch lautete: »Wir schlafen nie.« Von Anfang an war das Detektivbüro sehr erfolgreich.

Während des Bürgerkriegs ermittelte Pinkertons Detektivbüro für viel Geld im Auftrag der Nordstaaten. Nach dem Krieg, zur Zeit der Wirtschaftskrise in den 1870er Jahren, arbeitete es für die großen Kohle- und Eisenbahngesellschaften. Pinkertons Leute schlichen sich unter falschem Namen in die Gewerkschaften der Bergarbeiter ein und provozierten ihre Anführer zu gesetzwidrigen Handlungen. Wenn ihnen das einmal nicht gelang, begingen sie selbst Morde und legten Brände. Anschließend traten sie als Zeugen vor Gericht auf und machten Falschaussagen. Dutzende von Leuten wurden durch ihre Schuld zum Tod durch Erhängen verurteilt.

Als die Aktivitäten des Detektivbüros publik wurden, sank die Zahl der Kunden. Nur wenige wollten die Dienste von Mördern und Provokateuren in Anspruch nehmen. Um seinen guten Ruf wiederherzustellen, organisierte Allan Pinkerton einen literarischen Werbefeldzug. Zuerst publizierte er Broschüren mit den spannenden, frei erfundenen Erinnerungen von Mitarbeitern des Detektivbüros, später tauchte der legendäre Nat Pinkerton auf, der Held einer Krimiserie. Die billigen Geschichten über den Superdetektiv wurden von namenlosen hungrigen Studenten und Reportern geschrieben. Für sie war es ein Zubrot, für das nimmermüde Detektivbüro, das seine Ermittlungstätigkeit auch nach dem Tod seines Gründers fortsetzte, eine hervorragende Reklame.

Borodin liebte es, sich in die Geschichte zu vertiefen. Man brauchte ihm gegenüber nur irgendeinen bekannten, legendenumwobenen Namen zu nennen, und sogleich überschüttete er seinen Gesprächspartner mit Unmengen von minuziösen Einzelheiten. Doch erzählte er alles mit so leiser und monotoner Stimme, daß nur wenige ihm zuhörten.

Als Borodin jetzt über der noch dünnen, uninteressanten Akte zur Mordsache Butejko saß, dachte er, daß eine allzu große Anzahl offensichtlicher Tatsachen sich manchmal auch als Legende erweisen kann.

Anissimow, Alexander Jakowlewitsch, geboren 1970 in Moskau. Verheiratet, ein Kind von neun Monaten. Beruf Unternehmer. Universitätsabschluß. Keine Vorstrafen. Die Mutter des Ermordeten hatte ausgesagt, Anissimow habe im Juli dieses Jahres ihrem Sohn dreitausend Dollar geliehen. Vor einer Woche hatte Anissimow das Geld zurückverlangt, und zwar in sehr scharfer Form, zuerst telefonisch. Was genau Anissimow gesagt hatte, war nicht bekannt. Daß es ein scharfer Wortwechsel war, bezeugte die Mutter des Ermordeten. Von ihr wußte man auch, daß Anissimow zwei Tage darauf bei ihnen zu Hause war, wieder hartnäckig sein Geld zurückgefordert, Butejko angebrüllt und offen bedroht hatte.

Außer Jelena Petrowna, der Mutter, gab es vorläufig keine

weiteren Zeugen. Der Vater des Ermordeten lag mit einem Herzinfarkt im Krankenhaus, die Ärzte erlaubten nicht, ihn zu verhören. Jelena Petrowna hatte keinen Zweifel daran, daß Anissimow ihren Sohn ermordet hatte. Niemand zweifelte daran. Anissimow besaß eine Pistole der Marke Walter. Er hatte sich betrunken, war nachts ins Haus eingedrungen, hatte seinem Opfer aus unmittelbarer Nähe in die Schläfe geschossen und war dann direkt am Tatort eingeschlafen. Die Pistole, aus der der Schuß abgegeben wurde, lag nur wenige Meter von dem schlafenden Mörder entfernt.

Eine Mordwaffe, ein Motiv, Drohungen. Schwerwiegende, kaum zu widerlegende Beweise.

»Und trotzdem, und trotzdem …«, brummte Borodin vor sich hin.

Warum hatte niemand den Schuß gehört? Es war Nacht gewesen, hatte keine anderen Geräusche gegeben. Die Bewohner des Erdgeschosses hätten doch irgend etwas merken müssen, auch wenn sie schliefen. Eine Pistole ohne Schalldämpfer, geflieste Wände mit einer ausgezeichneten Akustik.

Die Leiche war von einer Frau gefunden worden, die mit ihrem Hund Gassi gehen wollte. Sie hatte die Miliz gerufen. Ein Mieter aus dem Erdgeschoß hatte ihr Schreien, nicht aber den Schuß gehört und war aus seiner Wohnung gekommen. Das alles war fünfundzwanzig Minuten nach dem Mord geschehen. Der betrunkene Mörder aber schlief zusammengerollt seelenruhig ganz in der Nähe der Leiche. Er mußte Butejko in die Schläfe geschossen haben, als dieser am Aufzug stand. Dann war er zur Haustür gelaufen. Er hatte drei Stufen hinunterzusteigen, doch das hatte er nicht mehr geschafft, er war kopfüber die Stufen hinuntergefallen und hatte das Bewußtsein verloren. Man hatte jedoch bei der ersten Untersuchung keinerlei Verletzungen bei ihm festgestellt. Er war also einfach nur eingeschlafen?

Borodin ging, immer noch vor sich hin murmelnd, in seinem Büro auf und ab, schaltete den Wasserkocher an und holte ein Päckchen mit Piroggen von seiner Mutter aus einer uralten Aktentasche. Zwei Piroggen mit Kohl, zwei mit Äpfeln. Jede sorgfältig in eine Papierserviette eingewickelt.

Auf seine Frühstückspause bereitete sich Borodin immer gründlich vor, niemals aß er hastig im Stehen oder verstreute Krümel über die Papiere auf dem Schreibtisch, nie vergaß er, sich sorgfältig die Hände zu waschen und nach dem Essen den Mund auszuspülen. In seinem Schränkchen hatte er Teller, Gabeln und einen großen Porzellanbecher, alles von zu Hause mitgebracht. Er trank seinen Tee niemals aus Gläsern. Der Becher stammte aus England, auf ihm waren Big Ben, der Buckingham-Palast und Wachsoldaten mit hohen schwarzen Mützen abgebildet. Borodin mochte den Tee sehr stark und sehr süß und unbedingt mit Sahne. Seine Mutter vergaß nie, ihm Kaffeesahne dazuzulegen.

Vor dem Essen ging Borodin zur Toilette, mit seiner eigenen parfümierten Seife in einer Seifendose und seinem eigenen kleinen Frotteehandtuch, wusch sich sorgfältig die Hände und kämmte sich vor dem Spiegel. Zurückgekehrt, legte er die Piroggen auf einen Teller, verrührte im Becher den Zucker und sang dabei mit schönem Tenor:

»Weit offen stand der Flügel, und die Saiten bebten.«

Er sang ziemlich sicher, ohne falsche Töne. Überhaupt sang er sehr gern, kannte viele Romanzen und alte russische Volkslieder auswendig. Seine Mutter, der einzige Mensch, der ihm nahestand, ging immer leise aus dem Zimmer, wenn er zu singen begann. Das bedeutete, daß ihr Sohn über etwas Ernstes und Wichtiges nachdachte und man ihn nicht stören durfte.

Sanja Anissimow war es gelungen, für kurze Zeit abzuschalten. Schlaf konnte man das nicht nennen. Er hörte alles, was um ihn herum vor sich ging, aber seine Augen waren geschlossen. Er hoffte sehr, daß die Erinnerung zurückkäme, wenn er einschlafen und sich ein wenig erholen könnte.

Die Bank war zu hart, der Gestank und der Schmutz störten. Telefongeklingel, Stimmen, schlagende Türen – alles floß zu einem schweren, endlosen Dröhnen zusammen. Sanja schlief bereits, als durch dieses Dröhnen eine helle, zittrige Stimme zu ihm drang: »Bitte, bitte ... Das ist mein Mann, Alexander Jakowlewitsch Anissimow ... Ich muß doch wissen, was passiert ist, ich muß mit ihm sprechen.«

»Das ist nicht erlaubt. Sobald alle Formalitäten erledigt sind, können Sie mit ihm sprechen, vorausgesetzt, der Untersuchungsführer genehmigt es. Aber vorläufig ist es nicht möglich. Sie stören uns nur bei der Arbeit«, grummelte ein gutmütiger Baß zur Antwort.

Der Wachhabende trank Kaffee aus einem Pappbecher und kaute auf einem Hot Dog. Der Fall sollte an die nächsthöhere Stelle übergeben werden, Anissimow würde in einer halben Stunde aus ihrer Abteilung abgeholt werden, und der Wachhabende hatte seiner Frau erlaubt, zum »Affenkäfig« zu gehen. Doch er bereute seine Gutmütigkeit bereits. Die junge Mutter mit dem Säugling im Tragetuch war allzu kämpferisch gestimmt.

Sanja öffnete die Augen und erblickte als erstes einen mit Ketchup verschmierten Mund. In seinem Kopf zuckte blitzartig ein Bild auf: Dollarnoten auf einem hellen Teppich, ein mit roter Sauce beschmierter Mund, ein halbnacktes Mädchen mit Sternen auf den schweren Brüsten und einem beweglichen, muskulösen Bauch.

Ein Restaurant ... Er war am Abend in einem Restaurant gewesen. Offenbar eins mit einer Striptease-Show. Auf dem Teppich lag Geld, sehr viel Geld. Irgendein Kellner würde sich bestimmt an Sanja erinnern und ihn wiedererkennen.

Na schön, aber was würde das nützen? Ja, er war in einem Restaurant gewesen. Danach jedoch war er in dem Haus aufgetaucht, in dem Butejko wohnte. Wie war er dorthin gekommen? Mit der Metro? Mit dem Taxi? Oder hatten die Leute, mit denen er im Restaurant gesessen hatte, ihn dorthin gebracht? Mit wem hatte er überhaupt im Restaurant gesessen?

Vormittags hatte er mit Wowa Muchin telefoniert. Aber Wowa lud nie jemanden ins Restaurant ein. Und noch eine Frage, wohl die wichtigste überhaupt: Wohin hatte er die Walter gesteckt, als er aus dem Haus ging?

Er hatte am Abend weder eine Tasche noch einen Aktenkoffer bei sich gehabt. Eine Pistole hätte er nirgends unterbringen können. Die Taschen seines Mantels waren zu klein, es gab nur eine etwas größere im Inneren, aber dort steckte bereits sein Handy. Die schwere Walter konnte er ja wohl kaum in seine Jackentasche gestopft haben. Das wäre viel zu auffällig gewesen, das Jackett war aus dünnem seidigem Stoff.

Sanja kniff konzentriert die Augen zusammen und versuchte, vom Grund seines Gedächtnisses noch irgendein wesentliches Detail heraufzuholen. Er fühlte sich jetzt schon erheblich besser, war ruhiger geworden. Er schüttelte kräftig den Kopf, und erst da bemerkte er Natascha, die mit dem Rücken zu ihm stand. Sie trug ihre alten Jeans und eine kurze knallrote Steppjacke. Die blonden Haare hatte sie ziemlich unordentlich mit einer Plastikspange zusammengesteckt.

»Natascha!« rief er erleichtert, sprang von der Bank und preßte sein Gesicht an das Gitter des »Affenkäfigs«.

»Sanja …« Sie drehte sich um. Ihre Wangen waren tränennaß. Dimytsch saß friedlich in seinem Tragetuch, an die Brust der Mutter gekuschelt, und betrachtete neugierig die

Umgebung. Als er Sanja erblickte, strahlte er sofort auf, rutschte hin und her, hob die kleine Hand in dem bunt gestreiften Fäustling und sagte laut: »Papa!«

»Natascha, denk mal nach, wer war in den letzten Tagen alles bei uns, wer könnte an der Schreibtischschublade gewesen sein?« schnatterte Sanja atemlos. »Wisch den Staub nicht weg. Guck nach, ob in deinem Schmuckkästchen auf der Kommode die Patronenschachtel liegt. Das Schmuckkästchen mußt du mit dem Messer öffnen, ohne es anzufassen. Auf dem Perlmutt könnten fremde Fingerabdrücke sein. Hast du verstanden? Abends war ich im Restaurant. Ruf Wowa Muchin an, ich habe gestern vormittag mit ihm gesprochen, vielleicht weiß er etwas über den Abend ...«

»Sanja, soll das etwa heißen, du hast die Pistole mitgenommen?«

»Ich kann mich nicht erinnern.«

»Bist du verrückt geworden? Das kannst du nicht getan haben! Denk nach, wo du warst und mit wem! Denk sofort nach!«

»Ich kann nicht, Natascha, Ehrenwort, ich habe einen kompletten Filmriß.«

»So, Schluß jetzt mit dem Geschrei!« Der Wachhabende stand von seinem Schreibtisch auf. »Habt ihr denn vollkommen den Verstand verloren?«

»Natascha, hör mir gut zu! Ich kann die Pistole nicht mitgenommen haben, als ich ins Restaurant gegangen bin, verstehst du? Du mußt das Restaurant finden. Da war so ein halbnacktes Mädchen ... Dollarscheine flatterten herum ...«

»Was für ein Mädchen?« Natascha klapperte mit den vom Weinen schwarzverschmierten Wimpern. »Was für Dollarscheine? Sanja, was ist das für ein Unsinn?«

»Hör mal, verschwindest du langsam, oder was ist?« erkundigte sich der Wachhabende.

»Nur noch eine Minute, bitte, bitte ...«

»Schluß jetzt, ich will dich hier nicht mehr sehen!« Der Leutnant packte Natascha beim Ellbogen.

»Moment, ich bin die Ehefrau des Verhafteten, ich bin eine Zeugin, Sie müssen mich verhören! Wer ist hier der Chef? Wer ist für den Fall zuständig?«

»Du bist wohl eine ganz Schlaue, was? Ab nach Hause mit dir und deinem Balg, geh uns hier nicht auf die Nerven. Wenn man dich verhören will, wird man dich vorladen. Kapiert?«

»Rühren Sie sie nicht an!« schrie Sanja heiser. »Natascha, man hat mir irgendein Zeug gegeben, du mußt erreichen, daß man mir Blut abnimmt und eine Analyse macht! Merk dir: Restaurant, Droge, Wowa Muchin. Wenn du mit dem Untersuchungsführer sprichst, sag ihm, ich hätte die Pistole nirgends verstecken können. Hast du verstanden?«

»Papa!« rief Dimytsch und begann zu treten und zu strampeln, im Bemühen, sich aus dem Tragetuch zu befreien. Beinahe hätte er es geschafft und wäre auf den gefliesten Boden gefallen. Natascha konnte ihn gerade noch festhalten. Für einen Moment war er ruhig, dann schob er schmollend die Unterlippe vor, holte tief Luft, kniff die Augen zusammen, und gleich darauf übertönte sein gellendes Schreien Sanjas hastiges Geschnatter, die lauten Rufe der Milizionäre und das Schnarchen der Penner.

Natascha wurde untergefaßt und auf die Straße geführt. Sie leistete keinen Widerstand, drehte sich aber immer wieder um und schaute zu ihrem Mann zurück. Sein an das Käfiggitter gedrücktes Gesicht war blaß und mit dunklen Bartstoppeln bedeckt. In dieser einen Nacht war Sanja um zehn Jahre gealtert und hatte sich so verändert, daß er ihr fast fremd vorkam. Sie bemühte sich, seine letzten Worte zu verstehen, sah, wie sich seine Lippen bewegten, konnte aber nichts hören.

Auf der Straße beruhigte sich Dimytsch. Das einzige, was ihn jetzt noch erregte, war der Geruch der Milch. Die Brust seiner Mutter befand sich direkt vor seiner Nase. Er rieb sein Köpfchen an ihrem Pullover und quäkte ärgerlich, um sie zu erinnern, daß es Essenszeit war. Natascha sprang in den Trolleybus und setzte sich auf einen der vorderen Sitze.

Zuallererst mußte sie wieder zu sich kommen und sich genau merken, was Sanja ihr eingeschärft hatte.

Bei uns zu Hause ist in den letzten Tagen niemand gewesen, dachte sie, schaute aus dem Busfenster und streichelte Dimytsch über den Kopf. Vor einer Woche war Olga mal kurz zu Besuch. Vorgestern war Mama da und hat auf Dimytsch aufgepaßt, während ich beim Zahnarzt war. Vielleicht ist in diesen drei Stunden jemand gekommen, und Mama hat vergessen, mir Bescheid zu sagen …

Sie war ganz in Gedanken versunken und bemerkte nicht, wie eine ältere Frau in einem Mantel mit Persianerkragen und mit knallrot geschminkten Wangen sich schwer auf den Platz neben ihr fallen ließ.

»Ach, du armer Kleiner, wie unbequem mußt du in diesem Tuch sitzen! Wenn du mal groß bist, bekommst du O-Beine und einen krummen Rücken. Was hast du nur für eine böse, böse Mutti!«

»Hören Sie auf, solchen Unsinn zu reden!« zischte Natascha sie erbost an.

»Und Manieren hat sie auch keine!« fuhr die Frau erfreut fort. »Aus Moskau ausweisen sollte man solche wie dich! Was haben solche Leute hier zu suchen, die sich in der Öffentlichkeit nicht benehmen können! Ja, Kinder könnt ihr kriegen, aber dann quält ihr sie, schleppt sie wie junge Hunde in Beuteln durch die Gegend und beleidigt auch noch ältere Menschen!« Sie wurde immer lauter, um die anderen Fahrgäste aufmerksam zu machen. »Solchen verantwortungslosen

Dingern gehören die Kinder weggenommen. Guckt sie doch an, sie ist ja noch minderjährig. Wie kann man der ein kleines Kind anvertrauen!«

Niemand beachtete die Frau. Das brachte die selbsternannte Sittenwächterin erst recht in Wallung.

»Sie gibt dem Kind nichts zu essen, läßt es verhungern, ich sehe ja, wie seine Äuglein glänzen, es hat Hunger! Warte, mein Kleiner, sofort ...«

Bevor Natascha wußte, was geschah, hatte Dimytsch auch schon einen Schokoriegel in der Hand und steckte ihn sich, ohne zu zögern, samt Verpackung in den Mund.

Natascha riß ihm die Schokolade weg und warf sie der Frau auf den Schoß. Dimytsch protestierte laut, griff nach der Schokolade und fiel dabei fast aus dem Tragetuch. Natascha setzte ihn wieder zurecht, zog die Riemen des Tuchs auf der Schulter gerade, stand auf und sagte ruhig: »Lassen Sie mich bitte durch!«

Das war der Augenblick, auf den die Frau gewartet hatte. Sie blieb wie angewachsen auf ihrem Platz sitzen, so daß Natascha sich an ihr vorbeizwängen mußte und mit Dimytsch fast in den Gang gestürzt wäre. Gerade noch rechtzeitig konnte sie sich an einem Haltegriff festklammern. Der Trolleybus bremste scharf. Natascha sprang mit dem laut weinenden Dimytsch aus der vorderen Tür. Alle starrten der jungen Mutter mit dem Kind im Tragetuch neugierig nach. Die Frau schimpfte ihr noch durch die Fensterscheibe hinterher. Natascha zitterte wie im Fieber. Ihre innere Ruhe war durch die idiotische Boshaftigkeit dieser fremden Frau wie weggeblasen. Sie fühlte sich hilflos, vollkommen allein und unverdientermaßen beleidigt. Dimytsch schluchzte immer noch. Fußgänger drehten sich nach ihnen um.

Es war glatt und sehr kalt. Nach der schlaflosen Nacht fror Natascha besonders heftig, zudem war ihr die Milch aus der Brust geflossen und hatte den Pullover durchnäßt. Bis nach Hause mußte sie noch zwei Busstationen laufen.

»Nicht weinen, mein Kleiner, bitte nicht weinen«, murmelte sie und ging vorsichtig die vereiste Straße entlang, »sonst fange ich gleich auch noch an. Und was hast du von einer heulenden Mutter? Wir beruhigen uns jetzt beide und unterhalten uns einfach ein bißchen.«

Dimytsch liefen noch Tränen über die Wangen, aber er lächelte schon wieder.

»Siehst du, mein Schätzchen, bald sind wir zu Hause, dann bekommst du was zu essen, alles wird gut. Alles wird ganz wunderbar.«

Sie merkte, wie ihre Stimme zitterte, wie wenig überzeugend ihr Gemurmel klang. Dimytsch hörte auf zu lächeln und stimmte erneut sein lautes Gebrüll an. Ihre Unsicherheit hatte sich auf ihn übertragen, er konnte sich nicht beruhigen und zappelte im Tragetuch herum. Ein paarmal wäre sie auf der glatten Straße fast hingefallen.

Gib nicht auf, denk nach, finde einen Ausweg, hämmerte sie sich ein. Nur du kannst Sanja helfen.

Die Nacht war schrecklich gewesen, sie hatte kein Auge zugetan und war weinend durch die Wohnung gelaufen.

Nach dem seltsamen nächtlichen Telefonat war Sanjas Handy plötzlich ausgeschaltet worden. Sie begriff sofort, daß ihrem Mann etwas Schreckliches zugestoßen sein mußte. Er hatte gesprochen wie ein Betrunkener und kaum artikulieren können. Aber sie wußte, daß Sanja sich niemals betrank, schon gar nicht bis zur Bewußtlosigkeit. Sein Körper reagierte vernünftig. Wenn er zu viel trank, mußte er sich übergeben. Danach war ihm zwar schlecht und er hatte Kopfschmerzen, aber er konnte noch völlig klar denken und hatte sich unter Kontrolle.

Als sie mit ihm telefoniert hatte, war in der Nähe Hundegebell und der Aufschrei einer Frau zu hören gewesen. Natascha hatte deutlich die Worte verstanden: »Zu Hilfe! O mein Gott, so viel Blut!« Sie war sich fast sicher gewesen, daß Sanjas Blut gemeint war. Sie sah ihren Mann vor sich, wie er halb bewußtlos irgendwo in einer Blutlache lag, und vor Entsetzen blieb ihr die Luft weg.

Der schlichte, vernünftige Gedanke, daß sie handeln müsse, statt zu heulen, gab ihr wieder Kraft. Sie setzte sich ans Telefon und fand ziemlich rasch heraus, daß ihr Mann von der Miliz festgenommen worden war, unter Mordverdacht stand und sich zum gegenwärtigen Zeitpunkt auf dem Bezirksrevier befand. Das mitleidige Mädchen von der Auskunft des Innenministeriums nannte ihr sogar die Nummer des Reviers.

Als Natascha dann ihren Mann erblickte, beruhigte sie sich ein wenig. Er schrie irgend etwas Ungereimtes, aber es war ja auch nicht weiter verwunderlich, daß ein Mensch unter solchen Umständen den Kopf verlor. Natürlich hatte Sanja niemanden ermordet, das war vollkommen undenkbar. Hauptsache, er geriet jetzt nicht in Panik, sondern erinnerte sich wieder an das, was tatsächlich geschehen war. Hatte man ihn in eine Falle gelockt? Aber das war Blödsinn, wer hätte das tun sollen? Sobald der Schock vorüber war, würde sich alles aufklären.

Sie sagte sich selber viel Richtiges und Vernünftiges, doch mit jedem Schritt über die vereiste Straße spürte sie, wie die Worte ihren Sinn verloren. Nichts blieb außer einem eisigen, feindseligen Chaos.

Kapitel 4

Pawel Wladimirowitsch Malzew war mit seinen dreiundfünfzig Jahren zum ersten Mal in Montreal und bedauerte sehr, daß er weder die Zeit noch die Kraft hatte, sich die Stadt in

Ruhe anzusehen. Der Zweck seiner Reise war nämlich keineswegs »Tourismus«, wie er in den umfangreichen Fragebogen geschrieben hatte, den er bei der Einreise nach Kanada hatte ausfüllen müssen.

Genaugenommen war der Zweck seiner Reise ein völlig verrücktes, jungenhaftes Abenteuer, das leicht übel ausgehen konnte – sowohl für Pawel Malzew, den promovierten Kunsthistoriker, wie auch für seinen älteren Bruder Dmitri Malzew, den stellvertretenden Finanzminister. Der war zwar in Moskau geblieben, riskierte aber ebensoviel.

Immer mehr Leute wurden in den Strudel dieses Abenteuers hineingerissen, und dadurch erhöhte sich das Risiko. Pawel Malzew wurde assistiert von einem Mann, der aussah wie Superman, aber eine dunkle Vergangenheit hatte und ein ziemlich gefährliches Schlitzohr war. Der Name dieses bezahlten Helfers lautete Anatoli Grigorjewitsch Krassawtschenko.

Gleich bei der ersten Begegnung hatte er einen starken Eindruck auf Pawel Malzew gemacht. Er ließ die Muskeln spielen, warf mit medizinischen Fachbegriffen und Anekdoten aus dem Leben der russischen Diplomaten im Ausland nur so um sich. Man spürte, er hatte Biß.

Studium an der KGB-Akademie der Grenztruppen, Fakultät für Diversions- und Desinformationstätigkeit, dann eine Stelle bei der Kaderüberprüfung der Kommandeure in Afghanistan, anschließend der Aufbau eines Agentennetzes in Tschetschenien. Danach plötzlich eine scharfe Kehrtwendung und ein ebenso ruhiger wie zwielichtiger Posten als Verwalter des Fonds der Sportveteranen beim Außenministerium. Ein beeindruckender Lebenslauf – selbst wenn nur die Hälfte davon stimmte. Übrigens erklärte der graumelierte Haudegen sofort vorbeugend, er dürfe längst nicht alles über seine Vergangenheit erzählen.

Natürlich, vieles an ihm weckte bei Pawel Malzew Zweifel, andererseits konnte man für eine so kitzlige Sache doch keinen Dutzendmenschen engagieren!

»Ein professionelles Verhör unter Drogen ist ungefähr das gleiche wie eine Zahnextraktion mit Spritze«, erläuterte Krassawtschenko, »die Hauptsache ist, daß der Patient sich entspannt, dem Arzt vertraut und ihn nicht bei der Arbeit stört. Läuft die Arbeit erst einmal, muß man darauf achten, daß die Krone nicht abbricht und die Wurzel nicht im Zahnfleisch steckenbleibt. Sonst kann es sein, daß der Befragte irgendwelchen Blödsinn erzählt und nicht das, was man von ihm wissen will.«

Seine »Extraktionen« führte er unter vier Augen im stillen Kämmerlein durch. Er schlich sich in das Vertrauen seiner Opfer und schüttete ihnen bei der ersten besten Gelegenheit eine kleine Dosis einer geruch- und geschmacklosen Substanz in ein beliebiges Getränk. Nach wenigen Minuten befiel das Opfer eine so furchtbare Schwäche, daß es sich ohne fremde Hilfe nicht mehr bewegen konnte. Anschließend spritzte ihm Krassawtschenko ein weiteres Präparat, das unter dem Namen »Wahrheitselixier« bekannt war. Es handelte sich dabei um ein kompliziertes Gemisch aus Halluzinogenen und Antidepressiva. Eine Viertelstunde lang beantwortete das Opfer dann alle Fragen, erzählte Dinge, die es bei klarem Verstand und Bewußtsein freiwillig nicht einmal seinem Beichtvater anvertraut hätte. Danach fiel es in einen langen, tiefen Schlaf. Nach dem Erwachen hatte es gewöhnlich alles vergessen.

Für die Injektionen benutzte Krassawtschenko Einwegspritzen mit äußerst feinen Nadeln. Es war unmöglich, die Einstiche in der Armbeuge zu finden. Die Substanzen selbst verflüchtigten sich sehr schnell und waren lange, bevor das Opfer aus dem Schlaf erwachte, schon nicht mehr im Körper nachzuweisen. Krassawtschenko versicherte, er benutze die neuesten Mittel aus den Geheimlabors des FBI und des Mossad. Nebenwirkungen hätten sie keine.

Bis zur vereinbarten Zeit blieben noch zehn Minuten. Krassawtschenko kam niemals zu spät, und Pawel Malzew war lieber etwas früher erschienen, um sich seelisch und moralisch vorzubereiten. Aber statt dessen wurde er nur noch nervöser. Er wußte nicht, was er von seinem durchtriebenen Helfer zu erwarten hatte. Immer wieder schaute er auf die Uhr. Malzew saß in einem kleinen China-Restaurant und kämpfte mit der Versuchung, sein Handy aus der Tasche zu holen, seinen Bruder in Moskau anzurufen, ihm seine Befürchtungen mitzuteilen und sich mit ihm zu beraten. Ihn quälten Zweifel und unangenehme Vorahnungen. Plötzlich stieg die Angst in ihm auf, Krassawtschenko könne eines Tages ihm selber mit seinem wundersamen »Wahrheitselixier« auf den Zahn fühlen. In seinem ganzen Leben war ihm noch kein Mensch begegnet, der bei ihm so instinktiv Abscheu und Mißtrauen erweckt hatte. Gott sei Dank ahnte Krassawtschenko nicht, daß Pawel Malzew und sein sogenannter »Auftraggeber« Brüder waren.

Krassawtschenko erschien wie immer auf die Minute pünktlich, und er näherte sich wie immer geräuschlos von hinten.

»Herzlichen Glückwunsch! Wie ich schon vermutet hatte, ist Ihr Plan mit dem niederländischen Journalisten schiefgegangen«, teilte er munter mit, als sei er darüber erfreut. »Sie hat das Interview rundweg abgelehnt. Übrigens war die Idee von Anfang an wenig erfolgversprechend. Ich kann mir nicht denken, daß Sie einen überzeugenden Holländer abgegeben hätten. Sagen Sie ehrlich, haben Sie sich das nur ausgedacht, weil Sie mir nicht trauen? Hatten Sie Angst, die Geschichte mit dem alten Wächter könnte sich wiederholen? Oder befürchten Sie, ich könnte mich mit meinen Informationen aus dem Staube machen, um sie selber zu nutzen?«

»Den Holländer hätte ich mühelos spielen können. Ich spreche die Sprache und war viele Male in den Niederlanden. Eine Wiederholung der Geschichte mit dem Alten fürchte ich allerdings tatsächlich. Du mußt schon entschuldigen, ich bin einfach verpflichtet, dich zu kontrollieren. Das war von Anfang an so vereinbart. Was aber das heimliche Sich-aus-dem-Staub-Machen betrifft – da habe ich nicht die geringsten Bedenken. Du weißt selber, das geht daneben. Schließlich bist du nicht lebensmüde.«

»Alles klar.« Krassawtschenko blinzelte ihm vergnügt zu. »Sie wollen mich mit einer so charmanten Dame nicht allein lassen. Ihnen wäre lieber, das Verhör fände in Ihrer Gegenwart statt. Aber ich muß Sie leider enttäuschen. So funktioniert das nicht. Selbst wenn sie einverstanden gewesen wäre, diesen Journalisten zu treffen, so hätte ich sie wohl kaum überreden können, das Gespräch mit ihm spätabends im Hotelzimmer in intimer Atmosphäre zu führen.« Er lehnte sich selbstbewußt auf dem kleinen samtbezogenen Sofa zurück und schlug die Speisekarte auf.

»Vielleicht hat sie gerade deshalb abgelehnt, weil du ihr ein so zweideutiges Angebot gemacht und was von spätem Abend und intimer Atmosphäre vorgefaselt hast? Schließlich ist sie eine höchst ehrenwerte Dame von untadeligem Ruf.«

»Ich habe absolut nichts Zweideutiges gesagt, sondern sie sehr höflich und korrekt gebeten. Sie hatte nur einfach keine Lust. Übrigens gibt es noch eine andere unangenehme Neuigkeit. Ich habe herausbekommen, daß sie überhaupt keinen Alkohol trinkt. Das erschwert meine Aufgabe erheblich.«

»Aber es gibt doch auch nichtalkoholische Getränke,

wie zum Beispiel Kaffee, Saft oder Mineralwasser. Du hast gesagt, dein Wahrheitselixier sei geschmack- und geruchlos.«

»Alkohol verstärkt die Wirkung des Präparats, es funktioniert mit Alkohol zuverlässiger. Außerdem, wenn jemand genau weiß, daß er keinen Alkohol getrunken hat, ist es für ihn viel schwerer zu begreifen, wieso er sich in einem so sonderbaren Zustand befunden hat. Wenn jemand trinkt, akzeptiert er viel leichter, daß er durch Alkohol einen Filmriß hatte. Aber bei einem Nichttrinker wird ein plötzlicher Blackout nach einer Tasse Kaffee oder einem Glas Saft großes Mißtrauen hervorrufen, besonders wenn er seinen Kaffee oder Saft in der alleinigen Gesellschaft eines ihm kaum bekannten Menschen getrunken hat.«

Der Kellner, ein freundlich lächelnder Chinese, trat an ihren Tisch, verbeugte sich tief und wartete auf die Bestellung. Krassawtschenko orderte wie immer einen ganzen Berg Essen, Malzew begnügte sich mit einer Portion seiner geliebten Tigergarnelen und Cranberry-Saft.

»Ich bin weiterhin der Meinung, daß man die Beljajewa anders packen muß.«

»Nämlich wie?«

»Ich habe ja schon meine übliche Vorgehensweise vorgeschlagen, aber Sie haben die Sex-Maßnahme nicht sanktionieren wollen, Sie haben gesagt ...«

»Sex-Maßnahme, sanktionieren ... Mein Gott, was für Ausdrücke«, sagte Pawel Malzew kopfschüttelnd. »Wenn du ihr mit deinen Maßnahmen kommst, wird sie schnellstens die Flucht ergreifen.«

»Sie brauchen sich gar nicht darüber lustig zu machen. Sie ist vierzig: letztes Aufflammen der Jugend, letzte Chance. Eine Frau in diesem Gemütszustand ist zu vielen Dummheiten bereit.«

»Natürlich! Und du glaubst, sie hungern alle nach Liebe, noch dazu ausgerechnet nach deiner, und sind zu allem bereit, unabhängig von Alter, Intelligenz und sozialer Stellung. Wieso rennen dir die notleidenden Damen eigentlich nicht die Tür ein? Die Beljajewa hat einen makellosen Ruf.«

Der Kellner brachte für Krassawtschenko einen riesigen Teller mit einer komplizierten Vorspeise aus Huhn und Fisch. Malzew stellte er ein Glas mit Cranberry-Saft hin. Der zog das Glas automatisch näher zu sich, fort von seinem Gesprächspartner.

»So was gibt's nicht«, nuschelte Krassawtschenko mit vollem Mund.

»Doch, das gibt's. Sie wird wohl kaum ihren Ruf und ihre Familie für ein Schäferstündchen mit einem so tollen Kerl wie dir aufs Spiel setzen.«

»Es geht nicht um mich. Ich sage es noch einmal, sie ist vierzig. Für eine Frau ist das ein kritisches Alter. Unbewußt strebt sie danach, nachzuholen, was sie bisher versäumt hat. Und wenn eine Frau zwanzig Jahre verheiratet ist und einen makellosen Ruf hat, heißt das, sie hat einiges versäumt. Das ist einfachste Psychologie.«

»Na schön, genug davon. Ich will mit dir nicht über Psychologie reden«, sagte Malzew stirnrunzelnd.

»Da machen Sie aber einen Fehler. Ohne Psychologie kommt man nicht weit. Fingerspitzengefühl und Taktik, das ist hier gefragt.«

»Die Beljajewa ist aber kein versoffener alter Wächter, der dir für eine Flasche Wodka alles erzählt, was du willst.«

»Apropos, den Alten habe ich auch bearbeiten müssen. Der individuelle Ansatz ist entscheidend. Meine Methodik zielt auf die einfachen menschlichen Schwächen ab, die Schwächen machen die Menschen gleich. Für einen Wächter aus der Provinz ist das der Alkohol, für eine wohlanständige Dame von vierzig der Sex.«

»Mit all deiner feinfühligen Psychologie hast du den alten Säufer aus der Provinz trotzdem nicht so bearbeitet, daß man ihn anschließend am Leben lassen konnte.«

Der Kellner brachte das Hauptgericht. Die Tigergarnelen waren so reichlich mit einer salzigen Sojasauce übergossen, daß Malzew sie nicht essen konnte. Krassawtschenko verputzte seine Muschelsuppe mit beneidenswertem Appetit.

»Ich bin ganz Ihrer Meinung, der Alte tut mir leid. Aber ich selber tue mir noch mehr leid. Der Alte war ein Schwätzer, jeder neue Bekannte war für ihn ein Ereignis, und wer weiß, wohin uns seine lose Zunge noch gebracht hätte.«

»Na schön, Gott mit ihm, reden wir nicht mehr drüber. Hast du irgendeinen bestimmten Plan? Vergiß nicht, die Zeit ist knapp, du mußt die Beljajewa hier in Kanada weichkochen. In Moskau dürfte das erheblich schwieriger werden.«

»Keine Sorge. Ich finde eine Gelegenheit, mit ihr allein zu sein, und alles weitere ist eine Frage der Taktik.«

»Du hast nur noch vier Tage. Die Variante mit dem Interview ist bereits danebengegangen. Ich rate dir dringend, dich nicht nur auf deinen umwerfenden Sex-Appeal zu verlassen, sondern noch ein paar Tricks in Reserve zu halten.«

»Alles schon vorbereitet.«

»Ausgezeichnet. Dann kann's ja losgehen. Aber hör bitte einmal im Leben auf einen guten Rat: Sei nicht immer so sehr von dir selbst überzeugt.«

Die Rechnung zahlte wie immer Malzew. Krassawtschenko stand einfach auf und ging, ohne sich für das Essen auch nur zu bedanken.

Sobald Malzew wieder allein war, rief er bei seinem Bruder

in Moskau an. In Moskau war es Nacht. Die Automatenstimme teilte mit, daß der Teilnehmer zur Zeit nicht erreichbar sei.

»Mit Ihrer Pistole wurde ein Mann erschossen, den Sie vorher zweimal bedroht haben. Sie wurden am Tatort festgenommen. Wir wollen die Zeit nicht mit langen Gesprächen verschwenden, legen Sie lieber gleich ein umfassendes Geständnis ab, das kann das Strafmaß mildern.«

»Ich habe niemanden bedroht und niemanden erschossen. Ich weiß nicht, wie ich in dieses Haus gekommen bin.«

»Aha, wir wollen also nicht gestehen? Wir wollen lieber leugnen?«

»Ich bin kein Mörder. Ich erinnere mich an nichts. Mir war sehr übel.«

»Ihnen war übel ... Haben Sie vor der Tat getrunken?«

»Ich erinnere mich nicht.«

»Woran erinnern Sie sich denn?«

»An gar nichts.«

Sanja hatte der Untersuchungsführer vom ersten Moment an nicht gefallen. Er war ein kleiner älterer Mann, rund wie ein Milchbrötchen. Einer von denen, die äußerlich gutmütig, harmlos und ein bißchen einfältig wirken, von denen man aber nichts als Unannehmlichkeiten zu erwarten hat.

»Morgen wird man ein gerichtspsychiatrisches Gutachten durchführen. Aber auch ohne Gutachten kann ich Ihnen sagen, daß Sie auf mich vollkommen zurechnungsfähig wirken. Ich rate Ihnen, uns nichts vorzumachen.«

»Das habe ich auch gar nicht vor. Von mir aus können mich alle Experten der Welt untersuchen. Ich erinnere mich wirklich an nichts. Ich habe doch schon gesagt, man hat mir irgendein Zeug gegeben, das das Gedächtnis ausschaltet. Ich bin in einem fremden Hausflur zu mir gekommen, weil jemand geschrien und ein Hund gebellt hat. Ich hatte nicht die geringste Absicht, jemanden umzubringen, schließlich habe ich Familie, ein kleines Kind.«

»Nicht die geringste Absicht ... Und warum haben Sie sich dann eine Pistole gekauft?«

»Einfach so. Heutzutage haben viele Leute eine Pistole. Das ist eben schick und modern.«

»Viele? Wer denn zum Beispiel? Können Sie mir Bekannte von Ihnen nennen, die eine Schußwaffe besitzen?«

»Ich bin kein Spitzel.«

»Ist Ihnen bewußt, daß der illegale Erwerb, Besitz und das Tragen einer Waffe mit einer Freiheitsstrafe bis zu drei Jahren bestraft werden können?«

Sanja schwieg und blickte zu Boden.

»Ich habe Ihnen eine Frage gestellt«, mahnte ihn Borodin sanft.

»Ja«, preßte Sanja kaum hörbar hervor, ohne den Blick zu heben.

»Das heißt, Sie haben die Pistole gekauft, obwohl Sie wußten, daß das ein Verbrechen ist?«

»Ich halte es nicht für ein Verbrechen.«

»Halten Sie einen Mord auch nicht für ein Verbrechen?«

»Ich habe niemanden ermordet.« Sanja schüttelte entschieden den Kopf. »Jemand will mir den Mord in die Schuhe schieben.«

»Wer und weshalb?«

»Ich habe keine Ahnung.«

»Sie haben keine Ahnung«, wiederholte der Untersuchungsführer mit zufriedenem Kopfnicken.

Die idiotische Angewohnheit, fast jeden Satz des Gesprächspartners zu wiederholen, brachte Sanja zur Weißglut. Die eigenen Worte klangen dann auf einmal dumm und unglaubwürdig.

»Die Pistole habe ich nicht mit aus dem Haus genommen. Ich hätte sie nämlich nirgends bei mir tragen können.«

»Wie bitte?« fragte Borodin erstaunt. »Es ist doch eine ganz bequeme, leichte Waffe, die man unauffällig in die Tasche stecken kann.«

»Nein. Mein Mantel hat außen nur kleine Taschen, und in der Innentasche lag bereits mein Handy. Mein Jackett ist aus sehr dünnem Stoff, man hätte gesehen, wenn dort etwas Schweres gesteckt hätte.«

»Und was ist mit der Innentasche des Jacketts?«

»Da habe ich meine Brieftasche.«

»Aber Sie haben doch auch noch Hosentaschen, da paßt Ihre Walter ohne weiteres rein.«

»Nein, sie würde sich abzeichnen. Die Hose ist sehr eng.«

»Sie haben also alle Möglichkeiten durchprobiert?«

»Was für Möglichkeiten? Ich habe sie nicht eingesteckt. Ich hatte sie überhaupt nicht bei mir, verstehen Sie?«

»Gut, angenommen, es war so. Um wieviel Uhr sind Sie aus dem Haus gegangen?«

»Fragen Sie meine Frau.«

»Und wohin sind Sie gegangen? Oder soll ich danach auch Ihre Frau fragen?«

»Anscheinend war ich in einem Restaurant.«

»Ausgezeichnet«, freute sich Ilja Nikititsch, »das ist doch schon was. Und in welchem Restaurant genau?«

»Ein halbnacktes Mädchen mit Sternen auf der Brust hat dort getanzt, und dann lag noch ein Haufen Dollarscheine auf dem Teppich verstreut. Aber daran erinnere ich mich nur sehr verschwommen, wie im Nebel.«

»Ja, Nebel haben wir wirklich reichlich. Den Namen des Restaurants haben Sie natürlich vergessen?«

Sanja nickte schweigend und senkte den Kopf so tief, daß Borodin nur noch seinen dunkelblonden Scheitel sah.

»Sie erinnern sich also, daß Sie kurz vor dem Mord im Restaurant waren, aber keine Pistole bei sich hatten. Und auf welche Weise sind Sie in das Haus des Ermordeten gekommen, gleich neben seine Leiche?«

»Ich habe ihn nicht getötet.«

»Hören Sie mal, Anissimow, vielleicht haben Sie einfach vergessen, wie Sie auf Butejko geschossen haben?«

»Bitte machen Sie sich nicht über mich lustig.« Sanja zog den Kopf zwischen die Schultern, als fürchte er, der andere werde ihn gleich schlagen. »Ich lüge Sie nicht an. Ich könnte niemals einem Menschen in den Kopf schießen. Ich wäre dazu einfach nicht fähig. Außerdem hat meine Pistole zu Hause gelegen, in der Schreibtischschublade.«

»Haben Sie Butejko Geld geliehen?«

»Ja. Dreitausend Dollar.«

»Hat er Ihnen eine Quittung dafür gegeben?«

»Nein, natürlich nicht.«

»Haben Sie vereinbart, wann er das Geld zurückzahlen sollte?«

»Nein. Entschuldigen Sie, haben Sie zufällig eine Zigarette?«

»Zufällig ja. Bitte sehr.«

Borodin rauchte selber nicht, aber er hatte in seinem Schreibtisch für alle Fälle immer eine Schachtel Rothmans und ein billiges Wegwerffeuerzeug.

Sanja inhalierte gierig und sprach dann sehr schnell weiter, redete wie aufgezogen, als hätte er den Text vorher auswendig gelernt.

»Artjom Butejko schuldete mir dreitausend Dollar. Nach der Wirtschaftskrise hatte ich ernstliche Probleme. Aber daraus folgt doch nicht, daß ich Artjom umgebracht habe. Zahlen einem Tote etwa Schulden zurück? Außerdem wäre ich dann sofort abgehauen.«

»Sie waren zu betrunken.«

»Glauben Sie, wenn ich die Absicht hätte, jemanden umzubringen, würde ich mich vorher betrinken?«

»Das wohl nicht. Aber logisch wäre es in einer solchen Situation durchaus, sich vorher ein bißchen Mut anzutrinken. Sie haben Butejko zweimal bedroht.«

»Bedroht? So ein Quatsch ... Nein, ich habe ihn nur an seine Schulden erinnert, das kann man wohl kaum eine Drohung nennen.«

»Erzählen Sie bitte genau, was Sie zu ihm sagten, als Sie zum ersten Mal das Geld zurückverlangt haben.«

»Ich habe einfach angerufen und mich erkundigt, wie's ihm geht. Ich erwartete, daß er von selbst auf das Geld zu sprechen kommt, aber das hat er nicht getan. Ich habe ihn direkt gefragt: Wann gedenkst du es mir zurückzugeben? Er hat geantwortet, er könne mir das noch nicht genau sagen. Im Moment sei er so klamm, daß es kaum zum Essen reiche. Er hat gejammert und geklagt, wie alle in solchen Fällen.«

»Haben Sie denn viel Erfahrung im Umgang mit Schuldnern?« fragte Borodin lächelnd.

»Nein ... Wieso meinen Sie?« Sanja blinzelte verwirrt.

»Sie sagten, wie alle in solchen Fällen.«

»Ich meinte einfach ... Ich spreche nicht aus eigener Erfahrung, aber man weiß doch, zu welchen Ausflüchten die Leute greifen und wie sie über das Leben klagen, wenn die Rede aufs Geld kommt.« Sanja merkte, daß er rot wurde, stockte und verstummte schließlich ganz.

»Na gut. Aber dann, zwei Tage später, haben Sie ihn zu Hause aufgesucht und wieder von dem Geld gesprochen. Butejkos Mutter versichert, sie habe gehört, wie Sie ihm gedroht haben.«

»Sie konnte überhaupt nichts hören. Ja, ich habe ihn gebeten, mir wenigstens einen Teil zurückzugeben. Artjom hatte seine Sendung ins Fernsehen gedrückt. Das heißt, er hatte die Möglichkeit, gut zu verdienen. Übrigens ist das ein weiterer Beweis dafür, daß ich nichts davon gehabt hätte, wenn ich ihn umgebracht hätte. Ich habe ihn gebeten, nicht bedroht.«

»Sind Sie eigens aus diesem Grund zu ihm gegangen, oder gab es noch einen anderen Anlaß?«

Unerwartet verstummte Sanja. Borodin bemerkte, daß sich sein Gesichtsausdruck jäh veränderte. Er wurde blaß, seine Augen irrten unstet umher. Offenbar suchte er verzweifelt irgendeine Entscheidung zu treffen. Borodin ließ ihm Zeit zum Nachdenken.

»Ja. Es gab einen Anlaß«, preßte Sanja schließlich langsam durch die Zähne. »Ich wollte seinen Vater in einer Sache um Rat fragen.«

»Sehr interessant«, nickte Borodin freudig, »bitte etwas genauer.«

»Ich kann nicht ... Aber eigentlich kommt es darauf jetzt auch nicht mehr an. Ich hatte Artjoms Vater eine Sache gebracht, die er schätzen sollte. Meine Frau besitzt einen antiken Ring. Ein großer Smaragd mit Brillanten. Sie hat ihn von ihrer Urgroßmutter geerbt. Ich wollte einfach wissen, wieviel er wert sein könnte. Für alle Fälle. Wer weiß, was noch passiert. Wir sind im Moment ziemlich in Geldschwierigkeiten. Ich habe Natascha nichts davon gesagt, sie würde niemals einwilligen, den Ring zu verkaufen. Sie hat immer erzählt, daß ihre Urgroßmutter sogar im Bürgerkrieg, während der Hungersnot, diesen Ring gehütet und nicht hergegeben hat.«

»Versteht denn Butejkos Vater etwas davon?« fragte der Untersuchungsführer aufrichtig erstaunt.

»Ja, er war früher Juwelier. Aber darüber wird bei den Butejkos nicht gesprochen.«

Warum nicht? wollte Ilja Nikititsch schon fragen, hielt

sich aber zurück. Er bemühte sich stets, die Fragen, die ihn besonders interessierten, nicht vorschnell zu stellen.

»Und wie hat Butejkos Vater den Ring eingeschätzt? Ist er tatsächlich so wertvoll?«

»Nein«, seufzte Sanja, »er hat gesagt, in dem Smaragd sei ein Riß, und er habe noch irgendwelche anderen Beschädigungen, und die Brillanten seien sehr klein und ihr Reinheitsgrad eher niedrig. Mehr als dreihundert Dollar würde ich dafür nicht kriegen. Ich habe Natascha gar nichts davon erzählt, den Ring wieder mitgenommen und heimlich zurück in ihr Schmuckkästchen gelegt. Sie werden ihr doch auch nichts sagen, nicht? Sie wäre sehr gekränkt, wenn sie erführe, daß ich den Ring habe schätzen lassen und daß er in Wirklichkeit so billig ist. Er ist ihr einziges Familienerbstück.«

»Nun, absichtlich werde ich ihr nichts erzählen. Nur wenn es sich nicht vermeiden läßt«, meinte Borodin. »Kannten Sie Butejko schon lange?«

»Wir sind zusammen zur Schule gegangen.«

»Waren Sie befreundet?«

»Nein.« Die Antwort kam zu laut und zu schnell, Sanja schlug zur Bekräftigung sogar mit der flachen Hand auf den Tisch.

»In der Schule waren Sie also nicht befreundet. Und welcher Art waren Ihre Beziehungen zu ihm in der letzten Zeit?«

»Es gab gar keine Beziehungen! Wir waren einfach Bekannte. Ehemalige Schulkameraden.«

»Wer von Ihren gemeinsamen Bekannten könnte von der Geldschuld gewußt haben?«

»Viele.«

»Was heißt viele? Haben Sie ihm das Geld in Anwesenheit von Zeugen gegeben?«

»Nein. Aber Artjom hat in der letzten Zeit auf Pump gelebt. Er hat sich bei allen, die ihm was geben konnten, Geld geliehen. Das wußte jeder außer seinen Eltern.«

Borodin versank einen Moment in Gedanken, kniff die Augen zusammen und vollführte mit den Fingern einen lautlosen Trommelwirbel.

Alle außer seinen Eltern ... Aber es war die Mutter, durch die wir von der Geldschuld erfahren haben. Sie hat Anissimow sofort als Mörder bezeichnet und von dem Geld gesprochen. Später, nachdem sie aus ihrer kurzen Ohnmacht wieder zu sich gekommen ist, hat sie die Summe genannt – dreitausend Dollar. Wir haben also überhaupt erst durch sie von der Schuld gehört. Von den Drohungen ebenfalls.

»Wie war denn eigentlich Butejkos Verhältnis zu seinen Eltern?«

»Tja, was soll ich sagen? Schwierig.«

»Geht es konkreter?«

»Wissen Sie, Butejkos Eltern waren altmodisch: rechtschaffene, korrekte, naive Leutchen. Solchen Leuten kann man nichts erklären. Wenn sie auch nur annähernd erfahren hätten, wie hoch seine Ausgaben und seine Schulden waren, hätten beiden die Haare zu Berge gestanden. Artjom mußte jeden Tag zu irgendwelchen repräsentativen Terminen, in Restaurants, Casinos, seine Kontakte zur Prominenz pflegen. Er kleidete sich in teuren Boutiquen ein, litt unter chronischem Geldmangel.«

»Ist den Eltern nicht aufgefallen, daß er teure Kleidung trug?«

»Er hat so getan, als würde er seine Klamotten aus zweiter Hand in Kommissionsläden kaufen. Die konnten doch Versace nicht von ›Rote Naht‹ unterscheiden.«

»Moment, in Moskau gibt es aber doch längst keine Kommissionsgeschäfte mehr«, warf Borodin ein. »Wußten sie das auch nicht?«

»Artjoms Eltern haben in den letzten Jahren nur noch in dem Lebensmittelgeschäft an der Ecke eingekauft. Nichts weiter als Essen, Kefir, Brot, Makkaroni. Wenn jemand zu Besuch kam, haben sie ihm geröstetes Schwarzbrot vorgesetzt. Roggenbrotscheiben, wissen Sie, in Sonnenblumenöl geröstet. Kleider haben sie sich überhaupt keine mehr gekauft, sondern nur ihre alten Sachen aufgetragen. Bei Artjoms Vater bestanden alle Socken zur Hälfte aus Gestopftem. Jacketts und Mäntel waren gewendet. Sie wissen ja, wenn die Sachen an den Nähten zerreißen, wendet man sie auf die Innenseite, wo das Gewebe noch nicht so zerschlissen ist, und näht sie neu zusammen. Artjoms Mutter saß tagelang an der Nähmaschine.«

Sanja starrte, während er das alles halblaut erzählte, auf einen Punkt und wartete die ganze Zeit darauf, daß dem Untersuchungsführer sein Geschwätz über würde. Aber Borodin schwieg, entspannt zurückgelehnt, und betrachtete Sanja durch halbgeschlossene Augenlider. Sanja kam es sogar so vor, als sei der Alte eingeschlafen. Er schielte zu ihm hinüber, nahm sich dann, ohne zu fragen, noch eine Zigarette aus der Schachtel und zündete sie an.

»Einmal ist Artjom in einem dunkelgrünen Plüschhemd in die Schule gekommen, so eng, daß man Angst hatte, gleich würden die Nähte platzen, und hat erklärt, das sei jetzt der letzte Schrei, ein Verwandter hätte es aus Paris für seinen Sohn mitgebracht, aber der hätte einen zu dicken Bauch, und die Knöpfe gingen nicht zu. In Wirklichkeit hatte seine Mutter auf dem Speicher eine alte Decke gefunden und ihm daraus das Hemd genäht.« Sanja drückte die Zigarette aus und holte Atem. Im Büro wurde es still. Das Schweigen dauerte mehrere Minuten.

Er glaubt mir nicht, dachte Sanja bekümmert. Gleich schickt er mich zurück in die Zelle.

Davor fürchtete er sich am meisten. Jede Minute in dem ruhigen Büro, ohne Gestank und Angst vor den kriminellen Zellengenossen, war Sanja jetzt Gold wert.

Der Untersuchungsführer saß immer noch reglos da, nur seine Lider hoben sich ein wenig. Sein Blick belebte sich.

»Warum sagen Sie denn nichts mehr, Anissimow?« fragte er mit kaum merklichem Lächeln. »Ich höre Ihnen aufmerksam zu. Butejko ist in einem Hemd in die Schule gekommen, das aus einer alten Decke genäht war. Was geschah weiter?«

»Weiter? Na, was schon? Alle begannen zu streiten, dieses unglückselige Hemd zu begutachten und anzugrapschen. Eins von den Mädchen machte darauf aufmerksam, daß die Nähte im Zickzackstich gearbeitet seien und nicht auf einer Overlock, das heißt, das Hemd war auf einer kleinen privaten Nähmaschine genäht worden. Aber Artjom ließ sich nie aus der Ruhe bringen, wenn man ihn beim Lügen ertappte. Er erklärte, auch das sei hochmodern. Die berühmtesten Modedesigner verkauften jetzt handgearbeitete Sachen. Letztendlich erreichte er, was er wollte. Die ganze Klasse beschäftigte sich mit seinem Hemd, mit seiner Person. Als das handgearbeitete Hemd allen zum Halse raushing, dachte er sich etwas Neues aus. Er schleppte eine billige Glasbrosche an und behauptete, es sei ein antiker Brillant. Er erzählte eine verrückte Geschichte – sein Großvater habe einen Brunnen gegraben und dabei ein Kästchen mit Juwelen gefunden. Darunter sei auch diese Brosche gewesen. Hinter ihr seien Sammler und Banditen aus der ganzen Welt her. Den Diamanten darauf hätte vor hundertfünfzig Jahren ein Huhn irgendwo im Ural gelegt.«

Sanja verstummte und zog wieder den Kopf zwischen die Schultern. Er erwartete, daß der Untersuchungsführer gleich explodieren, mit der Faust auf den Tisch schlagen und brüllen würde: Schluß mit dem Blödsinn, machen Sie aus dem

Verhör keine Posse. Was für ein Hemd? Was für ein Huhn? Was hat dieser ganze Schwachsinn mit dem Mord an Butejko zu tun? Aber statt dessen sagte Borodin nur freundlich: »Was haben Sie denn? Erzählen Sie ruhig weiter. Ich höre Ihnen aufmerksam zu.«

Kapitel 5

Nichts ist unbeständiger als Geld. Geld wird schäbig, wenn es von Hand zu Hand geht, Geld verliert in Katastrophenzeiten seinen Sinn, und die Gesichter, die auf den abgenutzten Scheinen gedruckt sind, grinsen dich spöttisch an: Dafür hast du nun im Schweiße deines Angesichts geschuftet, hast dir deine Gesundheit ruiniert, hast nachts nicht geschlafen. Sicher, man kann es auch klüger anstellen und die Scheine in anderen, zuverlässigeren Werten anlegen. Aber wenn man Land kauft, wo ist die Garantie, daß einen nicht morgen die Stärkeren von diesem Land vertreiben? Und ein Haus kann einstürzen, verfaulen, verbrennen wie auch alle anderen Güter.

Sicherer ist Gold, aber es ist schwer und sperrig, es hat kein Leben, kein Licht. Der Wert dieses Metalls wird allein von seinem Gewicht bestimmt, nicht von seiner Schönheit. Es gab Zeiten, in denen war Aluminium mehr wert als Gold.

Nur Edelsteine, Diamanten und Smaragde, Rubine und Saphire, fallen nicht im Wert. Ein Edelstein ist von allen materiellen Gütern das langlebigste. Ein kostbarer Kristall lebt vom Licht, saugt die Zeit in sich auf, und der Wunsch, diesen kalten, schillernden Splitter der Ewigkeit zu besitzen, bringt viele um den Verstand. Er gleicht dem wunderschönen, zeitlosen Augenblick, mit dem der listige Mephisto Doktor Faust verlockte.

1701 fand im Bergwerk Portial in Golconda, Südindien, ein namenloser Sträfling einen Stein von solcher Schönheit, daß er sich nicht von ihm trennen mochte. Er schnitt sich die Hüfte auf und versteckte den schimmernden Kristall in seinem Körper unter einem blutigen Verband. Einem englischen Matrosen, den er zufällig traf, enthüllte er sein Geheimnis. Der Sträfling war bereit, seinen Schatz herzugeben, aber nicht für Geld, das der Matrose auch gar nicht hatte, sondern für seine Freiheit. Der Engländer hielt sein Versprechen, und bald befand sich der Inder auf einem britischen Handelsschiff. Der Matrose holte den Diamanten aus der eiternden Wunde und warf den Inder über Bord.

Das Schiff unter englischer Flagge erreichte das Fort St. George in Madras. Der Matrose verkaufte den Diamanten an den Gouverneur des Forts, William Pitt. Das Geld, das er dafür erhielt, machte ihn weder reich noch glücklich. Er brachte es in Hafenkneipen durch. Als er das letzte von mehreren tausend Pfund verschleudert hatte, hängte er sich auf.

William Pitt, jetzt glücklicher Besitzer des Diamanten, gab diesem Wunder der Natur seinen eigenen Namen. Nach England zurückgekehrt, befahl er, den Diamanten zu einem Brillanten schleifen zu lassen. Das dauerte zwei Jahre und kostete fünftausend Pfund. Die Kristallsplitter wurden für siebentausend Pfund verkauft.

1717 wurde der Stein für hundertfünfunddreißigtausend Pfund vom damaligen Regenten Frankreichs, dem Herzog von Orléans, erworben. Der Herzog war bescheidener als der Gouverneur, taufte den Stein zwar um, aber nicht auf seinen eigenen Namen, sondern auf den seines Amtes. Der Brillant hieß jetzt »Regent«.

1722 wurde der »Regent« zur Krönungsfeier Ludwigs XIV. in dessen Krone eingesetzt. Er, der aus einer blutigen, eiternden Wunde geholt worden war, schmückte von nun an die Häupter von Königen. Das letzte dieser Häupter, das von Ludwig XVI., fiel unter dem Beil der Guillotine.

Nach der blutigen Revolution brauchte die französische Republik dringend Geld. Man schlug den »Regent« aus der Krone und verkaufte ihn an einen russischen Kaufmann namens Treskow. Aber General Bonaparte liebte Edelsteine, er kaufte den berühmten Brillanten zurück, ließ ihn zunächst in den Griff seines Degens einsetzen, um sich bald darauf doch wieder von ihm zu trennen und ihn für eine riesige Summe zu verpfänden. Der Kristall, so groß wie eine Kinderhand, war so viel wert, daß es für die Ausrüstung einer ganzen Armee reichte. Welches Ende Armee und Heerführer nahmen, ist bekannt.

Jetzt ruht der berühmte »Regent« an einem Ehrenplatz im Louvre. Vielleicht findet sich noch einmal jemand, der ihn für seine Privatsammlung erwirbt. Wer weiß, was das Schicksal dann für diesen Glückspilz bereithält.

Der römische Naturforscher Plinius der Ältere schreibt in seiner »Naturkunde«, daß ein Diamant die Wirkung von Gift zunichte mache, Fieberhalluzinationen vertreibe, Furcht besiege und in der Hand eines Mörders trübe werde. Die Härte eines Diamanten sei einzigartig, er stoße die Schläge auf dem Amboß so zurück, daß das Eisen auf beiden Seiten auseinanderfahre und der Amboß selber zerspringe. »Jene unbesiegbare Kraft [des Diamanten], Verächterin der beiden heftigsten Mächte der Natur, des Eisens und des Feuers, wird durch Bocksblut gesprengt, jedoch nicht anders als in frischem und warmem [Blut] eingeweicht.«*

Der römische Gelehrte irrte. Trotz ihrer beispiellosen

* Vgl. C. Plinius Secundus d. Ä., Naturkunde, hrsg. und übersetzt von Roderich König in Zusammenarbeit mit Joachim Hopp, Verlag Artemis & Winkler (Sammlung Tusculum), Zürich 1994, S.49 und 51.

Härte sind die Diamantkristalle zerbrechlich und spalten sich unter Schlägen leicht. Bocksblut dagegen hat auf sie überhaupt keine Wirkung.

Reine, funkelnde Kristalle wie der »Pitt« sind sehr selten. Rohe, unbearbeitete Steine fallen gewöhnlich weder durch ihren Glanz noch durch ihre äußere Form ins Auge. Ihre Oberfläche ist oft rauh und uneben, manchmal mit einer Schicht aus einer anderen Substanz überzogen, die man heute Kruste nennt und früher als »Hemd« bezeichnete. In den mittelalterlichen Lapidarien, speziellen Traktaten, die sich mit den heilenden und magischen Eigenschaften der Edelsteine beschäftigen, wird nämlich behauptet, daß Diamanten in Familien wachsen, der eine klein, der andere groß, männliche Kristalle und weibliche Kristalle. Sie leben, heißt es dort, von Himmelstau und gebären Junge, für die es ein glückliches Vorzeichen ist, genau wie für Menschenkinder, im »Hemd« auf die Welt zu kommen.

Im Frühherbst 1829, im Dorf Kalininskaja im Ural, trat die alte Apollinarija Popowa eines Morgens aus dem Haus, um nachzusehen, wie es um ihre weiße Legehenne bestellt sei. Die Henne hieß Motja. Sie war alt, fett und legte ungewöhnlich gut. Als Apollinarija in den mit weichem Stroh ausgelegten Korb schaute, entdeckte sie zu ihrem Entsetzen keine warmen großen milchfarbenen Eier, sondern nur ein einziges Ei, kleiner als ein Taubenei, schmutzig, grau und zu alledem auch noch eckig.

»Ogottogott, was ist das für ein widerliches Ding? Ist das Huhn etwa verhext?« schrie Apollinarija auf und bekreuzigte sich schnell.

Ihr ältester Enkel, der vierzehnjährige Pawlik, wollte gerade zur Arbeit gehen, Gold waschen.

»Guck doch nur, Pawlik, was für ein Unglück!« Die Oma reichte ihm den Korb. »Unsere Henne ist verhext worden, und ich weiß auch, wer das war, Raissa mit ihrem bösen Blick, die verfluchte Hexe. Erinnerst du dich, wie Motja vor drei Tagen plötzlich verschwunden war? Da hat Raissa sie zu sich auf den Hof gelockt, sie hat einen schwarzen Hahn. Die Weiber reden, das ist ein ganz besonderes Tier, ein verzaubertes. Ach, was für ein Jammer, Pawlik, schade um das Huhn, jetzt taugt es nur noch für die Suppe, oder vielleicht nicht mal dafür, wer weiß, ob so eine Suppe nicht schädlich ist!«

»Schon gut, Oma.« Pawlik nahm vorsichtig das kleine schmutzige Ei in die Hand und kratzte mit dem Fingernagel an der harten Kante. »Die Hühner laufen nicht zu Raissa auf den Hof, sondern zur Diamantenmine, zu den Feldküchen, dort gibt es Hirse und Brotkrumen. Raissa und ihr böser Blick haben nichts damit zu tun. Und ihr Hahn ist ein ganz gewöhnlicher, bloß schwarz wie Kohle und rauflustig wie der Teufel.« Pawlik sprach so vernünftig wie ein Erwachsener und kratzte dabei die ganze Zeit an dem seltsamen Ei herum, hielt es prüfend ans Licht.

»Warum denn zur Mine«, schimpfte die Oma weiter. »Sie bekommt doch nur das beste Korn, sie braucht doch gar nicht vom Hof zu laufen. Und du, Pawlik, iß deine Dickmilch und dein Brot.«

»Oma, erzähl den Nachbarinnen nicht von diesem Ei. Sag zu niemandem ein Wort, hörst du?«

Und schon war er fort, ohne Dickmilch und Brot angerührt zu haben.

Kapitel 6

Draußen fiel in großen Flocken dichter Schnee. Im Haus war es vom Schnee hell und so still, daß man hören konnte, wie fünf Kilometer entfernt eine einsame Vorortbahn über die vereisten Gleise ratterte.

Das Landhaus von Dmitri Wladimirowitsch Malzew war groß und warm, mit einer Zentralheizung, drei Badezimmern und zwei kleinen Duschen. Im Wohnzimmer, im Eßzimmer und im Schlafzimmer von Dmitri Malzew gab es außerdem noch Kamine, echte, mit verschnörkelten Funkenfängen und einem ganzen Sortiment verschiedener Zangen, Schürhaken, Bürsten und Schäufelchen.

Seit dem Abend schneite es, zur Nacht war ein richtiger Schneesturm aufgekommen. Warja schaute erst aus dem Fenster auf die großen, im Laternenlicht glitzernden Schneeflocken, dann auf die im Kamin schwelenden, rötlich leuchtenden Holzscheite. Schließlich richtete sie den Blick zur Zimmerdecke und begann Elefanten zu zählen.

Vor ihrem inneren Auge zog langsam eine schwere, dunkelgraue Herde vorbei. Der Rhythmus war beharrlich-monoton. Sie durfte sich durch das Zählen nur nicht so sehr ablenken lassen, daß sie vergaß, wollüstig zu stöhnen und sich ununterbrochen zu bewegen. Und auf keinen Fall durfte sie daran denken, daß unter ihr Wasser war, hundertfünfzig Liter Wasser, von dem sie nur das gummierte Gewebe der Matratze und ein dünnes Seidenlaken trennten.

Der Rhythmus wurde schneller. Die riesige Wassermatratze schwankte wie ein Berg Wackelpudding. Die Elefanten trampelten über die Zimmerdecke. Warja tröstete sich mit dem Gedanken an den glücklichen Augenblick, in dem sie sich endlich unter die Dusche stellen, das duftende grüne Gel auf den Schwamm drücken und sich lange und gründlich waschen würde. Bis dahin war es allerdings noch weit. Zwanzig Minuten mußte sie mindestens noch aushalten. Eine ganze Ewigkeit.

Das Getrappel der Elefanten ging allmählich in ein langes Dröhnen über, das an Donnerrollen erinnerte. Ihr schien, als trampele die Herde nicht mehr über die Decke, sondern über ihren ausgestreckten Körper. Sie fühlte sich vollkommen flach, sie wurde in das elastische, bewegliche Fleisch der Matratze gestampft. Der schwitzende, ächzende Mann über ihr wog mindestens hundert Kilo. Er lag immer oben. Andere Stellungen außer dieser, der primitivsten, mochte er nicht. Alles andere hielt er für pervers.

An Kraft und Ausdauer fehlte es ihm nicht, aber Phantasie ging ihm völlig ab. In den ersten zwei Wochen war von seinen dünnen, trockenen Lippen weder ein Laut noch ein Kuß gekommen. Vierzig Minuten Grabesstille und der gleichmäßige, schwere Rhythmus der Körperbewegungen. Aber inzwischen war er etwas lockerer und entspannter geworden. Manchmal küßte er Warja, saugte oder knabberte an ihrem Ohr, stöhnte und schrie mit seltsam hoher Stimme auf. Dann schöpfte sie wieder Hoffnung und glaubte, alles würde gut.

Dieser Mann, einer der reichsten und einflußreichsten in Rußland, dieser elastische, schweigsame Koloß mit den gelblichen, wie feuchter Lehm schimmernden Augen, mit dem kurzen Stiernacken, den breiten behaarten Handgelenken und den schmalen, auf weibliche Art gepflegten Fingern, würde sie heiraten.

Dmitri Wladimirowitsch Malzew war offiziell nur stellvertretender Finanzminister, aber sein Einfluß und seine Vollmachten reichten weit über die Grenzen dieses vergleichsweise bescheidenen Amtes hinaus. Jeden Morgen lief er barfuß fünf Kilometer durch den Wald, bei jedem Wetter nur mit einer kurzen Turnhose bekleidet, danach schwamm er im eiskalten Wasser des Swimmingpools. Mit seinen fünfzig Jahren war er gesund wie ein Eber, wie ein Zuchtbulle, wie ein wilder afrikanischer Elefant.

Die Wassertemperatur im Bassin war immer gleich, im Winter wie im Sommer plus sieben Grad. Wenn man nahe an den Rand trat, konnte man kleine Eisstückchen entdecken, so fein und durchsichtig wie Kontaktlinsen. Manchmal, wenn es nachts totenstill war, schien es Warja, als würde es leise klirren, wenn die Eisstückchen auf der schwarzen Wasseroberfläche mit den Reflexen der blassen Wintersterne zusammenstießen.

Wasser ist überhaupt nicht schrecklich, redete sich Warja ein, wenn sie in die schwarze Tiefe des Bassins blickte. Du mußt dich an das Wasser gewöhnen. Du hast Glück gehabt, seit drei Jahren ist er mit dir nicht mehr ans Meer gefahren. Die Ärzte haben ihm gesagt, daß die Sonne schädlich für ihn sei, weil er irgendwas mit der Haut habe und sich nicht sonnen dürfe. Inzwischen haben sie es ihm allerdings wieder erlaubt. In diesem Sommer will er nach Nizza. Dann mußt du ins Meer gehen. Du mußt es tun, denn sonst gibt es endlos viele Fragen und Verdächtigungen, er wird nicht eher Ruhe geben, als bis er den wahren Grund für deine Angst herausbekommen hat.

»Ja …«, stöhnte Warja durch zusammengebissene Zähne, fast ohne den Mund zu öffnen.

Ihre Beine schmerzten unerträglich. Ihr rechtes Ohr war naß, er hatte an ihrem Ohrläppchen gekaut und ihr den Hals mit Speichel vollgesabbert. Feuchte Haarsträhnen klebten ihr am Hals. Die schwere schwarze Wassermasse schien sich über ihr zu schließen und nahm ihr den Atem. Warja schrie dumpf und unterdrückt auf.

Dmitri Malzew küßte sie auf den Mund und streichelte ihr übers Haar. Er war vollkommen befriedigt, fühlte sich als richtiger Mann. Und Warja war glücklich, daß es zu Ende war und sie unter die Dusche gehen konnte.

Sie ließ Malzew mit geschlossenen Augen und seligem Ausdruck auf dem verschwitzten Gesicht zurück. Sie sah noch, wie er, ohne die Augen zu öffnen, die Hand ausstreckte und das Handy einschaltete, von dem er sich nie trennte und das er nur für die vierzig Minuten Liebe abschaltete, nicht länger.

Warja zog ihren Bademantel über und schlüpfte aus dem Schlafzimmer. Sie hatte die Tür noch nicht ganz geschlossen, da hörte sie das schwache Klingeln des Telefons und seine heisere, unzufriedene Stimme: »Ja ... Nein, ich kann dich ausgezeichnet hören, aber dein Tonfall gefällt mir nicht ... Ich verstehe ... Ehrlich gesagt, deine Idee mit dem holländischen Journalisten fand ich von Anfang an ziemlich verrückt. Entschuldige, aber du bist ein hundsmiserabler Schauspieler. Hör mal, Pawel, woher plötzlich diese jugendliche Abenteuerlust? Gut, darüber reden wir lieber nicht am Telefon. Aber im großen und ganzen läuft doch alles prima. Er ist ein Profi, laß ihn also ruhig machen. Warum sagst du nichts? Sind dir etwa Zweifel gekommen? Gut, erklär's mir ... Jetzt hör aber auf, Pawel, übertreib nicht. Nur weil er sich für unwiderstehlich hält, muß er nicht gleich ein kompletter Idiot sein. Kein Anlaß zur Panik. Also, mach's gut.«

Warja stand die ganze Zeit reglos und mit angehaltenem Atem an der Tür, lauschte bis zum Schluß und ging erst dann unter die Dusche.

Den meisten Einsatzleuten ging die pedantische Art von Hauptuntersuchungsführer Borodin schrecklich auf die Nerven. Für einen Fall zu arbeiten, der von Borodin geleitet wurde, galt als eine Art Disziplinarstrafe.

Als Hauptmann Iwan Kossizki die Materialien zum Mordfall Butejko durchgesehen hatte, sank seine Stimmung. Offensichtlich stand ihm eine ermüdende und vor allem vollkommen sinnlose Aufgabe bevor. Jeder andere Untersuchungsführer hätte sich über einen solchen Fall gefreut: eine

Leiche, und ein Mörder mit Waffe und Tatmotiv wurde gleich mitgeliefert. Wäre da nicht Borodin, der Fall würde nach einer Woche ans Gericht gehen.

Und dennoch begriff Hauptmann Kossizki, daß er nicht ganz ehrlich war. Es gab zu viele weiße Flecken. Man hatte noch keine Zeugen verhört und keine Gutachten eingeholt. Und die Strafe träfe ja nicht nur Anissimow, sondern auch seine zwanzigjährige Frau und seinen winzigen Sohn, der ohne Vater aufwachsen müßte. Und schließlich hatte dieser Anissimow auch noch Mutter und Vater, völlig normale, nette Leute. So beschloß Hauptmann Kossizki, es könne nicht schaden, wenn er einmal über den großen stillen Hof schlenderte und sich mit den Mietern im Erdgeschoß unterhielte.

Es war doch wirklich merkwürdig, daß niemand den nächtlichen Schuß gehört hatte, obwohl die Pistole keinen Schalldämpfer besaß. Und wie hatte der Verdächtige es geschafft, lautlos die Treppe hinunterzufallen, sich keinen einzigen blauen Fleck dabei zu holen und anschließend in den tiefen Schlaf eines Quartalssäufers zu sinken? Während er im Treppenhaus seinem Opfer aufgelauert hatte, war er noch bei klarem Verstand gewesen, hatte kaltblütig aus nächster Nähe seinem ehemaligen Klassenkameraden in die Schläfe geschossen, war die paar Schritte bis zur Treppe gegangen und dann plötzlich weggetreten?

Iwan spazierte ohne Hast um das Backsteingebäude herum, in dem noch bis vor kurzem der Journalist Artjom Butejko gewohnt hatte. Ein ganz gewöhnlicher neunstöckiger Wohnblock mit drei Eingängen. Dünne Mauern, niedrige Stockwerke. Vor dem Gebäude ein großer Hof mit einem Kinderspielplatz und zwei Reihen Garagen.

Der Hof war fast leer, nur eine junge Mutter mit einem Kinderwagen saß auf der Rücklehne einer kaputten Bank, zusammengekauert wie ein verfrorener Spatz, und auf dem Sportplatz trainierte ein etwa sechzehnjähriger Junge gerade mit seinem Hund, einem dicken, trägen Boxer.

Die karge Wintersonne verbarg sich, und sofort wurde es merklich kälter. Die Frau sprang von ihrer Hühnerstange herunter und schob den Kinderwagen zum Haus, zu ebenjenem, in dem der Mord passiert war. Iwan folgte ihr kurz entschlossen.

»Guten Tag.« Er stellte sich vor und zeigte ihr seinen Ausweis. »Wohnen Sie in diesem Haus?«

»Ja, wieso? Fragen Sie wegen des Mordes?« Ihr Gesicht belebte sich augenblicklich.

»Genau, wegen des Mordes«, nickte Iwan freudig. »Sagen Sie bitte, haben Sie in der betreffenden Nacht einen Schuß gehört?«

Die Frau zuckte die Achseln, überlegte eine Sekunde und sagte dann langsam: »Wissen Sie, ich wohne ja zufällig im Erdgeschoß, meine Tür ist gegenüber dem Lift. Bei uns in der Wohnung kann man ausgezeichnet hören, was im Treppenhaus passiert. Diesen Mann hat man ungefähr um zwei Uhr nachts erschossen?«

»Ein Uhr fünfundvierzig.«

»Ja, um diese Zeit war ich im Badezimmer, aber das Wasser hatte ich nicht angestellt. Ich habe irgendein Gepolter gehört, ständig schlug die Haustür, wir haben hier so eine schwere Stahltür, die man durch das ganze Haus hört, sogar wenn man sie festhält.«

»Die Tür ist mehrere Male zugeschlagen?« Der Hauptmann stutzte. »Genauer können Sie sich nicht erinnern?«

»Ich habe natürlich nicht mitgezählt.« Die Frau hob die Schultern. »Aber jedenfalls mehr als zweimal. Verstehen Sie, man hatte das Gefühl, jemand läuft dauernd hin und her. Und die ganze Nacht war ein Krach wie im Frühling. Dann wurde alles still, etwa eine halbe Stunde lang. Ich war noch nicht ins Bett gegangen, saß in der Küche und trank Tee. Na, und da fing auch schon der Lärm an, die Leiche war gefunden worden, und die Miliz kam angefahren.«

»Einen Moment, Sie sagten, ein Krach wie im Frühling. Was meinten Sie damit?«

»Böller«, erklärte die Frau. »Im Frühling lassen sie bei uns auf dem Hof jede Nacht Böller knallen. Sobald die ersten warmen Nächte kommen, stehen die Jugendlichen bis zum frühen Morgen auf dem Hof herum und amüsieren sich. Na, und Silvester natürlich auch, da böllern sie auch. Und genauso war es in dieser Nacht, plötzlich ging aus heiterem Himmel eine richtige Kanonade los, genau zwischen eins und zwei. Ich dachte noch, vielleicht feiert jemand Geburtstag oder Hochzeit. Und so kurz vor zwei habe ich das Oberlicht aufgemacht und dabei gesehen, wie jemand am Fenster vorbeilief. Mein Küchenfenster ist neben der Haustür. Der Mann ist mir aus zwei Gründen aufgefallen, erstens, weil er rannte, und zweitens, weil er ungewöhnlich breite Schultern hatte. So ein richtiger Kraftmeier mit einem Stiernacken. Ein Muskelpaket. Er lief von der Haustür bis zur Straßenecke. Sein Gesicht konnte ich natürlich nicht erkennen, ich habe ja aus dem Licht ins Dunkel geblickt, aber an die Silhouette erinnere ich mich.«

»Sie sagen, das war kurz vor zwei? Wissen Sie es vielleicht genauer?«

»Leider nicht. Ich habe nicht auf die Uhr gesehen.«

Der Hauptmann bedankte sich bei der Frau, setzte sich auf die Banklehne und holte seine Zigaretten heraus.

Böller – das war ja sehr interessant. In derselben Nacht, zur selben Zeit, als der Schuß ertönte, wurden im Hof Böller gezündet. Und aus dem Haus rennt ein breitschultriges Schwergewicht. Und die ganze Zeit schlägt die Tür. Es wäre nicht schlecht, sich über dieses Thema noch mit ein paar anderen Leuten zu unterhalten.

Er blickte über den Hof. Menschenleer, wie zuvor. Nur der Junge mit dem dicken Boxer war noch da. Vielleicht sollte er mit ihm sprechen? Hundebesitzer führen ihre Schützlinge oft auch nachts auf die Straße.

Die Haustür klappte. Ein großes blondes Mädchen in einer hellblauen Jacke trat heraus. Der Hauptmann bemerkte, daß der Besitzer des Boxers erst wie angewurzelt stehenblieb und dann auf das Mädchen zulief.

»Lena, warte!«

Dem Jungen brach die Stimme, es klang komisch, als ob ein Hahn krähte.

»Was willst du von mir? Ich hab dir doch gesagt, laß mich in Ruhe.«

Die beiden blieben neben der Bank stehen, auf der der Hauptmann saß. Der Boxer sprang in die Höhe und versuchte, Lena übers Gesicht zu lecken.

»Bist du beleidigt?«

»Ich sag dir doch, verschwinde. Diesen Eifersuchtsquatsch kann ich nicht ab. Du gehst mir auf die Nerven.« Das Mädchen sprach ärgerlich, abgehackt, blieb aber trotzdem stehen und ging nicht weg. Der Hauptmann dachte, daß der Junge wohl doch noch Chancen hatte.

»Lena, ich habe dir bestimmt nicht nachspioniert. Das war reiner Zufall. Ich bin nur mit Shorik rausgegangen. Er hatte irgendwas Falsches gefressen und die ganze Nacht Durchfall, jede halbe Stunde kam er an und wollte raus.«

»Du spionierst mir nach, du läßt mir keine Ruhe.«

»Glaubst du, das macht mir Spaß zu sehen, wie du mit Spritti rumknutschst?«

»Ich? Mit Spritti?« Das Mädchen schnaubte verächtlich. »Bist du völlig bescheuert? Wir haben bloß rumgestanden und uns unterhalten. Und überhaupt, was geht dich das an.«

»Unterhalten, ach nee. Um halb zwei Uhr nachts. Lena, der hat doch jeden Monat ein neues Mädchen.«

»Das ist nicht deine Sache. Ständig rennst du hinter mir her und mischst dich in alles ein. Es hängt mir zum Hals raus.«

»Ich hab eigentlich überhaupt nichts gesehen. Wie dieser Idiot anfing rumzuböllern, war ich fast blind.«

»Halt, Kinder, stop!« mischte sich Kossizki ein. »Wer hat angefangen zu böllern?«

Sie starrten ihn erstaunt und feindselig an.

»Also, ich gehe jetzt«, sagte Lena.

»Nicht doch, seid bitte so nett und wartet einen Augenblick!« Der Hauptmann zog seinen Ausweis hervor. »Ich bin von der Miliz. Bei euch hier im mittleren Haus ist jemand ermordet worden. Ihr habt gerade gesagt, jemand hat um diese Zeit auf dem Hof Feuerwerkskörper gezündet. Habt ihr gesehen, wer?«

»Irgend so ein Bekloppter«, sagte der Junge, verwirrt blinzelnd, »ein Mann, ein Erwachsener.«

»Um wieviel Uhr war das?«

»Tja, ich hab nicht extra auf die Uhr geguckt ... Ich war mit dem Hund rausgegangen, er hatte Durchfall, das erste Mal so gegen zwölf, eine Viertelstunde waren wir unterwegs, dann sind wir nach Hause gegangen, aber ich hatte kaum die Schuhe ausgezogen, da wollte Shorik schon wieder raus.«

»Das ist natürlich für alle ungeheuer interessant«, sagte Lena spöttisch. »Das muß unbedingt ins Protokoll, daß dein Shorik Durchfall hatte. Nebenbei, ich habe auch einiges gesehen, zum Beispiel, wie der Mann weggerannt ist, ein kräftiger, großer Kerl war das, so ein breites Kreuz. Aus diesem Eingang ist er rausgekommen, und nichts wie weg. Der, der die Böller abgefeuert hat, ist hinter ihm hergelaufen. Sie sind um die Ecke gebogen. Ich konnte sie nicht gut erkennen, es war dunkel und zu weit weg. Nur ihre Umrisse.«

»Kannst du denn denjenigen, der die Böller abgefeuert hat, genauer beschreiben?«

»Nein.«

»Und du?«

»Ich hab ihn auch nicht besonders deutlich gesehen.« Der Junge zuckte die Schultern. »Aber ein paarmal sind die Böller so stark aufgeflammt, daß er hell beleuchtet war, vom Kopf bis zu den Füßen. Er war nicht sehr groß, etwa so wie ich. Aber ziemlich dick. Er trug eine dunkle kurze Jacke und hatte X-Beine, wie so viele Dicke. Als er losgerannt ist, konnte man sehen, daß er nicht besonders sportlich ist. Er ist so schwer gelaufen, so watschelnd.«

Der Hauptmann schrieb sich Namen und Adressen der Zeugen in sein Notizbuch, bedankte sich zum Abschied und sprang von der Bank.

»Vielleicht hat dieser Typ ja die Böller absichtlich abgefeuert, damit man den Schuß nicht hörte?« erklang hinter ihm die gedämpfte Stimme von Lena.

Bevor Natascha Anissimowa zum Rechtsanwalt fuhr, um sich beraten zu lassen, brachte sie das Kind zu ihrer Mutter.

»Ich würde mich gar nicht wundern, wenn sich herausstellt, daß er der Mörder ist«, erklärte Kira Georgijewna, kaum daß Natascha eingetreten war. »Mir war von Anfang an klar, wie seine ganzen dunklen Geschäfte enden würden.«

Natascha dachte plötzlich, daß sich ihre Mutter diesen Satz im voraus zurechtgelegt hatte, sobald sie erfahren hatte, was geschehen war.

»Nun hör aber auf, Mama«, stöhnte sie, während sie ihrem

Sohn den Overall auszog, »was für dunkle Geschäfte? Wovon redest du?«

»Das weißt du ganz genau! Diese ganzen Käufe und Weiterverkäufe. In normaler Sprache nennt man so was Schwarzhandel. Dafür kam man früher ins Gefängnis. Aber heute, bitte sehr, heißt das vornehm Business. Wo dieses Business ist, ist die Kriminalität nicht weit. An das Kind hätte er denken sollen, an dich.«

»Er hat ja an uns gedacht, er wollte Geld verdienen.«

»Geld! Was anderes hast du nicht im Kopf. Eure Generation ist so voller Zynismus, daß es einen graust, wenn man mit euch redet. Als Kind warst du ganz anders. Ein unverdorbenes Mädchen, ganz ohne diese Geschäftstüchtigkeit, du hast Bücher gelesen, musiziert, dich mit Ballett und Eiskunstlauf beschäftigt. Und wozu das alles? Um das Studium hinzuwerfen und Hausfrau zu werden, Ehefrau eines ›neuen Russen‹?«

Natascha fehlte die Kraft, um zu widersprechen, es war immer die gleiche alte, widerliche Leier, kaum kam die Rede darauf, spürte sie einen Geschmack wie von ranzigem Haferbrei im Mund. Kira Georgijewna mochte ihren Schwiegersohn nicht und hatte sich auch nie bemüht, das zu verbergen. Durch die Ereignisse fühlte sie sich in ihrer Meinung bestätigt: Sanja war eine zwielichtige Person, ein Mensch ohne Rückgrat, ohne Prinzipien und Moral.

Statt in seinem erlernten Beruf als Bauingenieur zu arbeiten, beschäftigte er sich mit irgendwelchen zweifelhaften Geschäften, handelte mit allem möglichen Plunder, mit Schlankheitspillen, Haarwuchsmitteln, Elixieren zur Stärkung der Potenz, Vitaminpräparaten gegen das Altwerden. Kira Georgijewna selber hatte fünfundzwanzig Jahre gewissenhaft als Hygienebeauftragte bei der Sanitär- und Seuchenstation des Stadtbezirks gearbeitet. Als Natascha drei

Jahre alt war, hatte sie sich von ihrem Mann scheiden lassen. Seitdem verachtete sie die Männer im allgemeinen und im besonderen.

Natatscha bemühte sich schon ein paar Minuten lang, Dimytsch das Mützchen abzunehmen. Sie war ohne Handschuhe aus dem Haus gegangen, ihre Hände waren steif vor Kälte und wollten nicht warm werden. Ihre geschwollenen Finger bekamen den Knoten nicht auf. Dimytsch wimmerte leise, er wollte schlafen und mochte es gar nicht, daß man ihn so langsam und ungeschickt auszog und an ihm herumzerrte, außerdem erschreckte ihn die ärgerliche Stimme der Oma.

»Laß mich das machen, du verhedderst ja alles!« Kira Georgijewna schob Natascha zur Seite und hockte sich vor Dimytsch hin. »Was hast du denn da zusammengedreht? Konntest du das nicht normal zubinden? Hast du heute überhaupt schon gefrühstückt?«

»Ich will nichts essen.«

»Du willst wohl vor Hunger in Ohnmacht fallen? Du brauchst mich gar nicht so anzugucken. Geh in die Küche, im Kühlschrank ist Käse, mach dir ein Butterbrot. Immer nur Geld, Geld ... Krank seid ihr alle, Ehrenwort. Du solltest an andere Dinge denken. Du mußt schließlich Konsequenzen ziehen, du hast ein Kind, das heranwächst.«

»Was für Konsequenzen, Mama?« schrie Natascha aus der Küche und schlug laut die Kühlschranktür zu.

»Sehr ernste und endgültige, Natascha. Mit wem lebst du? Wie lebst du? Schau dir an, in welcher Gesellschaft sich dein Mann bewegt. Allein schon dieser Wowa Muchin! Dem steht doch auf der Stirn geschrieben, daß er ein Gangster ist. Übrigens, vorgestern, als du zum Arzt gegangen bist, war er kurz bei euch.«

»Wer?« rief Natascha aus der Küche und ließ das Messer fallen.

»Wowa Muchin.«

»Mama, wieso sagst du das erst jetzt?«

»Ich hab's vergessen, entschuldige. Ist das denn so wichtig?«

Natascha kam mit einem Butterbrot in der Hand ins Zimmer gestürzt.

»Warum war er bei uns?«

»Woher soll ich das wissen? Mir hat er das nicht verraten.«

»Wart mal, Mama, das mußt du mir der Reihe nach erzählen. Er hat geklingelt, du hast aufgemacht ...«

»Nein, ich habe ihn unten an der Haustür getroffen. Ich kam gerade mit Dimytsch vom Spaziergang zurück, er hätte uns mit der Tür fast umgestoßen. Ich sehe ihn mir an und denke, die Visage kennst du doch. Ich habe gegrüßt, er hat nicht reagiert.«

»Bist du sicher, daß es Wowa Muchin war? Du hast ihn doch vorher höchstens zweimal gesehen, und das ist auch schon lange her.«

»Gott sei Dank bin ich noch nicht senil, und mein Gedächtnis funktioniert nach wie vor ausgezeichnet.«

»Und als du in wieder in der Wohnung warst, war dort irgendwas verändert?«

»Lieber Himmel«, Kira Georgijewna seufzte, »was sollte sich dort verändert haben? Es war ja niemand zu Hause.«

»Trotzdem, versuch dich zu erinnern. Es ist sehr wichtig.«

»Natascha, dir zittern ja die Lippen, schau dich nur mal im Spiegel an, wie du aussiehst. So weit hat dein wunderbarer Sanja dich schon gebracht! Das ist viel wichtiger, und darüber solltest du jetzt nachdenken.«

»Was nörgelst du dauernd an mir rum? Mir ist auch so schon übel. Begreif doch endlich, Sanja hat niemanden ermordet, jemand will ihm das anhängen, deshalb ist jetzt jede Kleinigkeit wichtig. Statt herumzunörgeln, solltest du lieber versuchen, dich an alles zu erinnern, was mit Muchin zusammenhängt.«

»Ja, natürlich, Muchin ist es gewesen, der will nun Sanja den Mord anhängen, ich weiß alles, aber ich sage dir absichtlich nichts.« Kira Georgijewna grinste sarkastisch. »Kommst du eigentlich gar nicht auf die Idee, mein liebes Kind, daß es Gründe dafür geben muß, wenn ihn jemand in eine solche Falle lockt? Mit mir zum Beispiel würde das niemand tun.«

Natascha gab keine Antwort, sie schluckte ihre Tränen hinunter und ging ins Bad, um die Milch für den Säugling in das Fläschchen abzupumpen.

Zum Abschied, als sie schon im Treppenhaus standen, sagte Kira Georgijewna mit lauter, triumphierender Stimme, ohne sich im mindesten vor der Nachbarin zu genieren, die auf den Lift wartete: »Du mußt jetzt natürlich zum Anwalt gehen und dich beraten lassen, wie du am schnellsten eine rechtskräftige Scheidung bekommen und die Wohnung tauschen kannst. Hast du mich verstanden?«

Kapitel 7

Mit der Mutter des Ermordeten zu sprechen war derart schwierig, daß Borodin sich ernsthaft für diese Dame zu interessieren begann. Jelena Petrowna Butejko hielt sich tapfer, man hätte nicht gedacht, daß sie vor kurzem ihren einzigen Sohn verloren hatte, aber aus irgendeinem Grund wollte sie viele Fragen nicht beantworten, selbst ganz einfache und harmlose nicht.

»Wieso mischen Sie sich in unser Leben ein? Was hat das alles mit unserem Leid zu tun?« Sie kippte ein Gläschen Wodka mit Valokordin hinunter, verzog das Gesicht, schüttelte den Kopf und starrte Borodin mit trockenen, bösen Augen an.

»Ich leite die Untersuchung des Falls«, erinnerte er sie.

»Wozu? Der Mörder ist am Tatort festgenommen worden. Was gibt es da zu untersuchen? Man muß ihm den Prozeß machen. Verurteilen und erschießen!«

Borodin saß an einem wackligen Küchentisch am Fenster. Auf dem Tisch lag eine schäbige Wachstuchdecke mit Obstmuster, im gleichen Muster waren auch die Küchenwände tapeziert. Auf den weißen Plastiktüren des kleinen Büfetts klebten noch die bunten Reste von Abziehbildern.

»Schreien Sie doch nicht so«, bat Borodin, »die Untersuchung ist noch nicht abgeschlossen und Anissimows Schuld noch nicht bewiesen.«

»Was wollen Sie da noch beweisen? Der Mörder gehört vor Gericht, und Sie versuchen, eine Familie in den Schmutz zu ziehen, die ohnehin schon zerstört ist. Ich kenne die Gesetze. Ich bin nicht verpflichtet, Ihnen auf Fragen zu antworten, die meiner Familie und mir schaden können!« fauchte Jelena Butejko.

»Wieso sollten sie Ihnen schaden?« erkundigte sich Borodin seufzend. »Ich habe Ihnen eine einfache Frage gestellt: Was hat Ihr Mann beruflich gemacht?«

Die Butejko stand jäh auf und begann in der winzigen Küche auf und ab zu laufen. Ihr Gesicht war ganz rot geworden, ihre trockenen Augen funkelten.

»Mein Mann liegt im Krankenhaus. Er hatte einen Herzinfarkt. Wie können Sie es wagen, in seiner Vergangenheit herumzuschnüffeln? Das geht Sie nichts an! Das hat überhaupt nichts mit dem Fall zu tun!« Sie schrie so laut, daß es Borodin in den Ohren gellte.

»Entschuldigen Sie, Jelena Petrowna, warum regen Sie sich denn so auf?«

»Ich rege mich auf, weil man meinen Sohn ermordet hat! Weil mein Mann schwer krank ist!«

»Ich verstehe und fühle mit Ihnen.«

»Auf Ihr Mitgefühl kann ich verzichten. Es ist keinen roten Heller wert, Ihr Mitgefühl! Meinen Jungen bringt es mir nicht zurück! Ich weigere mich, auf Ihre idiotischen Fragen zu antworten.«

»Sie weigern sich«, nickte der Untersuchungsführer verständnisvoll, »gut, dann wollen wir Ihre Weigerung offiziell zu Protokoll nehmen.«

»Mein Sohn ist tot. Mein Mann liegt mit einem Herzinfarkt auf der Intensivstation. Haben Sie denn überhaupt kein Gewissen? Ich werde mich über Sie beschweren.«

»Jelena Petrowna, Sie können sich natürlich beschweren, das ist Ihr Recht.« Borodin bemühte sich, so sanft wie möglich zu sprechen. »Ich kann Ihren Gemütszustand verstehen, aber Ihre Reaktion auf meine einfachen Fragen kommt mir seltsam vor. Ich habe Sie doch nur gebeten, mir zu erzählen, was Ihr Mann früher gemacht hat.«

Jelena Butejko stand auf und verließ die Küche. Einen Moment später kam sie zurück und schleuderte mit heftiger Bewegung ein Arbeitsbuch auf den Tisch.

»Da, sehen Sie selbst!«

Der berufliche Werdegang von Butejko senior erwies sich als ausgesprochen langweilig. Nach dem Abschluß der Kunstfachschule 1965 hatte Wjatscheslaw Iwanowitsch Butejko als Meister in einer Reparaturwerkstatt für Metallwaren gearbeitet. 1968 hatte er dort gekündigt und sofort darauf im Juweliergeschäft »Bernstein« angefangen, wo er bis 1985 als Meister für künstlerische Gravuren gewesen war. Dann hatte er plötzlich den Beruf gewechselt und sich eine Stelle als Maschinenschlosser in der Schuhfabrik »Sturmvogel« gesucht. Dieser Eintrag war der vorletzte in seinem Arbeitsbuch, danach folgte nur noch der Vermerk über die Pensionierung aus Altersgründen.

»Hat Ihr Mann sich so für das Juwelierhandwerk interessiert, daß er diese Arbeit im Geschäft ›Bernstein‹ angenommen hat?«

»Er hat nie etwas mit dem Juwelierhandwerk zu tun gehabt«, gab Jelena Petrowna langsam, fast Silbe für Silbe, zurück.

»Aber Anissimow war doch bei Ihnen, um Ihrem Mann einen antiken Smaragdring zu zeigen.«

»Hat Ihnen Anissimow das erzählt? Und Sie wiederholen die Worte des Mörders hier, in diesem Haus? Sie wiederholen sie vor mir, der Mutter des Ermordeten?« Die Butejko sprach plötzlich in theatralisch-tragischem Flüsterton. »Hiermit erkläre ich ganz offiziell, daß das eine Lüge ist. Eine schmutzige, freche Lüge, vom ersten bis zum letzten Wort. Er lügt Ihnen das Blaue vom Himmel herunter, dieser Anissimow. Er ist gekommen, um meinem Sohn zu drohen. Einen Ring habe ich nirgends gesehen, aber seine Drohungen konnte ich ausgezeichnet hören. Wir haben eine kleine Wohnung, die Zimmer liegen hintereinander, und die Wände sind dünn. Schauen Sie sich doch um. Leben so etwa Leute, die mit Gold und Edelsteinen zu tun haben? Sie als Untersuchungsführer müßten das schließlich beurteilen können.«

»Ja, natürlich«, stimmte ihr Borodin sofort zu, »Juweliere sind in der Regel wohlhabende Leute. Jelena Petrowna, wußten Sie, daß Ihr Sohn sich nicht nur bei Anissimow große Summen Geld geliehen hat?«

»Ich habe mich nicht in Artjoms Angelegenheiten eingemischt. Er ist ein erwachsener Mensch«, erwiderte sie leise und rasch, offenbar etwas ruhiger geworden.

»Aber über seine Schulden bei Anissimow haben Sie doch Bescheid gewußt.«

»Das habe ich zufällig gehört. Das heißt, ich habe gehört, wie Artjom eine heftige Auseinandersetzung mit jemandem am Telefon hatte. Ich habe gemerkt, daß er ganz aufgeregt war, und ihn anschließend gefragt, was los sei. Da hat er es mir erzählt.«

»Was genau hat er Ihnen erzählt?«

»Er hat sich beklagt, daß Anissimow ihn bedrohe und erpresse.«

»Erpresse? Womit denn?«

»Du lieber Himmel, was spielt das für eine Rolle?«

»Jelena Petrowna, wissen Sie eigentlich, was Erpressung ist?« erkundigte sich Borodin vorsichtig und versuchte ihren unsteten, erschrockenen Blick zu erhaschen. »Das ist die Drohung, kompromittierende, verunglimpfende Informationen zu enthüllen und publik zu machen mit dem Ziel, dabei Geld herauszuschlagen. Welche Informationen, die Ihren Sohn kompromittiert hätten, konnte Anissimow wohl haben?«

»Keine!«

»Womit konnte er Artjom dann erpressen?«

»Sie sind ein Wortklauber! Und überhaupt, ich bin müde.«

»Verzeihen Sie, ich werde Sie nicht mehr lange in Anspruch nehmen. Worin bestanden die Drohungen?«

»Er hat gesagt, er werde Artjom umbringen. Und das hat er ja auch getan!«

»Einfach so, er werde ihn umbringen?« fragte Borodin.

»Nein, nicht einfach so. Wegen des Geldes.«

»Artjom hat Ihnen also von den dreitausend Dollar Schulden erzählt?«

Ihre Augen irrten unruhig umher, sie wurde erneut puterrot und platzte dann plötzlich heraus, als hätte sie einen unerwarteteten Entschluß gefaßt: »Es gab überhaupt keine Schulden!«

»Sehr interessant.« Borodin nickte und bemühte sich, die Ruhe zu bewahren. »Ist das eine offizielle Aussage?«

»Ja, das erkläre ich ganz offiziell. Artjom hatte überhaupt keine Schulden bei Anissimow. Keine Kopeke. Mein Sohn hat sich nicht erpressen lassen, und deshalb hat Anissimow ihn umgebracht. Mehr habe ich nicht zu sagen. Mir ist schlecht. Ich verlange, daß Sie gehen.«

»Wenn Ihnen schlecht ist, kann ich Ihnen einen Arzt rufen.«

»Nein. Geben Sie den Wisch her, den ich unterschreiben muß, und dann lassen Sie mich bitte in Ruhe.«

»Hier, lesen Sie es noch einmal durch und unterschreiben Sie.« Borodin reichte ihr das Protokoll. Sie sah es flüchtig durch, und erst bei der letzten Seite zögerte ihre Hand.

Tja, Madame, mündlich zu lügen ist leichter, als die Unterschrift unter ein offizielles Dokument mit den eigenen Lügen zu setzen, dachte Borodin spöttisch.

Jelena Butejko schwankte nur einen Augenblick, bevor sie auf der letzten Seite unterschrieb. Borodin erinnerte sie nicht daran, daß sie beim ersten Verhör auf dem Revier ausgesagt hatte, Anissimow habe ihrem Sohn im Juli letzten Jahres dreitausend Dollar geliehen.

Der Anwalt Lew Syslin war ein junger, gutaussehender Mann. Bei seinem Anblick schöpfte Natascha neuen Mut. Sie stellte sich sofort vor, wie er mit seiner tiefen, samtenen Stimme das Hohe Gericht davon überzeugte, daß Sanja unschuldig war, und beruhigte sich. Dieser Mann würde es schaffen.

»Kaffee? Tee?« bot Syslin liebenswürdig an, als Natascha sich in dem weichen Ledersessel seines kleinen, gemütlichen Büros niederließ.

»Kaffee, bitte.«

»Entschuldigen Sie die indiskrete Frage, aber wie alt sind Sie?« fragte er mit freundlich-herablassendem Lächeln.

Natascha wußte, daß sie jünger aussah als zwanzig, besonders wenn sie nicht geschminkt war. Man hielt sie oft noch für minderjährig.

»Ich bin zwanzig.«

»Ah, dann ist ja alles in Ordnung. Ehrlich gesagt, zuerst habe ich gedacht, sie wären nicht älter als sechzehn. Nun, Natalja Wladimirowna, was haben Sie auf dem Herzen?«

Das sorgfältig gestutzte hellblonde Bärtchen gab seinem Aussehen etwas Professorales. Die blauen Augen und das offene, strahlende Lächeln wirkten ermutigend. Eine blutjunge Sekretärin im Minirock brachte ein Tablett, auf dem zwei Tassen mit dünnem Pulverkaffee standen.

»Mein Mann ist in eine Falle gelockt worden«, begann Natascha, sobald die Sekretärin hinausgegangen war, »er ist völlig unschuldig.«

»Einen Augenblick bitte«, Syslin schüttelte den Kopf und hob die Hand, »alles der Reihe nach. Am Telefon haben Sie gesagt, daß Ihr Mann Alexander Anissimow verhaftet worden sei und jetzt im Untersuchungsgefängnis sitze.«

»Ja, genauso ist es. Man beschuldigt ihn, einen Mord begangen zu haben, aber er war es nicht.«

»Erstens ist Ihr Mann zum jetzigen Zeitpunkt noch nicht verhaftet, sondern nur vorläufig festgenommen. Zweitens beschuldigt man ihn nicht, sondern verdächtigt ihn nur. Haben Sie schon mit dem Untersuchungsführer gesprochen?«

»Noch nicht. Alles ist erst heute nacht passiert. Ich weiß, daß man mich sehr bald, vielleicht noch heute, vorladen wird, und davon, was ich dem Untersuchungsführer sage, wird sehr viel abhängen, deshalb wollte ich zuerst mit Ihnen reden, um mich auf das Verhör vorzubereiten und nichts Falsches zu sagen.«

»Vernünftig.« Syslin nickte. »Und warum sind Sie so sicher, daß man Ihren Mann in eine Falle gelockt hat?«

»Mein Mann könnte niemanden umbringen. Er ist einfach nicht fähig dazu. Ich weiß, das ist für Sie kein Argument, das sagen wahrscheinlich alle.«

»Nein, warum? Längst nicht alle sagen das. Ganz im Gegenteil, es gibt Ehefrauen, die mit allen Mitteln versuchen, ihre Angetrauten hinter Gitter zu bringen.«

»Ja, natürlich, aber bei uns ist das ganz anders.« Natascha reckte stolz das Kinn hoch. »Ich werde alles tun, um meinen Mann wieder freizubekommen. Alle Indizien sprechen gegen ihn, viel zu viele Indizien, und das beweist klar und eindeutig, daß er nur vorgeschoben wurde. Man hat es absichtlich so eingerichtet, daß es keine anderen Verdächtigen gibt. Wenn er wirklich der Mörder wäre, hätte er sich wohl kaum neben der Leiche und der Pistole im Treppenhaus schlafen gelegt.«

»Wie, hat er sich zum Schlafen wirklich neben die Leiche gelegt?« Syslin verzog das Gesicht zu einem schwachen Lächeln. »War er betrunken?«

»Aber nein! Er trinkt nie. Das heißt, manchmal natürlich schon, wie jeder normale Mensch, aber nie so viel, daß er betrunken ist. Verstehen Sie, man hat ihm irgendwas in den Wodka oder in den Kognak geschüttet, oder was immer man ihm in diesem verfluchten Restaurant zu trinken gegeben hat! Und damit hat man ihn eingeschläfert. Als er wieder aufgewacht ist, konnte er sich an nichts mehr erinnern. Es gibt doch solche Präparate, die zu Gedächtnisverlust führen?«

»Zweifellos. Und was war weiter?«

»Weiter?« Natascha seufzte tief auf. »Vermutlich hat man ihn dann, als er fest schlief, in ein Auto gepackt, zum Tatort gefahren und dort mit seiner Pistole geschossen.«

»Woher hatte er die Waffe?«

»Das war ein Gelegenheitskauf.« Natascha errötete. »Eine kindische Idee, er kam sich damit wichtig vor.«

»Welche Marke?«

»Eine Walter. Aber er hat sie nur ganz selten mitgenommen, nur in der ersten Zeit hat er sie manchmal mit sich herumgeschleppt, um damit vor seinen Freunden anzugeben.«

»Hatte er einen Waffenschein?«

»Nein. Ich habe ihm gesagt, daß man die Pistole registrieren lassen muß. Wer weiß, was einem sonst blühen kann. Aber er wollte nicht, hat gesagt, Blödsinn, alle seine Bekannten hätten Waffen, und keine wäre registriert.«

»Ihr Mann scheint ja interessante Bekannte zu haben«, brummte der Anwalt. »Na gut, und der Ermordete, wissen Sie, wer das ist?«

»Nein!« Natascha starrte den Anwalt völlig entgeistert an und preßte mit einer raschen nervösen Bewegung die Hand vor den Mund. »O mein Gott … Ich habe nicht die leiseste Ahnung, wer mit Sanjas Pistole erschossen worden ist. Entschuldigen Sie, ich begreife erst jetzt, daß ich für ein Gespräch mit Ihnen gar nicht vorbereitet bin.«

»Soweit ich Sie verstanden habe, Natalja Wladimirowna, handelt es sich um einen komplizierten, verwickelten Fall, der aber nicht hoffnungslos ist. Leider muß ich jetzt aufbrechen, ich habe noch andere Termine. Ich denke, unser nächstes Gespräch wird schon weit fruchtbarer sein. Beruhigen Sie sich erst einmal, warten Sie, bis der erste Schock vorüber ist, und berichten Sie mir dann alles der Reihe nach.«

»Entschuldigung«, sagte Natascha verlegen, »ich habe mich wohl wirklich ziemlich verworren ausgedrückt. Aber ich möchte, daß Sie das Wichtigste verstehen: Mein Mann ist unschuldig. Er ist kein Mörder.«

»Darüber mache ich mir nicht die geringsten Sorgen«, sagte der Anwalt lächelnd.

»Was soll das heißen?! Lehnen Sie die Verteidigung von Sanja ab?« platzte Natascha heraus und schluckte krampfhaft, um die aufsteigenden Tränen zu unterdrücken.

»Das habe ich nicht gesagt.«

»Aber wie soll ich Sie dann verstehen?«

»Genauso, wie ich es gesagt habe. Wortwörtlich. Die Sache ist die, Natalja Wladimirowna, daß es mich gar nicht interessiert, ob Ihr Mann schuldig oder unschuldig ist. Ich habe andere Aufgaben. Ich bin Anwalt, nicht Untersuchungsführer oder Richter.«

»Soll das heißen, es ist Ihnen ganz egal, wen Sie verteidigen, einen Mörder oder einen Unschuldigen?«

»Genau.« Syslin lächelte. »Mir als professionellem Anwalt ist das egal.«

»Das kann nicht sein.«

»Warum nicht?«

»Aber das ist doch offensichtlich. Erstens ist es moralisch leichter, einen Unschuldigen zu verteidigen, und zweitens ...« Sie wurde rot und stockte.

»Und zweitens?« Syslin legte den Kopf etwas zur Seite und blickte Natascha mit spöttischer Neugier an. »Sprechen Sie ruhig zu Ende, ich höre.«

»Die Wahrheit kann man leichter beweisen als die Lüge.«

»Das stimmt nicht. Die Wahrheit ist gewöhnlich viel schwerer zu beweisen als die Lüge. Die Wahrheit kann schmutzig und völlig unlogisch sein, sie ist spontan und verworren, besteht aus lauter dummen Zufällen und widerspricht oft dem gesunden Menschenverstand. Eine überlegte, bewußte Lüge dagegen ist eine schöne Frucht des menschlichen Intellekts. Sie ist viel attraktiver und überzeugender als die Wahrheit und deshalb auch leichter zu beweisen. Die Menschen glauben nur das, was sie glauben wollen.«

Natascha ärgerte sich allmählich etwas über seinen oberlehrerhaften Tonfall. Der Anwalt, so schien ihr, plusterte sich unnötig vor ihr auf und wollte ihr offenbar seine rhetorischen Fähigkeiten demonstrieren.

»Bevor wir uns weiter unterhalten, müssen Sie erst einmal einen Antrag schreiben, zwei Formulare ausfüllen und tausend Rubel in die Konsultationskasse einzahlen.« Er wühlte im Schreibtisch und reichte ihr mehrere Blätter. »Hier ist ein Musterantrag, und das sind die Formulare. Meine Dienste werden fünftausend Dollar kosten.«

»Ja, natürlich«, erwiderte Natascha automatisch, ergriff den Füller, aber da wurde ihr plötzlich ganz heiß, sie öffnete ihre Handtasche und klappte sie schnell wieder zu. »Entschuldigen Sie, ich habe mein Portemonnaie zu Hause vergessen.«

»Das ist nicht schlimm. Kommen Sie morgen früh vorbei. Wenn ich nicht da bin, zahlen Sie das Geld einfach an unserer Kasse ein, dort wird man alles für Sie regeln, und übermorgen beginnen wir unsere Arbeit.«

Schweißgebadet verließ sie das Anwaltsbüro. Sie konnte sich kaum noch auf den Beinen halten. Es war ein klarer, frostkalter Tag. Von der Kälte und der grellen Sonne traten ihr Tränen in die Augen, und durch den zitternden, regenbogenfarbigen Schleier konnte sie nichts mehr sehen. Sie rutschte auf einem spiegelglatten schwarzen Streifen Eis aus, verstauchte sich den Fuß, spürte aber keinen Schmerz. An der Kreuzung kreischten Bremsen auf.

»Paß doch auf, wo du hinläufst, du blöde Kuh«, schrie der Fahrer eines Shiguli aus dem heruntergekurbelten Autofenster. »Bist du lebensmüde?«

Wir haben kein Geld, wiederholte Natascha in Gedanken

stumpfsinnig immer wieder. Wo soll ich fünftausend Dollar hernehmen? Fünfhundert Rubel, ja, die könnte ich mir von Mama leihen. Sanjas Mutter hat schon seit Monaten kein Gehalt mehr von ihrem Betrieb bekommen. Sanja selber hat ihr hin und wieder hundert oder zweihundert Dollar zugesteckt, aber trotzdem hatte sie kaum genug zum Leben. Bei unseren Freunden und Bekannten können wir uns auch nichts leihen, einfach deshalb, weil wir nicht wissen, wann und wie wir es zurückgeben können. Überflüssiges Geld hat heutzutage niemand. Ob ich mich an einen anderen Anwalt wende, der billiger ist? Aber ich kann ja auch den allerbilligsten nicht bezahlen.

Natascha hatte ihrer Mutter versprochen, Dimytsch sofort nach dem Besuch beim Anwalt wieder abzuholen, aber sie hatte gar nicht gemerkt, daß sie statt dessen zu sich nach Hause gefahren war. Noch in ihren schmutzigen Stiefeln stürzte sie in die Küche. Dort lag auf dem Fensterbrett neben dem Telefon Sanjas Notizbuch. Natascha suchte die Nummer von Muchin heraus, nahm den Hörer ab, warf ihn aber gleich wieder hin.

Wenn er in den Mord verwickelt ist, darf ich ihn auf keinen Fall anrufen. Andererseits – Sanja hat mich gebeten, gerade ihn anzurufen. Ja, aber er wußte ja nicht, daß Muchin vorgestern bei uns war.

Und plötzlich erinnerte sie sich ganz deutlich, daß vorgestern abend die Pistole nicht in der Schublade gewesen war.

Vorgestern war die Benachrichtigung gekommen, daß sie mit der Miete im Rückstand waren. Die alten bezahlten Rechnungen lagen in derselben Schublade wie die Pistole. Die Papiere waren durcheinandergeworfen, Natascha hatte versucht, sie wieder zu ordnen, und dabei automatisch registriert, daß die Pistole nicht da war. Sie hatte Sanja noch fragen wollen, wohin er die Walter gelegt hatte, aber da hatte Dimytsch sie abgelenkt, und später hatte sie nicht mehr an die Pistole gedacht.

Sanja hatte die Waffe im Juni gekauft. Natascha redete ihm zu, sie zu verstecken und niemandem zu zeigen. Aber Sanja hatte sie zu seinen Bekannten mitgenommen und mit ihr angegeben wie ein kleiner Junge. Allerdings war er sein Spielzeug ziemlich bald wieder leid und deponierte es in der Schreibtischschublade. Es war schon lange her, daß er sie zum letzten Mal herausgeholt hatte; es muß im August gewesen sein. Ja, natürlich! Am zwölften August hatte er Geburtstag gefeiert und rund zwanzig Leute eingeladen, darunter auch Wowa Muchin.

Natascha ging ins Wohnzimmer, setzte sich an den Schreibtisch und kniff die Augen zusammen. Vor ihr tauchte wieder diese blöde Fete auf, wie in Zeitlupe. Sie erinnerte sich noch so deutlich daran, weil es das erste Mal nach Dimytschs Geburt gewesen war, daß sie so viele Leute zu sich nach Hause eingeladen hatten.

An dem Geburtstag hatte Natascha den Kleinen zu ihrer Mutter gebracht, aber die kam schon nach zwei Stunden mit ihm zurück. Dimytsch hatte sich kategorisch geweigert, die abgepumpte Milch aus dem Fläschchen zu trinken, und geschrien, bis er blau im Gesicht wurde. So saß denn ihre Mutter mit ihm in dem kleineren Zimmer, und in dem großen wurde gefeiert, gelärmt und getrunken, und Natascha rannte zwischen dem Kind und den Gästen hin und her. Übrigens hatte ihre Mutter bei dieser Gelegenheit Wowa Muchin gesehen und ihr, als sie gerade stillte, zugeflüstert: »Wie kann man nur einen so verboten aussehenden Kerl zum Freund haben?« Nachts, als die meisten Gäste schon gegangen waren, hatte Natascha Sanja und Muchin hier in diesem Zimmer am Schreibtisch angetroffen. Wowa betrachtete die Walter mit Kennerblick, zielte dann auf Sanjas Stirn und machte mit betrunkenem Grinsen: »Pach! Pach!«

Muchin hatte also von der Pistole gewußt. War er deshalb am Vorabend des Mordes hier gewesen? Einen Nachschlüssel für ihre Wohnung zu bekommen dürfte nicht allzu schwer sein.

»Also stimmt es wirklich, man will Sanja die Sache in die Schuhe schieben«, sagte sie halblaut zu sich selbst und sprang vom Stuhl auf. »Ja, natürlich. Muchin. Ich muß sofort den Untersuchungsführer anrufen ... Nein, zuerst muß ich sehen, wie ich das Geld für den Anwalt kriege.«

Sie rannte suchend im Zimmer umher und überlegte, ob sie etwas Wertvolles hätten, das man schnell für viel Geld verkaufen könnte. Ja natürlich, der Ring! Der alte Ring ihrer Urgroßmutter mit dem großen Smaragd. Sie stürzte zur Kommode, auf der ihr Schmuckkästchen stand. Dann fiel ihr ein, daß Sanja sie gebeten hatte nachzusehen, ob darin auch die Patronenschachtel für die Walter lag. Er hatte gesagt, sie dürfe das Schmuckkästchen nicht berühren, sondern müsse es ganz vorsichtig mit einem Messer öffnen.

Gut, dachte sie, das hat noch Zeit. Zuerst muß ich das Hauptproblem lösen. Das Geld für den Anwalt. Außer dem Ring habe ich noch die Smaragdohrringe, sie sind sehr wertvoll, dann das Goldkettchen und das Armband. Fünftausend kriege ich auf diese Weise natürlich nicht zusammen, aber vielleicht zwei. Allein der Ring dürfte mindestens tausend wert sein, schließlich ist er antik, mit einem großen Stein und Brillanten. Ich darf bloß nicht auf irgendwelche Halsabschneider hereinfallen, sondern muß mir von einem Spezialisten Rat holen und den tatsächlichen Wert feststellen lassen.

Natascha kehrte in die Küche zurück, blätterte wieder in Sanjas Notizbuch und versuchte sich zu erinnern, wer von ihren Bekannten etwas von Juwelen verstand. Und da fiel es ihr wieder ein. Sanja hatte einmal erzählt, daß der Vater von Artjom Butejko früher in einem Juweliergeschäft als Graveur gearbeitet hatte.

Während er in der Diele den Mantel anzog, summte Borodin leise, ohne es selber zu merken, die Romanze »Der weißen Akazie duftende Blüten« vor sich hin. Jelena Butejko war in der Küche beschäftigt. Er wollte ihr schon einen Abschiedsgruß zurufen, da klingelte das Telefon.

»Ja, ich höre«, sagte die Butejko mit einem tiefen Seufzer. »Wer spricht da? Natascha? Welche Natascha?«

Borodin erstarrte und lauschte. Ein paar Sekunden war es still, dann plötzlich ertönte ein Schrei: »Was denn, sind Sie verrückt geworden? Ist Ihnen klar, mit wem Sie reden? Sie besitzen die Frechheit, noch zu fragen, was los ist? Ihr Mann hat meinen Sohn ermordet! Wagen Sie nicht, noch einmal hier anzurufen!« Jelena Butejko warf den Hörer so heftig auf, daß das Telefon ein klägliches Klirren von sich gab.

»War das die Frau von Anissimow?« Borodin kam mit einer für sein Alter und seine Statur erstaunlichen Geschwindigkeit in die Küche gesaust.

»Ich bin nicht verpflichtet, Ihnen zu antworten«, sagte die Butejko leise und vollkommen ruhig, aber in ihren Augen sah Borodin eine so schreckliche, animalische Furcht, daß er unwillkürlich Mitleid mit dieser seltsamen Frau bekam.

»Wovor haben Sie solche Angst?«

»Lassen Sie mich in Ruhe, und gehen Sie endlich!« schrie sie ihm ins Gesicht, wandte sich dann sofort ab und schlug den Blick nieder.

»Glauben Sie mir, Ihnen wäre bedeutend leichter, wenn Sie sich entschließen könnten, mir alles zu erzählen.«

»Ich habe nichts zu erzählen.«

»Nein? Na schön.« Er zog einen Notizblock aus der Tasche, blätterte darin, fand die Privatnummer von Anissimow und wählte die Nummer. Der Hörer wurde fast sofort abgenommen.

»Hallo!« rief eine heisere, kindlich klingende Stimme. »Ich höre!«

»Natalja Wladimirowna Anissimowa?«

»Ja.«

»Guten Tag, mein Name ist Ilja Borodin. Ich bin Untersuchungsführer und für den Fall Ihres Mannes zuständig. Sie haben gerade mit Jelena Butejko gesprochen. Worüber?«

»Ich wußte nicht, daß es Artjom war ...« Im Hörer schluchzte es leise auf. »Ich wußte es nicht, Ehrenwort ... Ich hätte sonst niemals angerufen. Das ist ja entsetzlich ...«

»Nun weinen Sie nicht. Worüber haben Sie eben mit Jelena Butejko gesprochen?«

»Ich ... Ich habe bloß gefragt, ob ich ihrem Mann einen Ring zum Schätzen zeigen dürfte. Ich muß den Ring nämlich verkaufen, um meinen Anwalt zu bezahlen. Ich wußte doch nichts, ich habe nur gefragt ...«

Am anderen Ende der Leitung flossen die Tränen in Strömen. Und hier, neben Borodin, saß Jelena Butejko, träufelte sich Valokordin in ein Schnapsglas und krampfte ihre zitternde Hand so fest um das dunkle Fläschchen, als sei es an allem schuld.

»Danke, Natalja Wladimirowna. Beruhigen Sie sich, und gehen Sie bitte nicht aus dem Haus. Ich bin in einer halben Stunde bei Ihnen.«

Natascha hielt wie betäubt den Hörer in der Hand und starrte in die Luft.

»O mein Gott ...«, wiederholte sie immer wieder mit

starren Lippen und leckte sich dabei die Tränen ab, »o mein Gott ...«

Es war erst drei Tage her, da hatte sie spätabends mit Sanja in der Küche gesessen und Tee getrunken. Der Fernseher war eingeschaltet gewesen, auf dem Bildschirm erschien das Gesicht von Artjom Butejko. Sanja wurde plötzlich ganz rot im Gesicht und schlug mit der Faust so heftig auf den Tisch, daß die Tassen in die Höhe hüpften und der Tee überfloß.

»Ich kann ihn nicht ertragen, diesen Drecksack. Umbringen könnte ich ihn, Ehrenwort, die Hand würde mir nicht zittern.«

Kapitel 8

Der Kristall hatte eine so schöne, ebenmäßige Form, daß es schien, als brauche er überhaupt keinen Schliff. Er war rein und durchsichtig wie die Luft im Wald nach dem ersten richtigen Sommerregen. In ihm flammte ein schrecklicher blendender Blitz, langsam, schwer verbrannte darin das Sonnenlicht, und hundert zarte, winzige Regenbogen funkelten auf. Ein Duft ging von ihm aus wie von frischem Wind, der plötzlich, nach langer Schwüle, vor einem Gewitter aufkommt, wenn alle Vögel verstummen, das Laub an den Bäumen sich nicht mehr regt und der Himmel schwarz wird.

Unter dem Hemd von Pawlik Popow hing an einer Schnur zusammen mit seinem Brustkreuz ein Beutel aus Leinwand. Dort bewahrte er den Diamanten auf. Wenn Pawlik rannte, hüpfte der Stein an der Schnur und schlug ihm schwer und schmerzhaft gegen die Brust.

Der Frühling 1830 kam im Ural zeitig und schnell, nach dem ersten Maihochwasser setzte eine drückende Schwüle ein. Anfang Juni grollten fast jeden Tag Gewitter.

Pawlik kehrte gerade aus dem Nachbardorf zurück, das

Gewitter überraschte ihn auf freiem Feld. Das Rollen des Donners erschütterte die Erde wie eine Nußschale. Der Regen hatte noch nicht eingesetzt, und das machte es noch unheimlicher. Das durchgeschwitzte Hemd klebte kalt auf Pawliks Haut. Er rannte, und der Stein schlug ihm gegen die Brust. Das Dorf war schon ganz nah, im weißen Licht des Blitzes konnte er bereits die kohlschwarze Silhouette der verfallenen kleinen Holzkapelle erkennen, da plötzlich durchfuhr ihn ein furchtbarer, brennender Schmerz. Er fiel in den weichen Staub des Weges und verlor das Bewußtsein.

Zur Besinnung kam er, weil nach dem Donnerrollen ganz in der Nähe, direkt über seinem Kopf, das gellende Wiehern eines Pferdes ertönte. Der Regen strömte unablässig, umgab ihn wie eine Wand, und durch seinen Schleier erkannte Pawlik die Silhouette des sich aufbäumenden Tieres und sein schrecklich gefletschtes Maul. Pferdehufe hingen über ihm, schlugen die vom Regen gepeitschte Luft. Pawlik schrie auf, versuchte aufzuspringen, vermochte es aber nicht.

»Qu'est-ce que c'est? O mon Dieu, pauvre enfant!« ertönte neben ihm eine helle Frauenstimme.

Die Gräfin Olga Karlowna Paurier kehrte gerade von ihrem morgendlichen Ausritt zurück.

»Was ihst gesche'en?« fragte die Gräfin, mit Mühe die russischen Worte aussprechend.

»Der Blitz hat mich erschlagen, Euer Erlaucht«, erwiderte Pawlik mit schmerzverzerrtem Gesicht und leckte sich die Regentropfen von den Lippen ab.

»Ährschlagen! O mon Dieu!« rief die Gräfin, schwang sich in den Sattel, gab ihrem Pferd die Sporen und galoppierte davon, um Hilfe zu holen.

Man brachte Pawlik in einer Equipage ins Haus der Gräfin. Der Blitz hatte ihn gar nicht getroffen, er war einfach über einen großen Stein gestolpert und hatte sich das Knie aufgeschlagen. Doch der Arzt des Grafen, ein Deutscher namens Ribbenbaum, erklärte, nachdem er den Jungen untersucht hatte, es gäbe außer der Verletzung am Bein auch noch untrügliche Anzeichen für die Einwirkung von natürlicher Elektrizität. Die beste Therapie dagegen sei, den Jungen für mehrere Stunden in feuchter Erde einzugraben.

»C'est terrible! C'est une barbarie!« entsetzte sich die Gräfin. »Pauvre enfant! Je ne le permets pas! Ich ährlaube nicht, zu quälen das Kind!«

Auf den Lärm hin erschien der Graf. Er erkannte Pawlik sofort und erzählte, daß es dieser Junge gewesen war, der vor einem Jahr in der Mine den ersten Diamanten gefunden hatte.

»O mon Dieu! Impossible!« rief die Gräfin. »C'est le garçon qui a trouvé le diamant!«

In die Erde wurde Pawlik nicht eingegraben. Die Gräfin beschloß, sich selbst um sein Knie zu kümmern, und befahl, Hammeltalg, Weinessig und Riechsalz zu bringen.

»Qu'est-ce que tu as?« fragte sie ihn freundlich, als sie den Leinenbeutel auf seiner Brust bemerkte. »Puis-je le voir?«

»Das, Euer Erlaucht, ist ...« Pawlik wußte nicht, was er sagen sollte, wäre fast in Tränen ausgebrochen, platzte dann aber plötzlich mit einem schönen französischen Wort heraus: »Ein Souvenir!«

»Oh, ein Souvenir!« rief die Gräfin erfreut. »Puis-je le voir?« Sie zog mit dem Fingernagel an dem groben Faden, mit dem der Beutel zugenäht war.

»Mais c'est un diamant! Das ist ja ein Diamant, und was für ein großer! 'ast du gestohlen le diamant in der Mine?«

»Nein, Euer Erlaucht. Ich habe ihn nicht gestohlen. Unsere Henne hat ihn gelegt!«

»La poule? Impossible!«

Unverzüglich wurden der Graf und der Mineraloge

Schmidt als Experten und Schiedsrichter herbeigerufen. Schmidt untersuchte den Kristall und erklärte dann, der Stein habe nicht weniger als vierzig Karat, sei von erstaunlich hoher Reinheit, völlig ohne Makel, und was die Geschichte mit dem Huhn anginge, so sei sie vermutlich die Wahrheit.

Hühner fressen harte Körner. Steine in ihrem Magen fördern die Verdauung, deshalb picken sie gern Steine auf, ganz gleich, was für welche.

Das nützen die Arbeiter in den Minen aus, um Diamanten herauszuschmuggeln. Ein Kollege hatte Schmidt die Geschichte vom florierenden »Hühner-Diebstahl« in der berühmten Smaragdmine Chivor in Kolumbien erzählt. Die indianischen Arbeiter baten um die Erlaubnis, ein paar Hühnchen mit zur Arbeit nehmen zu dürfen, angeblich um sie mit ihren Essensresten zu füttern. Die Hennen pickten friedlich in der Mine, so lange, bis einem der Aufseher auffiel, mit welchem Appetit die Tiere Steine aufpickten. Man hielt die Arbeiter, die an diesem Tag von der Mine nach Hause wollten, fest, schlachtete die Hühner und nahm sie aus. Ihre Mägen waren vollgestopft mit den prächtigsten Smaragden.

»Les poules! C'est magnifique!« rief die Gräfin.

»Warum haben Sie uns davor nicht früher gewarnt, Monsieur?« fragte der Graf den Mineralogen unzufrieden.

Pawlik Popow wurde mit einem verbundenen Knie und zehn Rubel im Brustbeutel nach Hause in sein Dorf geschickt. Die Gräfin entschied, daß in ihrer Sammlung kostbarer Edelsteine dieser Diamant der interessanteste sei, mit einem so ungewöhnlichen und geheimnisvollen Schicksal. Solchen Diamanten pflegt man einen Namen zu geben. Zuerst wollte sie ihn »La poule«, »Die Henne«, nennen, aber dann fand sie, das klinge zu grob und es sei besser, wenn der Stein den Namen des Jungen trage – »Pawel«.

Der Graf ordnete an, alle Hühner vom Gebiet der Mine zu verbannen, und der Mineraloge Schmidt schrieb diese Geschichte in sein Tagebuch.

Natascha wartete auf das Klingeln an der Tür wie auf einen Schuß in den Rücken, lief in der Wohnung umher, von Zimmer zu Zimmer, von einer Ecke in die andere, als suche sie einen Ort, wo sie sich vor dem Untersuchungsführer, der jeden Moment kommen mußte, verstecken könnte. Sie hatte panische Angst davor, etwas Falsches zu sagen. Der Untersuchungsführer war bestimmt so ein widerliches Ekel, das nur darauf aus war, den Fall möglichst schnell dem Gericht zu übergeben, und dem es völlig egal war, wie es Sanja im Gefängnis erging und was aus ihr und dem Kind wurde.

Sie merkte nicht, daß sie immer noch Stiefel und Jacke anhatte. Sie zitterte vor Kälte, obwohl es in der Wohnung sehr warm war.

Ich darf nichts über Muchin sagen, hämmerte es in ihrem Kopf, vielleicht sind er und Sanja Komplizen. Womöglich hat er mich deswegen gebeten, gerade Muchin anzurufen? O mein Gott! Glaube ich etwa schon wirklich, mein Sanja könnte einen Menschen ermordet haben?

Sie blieb wie angewurzelt mitten im Zimmer stehen, starrte in den Spiegel, der über dem Sofa hing, und erkannte sich im ersten Moment selbst nicht wieder. Ein bleiches, fast schon bläulich verfärbtes Gesicht, irre rote Augen, eine verquollene rote Nase, aufgelöste Haare. Eine richtige Hexe. Die Frau eines Mörders.

Übrigens hatte sie Artjom Butejko nie gemocht, er hatte eine erstaunliche Begabung dafür, alles in den Dreck zu ziehen. Sie hatte nie begriffen, wie Sanja mit ihm verkehren konnte. Sie wußte, Artjom hatte alle möglichen Geschäftsverbindungen, Sanja hatte mit seiner Hilfe irgendwelche Werbeaufträge an Land gezogen. Wenn Butejko zu ihnen nach Hause gekommen war, hatte er ihr immer irgend etwas Unangenehmes gesagt, zum Beispiel, sie habe zugenommen oder sähe gealtert aus. Es war zwar dummes Zeug, aber trotzdem verdarb es ihr die Stimmung.

Es klingelte an der Tür. Natascha zuckte zusammen, rannte in die Diele, warf die Jacke ab und wollte sich die Stiefel ausziehen, aber der Reißverschluß klemmte. Sie riß mit aller Kraft daran und brach sich den Fingernagel bis aufs Fleisch ab. Als sie sah, wie das Blut unter dem Nagel hervorquoll, setzte sie sich auf den Fußboden und schluchzte.

Ich mache einfach die Tür nicht auf! Ich bin eben nicht zu Hause – basta!

Aber da war sie auch schon wieder aufgestanden und öffnete die Tür.

Borodin erblickte ein erschrockenes, verheultes Mädchen von etwa sechzehn Jahren, das nur einen Stiefel anhatte.

»Guten Tag, Natalja Wladimirowna.« Er streckte ihr die Hand entgegen und drückte ihre kleine eiskalte Kinderhand. Dabei bemerkte er das Blut an ihrem Finger.

»Was ist passiert? Haben Sie sich geschnitten?«

»Nein. Ich habe mir den Nagel abgebrochen. Guten Tag, kommen Sie doch bitte herein. Ich habe aber nur sehr wenig Zeit, ich muß noch zu meiner Mutter, das Kind abholen«, erklärte sie, während sie sich bückte und erbittert an dem Reißverschluß des Stiefels zog. Ein Stückchen Stoff ihrer alten Jeans hatte sich darin verhakt.

»Quälen Sie sich nicht damit herum, Sie machen ihn nur kaputt«, riet ihr Borodin, »ziehen Sie lieber den anderen an, wenn Sie sowieso gleich wieder wegmüssen. Ich werde Sie nicht lange aufhalten.«

»Sie sind Ilja Borodin? Der Untersuchungsführer?«

»So ist es.« Er nickte. »Aber das hätten Sie eigentlich fragen sollen, bevor Sie die Tür geöffnet haben.«

»Ja, vermutlich.« Sie zog sich den zweiten Stiefel an. »Gehen wir doch ins Wohnzimmer.«

Es gab nur wenige Möbel in der Wohnung. Mitten im Wohnzimmer stand ein Laufstall, an dem mehrere Strampelanzüge hingen.

»Nur ein paar Fragen. Warum wollen Sie den Ring verkaufen?«

»Ich muß den Anwalt bezahlen. Meinen Mann hat man hereingelegt. Es wird schwer sein, das zu beweisen, ohne Anwalt kommt man da nicht aus.« Sie reckte das Kinn in die Höhe und blies sich eine blonde Strähne aus der Stirn. »Und überhaupt, wenn Sie mich verhören wollen, ich rede nur in Anwesenheit meines Anwalts mit Ihnen.«

»Ach so? Na gut. Aber vorläufig ist das noch kein Verhör, sondern nur ein Gespräch. Kann ich mich einfach ein wenig mit Ihnen unterhalten?«

»Können Sie«, brummte sie und wandte sich verlegen ab.

»Danke«, lächelte Borodin. »Sagen Sie, waren Sie denn schon beim Anwalt? Hat er Ihnen einen Preis genannt?«

»Ja.«

»Wieviel, wenn es kein Geheimnis ist?«

»Sehr viel. Fünftausend Dollar.«

»Das ist wirklich eine große Summe. Das Geld, das Butejko Ihrem Mann schuldete, käme Ihnen jetzt sehr gelegen. Richtig?«

»Butejko hatte bei vielen Leuten Schulden. Er lebte ja auf Pump«, murmelte sie kaum hörbar und wurde rot. Sie hatte eine sehr zarte weiße Haut, die sich mit hellroten Flecken bedeckte, wenn sie errötete.

»Bei wem hatte er denn noch Schulden außer bei Ihrem Mann?«

»Bei allen, bei denen was zu holen war. Fragen Sie seine Bekannten, sie werden es Ihnen erzählen. Mein Mann könnte niemals jemanden umbringen, nicht mal Butejko.«

»Wieso ›nicht mal‹?«

»Weil Butejko über jeden nur schlecht geredet und geschrieben hat. Mein Mann hat damit gar nichts zu tun«, sagte sie so rasch und leise, daß Borodin den Sessel näher rücken mußte. Die Rollen quietschten, Natascha zuckte zusammen, hob ruckartig den Kopf, pustete wieder die Ponyhaare aus der Stirn und fügte laut, fast schreiend hinzu: »Butejko hat jede Menge Feinde, auch unter den Prominenten. Er hat alle mit Schmutz überschüttet, alle gehaßt, und alle haben ihn gehaßt. Jeder x-beliebige könnte einen Killer engagiert haben. Irgendwer hat von dem geliehenen Geld erfahren, Sanja in die Falle gelockt und reingelegt.«

»Gut, Natalja Wladimirowna, ich verstehe. Seien Sie nicht so aufgeregt. Sagen Sie bitte, kennen Sie Butejkos Eltern schon lange?«

»Mein Mann und ich waren bei Artjom zu Besuch.« Ihre Stimme sank wieder zu einem Flüstern herab, sie bewegte die Schultern, als versuche sie ein nervöses Zittern zu unterdrücken.

»Oft?«

»Nein. Zwei- oder dreimal.«

»Und woher wissen Sie, daß Butejkos Vater etwas von Juwelen versteht?«

»Sanja hat es erzählt, und Artjom selber hat es auch mal gesagt.«

»Erinnern Sie sich noch an Einzelheiten? Was genau hat Artjom gesagt?«

»Ach, das waren seine üblichen Aufschneidereien. Wir unterhielten uns über die Emigration, darüber, wie Ende der siebziger Jahre die Juden nach Israel auszuwandern begannen, und Artjom erzählte, welche Tricks sie sich ausgedacht hätten, um ihr Gold herauszuschmuggeln. Sie ließen sich Seifendosen aus Gold anfertigen, Rasierklingen, Kofferbeschläge, Knöpfe. Und sein Vater hätte damit einen Haufen Geld verdient. Natürlich hat Artjom gelogen. Er hatte schon immer eine blühende Phantasie.«

Das Telefon klingelte, Natascha zuckte zusammen, sprang auf und stürzte in die Küche.

»Entschuldige. Ich kann nicht. Der Untersuchungsführer ist bei mir«, hörte Borodin ihre laute, aufgeregte Stimme. »Ich weiß nicht. Sobald er weg ist, komme ich. Nein, ich habe nichts gesagt ... Mama, hör auf ... Er befragt mich, nicht dich. Wowa Muchin hat überhaupt nichts damit zu tun ... Deshalb, weil du bloß alles verdirbst. Bitte, bitte, misch dich nicht ein. Ich kann selber entscheiden, was wichtig und was unwichtig ist. Also tschüs jetzt. Was weiß ich, mach ihm Brei. Tschüs, ich muß aufhören ... Nein, hab ich gesagt!«

Natascha kehrte ins Zimmer zurück, setzte sich schwer atmend wie nach einem Langstreckenlauf in den Sessel. Borodin fing ihren erschrockenen, nervösen Blick auf.

»Hat Butejko Ihren Mann mal ins Fernsehen eingeladen?«

»Ja, aber das ist schon sehr lange her, das war vor drei Jahren. Da waren wir noch nicht verheiratet. Sanja hat erzählt, Butejko hätte sich irgendeine idiotische Talkshow ausgedacht, ihn als die Hauptperson eingeladen, ihm eine Maske aufgesetzt und ihn irgendwelchen Blödsinn quasseln lassen. Aber das ist danebengegangen. Außerdem war eine bekannte Fernsehmoderatorin als Gast da. Die Beljajewa, glaube ich. Sie fing an, Fragen zu stellen, und es wurde schnell klar, daß die ganze Geschichte getürkt war. Butejko hat sich überhaupt nie etwas Vernünftiges ausgedacht. Sanja wäre vor Scham fast gestorben, nur gut, daß er eine Maske aufhatte.«

»Und warum wollten Sie mich eben nicht ans Telefon holen, als Ihre Mutter Sie darum gebeten hat, Natalja Wladimirowna?« erkundigte sich Borodin in ruhigem Tonfall.

Sie verzog das Gesicht wie von einem plötzlichen Schmerz, kniff die Augen zusammen und schüttelte den Kopf.

»Ich kann nicht mehr ... ich kann nicht. Haben Sie gelauscht? Ich hab's ja gewußt!«

»Nichts dergleichen«, sagte Borodin lächelnd, »Sie haben nur einfach die Tür nicht zugemacht und sehr laut gesprochen. Wer ist denn dieser Wowa Muchin?«

»Niemand.«

»Ihnen ist doch klar, daß ich ohne weiteres Ihre Mutter anrufen und feststellen kann, worüber sie mit mir sprechen wollte?«

»Ich weiß.« Natascha nickte resigniert. »Aber bitte, tun Sie das nicht. Sie wird nur alles durcheinanderbringen.«

»Natalja Wladimirowna, es liegt mir fern, Ihren Mann auf die Anklagebank bringen zu wollen, wenn er wirklich unschuldig ist«, sagte Borodin leise.

»Glauben Sie denn, daß er unschuldig ist?« Natascha hob den Blick und sah ihn zum ersten Mal aufmerksam an.

»Sagen wir so, ich schließe nicht aus, daß Butejko von jemand anderem ermordet wurde«, erwiderte Borodin langsam, »aber das wird sehr schwer zu beweisen sein.«

»Aber warum?« Sie kniff plötzlich böse die Augen zusammen. »Warum wollen ausgerechnet Sie das beweisen?«

»Ja, tatsächlich, wozu mache ich so viele Umstände?« seufzte Borodin. »Ihr Mann ist am Tatort festgenommen worden, der Schuß wurde aus seiner Pistole abgefeuert, er hat ein Motiv für den Mord. Wozu stelle ich Ihnen noch Fragen? Wozu bin ich überhaupt zu Ihnen gekommen? Ich hätte Sie auch zur Staatsanwaltschaft bestellen, offiziell verhören und dann die Sache mit ruhigem Gewissen ans Gericht weitergeben können. Anissimow, Alexander Jakowlewitsch, würde nach Artikel 105, vorsätzlicher Mord, verurteilt werden und fünfzehn Jahre bekommen. Der Anwalt, der für seine Dienste fünftausend Dollar verlangt, kann vielleicht eine Milderung des Urteils erreichen, und Ihr Mann bekommt nur zehn Jahre im normalen Strafvollzug. Aber mehr dürfte er für Sie kaum herausschlagen, es gibt zu viele direkte Indizien und Beweise für die Schuld Ihres Mannes.«

»Ja!« unterbrach ihn Natascha. »Zu viele! Aber Sanja hat die Pistole gar nicht mitgenommen, als er aus dem Haus ging. Er ging zu einem Geschäftsessen, zu irgendwelchen Verhandlungen, und überhaupt hat er sie seit letztem August nicht mehr angerührt. Die Pistole hat immer nur in der Schublade gelegen ...«

»Hat er in Ihrer Gegenwart irgendwann mal damit geschossen?«

»Einmal auf der Datscha, auf eine Birke. Er hat mit einem Filzstift Kreise auf ein Stück Pappe gemalt, hat die Pappe am Baumstamm befestigt, aber ins Zentrum getroffen hat er kein einziges Mal. Verstehen Sie, für ihn war die Pistole einfach ein Spielzeug. Aber das wichtigste ... Das allerwichtigste ist, daß zu der Zeit, als er zuletzt das Haus verließ, die Pistole schon gar nicht mehr in der Schublade lag.«

Natascha berichtete verworren, aber sehr detailliert von der Fete, bei der Sanja zum letzten Mal seine Waffe vorgeführt hatte, und von Muchin, den ihre Mutter vor zwei Tagen hier an der Haustür getroffen hatte. Sie wiederholte sogar die Worte, die Sanja ihr auf dem Revier aus dem »Affenkäfig« zugeschrien hatte.

»Übrigens hat Muchin ihn an dem betreffenden Tag morgens angerufen, ich glaube, er sollte sich mit ihm und noch jemand anderem am Abend treffen«, erinnerte sie sich, »ja, natürlich! Mit Klim! Deshalb haben wir uns ja noch gestritten. Als er sagte, er ginge zu einem Treffen mit Klim, dachte ich, er lügt.«

»Warum?«

»Wissen Sie, Klim ist so eine mythische Figur. Wowa Muchin erzählt ständig irgendwelche phantastischen Geschichten über ihn. Man kann sich unmöglich vorstellen, daß ausgerechnet Wowa einen solchen Bekannten hat.«

»Und den Nachnamen dieses Klim hat Muchin nicht genannt?«

»Ich glaube, mit vollem Namen heißt er Ernest Klimow und ist Deutscher. Millionär, Superman, Frauenheld.« Natascha lächelte spöttisch. »Ich hatte immer das Gefühl, Wowa schilderte ihn einfach, wie er selbst gern wäre. Sanja hat ihn wiederholt gebeten, ihn mit diesem Klim bekannt zu machen, und Wowa hat sich immer neue Ausreden ausgedacht, warum es nicht geht, und so hat diesen Klim niemand je gesehen. Aber dann hat Wowa plötzlich angerufen und gesagt, Klim wolle sich mit ihm treffen, angeblich, um ihm irgendwelche geschäftlichen Angebote zu machen. Ich habe Sanja kein Wort geglaubt. Ich dachte, Wowa will ihn bloß zu irgendwelchen Weibern schleppen, in die Sauna oder so.«

»Haben Sie ihm gesagt, daß die Pistole nicht mehr in der Schublade lag?«

»Ich wollte es, habe es dann aber vergessen.«

»Aha. Und als Sie aufs Revier kamen, hat er Sie gebeten, erstens Muchin anzurufen und zweitens nachzuprüfen, ob in dem Schmuckkästchen die Schachtel mit den Patronen liegt. Haben Sie das getan?«

»Nein. Zuerst wollte ich es tun, aber dann habe ich mir überlegt, daß Muchin vielleicht irgendwie in die Angelegenheit verwickelt ist und ich auf diese Weise nur alles verderbe. Sanja erinnert sich ja an nichts.«

»Und die Patronen?«

»Dazu bin ich noch gar nicht gekommen.«

»Wann haben Sie denn das letzte Mal in das Schmuckkästchen geschaut?«

»Vor sehr langer Zeit. Wir bewahren darin wertvollen Schmuck auf, und wann kann ich den schon tragen? Beim Einkaufen oder beim Kinderarzt wohl kaum.«

»Nun, dann lassen Sie uns doch gemeinsam nachsehen.«

»Können Sie auch Fingerabdrücke vom Schmuckkästchen abnehmen und von der Schublade, in der die Pistole lag?«

»Natürlich. Ich schicke noch heute einen Mann von der Spurensicherung zu Ihnen. Aber trotzdem wollen wir erst einmal nachschauen, ob die Patronen noch an Ort und Stelle sind. Machen Sie sich keine Sorgen, ich gehe ganz behutsam vor.«

In dem Perlmuttkästchen fanden sich keine Patronen. Der Ring der Urgroßmutter war ebenfalls nicht mehr dort. Verschwunden waren auch die Smaragdohrringe, das Goldkettchen, das goldene, mit grüner Emailarbeit verzierte Armband. Nur der billige Silberschmuck war noch vorhanden.

Kapitel 9

Warja betrat langsam das halbdunkle Restaurant, ließ ihren Blick gleichgültig über die Gesichter gleiten, lächelte einigen Bekannten zu und grüßte mit einem Kopfnicken den Besitzer des Etablissements, Stanislaw Ruslanowitsch Tibolow, kurz Stas genannt.

Der ehemalige Europameister im Fünfkampf war nach einer Verletzung zuerst unter die Banditen gegangen, hatte dann eine vergleichsweise kurze Strafe abgesessen und nach seiner Freilassung ein Restaurant eröffnet, das er nach sich selbst benannt hatte: »Stas« oder kurz »ST«. Ziemlich rasch war es zu einem der prestigeträchtigsten Treffpunkte in Moskau geworden, einem elitären, nur Mitgliedern zugänglichen Club. Hier gab es die besten Köche, die hübschesten Tänzerinnen und einen äußerst wachsamen Sicherheitsdienst.

Wenn er jetzt auf mich zukommt, mir die Hand küßt und mich persönlich an einen Tisch führt, heißt das, alles ist gut, dachte Warja und blickte Stas gespannt an. Er saß an einem der Tische und plauderte mit dem aufgehenden Schlagersternchen Katja Krasnaja. Warja hatte er sofort bemerkt, nickte ihr aber nur freundlich zu, lächelte und setzte seine Unterhaltung mit der Sängerin fort.

Na, wenn schon, sagte sich Warja, noch ist nicht aller Tage Abend.

Einmal hatte Warja allein an der Theke der Bar gesessen und war mit einer Tänzerin des hiesigen Ensembles ins Gespräch gekommen. Das Mädchen hieß Ella. Mitten in der Unterhaltung verstummte es plötzlich, starrte zur Tür, schlug sich aufs Knie und zischte: »Verflixt, jetzt hab ich dreihundert Bucks an Larissa verloren!«

Warja sah, wie der Chef einer rothaarigen Hexe mit großen Zähnen, die eine Zobelboa über ihre nackten Schultern geworfen hatte, die Hand küßte. Die Hexe fletschte ihre riesigen Kaninchenzähne und brach in baßtiefes, rauhes Gelächter aus.

»Von weitem sieht sie noch jung aus«, flüsterte Ella, »aber in Wirklichkeit ist sie schon fast fünfzig. Nein, ich wüßte doch zu gern, wie sie das geschafft hat!«

»Was denn?«

»Sich Kirpitsch als Ehemann zu angeln.«

»Wer ist Kirpitsch?«

»Witali Kirpitschow, von der Baikal-Bank. Echt Wahnsinn, er ist drei Jahre jünger als sie, und überhaupt ...«

»Und wann ist die Hochzeit?« erkundigte sich Warja vorsichtig.

»Woher soll ich das wissen?«

»Woher weißt du denn, daß er sie heiraten wird?«

»Merk dir, so begrüßt Stas nur Ehefrauen oder zukünftige Ehefrauen. Die haben Einfluß und eine Perspektive. Geliebte kommen und gehen.«

»Aber Kirpitsch hat diese Rothaarige doch noch nicht geheiratet«, bemerkte Warja flüsternd.

»Trotzdem, die Sache ist entschieden. Sonst würde Stas ihr nicht die Hand küssen. Siehst du, er führt sie zu ihrem Tisch. Ja, und jetzt muß ich Larissa dreihundert Bucks zahlen.«

Seit dieser Zeit wartete Warja jedesmal mit Herzklopfen darauf, daß der Restaurantchef endlich auch auf sie zuträte und sich über ihre Hand beugte. Aus irgendeinem Grund war sie überzeugt, das würde geschehen, bevor Dmitri Malzew sich selber entschlösse, sein königliches Wort zu sprechen.

»Hi.« Der junge Barmixer blinzelte ihr zu. »Wie steht's?«

»Normal. Machst du mir einen Kaffee?« Warja drehte den Ring mit dem großen Rubin an ihrem Finger, schaute auf ihre winzige goldene Uhr, aber nicht, weil sie wissen wollte, wie spät es war, sondern weil sie sich an dem eleganten, teuren Stück nicht satt sehen konnte. Diese Uhr hatte sie erst heute gekauft, aus purer Langeweile war sie zu dem Juwelier in der Twerskaja gefahren.

»Dein Kaffee wird kalt, Warja.« Der Barmixer schob ihr die Tasse zu, bemerkte die Zigarette in ihrer Hand und zückte sein Feuerzeug, um ihr Feuer zu geben.

Noch vor einem Monat hatte sich dieser junge Schnösel absolut nicht merken können, wie sie den Kaffee gern haben wollte. Keinen Espresso, keinen Cappuccino, sondern richtigen türkischen Kaffee, gekocht auf erhitztem Sand. Drei Löffel Kaffee und zwei Löffel Zucker in ein winziges Kännchen. Zwei Körnchen Kardamom. Aber jetzt hatte er es endlich begriffen. Neben ihre Tasse stellte er immer ein Schälchen mit gerösteten, ungesalzenen Mandeln.

Auf der kleinen Bühne hatte bereits die nächtliche Show begonnen. Zu lebhafter Klavierbegleitung schwangen Tänzer und Tänzerinnen ihre Beine. Heute abend lief ein Nostalgieprogramm. Warja blieb an der Bar sitzen, nippte an ihrem Kaffee, knabberte Mandeln und sah sich die Show im Spiegel hinter der Theke an.

Dmitri Malzew erschien unerwartet, als die Solotänzerin auf der Bühne gerade eine Tschetschotka tanzte. Warja spürte zuerst den vertrauten kühlen Luftzug im Rücken, dann erblickte sie im Spiegel das volle, gepflegte Gesicht des stellvertretenden Ministers. Neben ihm tauchten sofort die respektvollen Mienen des Restaurantbesitzers und des Oberkellners auf.

»Hallo, mein Schatz.« Malzew beugte sich herab und gab Warja einen flüchtigen Kuß auf die Wange.

»Hallo.« Warja lächelte, rutschte rasch von dem hohen Barhocker und hakte sich bei Dmitri Malzew unter.

»Hast du schon gegessen?«

»Nein, ich habe auf dich gewartet.«

Man führte sie zu einem Tisch für VIPs, der sich in einer versteckten Ecke des Raums befand. Während der Tisch gedeckt wurde, betrachtete Warja verstohlen Malzews Gesicht. Seine Lippen waren dünne Striche, seine Augen glänzten. Er hatte einen schweren Tag hinter sich.

Manchmal wirkte Warjas Geplauder, ihr leises, zärtliches Zwitschern, entspannend und beruhigend auf ihn, manchmal aber brachte es ihn auch auf. Der verkniffene Mund und die kalten Augen bedeuteten, daß sie zu schweigen hatte. Diese Anzeichen vermochte sie inzwischen auf den ersten Blick zu deuten.

Immer, in jeder Lebenslage, sollte ihre Gegenwart ihm ausschließlich angenehme Empfindungen vermitteln. Mit ihr sollte er sich besser fühlen als ohne sie. Aber der Trick bestand nicht einfach darin, stets seinen Wünschen und Bedürfnissen zu entsprechen. Vor allem durfte er auf keinen Fall merken, wie sehr sie sich anstrengte. Er mußte das Gefühl haben, daß sie sich absolut natürlich benahm, nicht versuchte, ihm zu gefallen, sondern ihn einfach liebte, zärtlich, leidenschaftlich, eben so, wie er es mochte. Gleichzeitig durfte auf keinen Fall der Verdacht aufkommen, sie wolle nur möglichst schnell seine Frau werden. Es sollte so sein: Sie liebt ihn sehr, strebt aber keine Heirat an, weil er eine so gute Partie ist – echte Liebe muß uneigennützig sein.

Warja zweifelte nicht daran, daß er bei all seiner Solidität und Härte, bei all seinem Zynismus auch Liebe brauchte wie jeder normale Mensch. Manchmal erzählte er in knappen, kargen Worten von den Problemen mit seinen beiden früheren Frauen.

Die erste war genauso alt wie er gewesen, eine Studienfreundin, die aus Rostow nach Moskau gekommen war. Sie war eine sehr energische Person, die ihren provinziellen südrussischen Dialekt rasch ablegte und ihre angeborene Neigung zur Körperfülle erfolgreich bekämpfte. Mit Leichtigkeit eignete sie sich den hauptstädtischen Stil an, sowohl in der Kleidung wie im Benehmen. In den ersten Jahren war sie für Dmitri Malzew eine ideale Partnerin. Gemeinsam machten sie Karriere. Aber ihm fehlte die zähe Energie des Emporkömmlings. Er blieb hinter dem raschen Karrieretempo seiner Frau zurück. Das begann ihn zu ärgern, zunächst nur ein bißchen, dann ernstlich. Im siebten Jahr ihres Zusammenlebens machte ihn bereits alles an ihr rasend. Jede Geste seiner erfolgreichen Gattin, jeder Blick, ihr autoritärer, arroganter Tonfall, ihre plebejische Selbstsicherheit, ihre harten Urteile. Sobald ihr Sohn aus dem Gröbsten heraus war, ließen sie sich scheiden.

»Sie hörte und sah nur sich selbst«, sagte Malzew über seine erste Frau, »und deshalb war es unmöglich, mit ihr zu leben.«

Seine zweite Auserkorene war das genaue Gegenteil der ersten. Eine stille, mollige, naive Moskauerin mit sanfter Stimme und ohne die geringsten Ambitionen, völlig zufrieden mit der Rolle des Heimchens am Herde. Ihre Lieblingslektüre waren Kochbücher und Gartenzeitschriften. Voller Entzücken lauschte Malzew abends ihrem sanften Geplauder und verspeiste ihre leckeren Mahlzeiten – Borschtsch, Pasteten, Apfelcharlotten.

Sie bekamen eine Tochter, und Malzew konnte sich gar nicht genug über seine ideale Familie freuen. Seine Frau wurde kein einziges Mal laut. Niemals widersprach sie, im Gegenteil, sie versicherte unaufhörlich, wie glücklich sie sei. Glücklich machte sie alles: der Brei, den das Kind bis zum letzten Löffel aufaß, ein gelungener Kuchenteig, das Waschpulver, das im Geschäft in der Nachbarstraße zwei Rubel billiger war.

Das Mädchen wuchs heran, es wurde genauso still und rundlich wie die Mutter, es lernte, Piroggen zu backen, und nähte seinen Puppen Kleider. Malzew machte Karriere und war ständig im Dienst. Seine Frau blieb zu Hause, wurde dick und alt und empfing ihn abends mit ihrem Buttergebäck und ihrem Geplauder.

»Sie saß immer nur zu Hause und verblödete mit der Zeit«, sagte Dmitri Wladimirowitsch über seine zweite Frau. »Sie wurde unheimlich dick und sah älter aus, als sie war. Aber vor allem konnte man nirgends mehr mit ihr hingehen, weil sie ununterbrochen plapperte, und von nichts anderem als von ihren Pasteten, von ihrem Gemüsegarten und von mexikanischen Seifenopern.«

Mit der ersten Frau war Malzew sieben Jahre verheiratet, mit der zweiten fünfzehn. Offiziell war er von ihr noch nicht geschieden, aber sie lebten schon seit einem halben Jahr getrennt – Malzew in seinem Haus auf dem Land, seine Frau in einer schönen Zweizimmerwohnung in Moskau, die er für sie gekauft hatte, als er merkte, daß die leckeren Pasteten und das sanfte Geplauder ihn wahnsinnig machten.

Und wie auf Bestellung begegnete er eines schönen Morgens, als er gerade seinen gewohnten Fünf-Kilometer-Lauf absolvierte, auf einem Waldweg einer jungen Schönheit mit tiefblauen Augen und seidigem schwarzem Haar.

Sie hatte sich den Fuß verstaucht, konnte nicht aufstehen, und dem älteren Staatsbeamten blieb nichts anderes übrig, als sie ins Hotel zurückzubringen. Die Verstauchung verschwand erstaunlich schnell, und nur drei Tage später begegneten sie sich erneut im Wald. Sie joggte ebenfalls jeden Morgen. Und Dmitri Malzew dachte sich, es sei doch viel interessanter, gemeinsam zu laufen.

»Du hast wirklich unglaubliche Augen«, hörte Warja seine etwas heisere, müde Stimme und begriff, daß er sie die ganze Zeit angesehen hatte. »Welcher Teufel hat dir nur solche Augen gegeben!«

»Danke.« Sie lächelte erfreut. Er verwöhnte sie selten mit Komplimenten, manchmal schien es ihr sogar, daß er sich an ihre Schönheit so gewöhnt hatte, daß er sie gar nicht mehr bemerkte.

»Bei dieser Beleuchtung«, fuhr er nachdenklich fort, »bekommen deine Augen einen seltenen saphirblauen Farbton. Weißt du, wie viele Farbschattierungen es bei Saphiren gibt? Mehr als hundert. Aber das schönste Blau hat der Diamant. Es gibt einen saphirblauen Brillanten namens ›Hope‹, das ist einer der geheimnisvollsten Edelsteine auf der Welt. Ein wunderbarer, außergewöhnlicher Brillant von tiefblauer Färbung, bemerkenswerter Reinheit und vollkommenem Schliff. Er besitzt ideale Proportionen. Er vereint die Farbe des Saphirs mit dem Lichtspiel und dem Glanz des Diamanten. Und eine solche Farbe haben jetzt deine Augen.«

»Gibt es denn blaue Diamanten?«

»Diamanten, Warja, können rosa, gelb und grünlich sein. Aber das ist keine Farbe, sondern nur eine Schattierung, die den Wert des Steines verringert. Blau nennt man gewöhnlich schwach gefärbte Diamanten, sie haben eine grau-blaue Tönung und wirken eher trüb als blau. Ein echtes, tiefes Saphirblau bei einem Diamanten – das ist ein Wunder, ein Mysterium.«

»Hast du diesen Diamanten einmal gesehen?«

»Ja. Er befindet sich in der Smithsonian Institution in Washington.«

»Das heißt, er gehört niemandem?«

»Viele Sammler wären bereit, ihr ganzes Vermögen für diesen Stein zu geben. Aber er wird nicht mehr verkauft, für kein Geld der Welt. Er darf niemandem mehr gehören.«

»Warum nicht?«

»Der ›Hope‹ bringt seinen Besitzern Unglück. Mitte des sechzehnten Jahrhunderts wurde er aus Indien nach Europa gebracht – zusammen mit der Pest. Die Pest war natürlich nicht in dem Stein versteckt, mit ihr waren die Ratten im Laderaum des Schiffes infiziert, doch der Stein fuhr auf demselben Schiff nach Europa. Die Königin Marie-Antoinette lieh ihn ihrer Freundin, der Prinzessin Lamballé, aus«, fuhr Malzew fort, und Warja schien es, als erzähle er das nicht ihr, sondern sich selbst, »und bald darauf wurde die Prinzessin auf schreckliche Weise ermordet, und später wurde auch Marie-Antoinette selber enthauptet. Während der Französischen Revolution wurde der Diamant gestohlen, ging durch die Hände vieler Abenteurer, Aufrührer und Diplomaten, bis er im Jahre 1830 wieder auftauchte, aber in stark verkleinerter Form. So erwarb ihn dann der englische Bankier Hope. Danach wurde der Sohn des Bankiers vergiftet, und der Enkel verlor sein gesamtes Vermögen. Im Jahre 1901 schenkte der russische Fürst Korytowski den ›Hope‹ der Pariser Tänzerin Mademoiselle Ledoux, die er nicht lange darauf in einem Anfall von Eifersucht erschoß. Der Fürst selber wurde nur wenige Tage später von Terroristen getötet. Der nächste Besitzer, der Sultan Abdul Hamid, schenkte den blauen Diamanten seiner Geliebten. Sie wurde bei einer Palastrevolution bestialisch ermordet, der Sultan selbst seiner Macht beraubt und verjagt. Dann gelangte der Diamant in den Besitz eines Spaniers, der auf hoher See ertrank. Nach ihm bekam ein reiches amerikanisches Ehepaar den Stein, und kaum war er in ihre Hände gelangt, da starb auch schon ihr einziges Kind. Der unglückliche Vater verlor darüber den Verstand.«

»Glaubst du das alles?«

»Das sind allgemein bekannte historische Tatsachen«, sagte Dmitri Malzew lächelnd.

»Nein, ich meine, glaubst du, daß an allem der Stein schuld ist?«

»Natürlich.«

»Warum hast du gesagt, meine Augen hätten die gleiche Farbe wie dieser schreckliche ›Hope‹?«

»Befürchtest du, die Farbe deiner Augen könnte Unglück bringen?«

»Und wenn es so wäre?« fragte sie völlig ernst.

»Für wen fürchtest du mehr? Für dich selber oder für mich?« Sein Gesicht blieb bei diesen Worten ernst, er blickte

Warja starr und vielsagend an, was sonst gar nicht seine Art war.

»Ich fürchte für uns beide«, rutschte es ihr heraus. Sie wandte sich ab.

»Und was folgt daraus?«

Sie wartete darauf, daß er endlich in Lachen ausbrechen oder wenigstens lächeln würde, aber er blieb ernst.

»Vielleicht sollte ich besser farbige Kontaktlinsen tragen?«

»Auf keinen Fall«, ertönte neben ihr eine melodische Frauenstimme. »Sie haben eine ganz wunderbare Augenfarbe.«

An ihrem Tisch stand eine Blondine in einem schwarzen Blazer, die Frau eines bekannten Politikers. Malzew erhob sich und küßte der Dame die Hand.

»In einer Woche feiern Mark und ich Silberne Hochzeit«, verkündete die Dame und setzte sich zu ihnen. »Wir würden uns freuen, Sie zu sehen. Zuerst gibt es ein Essen im ›Praga‹, anschließend einen kleinen Imbiß bei uns zu Hause, nur für unsere besten Freunde.«

»Danke, Nina, wir kommen bestimmt«, erwiderte Malzew und küßte ihr noch einmal die Hand.

Warja lächelte dankbar, aber gleich darauf gefror ihr Lächeln. Sie hatte bemerkt, wie Malzew auf die Hand der Dame starrte, auf einen Ring mit einem riesigen funkelnden Brillanten. Jedesmal überlief sie ein Kälteschauer, wenn er solche Augen bekam: kalt, aufmerksam und irrsinnig.

Kapitel 10

»Lisa, wie hat Ihrer Meinung nach die Finanzkrise die Geburtenzahlen in Rußland beeinflußt?« Die ältere Amerikanerin in dem weiten Folklorekleid und mit der mädchenhaften roten Ponyfrisur, die die tiefen Falten auf der Stirn verdeckte, fixierte Jelisaweta Pawlowna mit leuchtenden dunkelbraunen Augen.

Lisa schaute gedankenverloren in die Auslage des Souvenirshops. Ihr Kaffee war längst kalt geworden, die Zigarette schwelte im Aschenbecher.

»Lisa, hören Sie mir überhaupt zu? Vor kurzem war eine Bekannte aus Moskau ein paar Tage bei mir zu Besuch. Sie heißt Jane und lebt als Korrespondentin von ›Lady's Choice‹ schon fünf Jahre in Moskau. Sie hat erschreckendes Material darüber mitgebracht, wie minderjährige Mädchen unerwünschte Schwangerschaften beenden. Manchmal werfen sie die Neugeborenen einfach auf den Müll.«

»Ja, das ist furchtbar«, stimmte Lisa zu.

Ihre Gesprächspartnerin, die eine heftigere Reaktion erwartet hatte, zog erstaunt die Brauen hoch und preßte die Lippen zusammen.

»Entschuldigen Sie, Lisa, ich bin ein direkter, offener Mensch. Ich sage immer allen die Wahrheit ins Gesicht. Bei euch in Rußland hat sich so eine Gleichgültigkeit breitgemacht. Früher war das anders.«

»Man kann nicht allen helfen, Carrie.«

»Ihr wart doch immer das mitfühlendste Volk von der Welt, und jetzt seid ihr so erbarmungslos und zynisch geworden. Hängt das etwa mit den demokratischen Reformen zusammen? Hat die Freiheit einen so schädlichen Einfluß auf die russische Seele?«

»Ich weiß nicht ...« Lisa wußte wirklich nicht, was sie darauf antworten sollte. Vermutlich hatte die Amerikanerin nicht ganz unrecht, doch andere zu verurteilen ist leicht.

»Aber wer soll es dann wissen, wenn nicht Sie? Ganz Rußland hört und sieht Sie fast jeden Abend.«

»Ich vermittle nur die Nachrichten, konstatiere Fakten.«

»Das verpflichtet.«

»Zweifellos.«

»Übrigens hat Jane auch noch zwei Videos gedreht. Über Heime für geistig behinderte Kinder in der Provinz und über Strafkolonien für minderjährige Kriminelle, in denen sich auch junge Kindesmörderinnen befinden. Schreckliche Szenen, die Filme sind noch nicht geschnitten. Jane hat mich gebeten, Sie zu fragen, ob Sie nicht Teile davon in einer Ihrer Sendungen bringen wollen.«

»Ja, das wäre sicher interessant«, nickte Lisa gleichgültig und schaute auf die Uhr.

»Interessant? Meiner Meinung nach muß das unbedingt in Rußland gezeigt werden. Ich habe schon lange nicht mehr etwas so Erschütterndes gesehen. Mir liefen die Tränen übers Gesicht bei diesen entsetzlichen Bildern. Als Vertreterin der Frauenbewegung bin ich der Ansicht, daß Sie die Pflicht haben, diesen Film Ihren Zuschauern zu zeigen. Soweit ich weiß, ist Empfängnisverhütung bis heute in Rußland allein Sache der Frauen.«

Lisa betrachtete schweigend die dekorativ in der Vitrine gruppierten Eisbären und Robben aus weißem Plüsch.

»Entweder sind Sie heute sehr müde, oder bei Ihnen zeigen sich bereits die ersten Symptome der neuen russischen Krankheit – pathologische Gleichgültigkeit.« Die Amerikanerin lächelte kalt. »Man hat ja den Eindruck, als sei Ihnen alles egal. Absolut alles.«

Was will sie von mir? dachte Lisa müde. Gefühlsausbrüche? Schon den dritten Abend nacheinander verwikkelt sie mich in sozialpsychologische Diskussionen. Gestern haben wir die traurige Situation der russischen Rentner erörtert, die Korruptheit des Beamtenapparats und seine engen Verbindungen zur kriminellen Unterwelt, die schlimmen Übergriffe in unserer Armee. Abwechselnd haben wir empörende Beispiele angeführt, ach und weh geschrien, uns entsetzt und tiefsinnige Schlußfolgerungen gezogen. Verabschiedet haben wir uns als die besten Freundinnen. Und jetzt kann ich mich auf die sozialen Ungerechtigkeiten nicht konzentrieren, und sie ist beleidigt …

»Entschuldigen Sie, Carrie, die Themen, die Sie ansprechen, sind sehr wichtig. Für ein solches Gespräch bin ich im Moment zu müde. Verschieben wir es lieber auf morgen.«

»Morgen ist der Tag schon brechend voll. Und ich muß mit Ihnen noch über so vieles reden. Zugegeben, meine Hartnäckigkeit ist nicht uneigennützig. Ich bereite einen großen Artikel für den ›New Yorker‹ vor, eine Analyse der Situation der Frauen im heutigen Rußland. Jane hat mir sehr viel Material geliefert, aber sie ist Amerikanerin und sieht die russischen Verhältnisse von außen. Mir ist es wichtig, auch mit Ihnen als Russin und Expertin zu sprechen. Ich brauche nicht länger als eine Viertelstunde. Sind Sie einverstanden?«

»Das geht in Ordnung, Carrie.«

»Vor allem wollte ich mich mit Ihnen über die berüchtigte russische Langmut unterhalten. Wenn man sie als einen nationalen Charakterzug anführt, eine Besonderheit der russischen Mentalität, möchte ich immer hinzufügen, daß es sich um einen nationalen und gleichzeitig geschlechtsspezifischen Zug handelt. Eure in der orthodoxen Ideologie erzogenen Frauen sind gehorsam wie Haustiere und lassen sich betatschen und taxieren wie Schafe auf dem Markt.«

»Zum Teil haben Sie recht«, sagte Lisa mit gleichgültigem Nicken, »aber was hat die Orthodoxie damit zu tun?«

»Unter Orthodoxie verstehe ich sowohl die Lehren des Kommunismus als auch die der orthodoxen Kirche, für mich sind das nur zwei Seiten einer Medaille.«

»Lieber Himmel, was für ein Stuß«, murmelte Lisa auf russisch.

»Was haben Sie gesagt?« Die Dame fuhr hoch. »Entschuldigung, Lisa, ich verstehe kein Russisch.« Sie verzog den Mund zu einem liebenswürdigen Lächeln, einem Lächeln, das an Diätpralinen und fettarme Sahne erinnerte. »Offenbar sind Sie anderer Meinung?«

»So ist es.« Lisa trank endlich ihren Kaffee und drückte mit einer schnellen Handbewegung ihre Zigarette im Aschenbecher aus. »Die Orthodoxie des russischen Kommunismus hat nicht das geringste mit der kirchlichen Orthodoxie zu tun. Das sind zwei völlig verschiedene Dinge.«

»Sagen Sie das nicht. 1918 haben die Würdenträger der orthodoxen Kirche bereitwillig vor den bolschewistischen Machthabern gekuscht. Das ist eine historische Tatsache. Einerseits gab es Massenerschießungen von Priestern, Mönchen, Barmherzigen Schwestern, Vandalismus, Zerstörung der Kirchenschätze, andererseits arbeitete die Kirche mit den Henkern zusammen. Ihr Russen seid immer und in allem bis an die Grenze gegangen, besonders, wenn es um die Verwirklichung philosophischer Ideen ging. Darüber haben eure genialen christlichen Philosophen zu Beginn des zwanzigsten Jahrhunderts geschrieben, Solowjow, Berdjajew. ›Die russische Seele ist immer unbefreit geblieben, sie erkennt keine Grenzen an, sie will alles oder nichts.‹ Darin liegt eure Kraft, aber auch eure unheilvolle Schwäche. Sind Sie nicht derselben Meinung?«

»Sprechen Sie von Ihrer Meinung oder von der Berdjajews?« fragte Lisa mechanisch und dachte, daß die Amerikanerin wohl eher ihre eigene Meinung zum Ausdruck bringen als eine fremde hören wollte. Na schön, warum auch nicht. Aber zu einer eigenen Meinung fehlte Lisa im Moment einfach die Kraft.

»Sowohl als auch. Ich würde überhaupt gern einmal wissen, Lisa, wie aktuell die russische Philosophie vom Anfang des Jahrhunderts heute für den gebildeten Teil der Gesellschaft ist. Dort findet man ja vieles schon sehr treffend formuliert. Ist dieses wertvolle Erbe etwa in eurem heutigen flachen Pragmatismus untergegangen?«

Wenn der Pragmatismus flach ist, wie kann dann in ihm etwas untergehen? dachte Lisa träge.

Sie klopfte sich, ohne den Blick von der Vitrine des Souvenirshops zu wenden, eine neue Zigarette aus der Schachtel und knipste ihr Feuerzeug an. Die Amerikanerin wartete auf Antwort und verzog das Gesicht – der Rauch störte sie. Eine unangenehme Pause trat ein.

»Lisa, ist mit Ihnen alles in Ordnung? Sie rauchen viel zuviel. Deshalb sind Sie auch so blaß und zerstreut.«

»Ich fürchte, der Grund ist ein ganz anderer«, dröhnte eine Baßstimme neben ihnen. »Frau Beljajewa ist verliebt. So sehen verliebte Frauen aus, glauben Sie meiner langjährigen Erfahrung.«

Der gepolsterte Sessel der Gästebar ächzte und wackelte wie ein schwächlicher dreibeiniger Hocker, als sich der norwegische Hundert-Kilo-Koloß Hans Hansen auf ihm niederließ. Hansen, ein Mann von fünfundsechzig, rauchte eine Pfeife aus Ebenholz und trug seine Fliege nicht nur zum offiziellen Jackett, sondern auch zum grobgestrickten Pullover. »Ich grüße Sie, meine Damen. Carrie, Frau Beljajewa ist völlig erschöpft von ihren feministischen Diskursen. Gönnen Sie ihr eine Verschnaufpause. Schließlich sind wir nicht im Konferenzsaal, und es ist jetzt schon elf Uhr abends.«

»Ist es wirklich schon elf?« Lisa schreckte hoch, warf einen Blick auf ihre Uhr und erhob sich abrupt. »Entschuldigen Sie, Carrie, Sie haben ein äußerst interessantes und wichtiges Problem angesprochen. Es wäre schade, wenn wir jetzt, wo ich so müde bin, darüber diskutierten.« Sie errötete, als ihr einfiel, daß sie vor ein paar Minuten schon etwas Ähnliches gesagt hatte. Egal. Hauptsache, sie konnte jetzt möglichst schnell verschwinden, in ihr Zimmer schlüpfen, die Tür abschließen und mußte niemanden mehr sehen.

»Gute Nacht, Carrie, gute Nacht, Hans.«

Die Amerikanerin nickte hoheitsvoll. Der Norweger zwinkerte ihr zu und raunte ihr vertraulich ins Ohr: »Schlafen Sie süß, Lisa. Obwohl Verliebte ja gewöhnlich unter Schlaflosigkeit leiden.«

In dem leeren Fahrstuhl preßte Lisa ihre Stirn an das kalte Glas des Spiegels. Der Lift glitt lautlos nach oben. Die Tür öffnete sich, Lisa wollte hinausgehen, aber da stieß sie mit Krassawtschenko zusammen.

»Moment, das ist doch gar nicht Ihre Etage«, sagte er mit einem strahlenden Lächeln. »Guten Abend, Jelisaweta Pawlowna.«

Er drückte auf den Knopf, und die Tür schloß sich wieder. Für ein paar Augenblicke waren sie allein in dem geschlossenen Raum, und ihr wurde unheimlich zumute. Wie dumm, vor diesem schmierigen Kater Angst zu haben, dachte sie. Er stand ganz dicht neben ihr, hauchte ihr seinen Pfefferminzkaugummi-Atem ins Gesicht, verschlang sie mit seinen Blicken und wäre wohl noch aktiver geworden, aber da hielt der Fahrstuhl an.

Krassawtschenko ließ ihr den Vortritt.

»Sind Sie sehr müde, Jelisaweta Pawlowna?«

»Ehrlich gesagt, ja.«

»Lassen Sie uns doch noch einen Kognak in der Bar im fünften Stock trinken. Es war ein langer, hektischer Tag, und nach einem Kognak kann man gut schlafen.«

»Ich trinke keinen Alkohol, Anatoli Grigorjewitsch, und ich schlafe auch so ausgezeichnet«, sagte Lisa, zog die bereits zum Abschied ausgestreckte Hand zurück und rannte eiligst den Korridor hinunter. Aus ihrem Zimmer war das laute Schrillen des Telefons zu hören, die kurzen, nervösen Klingeltöne eines Ferngesprächs. »Entschuldigen Sie«, wandte sie sich noch einmal um, als sie die Tür öffnete, »gute Nacht.«

Sobald Krassawtschenko allein im Korridor war, sah er sich nach allen Seiten um und drückte dann sein Ohr an den Türspalt.

»Ja, ich habe auch schreckliche Sehnsucht ... Nein, alles in Ordnung ... Sofort wird es nicht möglich sein, frühestens in zwei Tagen.«

Krassawtschenko wollte schon wieder gehen, kein unnötiges Risiko eingehen. Offenbar war das ihr Mann. Nichts Interessantes.

»Ich weiß noch nicht, aber auf jeden Fall werde ich zunächst ein paar Abende mit der Familie verbringen müssen. Überhaupt ist das alles viel schwieriger und komplizierter, als ich erst dachte ... Hör auf. Wenn ich komme, reden wir darüber ... Ich denke auch die ganze Zeit an dich, ich kann nicht anders ... Weil das alles nichts bringt. Weder dir noch mir ... Nein, auf keinen Fall. Es reichte schon, daß du zum Abschied auf den Flughafen gekommen und wie ein Schatten dort umhergeschlichen bist. Die ganze Zeit dachte ich, er hätte dich gesehen. Wenn du wieder dort auftauchst, kriegt er das bestimmt mit. Willst du denn, daß mir seine Gefühle völlig gleichgültig sind? ... Gut, das ist kein Thema, das ich mit dir erörtern sollte ... Ich verstehe ... Verzeih, mir geht's nicht gut ohne dich. Ja ... Nein ... Ich liebe dich auch sehr, Juri ...«

Oho! Krassawtschenko pfiff leise durch die Zähne. Da haben wir sie, die treue Ehefrau, die vorbildliche Mutter. Jetzt ist alles klar. Der Glanz in den Augen, das jugendliche Feuer. Ihr Mann heißt Michail. Wer ist dann wohl dieser Juri?

In Borodins kleinem Büro waren die Fensterscheiben beschlagen. Der Wasserkocher brodelte. Borodin kochte Tee, Hauptmann Kossizki sah die Experten-Gutachten durch.

Anissimows Zurechnungsfähigkeit war geprüft worden. Der Psychiater aus dem Gannuschkin-Krankenhaus erklärte, zum Zeitpunkt der Untersuchung sei Anissimow zurechnungsfähig gewesen, möglicherweise liege jedoch eine retrograde Amnesie vor. Das hatte indirekt auch die Blutanalyse bestätigt.

Im Blut Anissimows war eine Substanz gefunden worden, die zur Gruppe der Halluzinogene gehört und narkotisierend wirkt. Sie lähmt vorübergehend die Gehirntätigkeit. Zum Zeitpunkt des Mordes war sie zusammen mit Alkohol bereits in Anissimows Organismus gewesen, und in diesem Zustand hätte er nicht mehr schießen können, selbst wenn er es gewollt hätte.

»Dann müssen wir ihn also entlassen?« fragte Kossizki.

»Wenn du aus eigener Tasche eine Rund-um-die-Uhr-Bewachung für ihn, seine Frau und sein Kind bezahlst und er unterschreibt, daß er vorläufig in Moskau bleibt, dann können wir ihn entlassen.« Borodin legte seine beiden Piroggen auf einen Teller und goß sich Tee ein.

Außer den Piroggen hatte er noch Schinkenbrote dabei, auf jedem Brot lag eine Gewürzgurke und ein Dillzweiglein.

»Ich würde ihn ja liebend gern zu Frau und Sohn nach Hause schicken, aber vorläufig wird das nicht möglich sein.« Borodin verrührte den Zucker in seiner Londoner Teetasse, nahm einen Schluck, kniff einen Moment lang die Augen zusammen und überlegte, welche Pirogge er zuerst verspeisen sollte, die mit Kohl oder die mit Hähnchenleber. »Sonst, was Gott verhüten möge, bringt dieses Muskelpaket mit den breiten Schultern und dem kurzen Hals, dieser Kerl, der so schnell rennen kann, Anissimow und seine Frau noch um.

In einem Wutanfall, verstehst du, um sich zu rächen. Was magst du lieber, Kohl oder Hähnchenleber?«

»Kohl.«

»Dann nimm diese hier, die runde.«

»Man könnte ihn doch freilassen, aber unter Bewachung stellen und auf diese Weise versuchen, den Mörder zu ködern. Wenn Sie so sicher sind, daß er ...«

»Ich bin mir nur in einem sicher, Iwan, ich werde nicht zulassen, daß Anissimow oder seine Familie als Köder mißbraucht werden«, unterbrach ihn Borodin rasch und ärgerlich. »Ich arbeite bei der Staatsanwaltschaft und nicht in einem Anglerclub. Anissimow soll ruhig noch eine Weile sitzen, in dieser Zeit wird ihm nichts passieren, zumal er ja auch nicht mehr im Gefängnis ist, sondern in der Gannuschkin-Klinik. Dort hat man das Gutachten erstellt, und ich habe darum gebeten, daß man ihn separat von den anderen Kranken in einer Einzelzelle hält.«

»Wieso, randaliert er denn?« fragte der Hauptmann erstaunt.

»Nein, er benimmt sich ganz normal. Ich habe meine Beziehungen spielen lassen, damit er sich ein wenig erholen kann. Der Leiter der Abteilung ist ein alter Bekannter von mir. Auf jeden Fall hat er es dort erheblich besser als in einer Gefängniszelle, besonders, wenn er nicht behandelt wird.«

»Sind Sie denn sicher, daß der Mörder ein solches Risiko eingehen würde? Logischer wäre es doch, wenn er jetzt untertaucht und sich versteckt. Blöd scheint er schließlich nicht zu sein.«

»Nein, das ist er bestimmt nicht. Er hat sich alles sehr gut überlegt, und wenn er erfährt, daß seine geniale Konstruktion erheblich ins Wanken geraten ist, wird er schrecklich aufgebracht sein und könnte vor lauter Wut eine Dummheit machen. Im Prinzip hätte er Butejko ja einfach im Hof auflauern und ihn dort erschießen können, wie das in solchen Fällen meist gemacht wird. Aber er wollte unbedingt eine raffinierte Inszenierung. Weißt du, was daraus folgt?«

»Er wußte von vornherein, daß er zu den Hauptverdächtigen zählen würde?«

»Nein, Iwan. Daraus folgt, daß er Anissimow den Mord anhängen wollte und keinem anderen. Warum, weiß ich vorläufig noch nicht. Butejko und Anissimow sind gemeinsam zur Schule gegangen und kennen sich seit vielen Jahren, vieles verbindet sie, und es ist leicht möglich, daß sich zu einem bestimmten Zeitpunkt die Interessen dieser drei, das Muskelpaket eingeschlossen, überschnitten haben. Aber egal wie, wenn wir Anissimow jetzt freilassen, wird er für den Mörder zu einem höchst gefährlichen Zeugen.«

»Aber es gibt noch einen anderen Zeugen. Den Komplizen, der die Böller abgefeuert und vorher Anissimows Pistole gestohlen hat.«

»Das ist etwas ganz anderes. Laß uns alles der Reihe nach durchgehen. Anissimow wurde ins Restaurant eingeladen, man hat ihm eine Droge in den Wodka oder den Wein geschüttet, den Schlafenden dann zum Auto geschleift, zum Haus von Butejko gefahren, neben die Treppe gelegt und seine Finger auf die Pistole gedrückt. Das Muskelpaket wußte, um wieviel Uhr Butejkos Sendung zu Ende ist, und hat zeitlich alles ziemlich genau berechnet. Aber er wußte nicht, wie er den Knall des Schusses verbergen sollte. An der Walter kann man keinen Schalldämpfer anbringen. Im Treppenhaus hört man alles, und obwohl es Nacht war, hätte es doch sein können, daß jemand nicht schläft und auf den Lärm hin zur Tür hinausschaut oder zumindest durch den Spion. Da hat er sich den Trick mit den Böllern ausgedacht. Wenn auf dem Hof direkt unter den Fenstern eine ganze Kanonade kracht, dann wird kaum jemandem ein Schuß im Treppenhaus auffallen. Aber so originell diese Idee auch ist – gerade sie ist der rote Faden, an dem man ziehen und das ganze Knäuel entwirren kann. Übrigens hat jede Inszenierung, auch die allerraffinierteste, immer ihre Schwachpunkte. Man muß zu viele Details berücksichtigen. Der Komplize, der im Hof die Böller abgefeuert hat, ist gleich von drei Zeugen bemerkt worden. Ohne diese Böller wäre Anissimow vermutlich auch unser einziger Verdächtiger geblieben.«

Kossizki trank endlich seinen schon kalt gewordenen Tee und machte sich über die Kohlpirogge her, die noch einsam auf dem Teller lag. Borodin redete zwar mehr als der Hauptmann, brachte es aber trotzdem fertig, gleichzeitig Tee zu trinken und seine Hähnchenleberpirogge samt den Butterbroten aufzuessen.

»Aber haben Sie nicht gesagt, daß Anissimow und der Mörder sich möglicherweise ebenfalls kannten? Wir wissen, daß es Muchin war, der ihn ins Restaurant eingeladen hat. Der zweite Mann war dieses Muskelpaket. Wenn sie sich schon vorher getroffen haben, muß Anissimow den Mörder kennen.«

»Wahrscheinlich kennt er ihn«, stimmte Borodin zu.

»Und wie kann das sein?«

»Anissimow ist in das Restaurant zu einem Geschäftsessen mit einem Mann gegangen, den er, so glaubte er, vorher niemals gesehen hatte. Er war darauf eingestellt, auf einen deutschen Geschäftsmann namens Ernest Klimow zu treffen, und keineswegs darauf, sich den Kopf darüber zu zerbrechen, wo er Klimow früher schon mal gesehen hatte. Außerdem könnte diese frühere Begegnung lange zurückliegen und nur flüchtig gewesen sein, das Licht im Restaurant war sicher ziemlich schummrig, der Mörder könnte sein Äußeres verändert haben und so weiter.«

»Das heißt, Sie glauben, von Anissimow werden wir keine konkreten Informationen über diesen Kraftmeier Klimow bekommen? Na schön, aber was ist mit Muchin? Den zumindest könnten wir doch jetzt festnehmen. Seine Fingerabdrücke sind bestimmt mit denen identisch, die auf dem Schmuckkästchen in Anissimows Wohnung und auf der Schreibtischschublade, in der die Pistole lag, gefunden wurden.«

»Hör mal, Hauptmann, was willst du mir weismachen?« sagte Borodin grinsend.

»Wieso? Sie haben doch selber gesagt, dieser Muchin ist ein Schwächling. Der klappt sofort zusammen und nennt uns den Mörder ...«

» ... den man dann noch zehn Jahre lang suchen muß. Ich würde mich nicht wundern, wenn Ernest Klimow in Wirklichkeit ganz anders heißt und überhaupt kein Geschäftsmann aus Deutschland ist.«

Kapitel 11

Lisa war 1959 geboren. Ihre Eltern studierten damals im vierten Semester am Institut für Geologie. Beide waren achtzehn, und ihr Beruf, der in jenen Jahren ausgesprochen modern war, bedeutete ihnen mehr als alles andere auf der Welt, genauer gesagt, die Atmosphäre von Kino-Romantik, die ihn umgab. Mit Rucksack und Gitarre im Fernzug auf weiter Fahrt – das war das wahre Leben, alles übrige wurde verächtlich als Spießerexistenz abgetan.

Lisas Mutter bekam beim Anblick eines Waschtrogs mit schmutzigen Windeln Depressionen, ihrem Vater grauste es vor manierlichen Spaziergängen mit dem Kinderwagen durch den Park. Sie zankten sich fürchterlich, und wahrscheinlich wäre die junge Familie schon in den ersten beiden Lebensmonaten der kleinen Lisa auseinandergefallen, wenn nicht Oma Nadeshda zu Hilfe gekommen wäre, die Mutter ihrer Mutter, die damals erst vierzig war. Mit vereinten Kräften standen sie die ersten zwei Jahre durch und gaben das Kind dann in eine Krippe. Oma Nadeshda ließ die romantischen Eltern in die weite Welt ausschwärmen. Bis Lisa sieben Jahre alt war, lebte sie bei ihrer jungen, energischen Großmutter, einer promovierten Chemikerin, die als Dozentin an der Universität arbeitete.

Die Oma war ein Jahr vor Lisas Geburt Witwe geworden. Ihr Mann, ein Atomphysiker, der ein großes Geheimlabor geleitet hatte, war an Schilddrüsenkrebs gestorben, weil er bei Atomversuchen im Institut eine zu große Dosis radioaktiver Strahlung abbekommen hatte. Sein Foto hing bei der Großmutter über dem Sofa. Lisa guckte ab und zu in die Schreibtischschublade, holte ein schwarzes Samtetui mit den Orden und Medaillen des Großvaters heraus und spielte damit Piraten, die Schätze auf einer Insel verstecken. Sie wußte, daß sie sich dabei nicht erwischen lassen durfte, und schaffte es immer noch rechtzeitig, alles wieder wegzuräumen, die Schublade abzuschließen und den Schlüssel in einem der Porzellanschälchen auf der Anrichte zu verstecken. Die Oma merkte es kein einziges Mal, überhaupt nahm sie nicht viel um sich herum wahr, sie schrieb wissenschaftliche Artikel, betreute ein Dutzend Doktoranden und stürmte mit dem Tempo eines Sprinters durchs Leben, die verträumte kleine Lisa mit ihren Zöpfchen, die auf dem Weg in den Kindergarten immer aufgingen, hinter sich herschleifend.

»Das nächste Mal wirst du dir die Zöpfe selber flechten«, sagte die Oma, während sie im Laufen die Dederonbänder zu Schleifen band. »Der Mensch hat die Pflicht, alles im Leben selbständig zu tun.«

Mit vier Jahren konnte Lisa ihr Bett selber machen, zog sich ohne fremde Hilfe an und aus, wußte immer genau, wo ihre Hemden, Socken und Taschentücher lagen, und quälte die Oma nicht mit Fragen. Ganz ohne Ermahnungen putzte sie ihre Halbschuhe mit Guttalin und ihre weißen Stoffpantoffeln mit Zahnpulver.

Im Sommer wurde Lisa manchmal von Tante Klawa, der Schwester ihres verstorbenen Großvaters, auf die Datscha geholt. Lisa liebte das alte zweistöckige Holzhaus mit der großen, verglasten Veranda. Das tausend Quadratmeter große Grundstück kam ihr vor wie eine Welt für sich. Dort rauschten die Flügel von Schmetterlingen, sirrten die Mükken wie winzige Geigen, zirpten die Grashüpfer, und im Himbeergebüsch am Zaun bewachten böse Brennesseln die zarten, in mattem Rubinrot schimmernden Beeren. Ende Juli flirrte über dem dichten dunklen Grün der Büsche das graublaue Schneegestöber des Löwenzahns.

Lisa wußte, daß sich vor der Revolution hier das Adelsgut Baturino befunden hatte. Dort, wo das Grundstück in ein Eichenwäldchen überging, am Rande eines sumpfigen Tümpels, stand noch die runde steinerne Ruine eines Gartenpavillons.

Oma Nadeshda fuhr selten auf die Datscha, die Eltern noch seltener. Von Mai bis September wohnten dort Tanta Klawa, ihr Sohn Waleri und ihre Schwiegertochter Soja. Eigene Kinder hatten sie nicht, mit der kleinen Lisa kamen sie nicht gut zurecht, mal waren sie übertrieben freundlich, dann regten sie sich wegen irgendeiner Kleinigkeit auf und wollten sie unbedingt erziehen. Den größten Teil des Tages blieb Lisa jedoch sich selber überlassen.

Sie spürte, daß das Verhältnis zwischen den Erwachsenen schwierig, ja feindselig war, aber sie liebte das Holzhaus, den Garten, den Eichenwald dahinter und den silbrig glänzenden, froschreichen Tümpel am Ende des Grundstücks so sehr, daß sie sich bemühte, die Familienzwistigkeiten zu übersehen, und hartnäckig immer wieder auf die Datscha wollte. Daß man dort schlecht über die Oma redete, war ihr egal. Sie war und blieb für Lisa trotzdem die Schönste und Klügste auf der ganzen Welt.

Leichtfüßig, zielstrebig, mit glänzenden, glatten Haaren in der Farbe von Zitronenbonbons, in hellen, schmalgeschnittenen Kleidern und auf spitzen Stöckelschuhen, nach verführerischem, teurem Parfum duftend, brachte die Oma sie früher als alle anderen in den Kindergarten, manchmal sogar noch bevor die Kindergärtnerinnen selber zur Arbeit kamen, und holte sie später als alle anderen wieder ab.

»Du bist ein vernünftiger Mensch, du verstehst, daß ich in der Uni aufgehalten wurde«, sagte die Oma.

Ihre Eltern sah Lisa nur selten und nahm sie nicht richtig ernst. Im sauberen, eleganten Wohnzimmer der Oma erschienen dann laute, schlecht gekleidete Geschöpfe, die nach Rauch rochen und deren Gesichter von Wind und Sonne dunkel waren. Papas zerzauster blonder Bart bewegte sich unangenehm, wenn er sprach oder kaute. Als sie sich einmal in der Küche über eins ihrer Abenteuer in der Taiga unterhielten, zog Mama aus der Tasche ihres Anoraks ein riesiges Klappmesser, öffnete damit eine Konserve mit Schmorfleisch, schnitt den Kanten vom Weißbrot ab und aß das Fleisch direkt aus der Büchse, wobei sie mit dem Messer große Stücke aufspießte.

»Olga, du bist hier nicht in der Taiga«, sagte die Oma leise, und Lisa erinnerte sich ihr ganzes Leben lang an das Gesicht, das sie dabei gemacht hatte.

Ihre Eltern hielten sich nie sehr lange in Moskau auf, und wenn es doch einmal geschah, dann verwandelte sich die kleine Zweizimmerwohnung in Nowyje Tscherjomuschki für eine Woche in die Niederlassung einer geologischen Expedition. Mitten im Wohnzimmer wurde ein Zelt ausgebreitet, und Mama flickte es, auf dem Fußboden sitzend, mit Zwirn. Im Nebenzimmer reparierte Papa den Kajak. Bärtige Jünglinge in grobgestrickten Pullovern kamen, sportlich aussehende Mädchen standen auf dem Balkon und rauchten. Die ganze Zeit klimperte jemand auf der Gitarre und sang Lieder von der Taiga. Die kleine Lisa wollte immer zurück zur Oma.

Die Eltern fühlten sich in der Stadt nicht wohl. Mit dem schwierigen Leben in der freien Natur kamen sie dagegen sehr gut zurecht. In den Steppen Kasachstans, auf Kamtschatka und den Kurilen, in der ostsibirischen Taiga konnten sie ein Lagerfeuer mit einem einzigen Streichholz anzünden, bei strömendem Regen in zehn Minuten ein Zelt aufstellen, wasserdichte Hütten aus Tannenzweigen bauen und Kochtöpfe aus Birkenrinde herstellen.

Als Lisa sieben wurde, übergab die Oma sie mit gutem Gewissen ihren Eltern, denn ein Kind muß dort zur Schule gehen, wo es gemeldet ist, und außerdem hatten sich die Lebensumstände der Oma geändert. Sie wollte einen ihrer Doktoranden heiraten, sie saß an ihrer Habilitation, würde bald einen Lehrstuhl bekommen und keine Minute freie Zeit mehr haben, und überhaupt war das Kind ja schon groß und völlig selbständig.

Je älter Lisa wurde, desto ähnlicher wurde sie ihrer Großmutter Nadeshda. Ihr Tag war auf die Minute genau eingeteilt, ihre Kragen und Manschetten an der braunen Schuluniform waren stets schneeweiß, das rote Halstuch perfekt gebügelt, die Schuhe blitzblank geputzt, die hellen, aschblonden Haare seidig glatt gebürstet und zu einem festen, ordentlichen Zopf geflochten.

Von außen sah es so aus, als ob ihr alles leicht und mühelos gelänge. Niemand hätte vermutet, daß dieses vernünftige, ordentliche, immer lächelnde Mädchen lebte, als balanciere es auf einem Seil über dem Abgrund, und jeder unsichere Fehltritt könne es das Leben kosten. Lisa konnte sich nicht den kleinsten Fehler verzeihen. Sie regte sich über jeden Fehler auf, haßte sich selbst dafür und machte sich das Leben zur Hölle. Wegen einer Kleinigkeit, einer Drei im Zeugnis, konnte sie ernsthaft krank werden und hohes Fieber bekommen. Etwas nicht zu verstehen, nicht zu bewältigen kam für sie einer tiefen Kränkung gleich.

Gleich nach der zehnten Klasse ging sie an die Universität. Die Aufnahmeprüfungen bestand sie mit »sehr gut«, ohne das für eine besondere Leistung zu halten. Anders durfte es einfach nicht sein. Auf der Universität hatte sie wie in der Schule keine engen Freunde. Ihre Kommilitonen benahmen sich ihr gegenüber so, als wäre sie zwanzig Jahre älter. Man respektierte sie, man hörte auf sie, sie war die Anführerin, weil sie niemals Fehler machte und sich über die Fehler der anderen nicht freute. Immer fand sie einen Ausweg aus schwierigen Situationen, nicht nur für sich, sondern auch für die anderen, und das völlig uneigennützig. Zu allen war sie freundlich, aber niemanden ließ sie näher als bis auf Armeslänge an sich heran.

Eine perfekte Figur, eine makellose Haut, ebenmäßige, klare Gesichtszüge, volles aschblondes Haar, große blaue Augen – mit all diesen großzügigen Gaben der Natur hätte sie eine verführerische Schönheit, eine femme fatale werden können, aber sie wurde es nicht, weil es sie nicht interessierte.

»Schön bist du ohne alle Anstrengung, das ist nicht dein Verdienst, also ändert es in deinem Leben nichts«, sagte Oma Nadeshda zu ihr. »Was man umsonst bekommt, ohne sich dafür anzustrengen, hat keinen echten Wert. Eine Frau, die alles auf ihr Aussehen setzt, verliert gewöhnlich, wenn nicht heute, dann morgen.«

Ihre verliebten Kommilitonen betrachtete Lisa mit

freundlich-spöttischem Mitleid. Die leidenschaftlichen Affären, Treuebrüche, Intrigen, die Abtreibungen, frühen Heiraten und Scheidungen berührten sie nur dann, wenn einer der Leidtragenden zu ihr kam, um sich bei ihr auszuweinen. Und je mehr fremde Tränen sie erlebte, desto fester wurde ihre Überzeugung, daß sie selber sich niemals verlieben würde. Hinter dem Glanz verliebter Augen sah sie die Schatten ungelöster, erniedrigender Probleme. Sie bewegte sich weiter vorsichtig auf dem Seil über dem Abgrund, jeden Schritt sorgfältig im voraus abschätzend.

Sogar in ihren eigenen Mann war Lisa nicht einen Augenblick lang verliebt gewesen. Er war nur einfach der klügste und zuverlässigste von allen Anwärtern auf ihre Hand und ihr Herz.

Kennengelernt hatte sie Michail Beljajew im Archiv des Revolutionsmuseums. Sie war zwanzig, hatte gerade das sechste Semester hinter sich, schrieb eine Seminararbeit über die revolutionäre Volkspartei der Narodowolzen und wandte sich auf Empfehlung ihres Professors an einen Fachmann für die Geschichte dieser Partei aus dem 19. Jahrhundert, der als wissenschaftlicher Mitarbeiter am Museum arbeitete. Das war Michail Beljajew.

Der dreißigjährige Intellektuelle war schweigsam, breitschultrig, sah freundlich, aber ein wenig von oben herab auf Lisa und behandelte sie wie ein verwöhntes kleines Kind. Niemand auf der ganzen Welt, einschließlich ihrer Eltern und ihrer Oma, hatte jemals ein Kind in ihr gesehen.

Einige Tage nachdem sie sich kennengelernt hatten, saßen sie bis zum Ende der Öffnungszeit im Archiv des Museums. In den hallenden Sälen war kein einziger Mensch mehr außer ihnen.

»Lassen Sie uns eine Kleinigkeit essen und dann weitermachen«, sagte er und holte aus seiner Aktentasche eine

Tüte mit Butterbroten. Vier Brote, und alle mit Räucherkäse, den Lisa seit ihrer Kindheit nicht ausstehen konnte. Michail sah es sofort an ihrem Gesichtsausdruck, obwohl sie überzeugt war, daß sie sich nichts hatte anmerken lassen.

»Sie mögen keinen Räucherkäse?« fragte er ernst, als handele es sich um etwas sehr Wichtiges und Bedeutsames.

»Nein«, gab Lisa zu, »ich mag ihn nicht.«

»Welchen Käse essen Sie denn gern?«

»Schweizer Käse. Den mit den großen Löchern. Aber den gibt es nur auf Bestellung oder in Sonderläden.«

Michail schnitt mit einem kleinen Messer ein paar exakte runde Löcher in die Käsescheibe und reichte Lisa das Butterbrot: »Bitte sehr, Schweizer Käse.«

Lisa spürte, daß sie in den nächsten Jahren kaum einem Besseren begegnen würde als ihm, und war überhaupt nicht erstaunt, als er ihr vorschlug zu heiraten.

Für alle waren sie das ideale Paar. Beide gingen Konflikten möglichst aus dem Wege und wurden leicht mit allen Schwierigkeiten fertig, die im Zusammenleben von zwei Menschen nicht zu vermeiden sind. Beide waren korrekt, vernünftig, verantwortungsbewußt und schätzten einander, weil sie wußten, wie selten es solche Menschen wie sie auf der Welt gibt.

Lisa beendete das Studium mit Auszeichnung, und einige Monate später wurde ihnen ein gesunder, kräftiger Sohn geboren – Witja. Michail Beljajew arbeitete weiter im Museum, bekam immer weniger Geld dafür, aber auch das wurde nicht zum Problem. Lisa gelang es, ein Doktorandenstipendium zu ergattern und mit dem kleinen Kind auf dem Arm noch Geld zu verdienen. Sie schrieb nachts bissige Artikel für die gerade tonangebenden Zeitungen und Zeitschriften, beriet Filmregisseure, die historische Filme drehten, und sammelte nebenher noch Material für ihre Dissertation. Sie kam mit fünf Stunden Schlaf aus, und nicht ein einziges Mal, selbst wenn sie hundemüde war, fuhr sie aus der Haut und schrie ihren Mann an.

Je älter sie wurde, desto deutlicher spürte sie, wie das unsichtbare Seil unter ihren Füßen nachgab. Oma Nadeshda starb. Ihr Vater erfror sich in der kasachischen Steppe Hände und Füße, und man amputierte ihm in einem kleinen Provinzkrankenhaus die rechte Hand und den linken Fuß. In Moskau fertigte man Prothesen für ihn an, aber sein Leben war ruiniert, er alterte vorzeitig und begann zu trinken. Die Mutter kümmerte sich anfangs rührend um ihn und war sehr tapfer, pflegte ihn, versuchte ihn aus seinen tiefen Depressionen und vor dem drohenden Alkoholismus zu retten, hielt aber nicht durch. Eine Weile lebte sie mit einem anderen Mann, kehrte jedoch bald wieder zu ihm zurück und trank nun zusammen mit ihm.

Lisa klapperte sämtliche bekannten und unbekannten Suchtspezialisten Moskaus ab und las Berge medizinischer Fachliteratur, doch aus dieser ganzen Flut von Informationen zog sie nur einen einzigen Schluß: Sie konnte ihren Eltern nicht helfen. Man kann mit dem Trinken nur dann aufhören, wenn man selbst es will.

Die Wohnung in Tscherjomuschki verwandelte sich in einen stinkenden Schuppen. Lisa stellte ihre Taschen mit Lebensmitteln wortlos ab und ging wieder. Alles brach zusammen, das unsichtbare Seil unter ihren Füßen riß. Sie stürzte in den Abgrund, und niemand war da, der sie auffing. Michail schätzte sie als ausgeglichenen, zuverlässigen, selbständigen Menschen, als verständnisvolle Partnerin, die sich niemals erlauben würde, seine Ruhe mit ihren Problemen zu stören. Und enge Freunde, vor denen sie sich ihrer Tränen nicht geschämt hätte, gab es nicht.

Lisa lebte weiter wie mit eingeschaltetem Autopiloten und

gestattete sich nicht eine Minute der Schwäche. Nichts hatte sich in ihrem Verhalten geändert, sie war immer noch genauso leistungsfähig, zuverlässig, freundlich. Nur manchmal wurde ihr Blick starr und schien gleichsam zu vereisen. Die blauen Augen wurden fast weiß, blickten ins Leere und sahen nichts als Finsternis und Chaos.

Witja wuchs heran, er wurde ein intelligenter, aufgeweckter Junge. Mit vier Jahren kannte er alle Buchstaben, mit fünf konnte er nach Silben lesen. 1988 kündigte Michail Beljajew seine Stelle beim Museum und eignete sich in kurzer Zeit umfangreiche Computerkenntnisse an. Da er außerdem perfekt Englisch und Deutsch sprach, bekam er eine Stelle in einer neu eröffneten russisch-österreichischen Computerfirma, wo er gut verdiente und oft ins Ausland reiste.

Lisa schrieb weiterhin Zeitungsartikel und erwarb sich einen Namen als politische Kommentatorin. Man lud sie immer häufiger in Fernseh-Talkshows ein; heiße Live-Diskussionen waren damals gerade große Mode. Jelisaweta Beljajewa wurde sofort zum Publikumsliebling. Sie sprach überzeugend und klug, benahm sich vor der Kamera ganz ungezwungen und war ausgesprochen telegen. Bald bot man ihr an, regelmäßig als Beraterin für ein beliebtes Politmagazin zu arbeiten.

Eines Tages nannte ein bekannter Politiker sie in einem Interview »das netteste Gesicht im heutigen Fernsehen«. Ein beliebter Filmschauspieler sagte, als man ihn bei irgendeinem Festival im Foyer abfing, auf die Frage des Journalisten, was er von den heutigen Fernsehmoderatoren halte, daß ihm Jelisaweta Beljajewa am besten gefiele und er sich jeden Donnerstag irgendeine alberne Sendung für Jugendliche anschaue, nur um sie zu sehen. Er verzog das Gesicht und schnippte mit den Fingern, als er versuchte, sich an den Titel der Sendung zu erinnern.

»Aber die Beljajewa ist keine Moderatorin«, bemerkte der Journalist, »sie ist Expertin, Kommentatorin, Beraterin.«

»Na und, was macht das für einen Unterschied?« Der Schauspieler strahlte in die Kamera. »Sie ist die einzige, die man sich ansehen und anhören kann.«

Das Ende vom Lied war, daß man Lisa Knall auf Fall aus der Sendung warf mit der Begründung, sie hätte die Konzeption nicht richtig verstanden.

Lisa verbot es sich, aus diesem Anlaß zu leiden. Sie war im vierten Monat schwanger und mußte ihre Nerven schonen. Außerdem plante gerade ein bekannter Regisseur eine historische Fernsehserie und hatte sie gebeten, ihn dabei zu beraten.

Ihre Tochter nannte sie Nadeshda, zu Ehren der Oma. Mehrere illustrierte Magazine brachten große Fotoreportagen darüber, daß die bekannte und allseits beliebte Jelisaweta Beljajewa Mutter einer kleinen Nadja geworden war.

Inzwischen erlitt ihr Vater einen Herzinfarkt und kam auf die Intensivstation. Ihre Mutter hörte eine Zeitlang auf zu trinken, wurde wieder energischer, schlanker, zog Jeans und Turnschuhe an und besuchte regelmäßig ihre Enkel. Vor ihren Besuchen wurde jeder Tropfen Alkohol, der sich im Haus befand, im hintersten Winkel versteckt. Die Mutter trank ganz gesittet starken Kaffee, rauchte auf dem Balkon, war mitunter ganz erpicht darauf, die Windeln zu waschen, und vergaß dabei jedesmal, daß Michail für die kleine Nadja im Devisen-Supermarkt das kaufte, was man getrost eine der größten Errungenschaften der westlichen Zivilisation nennen darf – Pampers.

Aus dem Krankenhaus verlegte man den Vater in ein teures Sanatorium vor den Toren Moskaus. Dort kam er wieder zu Kräften, aber kaum kehrte er nach Hause zurück, war alles wieder beim alten. Die Genesung mußte natürlich gefeiert werden, das gemeinschaftliche Besäufnis dauerte eine volle Woche und endete mit einem zweiten Infarkt. Diesmal gelang es nicht mehr, ihn zu retten. Die Mutter trank nun allein.

Nadja wurde größer, und Lisa kehrte zum Fernsehen zurück. Bei Kanal Eins hatte wieder einmal die Leitung gewechselt, Jelisaweta Beljajewa wurde nun eine der Moderatorinnen der täglichen Nachrichtensendung und erschien zweimal wöchentlich allein auf dem Bildschirm. Außerdem moderierte sie jeden Montag die zwanzigminütige Sendung »Ganz persönlich« und plauderte in ungezwungener Atmosphäre bei einer Tasse Kaffee mit Politikern, Wirtschaftsexperten und Juristen.

Ihre Popularität wuchs, es wurde schwierig für sie, auf die Straße und zum Einkaufen zu gehen. Man erkannte sie, starrte sie an, bat sie um ein Autogramm. Einige besonders hartnäckige Verehrer hielten sogar Wache vor ihrem Haus und lauerten ihr vor dem Fernsehzentrum in Ostankino auf. Kaum erschien sie bei irgendeinem gesellschaftlichen Ereignis, schon klickten die Fotoapparate und flammten die Blitzlichter auf. Ihre Fotos erschienen in einem guten Dutzend Boulevardzeitschriften, versehen mit giftigen Kommentaren.

»Jelisaweta Beljajewa, dieses Muster an Wohlanständigkeit, zeigt niemals nackte Schultern oder Beine – hat sie vielleicht etwas zu verbergen?«

»Wenn Sie glauben, das sei französischer Kognak im Glas der Beljajewa, dann irren Sie sich. Es ist nur Traubensaft. Frau Beljajewa trinkt keinen Alkohol, ißt kein Fleisch und zankt sich nie mit ihrem Mann, mit dem sie schon seit zwanzig Jahren zusammen lebt.«

Eines Morgens verließ die zehnjährige Nadja das Haus, um die Hündin Lotta Gassi zu führen und den Müll wegzubringen. Da sprang plötzlich ein zerzauster junger Mann aus dem Gebüsch, riß ihr den Müllsack aus der Hand, kippte den Inhalt auf die Straße und begann ihn zu fotografieren. Lotta stürzte augenblicklich vor, um den Müll ihrer Familie zu verteidigen, entdeckte dabei einen nicht ganz abgefressenen Knochen und verbiß sich in das Hosenbein des jungen Mannes. Später stellte sich heraus, daß es sich um den freien Mitarbeiter irgendeines Boulevardblättchens handelte. Er war auf die originelle Idee verfallen, eine Reportage über den privaten Müll prominenter Persönlichkeiten aus Fernsehen und Showbusiness zu machen.

Millionen Leute wollten wissen, in welche Schule ihre Kinder gingen, in welchen Geschäften sie ihre Lebensmittel kaufte, welches Parfum sie benutzte, was sie zum Frühstück aß, welche Tabletten sie bei Kopfschmerzen nahm.

Man kann so leben, manchmal ist es sogar angenehm, aber nur so lange, wie man nichts zu verbergen hat.

Kapitel 12

»Na, wieviel willst du für deine erbärmlichen Klunker denn haben?« fragte der bärtige Mann verächtlich und wog das Häufchen Schmuck auf seiner Hand.

»Was heißt hier erbärmlich!« empörte sich Wowa Muchin. »Gib das wieder her, auf dem Arbat kriege ich allein für den Ring anderthalb grüne Riesen.«

»Das kannst du dir abschminken! Du kriegst für alles zusammen nirgends mehr als fünfhundert.«

In Wahrheit war Wowa schon auf dem Arbat gewesen, hatte mehrere Straßenhändler abgeklappert, und tatsächlich hatte ihm keiner mehr als fünfhundert angeboten. Wowa war aufrichtig empört. Im Juweliergeschäft kosteten genau die gleichen Smaragdohrringe siebenhundertfünfzig Dollar.

Noch mehr fühlte er sich wegen des Ringes gekränkt. Es war ein antiker Ring, mit einem großen Stein, einem echten Smaragd, um den herum kleine Diamanten saßen. Und wenn man noch das emailverzierte goldene Armband und das Goldkettchen dazunahm, dann waren fünfhundert für alles zusammen schrecklich wenig.

Andererseits durfte er diese heiße Ware auch nicht mehr lange mit sich herumschleppen. Die Sachen mußten verkauft werden, und zwar so schnell wie möglich.

»Gut, gib mir meine Juwelen zurück, und ich bin weg«, knurrte Wowa und hoffte, der Mann werde wenigstens noch einen Fünfziger drauflegen.

»Gehören die dir?« fragte der Bärtige mit listig zusammengekniffenen Augen.

»Wem wohl sonst?« fragte Muchin entrüstet.

»Schon gut. Fünfhundert, ohne Gefeilsche.«

»Sechshundert.«

»Siehst du da vorn unter dem Schutzdach neben der Metro die beiden Leutnants, die Fleischpiroggen essen? Die können wir ja mal holen und sie fragen, wieviel deine Klunker bringen – nicht an Dollars, sondern an Jahren.«

»Fünfhundertfünfundzwanzig«, sagte Wowa traurig.

Der Bärtige zeigte ihm schweigend fünf Hundertdollarscheine. Wowa streckte instinktiv die Hand aus und nahm sie. Beim Anblick von Geld, auch wenn es keine große Summe war, konnte er einfach nicht widerstehen.

Wenn Wowa Muchin wenig Geld hatte, war er matt und reizbar, der Kopf tat ihm weh, und alle Zähne schmerzten gleichzeitig. Er war depressiv, hatte ständig Hunger, kochte sich Makkaroni und verzehrte unglaubliche Mengen davon, zwei große Packungen pro Tag. Dann nahm er zu, litt unter Sodbrennen, Verdauungsstörungen und Haß auf sich selbst und die ganze Welt.

Geld war für Wowa ein mystisches Phänomen. Er wußte ganz genau, daß das Vorhandensein von Geld in seiner wie auch in fremden Taschen überhaupt nichts mit so langweiligen und sinnlosen Begriffen zu tun hatte wie Bildung, Professionalität oder Arbeit. Geld kann man nicht verdienen. Man muß es »machen«.

Die Menschheit teilte sich, bei all ihrer unendlichen Vielfalt, für Wowa in zwei einfache Kategorien: in die Leute, die das Talent haben, Geld zu machen, und in alle übrigen. Sich selbst zählte Wowa natürlich zur ersten Gruppe, weil es sonst keinen Sinn gehabt hätte, auf der Welt zu sein.

Nach dem »Schwarzen August« kam Wowa aus der Depression gar nicht mehr heraus. Sein Job als Masseur in einem Fitness-Center war nichts weiter als ein Job und brachte folglich kein Geld. Der Lohn reichte gerade mal für Makkaroni und Mayonnaise.

Das Fitness-Center hatte seine Stammkunden, darunter auch hohe Beamte, Geschäftsleute und andere betuchte Klienten. Aber die Kunden, die früher, ohne hinzusehen, mit generöser Geste große Scheine als Trinkgeld gegeben hatten, fingen nun an, ihr Geld penibel zu zählen. Und es wurden auch weniger Kunden. Nur eine Hoffnung blieb noch: Klim. Der geheimnisvolle, großherzige, allmächtige Klim.

Vor acht Monaten war er ins Fitness-Center gekommen, hatte auf den Trainingsgeräten gestrampelt, in der Sauna geschwitzt und sich dann massieren lassen. Er stellte sich als gesprächiger Kunde heraus, erzählte, er sei nur auf Durchreise in Moskau, lebe in Deutschland und sei Geschäftsmann. Wowa war der Meinung, über eine recht gute Menschenkenntnis zu verfügen. Eins der wichtigsten Kriterien bei der Beurteilung eines Menschen war für ihn die Höhe des Trinkgelds und die Art, es zu geben. Der Geschäftsmann aus Deutschland mit dem schönen Namen Ernest

Klimow gab sehr viel und das so lässig, als seien hundert Dollar für ihn gar kein Geld. Daraus zog Wowa den Schluß, daß sein Geschäft florieren müsse, und bemühte sich, die Bekanntschaft zu vertiefen. Er ließ durchblicken, daß er eine Menge Leute kenne, darunter auch prominente wie zum Beispiel den Journalisten Artjom Butejko, und wenn Klimow an Werbung interessiert sei, so könne das in verschiedenen Zeitungen und Zeitschriften preiswert organisiert werden.

Tatsächlich hatte Wowa keine Ahnung, wie Werbung in Zeitungen gemacht wird und welche Möglichkeiten Artjom Butejko hatte. Aber war das wirklich wichtig? Die Hauptsache war doch, den Mann für seine bescheidene Person zu interessieren.

Und dieser Mann, der deutsche Geschäftsmann Ernest Klimow, zeigte tatsächlich Interesse. Immer wenn er aus Deutschland nach Moskau kam, meldete er sich sofort bei Wowa im Fitness-Center, ließ sich von ihm massieren, gab ein großzügiges Trinkgeld, lud ihn in teure Gaststätten ein, wo sie in gemütlicher Atmosphäre zusammensaßen. Die Rechnung bezahlte selbstverständlich Klim. Ausgiebig erzählte er von seinen erfolgreichen Geschäften, davon, wie er bei Null angefangen hatte, mit ein paar Zigarettenstangen, und es bis zu einem Millionenvermögen gebracht hatte. Wowa wollte seinerseits auch gern etwas Interessantes erzählen, aber über seine eigene Person gab es nicht viel zu berichten, und so unterhielt er Klim mit Geschichten über seine Freunde, über Sanja Anissimow und über Artjom Butejko. Klim lauschte aufmerksam und unterbrach ihn nie.

Während der Augustkrise war Klim nicht in Moskau, und Wowa hatte schreckliche Angst gehabt, daß er nie mehr wiederkommen würde. Viele ausländische Firmen schlossen ihre Filialen in Rußland. Wowa wußte nicht, was für Geschäfte Klim hier eigentlich machte, glaubte aber, es seien ganz seriöse. Klim fuhr keinen Jeep und keinen Mercedes, sondern einen ganz gewöhnlichen Shiguli, noch dazu mit Moskauer Nummernschild. Er hatte Wowa gegenüber angedeutet, daß das konspirativen Zwecken diene. Und was seine Tätowierungen betraf, zwei Ringe auf dem Mittel- und dem Ringfinger der rechten Hand, so seien das Jugendsünden gewesen. Mit dreizehn will man eben möglichst cool wirken. Er habe sie schon längst entfernen lassen wollen, aber ihm habe immer die Zeit gefehlt.

Klim tauchte Ende Oktober wieder auf und teilte Wowa seine Pläne für die nächste Zukunft mit.

Es brauten sich gefährliche Sachen zusammen, so riskante, daß es Muchin den Atem nahm. Trotzdem verlor er nicht den Kopf, der Glanz des zukünftigen großen Geldes blendete ihn nicht. In dem Kästchen, in dem die Patronen lagen, fand er einen ganzen Haufen wertvoller Schmuckstücke, die er sofort einkassierte. Schließlich war er kein Trottel. Ärgerlich nur, daß er so wenig Geld dafür bekommen hatte, aber besser als gar nichts.

»Lieber Gott, mach, daß das alles bald ein Ende hat!« murmelte Jelisaweta Beljajewa, nachdem sie den Hörer aufgelegt hatte. »Warum hast du mich angerufen? Mit welchem Recht bist du überhaupt in mein Leben eingedrungen? Ich habe eine Familie, ich bin kein junges Mädchen mehr.«

Kennengelernt hatten sie sich in diesem Sommer, als Lisas Hund krank geworden war.

Die Dobermannhündin Lotta lebte schon zehn Jahre im Haus, sie hatte einen schwierigen Charakter, nur ihre Besitzer durften sie streicheln, und auch die nicht immer. Fremde bellte sie nicht an, sondern fletschte drohend die Zähne, und wenn ihr jemand allzu nahe kam, konnte sie auch zuschnappen. Bis ins hohe Alter zernagte sie Schuhe, und zwar immer die besten, und wenn man sie bestrafen wollte, verkroch sie sich knurrend unter den Tisch, trat in den Hungerstreik, fraß und trank tagelang nichts und wollte auch nicht nach draußen gehen. Selbst als Welpe war sie kein niedliches, verspieltes Hundekind gewesen, und im Alter wurde sie immer mürrischer. Früher hatte man sie im Sommer für ein paar Wochen in der Obhut des Hausmädchens Swetlana lassen und mit der ganzen Familie in die Ferien fahren können, aber in den letzten drei Jahren wollte Swetlana um keinen Preis mehr mit diesem »Untier« allein im Haus bleiben.

Dieses störrische, unfreundliche Geschöpf hatte eigentlich nur zu Lisa eine enge Beziehung. Die übrigen Familienmitglieder nahm Lotta kaum zur Kenntnis, verhielt sich ihnen gegenüber kalt und abweisend, wie ein hochmütiger Lakai in einem englischen Haus gegenüber ungebetenen Gästen. Nur Lisa legte die Hündin ihre Pfoten auf die Schultern, leckte ihr das Gesicht, nur vor ihr wälzte sie sich auf den Rücken und ließ sich am Bauch kraulen, was bei Hunden ja ein Zeichen höchsten Vertrauens und uneingeschränkter Ergebenheit ist.

In diesem Sommer nun hatte Lisa an Lottas rosigem Bauch eine große Geschwulst entdeckt. Ein Hundefachmann aus ihrem Bekanntenkreis gab ihr die Telefonnummer von Juri Sacharow, einem Tierarzt, der als bester Spezialist für Krebs bei Hunden galt. Dieser Tierarzt sagte, Lotta müsse unter Vollnarkose am Bauch operiert werden.

»Wäre es nicht einfacher, sie einzuschläfern?« fragte Lisas Mann nachts in der Küche. »Sie ist schon zehn Jahre alt, älter als zwölf werden Dobermänner selten, lohnt es sich da, sie selber und uns zu quälen?« Da begegnete er dem aufmerksamen, ruhigen Blick von Lotta und brach ab. Die Hündin schlich mit leisem, kläglichem Jaulen zu Lisa, stellte ihr die

Vorderpfoten auf den Schoß, leckte ihr über die Wange, legte sich dann neben sie und starrte Michail unverwandt an.

»Verstehst du, wenn sie operiert wird wie ein Mensch, dann muß man sie auch pflegen wie einen Menschen. Wer soll das tun?« fuhr Michail fort und bemühte sich dabei, Lotta nicht in die Augen zu sehen. »Und außerdem fliegen wir in zehn Tagen nach Kreta. Es hat mich so viel Mühe gekostet, Swetlana zu überreden, bei dem Hund zu bleiben, und die Kinder freuen sich so auf diese Reise.«

»Das ist doch nicht weiter schlimm, dann fliegst du eben allein mit den Kindern.«

»Lisa, wir haben seit drei Jahren keinen gemeinsamen Urlaub mehr gemacht.« Mehr sagte Michail nicht, aber er rückte den Stuhl, als er aufstand, heftiger als gewöhnlich zurück und schloß die Küchentür so energisch hinter sich, daß Lisa zusammenzuckte.

Als der sechzehnjährige Witja die traurige Nachricht hörte, tätschelte er Lotta den Nacken und sagte: »Kopf hoch, Alte, das packen wir schon!«

Die elfjährige Nadja begann zu weinen. »Aber ihr dürft sie nicht einschläfern lassen! Vielleicht wird ja alles wieder gut?«

Man kam zu dem Schluß, es sei wirklich das vernünftigste, wenn die Mama in Moskau bei der kranken, unglücklichen Lotta bliebe und der Papa mit den Kindern nach Kreta flöge. Zehn Tage später verabschiedete sich Lisa am Flughafen von ihrer Familie und brachte Lotta in die Tierklinik.

Die Operation dauerte über drei Stunden.

»Die Geschwulst habe ich entfernt, Metastasen hat die Hündin vorläufig noch keine, aber ich kann nicht garantieren, daß sie sich in der nächsten Zeit nicht doch noch bilden. Stationäre Behandlung gibt es bei uns nicht, Sie müssen sie wieder mit nach Hause nehmen«, sagte der Arzt. »Die ersten zehn Tage wird es nicht einfach sein, der Verband muß täglich gewechselt werden, die Nähte müssen behandelt werden. Sie wird Urin und Kot nicht halten. Können Sie ihr selber die Spritzen geben?«

»Wenn Sie es mir zeigen, ja.«

»Das ist nicht schwer. Sie sind also bereit, den Hund mit nach Hause zu nehmen?« fragte er und blickte an Lisa vorbei.

»Ja, natürlich. Jetzt sofort?«

»Nein, morgen. Ich muß sie erst noch eine Weile beobachten, es könnte Komplikationen durch die Narkose geben.«

»Wie, wollen Sie etwa die ganze Nacht bei ihr sitzen?« fragte Lisa erstaunt.

»Nach so schweren Operationen bleibe ich immer selbst bei den Tieren.«

»Ich bleibe bei Ihnen«, erklärte Lisa entschlossen.

»Gern, Hilfe kann ich immer brauchen.«

Es dauerte lange, bis die Hündin aus der Narkose erwachte, sie zitterte heftig, versuchte, auf die Beine zu kommen und den Verband abzureißen. In ihren Augen lag ein so tiefes Leiden und Begreifen, daß Lisa plötzlich wußte: Lotta würde nicht überleben. Sie würde sich noch eine Woche, vielleicht auch einen Monat quälen und dann sterben. Ihr Mann hatte recht gehabt. Es wäre ehrlicher und humaner gewesen, sie sofort einzuschläfern.

Lotta schaffte es irgendwie, sich den Verband abzureißen, und leckte und biß heiser winselnd an den Nähten. Der Arzt gab ihr eine Beruhigungsspritze, der Verband wurde gewechselt, Lotta knurrte noch einmal träge und schlief dann ein. Sie gingen ins Sprechzimmer, Juri Sacharow kochte auf der Kochplatte einen Kaffee.

»Vielleicht wäre es humaner gewesen, sie einzuschläfern?« sprach Lisa den Gedanken, der sie die ganze Zeit quälte, laut aus.

»Nein.« Der Arzt schüttelte den Kopf. »Sie merken immer, wenn ihre Besitzer sie zum Einschläfern bringen. Und Verrat ist für sie schlimmer als körperliche Schmerzen.«

»Ja, ich weiß, aber wenn man versucht, es zu verheimlichen, in ihrer Gegenwart nicht darüber zu sprechen?«

»Einem Menschen können Sie das verheimlichen. Einem Hund nicht.«

»Wieviel Zeit bleibt ihr?«

»Wenn sich keine Metastasen bilden, kann sie noch ein Jahr leben, bei guter Pflege auch zwei. Aber es wird ein kranker Hund sein, Sie müssen für ihn erheblich mehr Kraft und Zeit aufwenden als früher.« Er zündete sich eine Zigarette an, schwieg eine Weile, schaute zum Fenster hinaus und sagte schließlich mit ausdrucksloser, gleichgültiger Stimme: »Wenn es Ihnen zu schwer wird, rufen Sie mich an, ich komme und gebe ihr die Spritze.«

»Aber Sie haben doch gesagt, das kann ich selber machen.«

»Nein, diese Spritze können Sie nicht selber setzen.«

Außer ihnen und Lotta war niemand mehr in der Praxis, es herrschte völlige Stille. Plötzlich ertönte ein eigenartiges Klappern. Juri sprang auf und stürzte hinaus. Über den Flur wankte Lotta, sehr langsam, die Pfoten rutschten ihr weg. Sie schwankte hin und her und schleifte die zerbrochene Tropfflasche hinter sich her.

Als sie die Hündin wieder zurückgebracht und ihr einen neuen Tropf angelegt hatten, brach Lisa in Tränen aus. Zum ersten Mal in ihrem Leben konnte sie vor einem fremden Menschen nicht die Fassung bewahren, aber sie spürte keine Verlegenheit, auch später nicht, als sie sich wieder beruhigt hatte.

Juri Sacharow machte jeden Abend einen Hausbesuch. Sie hatte ihn nicht darum gebeten, er rief selbst an und kam, behandelte die Nähte, legte den Tropf an. In seiner Gegenwart schien Lotta sich besser zu fühlen. Sobald sie die Türklingel hörte, humpelte sie in die Diele und wedelte sogar schwach mit ihrem Stummelschwanz. Lisa wollte ihm Geld geben, aber er lehnte es ab. Sie kaufte eine Flasche französischen Kognak für ihn, er erklärte, daß er keinen Alkohol trinke.

»Juri Iwanowitsch, Sie bringen mich in eine unangenehme Situation«, sagte Lisa.

»Wieso? Die Operation und die Medikamente haben Sie bezahlt.«

»Aber Sie opfern so viel Zeit und Kraft, kommen jeden Abend hierher. Und außerdem weiß ich, daß eine solche Operation erheblich teurer ist.«

»Jelisaweta Pawlowna, ich gebe Lotta jetzt eine Injektion, und Sie kochen bitte Kaffee.«

Am folgenden Tag rief Lisa ihren Bekannten, den Hundefachmann, an und fragte, wie sie dem Tierarzt danken könne.

»Er nimmt kein Geld? Merkwürdig. Eigentlich ist das ein sehr teurer Arzt. Es stimmt, Alkohol trinkt er überhaupt nicht. Tja, ich weiß nicht. Wenn es Sie so beunruhigt, schenken Sie ihm doch ein gutes Eau de Cologne.«

Lisa kaufte ein teures Toilettenwasser für Männer. Juri nahm das Geschenk entgegen, aber am nächsten Abend zog er seinerseits eine Schachtel aus der Tasche und stellte sie auf ihren Toilettentisch – Chanel Nr. 19.

»Aber Juri Iwanowitsch, das ist doch …« Lisa war wie vor den Kopf geschlagen.

»Ich glaube, das ist Ihr Parfum. Und weiter wollen wir darüber nicht reden.«

Lotta ging es immer besser, ihre Nase wurde wieder feucht und kalt, sie begann zu fressen, wollte nach draußen, und Lisa ging wie zuvor zweimal am Tag mit ihr auf den Hof. Die Hilfe des Tierarztes war nicht mehr nötig, aber als er anrief und fragte, ob er kommen solle, antwortete sie zu ihrer eigenen Überraschung: »Ja, bitte, wenn Sie können …«

Sie saßen bis zum Morgengrauen in der Küche, und ihr Gespräch war sehr seltsam. Die Worte bedeuteten fast gar nichts. Es war das vertraute Geplauder zweier müder, nicht mehr junger Menschen, die sich sehr gut verstehen. In den Gesprächspausen herrschte eine schwere, heiße Stille, von der es beiden bis in die Fingerspitzen kribbelte.

»Entschuldigen Sie, Juri Iwanowitsch, ich habe Sie mit meinem Geschwätz viel zu lange aufgehalten«, sagte Lisa erschrocken, als es draußen zu dämmern begann.

Sie konnten zueinander nicht »du« sagen und sich einfach beim Vornamen nennen. Die Atmosphäre um sie herum war so spannungsgeladen, daß es schien, als würde ein einfaches »du« alles zum Explodieren bringen.

»Auf mich wartet niemand«, sagte er mit tiefer, schwerer Stimme.

»Trotzdem. Entschuldigen Sie. Es ist schon spät oder vielmehr früh. Zeit, schlafen zu gehen.«

»Ja, natürlich.« Er erhob sich. »Dann fahre ich jetzt. Alles Gute.«

In der engen Türöffnung stießen sie ungeschickt zusammen und blieben reglos stehen, Auge in Auge. Irgendein finsteres, wildes, völlig neues Gefühl stieg langsam brodelnd in Lisa hoch und füllte sie vollständig aus.

Bin ich alte Närrin denn komplett verrückt geworden? schalt ihre vernünftige innere Stimme sie aus.

Ihr war schwindlig, die Knie wurden ihr weich, aber trotzdem hatte sie noch genügend Kraft, sich wegzudrehen, seinen hartnäckigen Lippen auszuweichen und seine festen, warmen Hände abzuschütteln.

»Lisa, ich kann nicht mehr. Ich bin nicht aus Eisen. Ich begreife ja, du bist verheiratet, aber ich bin allein, du weißt, ich habe keine Frau, fahren wir doch zu mir.« Er starrte sie immer noch an, und erst jetzt bemerkte sie, daß er dunkelgraue Augen hatte und nicht schwarze, wie sie vorher gemeint hatte.

»Gute Nacht, Juri Iwanowitsch. Entschuldigen Sie, daß ich Sie so lange aufgehalten habe. Alles Gute«, sagte sie heiser, ohne ihn anzusehen.

Als sich die Tür hinter ihm geschlossen hatte, fiel sie aufs Bett und weinte, bitterlich, untröstlich, wie in der Kindheit über eine schlechte Schulnote. Lieber Gott, warum nur? Was ist denn an ihm Besonderes? Eine Zufallsbekanntschaft, ein ganz durchschnittlicher Mann. Wieso passiert mir das? dachte sie, während sie krampfhaft schluchzte wie ein Kind.

Lotta kam angehumpelt, leckte ihr die Tränen vom Gesicht, schaute ihr neugierig, aufmerksam in die Augen, als wollte sie fragen: Was ist mit dir?

»Mir geht es schlecht, Lotta. Ich weiß nicht, was ich jetzt tun soll«, murmelte sie und streichelte den Hund. »So etwas ist mir noch nie passiert und hätte mir nie passieren dürfen.«

Jelisaweta Beljajewa, die promovierte Historikerin, Fernsehmoderatorin, Mutter zweier Kinder, treue Ehefrau, diese immer beherrschte und korrekte Person, hatte sich Hals über Kopf verliebt wie ein sechzehnjähriger Teenager. Zum ersten Mal in ihrem Leben.

Am folgenden Tag fuhr Lisa zum Flughafen, um ihren Mann und die Kinder abzuholen. Der Urlaub war zu Ende, die Pflege von Lotta übernahm nun die Hausangestellte. Nach all den überstandenen Leiden war die Hündin rührend still und anhänglich geworden.

Juri rief jeden Abend an, aber nun nicht mehr bei ihr zu Hause, sondern auf ihrem Handy, und fragte jedesmal eingehend nach dem Befinden der Hündin. Lisa bedankte sich höflich, berichtete detailliert, wie Lotta sich benahm, was sie fraß, wie sie schlief. Dem Hund ging es gut, und so gab es anscheinend keinen Anlaß mehr für ein Treffen.

»Ich muß Lotta untersuchen«, erklärte er nach einer Woche entschlossen. »Wann paßt Ihnen mein Besuch? Lisa, ich halte es ohne dich nicht aus«, fügte er im selben Atemzug hinzu, aber mit ganz anderer Stimme.

Niemals! schrie Lisa innerlich auf. Niemals, um keinen Preis!

»Aber ich möchte Ihnen keine Umstände machen. Eigentlich ist ja auch alles in Ordnung ... Andererseits, wenn Sie nichts dagegen haben, könnte ich nach meiner Sendung nach Hause fahren, Lotta abholen und zu Ihnen in die Praxis bringen.«

Was rede ich für einen Blödsinn? Meine Sendung ist um ein Uhr nachts zu Ende.

»Heute sind Sie doch im Nachtprogramm, oder?«

»Ja, richtig, dann besser morgen früh. Obwohl ... Morgen vormittag habe ich eine Aufzeichnung ... Entschuldigen Sie, was erzähle ich Ihnen für Unsinn.«

»Ja, wirklich, Jelisaweta Pawlowna, wie lange wollen Sie mir und sich selber noch etwas vormachen? Schreiben Sie sich meine Adresse auf, und kommen Sie heute abend nach der Sendung zu mir nach Hause. Zusammen mit Lotta.«

Sie notierte sich die Adresse in ihrem Kalender, und wieder befiel sie dieser sonderbare Schwindel, diese Schwäche, fast schon Übelkeit. Sie bekam Angst davor, in diesem Zustand auf Sendung zu gehen. Aus dem Spiegel des Schminkraums schaute sie eine verjüngte, verzückte Idiotin an. Die Augen funkelten, die Brauen schwangen sich zu erstaunten Bögen empor, die Linie des Mundes war weicher geworden, die Wimpern zitterten wie Schmetterlingsflügel. Etwas Hilfloses lag in ihrem Gesichtsausdruck.

Die zwanzig Minuten der Sendung dehnten sich endlos.

Lisa merkte, wie ihre Augen glänzten, wie ihre Lippen sich wie von selbst zu einem albernen, geheimnisvoll-glücklichen Lächeln verzogen, das völlig fehl am Platz war, denn das Thema der Sendung war der instabile Rubel und das Defizit im Staatsbudget.

»Sie waren bezaubernd, Lisa«, versicherte ihr der Gast ihrer Sendung, ein älterer Finanzexperte, und küßte ihr förmlich die Hand, »wissen Sie, Sie hatten heute etwas ganz Besonderes. So einen Glanz in den Augen.«

Zum ersten Mal seit vielen Jahren sprach sie ein völlig fremder Mann mit ihrem Vornamen an, zum ersten Mal schwang dabei auch ein spielerisch-herablassender Unterton mit. So pflegt man mit hübschen jungen Sekretärinnen zu reden. Es kam ihr vor, als starrten alle hier im Fernsehzentrum, vom Chefredakteur bis zum Beleuchter, sie mit einer unguten Neugier an.

Wäre sie leichtsinniger und raffinierter gewesen, so hätte sie diese heimliche Affäre als schönen, vorübergehenden Abschnitt in ihrem Leben betrachtet, wie das Tausende von Frauen taten. Liebe, Leidenschaft – na und, das passiert jedem mal. Wozu daraus eine Tragödie machen? Genieße das Leben, aber lerne es, alle geschickt belügen – den Mann, die Kinder, den Liebhaber, dich selbst.

Sobald sie ihre Wohnung betreten hatte, sagte sie ihrem Mann, ohne den Mantel auszuziehen, daß sie jetzt gleich mit Lotta zur Tierarztpraxis führe, um den Hund dem Arzt vorzustellen. Er fragte erstaunt, aber gleichmütig: »Mitten in der Nacht?«

»Tagsüber muß man ewig lange warten«, stotterte sie und errötete.

»Ich hatte den Eindruck, deine Beziehungen zu diesem Arzt seien von so herzlicher Natur, daß er Lotta auch außer der Reihe drannimmt.«

»Mischa, was für Beziehungen soll ich zu einem Tierarzt haben?« Ihre Hände zitterten, und es wollte ihr nicht gelingen, die Leine am Halsband von Lotta zu befestigen.

»Deine Beziehungen interessieren mich nicht, ich begreife nur nicht, warum du Lotta nicht tagsüber zur Untersuchung bringen kannst.«

»Morgen habe ich Aufzeichnung.«

»Morgen kann ich mit Lotta zum Arzt fahren.«

»Morgen hat er keine Sprechstunde.«

»Na schön, Lisa, tu, was du für richtig hältst.« Er nahm ihr die Leine aus der Hand und machte den Karabinerhaken am Halsband fest. »Aber vergiß nicht, die Schlüssel mitzunehmen. Ich werde schon schlafen, wenn du zurückkommst.«

Sie küßte ihn zum Abschied. Von seinem Gesicht und seiner glattrasierten Wange wehte ein fühlbarer Hauch von Kälte.

Juri wartete auf der Straße auf sie, an der Hofeinfahrt. Sie sah seine untersetzte, stämmige Gestalt schon von weitem und dachte zum letzten Mal: Mein Gott, was ist an ihm Besonderes? Warum gerade er?

Als er sie umarmte, direkt auf der Straße neben dem Auto, als er, ohne ein Wort zu sprechen, hastig, gierig ihr Gesicht küßte, schien ihr plötzlich, als zucke im Gebüsch hinter der Kinderrutsche das weiße Feuer eines Blitzlichts auf.

Kapitel 13

Erst im Alter lernte die Gräfin Olga Karlowna Paurier Russisch. Diese Sprache, die ihr früher barbarisch vorgekommen war, entzückte sie jetzt durch ihren Reichtum an Bedeutungsnuancen und Gefühlsschattierungen. Die russischen

Wörter schillerten und leuchteten in allen Regenbogenfarben, wie die Facetten der kostbaren Edelsteine, die sie so liebte.

»Staryk, Staritschok, Starez, Star-rikaschka«, wiederholte die Gräfin mit guttural schnarrendem »r«, lachte und klatschte in die Hände wie ein kleines Kind.

Im Jahre 1880 war die Gräfin achtzig geworden – sie war genauso alt wie ihr Jahrhundert. »Starik«, »Alter«, nannte sie ihren verstorbenen Gatten, den Grafen Paurier, mit dem sie sich oft auf russisch unterhielt, wenn sie im Sessel vor dem Kamin saß.

»Du mußt den Diamanten ›Pawel‹ schleifen lassen, Liebes. Bestell bei Le Villon eine Brosche in Form einer Orchideenblüte, um den Stein herum sollen feine Blütenblätter aus Platin sein mit blaßblauen durchsichtigen Topasen darauf, wie Tautropfen am Morgen, und dazwischen ovale Smaragde als Blätter.«

»Ah, das ist magnifique, mon amour, das ist wundervoll!« Die Gräfin kniff kokett die Augen zusammen, lächelte und entblößte dabei ihre falschen Zähne. »Aber zu welchem Kleid kann ich die Brosche tragen?«

»Zu dem blauen Samtkleid. Oder zu dem weißen, dem aus Chinaseide mit den flämischen Spitzen. Das steht dir so gut, meine Liebe.«

»Genug davon, mein Schatz«, Gräfin Olga schob launisch die Lippen vor, »diese Kleider würde jetzt nicht einmal mehr mein Stubenmädchen Luscha anziehen. Ärmel à gigot trägt man schon lange nicht mehr.«

»Tatsächlich? Was trägt man denn jetzt?«

»Ach, mein Herz, alles hat sich völlig verändert. Die Tournüre hat gesiegt, das Plissé ist verschwunden, ganz enge Kostüme sind jetzt in Mode.«

»Qu'est-ce que c'est la tournure, mein Engel?«

»Oh, das ist so eine Ausbuchtung hinten, unterhalb des Rückens, sie wird durch ein spezielles Gestell aus Fischgräten gehalten.«

Die Tür wurde aufgerissen, ins Zimmer rollte ein Holzpferd auf Rädern, und hinter dem Pferd kam ein fünfjähriger dunkelhaariger Junge hereingelaufen. Er legte den Finger an die Lippen und versteckte sich hinter dem Sessel der Gräfin.

»Was geht da vor sich, Michel?«

»Oma, du mußt mich verstecken, Miss Clarke will, daß ich mir die Haare mit Pomade einschmiere.«

Eine füllige ältere Jungfer in einem karierten Kleid rauschte majestätisch ins Zimmer.

»Was ist los, Miss Clarke?« fragte die Gräfin streng auf englisch.

»Heute kommen Gäste, Euer Erlaucht, die Fürstin Sawadskaja mit ihren Töchtern, und ich wollte, daß Seine Erlaucht so aussieht, wie es sich für einen kleinen Gentleman geziemt.« Die Engländerin machte einen tiefen, respektvollen Knicks.

»Gehen Sie, Mary«, sagte die Gräfin, »und du komm raus, du Schlengel.« Sie streckte die Hand aus und streichelte über die dunklen weichen Locken ihres geliebten Urenkels.

»Schlingel, Oma, oder Bengel, aber nicht Schlengel.« Erst nachdem sich die Tür hinter der gestrengen Miss geschlossen hatte, kam der fünfjährige Michel hinter dem Sessel hervor.

»Warum willst du denn kein Gentleman sein, du Schlingel?«

»Mir gefällt diese klebrige Pomade nicht, und ich will nicht riechen wie ein Barbier. Und außerdem mag ich es nicht, wenn die Fürstin mit ihren Töchtern kommt. Kann ich nicht ein bißchen hier bei dir sitzen, Oma?«

»Maman wird unzufrieden sein. Du mußt zu den Gästen hinausgehen. Das sind kleine Fürstentöchter.«

»Ich langweile mich mit ihnen«, seufzte Michel, »das sind solche Zieräffchen. Ich will lieber bei dir bleiben, Oma. Erzählst du mir von dem Hühnerstein?«

»Davon habe ich dir schon so oft erzählt, die Geschichte kennst du längst auswendig. Morgen werde ich einen Juwelier kommen lassen, den besten und berühmtesten von Moskau. Er wird den Diamanten schleifen und aus ihm eine Brosche in Form einer Orchideenblüte machen, mit feinen Blütenblättern aus Platin. Auf jedem Blütenblatt werden wie Tautropfen durchsichtige zartblaue Topase funkeln, und dazwischen stecken kleine, längliche Smaragde als Blätter. Die Blütenblätter werden beweglich befestigt sein und an dünnen, elastischen Stielen sitzen, wie in dem großen Brillantenstrauß Ihrer Majestät, der Zarin.«

»Steckst du dir die Brosche dann ans Kleid und gehst auf einen Ball?«

»Nein, mein Engel. Ich bin für eine solche Brosche zu alt.«

»Schenkst du sie Maman?«

»Nein. Deine Maman ist zu leichtsinnig. Warum muß ich sie denn unbedingt jemandem schenken? Viele Jahre werden vergehen, ein neues Jahrhundert wird anbrechen, das zwanzigste Jahrhundert, Michel. Mich wird es dann nicht mehr geben, aber du wirst ein erwachsener Mann sein. Du wirst heiraten.«

»Wen, Dolly Sawadskaja? Niemals! Sie fiept wie eine Maus, und bei jeder Gelegenheit rennt sie zur Fürstin, um zu petzen, und die Fürstin zischt wie die Scheite im Kamin, wenn man sie mit Wasser bespritzt. Ich werde niemals heiraten, Oma.«

»Außer Dolly gibt es noch viele andere Mädchen, eins wird dir schon gefallen. Und jetzt hör mir gut zu und merk dir, was ich sage.« Sie beugte ihr runzliges, weiß gepudertes Gesicht zu ihrem Urenkel hinab und flüsterte: »Es wird ein glückliches, vernünftiges Jahrhundert sein. Die Menschen werden endlich lernen, erst zu denken und dann zu handeln. Die Gewissenlosen werden sich schämen, die Erbarmungslosen werden Mitleid mit ihrem Nächsten haben, die Hand des Mörders wird innehalten, aus dem Mund des Lügners wird statt menschlicher Worte Hundegebell ertönen.«

»Heißt das, unser Küchenmeister Fjodor wird dann nur noch bellen und kann gar nichts mehr sagen? Er lügt ja die ganze Zeit, behauptet, daß die Marmelade schimmlig geworden ist, der Käse hart und der Kalbsbraten trocken.«

»Michel, was hat Fjodor damit zu tun?« Die alte Frau runzelte die Stirn, und auf den Samtbezug des Sessels rieselte der Staub der trockenen weißen Schminke von ihrem Gesicht. »Ich spreche vom zwanzigsten Jahrhundert, von jenem wunderbaren, vernünftigen Zeitalter, in dem du leben wirst, mein Engel. Du wirst ein erwachsener Mann sein, dein edles Herz wird in Liebe entflammen, und ich hoffe, daß der Gegenstand deiner Verehrung deines Titels und deiner gesellschaftlichen Stellung würdig sein wird.«

»Oma, was ist das, ein Gegenstand der Verehrung?« flüsterte Michel erschrocken.

»Sei so gut, unterbrich mich nicht. Nach der Trauung wirst du einer jungen, schönen Frau die Orchideenbrosche ans Kleid stecken. Und deine Frau wird nie aufhören, dich zu lieben.«

Lisa nahm eine Dusche und hüllte sich in den warmen Hotelbademantel. Endlich war ihr nicht mehr kalt. Sie schaltete das Radio ein, suchte nach einem Sender mit ruhiger klassischer Musik und begann sich zu kämmen. Das Klopfen an der Tür hörte sie zuerst gar nicht.

»Jelisaweta Pawlowna, auf eine Minute, bitte«, rief Krassawtschenko vor der Tür.

»Entschuldigen Sie, Anatoli Grigorjewitsch, aber ich schlafe schon.«

»Nur einen Augenblick, es ist sehr wichtig. Ich muß Ihnen etwas geben, und morgen früh fliege ich ab.«

Wieso habe ich eigentlich Angst vor ihm? dachte Lisa aufgebracht.

Sie zog Jeans und T-Shirt an, lief barfuß über den Teppich und riß die Tür auf.

»Verzeihen Sie bitte.« Krassawtschenko trat ins Zimmer. »Ich ging gerade zum Lift zurück, als ich dies hier auf dem Boden bemerkte.« Er hielt ihr ein weißes rechteckiges Kärtchen entgegen. »Haben Sie das vielleicht verloren, als Sie zum Telefon liefen?«

Es war die Visitenkarte eines Antiquitätengeschäftes, wahrscheinlich des Ladens, in dem sie gestern die Spieldose für ihren Mann gekauft hatte.

»Danke, aber das brauche ich nicht mehr. Deswegen hätten Sie sich nicht bemühen müssen. Gute Nacht, Anatoli Grigorjewitsch.«

»Übrigens ein sehr gutes Geschäft.« Krassawtschenko nahm die Karte wieder an sich. »Dort gibt es eine wunderbare Auswahl an antikem Schmuck. Interessieren Sie sich für Juwelen, Lisa?«

»Nicht sehr.«

»Ach, und ich dachte immer, Sie interessieren sich dafür. Sie haben so schöne Ohrringe, die sind mir gleich aufgefallen. Amethyst, wenn ich mich nicht irre?«

»Brasilianischer Topas.«

»Was Sie nicht sagen! Darf ich mal einen Blick darauf werfen?« Krassawtschenko drängte sie ins Zimmer zurück, dorthin, wo das Licht heller war, und faßte ungeniert an ihr Ohr. »Tatsächlich, blauer brasilianischer Topas. Ein sehr seltener und wertvoller Stein. Schliff ›Marquis‹. Eine außergewöhnlich feine Arbeit, Jugendstil, Anfang zwanzigstes Jahrhundert. Haben Sie die Ohrringe gekauft, oder sind es Erbstücke?«

»Anatoli Grigorjewitsch, entschuldigen Sie, aber ich habe ehrlich gesagt nicht die geringste Lust, mit Ihnen über meine Ohrringe zu sprechen. Ich bin sehr müde und möchte schlafen.« Sie streckte den Arm aus, um die Tür zu schließen, aber er faßte nach ihrer Hand und hielt sie fest.

»Ah, diesen Ring habe ich vorher gar nicht bemerkt. Die Stücke gehören doch zusammen? Ist der blaue Topas Ihr Glücksstein? Er entspricht sicher Ihrem Sternzeichen? Sind Sie etwa Skorpion? Oder war Ihre Urgroßmutter Skorpion?«

»Würden Sie jetzt bitte auf Ihr eigenes Zimmer gehen?« Lisa riß heftig ihre Hand weg und trat ans Fenster. Krassawtschenko ließ sich in den Sessel fallen und schlug selbstsicher die Beine übereinander.

»Jelisaweta Pawlowna, Sie sind doch eine erwachsene, gut erzogene, zurückhaltende Dame. Wieso plötzlich solch ein Ton? Habe ich Sie vielleicht irgendwie beleidigt? Lassen Sie uns ruhig ein Viertelstündchen zusammensitzen, nicht länger, etwas trinken, und dann verschwinde ich. Ehrenwort.«

»Na gut.« Lisa seufzte. »Wenn Sie sich unbedingt mit mir unterhalten wollen, können wir in die Bar im siebten Stock gehen. Die ist rund um die Uhr geöffnet.«

»Wozu? Alles, was wir brauchen, ist hier im Zimmer. Erlauben Sie.« Ohne ihre Antwort abzuwarten, stand Krassawtschenko auf und öffnete die Minibar. »Was darf ich Ihnen einschenken? Kognak, Whisky, trockenen Rheinwein …«

»Ich habe doch schon gesagt, ich trinke nicht, und außerdem finde ich, Anatoli Grigorjewitsch, für einen Diplomaten benehmen Sie sich etwas seltsam. Die Bar ist übrigens nicht kostenlos.«

»Keine Angst, die Rechnung bezahle ich. Also, was wollen wir trinken? Und worauf? Vielleicht auf den glücklichen Stern, unter dem Sie geboren sind. Wenn ich gestern nicht zufällig in der Nähe gewesen wäre, hätte Ihr Ausflug ein trauriges Ende nehmen können. Und statt sich bei mir zu bedanken, kränken Sie mich und meiden mich wie die Pest.«

»Verzeihen Sie, Anatoli Grigorjewitsch. Ich bin Ihnen außerordentlich dankbar und wollte Sie bestimmt nicht kränken.« Lisa wurde die Situation peinlich. »Trinken Sie, was Sie am liebsten mögen. Ich trinke in Gedanken mit.«

»Aber natürlich!« Er brach in Lachen aus. »Allein kann ich auch auf meinem Zimmer trinken. So hat man sich früher bei Klempnern und Elektrikern bedankt – ihnen ein Glas Wodka eingeschenkt. Jetzt fehlt nur noch, daß Sie mir Geld dafür anbieten, daß ich Ihnen aus der Klemme geholfen habe! Ich habe doch wohl ein Recht darauf, wenigstens mit Ihnen anzustoßen! Lassen Sie uns den trockenen Weißwein nehmen. Der hat nicht mehr Alkohol als Traubensaft.«

Er öffnete die Flasche und goß den Wein in zwei große Kristallgläser.

»Warten Sie, gleich fällt Ihnen eine Wimper ins Glas.« Er streckte die Hand aus und berührte ihr Gesicht.

»Nicht nötig, das kann ich selbst.« Sie stand abrupt auf und ging ins Bad. Das Licht dort war sehr hell, aber wie aufmerksam Lisa auch in den Spiegel schaute, sie konnte keine ausgefallene Wimper entdecken. Sie zupfte sich das Haar zurecht und kehrte ins Zimmer zurück.

»Auf Sie, Jelisaweta Pawlowna, auf Ihre Schönheit, auf Ihren Glücksstern!« sagte Krassawtschenko, feierlich flüsternd.

Lisa nippte an ihrem Wein.

»Sie haben mir noch gar nicht auf meine Frage geantwortet, ob Sie Ihren Schmuck in einem Antiquitätengeschäft gekauft haben oder ob es Erbstücke sind.«

»Warum wollen Sie das unbedingt wissen? Interessieren Sie sich ernsthaft für Astrologie und Juwelen?«

»Nein. Ich interessiere mich für Sie, Jelisaweta Pawlowna. Ich weiß, ich benehme mich dumm und auch nicht sehr höflich. Aber immer wenn ich Sie sehe, geschieht etwas mit mir. Ich verliere den Kopf. Ist Ihnen so etwas noch nie passiert?«

»Anatoli Grigorjewitsch, gehen Sie zurück in Ihr Zimmer. In unserem Alter haben solche Spielchen keinen Reiz mehr.«

»Lisa, das ist kein Spiel. Ich frage Sie ganz im Ernst, haben Sie noch nie den Kopf verloren? Haben Sie sich noch nie so verliebt, daß Sie alles vergessen haben, alle guten Manieren, allen gesunden Menschenverstand?«

»Sie sind doch nicht etwa betrunken?« erkundigte sich Lisa vorsichtig.

»Ich bin stocknüchtern. Aber Sie, was geht mit Ihnen vor? Ihre Wangen glühen, Ihre Augen glänzen. Eine heimliche Affäre, ein starkes, spätes Gefühl. Habe ich richtig geraten? Sie brauchen nicht zu antworten, ich sehe Ihren Augen an, daß ich ins Schwarze getroffen habe. Aber leider können Sie sich über diese Affäre gar nicht freuen. Sie fühlen sich nicht wohl dabei, Sie schämen sich. Sie befürchten, daß über kurz oder lang Ihre Kollegen, Ihre Familie davon erfahren. Sie gehören nicht zu dem weitverbreiteten Typ Frauen, die mit Begeisterung sämtliche Details ihres Privatlebens ausbreiten und bei jeder passenden und unpassenden Gelegenheit von ihren Eroberungen erzählen, weil sie meinen, auf diese Weise in den Augen der Öffentlichkeit ihren Wert zu erhöhen. Sie brauchen diese Art von Selbstbestätigung nicht. Sie sind ernsthaft verliebt, aber statt glücklich und zufrieden zu sein, leiden Sie unter inneren Konflikten und Gewissensbissen.«

»Sie sind ganz offensichtlich nicht bei Verstand, Anatoli

Grigorjewitsch«, sagte Lisa mit lautem, unnatürlichem Lachen, »was reden Sie da für einen Schwachsinn?«

»Nun gut.« Er seufzte traurig und breitete die Arme aus. »Ich habe mir schon gedacht, daß Sie mir widersprechen würden. Nebenbei, die Verliebtheit steht Ihnen ausgesprochen gut. Sie sind richtig hübsch geworden.«

»Ich habe gar nicht die Absicht, Ihnen zu widersprechen«, sagte Lisa scharf und bemühte sich, die Fassung zu bewahren, »es geht Sie nur einfach nichts an. Ich werde mit Ihnen nicht über mein Privatleben diskutieren.«

»Aha, es gibt also etwas, worüber man diskutieren könnte?« Krassawtschenko kniff listig die Augen zusammen. »Ich wollte Ihnen eigentlich nur mal auf den Zahn fühlen. Ich schwöre, ich weiß gar nichts über Ihr Verhältnis. So, damit wären jetzt also herzliche und vertraute Beziehungen zwischen uns hergestellt. Lassen Sie uns darauf trinken.«

Mechanisch stieß Lisa mit ihm an und nahm einige große Schlucke Wein. Ihr war der Mund ganz trocken geworden.

»Auf unsere Freundschaft«, sagte Krassawtschenko lächelnd. »Mit dem Recht des Freundes werde ich Ihnen jetzt ein ausgezeichnetes Mittel gegen unglückliche, überflüssige Liebe nennen. Wissen Sie, was Sie tun müssen? Sie müssen mit mir schlafen. Dann wird es Ihnen sofort besser gehen.«

»Mit Ihnen?« Lisa musterte ihn kritisch und sagte dann mit ruhigem Lächeln: »Eigentlich gar keine so schlechte Idee. Ich werde darüber nachdenken.«

»Darüber denkt man nicht nach. Das tut man.« Er stand langsam auf und zog sich das Jackett aus. »Alle Ihre Komplexe werden sofort verschwinden, und die Probleme lösen sich wie von selbst.«

»Es gibt aber eins, das sich kaum lösen läßt. Sie gefallen

mir nicht, Anatoli Grigorjewitsch. Sie sind ein ordinärer Flegel. Ich fürchte, es wird nichts werden mit uns. Und jetzt seien Sie so gut und verlassen mein Zimmer.«

Krassawtschenko räusperte sich und fuhr sich mit der Hand durchs Haar.

»Tja, wirklich schade. Gute Nacht. Danke für den Wein. Machen Sie sich keine Sorgen wegen der Rechnung. Ich bezahle sie morgen früh.« Er ging zur Tür und faßte nach der Klinke.

»Sie haben Ihr Jackett vergessen, Anatoli Grigorjewitsch.«

»Ach ja, danke.« Er kam zurück, nahm das Jackett, zog es aber nicht an, sondern holte aus der Innentasche einen kleinen Umschlag und sagte leise: »Ich habe noch etwas vergessen. Hier, schauen Sie.«

Auf den Couchtisch flatterten mehrere Farbfotografien. Lisa erblickte sich selber neben einem männlichen Prostituierten, im Hintergrund eine Leuchtreklame: »Die unvergeßlichen Freuden des oralen Sex«.

»Die Leser der Yellow Press werden sicher bereitwillig glauben, daß Sie gerade über den Preis verhandeln«, bemerkte Krassawtschenko seufzend. »Und hier die Wonnen der lesbischen Liebe. Sehen Sie, wie zärtlich diese üppige blonde Farbige Sie an der Hand hält. So also amüsiert sich unsere ehrenwerte Jelisaweta Beljajewa im Ausland. Das Ärgerliche daran ist, daß nicht einmal nachgewiesen werden kann, daß die Fotos gefälscht sind. Wir wissen ja beide, die Aufnahmen sind echt. Die Leser der Boulevardpresse werden ihre helle Freude daran haben, ganz Moskau wird davon reden. Und irgendwer wird diesen Schmutz bestimmt auch mit in die Schule bringen, in die Ihre Kinder gehen.«

»Was wollen Sie eigentlich, Krassawtschenko?«

»Nur ein bißchen Aufmerksamkeit für meine bescheidene Person. Aufmerksamkeit und Respekt.«

Lisa stand abrupt auf und ging zum Fenster. Ihr war heiß und kalt zugleich, sie zitterte wie im Fieber. Aber auf keinen Fall wollte sie, daß Krassawtschenko etwas davon merkte.

Kapitel 14

Untersuchungsführer Borodin klingelte lange und hartnäckig an der Wohnungstür der Butejkos. Endlich hörte er Schritte herbeischlurfen, dann wurde es plötzllich still. Jelena Butejko drückte ihr Auge an den Türspion. Die Stahltür schien sich von ihrer Erregung geradezu aufzuheizen. Übrigens, eine Stahltür war bei der sonstigen Armut der Einrichtung ein sehr aufschlußreiches Detail.

Die Frage »Wer ist da?« ertönte nach etwa drei Minuten.

»Borodin, Untersuchungsführer«, erwiderte er munter, »seien Sie so freundlich und machen Sie auf.«

»Worum geht es denn? Haben Sie eine Genehmigung vom Staatsanwalt?«

»Jelena Petrowna, ich will weder ein Verhör noch eine Durchsuchung durchführen. Ich möchte nur mit Ihrer Erlaubnis für eine Zeitlang die Kassetten mit den Interviews mitnehmen, die Artjom gemacht hat. Ich bringe sie Ihnen in ein paar Tagen zurück.«

Die Türschlösser knirschten, die Kette klirrte. Langsam wurde die Tür einen Spaltbreit geöffnet. Drei teure, komplizierte italienische Schlösser und noch eine Kette und ein Riegel aus Stahl.

»Ich bin gerade erst aufgestanden«, erklärte die Mutter des Mordopfers von oben herab. »Sie hätten Ihren Besuch auch vorher ankündigen können.«

»Entschuldigen Sie, Jelena Petrowna«, Borodin lächelte schuldbewußt, »ich war gerade hier in der Nähe und dachte, ich schaue mal kurz bei Ihnen herein. Verzeihen Sie, daß ich Sie gestört habe. Ich brauche die Kassetten mit den Interviews, die Ihr Sohn gemacht hat, es ist wichtig.«

»Interviews?« fragte die Butejko gleichgültig zurück. »Von mir aus. Tun Sie, was Sie wollen.«

»Sie haben also nichts dagegen, wenn ich sie mitnehme?«

»Nein, wieso, das ist ja Ihr Recht.«

Jelena Petrowna ordnete ihr Haar, drehte Borodin demonstrativ den Rücken zu und ging in die Küche, wo sie einen Lappen nahm und sorgfältig die Plastikoberfläche der Anrichte abzuwischen begann, die gar nicht schmutzig war. Borodin trat sich die Füße ab und folgte ihr.

»Jelena Petrowna, können Sie mich in Artjoms Zimmer begleiten? Ich weiß ja nicht, wo die Kassetten liegen.«

Sie richtete sich mit dem Lappen in der Hand abrupt auf und wandte sich dann zu ihm um. Ihr Gesicht hatte sich völlig verändert – sie lächelte. Borodin fiel zum ersten Mal auf, was für schöne Zähne sie hatte, gleichmäßig, groß und weiß. Hatte sie etwa in ihrem Alter noch die eigenen? Wenn es falsche waren, dann hatte dieses strahlende Lächeln mindestens fünftausend Dollar gekostet, nicht weniger. Überhaupt, wenn man genauer hinsah, wirkte Jelena Butejko keineswegs wie eine bettelarme Rentnerin, deren Leben vorüber war.

Ein glattes Gesicht, fast ohne Falten. Das Haar war heute getönt und gelegt. Wenn sie lächelte und sich gerade aufrichtete, konnte man sie durchaus auf vierzig schätzen. Und wenn man sie entsprechend anzog und schminkte – dann war sie eine sehr attraktive Frau.

»Ja, natürlich, entschuldigen Sie. Bitte, nehmen Sie mir nicht übel, Ilja Nikititsch – so heißen Sie doch, nicht wahr?–, daß ich mich bei unserer ersten Begegnung so schrecklich benommen habe, aber Sie müssen meinen Zustand verstehen. Haben Sie Kinder?«

»Nein.«

»Dann sind Sie wahrscheinlich ein glücklicherer Mensch. Nach allem, was geschehen ist, glaube ich, es ist besser, keine Kinder zu haben. Möchten Sie Tee?«

»Danke.« Borodin nickte erstaunt. »Da sage ich nicht nein.«

»Kommen Sie, ich bringe Sie in Artjoms Zimmer und zeige Ihnen, wo die Kassetten liegen, Sie suchen sich heraus, was Sie brauchen, und inzwischen koche ich frischen Tee.«

Borodin schien es, als habe man seine Gesprächspartnerin ausgewechselt. Irgendwas stimmte hier nicht. Sie wollte unbedingt verbergen, daß ihr Mann sich mit Juwelen auskannte – was übrigens durchaus verständlich war. Er hatte hier in der Wohnung illegal mit Gold und Edelsteinen gearbeitet, und sie hatte Angst, daß bei der Untersuchung diese alten Geschichten ans Licht kommen könnten. Unverständlich war etwas anderes. Aus welchem Grund hatte sie ihre Aussage so plötzlich geändert? Zuerst, an der Leiche ihres Sohnes, hatte sie von dreitausend Dollar gesprochen, und jetzt auf einmal gab es überhaupt keine Schulden mehr.

»Treten Sie ein, Ilja Nikititsch, genieren Sie sich nicht. Entschuldigen Sie die Unordnung.«

Beim letzten Mal hatte sie ihn in die Küche gebeten und die Tür zum Wohnzimmer fest geschlossen.

Die Zimmer lagen hintereinander. Neben dem ausziehbaren Sofa stand eine alte Nähmaschine. Über einem Stuhl hing ein großes Stück bunten, billigen Stoffs. Alles in dieser Wohnung hatte einen Anflug von grauer Armut, von einer Art absichtlicher Billigkeit und Sparsamkeit. Borodin bemerkte einen großen, ordentlichen Flicken auf dem abgewetzten Sesselbezug, verschossene Leinenvorhänge und eine Stehlampe mit einem angesengten Plastikschirm.

Das kleine daran angrenzende Zimmer, in dem bis vor kurzem Artjom Butejko gewohnt hatte, der Partylöwe und

Weltmann, der am liebsten Versace getragen hatte, sah nicht viel anders aus als das Wohnzimmer seiner Eltern. Nur ein nagelneuer japanischer Fernseher mit einem Videorecorder und eine ziemlich teure Stereo-Kompaktanlage stachen von dem Hintergrund öder, aufgeräumter Armseligkeit scharf ab.

Die Kassetten mit den Interviews lagen in besonderen, beschrifteten Hüllen. Auf jeder Hülle stand das Datum und der Name des Interviewpartners.

»Sie haben doch nichts dagegen, Jelena Petrowna, wenn ich sie für eine Weile mitnehme?« fragte Borodin.

»Nein, bitte sehr, obwohl ich absolut nicht verstehe, wozu das alles nötig ist.«

»Was genau meinen Sie?«

»Die Verhöre, die Durchsuchungen, die Beschlagnahme der Kassetten. Es gibt so viele unaufgeklärte Fälle, so viele Verbrecher spazieren frei umher, und Sie verschwenden die Zeit auf eine Sache, die sonnenklar ist. Das verstehe ich nicht.« Sie zuckte ihre vollen Schultern, fast schon etwas kokett, und wieder blitzten ihre schneeweißen Zähne in einem Lächeln auf.

»Wenn es um eine so ernste Sache wie einen Mord geht, darf man keinen Fehler machen«, erklärte Borodin müde.

Während er die Kassetten in seine Aktentasche steckte, überflog er die Aufschriften. Eine Menge prominenter Namen. Butejko hatte bekannte Schlagersänger interviewt, Produzenten, skandalumwitterte Abgeordnete der Duma, operettenhafte Führer radikaler Splitterparteien. Eine Kassette betrachtete er eingehender als die anderen. Sie war nicht mit blauem Kugelschreiber beschriftet, sondern mit rotem Filzstift. In fetten, sorgfältig gemalten Druckbuchstaben stand darauf: »Beljajewa«. Genau die gleiche Aufschrift hatte Borodin schon auf zwei Audiokassetten und auf einer Videokassette entdeckt.

»Beljajewa, das ist doch wohl die Fernsehmoderatorin?«

»Genau, die berühmte Jelisaweta Beljajewa«, erwiderte die Butejko nicht ohne Stolz. »Übrigens hat sie mal mit Artjom zusammengearbeitet, beim selben Sender.«

Krassawtschenko saß lässig zurückgelehnt im Sessel. Lisa war vom Fenster weggetreten und hatte sich ihm gegenüber in den anderen Sessel gesetzt. Der Schock war vorüber. Für eine richtige Erpressung, dachte sie, ist das alles zu dumm und zu billig. Überhaupt sind diese ganzen Annäherungsversuche, Andeutungen und tiefsinnigen Bemerkungen irgendwie unnatürlich. Aber ich wüßte langsam doch gern, warum er sich mir eigentlich so aufdrängt.

»Nun, Anatoli Grigorjewitsch?«

»Wie ich schon sagte, ich muß mit Ihnen reden.«

»Dann tun Sie das. Ich bin ganz Ohr.«

»In der heutigen Zeit fällt es den Menschen immer schwerer, einander zu erreichen, niemand denkt mehr an seinen Nächsten, jeder denkt nur noch an sich selbst.« Er seufzte tief und verdrehte ausdrucksvoll die Augen.

Er will Zeit gewinnen, erriet Lisa plötzlich, er wartet auf irgend etwas. Mein Gott, wieso ist mir so übel? Vielleicht der Blutdruck?

»Sie sind ja ein richtiger Philosoph.« Sie lächelte schwach. »Von Ihren tiefsinnigen und bedeutungsschweren Äußerungen kann man gar nicht genug bekommen.«

»Es reicht!« Zum ersten Mal sprach er lauter und wurde puterrot. »Reden Sie nicht in diesem idiotischen Tonfall mit mir!«

»Für einen Erpresser sind Sie reichlich nervös und empfindlich«, bemerkte Lisa mitfühlend.

Einige Sekunden lang schwieg er. Sie sah, daß er mit aller Macht versuchte, seinen Ärger zu unterdrücken.

»Ist Ihnen nicht gut, Anatoli Grigorjewitsch?« fragte sie leise und ernst, ohne einen Anflug von Ironie.

»Wie kommen Sie darauf?« Er fuhr zusammen, und Lisa beglückwünschte sich insgeheim zu ihrem ersten kleinen Erfolg an diesem Abend.

»Sie werden abwechselnd rot und blaß, und Ihre Hände zittern.«

Er blickte alarmiert auf seine Hände. In Wirklichkeit war er weder blaß geworden, noch zitterte er. Dafür fühlte Lisa sich immer schlechter. Sie fröstelte heftig. Allerdings hatte sie immer Schüttelfrost, wenn sie übermüdet war.

Sie sah Krassawtschenko ruhig in die Augen und sagte mit müder, gleichgültiger Stimme: »Wissen Sie, Anatoli Grigorjewitsch, verkaufen Sie diese unseligen Fotos, an wen Sie wollen. Mir ist es egal. Außerdem kann ich jederzeit im Fernsehen die komische Geschichte erzählen, wie ich durch Montreal geschlendert und zufällig ins Rotlichtviertel geraten bin. Das kann jedem passieren. In Paris gibt es die Place Pigalle, in New York die 47. Straße, dort wird man auch am Arm gefaßt und bekommt gezeigt, was einen erwartet. Ich wollte schnell weg und habe mich sehr gefreut, als ich einen Landsmann traf, den charmanten Diplomaten Anatoli Krassawtschenko. Wie ein echter Gentleman hat er mich aus dem Porno-Dschungel geführt, mich beruhigt und in ein Café eingeladen. Aber wie sich jetzt herausstellt, hat er vorher noch rasch ein paar Fotos für die Nachwelt geschossen.«

»Möglich.« Er nickte. »Ich gebe zu, diese Fotos sind nicht so schlimm für Sie. Aber angenehm sind sie auch nicht. Und wenn man noch diese Geschichte in Ihrem Privatleben hinzunimmt …«

»Wissen Sie, Anatoli Grigorjewitsch, ich werde Sie höchstwahrscheinlich wegen Erpressung verklagen. Und damit wollen wir uns jetzt voneinander verabschieden. Es ist drei Uhr nachts. Ich will endlich schlafen gehen.«

Sie war tatsächlich schon so müde, daß ihr die Zunge kaum noch gehorchte, Arme und Beine waren ganz schlaff geworden und zitterten, vor den Augen verschwamm ihr alles. Sie zwang sich, aus dem Sessel aufzustehen, machte einen Schritt auf die Tür zu und wäre fast gestürzt, weil ihr die Beine wegknickten. Sie konnte sich gerade noch am Türrahmen festhalten, kniff für einen Moment die Augen fest zusammen, um wieder zu sich zu kommen, aber ihr wurde noch schlechter. Mit Mühe ertastete sie den Türknopf, machte die Tür weit auf und sagte so laut wie möglich: »Gute Nacht, Anatoli Grigorjewitsch.«

Doch ihre Stimme klang unnatürlich dumpf.

Krassawtschenko blieb sitzen, schaute zu Boden und zupfte nervös an einer Ecke des Spitzendeckchens, das auf dem Couchtisch lag.

»Wenn Sie jetzt nicht sofort gehen, rufe ich den Nachtportier«, sagte Lisa leise und merkte, daß sie das Bewußtsein verlor.

»Dazu müßten Sie erst mal Schuhe anziehen. Sie wollen doch wohl nicht barfuß in den Flur gehen? Übrigens werden Sie kaum imstande sein, mehr als ein paar Schritte zu machen. Ihnen ist übel, ich sehe es.«

Sie wollte schreien, aber der Schrei blieb ihr im Hals stecken. Ihr Körper fühlte sich fremd an. Sie merkte, wie sie langsam zu Boden glitt, konnte aber nichts dagegen tun. Krassawtschenko schloß lautlos die Tür, trat rasch zu ihr, faßte sie unter die Arme und schleifte sie wie eine Puppe zum Sessel. Sie sah, hörte und begriff alles, konnte sich aber nicht rühren. Sie versuchte noch einmal zu schreien, doch aus ihrer Kehle drang nur ein schwaches Ächzen.

»Sprechen können Sie«, erklärte ihr Krassawtschenko und

setzte sie in den Sessel, »aber nur flüsternd, so leise, daß nur ich Sie höre und sonst niemand. Versuchen Sie nicht, sich zu bewegen. Das ist Kraftverschwendung. Ich habe in Ihren Wein zehn Milligramm einer Substanz geschüttet, die ›ASch-709‹ heißt. Das ist ein Gift. Das Gegengift habe ich bei mir, ich gebe es Ihnen, sobald Sie mir ein paar Fragen beantwortet haben.«

»Reden Sie keinen Unsinn«, flüsterte Lisa heiser, »bei den meisten Vergiftungen braucht man kein Gegengift, sondern muß den Magen auspumpen. Sie konnten gar nichts in meinen Wein schütten. Ich hätte es bemerkt.«

»Die Wimper«, erinnerte sie Krassawtschenko.

»Man wird Sie verhaften ...«

»Lisa, es wird Zeit. Wenn ich merke, daß Sie lügen, findet das Stubenmädchen morgen Ihre Leiche in diesem Hotelzimmer. Die Obduktion wird ergeben, daß Sie an einem Herzanfall gestorben sind. Niemand hat gesehen, wie ich das Zimmer betreten habe, niemand wird mich sehen, wenn ich es verlasse. Ihrer Familie hat ein Datschengrundstück in der Siedlung ›Bolschewik‹ an der Sawelowskaja-Straße gehört.«

»Baturino ...«

»Genau, vor der Revolution hieß die Siedlung Baturino, später hat man sie in ›Bolschewik‹ umbenannt. Hat einer von Ihren Verwandten das Land je umgegraben?«

»Ja.«

»Das gesamte Grundstück oder nur bestimmte Stellen?«

»Oma Klawa hat am Zaun Himbeeren gepflanzt. Onkel Waleri hat einen Gemüsegarten angelegt. Auf dem Grundstück war ein kleiner Teich, mehr ein Tümpel, ganz am Ende, beim Eichenwäldchen.«

»Richtig. Dort ist noch das runde Steinfundament eines Gartenpavillons erhalten.«

»Dort konnte man gut Holz hacken.«

»Hat irgendwer mal dort die Erde umgegraben?«

»Nein. Dort wurde nur das Holz für den Ofen gehackt. Brennesseln wuchsen dort ... Mir ist schlecht, ich kann nicht atmen ...«

»Sind Sie sicher, daß am Tümpel beim Wald keiner Ihrer Verwandten jemals die Erde umgegraben hat?«

»Möglicherweise früher, bevor ich geboren wurde oder als ich noch ganz klein war. Wieso? Was wollen Sie?«

»Den Stein.«

»Was für einen Stein? Ich kann nicht atmen.«

»Sie können. Öffnen Sie die Augen. Schauen Sie mir in die Augen. Wo ist der Stein?«

»Ich verstehe nicht, wovon Sie reden ... Was hat unsere Datscha damit zu tun? Das Grundstück gehört uns schon lange nicht mehr. Als meine Oma gestorben ist, haben es Verwandte geerbt.«

»Lisa, ich habe hier in meiner Hand eine Spritze. Das Gegengift. Sie haben noch zwei Minuten. Wo ist der Stein? Eine Brosche in Form einer Orchideenblüte mit einem großen Brillanten in der Mitte, mit Blütenblättern aus Platin, die mit kleinen runden Topasen in Form von Tautropfen verziert sind, mit länglichen Smaragden als Blätter.«

»Ich brauche einen Arzt. Mir ist schlecht.«

»Haben Sie oder einer Ihrer Verwandten auf dem Grundstück irgend etwas gefunden?«

»Ja.«

»Was?«

»Regenwürmer.«

Kapitel 15

Im letzten Jahrzehnt des neunzehnten Jahrhunderts kam unter den hohen Moskauer Beamten eine alte Petersburger Mode auf. Verlor jemand beim Macao, mußte er mit Diamanten bezahlen. Die Spieltische waren mit schwarzem Samt bezogen, neben jedem Spieler stand ein kleiner Kasten aus Zedernholz. Mit einem goldenen Löffelchen holte man für jede Zehn einen Stein heraus. Dieses aristokratische Vergnügen war noch zur Zeit Katharinas der Großen erfunden worden.

Graf Iwan Paurier war seit seiner Jugend ein leidenschaftlicher Spieler. Und wie jeder Spieler, der nicht imstande ist, rechtzeitig aufzuhören, verlor er öfter und mehr, als er gewann. Das Diamanten-Macao ruinierte nicht nur ihn, sondern zerstörte auch die Zukunft seiner Familie. Am Spieltisch vergaß er, daß seine Diamantenmine in Krestowosdwishenskoje längst erschöpft war und es dort weder Gold noch Diamanten mehr gab, daß von seinen beiden Gütern eins verpfändet und das andere von dem diebischen Verwalter heruntergewirtschaftet war.

Im Laufe eines Monats machte Graf Iwan Paurier nicht nur riesige Schulden, sondern verspielte auch die einzigartige Familienkollektion von Diamanten. Als er entdeckte, daß nichts mehr da war, was er in das Zedernholzkistchen hätte legen können, versank er erst in schwarze Melancholie. Dann begann er zu toben, zerriß wahllos die Papiere aus seinem Sekretär, verbrannte im Kamin Kleider und Wäsche und hätte fast noch das Haus in Brand gesteckt. Am ersten Januar 1900 starb Graf Iwan Paurier in einer Heilanstalt für Geisteskranke.

Sein Sohn Michail entdeckte, daß die Erbschaft nur aus den Schulden seines Vaters bestand, daß er niemals imstande sein würde, die Gläubiger auszuzahlen, und auch keine Schonung erwarten durfte. Als einziger vernünftiger Ausweg bot sich nur eine rasche Geldheirat an.

Ein Grafentitel war viel wert, und Michail Paurier war ein gutaussehender Mann, aber trotzdem war die Auswahl an Bräuten nicht groß. Daß es um die Vermögenslage des aristokratischen Bräutigams äußerst schlecht bestellt war, wußte ganz Moskau.

In den schönen Grafen war seit langem die einzige Tochter des Kaufmanns und Goldgrubenbesitzers Tichon Boljakin hoffnungslos verliebt, Irina, ein korpulentes, immer ein wenig verschlafen wirkendes dreißigjähriges Fräulein mit üppiger Büste und dunklem Schnurrbart. Die Sache war rasch entschieden, Irina Boljakina antwortete auf den schüchternen Antrag des Grafen mit leidenschaftlicher Zustimmung.

Ihr Vater, der Kaufmann Boljakin, stand dem Werben des Grafen anfangs reserviert gegenüber. Er hatte deswegen sogar eine Auseinandersetzung mit seiner Tochter, aber die führte unwiderlegbare Argumente in Form einer kurzen Ohnmacht und der Drohung, sich zu vergiften, ins Feld. Und da Irina als ganz junges Mädchen schon einmal wegen eines liederlichen Petersburger Kornetts versucht hatte, sich mit Morphium das Leben zu nehmen, und die Ärzte sagten, ihre Psyche sei sehr instabil, willigte Tichon Boljakin schließlich ein.

Er lud den Grafen in sein Kontor ein und führte mit ihm ein kurzes Gespräch.

»Euer Erlaucht«, sagte der Kaufmann, »ich halte es für meine Pflicht, Sie zu warnen, daß meine Tochter nicht ganz gesund ist.«

»Was Sie nicht sagen«, erwiderte der Graf aufrichtig überrascht, »sie sieht doch gar nicht krank aus.«

»Ich meine nicht eine physische Krankheit, sondern eine Nervenschwäche. Sie hat gelegentlich Anfälle von Melancholie und finsterem Argwohn.«

»Ich bin überzeugt, daß mein ehrliches Gefühl diese Krankheit besiegen wird«, sagte der Graf. »Ich liebe Irène.«

»Schon gut, Euer Erlaucht«, der Kaufmann schüttelte vorwurfsvoll den Kopf, »Sie heiraten meine Tochter, weil Sie kein Geld haben. Ihre Lage ist ausweglos, aber meine ebenfalls. Meine Irina ist ein spätes Mädchen, die Ärzte sagen, sie muß so schnell wie möglich unter die Haube, sonst wird sie noch richtig krank. Aber einen Kaufmann will sie nicht nehmen, und außer Ihnen haben bisher noch keine Herren mit Titel um sie angehalten und werden es auch wohl kaum noch tun. Außerdem hat sie sich in den Kopf gesetzt, daß sie unsterblich in Sie verliebt ist. Sie ist meine einzige Tochter, und für ihr Glück bin ich bereit, die Schulden Ihres seligen Herrn Vaters, des Grafen Iwan, ruhe er in Frieden, zu begleichen.« Der Kaufmann stand auf, verneigte sich tief vor den Ikonen im Gebetswinkel, bekreuzigte sich inbrünstig, setzte sich dann wieder und fuhr fort: »Ich bin bereit, Sie vor dem Schuldturm zu retten, aber kommen auch Sie uns entgegen, Euer Erlaucht. Seien Sie meiner Irina ein guter Ehemann, leben Sie ehrlich und christlich mit ihr.«

»Wie denn sonst, lieber Tichon Tichonowitsch?« erwiderte der Graf lächelnd. »Natürlich christlich.«

Der Kaufmann maß ihn mit einem langen, aufmerksamen Blick und sagte nachdenklich: »Nun, sehen Sie zu, Euer Erlaucht. Sie stehen mir im Wort.«

Eine Woche später steckte ganz Moskau die Köpfe zusammen und tuschelte darüber, daß der Goldgrubenbesitzer Boljakin die Gläubiger des Grafen Paurier ausgezahlt habe.

Am 22. April 1900 wurde in der Kirche des Heiligen

Pimen Graf Michail Iwanowitsch Paurier mit der Jungfer Boljakina, Tochter des zur Ersten Gilde gehörenden Kaufmanns Boljakin, getraut. In der feinen Moskauer Gesellschaft galt diese Verbindung als recht pikant. Irinas Urgroßmutter war Stubenmädchen bei der Urgroßmutter des Grafen, Olga Karlowna Paurier, gewesen, und es fanden sich böse Zungen, die stichelten, der Graf sei nun Gnadenbrotempfänger bei einer Magd geworden.

In der Nacht vor der Hochzeit holte Graf Michail aus einer verschlossenen Schublade seines Sekretärs, deren Schlüssel er immer bei sich trug, ein kleines antikes Silberkästchen hervor, das mit scharlachrotem Samt ausgeschlagen war. Auf einem Samtkissen lag eine Brosche in Form einer Orchideenblüte.

Die Blütenblätter aus Platin waren beweglich und zitterten leicht auf seiner Handfläche. Die Topase schimmerten feucht im Halbdunkel, die Smaragde wirkten fast schwarz. Der Diamant »Pawel« warf Strahlen, fein und scharf wie Nadeln, in alle Richtungen. Es schien, als sauge der Kristall alles Licht im Zimmer in sich auf. Der Graf führte den Stein ganz nah an seine Augen, so wie er es als Kind immer getan hatte, und erblickte viele zarte, kleine Regenbogen.

Er stellte sich Irinas dunklen Schnurrbart und ihren üppigen Busen vor, seufzte tief, legte die Brosche zurück in die Schatulle und verschloß sie in der Schublade des Sekretärs.

Gleich nach der Hochzeit brachen die Jungvermählten zu einer Reise ins Ausland auf. Das Jahrzehnt vor dem Ersten Weltkrieg war für Europa vielleicht das friedlichste und glücklichste in seiner ganzen Geschichte. Das zwanzigste Jahrhundert versprach tatsächlich vernünftig, barmherzig und fortschrittlich zu werden. Die Entfernungen zwischen den Ländern und den Menschen verringerten sich. Fahrrad, Automobil, elektrische Bahnen machten das Reisen leicht, angenehm und für alle möglich. Die Menschen in Europa bekamen ein neues Gefühl für den Raum und für sich selbst in diesem Raum. Sie wurden gesünder, schöner und sportlicher. Die Damen verzichteten auf Korsetts, Sonnenschirme und Schleier, fürchteten sich nicht mehr vor Sonne und Wind, kürzten ihre Röcke, liefen auf den Tennisplätzen herum, lernten schwimmen, Ski laufen, Auto fahren.

Irina, nun verehelichte Gräfin Paurier, wurde nicht müde zu predigen, daß die Begeisterung für Sport unsittlich sei und die Beschäftigung damit der weiblichen Gesundheit nur schade.

In Paris trat Sergej Djagilew mit seinem russischen Ballett auf. Graf Michail war ein Ballettnarr, aber zum ersten Mal konnte er sich an einer Aufführung nicht erfreuen. Irina genierte sich nicht, ihn laut flüsternd zu schelten, ständig vermutete sie, sein Opernglas sei nicht auf die Bühne gerichtet, sondern auf die Nachbarloge, wo im Halbdunkel die entblößten Schultern der bekannten Pariser Kokotte Mademoiselle de Pougis schimmerten.

In Rom machte Irina ihm eine Szene, weil sie glaubte, das hübsche Stubenmädchen im Hotel habe dem Grafen ein Briefchen zugesteckt und mit ihrer Wange die seine gestreift, als sie ihm eine Tasse Schokolade servierte. Auf der Suche nach diesem Liebesbillett durchwühlte sie die Sachen des Grafen, fand jedoch nichts Verdächtiges, wurde deshalb noch zorniger und bestand darauf, daß sie aus dem Hotel in eine Privatpension umzogen. Aber dort befand sich direkt unter dem Balkon ein Tennisplatz, auf dem zwei junge Engländerinnen in unglaublich kurzen Röckchen herumliefen, und der Graf hielt sich viel zu lange auf dem Balkon auf und sah ihnen beim Spiel zu.

In Venedig verärgerte sie besonders ein allzu langer Blick des Grafen auf die bis über die Knie entblößten Beine einer dunkelhäutigen Schönheit, die mit geschlossenen Augen in einer Gondel saß und ihr Gesicht der Sonne darbot.

»Ihr Benehmen ist sittenlos, Michel!« klagte Irina. »Was erlauben Sie sich? Sie bringen Schande über mich! Und das alles für mein Geld!«

Michail Paurier begriff, daß er verloren war. Der schlaue Tichon Boljakin hatte die Besitzverhältnisse so geregelt, daß im Falle einer Scheidung der Graf arm wie eine Kirchenmaus gewesen wäre.

Kapitel 16

Jelisaweta Beljajewa zitterte im Schlaf vor Kälte, doch aufwachen konnte sie trotzdem nicht. Die Kälte drang zusammen mit dem Heulen des Windes und dem gleichmäßigen Trommeln der Regentropfen an die Fensterscheibe in ihren Schlaf. Der Wind heulte nicht vor dem Fenster des Hotels, nicht in Montreal, sondern in dem alten Eichenwäldchen in Baturino bei Moskau.

Ein verregneter September ging zu Ende, die abgefallenen Blätter verloren rasch ihre leuchtende gelb-orange Färbung, wurden dunkel und häßlich, begannen zu faulen, und der schwere Regen und die Gummistiefel der vereinzelten Datschenbewohner drückten sie tief in den weichen Matsch.

In dem zweistöckigen Haus am Waldrand wohnten längst fremde Leute.

Das riesige, zweitausend Quadratmeter große Grundstück in dem elitären Moskauer Vorort Baturino war dem Großvater noch in der Stalinzeit für besondere Verdienste um die sowjetische Wissenschaft zugeteilt worden. Der Großvater vererbte die Datscha seiner Frau und seiner Schwester zu gleichen Teilen. Vor seinem Tod bat er sie, Haus und Grundstück nicht auseinanderzureißen, sondern wie eine richtige Familie dort zu leben, alle gemeinsam. Er war so naiv zu hoffen, daß das schwierige Verhältnis zwischen seiner geliebten Frau und seiner nicht weniger geliebten Schwester hier in der Sommerfrische am gemeinsamen Tisch in Ordnung kommen würden. Aber nichts kam in Ordnung. Oma Nadeshda fuhr fast nie auf die Datscha, sie war ein Stadtmensch, die Mücken machten sie ebenso nervös wie der gemeinsame Kühlschrank, die gemeinsame Waschgelegenheit auf der Straße, der verkniffene Mund von Klawa, die flinken gierigen Augen von Soja und die giftigen Anspielungen auf irgendeine angebliche Schuld gegenüber ihrem verstorbenen Mann.

Je älter Lisa wurde, desto unbehaglicher fühlte sie sich auf der Datscha, in der fremden, feindseligen Familie. Man machte ihr Vorwürfe, weil sie immer nur Bücher lese und nicht im Gemüsegarten mit anpacke. Von Jahr zu Jahr fuhr sie seltener auf die Datscha. In dem Zimmer, in dem sie gewöhnlich wohnte, richtete man eine Art Vorratskammer ein, man wechselte die Schlösser an der Pforte und an der Haustür aus, gab ihr aber keine neuen Schlüssel.

Oma Nadeshda hinterließ kein Testament, und Waleri und Soja schrieben Haus und Grundstück geschickt und rasch auf Tante Klawa um, vermutlich hatten sie den Notar bestochen, jedenfalls war jetzt Tante Klawa den Papieren nach die einzige Besitzerin. Sie vererbte die Datscha natürlich ihrem Sohn.

Seitdem waren fünfzehn Jahre vergangen, in denen Lisa kein einziges Mal in Baturino gewesen war. Aber in diesem Herbst war sie hingefahren, um ihre Lotta dort im Eichenwäldchen zu begraben.

Die alte Hündin hatte nach der Operation nur noch zwei Monate gelebt. Anfang September versagten ihr die Hinterpfoten den Dienst. Ihr Sterben dauerte lange und war qualvoll, bis zum letzten Atemzug versuchte sie immer noch aufzustehen, blickte Lisa mit ergebenen, ganz menschlich wirkenden Augen an und begann jedesmal zu zittern, wenn jemand in der Familie das Gespräch darauf brachte, daß man das Tier nicht länger quälen, sondern einschläfern lassen sollte.

»Offenbar ist der Hund dir wichtiger als wir alle zusammen«, sagte Michail, »siehst du denn nicht, wie schrecklich das alles für die Kinder ist? Man kann doch die Wohnung nicht in eine Tierklinik verwandeln.«

Lisa ertappte sich dabei, daß sie sich in Gegenwart von Mann und Kindern zu weinen genierte, daß sie sich ihres heftigen, kaum zu ertragenden Mitleids schämte.

»Ich hätte nie gedacht, daß du so sentimental bist, Mama«, sagte ihr Sohn Witja einmal, als er hörte, wie sie sich nachts mit Lotta unterhielt und den Hund in den Schlaf sang wie ein Baby.

Zum ersten Mal im Leben gestattete sie es sich, für eine Zeitlang aus der Rolle der ruhigen, zuverlässigen, unbeirrbaren Musterschülerin zu fallen, die frei von Gefühlsduselei war und ihre Emotionen fest im Griff hatte. Bei der Arbeit, unter fremden Menschen, konnte sie sich noch beherrschen, aber in der Familie vermochte sie es nicht, und das erschreckte und ärgerte ihren Mann und die Kinder. Selbst ihre Tochter Nadja zuckte beim Anblick der weinenden Mutter kalt die Schultern und bemerkte vernünftig, ein Hund sei doch kein Mensch.

Nur bei Juri fühlte sie sich nicht schuldig, er war nicht der Meinung, daß es unnormal und unschicklich sei, wegen eines Hundes so zu leiden. Vor ihm schämte sie sich ihrer Tränen des Mitleids und der Hilflosigkeit nicht. Er verstand sie ohne Erklärungen. Mit ihm konnte sie einfach nur im Auto sitzen, schweigen und lauschen, wie der Septemberregen auf das Autodach trommelte. Um sich zu beruhigen, brauchte sie einfach nur ihr Gesicht an seiner Schulter zu vergraben und den Zigarettengeruch seines Pullovers einzuatmen.

Lotta starb in der Nacht, nach langen, qualvollen Krämpfen. Lisa saß auf dem Boden, hielt ihren Kopf auf dem Schoß und spürte, wie verzweifelt dieses Geschöpf mit dem Tod kämpfte.

Vielleicht hatte ihr Mann ja recht, wenn er sagte, daß sie sich wie eine kindische, weinerliche alte Jungfer aufführte. Auf der Welt gab es so viel Entsetzliches, so viel menschliches Leid, und hier handelte es sich nur um eine Hündin, noch dazu um eine launische, bösartige, mit der es in der letzten Zeit sehr schwer gewesen war – sie war unsauber geworden, kein Putzmittel konnte den Gestank beseitigen, nachts jaulte und winselte sie laut, versuchte immer wieder, auf ihre Pfoten zu kommen, um dann mit Gepolter umzufallen und Mann und Kinder aufzuwecken, die früh aufstehen mußten.

»Hör mal, bist du dir eigentlich klar darüber, daß es unnormal ist, wegen eines Hundes so zu leiden?« hörte Lisa die Stimme ihres Mannes und merkte erst da, daß Lotta nicht mehr atmete und sie selbst bitterlich schluchzte.

Das alles war noch gar nicht lange her, und sie träumte noch oft von dem regnerischen, trüben Tag, als sie gemeinsam mit Juri in die Siedlung »Bolschewik« gefahren war, die man nun wieder in »Baturino« umbenannt hatte, um dort im Eichenwäldchen den Hund zu begraben.

Unter den Rädern des Škoda Felicija spritzte das Wasser auf, der Regen strömte über die Windschutzscheibe.

Sie ließen den Wagen an einer kleinen Lichtung stehen, auf der sich früher einmal ein Volleyballplatz befunden hatte. Lisa sah schon von weitem, daß im Fenster des alten Holzhauses Licht brannte, und wandte sich ab.

Es war inzwischen ganz finster geworden, Lisa knipste

ihre Taschenlampe an. Als alles erledigt war und sich über dem Grab des Hundes ein kleiner Hügel erhob, wurden plötzlich ganz in der Nähe Schritte laut. Jemand näherte sich ihnen in der Dunkelheit, heiser und krampfhaft hustend. Der schmale Lichtkegel der Taschenlampe fiel auf die Kapuze eines Regencapes und auf ein runzliges Altmännergesicht.

»Haben Sie vielleicht was zu rauchen?« fragte eine heisere Stimme.

Juri zog eine Schachtel Zigaretten und ein Feuerzeug aus der Tasche. Der Mann hustete nach dem ersten tiefen Zug wieder heftig und fragte: »Wer sind Sie?«

»Wir sind nur auf der Durchreise«, erwiderte Lisa.

»Und was haben Sie hier vergraben?«

»Wir haben einen Hund beerdigt.«

»Warum gerade hier?«

»Warum nicht? Auf dem Friedhof geht's nicht, und auf den Müll wollten wir ihn nicht werfen«, sagte Juri und zündete sich ebenfalls eine Zigarette an.

»Das verstehe ich, aber warum ausgerechnet hier? Übrigens, können Sie sich ausweisen?«

»Wozu?«

»Vielleicht haben Sie gar keinen Hund, sondern eine Leiche verbuddelt. Man weiß ja, in was für Zeiten wir leben.«

Etwas in der Stimme des Alten, in seinem runzligen Säufergesicht kam Lisa bekannt vor.

»Zeigen Sie mir mal Ihre Papiere, sonst rufe ich die Miliz.«

»Nikolaj Petrowitsch?« fiel es Lisa plötzlich wieder ein. »Ja, natürlich, Onkel Kolja ... Arbeiten Sie hier immer noch als Wächter?«

»Richtig, ich bin Wächter. Woher weißt du das?«

»Ich bin hier gewissermaßen groß geworden. Als Kind bin ich jeden Sommer hergekommen.«

»So? Ich kenne dich aber gar nicht.«

»Ich war fünfzehn Jahre lang nicht mehr hier.« Lisa beleuchtete ihr Gesicht mit der Taschenlampe. »Erkennen Sie mich jetzt?«

»Lisa? Schau an, du hast dich aber rausgemacht! Hör mal, du bringst doch im Fernsehen die Nachrichten, stimmt's?«

»Ja.«

»Das ist ja ein Ding! Und ich gucke die ganze Zeit, bist du's oder bist du's nicht! Das ist wohl dein Mann?«

»Ja, ich bin ihr Mann«, sagte Juri sofort, ohne nachzudenken.

Anatoli Krassawtschenko hatte es sehr eilig. Er schritt rasch die Rue Sainte-Cathérine hinunter, vorbei an mehreren Häuservierteln, bog dann ab, passierte die matt erleuchteten Schaufenster der Einkaufszentren und befand sich schon nach zehn Minuten auf einer von grellem, kaltem Licht erhellten Straße. Eben hierher hatte sich Jelisaweta Beljajewa in ihrer Zerstreutheit verirrt.

Krassawtschenko verringerte sein Tempo, schlenderte langsam über den vereisten Bürgersteig und musterte die verschlafenen Mädchen, die sogar zu dieser unchristlichen Stunde ihren Arbeitsplatz nicht verließen. Strandgut. Stumpfsinnige Gesichter, bedeckt mit mehreren Schichten von billigem Make-up, schief sitzende Perücken, verfaulte Zähne. Von Drogen und Alkohol zerstörte Geschöpfe, die sich für nichts auf der Welt mehr interessierten außer für das Geld, mit dem sie diese Drogen und den Alkohol kaufen konnten. Krassawtschenko begriff, daß es sich nicht lohnte, hier Zeit zu verlieren. Auf diese Weise konnte er kein Geld sparen, er hatte eigentlich auch nicht damit gerechnet.

Er beschleunigte seinen Schritt, bog in eine Seitengasse ein und gelangte von dort auf die Parallelstraße. Hier sahen die

Fassaden der Häuser sauberer aus, die Leuchtreklamen schillerten in allen Regenbogenfarben. Die Prostituierten standen nicht frierend auf dem Bürgersteig, sondern verbargen sich im Inneren der Häuser. Krassawtschenko entschied sich für ein Etablissement mit dem Namen »Galerie Klein-Amsterdam«.

Es war tatsächlich eine Galerie, eine Art unterirdisches Einkaufszentrum. Der Eintritt kostete zwanzig kanadische Dollar. An der Treppe standen kräftige Wachleute. Krassawtschenko stieg hinunter und befand sich zwischen zwei Reihen funkelnder Schaufenster. Hinter den Glasscheiben sah man geschmackvoll eingerichtete Zimmer, in denen ein ruhiges, ganz alltägliches Leben herrschte.

In knapp sitzenden Badeanzügen, durchsichtigen Negligés und Spitzenunterwäsche saßen die Mädchen an Couchtischen, schlürften Cola aus Dosen, blätterten in Zeitschriften und rauchten. Manche lagen auf pseudoantiken Liegen oder direkt auf dem Fußboden, auf Teppichen. Die vereinzelten Kunden, die sie durch die Glasscheibe anglotzten, schienen sie überhaupt nicht zu kümmern.

Krassawtschenko studierte sorgfältig die Gesichter, vor einigen Schaufenstern blieb er stehen und machte den Mädchen Zeichen, sie sollten sich im Profil zeigen und näher an die Scheibe treten. Schließlich hatte er gefunden, was er suchte.

Eine große, aschblonde Frau um die dreißig in Jeans-Shorts und einem schlichten T-Shirt, die in einem Schaukelstuhl neben einem runden Couchtisch saß und konzentriert Zeitung las. Hinter ihr war ein großes, solides Bett und eine Duschkabine aus Plastik zu sehen. Krassawtschenko klopfte mit dem Fingernagel sacht an die Scheibe. Die Frau hob den Kopf. Lange, aufmerksam betrachtete er ihr Gesicht. Große blaue Augen, eine hohe Stirn, hohe Wangenknochen, eine gerade kleine Nase, blasse volle Lippen. Die Frau stand auf, ging barfuß auf dem Teppich auf und ab, drehte sich und zeigte sich von allen Seiten. Krassawtschenko nickte zufrieden, sie lächelte und gab ihm durch Zeichen zu verstehen, daß der Eingang auf der anderen Seite war.

Dort befand sich eine fensterlose Wand mit einer Tür. An der Tür empfing ihn ein Wachmann.

»Bitte machen Sie sich mit unseren Regeln und unserer Preisliste bekannt.« Er reichte ihm einen ganzen Packen Papiere. Krassawtschenko überflog die Liste der von der Frau angebotenen Dienste und stieß einen leisen Pfiff aus, als er merkte, daß es ein ziemlich teurer Spaß werden würde.

»Es ist eine Vorauszahlung von fünfzig Dollar in bar zu leisten. Kreditkarten und Schecks werden nicht angenommen. Es ist verboten, die Frauen auf den Mund zu küssen und ihre Haare anzufassen. Gewaltanwendung und Körperverletzung werden strafrechtlich verfolgt ...«

»Haben Sie alles gelesen, Sir?« fragte der Wachmann. »Sind Sie mit den Bedingungen einverstanden?«

»Ja.«

»Bitte die Vorauszahlung und eine Unterschrift.«

»Zuerst muß ich kurz mit der Dame sprechen.«

»Haben Sie irgendwelche Sonderwünsche, die nicht in der Liste stehen?«

»Ja.«

»In einem solchen Fall müssen Sie zuerst mit dem Geschäftsführer sprechen. Ich bringe Sie in sein Büro.«

Es blieb Krassawtschenko nichts anderes übrig, als dem Wachmann ans Ende der Galerie zu folgen. Dort befand sich ein großes, gemütliches Büro, das teuer und geschmackvoll eingerichtet war. Ein kleiner, rundlicher älterer Mann mit einem schneeweißen Bärtchen und einer rosigen, spiegelblanken Glatze erhob sich zuvorkommend von seinem Schreibtischstuhl.

»Nehmen Sie Platz, Sir. Was kann ich für Sie tun?«

»Ich möchte gern ein Video von der Dame machen.«

»Kein Problem.« Der Geschäftsführer lächelte liebenswürdig. »Wir stellen Ihnen einen Kameramann mit Videokamera zur Verfügung, dreißig Minuten Film kosten bei uns fünfundsiebzig Dollar zusätzlich zum Grundpreis. Die Kassette erhalten Sie eine Stunde nach Abschluß der Aufnahme.«

»Darf ich darum bitten, auch noch ein paar Polaroidbilder zu machen?«

»Selbstverständlich.«

Der Wachmann führte ihn zu der blonden Frau zurück. Als sich das Eisengitter vor der Schaufensterscheibe geschlossen hatte, zog Krassawtschenko aus seiner Tasche eine kleine Schachtel mit Theaterschminke.

»Vor den Aufnahmen muß ich erst noch Ihr Make-up etwas auffrischen, Kindchen.«

Kapitel 17

Pawel Malzew hatte bereits sein geliebtes Omelett mit Parmesankäse verspeist und ein zweites Glas Orangensaft getrunken, und Krassawtschenko war immer noch nicht aufgetaucht. Malzew bestellte sich eine Tasse koffeinfreien Kaffee und schaute auf seine Uhr.

Das kleine Café, in dem sie sich verabredet hatten, befand sich ganz in der Nähe des Hotels »Queen Elizabeth«. Aus dem Fenster hatte man einen ausgezeichneten Blick auf den Hoteleingang und den Platz davor. Krassawtschenko hätte schon vor zwanzig Minuten aus dem Hotel kommen und den Platz überqueren müssen. Malzew war ernstlich beunruhigt.

Pünktlichkeit war der einzige zuverlässige und erfreuliche Charakterzug seines Helfers. Wenn er sich verspätete, konnte das nur bedeuten, daß etwas passiert war. Wenn man sich mit einem Halunken zusammentut, muß man mit unangenehmen Überraschungen rechnen.

Was, wenn Krassawtschenko herausbekommen hatte, was sie schon so lange wissen wollten, und sich mit dieser Information still und leise aus dem Staub gemacht hatte? Was, wenn er überhaupt nicht Krassawtschenko war und sein Auslandspaß eine Fälschung? Es gab mehr als genug solcher Gauner auf der Welt, und kein Fragebogen, keine Grenzkontrolle hinderte sie daran, ihren Namen zu wechseln, zu verschwinden und am anderen Ende der Welt wieder aufzutauchen, um dort eine neue Staatsangehörigkeit anzunehmen, Immobilien zu kaufen und Bankkonten zu eröffnen. Gestern hieß jemand noch Machmud Ibragimow und war ein tschetschenischer Terrorist, heute nannte er sich Herr Stolz und war Deutscher, Besitzer eines Pferdegestüts, einer Spielhalle und eines kleinen Schlosses am malerischen Ufer des Rheins. Gestern kannte man ihn noch unter dem Spitznamen Wasska Totenkopf, und er war der Anführer einer kriminellen Bande in Ljuberzy, morgen gab er sich als russischstämmiger Amerikaner Vassily Vassilyev aus, der ein Restaurant in Brighton und eine Villa auf Hawaii besaß und sonntags mit dem Polizeichef alkoholfreies Bier trank. Zwar beherrschte er kein Englisch, aber die Verständigung funktionierte trotzdem ausgezeichnet.

Malzew trank seinen Kaffee aus und bedauerte, daß er nicht rauchte. Es vergingen weitere zehn Minuten. Er wollte schon bezahlen und zu Krassawtschenko ins Hotel gehen, aber da hörte er hinter sich die bekannte Stimme: »Guten Morgen. Entschuldigen Sie die Verspätung.«

Krassawtschenko trug schwarze Jeans, eine schwarze

offene Lederjacke und eine Sonnenbrille. Über seiner Schulter baumelte eine teure Sporttasche. Auf seinen schmalen Lippen spielte ein selbstzufriedenes Lächeln. Malzew blickte demonstrativ auf die Uhr.

»Tja, ich habe verschlafen, das passiert jedem mal.« Krassawtschenko zuckte die Schultern und ließ sich am Tisch nieder. »Ich habe eine anstrengende Nacht hinter mir.« Er schnalzte mit den Fingern, um den Kellner herbeizurufen. Diese Geste wirkte so ordinär, daß Malzew angewidert das Gesicht verzog.

»Hör mal, Diplomat, das ist hier nicht üblich.«

»Pardon.« Krassawtschenko zog die Jacke aus, unter der er einen warmen schwarzen Pullover und ein weißes Hemd trug. Malzew bemerkte einen beige-rosa Fleck am Hemdkragen, Spuren von Make-up.

»Ja, ich sehe«, nickte er, »du hattest wirklich eine anstrengende Nacht.«

Der Kellner erschien, und Krassawtschenko bestellte sich zwei Juliennesuppen, Rinderlende blutig, Pommes frites, einen großen Gemüsesalat und Tomatensaft.

»Ich habe seit gestern abend nichts mehr gegessen«, erklärte er, »und nach dieser Nacht habe ich einen Mordshunger. Also, sie weiß nichts von dem Klunker. Das Resultat war gleich Null. Überhaupt ist das alles irgendwie absurd. Ich werde das Gefühl nicht los, wir sind beide plemplem. Übrigens, was ich Sie schon immer fragen wollte, wie gut kennen Sie eigentlich unseren Auftraggeber?«

»Die Frage hast du mir schon dreimal gestellt.«

»Wirklich? Na, dann stelle ich sie eben noch mal. Sie ist auch im Moment besonders aktuell.«

»Warum?«

»Weil wir in einer Sackgasse stecken. Der Auftrag ist ausgeführt, zumindest, was meinen Teil betrifft.«

»Wie kommst du darauf?«

»Es gibt niemanden mehr, den wir befragen könnten. Die Beljajewa war das letzte Glied in der Kette.«

»Es gibt noch die Nachkommen der Leute, die sich gleich nach der Revolution in Baturino angesiedelt haben. Wir haben ja erst 1950 angefangen, das heißt, mehr als zwanzig Jahre haben wir übersprungen.«

»Ja, natürlich. Mit der Suche nach dieser Brosche können wir uns bis ans Ende unserer Tage beschäftigen. Vorfahren, Nachfahren, Juweliere, Gemüsegärten ... Begreifen Sie doch, man erreicht nichts, wenn man nur auf einen glücklichen Zufall hofft.« Krassawtschenko verstummte und wartete, bis der Kellner die Teller vor ihn hingestellt hatte. Er nahm die Sonnenbrille ab, um sein blutiges Rindfleisch besser betrachten zu können. Malzew fiel auf, wie unschön er aß, jeden Bissen hob er dicht vor die Augen, drehte ihn auf der Gabel, steckte ihn dann rasch in den Mund, kaute schnell und gierig und schielte dabei zur Seite, wie ein Straßenköter, der einen fremden Knochen gestohlen hat.

»Man darf nicht auf einen glücklichen Zufall hoffen«, wiederholte er und kaute auf seinem Fleisch herum. »Aber Sie haben mir meine Frage nicht beantwortet, wie gut Sie den Auftraggeber kennen. Haben Sie ihn schon mal gesehen?«

»Ein paarmal.«

»Und was für einen Eindruck hat er auf Sie gemacht?«

»Was tun meine Eindrücke zur Sache?«

»Was die zur Sache tun?« Er beförderte ein zweites Stück Fleisch in den Mund und nahm einen Schluck Tomatensaft. »Ich glaube, dieser Mann ist krank. Wie kann ein normaler Mensch so viel Geld verschleudern? Wieviel hat er wegen dieser unglückseligen Brosche schon in den Sand gesetzt? Wir beide, zwei normale Menschen, zwei Profis, lassen uns von einem Verrückten herumkommandieren und suchen eine Nadel im Heuhaufen. Ich kann wegen so einer Brosche kein Risiko eingehen, selbst wenn sie eine Million Dollar wert ist. Schließlich ist es nicht meine Million.«

»Soll das heißen, du steigst aus?«

»Auf keinen Fall. Warum sollte ich mich von einem kranken Menschen trennen, der mit Geld nur so um sich schmeißt?« Krassawtschenko hatte das Rindfleisch verspeist und nahm nun die letzten, besonders knusprigen Pommes frites in Angriff, konnte sie jedoch trotz aller Anstrengungen nicht mit der Gabel aufspießen und aß kurzerhand mit den Fingern weiter. »Wieviel hat er allein für unsere Fahrt nach Kanada hingelegt? Und wofür das alles, fragt man sich?«

»Halt«, unterbrach ihn Malzew, »ich verstehe nicht, wieso du plötzlich so besorgt um das Geld unseres Auftraggebers bist?«

»Na, wenn er selber sich keine Sorgen macht, einer muß es doch tun.« Krassawtschenko zwinkerte vergnügt, trank seinen restlichen Tomatensaft aus und machte sich über den Salat her.

Malzew winkte dem Kellner und bat um ein Glas Mineralwasser. Er hatte einen trockenen Mund bekommen.

»Und was hast du vor?«

»Sie und ich, wir müssen die Möglichkeiten nutzen, die sich im Lauf der Operation eröffnen. Wir müssen sie für uns selber nutzen, wenn wir nicht hinterher wie die letzten Trottel dastehen wollen.«

»Und was für Möglichkeiten eröffnen sich deiner Meinung nach für uns?«

»Vorläufig nur eine. Sie heißt Jelisaweta Beljajewa. Verstehen Sie jetzt?«

»Nein.«

»Aber das ist doch ganz einfach!« Er schüttelte vorwurfsvoll den Kopf. »Sie sind doch ein kluger Mann, Pawel Wladimirowitsch. Die Beljajewa – das ist Sendezeit, Live-TV. Wissen Sie, was Sendezeit wert ist?«

»Sehr viel. Und weiter?«

Krassawtschenko machte eine geheimnisvolle Pause und sagte nach ein paar Sekunden schließlich mit leicht gedämpfter Stimme: »Ich habe die Möglichkeit, an ein Video zu kommen, auf dem unsere vorbildliche, sittenstrenge Moderatorin ihren Mann betrügt, und das mit offensichtlichem Vergnügen.«

»Und wer ist der Glückliche?« Malzew warf einen verstohlenen Blick auf Krassawtschenkos mit Puder und Lippenstift beschmierten weißen Hemdkragen.

»Ich habe Ihnen ja gesagt, bei dieser Dame ist eine ganz individuelle Methode angebracht.« Wieder erschien das selbstzufriedene Lächeln auf seinem Gesicht. »Vierzig Jahre – da wird es ernst.«

»Willst du damit sagen, du hast es doch noch geschafft ...« Malzew räusperte sich. »Oder hat dir dein Präparat geholfen?«

»Wollen Sie mich beleidigen? Alles lief wie geschmiert, und anschließend haben wir noch ein Glas Wein getrunken.«

»Hast du etwa vor, sie zu erpressen?« Pawel Malzew trank sein Wasser in einem Zug aus. »Mein Gott, wie schäbig! Aus solchen Bettgeschichten versucht heutzutage jeder Kapital zu schlagen. Damit wirst du kaum noch jemanden hinterm Ofen vorlocken können. Und außerdem hast du das Wichtigste nicht bedacht: Um derartigen Schmutz ins Fernsehen zu bringen, muß man Beziehungen haben, Beziehungen, von denen du nicht mal träumen kannst. Und das weiß eine Frau wie Jelisaweta Beljajewa sehr gut. Sie wird sich nicht ins Bockshorn jagen lassen.«

»Außer den Millionen Fernsehzuschauern hat die Beljajewa auch noch eine Familie. Um die Kassette ihrem Mann zuzuspielen, braucht man keine besonderen Beziehungen.«

»Angenommen, das alles gelingt dir. Was glaubst du, wieviel du aus ihr herauspressen kannst? Nein, für eine Erpressung suchst du dir besser jemanden aus, der reicher ist.«

»Richtig. Und den habe ich mir auch schon ausgeguckt. Unser Auftraggeber ist ein sehr reicher Mann, kann aber mit seinem Geld überhaupt nicht umgehen.«

»Hochinteressant.« Malzew grinste schief. »Aber was hat die Beljajewa damit zu tun?«

»Na, wie ich schon sagte – die Beljajewa ist der direkte Zugang zum Fernsehen. Mir ist klar, daß unser Auftraggeber seine Leidenschaft für Juwelen sorgfältig geheimhält. Daraus ziehe ich den Schluß, daß er vermutlich kein Bankier oder Privatunternehmer ist, sondern ein hoher politischer Beamter. Habe ich recht?«

»Ich habe keine Ahnung.« Malzew zuckte gleichgültig die Schultern und merkte, wie ihm unterm Hemd zwischen den Schulterblättern der kalte Schweiß ausbrach.

»Dafür, daß der Porno mit ihr in der Hauptrolle nicht ihrem Mann und ihren Kindern unter die Augen kommt, wird die Beljajewa mir ab und zu eine Bitte erfüllen. Als erstes werde ich selbst im Fernsehen auftreten, schließlich habe ich einiges zu erzählen, meine Biographie ist interessant genug. Welches Gesprächsthema wir wählen, ist egal, auf jeden Fall werde ich einige durchsichtige Anspielungen einfügen, die unser Auftraggeber sehr gut verstehen wird. Und falls er darauf nicht reagiert, werde ich in der nächsten Sendung konkretere Angaben über das Hobby eines hohen politischen Beamten machen und über die Methoden, die er anwendet, um seine Leidenschaft für kostbare Juwelen zu stillen.«

»Großartig!« Malzew brach völlig unerwartet in Gelächter aus, so laut und vergnügt, daß er sich selber wunderte. »Eine doppelte Erpressung! Nur wirst du nichts damit erreichen.

Ich glaube nämlich nicht, daß die Beljajewa freiwillig und bei klarem Verstand einverstanden war, mit dir zu schlafen. Und eine zweite Vorstellung, bei der du sie filmen kannst, wird sie dir ganz bestimmt nicht geben. Bis jetzt hast du ja noch kein Video, oder?«

»Ehrlich gesagt, doch. Aber das sage ich streng vertraulich.«

»Wie, hat sie denn nicht gemerkt, daß du eine Kamera rausgeholt hast? Du hast ihr also zuerst dein Dreckszeug eingeflößt und dann die Kamera eingeschaltet. Eine andere Möglichkeit gibt es nicht. Aber das, mein Lieber, ist eine Straftat, und zwar kein Bagatelldelikt. Sobald du der Beljajewa mit deinem Erpressungsversuch kommst, wird sie dich verklagen, und man wird dich hinter Gitter bringen.«

»Wofür denn?« Krassawtschenko zog erstaunt die Augenbrauen hoch. »Für meine Liebe? Ja, ich bin in Leidenschaft zu ihr entbrannt und verhehle das gar nicht. Meine Gefühle werden erwidert, ich bin stolz und glücklich. Aber ich bin nicht schuld, daß irgendein Dreckskerl uns mit versteckter Kamera gefilmt hat. Wir leben leider in einer schrecklichen, zynischen Welt! Im übrigen ist alles, was Jelisaweta Beljajewa angeht, mein Problem. Von Ihnen brauche ich Informationen über den Auftraggeber. Um ihm meine Bedingungen zu übermitteln, muß ich mich irgendwie mit ihm in Verbindung setzen. Vorläufig kann ich das nur mit Ihrer Hilfe.«

»Und ich frage mich schon die ganze Zeit, warum du mir plötzlich so offenherzig von deinen Schlachtplänen erzählst.«

»Also, sind Sie bereit, mir zu helfen? Ich biete Ihnen fünfzehn Prozent von jeder Zahlung an. Einverstanden?«

»Wieviel willst du von unserem Auftraggeber verlangen?«

»Für den Anfang hunderttausend. Später wird man sehen.«

»Na schön, du hast mich überredet. Die Idee ist zwar niederträchtig, aber sonst gar nicht so schlecht. Aber nicht fünfzehn Prozent, sondern fünfundzwanzig.«

»Zwanzig.«

»Fünfundzwanzig, oder du mußt den Auftraggeber selber finden.«

»Zum Teufel mit Ihnen! Einverstanden.«

Sie bezahlten und verließen das Café. Pawel Malzew tauchte in dem Antiquitätengeschäft unter, das sich gleich nebenan befand. Während er sich Tischsilber aus dem vorletzten Jahrhundert anschaute, warf er immer wieder heimlich einen Blick in den riesigen geneigten Spiegel. Er war so angebracht, daß darin der ganze Platz vor dem Hotel zu sehen war. Malzew wartete, bis die große, breitschultrige Gestalt den Platz überquert hatte und im Hoteleingang verschwunden war. Erst dann schlüpfte er aus dem Antiquitätenladen, bog um die Ecke und lief zu dem kleinen gebührenpflichtigen Parkplatz, wo er seinen Wagen abgestellt hatte.

Seine Hände zitterten so, daß er nicht imstande war, mit dem Schlüssel das Schlüsselloch zu treffen. Der weiße Ford, den er am Tag seiner Ankunft gemietet hatte, begann verzweifelt zu hupen. Ein heftiger Schmerz beengte ihm die Brust.

Jetzt fehlt nur noch, daß ich einen Herzanfall bekomme, dachte er, während die Sirene tutete.

In seiner Tasche fand sich noch eine Packung Nitroglyzerin, er schob sich eine der süßlichen Kugeln unter die Zunge, schaltete die Alarmanlage aus, ließ sich auf den weichen Samtsitz fallen, kniff die Augen zusammen, zählte bis fünfzig und rief seinen Bruder in Moskau an.

Kapitel 18

Das Telefon klingelte, als Dmitri Malzew gerade im eiskalten Wasser des Schwimmbassins planschte. Er schwamm an den Rand und bat fröhlich prustend: »Reich mir das Ding mal rüber.«

Draußen waren minus zehn Grad. Warja saß auf der Bank, in einen Pelzmantel gehüllt, und der rosige, muntere Malzew, der sich bis zur Taille aus dem Wasser lehnte, unterhielt sich mit seinem Bruder Pawel, der sich in Montreal befand. Die beiden Brüder waren sich sehr ähnlich und konnten ohne einander nicht leben, obwohl sie beruflich nichts miteinander verband: Dmitri beschäftigte sich mit Finanzen und Politik, Pawel mit Mineralogie und Edelsteinen. Er war einer der besten Spezialisten für Fabergé und ein Experte für antiken Schmuck.

»Was? Hör mal, Pawel, vielleicht war das ein Witz? Ich verstehe nicht ganz, hat er die Kassette nun schon, oder ist das erst ein Plan? Also wirklich, Bruderherz, du hast dir vielleicht einen Assistenten ausgesucht! Gut, entschuldige, ich sage nichts mehr. Ich verstehe. Beruhige dich erst einmal. Wann geht dein Flieger? ... Moment, sag die Flugnummer noch einmal ... Ich schicke dir einen Wagen nach Scheremetjewo, der bringt dich sofort her, und dann besprechen wir alles in Ruhe. Bis dann.«

Dmitri gab Warja das Telefon zurück und sprang leichtfüßig und federnd aus dem Bassin. Warja spritzte eine Fontäne eiskalter Wassertropfen ins Gesicht.

»Schönen Gruß von Pawel. Hör mal, mein Kätzchen, du bist so ein sportliches Mädchen und kannst nicht schwimmen. Es wird Zeit, daß du es lernst. Gib mir das Handtuch. Danke.« Dmitri rieb sich energisch den Rücken und machte einige Knie- und Rumpfbeugen. »Und warum joggst du eigentlich morgens nicht mehr, du kleiner Faulpelz?« Er umarmte Warja und küßte sie auf die kalte Wange. »Komm, gehen wir frühstücken.«

Beim Essen vertiefte sich Dmitri Malzew in die Lektüre der neuesten Zeitungen, seine Augen glitten rasch über die Zeilen, die sein Pressesekretär vorsorglich mit gelbem Marker für ihn hervorgehoben hatte. Warja trank langsam ihren Orangensaft und schaute aus dem Fenster. Morgen würde sie wohl zusammen mit ihm um sieben Uhr aufstehen, die Turnschuhe anziehen und fünf Kilometer joggen müssen. Lust dazu hatte sie überhaupt keine.

»Welche Pläne hast du für heute?« fragte er, ohne den Blick von der Zeitung zu heben.

»Um zwei muß ich in die Uni, dann will ich kurz zu Mama fahren.«

»Wie geht es ihr?«

»Normal.«

»Und was macht dein Studium?«

»Alles in Ordnung.«

»Gut. Ich muß jetzt los.« Dmitri legte die Zeitung beiseite, stand auf und trank rasch seinen grünen Tee aus. »Gehen wir, du kannst mich hinausbegleiten.«

Als sich das Stahltor hinter seinem gepanzerten Jeep geschlossen hatte, seufzte Warja erleichtert auf, kehrte ins Haus zurück, zündete sich eine Zigarette an und setzte sich mit hochgezogenen Beinen in den Sessel. Wenn man doch den ganzen Tag so sitzen bleiben könnte, niemals das warme, schöne Wohnzimmer verlassen müßte und niemanden zu sehen und zu hören brauchte! In der letzten Zeit befiel sie immer öfter eine seltsame Erstarrung, sie mochte sich nicht mehr bewegen, nicht mehr unterhalten, stundenlang konnte sie reglos wie eine Puppe dasitzen.

Einmal hatte Malzew sie überraschend in diesem Zustand

angetroffen, hatte das Entsetzen bemerkt, mit dem sie in die eisige Tiefe des Bassins gestarrt hatte. Das hatte ihn so erschreckt, daß er sie fragte, ob sie gesund sei.

»Mit mir ist alles in Ordnung. Ich bin völlig gesund«, erwiderte sie und zwang sich zu lächeln, »ich habe nur gestern einen Horrorfilm gesehen, in dem Leichen aus einem Schwimmbecken kletterten.«

»Sieh dir bloß solchen Blödsinn nicht an. Du bist doch schon ein großes Mädchen.«

In Wirklichkeit hatten Horrorfilme auf sie eine beruhigende Wirkung. Sie halfen ihr, sich selber etwas vorzumachen und sich einzureden, daß alles, was sie vor vier Jahren erlebt hatte, nur ein Film gewesen war, in dem sie die Hauptrolle gespielt hatte. Sie hatte immer davon geträumt, Filmschauspielerin zu werden. Besonders damals, mit siebzehn Jahren.

Nach dem Abschluß der Schule wollte sie sich am Filminstitut für ein Schauspielstudium einschreiben. Es war Mitte März, nach einer langen Kälteperiode war es endlich wieder etwas wärmer geworden, die ersten Strahlen der Frühlingssonne lugten hervor. Sie fuhr zu einem Einkaufsbummel ins Zentrum und erstand im Kaufhaus »Detski Mir« ganz billig sehr hübsche tschechische Sandaletten mit niedrigen, bequemen Absätzen.

Sie war in glänzender Laune, lächelte sich selber in dem riesigen Spiegel zwischen den Glastüren des Kaufhauses zu und fing dabei einen so entzückten Männerblick auf, daß sie gleich noch einmal lächelte, diesmal nicht für sich selbst, sondern für den schlanken, kultiviert wirkenden brünetten Mann mit Schnurrbart.

Warum war damals, vor vier Jahren, kein Engel über den Kusnezki Most, über den Lubjanka-Platz, über die bunte gleichgültige Menge geflogen und hatte sie beschützt?

»Möchten Sie noch ein Eis, Warja?«

»Nein, danke, es reicht. Von Eis wird man dick.«

»Das stimmt, wenn Sie Schauspielerin werden wollen, müssen Sie auf Ihre Figur achten. Im übrigen haben Sie aber alle Voraussetzungen dafür. Lösen Sie doch mal Ihr Haar.«

Sie öffnete gehorsam die Spange und schüttelte ihr Haar. Sein aufmerksamer, tastender Blick machte sie nicht im geringsten verlegen. Schließlich war er ein Profi, ein Filmregisseur. Er hatte sie gesehen, aus der Menge ausgewählt und ihr die Hauptrolle in einer russisch-französischen Coproduktion angeboten.

Sie bemühte sich nach Kräften, ihm zu gefallen, sie lächelte, damit er sah, was für schöne weiße Zähne sie hatte, sie lachte und warf den Kopf zurück, damit ihm auffiel, was für einen langen zarten Hals sie hatte, einen richtigen Schwanenhals.

»Die Dreharbeiten werden in Paris und Rom sein. Haben Sie einen Auslandspaß?«

»Nein.«

»Na, das ist weiter kein Problem. Die Franzosen erledigen alles Organisatorische, sie werden Ihnen bestimmt schnell einen Paß besorgen. Das wichtigste ist, daß Sie den Wettbewerb gewinnen. Anwärterinnen auf die Rolle gibt es sehr viele.«

»Und was ist das für ein Wettbewerb? Was muß ich tun?«

»Das Übliche. Standfotos, dann Probeaufnahmen, dann eine Probe in der Rolle. Tun müssen Sie gar nichts, nur möglichst ungezwungen sein. Wie schon der große Stanislawski sagte, der Schauspieler muß sich vom Joch der Leibeigenschaft befreien. Verstehen Sie mich?«

»Ja, natürlich.« Warja nickte bereitwillig. »Wann wird die erste Probe sein?«

Er blickte auf die Uhr, überlegte einen Moment, zwinkerte ihr dann plötzlich zu, beugte sich vor und legte ihr die Hand auf die Schulter.

»Wir werden sie alle überlisten, Warja. Wir fahren jetzt zu der besten Fotografin von Moskau, Soja Iwanowa. Sie haben bestimmt schon von ihr gehört. Sie fotografiert alle Prominenten und arbeitet für viele westliche Zeitschriften. Von ihr kriegen wir so tolle Fotos, daß die Franzosen aus dem Häuschen sein werden und Sie ohne Wettbewerb nehmen. Wir dürfen nur keine Zeit verlieren. Morgen früh fliegt Soja nach New York, sie hat einen Vertrag für die Aufnahmen des Miss-Universum-Wettbewerbs.«

Wenn sie damals doch wenigstens einen Augenblick lang gezweifelt hätte – nein, nicht an den Absichten des jungen Mannes namens Garik, nicht einmal an der Echtheit der berühmten Fotografin Soja, sondern an sich selbst, am eigenen Erfolg, an ihrer Unwiderstehlichkeit. Aber nein, sie hatte keinerlei Zweifel gehegt, sondern das alles im Gegenteil als einen verdienten Sieg empfunden. Über wen eigentlich? Wahrscheinlich über all die anderen Mädchen, die scharenweise die Aufnahmekommissionen der Theaterinstitute belagerten, die ihre Fotos an Zeitschriften schickten, Schlange standen, um sich für die Teilnahme an einem Schönheitswettbewerb begutachten zu lassen, und die die Werbeagenturen und Model-Schulen stürmten. Von denen gab es viele, schrecklich viele, sie aber war einzigartig. Sie war die beste. Sie hatte große, strahlende Augen, blau wie Kornblumen, wie kostbare Saphire. Sie hatte eine seidige weiße Haut, dicke, glänzende schwarze Haare. Eine seltene Kombination – blaue Augen und schwarze Haare. Dazu eine hohe Stirn, eine gerade kleine Nase, einen vollen, sinnlichen roten Mund, ein zartes, schmales Gesicht, hohe Wangenknochen. Und eine ideale Figur, ein Meter fünfundsiebzig groß und Maße wie auf Bestellung: neunzig – sechzig – neunzig. Sollte man mit einem so umwerfenden Aussehen neben der Mutter, die trotz Bildung und Intelligenz keine Arbeit mehr hatte, auf dem Bahnhofsvorplatz stehen und Blumen verkaufen, in einer Kommunalwohnung leben und sich darüber freuen, daß man billig ein Paar gute Sandaletten ergattert hatte? Das war ungerecht.

Seit Warja dreizehn war, betrachtete sie sich jeden Morgen im Spiegel und träumte davon, ihr eigenes Gesicht in Großaufnahme, aus verschiedenen Perspektiven auf einer Kinoleinwand zu sehen. Sie hatte immer gewußt, daß sie einmal ein Star sein würde, und deshalb fuhr sie seelenruhig und selbstbewußt mit dem unbekannten Mann mit, der sich ihr als Filmregisseur vorgestellt hatte. Übrigens hatte er ihr auch ein blaues Kärtchen gezeigt, auf dem »Mosfilm« stand.

Sie fuhren erst mit der Metro, dann mit dem Trolleybus zu einem fünfstöckigen Plattenbau. Im Treppenhaus schlug ihr der beißende Gestank von Urin entgegen. In der Einzimmerwohnung stank es noch heftiger. Später begriff sie, warum. Garik stopfte seine Opfer mit Psychodrogen voll, damit es weniger Lärm gab, und in diesem betäubten, willenlosen Zustand machten sie sich in die Hose. Gariks taubstumme Helfershelferin Soja, der die Wohnung gehörte, und ihre vierzehnjährige schwachsinnige Tochter Raissa kamen mit dem Wäschewaschen nicht nach.

Der Gestank und der Schmutz in der Wohnung irritierten Warja im ersten Moment, aber Garik erklärte, das sei nur das übliche künstlerische Chaos. Aus der Küche tauchte eine dickliche Frau in einem schmutzigen Kittel aus Kattun und mit einem aufgedunsenen, verlebten Gesicht auf.

»Das ist Soja, macht euch bekannt.«

Die Frau brummte irgend etwas Unverständliches zur Begrüßung.

Als Warja später vor dem Untersuchungsführer ihre Aussagen machte, erzählte sie das alles, als sei es die Handlung eines Films. Die eigene Erzählung war ihr besser in Erinnerung geblieben als die Ereignisse selbst.

»Als wir in die Wohnung kamen, bewirtete der Regisseur mich mit starkem Kaffee, und dann gab er mir einen tief ausgeschnittenen Badeanzug und sagte mir, ich solle ihn anziehen. Ich merkte, daß ich mich in einer Art Trancezustand befand, aber ich war nicht imstande, diese Schlaffheit zu überwinden. Der Regisseur zog sich nackt aus und schlug mir vor, mich zu ihm ins Bett zu legen. Als ich nicht wollte, erklärte er, er müsse sich unbedingt von meiner Lockerheit überzeugen. Er bot mir Champagner an, zur Entspannung und damit ich meine Komplexe verlieren sollte. Das Glas brachte mir diese Frau. Der Geschmack kam mir merkwürdig vor.«

Dann war ihr, als bliebe die Zeit stehen. Als sie ein wenig zu sich kam, versuchte sie aufzustehen, aber man flößte ihr sofort wieder irgendein Gebräu ein. Sie wußte nicht, wie lange sie sich schon in dieser stinkenden Wohnung, in diesem Bett mit der zerknitterten, feuchten Bettwäsche befand, einige Stunden oder einige Tage. Irgendwann merkte sie, daß es ihr gleichgültig war, und sie erschrak. Wenn ihr schon alles egal war, bedeutete das, sie würde bald sterben. Sie hatte noch genug Kraft, um zu begreifen, daß sie die bittere Mixtur, die ihr die taubstumme Frau verabreichte, nicht trinken durfte. Sie tat nur so, als tränke sie, und schüttete den Inhalt des Glases in den Spalt zwischen Bett und Zimmerwand.

Langsam wurde ihr Kopf wieder klar, aber sie fühlte sich immer noch schrecklich schwach. Am meisten fürchtete sie, daß dieser Wahnsinnige oder seine Freundin bemerken könnten, daß sie wieder zu sich kam, und so täuschte sie eine Ohnmacht vor. Man hüllte sie in irgendwelche Lumpen und führte sie auf die Straße.

Es war ein früher, kalter Morgen. Der Irre schleppte sie durch menschenleere Höfe und Durchgänge. Sie konnte sich kaum auf den Beinen halten, ihr war schwindlig, aber sie bemühte sich mit aller Kraft, sich den Weg zu merken. Nach etwa zwanzig Minuten erreichten sie eine Bahnstation. Warja versuchte den Namen der Station zu entziffern, aber die Buchstaben verschwammen vor ihren Augen.

Die Vorortbahn kam. Der Irre zog Warja in einen leeren Wagen, stieß sie auf die Bank, setzte ihr den Hals einer flachen Kognakflasche an die Lippen und versuchte ihr etwas Weißes, Zähflüssiges, ähnlich wie Kefir, einzuflößen, aber sie wehrte sich. Als die Durchsage kam, daß die Türen sich schließen, stürzte er zum Ausgang. Die Flasche blieb auf Warjas Schoß liegen. Warja begriff noch, daß sie sie aufrecht neben sich auf die Bank stellen mußte, damit die Flüssigkeit nicht auslief, und verlor dann das Bewußtsein.

Später stellte sich heraus, daß der Irre zum Abschied für sie einen Cocktail aus achtzig verschiedenen Tabletten zubereitet hatte. Die Psychopharmaka und Schlafmittel waren der schwachsinnigen kleinen Raissa von den Ärzten der Bezirksgesundheitsfürsorge in großer Menge verschrieben worden.

Zu Bewußtsein kam sie, weil jemand sie an der Schulter rüttelte.

»He, Mädel, bist du schon morgens zu? Zeig deine Fahrkarte vor!«

Auf dem Milizrevier der Bahnstation »Okrushnaja«, wohin die beiden kräftigen Kontrolleure sie halb zogen, halb trugen, sah sie zum ersten Mal wieder ihr Spiegelbild. In der schmutzigen Toilette hing über dem Waschbecken ein zersprungener, trüber Spiegel, und daraus blickte Warja eine betrunkene, irre Pennerin an, die aussah wie mindestens vierzig. Erst nach ein paar Augenblicken merkte sie, daß ihre goldenen Ohrringe mit den Türkisen fehlten und auch der Ring mit dem dazu passenden Türkis nicht mehr an ihrem Finger steckte. Ebenfalls verschwunden war ihr goldenes Taufkreuzchen. Anstelle von Jacke, Jeans und Pullover trug sie einen schmierigen, zerrissenen Mantel, den man ihr direkt auf den nackten Körper gezogen hatte, anstelle der modischen Lederpumps löchrige Überschuhe aus Filz.

Ein Krankenwagen brachte sie von der Miliz in die Klinik, dort kam ihre Mutter zu ihr, und dort tauchte auch zum ersten Mal der kleine, rundliche Untersuchungsführer Ilja Nikititsch Borodin auf.

Sobald die Ärzte ihr erlaubten aufzustehen, führte sie die Einsatzbeamten zu der stinkenden Wohnung in dem fünfstöckigen Plattenbau. Alle drei Mieter waren zu Hause und wurden festgenommen. Außer ihnen befanden sich noch zwei Mädchen im Alter von fünfzehn und siebzehn Jahren in der Wohnung, beide in bewußtlosem Zustand.

Die Untersuchung war rasch abgeschlossen. Der Sexualverbrecher, der nicht Garik, sondern Rafik Tenajan hieß, legte ein umfassendes Geständnis ab und gab fünf Morde und sieben brutale Vergewaltigungen zu. Die Mehrzahl seiner Opfer waren Minderjährige. Drei hatte er erwürgt, zwei waren an einer Überdosis von Psychopharmaka und Schlafmitteln gestorben. Später, als der Fall schon dem Gericht übergeben worden war, starben auch die beiden Mädchen, die man in der Wohnung entdeckt hatte, ohne das Bewußtsein wiedererlangt zu haben.

Warja trat im Prozeß auf und sagte als Zeugin aus. Der Anwalt hielt eine flammende Rede, in der er wiederholt betonte, daß ausnahmslos alle Mädchen freiwillig in die Wohnung mitgekommen wären, daß jede die Chance gehabt hätte zu gehen. Alle seien bereit gewesen, sich nackt fotografieren zu lassen. Der Anwalt sprach so feurig und überzeugend, daß es Warja für einen Moment so schien, als hätten die Opfer mehr Schuld als der Täter. Und alle im Saal sahen sie plötzlich mit ganz anderen Blicken an. Das Mitleid in ihren Augen wich kalter Neugier.

»Sie sind also freiwillig, ohne genötigt worden zu sein, in eine unbekannte Wohnung gegangen, zusammen mit einem Mann, den Sie noch nicht einmal eine Stunde lang kannten?« fragte die einschmeichelnde, hohe Stimme.

»Ja«, erwiderte Warja ruhig.

»Und auf Tenajans Bitte hin haben Sie sich ausgezogen?«

»Ja.«

Sie bemühte sich, nicht zu dem Käfig zu schauen, in dem Tenajan saß und spöttisch grinste.

Als das Urteil verkündet wurde, nur fünfzehn Jahre statt der erwarteten Todesstrafe, ging ein erstauntes Raunen durch den Saal. Warja stand auf und lief nach draußen.

Ein paar Tage nach dem Prozeß sprang aus dem Gebüsch auf dem Hof vor ihrem Haus ein junger Bursche mit langen fettigen Haaren und in einer grünen Lederjacke hervor. Neben ihm tauchte ein Kameramann auf, und Warja wurden Kamera und Mikrofon fast ins Gesicht gestoßen.

»Sagen Sie, war Rafik Tenajan Ihr erster Mann? Was haben Sie empfunden, als er sie entjungfert hat? Sie sind doch freiwillig mit in seine Wohnung gegangen, haben sich ausgezogen und mit ihm ins Bett gelegt?«

Sie begann zu schreien und rannte weg, ihr schien, als verlöre sie den Verstand und die Welt bestünde aus lauter Ungeheuern, bösartigen, dreisten Ungeheuern. Noch lange hatte sie das Gefühl, der Journalist und der Kameramann würden sie verfolgen. Später, als sie durch die Straßen ging, glaubte sie, alle würden sie anstarren, alle wüßten, daß sie sich freiwillig in der stinkenden Wohnung des Verbrechers ausgezogen hatte.

Ziellos irrte sie durch die Stadt, ohne Gefühl für die Zeit, die Kälte und den nassen Schnee. In irgendeinem unbekannten Bezirk, am Ufer der Moskwa, kam sie wieder zu sich. Es begann schon zu dämmern, der Schnee fiel immer dichter, wie eine geschlossene Wand. Warja blieb stehen und blickte in das schwarze Wasser hinunter. Auf der Oberfläche schwammen langsam schmutzige, dünne Eisschollen. Je länger sie hinunterschaute, desto ruhiger und langsamer schlug ihr Herz. Sie sah sich um und erblickte eine Treppe, die direkt zum Wasser führte. Es genügte, einfach hinunterzusteigen und ins Wasser zu gehen. Das war ganz einfach und gar nicht schrecklich. Erst als die eisige, bleierne Masse ihren Körper zusammenpreßte und die Kälte sie wie ein Schwarm von tausend Piranhas anfiel, erschrak sie wirklich, und zum ersten Mal im Leben wünschte sie sich verzweifelt zu leben …

Vier Jahre später, es war erst zehn Tage her, schaltete sie eines Nachts den Fernseher an. Lange betrachtete sie den forschen Moderator der Late-Night-Show. Er hatte sich stark verändert. Die Haare waren kurz geschnitten, er war dicker geworden. Aber seine Augen waren dieselben geblieben, trüb, tot, wie das schmutzige Eis auf der Moskwa. Vielleicht war er es auch gar nicht. Sein Gesicht war so nichtssagend, man hätte es zwanzigmal sehen und sich doch nicht merken, nicht wiedererkennen können.

»Was guckst du dir denn für einen Mist an, Warja?« wunderte sich Dmitri, der zufällig ins Wohnzimmer schaute.

»Weißt du nicht, wer das ist?« fragte sie, ohne den Blick vom Bildschirm zu wenden.

»Keine Ahnung. Irgend so ein Schmutzfink von der Klatsch-und-Tratsch-Journaille.« Er streckte die Hand zur Fernbedienung aus, aber einen Moment bevor der

Bildschirm erlosch, tauchte der Abspann der Sendung auf, und Warja konnte noch die erste Zeile lesen: »Moderation – Artjom Butejko«.

Kapitel 19

Lisa erwachte vom hartnäckigen Klingeln des Telefons. Ohne die Augen zu öffnen, streckte sie die Hand aus. Das Telefon im Hotelzimmer stand auf dem Nachttisch. Aber ihre Hand griff ins Leere.

Ihr Kopf schmerzte zum Zerspringen, und das Telefon schrillte immer weiter. Lisa merkte, daß sie quer über dem Bett lag, im T-Shirt. Die Bettdecke war zerknüllt, die Kissen auseinandergeworfen, der Überwurf lag auf dem Fußboden, daneben ihre Jeans. Draußen war es hell, die Uhr zeigte elf.

»Guten Tag, Frau Beljajewa, ist mit Ihnen alles in Ordnung?« vernahm sie im Hörer. »Sie sind heute in der Debatte mit Ihrem Vortrag an der Reihe …«

O du lieber Himmel, ich habe verschlafen! Wie konnte das nur passieren? Die Sitzung hat um neun angefangen, jetzt ist gerade Pause …

»Ja, entschuldigen Sie, ich fühle mich nicht besonders«, antwortete sie mit schwacher Stimme.

»Was ist passiert? Brauchen Sie einen Arzt?«

»Nein, danke. Wahrscheinlich ist es nur eine Erkältung. In einer halben Stunde komme ich nach unten in den Konferenzsaal.«

Sofort bereute Lisa ihr Versprechen. Sie fühlte sich tatsächlich ganz entsetzlich. Nicht nur der Kopf tat ihr weh, sondern der ganze Körper, als hätte man sie in der Nacht verprügelt. Unter der heißen Dusche wurde ihr etwas besser. Sie erinnerte sich deutlich daran, daß Krassawtschenko bei ihr im Zimmer gewesen war, und zwar ohne daß sie ihn hineingebeten hätte. Er war unter irgendeinem läppischen Vorwand erschienen, irgendwas im Zusammenhang mit Juwelen oder Schmuck. Er hatte sich für ihre Ohrringe und ihren Ring interessiert und etwas von Tierkreiszeichen geschwafelt.

Als sie in den Spiegel schaute, stellte sie fest, daß sie furchtbar aussah. Die Haare struppig, das Gesicht bleich und verquollen, unter den Augen graue Tränensäcke. Die Ohrringe waren noch in den Ohren und der Ring am Finger.

Natürlich, was auch sonst? dachte sie. Dieser Krassawtschenko ist ein widerlicher Flegel, aber kein Dieb. Immerhin ist er Mitarbeiter beim Außenministerium und offizieller Teilnehmer der Konferenz.

Doch da wurde ihr mit einem unangenehmen Kältegefühl im Magen plötzlich bewußt, daß Krassawtschenko sich zwar die ganze Zeit im Hotel, im Foyer, in den Bars herumgetrieben hatte und ihr ständig unter die Augen gekommen war, daß sie ihn aber kein einziges Mal im Konferenzsaal gesehen hatte.

»Wer hat uns bekannt gemacht?« murmelte Lisa vor sich hin. »Eigentlich niemand! Niemand hat uns bekannt gemacht. Er ist selbst auf mich zugekommen, als ich an der Obstbar im sechsten Stock gefrühstückt habe, hat sich vorgestellt, und natürlich ist es mir nicht in den Sinn gekommen nachzuprüfen, ob er wirklich der ist, für den er sich ausgibt. Hier machen sich Dutzende von Leuten selbst miteinander bekannt. In all diesen Tagen habe ich nicht ein einziges Mal gesehen, daß er sich mit einem der anderen Konferenzteilnehmer unterhalten hätte. Seinen Namen und daß er beim Außenministerium arbeitet, weiß ich nur von ihm selbst. Was will er überhaupt von mir?«

Das unklare Gefühl des Widerwillens verdichtete sich, konkrete Einzelheiten fielen ihr ein. In der Nacht hatte es ein ausgesprochen obszönes Gespräch gegeben. Zuerst hatte Krassawtschenko sich dreist und plump an sie herangemacht, und dann hatte sich herausgestellt, daß er sie im Rotlichtviertel vor dem Hintergrund von Porno-Reklamen und Prostituierten beiderlei Geschlechts fotografiert hatte. Er hatte ihr die Aufnahmen gezeigt und versucht, sie zu erpressen. Und was war dann geschehen? Sie hatte ihn aus dem Zimmer gewiesen. Aber er war nicht gegangen. Warum?

Je deutlicher ihr dieses Gespräch wieder in Erinnerung kam, desto kälter wurde es Lisa unter der heißen Dusche.

Er weiß es! schoß es ihr durch den Kopf. Ich bin verloren, er weiß alles.

Sie rubbelte sich mit dem warmen Handtuch ab, bis sie ganz rot war, fönte sich die Haare, zog sich an, schminkte sich rasch und steckte die noch feuchten Haare hastig auf. Die Kopfschmerzen wollten nicht nachlassen. Lisa leerte den Inhalt ihrer Handtasche auf dem Couchtisch aus. Auf dem Boden der Tasche lag eine Packung Analgin mit Chinin.

»Medikamente«, murmelte sie, während sie die Packung aufriß, »Gift, Gegengift ...«

Wir haben Wein getrunken. Halt, wo sind denn die Gläser? Ja, natürlich, er hat alles weggeräumt und mitgenommen, auch die Flasche. Er hat nachdrücklich darauf bestanden, daß wir etwas trinken, erinnerte sich Lisa plötzlich, richtig, ich trinke ja überhaupt nicht, und dann noch in der Gesellschaft von Krassawtschenko, nachts allein mit ihm, hätte ich es freiwillig auf keinen Fall getan. Aber für ihn war das unbedingt nötig, damit er mir ein Präparat in den Wein schütten konnte, das ... Das was? Den Willen schwächt? Die Erinnerung auslöscht? So komplett, daß ich nicht mehr weiß, ob ich meine Jeans selber ausgezogen habe oder ob das Krassawtschenko getan hat? Vielleicht hat er mich sogar vergewaltigt, und ich weiß nichts mehr davon? Ich muß sofort

Anzeige bei der Polizei erstatten. Aber was soll ich denn eigentlich anzeigen? Wie kann ich beweisen, was ich selber nicht weiß? Außerdem ist er heute bestimmt schon nicht mehr im Hotel.

Sie öffnete die Minibar. Dort lag die Weinkarte. Eine Flasche fehlte, der weiße Rheinwein.

Im Konferenzsaal war immer noch der Brunch im Gange, die Pause mit Imbiß. Tabletts mit belegten Broten, Salaten und Obst wurden aus dem Restaurant in den Saal getragen. Lisa beschloß, es könne nicht schaden, erst einmal einen Kaffee zu trinken und eine Kleinigkeit zu essen. Ein Ordner kam auf sie zugestürzt und händigte ihr eine dünne Plastikmappe mit Papieren aus.

»Bitte sehr, Frau Beljajewa, die Unterlagen für die heutige Sitzung der Themengruppe.«

Es gab amerikanischen Kaffee, der aus riesigen Kaffeemaschinen eingeschenkt wurde. Lisa konnte diese Brühe nur mit viel Sahne trinken. Ihre Hände zitterten, die Mappe mit den Papieren hatte sie sich unter den Arm geklemmt, was schrecklich unbequem war. Als sie die Folie von der Kaffeesahne riß, verspritzte sie ein paar Tropfen auf ihren Rock. Sie nahm die Serviette, bückte sich, um die fettigen weißen Tropfen abzuwischen, und als sie den Kopf wieder hob, erblickte sie direkt vor sich das lächelnde Gesicht der Amerikanerin Carrie.

»Guten Tag, Lisa. Keine Sorge, diese Sahne macht keine Fettflecken. Sie ist entrahmt. Warten Sie, ich halte das für Sie.« Sie nahm Lisa die Serviette ab. »Wie fühlen Sie sich?«

»Ehrlich gesagt, schlecht.« Lisa versuchte zu lächeln. »Ich habe Kopfschmerzen.«

»Ach, leiden Sie auch unter Migräne?« sagte die Amerikanerin mit mitfühlendem Nicken und legte ein paar Melonenstückchen auf ihren Teller.

»Ja, ich habe regelmäßig starke Anfälle, außerdem habe

ich mich bis jetzt noch nicht an die Zeitverschiebung gewöhnt. Wenn hier Nacht ist, ist in Moskau Tag.«

»Ich weiß, Sie konnten letzte Nacht nicht schlafen. Offenbar sind Sie sogar draußen spazierengegangen? Stärken Sie sich erst einmal gründlich, die nächste Pause ist erst wieder in vier Stunden. Nehmen Sie ein Sandwich mit Hühnchen, die sind heute sehr lecker.«

Trotz der zwei Analgintabletten mit Chinin tat ihr der Kopf immer noch höllisch weh. Es fiel ihr schwer, klar zu denken.

»Entschuldigen Sie, Carrie«, sagte sie mit schmerzverzerrtem Gesicht, »ich verstehe nicht, wovon sprechen Sie? Was für ein Spaziergang?«

Vor dem Tisch mit den Tabletts drängten sich die Menschen. Ein älterer kleiner Inder mit einem weißen Turban stieß Lisa versehentlich mit dem Ellbogen an, sie fuhr heftig zusammen und hätte fast ihren Kaffee verschüttet. Der Inder begann sich lebhaft zu entschuldigen, verbeugte sich und legte seine kleine braune Hand auf die Brust.

»Lassen Sie uns ins Foyer gehen, aber vergessen Sie nicht, sich ein Hühnchen-Sandwich zu nehmen, sie sind wirklich hervorragend«, sagte Carrie und steuerte auf den Ausgang zu.

Lisa folgte ihr gehorsam, mit dem Sandwich-Teller und dem Kaffeebecher in der Hand. Sie schritt durch die Menge, nickte verschiedenen Leuten mechanisch zu, lächelte und dachte dabei nur daran, daß sie den Kaffee nicht verschütten und niemand merken durfte, wie stark ihr die Hände zitterten. Carrie hatte bereits einen freien Tisch im Foyer besetzt. Lisa nahm ihr gegenüber Platz.

»Sie vergessen, unsere Zimmer liegen nebeneinander. Zwischen zwei und drei Uhr heute nacht waren aus Ihrem Zimmer Geräusche und Schritte zu hören, mehrere Male wurde die Tür geöffnet und geschlossen. Ich hatte kein Schlafmittel genommen und konnte deshalb nicht einschlafen.« Vorsichtig biß Carrie ein kleines Stück Melone ab. »Finden Sie nicht auch, daß das Obst im Winter einen ganz anderen Geschmack hat?« Ihr Gesichtsausdruck wurde zerstreut, teilnahmslos, sie starrte einige Sekunden lang ins Leere, klapperte dann plötzlich entschieden mit ihren hellen Wimpern und sagte in gedämpftem Ton: »Lisa, ich habe zufällig gesehen, wie dieser merkwürdige Mann gestern nacht aus Ihrem Zimmer gekommen ist. Ich glaube, er heißt Krassawtschik?« Das letzte Wort sprach sie gedehnt aus, als ekele sie sich davor, und aß sofort ein Stück Melone hinterher.

»Kennen Sie diesen Mann?«

»Nein. Persönlich sind wir nicht bekannt. Aber einiges über ihn ist mir zu Ohren gekommen.«

»Er ist Diplomat, Mitarbeiter beim Außenministerium.«

»Der ist so sicher ein Diplomat, wie ich Kaiser von China bin.«

»Aber Carrie, woher wollen Sie das wissen?«

»Verzeihen Sie, daß ich mich einmische, aber Sie sind mir sympathisch, und ich halte es für meine Pflicht, Sie zu warnen«, raunte Carrie und beugte sich über den Tisch zu ihr hinüber, »ich weiß ganz sicher, daß dieser Herr …«

»Lisa, Sie haben etwas verloren«, ertönte hinter ihr eine bekannte Stimme.

Sie drehte sich um und erblickte Krassawtschenko. In der Hand hielt er ihre Haarspange.

Kapitel 20

Gräfin Irina Paurier wollte niemanden mehr empfangen, überall sah sie nur noch Spione, bestochen von den Geliebten ihres Mannes. In der Gesellschaft spöttelte man bereits über den Grafen, es kam in Mode, Witze über seine Ehe zu erzählen. Er wurde mürrisch und gallig.

»Warum glaubst du mir nicht, Irina? Du weißt doch, daß ich dich liebe.«

»Ich habe gesehen, wie du dieses Mädchen im Park angeschaut hast und wie sie zurückgeschaut hat. Du kennst sie, du hast ein Rendezvous mit ihr.«

»Hör auf, Irina, ich habe sie nie zuvor gesehen.«

»Wage es nicht, mich anzulügen!« Sie sprach so laut, daß die Leute auf der Straße sich umdrehten.

»Du lieber Gott, Irène, warum sollte ich lügen? Wozu? Wegen der zweifelhaften Reize dieses schwindsüchtigen Fräuleins? Sieh sie dir doch genauer an. Sie hat eine lange Nase, einen großen Mund, eingefallene Schultern, sie ist absolut uninteressant, was sollte ich mit so einer?« flüsterte der Graf zärtlich und drückte den rundlichen Arm seiner Gattin. »Kann man sie etwa mit dir vergleichen? Schau dich nur recht oft im Spiegel an, mein Schatz, das wird das beste Heilmittel gegen deine Eifersucht sein.«

Diese Strategie rettete den Grafen manchmal. Irina zog eine finstere Miene, aber das war nur noch Koketterie. In ihre vollen Wangen stieg die Röte mädchenhafter Verlegenheit. Der Graf fand ein fast schon krankhaftes Vergnügen an dem billigen Melodram, in das sich ihr Leben verwandelt hatte. Er redete sich selber und seiner Umwelt ein, daß das Leben eine Farce sei, die man nur mit eisiger Ironie ertragen könne.

Irina entließ inzwischen alle Stubenmädchen, die jünger als fünfzig waren, und besuchte häufig das Ministerium, in dem der Graf seinen Dienst tat, wobei die von ihr erfundenen Vorwände so plump waren, daß sogar die Lakaien im Empfangszimmer sich ein verstohlenes Grinsen erlaubten. Die Kniffe des Grafen halfen immer weniger.

»Sie machen sich über mich lustig, Michel!« rief sie, melodramatisch aufstöhnend, ohne seine Komplimente zu Ende anzuhören. »Ich habe alle Ihre Finten durchschaut. Wenn es so weitergeht, müssen Sie den Dienst quittieren und aufs Land übersiedeln.«

»Führen Sie sich nicht wie ein kleines Kind auf, Madame«, sagte der Graf stirnrunzelnd, »ich bin Staatsbeamter, ich kann nicht einfach den Dienst quittieren. Ihnen würde die Landluft allerdings bestimmt guttun.«

Die Streitereien hätten endlos so weitergehen können, doch eine komplizierte Schwangerschaft schwächte Irinas Wachsamkeit und ließ sie etwas nachsichtiger werden. Sie brachte eine kränkliche Frühgeburt zur Welt, einen Jungen. Das Kind lebte nur eine Woche. Dieser Schicksalsschlag nahm Irina so mit, daß es dem Grafen gelang, sie zu überreden, für eine Zeitlang auf ihr Gut Boljakino bei Moskau zu übersiedeln. Die Ärzte versicherten, daß die reine Landluft ihrer Gesundheit förderlich sein werde.

Und tatsächlich, das Landleben hatte einen segensreichen Einfluß auf sie. Sie stürzte sich selbstvergessen in die komplizierte, sorgen- und intrigenreiche Welt der Hauswirtschaft. Ihr übersteigertes Mißtrauen konzentrierte sich jetzt auf den Verwalter, den Architekten, dem die Instandsetzung des Hauses anvertraut war, auf die Zimmerleute und Maler, die, wie sie argwöhnte, Farben und Nägel stahlen, auf den Viehhof, wo ihrer Meinung nach die Milch verdünnt wurde. Ihre ganze enorme Energie verwendete sie darauf, mit der Köchin, der Wäscherin, den Stubenmädchen herumzukeifen.

Die vielfältigen Aktivitäten in Haus und Wirtschaft söhnten Irina zum Teil mit ihrem Mann aus. Der Graf wurde aus einem Feind zu einem Verbündeten. Er lebte in Moskau, in ihrem Haus an der Neglinnaja, und tat an Werktagen seinen

Dienst im Bildungsministerium. Nach Boljakino kam er an den Wochenenden und an Feiertagen, tat dann so, als sei er müde vom Dienst, beklagte sich über die Hektik und den Staub in der Stadt, lobte begeistert die Schönheit der Natur und die erfolgreiche Wirtschaftsführung seiner Gattin, lauschte mit wichtigem Gesichtsausdruck ihren wortreichen Erzählungen, daß alle auf dem Gut Diebe seien, von der Köchin bis zum Verwalter, und daß nur ihre Wachsamkeit das Gut vor dem Ruin bewahre.

Unter größten Vorsichtsmaßnahmen legte sich der Graf eine Geliebte in Gestalt einer adretten jungen Deutschen namens Gretchen zu, die in einer Konditorei arbeitete. Er mietete für sie eine kleine Wohnung an der Pretschistenka und vergnügte sich dort mit ihr still und heimlich zweimal in der Woche. Aber bald begann die Deutsche ihn zu langweilen. Nach einem Monat trat an die Stelle der Konditorin eine dramatische Schauspielerin mit feuerrotem Haar, Margarita. Der Graf entflammte ernstlich für sie, ihre schmalen weißen Hände, ihr zartes Profil und ihre durchsichtigen grünen Augen brachten ihn fast um den Verstand, was in seiner Situation ein sträflicher Leichtsinn war. Immer öfter traf der Graf in der Wohnung an der Pretschistenka ungebetene Gäste an – verkannte Genies, Dichter, Maler, Schauspieler. Margarita ruhte in einem mit grünen Lilien verzierten schwarzen Überwurf malerisch ausgestreckt auf einer Chaiselongue, rauchte, rezitierte mit singendem Tonfall, die smaragdfarbenen Augen halb geschlossen, Verse der gerade in Mode gekommenen Symbolisten, während ihre Gäste es sich auf dem Fußboden bequem machten, süßen Likör und Wodka tranken.

Michail Paurier pflegte sein Geld, auch das in der eigenen Brieftasche, nicht ständig nachzuzählen, aber bei aller Zerstreutheit fiel es ihm doch irgendwann auf, daß nach jedem zärtlichen Beisammensein in seiner Brieftasche einige große Geldscheine weniger steckten.

Eines Tages fand er in der Toilette eine Schachtel mit einer Spritze und ein leeres Morphiumfläschchen.

Sich von der schönen Schauspielerin zu trennen erwies sich als nicht so einfach, sie wußte, wie sehr er ein Bekanntwerden seiner Liaison fürchtete, und er sah sich gezwungen, ihr Schweigen mit einer soliden Geldsumme zu belohnen.

Der Graf beschloß, in Zukunft vorsichtiger zu sein, und bevor die Französin Claire, eine Modistin, die Wohnung an der Pretschistenka bezog, setzte er alle Bedingungen ihrer heimlichen Liebe fest. Trotz ihrer erst achtzehn Jahre und ihrer rätselhaften schwarzen Augen war Claire eine sehr vernünftige und praktische junge Dame. Mit ihr konnte man sich über alles verständigen. Sie bevorzugte Geschenke in Geldform und legte sich ein Bankkonto zu, erfüllte aber auch ehrlich ihre eigenen Verpflichtungen. Der Graf fand, etwas Besseres werde er in der nächsten Zeit wohl kaum finden, die Ruhe und die garantierte Diskretion entschädigten ihn zum Teil für die fehlende Leidenschaft.

An einem düsteren Oktoberabend lag er einmal im Morgenrock auf der Chaiselongue des schmucken kleinen Salons an der Pretschistenka. Er rauchte seine Pfeife und blätterte träge in einem Gedichtbändchen von Balmont. Mademoiselle kämmte sich ihre kastanienbraunen Locken und erzählte dem Grafen fröhlich zwitschernd den Inhalt des neuesten Films mit Vera Cholodnaja. Da klingelte es an der Tür, Claire ging, immer noch weiterschwatzend, in die Diele.

»O merci! Wie schön!« hörte der Graf ihre freudig-erstaunte Stimme. »Einen Augenblick, bitte.«

Sie kam in den Salon geflattert, lief auf die Chaiselongue zu und gab dem Grafen einen Kuß auf die Wange.

»Mon cher, draußen steht der Bote aus dem Blumenladen

mit einem ganzen Korb weißer Chrysanthemen, meinen Lieblingsblumen. Man muß ihm ein Trinkgeld geben. Ach, mon ami, wie reizend von dir, du hast meinen Geburtstag nicht vergessen!«

Der Graf hörte zum ersten Mal etwas von Claires Geburtstag und hatte überhaupt keine Chrysanthemen bestellt, doch vorsichtshalber ließ er sich sein Erstaunen nicht anmerken. Sie küßte ihn noch einmal, diesmal auf den Mund, und in diesem Moment war ein leichtes Hüsteln zu hören.

»Was möchten Sie, mein Lieber?« Der Graf schob Claire ein wenig beiseite und erblickte in der Tür des Wohnzimmers einen breitschultrigen, grinsenden langen Lulatsch, den er sofort erkannte. Es war Andrjucha, der persönliche Chauffeur des Kaufmanns Tichon Boljakin.

»Haben Sie die Güte, sich anzuziehen, Euer Erlaucht. Tichon Tichonowitsch hat angeordnet, Sie zu ihm in sein Kontor zu bringen«, sagte der Chauffeur, ohne jemanden anzusehen. »Ich bitte um Verzeihung, Mademoiselle.« Er legte auf militärische Weise die Hand an die Mütze, drehte sich auf dem Absatz um und ging hinaus.

»Du wirst morgen deinen Abschied einreichen und nach Boljakino übersiedeln«, teilte ihm sein Schwiegervater mit, ohne ihn zu begrüßen oder ihm auch nur einen Platz anzubieten. »Ich will einen Erben, und solange du dich in Moskau mit irgendwelchen Mamsells amüsierst, werde ich nie ein Enkelkind zu Gesicht bekommen.«

»Erlauben Sie, mein Herr, was ist das für ein Ton?!« Der Graf brauste auf, besann sich dann aber, setzte sich in einen Sessel und zündete sich eine Papirossa an. »Ich bin bereit, mit Ihnen zu reden, aber nicht hier und nicht in diesem Ton«, fügte er etwas leiser hinzu.

»Wir werden hier und jetzt reden, in welchem Ton, bestimme ich, und du wirst die Güte haben, deine Papirossa wieder auszumachen. Ich vertrage keinen Rauch.« Er schob dem Grafen ein leeres marmornes Tintenfaß anstelle eines Aschenbechers zu. Der Graf drückte die Papirossa so heftig aus, daß sie zerkrümelte.

»So ist's recht, Erlaucht.« Der Kaufmann nickte. »Und jetzt habe bitte die Güte, aufmerksam anzuhören, was ich dir zu sagen habe. Ich habe die Schulden deines seligen Herrn Papa beglichen und halte dich satt und warm, nicht nur, weil meine Irina einen Narren an dir gefressen hat. Ich denke an die Zukunft, an die Erhaltung meines Geschlechts. Ich will, daß meine Enkel und Urenkel Grafen und Exzellenzen sind!« Die letzten Worte stieß er sehr laut hervor, wurde dabei ganz rot und schlug mit der Faust auf den Tisch.

»Ich bin ein russischer Adliger, mein Herr«, erwiderte der Graf mit ruhiger Würde, »ich erlaube Ihnen nicht ...«

»Bitte untertänigst um Vergebung!« unterbrach ihn der Kaufmann und verbeugte sich ironisch. »Wir sind nicht stolz. Wir können uns von Euer Erlaucht auch scheiden lassen. Kehren Sie zu Ihrer Mamsell zurück, nur wird sie aus ihrer Wohnung ausziehen müssen, weil ich nicht die Absicht habe, mit meinem Geld für Euer Hochwohlgeboren Hurerei zu zahlen. Und das Haus an der Neglinnaja werden Sie auch räumen müssen, mein Herr.«

»Erlauben Sie, aber das ist mein Haus ...«, sagte der Graf kaum hörbar.

»Es war Ihr Haus. Jetzt ist es auf den Namen Ihrer Gattin überschrieben, was Ihnen sehr gut bekannt ist. Und wenn du denkst, du könntest von deinem Gehalt leben, dann vergiß nicht, du schuldest mir noch vierhunderttausend Rubel. Tja«, der Kaufmann breitete die Arme aus, »was soll man machen, Euer Erlaucht, ich bin Kaufmann und verpflichtet, alles im voraus zu berechnen.«

»Wieso denn vierhunderttausend?« empörte sich der Graf. »Die Schulden meines Vaters betrugen doch nur dreihundertzwanzigtausend!«

»Achtzigtausend hast du bereits für dich selbst verbraucht, für Reisen ins Ausland, für Schauspielerinnen, Mamsells und ähnliche Streiche.«

»Aber erlauben Sie, ins Ausland bin ich zusammen mit Irina gefahren«, rief der Graf empört und verging fast vor Scham und Ärger, mehr über sich selbst als über den Kaufmann.

»Die Idee kam von dir. Irina ist eine Stubenhockerin, darin schlägt sie nach mir. Es hat ihr dort auch gar nicht gefallen. In Italien war es zu heiß, in England zu kalt, in Paris zu staubig, und überall gab es Kokotten.«

»Also wirklich ...« Der Graf seufzte und begann im Geiste fieberhaft nachzurechnen, wieviel Geld er denn in diesen Jahren wohl wirklich durchgebracht hatte, aber diese Aufgabe überstieg seine Kräfte.

»Du kannst jetzt gehen. Denk bis morgen darüber nach«, sagte Boljakin.

Der Graf ging schweigend zur Tür und hatte sie schon geöffnet, um das prunkvolle Kaufmannskontor möglichst schnell zu verlassen, da hielt der Schwiegervater ihn auf: »Warte. Mach die Tür zu.«

Der Graf schloß gehorsam die Tür und kehrte zum Schreibtisch zurück.

»Wenn du hoffst, die Diamantbrosche zu verkaufen und damit deine Lage zu verbessern, so schlag dir das aus dem Kopf«, raunte Tichon Boljakin ihm ins Ohr. »Ich wünsche, daß dieses Schmuckstück an meine Enkel fällt. Du brauchst keine Angst zu haben, Irina weiß nichts, niemand weiß etwas davon, außer mir. Ein schönes Stück, sehr wertvoll, ich werde es nicht anrühren, soll es bleiben, wo es ist. Ich rate dir, es etwas besser zu verstecken, aber ich gestatte dir nicht, es zu verkaufen. Solche Dinge müssen in der Familie bleiben. So, Michail, jetzt geh und denke gut darüber nach, wer du bist: Graf Paurier, ein rechtschaffener Familienvater, oder ein Sträfling mit einer Nummer im Schuldgefängnis. Eine dritte Möglichkeit gibt es nicht, Euer Erlaucht.« Er zwinkerte ihm mitfühlend zu, steckte sich den Kneifer auf die fleischige Nase und vertiefte sich in die Lektüre seiner Papiere.

In der Nacht versuchte der Graf sich zu erschießen, aber die Pistole versagte. Am nächsten Morgen reichte er sein Entlassungsgesuch ein, und eine Woche später zog er zu seiner Frau nach Boljakino.

Kapitel 21

Artjom Butejko hatte in seinem kurzen Leben wahrhaftig eine Menge Gift verspritzt. Borodin hörte sich die Kassetten mit den Interviews an und war entgeistert über die Taktlosigkeit der Fragen. Vor allem aber begriff er überhaupt nicht, wen das alles interessierte.

»Den ersten Orgasmus in Ihrem Leben haben Sie also im Kindergarten gehabt?« tönte Butejkos monotone hohe Stimme vom Band.

»Ja. Die Kinderfrau wischte den Boden, es war gerade Mittagsruhe, direkt vor mir sah ich ihren gewaltigen Hintern, der von dem dünnen Kittel straff umspannt wurde«, hörte man die Stimme eines bekannten Popsängers antworten.

Borodins Mutter steckte den Kopf ins Zimmer.

»Komm essen, Junge!«

»Sofort, Mama«, sagte Borodin und lauschte weiter.

»Hat dein erster Geschlechtsakt einen wesentlichen Einfluß auf deine Persönlichkeit gehabt?« fragte Butejko auf dem Band mit lauter Stimme.

»Ja, weil es nämlich nicht geklappt hat. Ich war so aufgeregt, daß ich schon fertig war, noch bevor ich die Hose ausgezogen hatte. Ich war zwölf, und sie war dreiundzwanzig«, erwiderte der Sänger.

Borodin schaltete das Band ab.

»Wenn das wieder so ein perverser Mörder ist, dann iß lieber zuerst, und hör dir danach die Aufzeichnung des Verhörs an«, sagte seine Mutter ärgerlich, »sonst hast du wieder keinen Appetit. Ich habe Hähnchenschnitzel gebraten, geh und wasch dir die Hände.«

Lidija Borodina war dreiundsiebzig. Ihr ganzes Leben hatte sie als Kunsthistorikerin im Puschkin-Museum gearbeitet, ihr Spezialgebiet war die russische Porträtmalerei vom Ende des neunzehnten und Anfang des zwanzigsten Jahrhunderts. Sie war schon seit fünf Jahren pensioniert, aber noch immer saß sie ständig in den Archiven des Museums, beschäftigte sich mit wissenschaftlichen Forschungsarbeiten, schrieb Bücher. Außerdem wandten sich häufig Sammler an sie, um sich von ihr beraten zu lassen, neue Russen, die ihr Geld in Kunstwerken anlegen wollten, aber auch die Ermittler der Moskauer Miliz und die Zollbeamten, kurz gesagt jeder, der die Meinung eines Fachmanns zum Thema Porträtmalerei brauchte. Dabei beklagte sie sich gern über ihre schwache Gesundheit, und auf die Frage »Wie fühlen Sie sich?« antwortete sie regelmäßig: »Ach, fragen Sie besser nicht. Schrecklich. Gestern habe ich es nur mit Müh und Not bis zum Konservatorium geschafft, dort trat Kissin auf und spielte Skrjabin. Aber was sollte ich machen – so etwas darf man sich doch nicht entgehen lassen!«

»Hast du wieder einen Sexualmörder, Iljuscha?« fragte

Lidija Borodina neugierig, als ihr Sohn sich an den Tisch setzte.

»Nein. Diesmal ist es der Mord an einem Journalisten.«

»Ah, dann verstehe ich, warum auf dem Band all diese medizinischen Offenbarungen zu hören sind. Heute ist es ja Mode, in aller Öffentlichkeit die intimsten Dinge auszubreiten. Wie viele Schnitzel willst du haben?«

»Drei. Sie sind ja ziemlich klein.«

»Wie heißt er?«

»Artjom Butejko.«

»Höre ich zum ersten Mal.«

»Die Schnitzel sind hervorragend. Sag mal, wo ist der Pfeffer geblieben?«

»Du brauchst keinen Pfeffer, mein Junge. Von dem scharfen Zeug kriegst du nur Sodbrennen. Wahrscheinlich hat man deinen Journalisten umgebracht, weil er seine Nase zu tief in anderer Leute Intimleben gesteckt hat.«

»Mama, die Leute, denen er seine taktlosen Fragen gestellt hat, hätten das Gespräch mit ihm ja ablehnen können.«

»Dann erst recht! Die eigene Dummheit zu akzeptieren fällt den Menschen viel schwerer, als fremde Taktlosigkeit und sogar fremde Grausamkeit zu ertragen.«

»Also, jetzt übertreibst du aber, Mama«, brummte Borodin, stand auf und schaute in die Anrichte.

»Wenn du den Pfeffer suchst, den habe ich weggeworfen. Ich übertreibe gar nicht. Denk doch an den Fall mit dem angeblichen Filmregisseur, den du vor vier Jahren hattest. Denk an Warja Bogdanowa, das Mädchen, das der Miliz geholfen hat, ihn zu finden, das dann im Prozeß aufgetreten ist und anschließend versucht hat, sich umzubringen.« Lidija Borodina seufzte. »Wir haben sie doch zusammen im Krankenhaus besucht. Sie hat gesagt, das schlimmste für sie sei nicht die Gewalt gewesen, nicht die Gemeinheiten, die sie erdulden mußte. Am meisten habe sie darunter gelitten, daß sie freiwillig mitgegangen sei, daß sie einverstanden war, zu diesem Perversen in die Wohnung zu gehen und sich sogar auszuziehen. Das hätte sie sich nicht verzeihen können und sich deshalb in die Moskwa gestürzt. So hat sie sich geschämt. Die Scham, Iljuscha, ist eins der stärksten menschlichen Gefühle.«

»Ich sehe keinen Zusammenhang«, murmelte Borodin, »was hat das mit dem Mord an dem Journalisten zu tun?«

»Das ist doch ganz einfach. Einer von den einflußreichen prominenten Leuten konnte sich nicht verzeihen, daß er sich von deinem Journalisten in so ein obszönes Gespräch hat ziehen lassen. Im Unterschied zu Warja hat er nicht versucht, sich selber umzubringen, sondern hat den Journalisten ermordet, weil der Journalist für ihn die lebendige Erinnerung an seinen peinlichen Ausrutscher war. Du hast ja den Kohl noch gar nicht probiert, mein Junge, er ist mir diesmal wirklich gut gelungen.«

Borodin nickte und kaute nachdenklich auf dem Sauerkohl mit Moosbeeren, schmeckte aber fast gar nichts.

Mama übertreibt wie immer und kompliziert den Fall. Was für einen Zusammenhang soll es zwischen Rafik Tenajan und dem Journalisten geben, dachte er.

Übrigens war Rafik für die Presse eine Zeitlang ein richtiger Held gewesen, die Journalisten rissen sich darum, ihn zu fotografieren und zu interviewen. Gut möglich, daß darunter auch Butejko gewesen war.

Borodin hielt zwar einen Zusammenhang für ausgeschlossen, dennoch stand ihm dieser vier Jahre alte Fall wieder deutlich vor Augen. Rafik Tenajan, ein Armenier aus Moskau, ausgebildeter Filmregisseur, sprach auf der Straße hübsche minderjährige Mädchen an, versprach ihnen Filmaufnahmen, zeigte ihnen sogar einen Mitgliedsausweis des

Verbandes der Filmschaffenden, lud sie zu ersten Probeaufnahmen in seine Wohnung ein, betäubte sie mit einem Schlafmittel und vergewaltigte sie. Eins seiner letzten Opfer, die siebzehnjährige Warja Bogdanowa, blieb wie durch ein Wunder am Leben und führte die Ermittler direkt zu der Wohnung des Verbrechers.

Insgesamt dreizehn Mädchen waren ihm zum Opfer gefallen. Zwei starben an einer Überdosis des Schlafmittels. Eins wurde wahnsinnig. Warja war, ohne zu zögern, bereit, in der Gerichtsverhandlung aufzutreten, zeigte sich erstaunlich kaltblütig und tapfer, vergoß nicht eine Träne und verlor kein einziges Mal die Beherrschung. Eigentlich war es nur diesem Mädchen zu verdanken, daß Tenajan verhaftet und seine Schuld in allen Punkten bewiesen wurde.

Zwei Tage nach der Urteilsverkündung war Warja ins Wasser gesprungen. Gott sei Dank hielt in der Nähe gerade ein Streifenwagen der Miliz. Der junge Milizhauptmann rettete dem Mädchen das Leben.

»Ilja, hörst du mir zu? Oder tust du bloß so?« Lidija Borodina schaute ihren Sohn streng über die Brillengläser an. »Du sagst ›Ich sehe keinen Zusammenhang‹. Dabei war aber doch der letzte Auslöser für Warjas Selbstmordversuch die Begegnung mit einem Kollegen deiner jetzigen Leiche.«

»Was? Ich verstehe nicht, Mama ...«

»Was ist daran nicht zu verstehen? Weißt du nicht mehr, wie begeistert sich die Presse auf diesen schmutzigen Fall gestürzt hat? Der wahnsinnige Verbrecher wurde ein richtiger Held, man hat mehrere Fernsehbeiträge über ihn gedreht, dann noch eine Dokumentation, und zahllose Artikel sind in Zeitungen und Zeitschriften erschienen. Warum interessieren sich die Leute nur für solche Widerwärtigkeiten?«

»Du übertreibst, Mama«, widersprach Borodin schwach.

»Natürlich, krankhafte Grausamkeit weckt immer gesteigerte Neugier, aber doch längst nicht bei allen, nur bei Leuten, deren geistiges Niveau sehr niedrig ist.«

»Ach, Junge, wenn im Fernsehen weiterhin jeden Tag Talkshows laufen, in denen über Masturbation, Prostitution, Erektion und dergleichen diskutiert wird, dann sind die Menschen bald endgültig verrückt. Über einen Massenmörder wie Tschikatilo schreibt man heutzutage mehr als über Fjodor Dostojewski.«

»Mama, du hast eben davon gesprochen, daß der letzte Auslöser für Warjas Selbstmordversuch die Begegnung mit einem Journalisten war«, erinnerte Borodin sie vorsichtig, »erklär mir das doch bitte mal genauer, das interessiert mich.«

»Vor vier Jahren hat so ein Dreckskerl das unglückliche Mädchen mit einer Fernsehkamera verfolgt, um aus ihr pikante Details der tragischen Ereignisse herauszuquetschen. Übrigens hat er sie auch später nicht in Ruhe gelassen, ist sogar ins Krankenhaus eingedrungen und wollte sie dauernd interviewen.«

»Davon hast du mir gar nichts erzählt.«

»Alles habe ich dir erzählt, aber du behältst ja wie Sherlock Holmes nur das, was dir für deine Arbeit wichtig erscheint. Du sparst Platz, so als wäre dein Kopf eine Art Bücherschrank.«

»Sherlock Holmes hat das Gedächtnis mit einem Dachboden verglichen, nicht mit einem Bücherschrank.«

»Das ist doch egal. Manchmal kann das, was dir heute unbedeutend vorkommt, morgen ein unentbehrliches Glied in der Beweiskette sein. Aber darum geht es jetzt nicht. Du wirst kalt und herzlos, Iljuscha. Nicht nur die Ereignisse, auch die Menschen sortierst du schon nach dem Grad ihrer Wichtigkeit für deine jeweilige Ermittlung.«

»Trotzdem, Mama, von diesem Kerl mit der Fernsehkamera, der Warja Bogdanowa verfolgt hat, hast du mir nichts erzählt«, sagte Borodin.

»Doch, das habe ich. Nur hattest du damals noch keinen Fall, in dem ein Skandalreporter ermordet wurde.«

Kapitel 22

»Was ist passiert, Herr Krassawtschenko? Sie wollten doch abfliegen«, sagte Lisa auf englisch und maß ihn mit einem kalten, gleichgültigen Blick.

»Wie geht es Ihnen?« fragte er ebenfalls auf englisch und setzte sich, ohne eine Einladung abzuwarten, an ihren Tisch. »Ich habe mir ernstlich Sorgen um Sie gemacht, Sie sahen gestern sehr schlecht aus, waren so blaß und zerstreut. Meinen Sie nicht auch«, wandte er sich mit vertraulichem Lächeln an die Amerikanerin, »daß russische Frauen viel zuviel arbeiten und viel zu selten an Erholung denken?«

»Sie haben vermutlich recht«, erwiderte Carrie mit einem kühlen Kopfnicken und stand auf. »Die Pause ist in fünf Minuten zu Ende. Ich warte im Konferenzsaal auf Sie, Lisa.« Sie schaute sie mit einem vielsagenden Blick an und ließ die beiden dann allein.

»Ich habe bei der hiesigen Polizei Anzeige erstattet«, sagte Lisa leise auf russisch, »man hat mir bereits Blut abgenommen, und in wenigen Stunden wird man wissen, welche Substanz Sie in den Wein getan haben.«

In seinen Augen war nicht der Schatten eines Erschrekkens zu sehen. Er blickte sie mit kalter Neugier an, so wie man eine Maus im Labor betrachtet.

»Bluffen Sie nicht, das ist ganz und gar nicht in Ihrem Interesse. Sie haben sich nicht an die Polizei gewandt und werden es auch nicht tun. Es gibt gar nichts, was Sie anzeigen könnten. Außerdem fliegen Sie schon in zwei Tagen nach Hause. Ihre Arbeit wartet auf Sie, Ihre Familie und noch jemand, nach dem Sie schon große Sehnsucht haben. Und bei der Polizei sitzen hier, wie überall, lauter Bürokraten. Angenommen – was ziemlich unwahrscheinlich ist –, Ihre Anzeige wird bearbeitet. Dann beginnt eine langwierige Untersuchung, man wird Sie in Kanada festhalten, noch dazu auf Ihre Kosten. Das ist teuer, lästig und vor allem völlig nutzlos. Es gibt keinerlei Hinweise auf ein Verbrechen. Sie sind am Leben, gesund, sehen hervorragend aus, und gestohlen hat man Ihnen auch nichts.«

»Sie haben mir irgendeine Psychodroge in den Wein geschüttet.«

»Mein Gott, Jelisaweta Pawlowna«, sagte Krassawtschenko lachend, »für wen halten Sie mich?«

Lisa wußte nicht, was sie erwidern sollte. Aber sie brauchte auch nicht mehr zu antworten. Die Teilnehmer der Konferenz wurden bereits zum dritten Mal gebeten, in den Sitzungssaal zurückzukehren. Die Pause war zu Ende. An ihrem Tisch tauchte wie aus dem Boden gewachsen die mächtige Gestalt des norwegischen Professors Hans Hansen auf, er faßte Lisa unter den Arm.

»Wir werden uns verspäten, meine Lady.«

Am Eingang zum Saal holte Krassawtschenko sie ein.

»Sie sind wirklich erstaunlich zerstreut, Jelisaweta Pawlowna. Sie verlieren und vergessen alles.« Er verdrehte theatralisch die Augen und verkündete laut auf englisch: »Da sieht man, was die Liebe aus einer Frau macht!«

»Verschwinden Sie«, zischte Lisa auf russisch.

»Jelisaweta Pawlowna, seien Sie vorsichtig mit dem, was Sie sagen«, erwiderte er leise. »Hier, nehmen Sie, Sie haben Ihre Konferenzunterlagen auf dem Tisch liegenlassen.

Nach der Sitzung erwarte ich Sie an der Bar im elften Stock.«

»Da können Sie lange warten.«

»Das glaube ich nicht. Sie werden sofort kommen. Angerannt werden Sie kommen.« Er lächelte ihr schmelzend zu und verschwand in der Menge.

Im Saal suchte Lisa nach Carrie. Die Amerikanerin blätterte in ihren Unterlagen, markierte einzelne Absätze mit farbigem Stift, schrieb Frage- und Ausrufezeichen an den Rand.

»Carrie, wir waren noch nicht zu Ende«, flüsterte Lisa ihr zu, als sie sich neben sie setzte. »Woher kennen Sie diesen Mann? Wer ist er?«

»Ein Gauner«, antwortete die Amerikanerin ebenfalls im Flüsterton, ohne den Blick zu heben. »Die ganze Zeit schwänzelt er um Sie herum, Lisa. In der Liste der Mitglieder der russischen Delegation ist sein Name nicht verzeichnet. Kein einziger von den Repräsentanten des russischen Außenministeriums, die hier auf der Konferenz anwesend sind, kennt ihn. Er wohnt als Privatperson im Hotel. Vielleicht arbeitet er ja tatsächlich beim Ministerium, aber wo und als was, ist nicht bekannt. Ich glaube, er ist ein Geheimagent des KGB.«

»Haben Sie etwa Nachforschungen über ihn angestellt und sich bei unseren Diplomaten und bei der Hotelverwaltung über ihn erkundigt?« fragte Lisa verwundert.

»Ja.«

»Wieso?«

»Er gefiel mir nicht. Ein zu glatter Typ. 1980 war ich in der Sowjetunion, auf der Olympiade. Vor der Fahrt haben wir eine spezielle Unterweisung bekommen, man hat uns beigebracht, woran man einen KGB-Agenten erkennt.«

»Aber seitdem sind zwanzig Jahre vergangen, Carrie.«

»Ja, natürlich. Den KGB gibt es in Rußland nicht mehr,

obwohl ein Namenswechsel nicht viel bedeutet. Seien Sie ihm gegenüber vorsichtig, Lisa.«

Auf die Rednertribüne stieg ein buddhistischer Mönch mit geschorenem Kopf, in einem roten Gewand, das eine Schulter frei ließ. Er sprach mongolisch, und alle setzten ihre Kopfhörer auf, um der Synchronübersetzung zu lauschen. Carrie schaltete den Ton im Kopfhörer aus und vertiefte sich in die Lektüre ihrer Papiere. Lisa folgte ihrem Beispiel, nahm die Blätter aus der Plastikmappe und spürte im selben Moment einen heftigen Anfall von Übelkeit, so intensiv, daß sie reflexhaft die Hand vor den Mund preßte.

Zwischen den Seiten lagen mehrere Polaroidfotos. Pornographische Bilder. Sie schaute nicht länger als eine Sekunde auf die Aufnahmen und bedeckte sie sofort mit den Papieren. Aber diese Sekunde genügte, um die handelnden Personen zu erkennen. Krassawtschenko und sie. Sie und Krassawtschenko.

»Ich habe schon mit vielen Zeitungsleuten gearbeitet, und beim Fernsehen bin ich seit fünfzehn Jahren. Wenn es keine Arbeit als Kameramann gibt, verdiene ich mir bei den Zeitungen was dazu. Ja, also Artjom Butejko war einer von der besonders heimtückischen Sorte, obwohl man über Tote ja nichts Schlechtes sagen soll. Aber wenn Sie meine Meinung wissen wollen, er ist zu weit gegangen. Viele haben ihn gewarnt.«

Der Kameramann Jegor Labuch war derart redselig, daß sogar der geduldige und wißbegierige Borodin langsam müde wurde.

»Sagen Sie, Jegor, wer genau hat ihn gewarnt und wovor?« schaltete er sich in den Monolog seines Gesprächspartners ein, im Bemühen, die Unterhaltung in sinnvollere Bahnen zu lenken.

»Sie müssen schon entschuldigen, aber Namen werde ich keine nennen«, antwortete Labuch mit schiefem Grinsen, »es geht hier immerhin um einen Mord, und wenn ich irgendeinen Namen sage, bringe ich womöglich einen Unschuldigen in Verdacht. Da kommen ja mindestens hundert Leute zusammen, und durchweg alle sind prominente, einflußreiche Persönlichkeiten mit weitreichenden Möglichkeiten.«

»Also nicht weniger als hundert Leute könnten Ihrer Meinung nach ein Motiv für den Mord an Butejko gehabt haben?« fragte Borodin vorsichtig nach.

»Nun, vielleicht habe ich etwas übertrieben, aber im Prinzip hat jeder seiner Gäste in der Talkshow wenigstens für einen Moment lang diesen Wunsch gehegt. Und wenn man bedenkt, daß er auch jede Menge Schulden hatte, dann kann man Sie als Untersuchungsführer nur bemitleiden.«

»Hat er sich bei Ihnen persönlich mal Geld geliehen?«

»Zweimal. Allerdings hat er mir alles zurückgegeben. Schulden hat er eigentlich immer auf Heller und Pfennig zurückgezahlt, zumindest seinen Kollegen. Aber was die Leute betrifft, hinter denen er als Reporter her war, da könnte ich Ihnen ganz andere Geschichten erzählen. Die hat er verfolgt, abgehört, ausspioniert. Ganze Familien sind so zerstört worden.«

»Ist denn nie jemand gerichtlich gegen ihn vorgegangen?« fragte Borodin.

»Kann ein normaler Mensch öffentlich zugeben, daß er diese Tratschgeschichten ernst nimmt? Die einen wollten sich nicht die Finger schmutzig machen, Zeit und Nerven vergeuden, die anderen begriffen, daß es genau das war, was Butejko bezweckte, denn ein Skandal war für ihn die beste Werbung. Wozu für eine solche Laus auch noch Reklame machen? Ach, entschuldigen Sie, ich rede schlecht von einem Toten. Aber urteilen Sie selbst, er hat niemanden geschont, wirklich niemanden, und für seine Hetzjagd hat er sich ganz normale, anständige Leute ausgesucht, die eine derartige Publicity, mit Verlaub gesagt, ums Verrecken nicht brauchen konnten. Zum Beispiel war eine sehr bekannte und beliebte Fernsehmoderatorin darunter, ihren Namen will ich nicht nennen. Artjom war hinter ihr her wie der Teufel hinter der armen Seele. Er hat herausgefunden, daß ihre Mutter Alkoholikerin ist. Ich bin nicht mit ihm gefahren, aber ein anderer Kameramann hat sich dazu bereit gefunden. Sie haben die alte Frau im Vollrausch fotografiert. Und das kam natürlich sofort ins Fernsehen, als Sonderbericht in Butejkos Nachtsendung: das verlebte Gesicht, die verdreckte Wohnung und dazwischen Bilder von der Fernsehmoderatorin, damit die Zuschauer keine Sekunde lang vergaßen, wessen Mutter das war.«

»Wann war das?«

»Erst vor knapp einem Monat.«

»Und wie hat die Moderatorin reagiert?«

»Ehrlich gesagt, das weiß ich nicht. Gerüchteweise habe ich gehört, sie hätte ihm im Foyer von Ostankino eine runtergehauen und sich vorher erst noch Handschuhe angezogen. Er soll zurückgeschlagen haben, und beinahe hätten sie sich richtig geprügelt. Aber wahrscheinlich hat Artjom dieses Gerücht selber in Umlauf gesetzt. Das ist genau sein Stil.«

Borodin hatte sofort begriffen, daß die Rede von der Beljajewa war.

Zu Hause entdeckte Borodin, daß auf allen Audiokassetten, die mit der Aufschrift »Beljajewa« versehen waren, die Stimme Butejkos fehlte. Die Fragen an Jelisaweta Beljajewa wurden in honigsüßem Ton von irgendwelchen jungen Mädchen gestellt.

»Jelisaweta Pawlowna, was würden Sie tun, wenn Sie erfahren, daß Ihr Mann Sie betrügt?«

»Haben Sie die Absicht, sich Ihre Jugend mit Hilfe von Schönheitschirurgen zu erhalten?«

Nein, derartige Fragen kamen nicht sofort. Das Gespräch begann durchaus wohlwollend, die Mädchen versicherten am Anfang der Unterhaltung, wie entzückt sie von Jelisaweta Beljajewas Charme und Schönheit seien, stellten harmlose Fragen und schossen erst dann ihre Giftpfeile ab.

»Sagen Sie, warum leben Sie seit zwanzig Jahren mit demselben Mann zusammen, haben sich sonst keine Interessenten gefunden?«

Auf einem Zettel in einer der Kassettenhüllen entdeckte Borodin eine Bleistiftnotiz in winzigen Buchstaben: Hundert Prozent, 20.03.98. Er rief Kossizki an und bat ihn herauszufinden, was das bedeute. Der Hauptmann erklärte sofort, daß so eine Boulevardzeitung heiße.

»Besorg die Nummer vom zwanzigsten März letzten Jahres und bring in Erfahrung, wer das Interview mit Jelisaweta Beljajewa geführt hat.«

»Mit wem? Mit der Beljajewa?« Kossizki stieß einen Pfiff aus. »Haben wir etwa eine neue Verdächtige?«

»Warum fragst du?«

»Weil das ganze Fernsehen von dem reizenden Pärchen weiß. Die Beljajewa und Butejko sind erbitterte Feinde, sie hassen einander. Es gab eine skandalöse Talkshow, nach der Butejko aus dem Jugendsender rausflog, lange Zeit nicht auf dem Bildschirm erschien und nur noch für Presse und Rundfunk arbeitete. Die einen sagen, die Beljajewa habe ihn in dieser Show bloßgestellt, es war eine Live-Sendung. Die anderen meinen, ihr Auftritt sei nur der Anlaß für die Leitung des Senders gewesen, um Butejko loszuwerden.«

»Sehr interessant. Bring das alles genauer in Erfahrung.

Und versuch herauszufinden, wer das Interview mit ihr für die ›Hundert Prozent‹ gemacht hat, so rasch wie möglich.«

»Für alle Fälle teile ich dir mit, daß die Beljajewa sich jetzt in Montreal auf einer internationalen Konferenz für Menschenrechte befindet. Abgeflogen ist sie einen Tag vor dem Mord, am Samstag kommt sie zurück«, sagte Kossizki.

Borodin legte auf und schaltete den Videorecorder ein. Fast augenblicklich wurde ihm klar, daß er eine Aufzeichnung ebenjener Talkshow sah, die Butejko zum Verhängnis geworden war.

Mitten in einem runden Studio saß ein junger Bursche in schwarzen Jeans und einem schwarzen Pullover. Sein Gesicht war hinter einer Maske verborgen.

»Ich hatte eine schwierige Phase in meinem Leben«, sagte er mit dumpfer, brüchiger Stimme, »ich wollte mich umbringen. Mehrere Male habe ich es versucht, aber es hat nicht geklappt. Ich konnte nicht ... Verzeihen Sie, es fällt mir schwer, darüber zu sprechen.«

»Haben Sie keine Angst«, ermunterte ihn der Moderator Butejko, »erzählen Sie, dann wird Ihnen leichter werden. Und vielleicht können wir Ihnen ja helfen und versuchen, gemeinsam Ihre Probleme zu lösen. Deswegen sind wir hier zusammengekommen, um einander in Schwierigkeiten und Kummer beizustehen, um Menschen, denen es schlecht geht, zu unterstützen.«

»Danke. Ich will es versuchen.«

Die Kamera schwenkte in den Raum. Angespannte Gesichter, in den Augen Mitgefühl.

»Ich habe mich in ein Mädchen verliebt, aber sie hat mich verlassen, hat sich für einen anderen entschieden. Ich wollte nicht mehr leben, habe auf verschiedene Weise versucht, mich umzubringen, habe aber eingesehen, daß ich es allein nicht schaffe. Ich hatte einen alten Bekannten, wir sind zusammen in die Schule gegangen. Ich wußte, daß er Verbindungen zur Unterwelt hat. Ich habe ihn angerufen und ihm gesagt, ich brauchte einen Auftragskiller.«

Einige ältere Frauen hatten Tränen in den Augen, eine begann sogar vor allen Leuten zu schluchzen und schneuzte sich in ihr Taschentuch. Die Kamera verweilte ein paar Sekunden lang auf ihrem Gesicht.

»Das heißt, Sie haben einen Killer für sich selber bestellt?« fragte der Moderator mitfühlend.

»Ja«, ertönte es dumpf unter der Maske. »Ich habe ihm mitgeteilt, daß der Mann, den ich umbringen lassen wollte, sich zu der und der Zeit an dem und dem Ort aufhalten würde, und bin dann dorthin gegangen.«

»Was geschah weiter?«

»Ich habe sie gesehen, bekam aber Angst und bin instinktiv weggerannt. Und jetzt verstecke ich mich schon ein Jahr lang vor ihnen. Jeden Tag kann ich ermordet werden. Man beobachtet mich. Man verfolgt mich. Doch inzwischen habe ich begriffen, was Leben bedeutet. Ich will leben, aber ich weiß, man wird mich umbringen, früher oder später.«

»Du Ärmster, das ist ja furchtbar!« schluchzte eine Oma in das ihr vor die Nase gehaltene Mikrofon. »Du bist doch noch so jung! Genossen, man muß etwas tun, man muß dem Jungen helfen.«

»Haben Sie denn nicht versucht, den Auftrag rückgängig zu machen?« wollte ein solide aussehender Mann mit Schnurrbart wissen.

»Zwecklos.« Der unglückliche Talkshow-Gast schüttelte seinen maskierten Kopf. »Die Maschinerie ist in Gang gesetzt. Ich werde gejagt wie ein Tier. Jetzt bin ich hier, aber ich weiß nicht, was mir passieren wird, wenn ich das Fernsehstudio verlasse.«

Das Publikum im Saal hatte ehrliches Mitleid mit dem

maskierten jungen Burschen. Man schlug ihm Leibwächter vor, fragte, ob man ihm materiell unter die Arme greifen solle, da er ja keine Arbeit finden könne, wenn er sich vor den Killern verbergen müsse. Ein hellblondes, blauäugiges Mädchen von etwa fünfzehn Jahren bot ihm mit piepsigem Stimmchen an, er könne sich bei ihr zu Hause verstecken.

»Danke, danke«, wiederholte Butejko als Antwort auf jedes Angebot. Der Held selber schwieg, offenbar hatte es ihm vor lauter Aufregung und Dankbarkeit die Sprache verschlagen.

»Und da behauptet man, unsere Menschen wären hart und herzlos geworden!« rief der Moderator aus. »Ich danke dem Saalpublikum. Hören wir, was unsere Experten dazu sagen.« Er ging auf eine Gruppe von Leuten zu, die getrennt von den anderen saßen.

Zwei Männer, dem Aussehen nach neureiche Geschäftsleute, zwischen ihnen Jelisaweta Beljajewa. Die Männer waren Vertreter der Sponsorenfirma. Die Beljajewa wurde vom Saalpublikum mit lautem Beifall begrüßt. Sie griff als erste zum Mikrofon.

»Bevor ich mich zur Sache äußere, möchte ich unserem Gast ein paar Fragen stellen. Wie haben Sie sich bei Ihrem alten Bekannten gemeldet? Haben Sie sich mit Ihrem eigenen Namen vorgestellt?«

»Ja, natürlich.«

»Wenn ich Sie richtig verstanden habe, sind Sie mit dem Mittelsmann, der Ihren Auftrag und das Geld dafür entgegengenommen hat, zusammen zur Schule gegangen, er kennt Sie also gut?«

»Ja.«

»Wie haben Sie ihm dann den vorgestellt, der umgebracht werden sollte? Wessen Fotografie haben Sie dem Mittelsmann gegeben? Was für eine Adresse, was für eine Telefonnummer, welchen Namen haben Sie genannt?«

Durch den Saal ging Gemurmel. Butejko riß der Beljajewa kurz entschlossen das Mikrofon aus der Hand.

»Jelisaweta Pawlowna, das ist kein Verhör, und wir sind hier nicht vor Gericht. Das ist nur ein Thema für ein Gespräch. Wir stellen ein Problem zur Debatte, ein sehr ernstes und hochaktuelles, wir versuchen alle gemeinsam, es zu lösen, Hilfe zu bieten, und Sie fallen über diesen Menschen her, der in eine so schreckliche Situation geraten ist. Fahren wir fort. Was möchten Sie dazu sagen?« Er reichte das Mikrofon einem der Männer.

»Ich möchte gar nichts dazu sagen«, knurrte der finster, »ich habe nicht die Angewohnheit, andere zu unterbrechen. Frau Beljajewa war noch nicht zu Ende.« Er übergab das Mikrofon an Jelisaweta Beljajewa.

»Eigentlich war ich fast zu Ende.« Sie lächelte freundlich. »Nur noch eine Frage. Im Verlaufe dieses ganzen Jahres, das Sie schon gejagt werden, hat der Mittelsmann nicht herausbekommen, daß Sie das sind?«

»Nein. Wenn ich mein Geheimnis aufdecke, wird man mich sofort umbringen. Ich sagte ja, ich kann nicht sicher sein, was morgen passiert. Verstehen Sie, das Geld ist bezahlt, die Maschinerie ist in Gang gesetzt, es sind Profis am Werk, und früher oder später wird der Auftrag ausgeführt werden. Sie kennen einfach die Gesetze der kriminellen Welt nicht.« Der Junge war sehr nervös, er sprach schnell und erregt, seine Stimme, seine Intonation, seine Gestalt kam Borodin plötzlich irgendwie bekannt vor.

»Ja, wahrscheinlich kenne ich diese Gesetze nicht«, stimmte die Beljajewa ihm zu. »Auf jeden Fall höre ich zum ersten Mal von professionellen Killern, die einen Auftrag annehmen, aber nach einem Jahr immer noch nicht begriffen haben, wen sie umbringen sollen.« Sie lächelte und gab das Mikrofon an Butejko zurück.

Im Saal rumorte und lachte man, viele trampelten mit den Füßen und klatschten in die Hände. Die älteren Frauen, die eben noch Tränen vergossen hatten, tuschelten jetzt empört miteinander und schüttelten die Köpfe. Das Mädchen in der letzten Reihe, das sich erboten hatte, den Pechvogel bei sich zu Hause aufzunehmen, steckte vier Finger in den Mund und pfiff gellend.

»Einen Moment, meine Herrschaften«, sagte Butejko und räusperte sich, »wir haben soeben die Meinung unserer geschätzten Jelisaweta Beljajewa gehört. Aber das ist nur ihre persönliche Meinung. Setzen wir die Diskussion fort, es ist ja erst eine Expertin aufgetreten, jetzt wollen wir einen Vertreter unserer großzügigen Sponsoren befragen. Darf ich um Applaus für unseren Gast, den stellvertretenden Direktor der Bank ›Hoffnung‹, bitten.«

Aber statt Beifall zu klatschen, trampelte und pfiff man weiter. Der Repräsentant der Bank schüttelte finster den Kopf und schob das ihm hingestreckte Mikrofon beiseite.

Einige Minuten lang versuchte Butejko noch, die Sendung zu retten, stammelte hilflose, hochtrabende Phrasen über Mitgefühl ins Mikrofon und brachte damit das Publikum nur noch mehr auf. Der maskierte Gast erhob sich und huschte gekrümmt, als hätte man ihn geschlagen, zum Ausgang. Für einen Sekundenbruchteil erfaßte ihn das Auge der Kamera. Borodin versuchte, wenigstens einen Teil seines Gesichts zu erkennen, drückte auf die Standbildtaste, erblickte aber nur einen Wangenknochen und den Rand des Kinns.

»Na gut, das kann man noch klären«, murmelte er und ließ das Band weiterlaufen. Aber es gab nichts mehr zu sehen. Auf dem Bildschirm erschien der Abspann, dann folgte Werbung für die Sponsoren.

Eine rotwangige Bilderbuchfamilie, Mama, Papa, zwei Kinder, ein Junge und ein Mädchen, hüpften, sich an den Händen haltend, über das glänzende Parkett eines leeren Zimmers. In der Ecke stand die Oma, dargestellt von einer bekannten Schauspielerin, und blickte sie lächelnd an. Zu den Fernsehzuschauern gewandt, sagte sie: »Meine Kinder haben viele Jahre lang auf eine Wohnung gewartet. Die ›Hoffnung‹ hat ihnen geholfen.«

»Aber wir brauchen auch noch Möbel!« rief der kleine Junge.

»Wenn wir ›Hoffnung‹ haben, bekommen wir auch Möbel!« zwinkerte der Vater der glücklichen Familie fröhlich vom Bildschirm, faßte die Oma unter und zog sie mit in den Reigen, und alle drehten sich fröhlich lachend durchs leere Zimmer. Dann erschien das Logo der Bank, und die Stimme der Oma verkündete voller Inbrunst: »Ich bin schon eine alte Frau und habe viel erlebt, aber ich weiß: Das Wichtigste im Leben ist die Hoffnung. Die ›Hoffnung‹ wird uns nicht im Stich lassen.«

Die Aufzeichnung war zu Ende. Auf dem Bildschirm flimmerte grauweißer Schnee. Bevor er das Band weiterspulte, um zu sehen, ob noch etwas darauf war, nahm sich Borodin sein Notizbuch und suchte die Telefonnummer des Kameramanns heraus. Es war schon zwölf, aber Jegor Labuch hatte gesagt, man könne ihn bis zwei Uhr nachts anrufen.

»Guten Abend, Jegor. Hier ist Untersuchungsführer Borodin. Entschuldigen Sie den späten Anruf. Ich habe mir gerade die Aufzeichnung einer von Butejko moderierten Talkshow angesehen …«

»Ach, genau«, der Kameramann wurde lebhaft, »die erste und die letzte Talkshow von Artjom Butejko. Darf man fragen, wie die Kassette in Ihre Hände gelangt ist? Ich dachte, es existiert keine Aufzeichnung mehr.«

»Ich habe sie bei Butejko zu Hause gefunden. Sie sagten, die erste und die letzte. War dieser Mißerfolg denn für die Fernsehchefs so einschneidend, daß sie Butejko danach für drei Jahre vom Bildschirm verbannt haben?«

»Offiziell hat ihn niemand verbannt. Aber danach hatte er nur noch Schwierigkeiten, eine richtige Pechsträhne. Die Sponsoren waren außer sich. Sie sagten, daß sie nicht bereit seien, ihr Geld für so einen dreisten Pfusch herzugeben, daß er die Bank blamiert und zum Gespött der Leute gemacht habe. Außerdem hat man ihm übelgenommen, daß er mit seiner Stümperei die Sendezeiten durcheinandergebracht hat. Weil seine Sendung sieben Minuten zu früh zu Ende war, gab es ein Loch, und das ist eine sehr ärgerliche Sache. Übrigens werden seitdem fast alle Sendungen dieser Art als Aufzeichnungen gebracht.«

»Aber warum hat er ausgerechnet die Beljajewa als Expertin eingeladen?«

»Sie war zu der Zeit schon sehr beliebt, und für solche Sendungen braucht man unbedingt ein Zugpferd. Lisa war einverstanden, weil sie gerade zwei freie Stunden hatte, na, und außerdem hat er sie inständig darum gebeten.«

»Seltsam, daß niemand aus dem Publikum auf die Idee kam, dem jungen Mann auch nur eine der einfachen Fragen zu stellen, die sie ihm gestellt hat.«

»Die Zuschauer sind schlichte Leute von der Straße. Sie waren zu sehr von der Magie des Fernsehens geblendet. Genau darauf hat Butejko auch spekuliert. Verstehen Sie, man hat ihm ja nicht angekreidet, daß er einen Bekannten angeschleppt und sich eine falsche Geschichte ausgedacht hat. Es ging darum, daß er zu bequem gewesen war, alles gewissenhaft vorzubereiten, und die Geschichte schon durch drei einfache Fragen entlarvt werden konnte. Nebenbei, die Bank ›Hoffnung‹ war ein Jahr später bankrott und ihre Besitzer samt dem Geld der Kunden untergetaucht. Die beiden Männer, die Sie auf dem Video gesehen haben, werden bis heute von der Miliz gesucht.«

»Sie sagten, es sei ein Bekannter Butejkos gewesen, den er als Gast mitgebracht hatte. Erinnern Sie sich vielleicht noch an seinen Namen?«

»Keine Ahnung, das ist ja schon mehr als drei Jahre her.«

Kapitel 23

Dmitri Malzew war den ganzen Tag unterwegs. Warja hatte bereits seit dem Morgen Kopfschmerzen und leicht erhöhte Temperatur und war deshalb zu Hause geblieben. Solange das Hausmädchen mit dem Staubsauger durch die Wohnung brummte, ging sie, ihren Pelzmantel übergeworfen, in den Garten. In der Hand hielt sie ein Lehrbuch zur Geschichte des Mittelalters, sie mußte sich auf das Wintersemester vorbereiten.

Besondere Anstrengungen wurden übrigens nicht von ihr verlangt. Selbst wenn sie bei den Prüfungen den Mund gar nicht aufmachte, gab man ihr befriedigende Noten, die Dozenten waren bereit, ihr selber die Referate zu schreiben. Es genügte, daß sie hin und wieder im Hörsaal erschien. Malzew bezahlte eine Menge Geld für ihr Studium, außerdem war er der Leitung der Universität behilflich, Kontakte zu Sponsoren zu knüpfen, und trat bei der Stadtverwaltung und im Kulturministerium energisch für die Interessen der Kunstakademie ein.

Es war ein klarer, windiger Tag. Die blaue Wasseroberfläche des Swimmingpools kräuselte sich leicht. Warja starrte unverwandt auf das Wasser. Je länger sie schaute, desto kälter wurden ihre Arme. Die Kälte durchdrang und zerfraß sie wie ein Schwarm unsichtbarer hungriger Piranhas. Sie hätte aufstehen und ins Haus gehen müssen, aber sie saß, die Arme um die Schultern gelegt, starr auf der Bank, wie eine Tote.

All die furchtbaren Erinnerungen wirken auf mich wie ein Betäubungsmittel, dachte sie. Ich kann nicht vergessen, wie du mich gerettet hast, dein eigenes Leben dabei aufs Spiel gesetzt hast. Vermutlich war das die einzige menschliche Tat in deinem ganzen zweiunddreißigjährigen Gaunerleben.

An einem kalten Märzabend des Jahres 1995 hielt ein Streifenwagen der Miliz am Kai der Moskwa, weil Hauptmann Sokolow zu viel Coca-Cola getrunken hatte. Er sprang aus dem Wagen und lief die Treppe hinunter, die zum Wasser führte. Man weiß ja, wie wenig öffentliche Toiletten es in Moskau gibt.

Drei Minuten später kam ein dringender Funkruf, in einer Nachbarstraße sei ein Juwelierladen ausgeraubt worden. Der blutjunge Leutnant stieg aus dem Wagen, um Sokolow zur Eile anzutreiben, trat an das Geländer und blickte hinunter.

»Genosse Hauptmann!« rief der Leutnant und sah, daß jemand im Wasser zappelte und Sokolow sich die Schuhe auszog.

Das gerettete Mädchen war bewußtlos. Bis der Krankenwagen kam, leistete Sokolow selbst ihr erste Hilfe. Diese rührende Szene filmte ein Fernsehteam, das noch zehn Minuten vor dem Krankenwagen am Ort des Geschehens eintraf.

Offensichtlich hatte das Mädchen sich umbringen wollen. Später stellte sich dann heraus, daß sie eins der Opfer des berüchtigten Sexualverbrechers Tenajan war, dessen Prozeß zwei Tage vorher zu Ende gegangen war.

Hauptmann Sokolow erhielt eine offizielle Belobigung und eine Geldprämie …

Du bist zu mir ins Krankenhaus gekommen, hast mir Bananen und Saft gebracht. Zusammen mit dir kam der junge Leutnant Kolja. Er blickte mich mit seinen klaren grauen Augen an und sagte mir immer wieder, wie schön ich sei. Aber du hast nur vielsagend gegrinst. Richtig gelächelt hast du niemals, du konntest und wolltest es nicht. Du hast nur auf seltsame, unangenehme Weise den Mund verzogen. Zum Abschied hat mir Leutnant Kolja die Hand geküßt, und du hast mir herablassend die Wange getätschelt. Als sich die Tür hinter euch geschlossen hatte, habe ich die Wange ins Kissen gepreßt, weil sie so brannte.

»Warja, ich bin fertig. Wollen Sie nicht wieder ins Haus kommen? Sie sollten sich besser hinlegen, Dmitri Wladimirowitsch hat gesagt, Sie hätten schon seit heute morgen Temperatur.«

»Was?« Warja zuckte so heftig zusammen, daß es der Hausangestellten, einer älteren Frau, richtig peinlich war.

»Entschuldigen Sie, wenn ich Sie erschreckt habe. Kommen Sie, ich mache Ihnen einen Himbeertee, Sie sind ja ganz krank.«

»Ja, danke.« Warja zwang sich aufzustehen.

Ihr war schwindlig. Sie mußte sich wirklich hinlegen, sich in ihre weiche Wolldecke wickeln, heißen Tee mit Himbeeren trinken und dann wenigstens noch ein bißchen in ihrem Lehrbuch lesen. Bald fing das Semester an. Es wäre peinlich, gar nichts zu wissen, selbst wenn für ihre Ausbildung viel Geld bezahlt wurde.

»Dmitri Wladimirowitsch hat mir gesagt, Sie sollen unbedingt noch einmal Temperatur messen. Wenn Sie mehr als siebenunddreißig Grad haben, rufe ich den Arzt.«

»Hat er denn angerufen?«

»Ja. Vor etwa zwanzig Minuten.«

»Warum haben Sie mich nicht geholt?«

»Ich habe ihm gesagt, daß Sie gerade lernen, und da wollte er Sie nicht stören.«

Mein Gott, was für eine rührende Fürsorge, dachte Warja mit ironischem Lächeln, wenn du nur sehen könntest, wie man mich hier liebt, in was für einem Haus ich wohne, was für ein Auto ich fahre und in welche Restaurants ich gehe. Und das alles gibt man mir ohne Hintergedanken, völlig uneigennützig, einfach nur darum, weil ich so bin, wie ich bin. Ja, natürlich, ich schlafe mit ihm, und das macht mir gar keinen Spaß, aber alles andere ist wunderbar. Er wird mich bestimmt heiraten, und vielleicht werde ich sogar ein Kind von ihm haben. Du hast mir eingehämmert, Liebe sei verlogene Gefühlsduselei, ein normaler Mensch könne nur sich selbst lieben. Du hast behauptet, jeder Mann sei im Grunde genauso ein Tier wie dieser perverse Rafik Tenajan, nur hätten bei Rafik die Bremsen versagt und deshalb sei er in die Falle getappt. Wäre er ein klein wenig schlauer gewesen, hätte er völlig ohne Psychodrogen Hunderte von solchen minderjährigen dummen Gänsen wie mich bumsen können. Es hat dir Spaß gemacht, mir weh zu tun, du hast Genugtuung empfunden, wenn ich geweint habe, als wolltest du dich an mir dafür rächen, daß du mir das Leben gerettet hast. Deine einzige gute Tat. Wahrscheinlich sind wir jetzt quitt. Früher kamen mir immer die Tränen, wenn ich daran dachte, wie du gesagt hast, das Gefängnis sei für dich schlimmer als der Tod und du würdest wohl kaum lebend herauskommen. Dann wurde es mir gleichgültig. Und jetzt fürchte ich nur noch eins: daß du zurückkommst.

»Der Himbeeraufguß muß noch eine halbe Stunde ziehen. Soll ich Ihnen vielleicht inzwischen schon mal eine Tasse heißen Tee bringen?«

Warja schob sich das Thermometer unter die Achsel und

hüllte sich in ihr Plaid. Während die Hausangestellte freundlich plauderte, beruhigte sie sich langsam. Die Erinnerungen, die so plötzlich über sie hereingebrochen waren, verblaßten allmählich. Könnte sie das alles doch ganz vergessen!

Die Hausangestellte brachte ihr ein Tablett mit Tee und setzte es auf dem Couchtisch ab. Alle Tassen in Malzews Haus waren aus altem Porzellan und sehr wertvoll. In der ersten Zeit hatte Warja immer große Angst gehabt, eins dieser Prachtstücke aus dem vorigen Jahrhundert zu zerschlagen, aber dann gewöhnte sie sich daran und merkte, daß der Tee und der Kaffee aus Kusnezow-Porzellan viel besser schmeckten.

»Ach, ich muß ja noch die Bilder abwischen, das habe ich ganz vergessen.« Die Frau griff sich an den Kopf. »Wissen Sie, jedesmal bin ich erstaunt, wie ähnlich Ihnen das Mädchen auf dem Porträt sieht, als hätte man sie nach Ihnen gemalt. Haben Sie sich mal erkundigt, ob das eine Verwandte von Ihnen ist?«

»Nein. Das ist keine Verwandte.«

»Aha, nun gut. So, ich glaube, jetzt ist alles sauber. Ein sehr gutes Putzmittel, überhaupt sind die ausländischen viel besser als unsere, kein Vergleich.«

Warjas Temperatur war normal, und der starke süße Tee verscheuchte die Kopfschmerzen. Die Hausangestellte verschwand in der Küche, und sofort wurde es erstaunlich still. Warja rutschte vom Sofa herunter und trat vor das Porträt.

Von der großen, mit einer einfachen Holzleiste gerahmten Leinwand schaute sie ein etwa siebzehnjähriges Mädchen an. Ihr Blick war ruhig und traurig, die riesige, blütenförmige Brosche wirkte auf ihrer schlichten weißen Bluse irgendwie unpassend. Solchen Schmuck trägt man zu eleganten Abendkleidern. Ja, sie sah Warja sehr ähnlich, diese junge

Dame, die man im Jahr der Revolution auf die Leinwand gebannt hatte.

Der Stein, der in die Brosche eingesetzt war, lebte gleichsam ein eigenes Leben. Er glänzte und funkelte, er sog das Licht auf, und daher erschien einem das Bild trübe, obwohl im Hintergrund ein heller Himmel und leichte Sommerwölkchen zu sehen waren. Die junge Schöne wirkte bekümmert und ein wenig angespannt. Wahrscheinlich spürte sie, daß den Künstler die Brosche an ihrer Bluse viel mehr inspirierte als sie selber mit ihren blauen Augen und ihrem schlanken, biegsamen Hals.

Das Bild war vor einem Jahr im Haus aufgetaucht. Die Ähnlichkeit des Mädchens darauf mit ihr war so auffällig, daß Warja im ersten Augenblick erschrak. Aber dann machte das Erschrecken der Freude Platz. Vielleicht war das Porträt ja gerade wegen der Ähnlichkeit gekauft worden? Pawel Malzew hatte es in einem winzigen Heimatmuseum in dem Provinzstädtchen Lyssowo, nicht weit von Moskau, entdeckt.

Doch bald fand sie heraus, daß er das Bild aus einem völlig anderen Grund erstanden hatte. Pawel Malzew hatte die Ähnlichkeit gar nicht bemerkt, er schenkte Warja sowieso kaum Beachtung. Wenn er sie sah, pflegte er zu sagen: »Hallo, meine Schöne, wie geht's?« – um dann sofort ihre Existenz zu vergessen.

Am kränkendsten war, daß auch Dmitri die Ähnlichkeit nicht sofort aufgefallen war. Die Brüder saßen im Arbeitszimmer, Warja sah im Nebenzimmer fern. Sie stellte den Ton leiser, um das Gespräch zu hören.

»Na weißt du, ein unbekannter Wrubel wird nicht gerade im Magazin eines Provinzmuseums vermodern!« sagte Pawel und lachte schallend. »Sieh mal, was hier für eine Jahreszahl steht. 1917. Und wann ist Wrubel gestorben? 1910.

Aber das ist nicht die Hauptsache. Wenn du genauer hinschaust, kannst du sehen, wie grob der Pinselstrich ist.«

»Aber die Brosche mit dem ›Pawel‹ ist bis ins Detail genau dargestellt, alles an ihr funkelt und glitzert.«

»Fotografische Genauigkeit dieser Art beherrscht jeder Absolvent der Kunstakademie.«

»Na schön, und wer ist das Mädchen?«

»Zuerst müssen wir herausfinden, wer der Künstler ist. Aber ich glaube ohnehin, Dmitri, daß wir beide auf dem Holzweg sind. Wenn das Bild von irgendeinem bekannten Maler stammen würde, könnten wir auch etwas über das Mädchen erfahren. Aber es ist nicht signiert, es hat nur so ein Häkchen, und Datschen und Gutshöfe rund um Lyssowo gibt es mindestens hundert und Mädchen mit blauen Augen wahrscheinlich genauso viele. Nein, das ist eine Sackgasse. Alle Kataloge der Welt führen den Diamanten ›Pawel‹ als vermißt auf. Die Orchideenbrosche, in die er eingesetzt worden ist, hat niemand gesehen oder in Händen gehalten.«

»Wie bitte? Und der Juwelier Le Villon? In allen Katalogen findet man eine detaillierte Beschreibung, Skizzen, Zeichnungen und Fotografien, die von der fertigen Brosche gemacht wurden. Hier, sieh doch.«

»Das habe ich schon hundertmal gesehen, Dmitri. Nur weil mir zufällig das Porträt irgendeines unbekannten Adelsfräuleins in die Hände geraten ist, das im Magazin eines kleinen Heimatmuseums herumlag, haben sich unsere Chancen, die Brosche zu finden, nicht im geringsten verbessert.«

Wie damals, vor einem Jahr, als sie dieses Gespräch belauschte, fühlte sich Warja auch jetzt, als sie das Bild betrachtete, ein wenig gekränkt, nicht nur für sich, sondern auch für das Mädchen auf dem Porträt.

»Tja, meine Liebe, alle interessieren sich nur für den teuren Klunker, der Künstler genauso wie mein Malzew, und wir beide, wie schön wir auch sein mögen, sind allen schnuppe.«

Sie ließ sich auf dem Sofa nieder, trank den kalten Tee aus, knabberte emsig wie ein Eichhörnchen die gerösteten Mandeln und konzentrierte sich endlich auf die Geschichte des Frühmittelalters.

Kapitel 24

Irina Paurier ging so sehr in den häuslichen Sorgen auf, dem Umbau des Hauses und der Überwachung der gewissenlosen, diebischen Dienerschaft, daß sie darüber sogar ihre Eifersucht vergaß. Die Wendungen im Leben ihres Mannes riefen kein besonderes Interesse bei ihr hervor, und von seinen Moskauer Abenteuern erzählte ihr der Vater wohlweislich nichts. Daß der Graf den Dienst quittiert hatte, begrüßte sie, allerdings eher matt: »Gott sei Dank, Michail. Wozu solltest du dir auch in diesem Ministerium den Hosenboden durchscheuern, wenn es im Haus so viel zu tun gibt, daß ich es allein nicht schaffe.«

Von morgens bis abends war Irina mit wichtigen Dingen beschäftigt. Sie zählte die Bettwäsche und die Silberlöffel nach, inspizierte den Zustand des chinesischen Kaffeeservices, erörterte stundenlang alle Einzelheiten des Mittagsmenüs, probierte vom Borschtsch und vom Hackfleisch.

Der Graf wußte sehr genau, daß sein Leben vorbei war. Jeden Morgen konnte er sich davon aufs neue überzeugen, wenn er seine Frau im Morgenmantel und mit Lockenwicklern erblickte. Irina gähnte laut und schlurfte durch die überheizten Zimmer des Hauses.

»Ich erinnere mich genau, daß in der Kaffeemühle noch

gemahlener Kaffee war, und du schüttest schon wieder neue Bohnen hinein!« schrie sie die Köchin an. »Und das soll Sahne sein? Die ist ja ganz blau, nichts als Wasser!«

Ihre hohe, erstaunlich laute Stimme gellte dem Grafen schmerzhaft in den Ohren.

Beim Frühstück verschlang sie gekochte Eier, Fleischwurst und süße Semmeln mit Butter und trank den Tee aus der Untertasse, wobei sie ihren rundlichen kleinen Finger abspreizte und laut schlürfte. Ihr Gesicht lief rot an, über der Oberlippe standen kleine Schweißperlen und glitzerten in ihrem dunklen Schnurrbart. Der Graf kaute auf trockenem Weißbrot herum, trank dazu dünnen Kaffee und bemühte sich, den Blick nicht von der Zeitung zu heben, sah aber trotzdem anstelle der Zeilen immer das riesige, purpurrote, schweißglänzende Gesicht seiner Gattin vor sich, das das gesamte Eßzimmer auszufüllen schien.

Manchmal fuhren sie zusammen nach Moskau, aber ausschließlich, um wichtige Einkäufe für die Hauswirtschaft zu erledigen. Vom Theater, vom Kinematographen, von Kunstausstellungen wollte Irina nichts hören, klagte dann nur ausgiebig über den Verfall der Sitten, über die allgemeine Gottlosigkeit und Unzucht. Der bloße Klang ihrer Stimme reizte den Grafen derart, daß er es vorzog, allem Unsinn, den sie faselte, zuzustimmen und allem auf der Welt zu entsagen, damit sie nur endlich still war.

Der einzige Freund des Grafen war der Besitzer des Nachbargutes, Konstantin Wassiljewitsch Baturin, ein verarmter Adliger von fünfundvierzig Jahren, Doktor der Medizin, ein schweigsamer, melancholischer Mensch, der das Schachspiel und den Kirschlikör über alles liebte.

Seit vielen Jahren war Konstantin Baturin nicht mehr ausgefahren, hatte mit niemandem Umgang außer mit seiner alten Mutter und seinem treuen Gehilfen, dem Feldscher

Semjon Kusnezow, mit dem gemeinsam er die Bauern in den umliegenden Dörfern kurierte.

Seine Frau war am Kindbettfieber gestorben und hatte ihm eine Tochter, Sonja, hinterlassen. Das Mädchen ging in Moskau zum Gymnasium, wohnte dort bei einer entfernten Verwandten und kam nur in den Schulferien auf das Gut. Sobald sie erschien, blühte der Doktor auf.

»Du mußt etwas Vernünftiges tun, Michail, alle Krankheiten kommen vom Nichtstun, das sage ich dir als Arzt«, belehrte er den Grafen, wenn sie nach dem Mittagessen im Baturinschen Eichenwäldchen in dem steinernen Gartenpavillon vor dem Schachbrett saßen.

»Aber was denn, Konstantin? Ich kann nicht wie du die Bauernkinder von der Skrofulose heilen.«

»Aber du könntest ihnen Lesen und Schreiben beibringen, denn wenn sie weiter in Unwissenheit und Schmutz dahinvegetieren müssen, werden uns die Ereignisse von 1905 bald wie eine Operette vorkommen. Du weißt, in der Geschichte wiederholt sich alles, zuerst als Tragödie, dann als Farce, aber bei uns in Rußland geht es manchmal auch andersherum.«

»Bei uns lebt jede Generation in dem Gefühl, sie sei die letzte und morgen werde die Welt untergehen. Das schmeichelt dem Selbstbewußtsein, darin liegt eine besondere Wonne. Schach, Konstantin.«

»Also das wollen wir erst noch sehen …« Baturin machte einen unüberlegten Zug mit dem Pferd, verlor die Königin und schlug sich vor Ärger aufs Knie. »Du richtest dich selbst zugrunde, Michail, es tut weh, dich anzusehen. Deine Krämerstochter frißt sich zu Tode, und du säufst dich ins Grab. Dumm ist das, eine wahre Schande.«

»Das Grab blüht uns beiden«, sagte der Graf spöttisch grinsend, »je eher, desto besser.«

»Das ist die Melancholie, die in dir gärt, die verfluchte

Schwermut unseres russischen Adels, und seine Wurzel ist das Nichtstun.«

»Ich bin so erzogen worden, Konstantin, daß ich viel weiß, aber nichts kann. Ich habe nichts gelernt.«

»Hier, nimm Sonjas Skizzenbuch und den Farbkasten und male Landschaften.«

»Wozu?«

»Du hast mir deine Mappen gezeigt, und sie waren gar nicht schlecht.«

»Das war in meiner Kindheit und Jugend, da geht einem sowieso alles leicht von der Hand. Aber was soll mir das jetzt?«

»Einfach so, Michail. Für dich selber. Damit du nicht zum Trinker verkommst und den Verstand verlierst.«

Der Schwiegervater besuchte Boljakino zweimal wöchentlich, wollte mit dem Grafen über Politik reden, über den Krieg auf dem Balkan, die Streiks der Arbeiter und die Sozialdemokraten, die er für die gefährlichsten von allen politischen Schwätzern hielt, aber der Graf brummte nur etwas Unverständliches und zuckte die Schultern, so daß der Kaufmann sich bald langweilte.

Nach dem Mittagessen schlief Boljakin zwei Stunden, dann setzte er sich mit seiner Tochter zusammen, um mit ihr »Schwarzer Peter« zu spielen. Beim Spiel aßen beide mit lautem Knacken eine ganze Schüssel süßer Kringel und tranken schlürfend einen ganzen Samowar Tee aus.

Jedesmal, bevor der Kaufmann wieder in sein blitzendes Automobil stieg, zwinkerte er dem Grafen zu und sagte leise: »Ich sehe, meine Irina ist dicker geworden, ihr Bäuchlein steht hervor. Wovon wohl, wüßte ich gern? Muß ich noch lange auf einen Enkel warten?«

»Ich weiß es nicht«, erwiderte der Graf mürrisch.

»Ja, wer soll es denn wissen, wenn nicht du? Paß auf, in

ihrem Zopf schimmert es schon grau. Der Weiber Zeit ist kurz und läuft im Sauseschritt davon.«

Die Zeit lief wirklich im Sauseschritt davon. Man schrieb das Jahr 1914. Der Juni ging zu Ende. Am achtundzwanzigsten schoß der Serbe Gavrilo Prinčip in Sarajewo auf den Erzherzog Franz Ferdinand, der gerade die Manöver der österreichisch-ungarischen Truppen in Bosnien besuchte.

Morgens rieb sich der Graf nur mit Mühe den Schlaf aus den Augen, nach dem Frühstück legte er sich mit einer Zeitung oder einem Journal auf die Chaiselongue und merkte gar nicht, daß er eine ganze Stunde lang nur auf eine Zeile starrte und vor sich hin träumte. Dann stellte er sich vor – er geht übers Feld zur Bahnstation. In der Ferne hört man das tiefe, triumphierende Tuten der Lokomotive. An Gepäck hat er nur eine Garnitur Wäsche bei sich, sein Rasierzeug, einen Band Balmont, ein Päckchen Papirossy und das Kästchen mit der Brosche. Er setzt sich in einen Wagen der zweiten Klasse. Es dämmert. Vor ihm liegen Moskau, die Freiheit und ein völlig ungewisses Schicksal – Warschau, Paris, die Katorga, der Bettelstab, der Tod.

Er schlummerte ein und träumte, wie er in die Küche schleicht, aus der untersten Schublade das Tütchen mit dem Pulver holt, mit dem die Köchin die Mäuse vergiftete, und beim Mittagessen seinen Inhalt in Irinas Teller mit der Hühnersuppe schüttet. Irina führt Löffel auf Löffel zum Mund und wischt dann mit einer Brotrinde die letzten Reste auf.

Geweckt wurde er von der knarrenden Stimme der alten Stubenmagd: »Geruhen Sie bitte zum Essen zu kommen, Euer Erlaucht. Es ist aufgetragen.«

Vor dem Essen pflegte der Graf ein Gläschen Kognak zu trinken, anfangs nur eins, dann zwei. Mit der Zeit schenkte er sich einfach so immer mal eins aus der Flasche ein, zwischen Mittagessen und Abendbrot, bei seinem Nachbarn

Baturin, wenn sie beim Schachspiel saßen oder ein düsteres, wortkarges Gespräch führten.

Nach dem Abendbrot mußte erst recht etwas getrunken werden, meist gleich drei Gläschen auf einmal. Der Kognak stieg ihm zu Kopf, und es fiel ihm bedeutend leichter, die Augen zu schließen und sich vorzustellen, daß neben ihm im Bett nicht Irina lag, sondern die treulose rothaarige Margarita oder das Plappermäulchen Claire.

Trotz seiner lebhaften Phantasie wollten sich aber keine gräflichen Erben einstellen. Irina wurde einfach nicht schwanger. Ihre Körperfülle begann krankhaft zu werden, sie litt an Kurzatmigkeit. Die Ärzte jagten ihr mit den komplizierten lateinischen Bezeichnungen verschiedener Krankheiten Angst ein, verschrieben ihr eine strenge Diät aus Dickmilch, Roggenbrot und gekochtem Gemüse. Aber Irina zog allen Diäten ihre Pülverchen und Pillen vor. Die Ärzte stellten ihr bereitwillig Rezepte aus, die Kranke nahm eifrig alle Mittel, aber es ging ihr nicht besser. Der Schwiegervater besuchte sie nun noch öfter, er machte sich um seine Tochter Sorgen. Ihre Mutter war mit vierzig Jahren an einer durch Verfettung hervorgerufenen Herzkrankheit gestorben.

»Die Ärzte sind Betrüger«, sagte Irina beim Abendessen und legte sich die dritte Portion Schweinebraten auf den Teller.

»Es reicht, Irina«, bemerkte der Graf gleichgültig, »dir wird schlecht werden.«

»Recht hat er, Irina«, nickte Boljakin, »du ißt mächtig viel, du bist ja schon ganz in Schweiß gebadet.«

Der Abend war heiß, sie nahmen die Mahlzeit im Garten ein. Gleich hinter dem Garten begann der Eichenwald.

Die sechzehnjährige Gymnasiastin Sonja Baturina, schmal, blauäugig, mit einem langen schwarzen Zopf, radelte durch das Wäldchen. Die Räder hüpften über die Baumwurzeln, zwischen den dicken braunen Stämmen leuchtete ihr hellblaues Kleid auf.

Die Fahrradklingel ertönte, ein Strahl der Abendsonne blendete den Grafen für einen Moment, er zuckte zusammen, kniff die Augen zu und machte eine ungeschickte Bewegung mit dem Ellenbogen. Der Krug mit der Himbeergrütze, einer kompakten, blutroten Masse, fiel um. Ein tiefroter Fleck kroch über das weiße Tischtuch.

Kapitel 25

Der Milizhauptmann Wassili Sokolow hatte einen ungewöhnlichen, hypnotischen Blick. Eigentlich waren seine Augen klein, von einem schwer definierbaren Grünton, und keineswegs besonders ausdrucksvoll, aber der Hauptmann brauchte jemanden nur lange und starr anzusehen, und der Betreffende verstummte, begann unruhig hin und her zu rutschen, wurde manchmal sogar rot, als hätte man ihn bei irgendeiner ungehörigen oder ungesetzlichen Handlung ertappt.

Als Kind war Sokolow oft verprügelt und von den älteren Kameraden für alle möglichen kleinen Aufträge ausgenutzt worden. Seine Altersgenossen verachtete er, in seiner Klasse hatte er keinen einzigen Freund. Lieber wollte er zur Bande der Großen gehören, auch wenn er für sie nur ein flinker kleiner Laufbursche war.

Aufgewachsen war er in der berühmten Maljuschinka, einem Viertel, das schon im vorigen Jahrhundert als verrufene, kriminelle Gegend galt. Er lebte mit seiner Mutter und Großmutter zusammen, seinen Vater hatte er nicht gekannt. Die Mutter arbeitete als Stewardeß. Wenn sie von einem ihrer Flüge zurückkam, schlief sie sich zuerst einmal aus und beschäftigte sich dann hauptsächlich mit sich selbst, ihrem eigenen, stürmischen Privatleben. Die Oma ließ Wassili alles durchgehen, ihre Hauptsorge war, »daß der Junge ordentlich aß«.

Als Sokolow dreizehn wurde, trank er zum ersten Mal Tschifir, den superstarken berauschenden schwarzen Tee, und nahm an dem sogenannten »Schraubenspiel« teil.

»Eine Schraube eindrehen« bedeutete, der Reihe nach eine neue Prostituierte zu benutzen, bevor sie losgeschickt wurde, um Geld für die ganze ehrenwerte Gesellschaft zu verdienen. Die ehrenwerte Gesellschaft war eine aus Jugendlichen im Einberufungsalter bestehende Bande unter dem Kommando des erwachsenen Rückfalltäters Pnyrja, die die gesamte Maljuschinka und auch die Prostituierten kontrollierte.

Das Mädchen hieß Glukose-Galja. Sie ging aufs Pädagogische Institut, wollte aber weder Kindergärtnerin noch Grundschullehrerin werden. Ihr gefiel die Maljuschinka, sie bummelte mit einem Rock bis zum Nabel und einem Ausschnitt bis zu den Knien über die Straße, und in der rundlichen, mit Rouge geschminkten Backe hatte sie stets eine Traubenzuckertablette mit Vitamin C.

Wassili holte man zum Schraubenspiel, weil Pnyrja es so wollte. Er sah nicht nur bei den Mädchen, sondern auch bei den Jungen gern zu, wenn sie ihre Unschuld verloren. Der kahlköpfige Bandit mit den Goldzähnen war überhaupt eine phantasievolle Natur. Sein Zimmer in einer verlassenen Kommunalwohnung, in dem zwei schmutzige Matratzen lagen und die Tapeten in Fetzen von den Wänden hingen, hatte er mit Hochglanzfotos aus alten ausländischen Kalendern verschönert, auf denen nackte Frauen in koketten Posen zu sehen waren. Frauen prangten auch auf den Rückseiten der Spielkarten. Und sogar Pnyrjas Kugelschreiber war etwas Besonderes. In dem durchsichtigen, mit Glyzerin gefüllten Röhrchen schwamm eine Frau. Drehte man den Kuli um, verlor die Hübsche ihren Badeanzug.

Wassilis Mutter, die gerade zu Hause war, fragte nicht weiter, wohin ihr Sohn um zehn Uhr abends noch wollte. Sie erwartete den Besuch ihres Freundes, Major Topotko von der Miliz, und als Wassili aus der Diele rief: »Mama, ich geh noch ein bißchen raus«, antwortete sie: »Ja, geh nur, das Wetter ist schön«, wobei ihr gar nicht auffiel, daß es draußen windig, kalt und regnerisch war.

In dem leerstehenden alten Haus war es warm und gemütlich. Der Tschifir kam Wassili bitter vor, er zog ihm den Mund zusammen. Außer Tschifir gab es auch noch Marihuana. Es wurde mit Tabak, den man aus einer Belomor-Papirossa herausklopfte, vermischt, zurück in die Papirossa gestopft und in tiefen Zügen geraucht. Gleich der erste Zug stieg einem zu Kopf. Wassili beschloß, sich zurückzuhalten und sich nicht zu sehr zu betäuben, um sich die Eindrücke nicht zu verderben.

Vor dem Schraubenspiel flößte man Glukose-Galja Wodka und Tschifir ein und gab ihr eine ganze Papirossa mit Marihuana zu rauchen. Pnyrja blinzelte den Jungen zu, um ihnen anzudeuten, daß er Galja noch etwas anderes in den Wodka getan hatte. Die Zigeunerinnen vom Markt in der Nähe handelten mit kleinen Fläschchen, in denen angeblich spezielle Aphrodisiaka für Frauen waren.

Pnyrja schaltete Musik ein. Aus dem nagelneuen Kassettenrecorder »Elektronika« sang mit heiserer Stimme die Französin Dalida. Galja lachte wie verrückt und begann sich mitten im Zimmer auszuziehen, wobei sie ihre Kleider durch die Gegend warf und die Posen der Kalenderschönheiten nachahmte. Wassili schaute ihr zu und dachte, ja, das ist es, das richtige Leben der Erwachsenen, da geht die Post ab.

Dafür malochen die kleinen Spießer, dafür dreht die Mafia ihre krummen Dinger. Alle haben das gleiche Ziel: dieses Zimmer mit den bunten Bildern, die nackte Galja mit ihren riesigen weißen Brüsten und ihrem runden Hintern, der weich und nachgiebig wie ein Kissen war.

Die Prozedur des Schraubenspiels machte auf Wassili keinen besonderen Eindruck, enttäuschte ihn sogar. Er fühlte sich an die Leibesübungen in der Schule erinnert, wenn alle der Reihe nach, schwitzend vor Eifer, Liegestütze und Kniebeugen machen, während der Lehrer mitzählt und auf die Stoppuhr schaut. Als die Reihe an ihn kam, erledigte er seine Aufgabe rasch und sachlich, der Akt selbst bereitete ihm kein Vergnügen. Ihm gefiel etwas anderes. Das Gefühl der absoluten Macht über ein lebendiges Wesen. Gestern hatte ihn Glukose-Galja noch herablassend in die Wange gekniffen, und nun lag sie platt ausgestreckt auf der Matratze, und man konnte mit ihr machen, was man wollte. Sie war ein Nichts.

Als es in die zweite Runde ging und Wassili wieder an der Reihe war, sich die Hose aufzuknöpfen, bemerkte er, daß Galjas Körper eigenartig schlaff und nachgiebig geworden war.

Die erste Wallung war vorüber, die Jungen hatten Glukose-Galja vergessen und spielten Karten. Aus dem Recorder dröhnte mit voller Lautstärke Musik von ABBA. Wassili schaute Galja ins Gesicht. Ihre Augen standen weit offen und blickten ihn direkt an. Er berührte mit dem Finger ihre Lippen und merkte, daß sie nicht mehr atmete.

Rasch stand er auf, knöpfte sich die Hose zu und schaute sich um. Die Party war in vollem Gange. Noch wußte keiner außer ihm, was geschehen war. Wassili überlegte fieberhaft. Er mußte eine wichtige Entscheidung treffen.

Er war ein aufmerksamer Junge und kannte das Gesetz

der Kriminellen schon recht gut. Er begriff augenblicklich, daß Pnyrja die Angelegenheit auf ihn, den Minderjährigen, abwälzen würde, weil er wahrscheinlich mit einem blauen Auge davonkommen würde. In seiner Vorstellung liefen in rasender Geschwindigkeit zwei Varianten der weiteren Entwicklung der Geschehnisse ab.

Variante Nummer eins: Er sagt Pnyrja, daß Glukose-Galja den Löffel abgegeben hat. Panik bricht aus, alle machen sich aus dem Staub, und Pnyrja dreht die Sache so, daß die Schuld am Tod der Pädagogikstudentin an ihm, dem kleinen schutzlosen Wassili Sokolow, hängenbleibt. Wie Pnyrja das hinkriegen würde, war nicht wichtig. Der kahlköpfige Bandit war berühmt für seine Gerissenheit, und man erzählte sich, daß er die Minderjährigen nicht nur für kleine Dienste köderte, sondern vor allem, um immer einen Sündenbock bei der Hand zu haben, den man im Notfall den Bullen ausliefern konnte. Pnyrja verstand sich darauf, alle Register zu ziehen, zu überzeugen, einzuschüchtern, das Blaue vom Himmel herunterzulügen.

Variante Nummer zwei: Wassili sagt niemandem etwas, verschwindet ganz leise, läuft nach Hause, wo sich eben jetzt der Major von der Miliz aufhält, und erzählt ihm, daß er gerade an einem leerstehenden Haus vorbeigekommen sei und aus dem Inneren schreckliche Schreie eines Mädchens und Männerstimmen gehört habe. In dem erleuchteten Fenster habe er deutlich die Silhouette dieses furchtbaren Kerls mit den Goldzähnen sehen können, des kahlköpfigen Schurken, den man Pnyrja rufe.

Genosse Topotko würde Wassili im Namen der Miliz seine Anerkennung und Dankbarkeit aussprechen, schnell eine Streife holen, und man würde Pnyrja endlich auf frischer Tat erwischen, und zwar gleich bei zwei Kapitalverbrechen: Mord und Gruppenvergewaltigung.

Die zweite Variante gefiel Wassili bedeutend besser als die erste. Bei der ersten drohte ihm die Strafkolonie für Minderjährige, bei der zweiten drohte ihm gar nichts, denn wenn Pnyrja festgenommen wurde, hatte er niemanden mehr zu fürchten.

»Wo willst du hin?« wollte Pnyrja wissen, als er bemerkte, daß der Junge zur Tür hinausschlüpfte.

»Pinkeln«, erwiderte Wassili, ohne sich zu besinnen.

Zehn Minuten später war er zu Hause, und weitere zwanzig Minuten später nahm man Pnyrja und seine Bande fest – betrunken und zugekifft.

Es stellte sich heraus, daß das Aphrodisiakum der Zigeunerinnen, das man der unglücklichen Glukose-Galja in den Wodka geschüttet hatte, ein Medikament war, das Tierärzte widerspenstigen Stuten vor dem Decken spritzen, und daß dieses Präparat für Menschen in Verbindung mit Alkohol ein tödliches Gift ist. Die Flasche fand man in Pnyrjas Jackentasche. Ihm drohten die Todesstrafe oder mindestens fünfzehn Jahre Haft unter verschärften Bedingungen.

Major Topotko empfahl Wassilis Mutter, in einen anderen Bezirk, möglichst weit weg, zu ziehen. Er war Wassili aufrichtig dankbar, denn für die erfolgreiche Ergreifung eines besonders gefährlichen Verbrechers wurde er zum Oberleutnant befördert.

Die kleine Familie siedelte von der Maljuschinka in ein neues Haus in der Nähe der Metrostation »Woikowskaja« um. Wassili war fortan nicht mehr mit Banditen befreundet. Er wurde ein braver Junge. Nach dem Militärdienst besuchte er die Milizschule. Er erhielt Urkunden und Abzeichen für ausgezeichnete Leistungen in Gefechtsausbildung und Politunterricht. Er verstand es, sich bei den Vorgesetzten beliebt zu machen. Er war ordentlich, korrekt, gewissenhaft. Sein aufmerksamer, durchdringender Blick, der die

Kameraden so reizte, schien seinen Vorgesetzten ein Zeichen für Seriosität, Zuverlässigkeit und bedingungslose Ergebenheit.

Ziemlich bald wurde er zum Oberleutnant und stellvertretenden Leiter der Kriminalabteilung befördert. Eines Tages verhörte er eine Zeugin. Es war ein junges, hübsches Mädchen. Sie waren allein in seinem Büro. Plötzlich zerriß sich das Mädchen mit einer jähen Bewegung die Bluse, ließ sich auf den Boden fallen und begann laut zu schreien: »Hilfe, Hilfe!«

»Hast du den Verstand verloren, du Idiotin?« Wassili sprang auf und versuchte sie hochzuziehen.

»Einen schönen Gruß von Pnyrja«, zischte das Mädchen mit dreistem Grinsen, holte Luft und schrie aus vollem Hals weiter: »Hilfe! Ich werde vergewaltigt!« Dabei schaffte sie es, sich mit beiden Händen in seine Uniformjacke zu krallen, und zwar so fest, daß er keine Möglichkeit fand, sie abzuschütteln.

»Laß los, du Närrin! Das glaubt dir keiner!« Wassili versuchte, den Klammergriff ihrer Hände zu lösen, verlor dabei das Gleichgewicht und fiel direkt auf sie.

»Pnyrja läßt dir ausrichten, daß er dich Schwein überall erwischen wird«, flüsterte das Mädchen, »aber wenn du Alki laufen läßt, bleibst du am Leben. Kapiert?«

Der Wachhabende schaute zur Tür herein.

»Ich werde vergewaltigt! Zu Hilfe!« kreischte das Mädchen.

»Sokolow, was machst du, bist du verrückt geworden?« Der Wachhabende half ihm vom Boden auf, das Mädchen schrie immer weiter und zeigte allen ihre zerrissene Bluse.

Diese Zeugin, Natalja Kuskowa, war in einem Fall von Wohnungsdiebstahl vorgeladen worden. Als Hauptverdächtigen hatte man den vorbestraften Alki festgenommen. Wassili wußte, daß in dieser Sache viel davon abhing, in welcher Form er die Dokumente der Staatsanwaltschaft übergab, wobei niemand ihm etwas nachweisen könnte, wenn er alles so drehte, daß Alki vom Verdächtigen zum Zeugen wurde.

Am selben Abend wurde er zu Hause angerufen.

»Na, hast du's dir überlegt?« fragte ihn eine weibliche Stimme.

»Wer ist da? Mit wem spreche ich?«

»Bist du ein Blödmann.« Im Hörer kicherte es. »Pnyrja hat gesagt, du bist klug, aber in Wirklichkeit bist du der letzte Trottel, Wassili. Also, hast du's dir überlegt oder nicht?«

»Verpiß dich«, schnauzte Wassili und warf den Hörer auf.

Am nächsten Morgen ließ ihn der Chef seines Reviers rufen und teilte ihm mit, daß eine Anzeige von der Bürgerin Natalja Kuskowa vorliege, in der sie den Oberleutnant Sokolow beschuldige, er habe ihr mit der Festnahme gedroht, um sie so zum Geschlechtsverkehr mit ihm zu zwingen. Als sie sich widersetzt habe, habe er versucht, sie in seinem Büro zu vergewaltigen. Der Anzeige lag eine Bescheinigung der Poliklinik bei, die bestätigte, daß am Körper der Bürgerin Natalja Kuskowa Blutergüsse, Schrammen und andere charakteristische Spuren gefunden worden seien.

Wassili rannte zu dem Wachhabenden, der in sein Büro geschaut hatte. »Du hast doch alles gesehen …«

»Ich habe gesehen, wie du auf ihr lagst«, sagte der Wachhabende mit abgewandtem Blick.

Sokolow schloß sich in seinem winzigen Büro ein und setzte sich an seinen Schreibkram, die Fertigstellung der Akte über den Wohnungsdiebstahl. Bald darauf wurde der vorbestrafte Alki aus der Untersuchungshaft entlassen. Der Revierchef ließ Wassili kommen und teilte ihm mit, die Bürgerin Kuskowa habe ihre Anzeige zurückgezogen.

»Beim nächsten Mal rufst du sofort an und holst Verstärkung«, empfahl er Wassili.

Seit dieser Zeit bekam er zwei-, dreimal im Jahr einen Gruß von Pnyrja und tat alles, worum er gebeten wurde. Seine Furcht legte sich allmählich, und sein Gewissen quälte ihn auch nicht mehr, seit der wachhabende Hauptmann mit abgewandtem Blick gesagt hatte: »Ich habe gesehen, wie du auf ihr lagst.«

Mit fünfundzwanzig erhielt Sokolow die Rangabzeichen eines Hauptmanns.

Seine Kollegen liebten ihn zwar nicht, respektierten ihn jedoch. Das heißt, er glaubte, daß sie ihn respektierten, in Wirklichkeit aber gingen sie ihm aus dem Wege und wollten nichts mit ihm zu tun haben. Zum einen fanden sie ihn langweilig und humorlos, zum anderen hatte er diesen unangenehmen, durchdringenden Blick, und drittens stand er auf allzu vertraulichem Fuß mit dem Chef. Aber Wassili legte auch gar keinen Wert auf freundschaftliche Beziehungen zu seinen Kollegen. Wie in der Kindheit zog es ihn zu den Älteren und Ranghöheren. Die Zahl der Sterne auf den Schulterklappen machte für ihn den Wert eines Menschen aus.

Alles in seinem Leben kam jetzt ins rechte Lot. Bestechungsgelder nahm er maßvoll und mit Bedacht, manchmal wurde er für die Erledigung eines Auftrags von Pnyrja nicht schlecht bezahlt. Er brachte in Erfahrung, daß Pnyrja im Lager feierlich in die Diebsgesellschaft aufgenommen worden war, daß er noch eine lange Strafe abzusitzen hatte, derweil jedoch nicht untätig war, sondern seine üblichen Geschäfte abwickelte.

Auch Wassili Sokolow war nicht untätig. Für seine Zuverlässigkeit bei der Arbeit erhielt er Geldprämien. Er war sparsam, legte das Geld beiseite, gab es niemals für unnötige Dinge aus, sondern nur für nützliche Erwerbungen wie zum

Beispiel ein Auto. Als nächstes Ziel stand auf seinem Lebensplan eine Wohnung, keine große, aber eine eigene, denn mit Mutter und Großmutter mochte er nicht länger zusammen leben.

Den Frauen gefiel Sokolow. Es waren schöne, selbstbewußte Frauen, die sich für ihn interessierten. Sein kalter, durchdringender Blick erschien ihnen rätselhaft und verliebt. Die aufmerksamen Augen des stattlichen, gutgewachsenen, breitschultrigen Hauptmanns hypnotisierten sie.

Zwar verstand er sich nicht darauf, die Damen mit Erzählungen aus dem harten Alltag der Miliz zu unterhalten, dafür jedoch konnte er vielsagend schweigen, unklare Andeutungen machen, und zusammen mit seinem durchdringenden Blick erzeugte das die Illusion einer interessanten, geheimnisvollen Vergangenheit voller gefährlicher Heldentaten. Allerdings hielt die Illusion nicht lange an. Der Hauptmann schenkte den Frauen keine Blumen, lud sie nicht ins Restaurant ein, machte ihnen in keiner Weise den Hof. Wenn es zu intimen Beziehungen kam, war er entsetzlich grob, fast gewalttätig.

Von jeder Frau wollte er die animalische Ergebenheit der auf der Matratze hingestreckten Glukose-Galja. Nur so empfand er Befriedigung. Aber gleichzeitig ekelte er sich vor der käuflichen Liebe, die doch die ausgefallensten Bedürfnisse erfüllt.

Sokolow wollte eine feste Beziehung zu einer Frau, die sehr schön, nicht dumm, treu und bescheiden sein sollte. Sie durfte kein Geld verlangen, keinerlei Ansprüche stellen, ihn weder heiraten noch Kinder haben wollen, denn Kinder konnte er absolut nicht leiden.

Und eines Tages hatte er Glück. Aus dem eiskalten Wasser der Moskwa zog er Warja Bogdanowa. Sie war blutjung, ungewöhnlich schön, unglücklich und schutzlos.

Für sie wurde der starre, aufmerksame Blick des Hauptmanns zum Symbol der Rettung. Der Alptraum, den sie erlebt hatte, hatte ihr fast den Verstand geraubt. Sie fürchtete sich nicht nur vor Wasser und Kälte, sondern auch vor den Menschen. Sie hielt sich selber für schmutzig und nichtswürdig. Nach der Entlassung aus dem Krankenhaus war sie nicht imstande, durch die Straßen zu gehen. Sie glaubte, die Leute würden sie schief ansehen, in ihr die Närrin wiedererkennen, die sich in der Wohnung des Sexualtäters freiwillig ausgezogen und dann versucht hatte, sich zu ertränken.

»Ja, es stimmt«, sagte Sokolow, als sie mit ihm über ihre Ängste sprach, »das alles steht dir im Gesicht geschrieben. So wie bei einer Prostituierten der Beruf seine Spuren hinterläßt, so liegt auch im Ausdruck deiner Augen etwas Ähnliches.«

Verpackt als angebliche bittere Wahrheit sagte er ihr viele Gemeinheiten, die ihre Furcht noch verstärkten und sie noch hilfloser machten. Er brachte sie so weit, daß sie sich ihm völlig unterordnete und von ihm abhängig wurde. Ihre Mutter kam mit einem ganzen Sortiment von Nervenleiden ins Krankenhaus. Warja konnte nicht allein zu Hause bleiben, sie hatte kein Geld, keine Arbeitsstelle und keinen Studienplatz. Sokolow nahm sie bei sich auf. Er hatte sich mittlerweile eine Zweizimmerwohnung gekauft.

Die beiden unmöblierten Zimmer in einer gottverlassenen Gegend, mit den nackten Fenstern, aus denen man auf staubiges Brachland sah, wurden für Warja der einzige sichere Ort auf der Welt. Allmählich verwandelte sie sich in ein verschrecktes kleines wildes Tier. In der Wohnung gab es weder Radio noch Fernseher. Zu Mittag aß Sokolow im Dienst, auf dem Nachhauseweg kaufte er gewöhnlich Lebensmittel, daher brauchte sie wochenlang nicht aus dem

Haus zu gehen. Manchmal fuhr sie zu ihrer Mutter ins Krankenhaus, und jedesmal war der Weg dorthin für sie eine Folter. Ihr schien, als würden alle Leute im Bus und in der Metro sie anstarren.

Der Sommer ging zu Ende, das Brachland wurde erst schwarz vom herbstlichen Regen und Schmutz, dann weiß vom Schnee. Warja wickelte sich in eine wattierte Decke und schaute stundenlang aus dem nackten Fenster in den Schnee. Als Sokolow eines Tages einen kleinen Schäferhundwelpen mit dicken Pfötchen mitbrachte, freute sie sich riesig. Der Welpe war ganz winzig, tapste komisch durch die leeren Zimmer, hockte sich hin und hinterließ kleine Pfützen, kroch auf die Matratze, kläffte piepsig, wollte auf den Arm wie ein Kind und leckte hastig und gierig die Milch aus seiner Schale.

»Nennen wir ihn doch Warja«, schlug Sokolow vor und fügte boshaft und bissig, ohne die Andeutung eines Lächelns, hinzu: »Die Hündin Warja. Klingt doch gut, oder?«

Kapitel 26

In ihren nächtlichen Talkshows kam Jelisaweta Beljajewa mit den verschiedensten Menschen zusammen: mit hemmungslosen Zynikern und Karrieristen, grauen Bürokraten, ausgekochten Dieben, genialen Abenteurern und schwafelnden Parteipolitikern.

Einmal war der Vorsitzende einer dubiosen Parlamentsfraktion bei ihr zu Gast, eine skandalumwitterte und unberechenbare Gestalt. Lisa war ihm nie zuvor persönlich begegnet, kannte ihn nur aus dem Fernsehen und aus der Presse und wunderte sich sehr, als sie einen ruhigen, müden älteren Mann mit melancholischen, leeren Augen und einem durchaus sympathischen Gesicht erblickte. Er besprach kurz und sachlich den Verlauf des bevorstehenden Gesprächs mit ihr. Ein Politiker mit ausgezeichneten Manieren, der nicht viele Worte machte und vor allem völlig normal, fast sogar etwas langweilig wirkte.

Wenn flegelhaftes Benehmen zum Beruf wird, hört es auf, Spaß zu machen und ist nur noch ermüdend, dachte Lisa.

Sobald die Kamera eingeschaltet wurde, verwandelte sich das Gesicht des Fraktionsvorsitzenden auf erstaunliche Weise: Die Gesichtsmuskeln verschoben sich, die Augenbrauen traten schwer und dick hervor, auf der Stirn perlte Schweiß, die Augäpfel verdrehten sich nach oben, die Augen wurden weiß. Er starrte mit finsterem, fast schon irrem Blick in die Kamera, bewegte drohend die zottigen rötlichen Brauen, blies die Wangen auf und sprach hastig, heiser, wie im Fieber. Was er sagte, war vollkommen absurd.

Nach der Sendung tranken sie Kaffee in ihrem kleinen Büro. Er ließ seine Bodyguards vor der Tür, zog sein Jackett aus, lehnte sich erschöpft im Sessel zurück und zündete sich eine Zigarette an. Man bekam Mitleid, wenn man ihn so anschaute. Seine Augen waren erloschen und eingefallen, die Wangen hingen schlaff herab, es war deutlich zu sehen, daß er schon sehr alt war, nicht mehr gesund und todmüde. Er wischte sich das schweißnasse Gesicht mit einem Taschentuch ab, und Lisa entschloß sich, ihm eine einfache Frage zu stellen: »Wozu?«

»Im Namen unserer gemeinsamen Sache. Auf daß unser großes, leidgeprüftes Rußland blühe und gedeihe«, erwiderte er mit einem so verächtlichen Grinsen, daß ihr unheimlich wurde.

»Ich verstehe«, sagte sie und stand auf, ohne ihren Kaffee ausgetrunken zu haben. »Danke für das interessante Gespräch. Alles Gute.«

Er erhob sich ebenfalls, ging um den Tisch herum und küßte ihr galant die Hand.

»Ich verabschiede mich nicht für immer, Jelisaweta Pawlowna. Ich habe vor, noch öfter in Ihre Sendung zu kommen, der Wahlkampf steht bevor, da muß man in den Medien präsent sein. Ich habe ein paar Skandale vorbereitet, habe mich im Puff mit nackten Mädchen filmen lassen und bin ins Gefängnis gefahren, um den Brüdern von der Mafia einen Besuch abzustatten. Sie lieben mich, die Huren ebenso wie die Mafiosi. Und von beiden gibt's in Rußland viele, sehr viele, weit mehr, als Sie sich träumen lassen. Und alle sind sie für mich. Übrigens, wenn jemand Sie beleidigt, genieren Sie sich nicht, rufen Sie an. Wir helfen Ihnen. Sie gefallen mir, Jelisaweta Pawlowna.«

»Danke.« Sie lächelte. »Ich komme schon selber klar.«

»Ich meine es ernst. Meine Leute sind immer bereit, für einen anständigen Menschen einzutreten, besonders für eine Frau, und das völlig uneigennützig, im Unterschied zu den sogenannten anständigen Leuten, die nicht im Lager waren. Banditen und Huren sind die treuesten Menschen. Und alle sind für mich. Da haben Sie schon zehn Prozent Stimmen bei der Wahl. Für die anderen, die noch an meiner Bestimmung zweifeln, habe ich patriotische Verse geschrieben. Soll ich sie Ihnen vortragen?«

»Danke. Ich höre sie mir lieber im Fernsehen an. Sollen sie für mich eine angenehme Überraschung sein, wie für Millionen meiner Landsleute.«

»Recht haben Sie, es sind sowieso erbärmlich schlechte Verse. Aber das ist ein großes Geheimnis. Und wissen Sie, wer die Wahlen gewinnt?«

»Selbstverständlich Sie«, sagte Lisa lächelnd.

»Völlig richtig. Je absurder eine Lüge ist, desto leichter wird sie geglaubt. Wer hat das gesagt? Goebbels!«

Lisa verstand nicht sofort, warum ihr jetzt plötzlich, während sie im Konferenzsaal saß und auf die Plastikmappe starrte, in der zwischen ihren Papieren die Pornofotos lagen, diese lange zurückliegende Sendung wieder einfiel und dieser großartige Schauspieler, dieser Politclown mit seinen gräßlichen Grimassen. Vielleicht einfach deshalb, weil dieser Mann direkte Kontakte zur Unterwelt hatte und ihr der verzweifelte Gedanke kam, seinen Vorschlag anzunehmen und ihn um Hilfe zu bitten. Im übrigen fiel es ihr schwer, sich zu konzentrieren und zu überlegen, was geschehen war und wie sie vorgehen sollte. Die verrücktesten Gedanken schwirrten in ihrem Kopf herum.

Bin das wirklich ich auf den Fotos? Ich hätte doch etwas merken müssen, müßte mich doch an irgend etwas erinnern können. Wenn es eine tiefe Ohnmacht war, müßte man das der Frau auf den Fotos anmerken.

Sie stellte sich vor, mit welchem Entzücken die Boulevardpresse – und nicht nur die – über sie herfallen würde, wie ihre Kollegen sie scheel angucken würden, welche Flut von Klatsch und Tratsch über sie hereinbrechen würde. Und selbst wenn sie später beweisen könnte, daß es eine Fälschung war, daß sie bewußtlos gewesen war – die Schande würde für den Rest ihres Lebens an ihr hängenbleiben.

Wenn Männern derartige Geschichten passieren, ruft das bei vielen Leuten vielleicht nicht gerade Mitgefühl hervor, aber doch immerhin Verständnis. Einer Frau jedoch verzeiht man so etwas nicht. Und wenn vor diesem Hintergrund durch die erhöhte Aufmerksamkeit der Paparazzi womöglich noch ihr tatsächliches Verhältnis bekannt wurde?

Beim bloßen Gedanken daran schoß Lisa das Blut ins Gesicht. Ach, wie interessant! Unsere brave Beljajewa, die in allen Interviews von ihrer vorbildlichen Familie und ihrer Liebe zu Mann und Kindern erzählt, vergnügt sich heimlich nebenher, und nicht nur mit einem Mann, sondern gleich mit zweien!

»Je absurder eine Lüge ist, desto leichter wird sie geglaubt.«

Krassawtschenko hatte richtig kalkuliert. Er ließ sie mit den Aufnahmen allein, in dem riesigen Saal unter den vielen Menschen. Vier Stunden Panik, Ungewißheit. Ringsum Leute, sie konnte diese scheußlichen Bilder nicht herausnehmen und sie genauer betrachten. Man brauchte kein Psychologe zu sein, um sich vorzustellen, welche schreckliche Wirkung Ungewißheit und unklare Drohungen auf einen Menschen haben.

Sollte sie aufstehen und unter dem Vorwand, Kopfschmerzen zu haben, hinausgehen? Die Gänge zwischen den Reihen waren so eng wie in einem Kino. In vier Stunden würde sie derart weichgekocht sein, daß sie wirklich spornstreichs in die Bar im elften Stock rennen würde, um so rasch wie möglich zu erfahren, was er von ihr wollte.

Eigentlich gab es nur zwei Möglichkeiten: Geld oder Sendezeit. Wenn er Geld wollte, dann sicher eine enorme Summe, denn wegen ein paar Tausendern lohnte es sich für einen Erpresser kaum, nach Montreal zu fliegen, auf eigene Kosten in diesem Hotel zu wohnen und ein kompliziertes Szenarium aus Beschattung, schmierigen Annäherungsversuchen, heimlichen Fotos und vergiftetem Wein aufzuführen. Viel zuviel Aufwand für eine banale Erpressung. Bei einer so globalen Vorbereitung hatte er bestimmt auch ihre finanziellen Verhältnisse unter die Lupe genommen. Es gab Leute, die bedeutend reicher als die Fernsehmoderatorin Beljajewa waren und um ihren Ruf mindestens genauso besorgt wie sie.

Also wollte er Sendezeit? Wozu? Vielleicht handelte er ja auch im Auftrag anderer, und hinter ihm standen mächtigere Leute?

Ihr fiel ein Gespräch ein, das sie kürzlich mit einem General aus dem Innenministerium geführt hatte. Es ging um eine Geiselnahme. Die Tschetschenen hielten drei Offiziere fest und verlangten für sie ein hohes Lösegeld. Sie hatten dem Innenminister ein Videoband geschickt, auf dem die Geiseln zu sehen waren. Sie wurden unter schrecklichen Bedingungen gehalten, einem hackte man vor laufender Kamera einen Finger ab, um der Lösegeldforderung Nachdruck zu verleihen.

»Ich möchte die Leute, die unsere Offiziere verhöhnen, warnen, wir kennen ihre Namen und auch die Namen und Adressen ihrer Verwandten in Moskau. Wenn es um unsere Kameraden geht, um Offiziere der Miliz, schrecken wir vor nichts zurück«, erklärte der General live im Fernsehen.

Nachher bemerkte ein gehässiger Kollege bei einer Tasse Kaffee in der Bar: »Große Klasse, wie der General dich für seine Verhandlungen mit den Entführern benutzt hat. Wenn die ihm nun antworten wollen, soll das auch in deiner Sendung geschehen?«

Die Sendung mit dem General war eine der letzten vor ihrem Abflug nach Kanada gewesen. Sie lag erst eine Woche zurück. Damals, in der Bar von Ostankino, hatte sie die spitze Bemerkung des Kollegen für einen geschmacklosen Witz gehalten, jetzt aber dachte sie: Vielleicht war es eine Anspielung?

So mache ich mich völlig verrückt, stellte sie nüchtern fest. Wenn ich mir jetzt alle in letzter Zeit geführten Gespräche, jede Sendung, jede zufällige Bemerkung in Erinnerung rufe, finde ich garantiert irgendwelche verborgenen Hinweise und Zusammenhänge. Vermutlich will Krassawtschenko genau das erreichen, er wartet ab, bis ich so fix und fertig bin, daß ich auf alle seine Bedingungen eingehe.

»Lisa, hören Sie mich?« Die Amerikanerin sah sie erschrocken an und rüttelte sie an der Schulter. »Nehmen Sie die Kopfhörer ab. Die Synchronübersetzung ist längst zu Ende.«

»Ja, natürlich.« Lisa zuckte zusammen und schaute sich um, als sei sie aus dem Schlaf erwacht. Der Metallbügel der Kopfhörer hatte sich in ihrem Haar verfangen, sie zog so heftig, daß sie sich ein ganzes Büschel Haare ausriß. Tränen traten ihr in die Augen.

»Haben Sie immer noch Kopfschmerzen?« fragte Carrie teilnahmsvoll. »Oder hat dieser Krassawtschenko Sie derart aus der Fassung gebracht? Sie sehen ja schrecklich aus!«

»Ja, ich habe Kopfschmerzen. Ich glaube, ich gehe besser«, flüsterte Lisa.

Sie wartete ab, bis der Redner seinen Vortrag beendet hatte, und bahnte sich dann während des matten Beifalls den Weg zum Ausgang. Die Plastikmappe hielt sie in der Hand. Sie hatte schreckliche Angst, die Fotos könnten herausrutschen.

In den elften Stock brauchte sie gar nicht hinauf. Krassawtschenko saß im Foyer und las eine russische Zeitung.

»Ich habe gewußt, Sie würden es nicht länger als eine Stunde aushalten, und deshalb auf Sie gewartet. Hier gibt es übrigens russische Zeitungen. Das ist eine ziemlich neue Nummer, von vorgestern, mit höchst interessanten Neuigkeiten. Ein Kollege von Ihnen, der Journalist Butejko, ist ermordet worden. Nachts in seinem Hausflur erschossen. Haben Sie nicht mit ihm zusammen beim selben Sender angefangen und sogar einmal an einer Talkshow von ihm teilgenommen? Na, Sie sind ja ganz blaß geworden. Tut es Ihnen so leid um Ihren Kollegen?«

Ohne ein Wort zu sagen, nahm Lisa ihm die Zeitung aus der Hand und las die kurze Notiz auf der letzten Seite. Nur mit Mühe begriff sie den Sinn des Textes.

In ganz Ostankino, wahrscheinlich auf der ganzen Welt,

gab es keinen Menschen, mit dem sie eine so lange gegenseitige Feindschaft verband.

Das wollte ich nicht, dachte sie unwillkürlich.

»Na, gehen wir?« sagte Krassawtschenko mit breitem, einladendem Grinsen.

»Wohin?« fragte Lisa, kaum die Lippen bewegend, und warf die Zeitung auf den Tisch.

»Zu mir auf mein Zimmer, einen Film ansehen. Ich denke, der Videorecorder ist bereits angeschlossen. Man kann die Geräte hier mieten. Sehr bequem.«

»Was faseln Sie? Was für einen Film?«

»Sie können sich doch sicher denken, was für einen. Einen Erotikfilm aus dem Leben des allseits beliebten Fernsehstars Jelisaweta Beljajewa.«

»Hören Sie, Krassawtschenko, oder wie heißen Sie eigentlich wirklich?« Lisa ließ sich in den Sessel fallen und zündete sich eine Zigarette an. »Ich werde mit Ihnen nirgends hingehen. Sie stehen mir bis hier.« Sie legte die brennende Zigarette in den Aschenbecher und schüttelte die Fotos aus der Mappe. Es waren insgesamt drei. Ohne sie anzuschauen, zerriß sie sie in kleine Stücke. Einige Augenblicke später lagen nur noch bunte, glänzende Schnipsel vor ihr. Sie fegte sie in ihre Hand, stand auf und warf sie in den Papierkorb. Krassawtschenko beobachtete sie schweigend. Sie kehrte zum Tisch zurück, drückte ihre Zigarette aus, nahm die Mappe und ging zum Lift. Er blieb sitzen.

Kapitel 27

Der Graf bemühte sich, nicht daran zu denken, daß im satten, schläfrigen Nichtstun der kostbare Rest seiner Jugend unwiederbringlich verstrich. Irina paßte kaum noch durch die Tür und konzentrierte sich jetzt völlig auf die zahlreichen komplizierten Krankheiten, die durch ihre Fettleibigkeit hervorgerufen wurden. Sie entwickelte sogar eine Vorliebe fürs Lesen, für das sie sich früher nie interessiert hatte. Zunächst tauchten im Haus alle möglichen Traum- und Kräuterbücher sowie Rezeptsammlungen aus der Volksmedizin auf. Dann entdeckte der Graf auf ihrem Toilettentisch ein Lehrbuch der praktischen Magie.

»Ich bin verhext worden«, verkündete sie eines Morgens beim Frühstück, »und ich weiß auch, von wem.«

»Genug davon, Irina«, versuchte ihr Vater, der gerade zu Besuch war, sie zur Vernunft zu bringen. »Was faselst du da wie ein dummes Bauernweib? Iß lieber weniger. Versuch dich zu beherrschen.«

»Ich bin auch so schon ganz von Kräften. Nötig ist etwas ganz anderes.«

»Und was?« erkundigte sich der Graf.

»Dir, Michail, werde ich das nicht sagen.« Sie funkelte ihren Mann mit ihren kleinen schwarzen Augen an, und ihm wurde unheimlich zumute. In der letzten Zeit sprach sie fast gar nicht mehr mit ihm, sah ihn nur böse und mißtrauisch von der Seite an.

Ihr ganzes Interesse galt Zaubersprüchen, Beschwörungen, allen Arten von Magie und Schamanentum. Um Mitternacht, bei einer bestimmten Position des Mondes, ging sie in das Eichenwäldchen, riß dort irgendein Kraut aus und weichte die Knollen im Blut eines schwarzen Hahnes ein, dem sie zuvor eigenhändig die Kehle durchgeschnitten hatte. Gemeinsam mit dem alten Stubenmädchen Klawdija befaßte sie sich mit Spiritismus. Dabei ging es ihr weniger um ihre Genesung als vielmehr um die Suche nach einem Schuldigen.

Irina verdächtigte Gott und die Welt, an ihren Leiden

schuld zu sein. Mal erschien ihr der Geist der sittenlosen Kaiserin Kleopatra und lachte ihr frech ins Gesicht, mal war es die verstorbene Popenfrau aus dem Nachbardorf, die sie heimsuchte und ihr in die Kohlsuppe spuckte. Zur wichtigsten und interessantesten Person ihrer spiritistischen Nachforschungen wurde jedoch ihr eigener Mann. Sie war überzeugt, er wolle sie vernichten und eine andere heiraten.

Normalerweise hätte Michail wohl Trost im Alkohol gesucht, wie das der Russe im Unglück so oft tut, aber es fand sich eine Tätigkeit, die ihn begeisterte und sogar inspirierte.

Der Graf hatte den Rat von Doktor Baturin befolgt und wieder zu malen begonnen. In seiner frühen Jugend hatte er Straßenszenen gezeichnet, Studentenfeiern und mondäne Salons. Manchmal hatte er irgendein charakteristisches Gesicht in der Menge entdeckt und es für die Nachwelt verewigt. Aber besonders gut waren ihm stets Karikaturen gelungen.

Jetzt faßte er eine Vorliebe für einfache, realistische Landschaften. Mit dem Skizzenbuch ging er in den Wald, aufs Feld oder zu dem kleinen, flinken Flüßchen Obeschtschaika in einiger Entfernung von Boljakino.

An einem heißen Juliabend war er einmal so in den Anblick der unterschiedlichen Schattierungen des Abendhimmels und der Fichtenwipfel vertieft, daß er das leichte Knirschen der Fahrradreifen hinter sich nicht hörte.

»Sie machen ja Fortschritte, Euer Erlaucht«, sagte eine volle, dunkle Stimme direkt an seinem Ohr, er fuhr zusammen, wandte sich abrupt um und sah in zwei strahlendblaue, spöttische Augen.

»Guten Abend, Sonja.« Der Graf konnte nicht malen, wenn ihm jemand über die Schulter schaute, er legte den Pinsel zur Seite und nahm sich eine Zigarette. »Ist denn kein

Unterricht mehr im Gymnasium?« fragte er mit verlegenem Räuspern.

»Haben Sie vergessen, welchen Monat wir haben?« sagte Sonja lächelnd. »Es ist Juli, Ferienzeit. Außerdem habe ich das Gymnasium in diesem Jahr beendet.«

Sie zeichnete mit der Spitze ihres weißen Schuhs einen langen Bogen in den feuchten Sand. Der Graf überlegte fieberhaft, was er sagen könnte. Ihr von der heißen Sonne beschienenes Gesicht wirkte durchsichtig, leuchtete gleichsam mit einem zartrosa Schein von innen.

»Und welche Pläne haben Sie für die Zukunft, Sonja?«

»Ich will an die Front, als Barmherzige Schwester«, sagte sie schnell und ernst.

»Sonja, wie kommen Sie denn darauf? Was wollen Sie da?« Der Graf war entsetzt. »In verlausten Schützengräben, unter dreisten, betrunkenen Soldaten und Deserteuren, zwischen Maschinengewehren und Giftgas. Ihr Vater wird Sie niemals dorthin lassen.«

»Er weiß vorläufig nichts davon. Und Sie werden ihm nichts sagen, Michail Iwanowitsch.« In ihren Augen bemerkte er einen so kalten, entschlossenen Glanz, daß er erschrak.

»Ich werde es ihm ganz bestimmt sagen, und zwar noch heute.«

»Warten Sie bitte bis morgen, seien Sie so gut. Morgen werde ich nicht mehr hier sein, aber damit er nicht denkt, mir wäre etwas passiert, geben Sie ihm diesen Brief.« Sie reichte ihm einen kleinen, unversiegelten Umschlag.

»Sonja, Sie bringen ihn um«, sagte der Graf leise und bemühte sich, die Ruhe zu bewahren, »und der Krieg ist doch auch bald zu Ende.«

»Er ist nie zu Ende.« Sonja ergriff die Lenkstange ihres Fahrrads, das an einer Birke lehnte. »Leben Sie wohl, Euer

Erlaucht. Sagen Sie Papa nichts, geben Sie ihm einfach morgen diesen Brief. Er wird mich verstehen und mir verzeihen.«

»Nein, Sonja«, der Graf faßte nach ihren eiskalten kleinen Händen, die den Fahrradlenker umklammerten, »ich lasse Sie nirgends hin.«

»Nicht doch, Sie wissen, daß Sie mich nicht zurückhalten können. Sie führen sich ja auf wie der Dorfpolizist. Lassen Sie mich bitte los.« Vergeblich versuchte sie, sich dem Griff seiner heißen Hände zu entziehen.

»Ja, dann benehme ich mich eben wie ein Polizist, und wenn nötig, werde ich Sie sogar binden und einsperren. Was Sie vorhaben, ist dumm und kindisch. Sie lieben doch Ihren Vater und würden niemals zulassen, daß er Ihretwegen zugrunde geht, und er wird zugrunde gehen, das wissen Sie, Sie wollen jetzt nur nicht daran denken. Sie lassen sich von Emotionen leiten, von irgendeinem idiotischen Heroismus, einer Art Überspanntheit, nur nicht vom gesunden Menschenverstand. Machen Sie, was Sie wollen, ich lasse Sie nicht fort. Das ist so dumm und grausam, Sie würden es sich später selber nicht verzeihen.«

»Gut«, sagte Sonja langsam, »damit Sie begreifen, daß das keine überspannten Emotionen sind, können Sie den Brief lesen.«

»Lassen Sie den Lenker los, wir wollen uns setzen.« Der Graf war so erregt, daß er das Blatt kaum aus dem Umschlag ziehen konnte.

Sie verließen den feuchten Sand und setzten sich ins Gras unter die Birke.

Der Brief war in einer großen, energischen Handschrift geschrieben. Der Graf begann zu lesen und hielt dabei für alle Fälle Sonjas Hand fest.

»Papa, verzeih mir und hab keine Angst, mir wird nichts geschehen, ich halte durch, wenn auch nur deshalb, weil ich jetzt nichts mehr fürchte. Vor einer Woche erhielt ich die Nachricht, daß Oberleutnant Danilow von betrunkenen Deserteuren ermordet wurde. Etwas Furchtbareres kann mir jetzt nicht mehr passieren. Junge Männer, solche wie mein Wanja, Leutnants, Kornetts, ganz junge Kerle, liegen in den Hospitälern, verfaulen in den Schützengräben. Ich kann nur weiterleben, wenn ich ihre Leiden lindere. Ich werde für dich und die Oma beten, ich liebe euch sehr, sag ihr nichts davon, denk dir etwas aus. Verzeih mir und versteh mich, wenn du kannst. Deine Sonja.«

»Sonja … Sonja, mein Kind.« Der Graf steckte den Brief in seine Tasche und küßte rasch ihre zarten, kalten Finger, »Ich begreife alles. Ich lasse Sie selbstverständlich gehen, aber zuerst will ich noch mit Ihnen reden.«

»Worüber?«

»War Oberleutnant Danilow Ihr Bräutigam?«

»Was spielt das noch für eine Rolle?«

»Dein Vater und ich, wir sind gute Freunde, er hat vor mir keine Geheimnisse. Von einem Bräutigam seiner Tochter hätte er mir bestimmt erzählt. Sie sind ja sein ein und alles, Sonja. Und außer mir hat er niemanden, mit dem er darüber sprechen könnte. Sie waren also mit Oberleutnant Danilow verlobt?«

»Nein.«

»Erzählen Sie mir von ihm. Ihr Vater weiß ja gar nichts, und es wäre allzu grausam, wenn Sie ihn verließen, an die Front gingen, und er erführe nicht einmal den Grund.«

»Iwan Danilow ist der älteste Bruder meiner Freundin vom Gymnasium. Kennengelernt haben wir uns vor einem Jahr, auf einem Wohltätigkeitsball zugunsten notleidender Kinder in Moskau. Wir haben den ganzen Abend zusammen getanzt, und ich habe gemerkt, daß ich ihn liebe. Er hat es noch früher gemerkt, gleich als er mich gesehen hat. Wir haben uns nur selten getroffen, er mußte gleich wieder an die Front zurück und hat mir von dort geschrieben. Natascha, seine Schwester, hat mir die Briefe übergeben. Einmal ist er auf Urlaub gekommen, nur für vierundzwanzig Stunden. Wir sind den ganzen Tag durch Moskau geschlendert, es war Frost, und wir haben uns in den Konditoreien und Kinos aufgewärmt. Wir haben einander geschworen, daß wir uns nie trennen, und selbst wenn ihm vom Schicksal vorherbestimmt sein sollte zu fallen, würde ich ihm niemals untreu werden und einen anderen heiraten, sondern als Barmherzige Schwester an die Front gehen oder in ein Kloster.«

»Wie alt war er?« fragte der Graf flüsternd.

»Zwanzig.«

»Und er hat Ihren Schwur angenommen?«

»Ja. Dann ist er weggefahren und hat mir geschrieben, daß nur meine Liebe ihn dort, im Schmutz und Grauen, vor der Kugel, vor dem Wahnsinn, vor dem Trinken rettet. Und jetzt ...« – die Tränen, die sich lange in ihrer Kehle gestaut hatten, brachen hervor –, »jetzt ist er gestorben, auf so schreckliche, so erniedrigende Weise. Keine Kugel, keine Bombe, kein Gas, nicht einmal Bajonette haben ihn getötet, sondern die Stiefel einer schmutzigen Horde vertierter Deserteure. Man hat ihn zu Tode getrampelt. Die Deserteure trieben sich unter den Soldaten des Regiments umher, riefen dazu auf, die Offiziere umzubringen, die Waffen wegzuwerfen und sich mit den Deutschen zu verbrüdern. Iwan hat einen von ihnen erwischt, mit einem ganzen Stapel Flugblätter, die Blätter hat er ins Feuer geworfen, den Provokateur mit dem Handschuh ins Gesicht geschlagen und befohlen, ihn auszupeitschen. Abends ist dann die ganze Bande über ihn hergefallen. Alle Hilfe kam zu spät. Natascha hat mir in ihrem Brief genau darüber berichtet und hat noch einen Brief von einem Oberleutnant Sokowin, einem Kameraden

Iwans, in den Umschlag gelegt. Es ist, als hätte ich alles wie mit eigenen Augen gesehen, seinen Schmerz, sein Entsetzen gefühlt. Wie soll ich jetzt noch leben? Fahrrad fahren, Erdbeeren essen, Nocturnes von Chopin spielen?« Böse wischte sie sich mit der Faust die Tränen von den Wangen. »Und nun lassen Sie mich gehen, Graf.«

»Ich lasse Sie nirgendwohin, und wenn Sie noch so schreien und um sich schlagen. Solange Sie sich nicht beruhigt haben, lasse ich Sie nicht fort.«

Sie wollte etwas sagen, ihre Lippen zitterten, über ihre Wangen liefen Tränen. Der Graf ließ sie nicht zu Wort kommen, drückte ihren Kopf mit einer jähen, heftigen Bewegung an seine Brust, vergrub sein Gesicht in ihrem von der Sonne erwärmten Haar und flüsterte verzweifelt: »Ich will nicht, daß Sie sich auf eine Stufe mit diesen betrunkenen Deserteuren begeben, die einen lebendigen Menschen mit ihren Stiefeln totgetrampelt haben. Sie tun ja jetzt das gleiche, Sie bringen Ihren Vater, Ihre Großmutter um, Sie zertrampeln sie. Und sie werden nicht einfach zugrunde gehen, sondern schreckliche Schmerzen empfinden wie dieser arme Leutnant. Diese Schmerzen werden sogar noch viel schlimmer sein, denn die Schmerzen der Seele sind schwerer zu ertragen als die des Körpers. Ich spreche nicht von mir, ich bin ganz unwichtig, aber denken Sie trotzdem auch daran, Sie töten drei Menschen auf einmal. Ich werde endgültig dem Trinken verfallen, ich werde wahnsinnig werden, wenn es das Knirschen Ihrer Reifen, das Läuten Ihrer Fahrradklingel nicht mehr gibt. Ich werde sterben, wenn ich nie mehr sehe, wie Sie mit einem Buch auf der Veranda sitzen, nie mehr höre, wie Sie auf dem Flügel spielen. Ich bin ein alter Mann, eine Null, zu nichts mehr nütze, fast gar nicht mehr da, aber ich lasse Sie nirgendwohin, einfach darum, weil ich Sie liebe, Sonja.«

Ihre Schultern zitterten nicht mehr. Sie rührte sich nicht,

drückte ihr Gesicht an seine Brust, es war, als atme sie nicht einmal mehr. Sie saßen schweigend in dem vom abendlichen Tau feuchten Gras. In der Stille hörte man die Hähne im Dorf zur guten Nacht krähen und die Fische im Flüßchen Obeschtschaika plätschern.

Der Graf streichelte sanft über ihr glänzendes schwarzes Haar, und seine Hand kam ihm schwer und grob vor. Endlich befreite sich Sonja aus seinen Armen, hob ihr Gesicht zu ihm hoch und sagte leise: »Ihr Herz klopft ganz laut, Michail.«

Kapitel 28

Den Welpen nannten sie dann doch nicht Warja, sondern Frida. Ganze Tage lang ging Warja mit ihm spazieren, sie war gern in seiner Gesellschaft.

Sokolow bekam niemals Besuch. Warja schien es, als habe er nicht nur keine Freunde, sondern auch keine Verwandten. Er erzählte fast nichts von seiner Kindheit, von seinem Wehrdienst, von seiner Arbeit. Er hüllte sein Leben in ein rätselhaftes Dunkel, tat, als habe er weder eine Vergangenheit noch eine Gegenwart. Übrigens ging es ihr selber ähnlich. Manchmal fühlte sie sich, als existiere sie außerhalb der Zeit, sogar außerhalb des Raums, im neunten Stock eines neuen weißen Plattenbaus, mit schneebedecktem Brachland vor dem nackten Fenster. Eine Matratze auf dem Fußboden, ein Küchentisch, zwei Hocker, ein Kühlschrank, ein paar Tassen und Teller auf dem Ablaufrost über der Spüle.

Als sie ihn fragte, warum er keine Möbel kaufe, zumindest ein Bett, knurrte er zur Antwort: »Wenn ich was kaufe, dann gleich was Ordentliches. Aber dafür reicht es vorläufig noch nicht. Schon mit der Wohnung habe ich mich fast übernommen.«

Natürlich wußte sie nicht, daß es ihm gefiel, mit ihr auf der Matratze zu schlafen, und daß das kahle Zimmer ihn an die leere Kommunalwohnung in der Maljuschinka erinnerte.

Wenn er zurückkam und sie das Knirschen des Schlüssels im Schloß hörte, blieb ihr fast das Herz stehen. Seine Hände, grobe, starke Hände, zogen sie gleichsam jedesmal aufs neue aus dem eiskalten, todbringenden Wasser. Sie preßte sich an ihn, um sich zu wärmen. Oft tat er ihr weh, aber sie merkte es nicht, weil jede Zelle ihres Körpers sich deutlich an den tödlichen Schmerz erinnerte, als das eisige Wasser sie zerreißen wollte wie ein Schwarm hungriger Piranhas.

Er sagte ihr viele verletzende, böse Worte, aber dabei blickten ihr seine Augen ruhig und aufmerksam ins Gesicht, und dann dachte sie, daß er gar nicht meinte, was er sagte, und daß er wohl sehr müde war, weil er eine schwierige, unangenehme und undankbare Arbeit hatte. Er lächelte niemals, und hinter seinem Ernst vermutete sie männliche Geheimnisse und Gefahren, vielleicht sogar Heldentaten. Sie war erst siebzehn und kannte keine anderen Männer.

Eines Abends hörte sie Gepolter an der Tür, schaute auf die Uhr und dachte, daß Wassili heute wohl früher als gewöhnlich zurückkäme. Sie lief in die Diele. Frida begann leise zu kläffen und mit dem Schwanz zu wedeln. Langsam öffnete sich die Tür. Anstelle von Wassili traten zwei ihr völlig unbekannte Männer in die Wohnung, ein junger und ein etwas älterer. Sie schrie auf, aber mehr aus Überraschung als aus Furcht, denn der Jüngere lächelte und sagte: »Grüß dich, Schöne.«

»Guten Tag.« Warja streckte die Hand aus und knipste das Licht in der Diele an.

Frida freute sich über die Gäste, sprang und drehte sich wie ein Kreisel. Sie war noch zu klein, um Freund und Feind unterscheiden zu können.

Der junge Mann sah normal aus – groß, kräftig, mit einem runden, naiven, gutmütigen Gesicht. Er trug eine teure kanadische Jacke und nagelneue schwarze Jeans. Der ältere erinnerte an eine Vogelscheuche. Klein, hager wie ein Skelett, völlig kahl. Seine Augen waren winzig, und die Jochbögen traten scharf hervor, so daß man meinte, einen Totenschädel mit leeren schwarzen Augenhöhlen vor sich zu haben.

»Wer bist du? Wie heißt du?« fragte der Kahlköpfige.

»Warja. Und wer sind Sie?«

»Kollegen deines Wassili.«

»Wir waren zusammen bei der Armee«, fügte der Jüngere hinzu und half dem Kahlen aus dem Mantel. »Ich heiße Pjotr Petrowitsch. Du kannst einfach Petja sagen.«

Der Kahle stellte sich nicht vor. Warja fiel auf, daß er einen ganz neuen und sehr teuren Schaffellmantel anhatte. Darunter trug er einen eleganten, milchkaffeefarbenen Anzug.

»Wir waren bei Wassili auf dem Revier«, erklärte der Jüngere, »er sagte, er habe noch länger zu tun, und hat uns die Schlüssel gegeben. Du hast doch nichts dagegen, wenn wir hier auf ihn warten?«

»Kommen Sie doch bitte herein. Möchten Sie Tee?«

»So ein Angebot lehnen wir nicht ab«, willigte Petja ein und zog seine Jacke aus. »Wo dürfen wir uns hinsetzen? Es sind ja gar keine Möbel da.«

»Hier in der Küche. Nehmen Sie Platz.«

Sie setzten sich auf die Hocker, Warja schaltete den Wasserkocher ein, stellte Tassen und eine Zuckerdose auf den Tisch und schaute in den Kühlschrank. Bis auf ein Viertel Roggenbrot, ein vertrocknetes Stück Käse, eine Dose mit Sardinen und eine Tüte Milch für Frida war er leer. Sie holte alles heraus und begann den Käse und das Brot aufzuschneiden.

»Lebst du schon lange bei Wassili?« fragte der Ältere und fixierte sie mit seinen Stecknadelaugen.

»Ein halbes Jahr.«

»Na, und behandelt er dich gut?«

»Ja.«

»Und du, was machst du? Arbeitest du, oder gehst du noch zur Schule?«

»Weder das eine noch das andere.«

»Was machst du denn den ganzen Tag?«

»Tja«, sie lächelte, »ich sitze zu Hause. Warte auf Wassili.«

»Wie hast du ihn denn kennengelernt?« fragte der Kahlkopf.

»Das ist eine lange Geschichte«, sagte Warja verlegen. Sie wollte nicht lügen, aber die Wahrheit mochte sie auch nicht sagen.

»Das kann er uns gleich selber erzählen«, sagte Petja augenzwinkernd.

Tatsächlich klickte gerade das Türschloß in der Diele. Warja wollte schon aufspringen, aber der Ältere schüttelte seinen kahlen Kopf und legte den Finger an die Lippen, und Petja war mit einem geräuschlosen Sprung blitzschnell in der Ecke, stellte sich zwischen Wand und Tür und legte ebenfalls den Finger an den Mund.

Warja nickte und lächelte, im Glauben, die Freunde wollten Wassili überraschen. Aber sobald sie sein Gesicht sah, verschwand ihr Lächeln.

»Armselig lebst du«, knirschte die Stimme des Kahlköpfigen durch die Stille, »geizig bist du.«

Wassili blieb wie angewurzelt in der Küchentür stehen. Petja stand hinter ihm und drückte ihm die Pistole ins Genick.

»Pnyrja, sag deinem Gorilla, er soll die Knarre wegnehmen. So kann ich nicht mit euch reden.«

»Und wieso glaubst du, daß wir mit dir reden wollen?« fragte der Kahle mit spöttischem Grinsen.

»Weil wir das bis jetzt noch immer getan haben. Zugegeben, durch Mittelsmänner«, erwiderte Wassili mit seltsam hoher, fremder Stimme.

»Auf den Boden«, kommandierte Petja.

»Wie bitte?«

»Na, Stühle gibt's hier ja nicht«, erläuterte Pnyrja, »also mußt du dich eben auf den Boden setzen, Hausherr.«

Warja hatten sie offenbar ganz vergessen. Sie saß reglos da und atmete fast gar nicht. Nur ihr Herz schlug so laut wie eine Glocke bei einer Feuersbrunst.

Wassili hockte sich gehorsam auf den Fußboden, neben die Spüle.

»So ist's recht«, sagte Pnyrja zustimmend.

Petja ließ sich auf einem Hocker nieder und zündete sich eine Zigarette an.

»Kann ich auch eine haben?« fragte Wassja heiser.

»Bedien dich.« Pnyrja warf ihm Schachtel und Feuerzeug zu. »Hast du selber keine? Wirklich, Wassili, du bist ein Geizkragen. Da hast du dir so ein Schnuckelchen zugelegt, so ein hübsches Ding, und gibst ihr kaum was zu essen und noch weniger anzuziehen, läßt sie nicht aus dem Haus, weil du vermutlich Angst hast, jemand könnte sie dir wegschnappen. Zu Recht. Augen hat sie, die können einen um den Verstand bringen.« Er wandte sich zu Warja um, lächelte ihr freundlich zwinkernd zu. »Keine Angst, Mädel, Onkel Pnyrja paßt schon auf dich auf.«

Warja spürte, wie ihr unter der alten karierten Flanellbluse eiskalter Schweiß kitzelnd über den Rücken rann. Die Stecknadelaugen musterten sie, tasteten sie ab. Wassili kauerte in der Ecke und starrte zu Boden.

»Gut, Mädel, geh du vorläufig mal raus«, sagte Pnyrja schließlich.

Warja rutschte vom Fensterbrett und huschte ins Wohnzimmer, schloß leise die Tür hinter sich, verkroch sich unter ihre Decke und weinte. Sie verstand nichts, spürte aber, daß etwas Furchtbares geschah.

Aus der Küche waren gedämpfte Stimmen zu hören, die Wände in dem Neubau waren dünn. Ihr wurde klar, daß sie lauschen und verstehen mußte, worüber gesprochen wurde.

»Ich habe keine Eile«, drang Pnyrjas Stimme herüber, »die Zeit arbeitet für mich. Soll er leben und reich werden, soll er sich um seine Sammlung kümmern. Du wirst ihn einfach beobachten und uns berichten, was sich bei ihm tut. Am besten, du heuerst bei seinem Sicherheitsdienst an. Ich brauche einen Mann in seiner Nähe, der sein volles Vertrauen hat.«

»Aber er hat doch schon seine Leibwächter, wie soll ich denn da bei ihm anheuern? Ich brauche Empfehlungen ...«, wandte Wassili ein, immer noch mit dieser fremden, hohen Stimme.

»Es kann ja auch erst mal jemand anders sein, der das macht, nicht gleich du selber. Deine Warja ist doch ein pfiffiges Mädchen, und noch dazu so ein hübsches, frisches Ding. So einem Schnuckelchen kann kein normaler Mann widerstehen. Erst recht nicht einer, der schon über fünfzig ist und eine dicke, dumme Ehefrau hat. Und später, wenn's bei den beiden gut läuft, kann sie dich dann empfehlen.«

»Aber wenn sie nicht einverstanden ist?« fragte Wassili erschrocken.

»Das ist nicht unser Problem.«

Bald darauf machten die Gäste Anstalten zu gehen, man hörte Füßescharren in der Diele. Warja stürzte zurück zur Matratze und lag schon wieder unter der Decke, als Wassili leise, auf Zehenspitzen, zu ihr ins Zimmer kam.

»Schläfst du?« fragte er, setzte sich neben sie und legte ihr den Arm um die Schultern.

Sie wandte ihm das Gesicht zu. Seine Augen blickten ruhig und aufmerksam, wie gewöhnlich.

»Warja, folgendes«, begann er, »diese beiden, die hier waren, sind Kriminelle. Pnyrja gehört der Diebsgesellschaft an. Als ich dreizehn war, hat er mich geködert. Ich war eine unerfahrene Rotznase. Jetzt bin ich von ihm abhängig.«

»Aber du bist doch kein Krimineller. Du bist Milizionär.«

»Hör auf.« Wassili runzelte die Stirn. »Spiel nicht die Unschuld vom Lande. Jeder Milizionär hat seinen Kriminellen, der hinter ihm steht, und meist nicht nur einen. Aber darum geht es jetzt nicht. Sondern darum, daß sie mich umbringen können oder es so drehen, daß ich für lange Zeit ins Gefängnis komme. Was schlimmer ist, weiß ich nicht.«

»Schlimmer ist, wenn sie dich umbringen. Aus dem Gefängnis kommt man zurück.«

»Andere ja. Ich wohl kaum. Eben weil ich Milizionär bin. Alles hängt jetzt von dir ab, Warja. Verstehst du? Mein Leben hängt von dir ab.« Er umarmte sie noch fester, drückte ihren Kopf an seine Brust, strich ihr übers Haar und flüsterte heiser: »Wir beide müssen uns für eine Weile trennen. Du wirst einen Mann kennenlernen. Du wolltest doch immer Schauspielerin werden? Jetzt wirst du eine Rolle spielen, aber nicht im Film, sondern im wirklichen Leben.«

»Was für eine Rolle?«

»Was ist, willst du mich nicht verstehen?« Er schob sie jäh von sich und schaute ihr in die Augen. »Du wirst seine Geliebte.«

»Ist er ein Krimineller?«

»Nein. Er ist ein ganz normaler Mann, sehr reich und gebildet.«

»Hast du ihn gesehen?«

»Nein. Nur Fotos.«

»Die dir diese Ganoven gegeben haben?«

»Ja. Willst du sie sehen?«

»Nein, Wassili, ich will nicht.«

»Warum nicht?«

»Geh auf die Straße, hol dir eine Prostituierte, gib ihr Geld, und dann soll sie mit diesem Typen schlafen. Ich kann das nicht.« Ihre Stimme zitterte, sie befreite sich aus seinen Armen, drehte sich zur Wand, zog sich die Decke über den Kopf und begann zu weinen.

Er verließ das Zimmer und schlug krachend die Tür zu. Sie hörte, wie er in der Küche auf und ab ging, von einer Ecke in die andere. Der Geruch von Tabakrauch zog zu ihr herüber. Es verging eine Viertelstunde. Er kehrte ins Zimmer zurück, zog mit einem Ruck die Decke weg und stürzte sich auf sie, begann ihr Gesicht, ihren Hals, ihr Ohr zu küssen und wiederholte mit schwerem Keuchen immer wieder: »Warja, mein Mädchen, hilf mir, ich liebe dich, ich habe dir das Leben gerettet, jetzt rette du meins, denn sie werden ja nicht nur mich vernichten, sondern auch dich und deine Mutter. Begreif doch, Warja, wir haben keine andere Wahl. Pnyrja duldet keinen Widerspruch. Er hat das beschlossen, nicht ich. Ich würde niemals, um nichts auf der Welt ...«

Ein paar Tage später fuhren sie mit seinem kleinen Shiguli in die eleganten Geschäfte zum Einkaufen. Warja war verblüfft, sie hätte niemals gedacht, daß er so viel Geld hatte. Er kaufte ihr Kleider, Kosmetika, suchte lange und bedächtig Parfum für sie aus.

»Wassili, warum hast du das nicht getan, als ich bei dir war?« fragte sie leise, als sie nach Hause zurückgekehrt waren und den Berg von schicken Tüten und Päckchen auf der Matratze aufgestapelt hatten.

»Weil ich dich liebe, wie du bist, mir ist ganz egal, was du anhast.« Er küßte sie zärtlich auf den Hals. Er war überhaupt ungewöhnlich zärtlich und aufmerksam, wie ausgewechselt.

Eine Woche darauf brachte er sie zu einem Kurhotel. Dort sollte sie einen ganzen Monat in einem Einzelzimmer wohnen und jeden Morgen von sieben bis neun eine bestimmte Route joggen.

»Und dann, Wassili? Wenn ich ihn kennengelernt habe?«

»Versuch ihm zu gefallen. Fürs erste ist deine wichtigste Aufgabe, seine Freundschaft und sein Vertrauen zu erringen.«

Kapitel 29

In der kardiologischen Abteilung des Krankenhauses, das ehemals hohen Militärs vorbehalten war, kostete ein Tag fünfzig Dollar, und das nur für den Aufenthalt, ohne Behandlung und Medikamente. Jelena Butejko hatte Aufenthalt und Behandlung ihres Mannes für zehn Tage im voraus bezahlt. Hauptmann Kossizki kaufte eine Schachtel Mozartkugeln und drei weiße Rosen und machte damit in der Buchhaltung des Krankenhauses seine Aufwartung. Er strahlte die nicht mehr junge Kassiererin an, machte ihr Komplimente und erhielt im Gegenzug erschöpfende Auskünfte.

Peremyschlew, der behandelnde Arzt, empfing ihn ziemlich mürrisch und bat ihn zu einem vorbereitenden Gespräch ins Sprechzimmer.

»Er sagt die ganze Zeit, daß er von hier nicht weg will, nicht einmal zum Begräbnis seines Sohnes will er«, teilte ihm der Arzt mit, »er fürchtet sich, behauptet, man wolle ihn umbringen. Schlafen kann er nur mit starken Medikamenten. Seine Frau war bei mir und hat mir versichert, eine Gewöhnung an Schlafmittel könne bei ihm nicht vorliegen, früher habe er nie welche genommen. Aber ich sehe ja, daß eine starke Gewöhnung vorliegt. Eine fast suchtartige Abhängigkeit. Ich habe überprüft, ob er in psychiatrischer Behandlung war, doch da hat es nie irgendwelche Auffälligkeiten gegeben. Was allerdings schwer zu glauben ist.«

»Wollen Sie damit sagen, daß er schon vor dem Tod seines Sohnes psychisch krank war?« fragte der Hauptmann.

»Ich will gar nichts sagen.« Der Arzt schüttelte abwehrend den Kopf. »Sicher weiß ich nur, daß er einen kleinherdigen Herzinfarkt erlitten hat. Wie es um seine Psyche steht, bekomme ich nicht recht heraus. Jedenfalls hat er eine regelrechte Psychose, Halluzinationen, Verfolgungswahn.«

Ich wüßte gern, woher die Butejko so viel Geld hat, dachte Kossizki plötzlich. Natürlich könnte sie alle ihre Ersparnisse darauf verwandt haben, daß ihr Mann wieder gesund wird, vielleicht hat sie sogar Schulden gemacht. Durchaus möglich.

»Eigentlich müßte Butejko in die Psychiatrie verlegt werden«, fuhr der Arzt fort, »aber andererseits ist er nicht gefährlich, er randaliert nicht.«

»Ist er denn nun zurechnungsfähig oder nicht?«

»Manchmal wirkt er ganz vernünftig – reagiert angemessen und redet zusammenhängend. Im übrigen bin ich Kardiologe, kein Psychiater.«

Untersuchungsführer Borodin hatte Kossizki bereits gewarnt, daß es nicht einfach sein würde, sich mit dem Vater des Ermordeten zu unterhalten.

»Du mußt ganz vorsichtig von der Vergangenheit anfangen, das Gespräch aufs Juwelierhandwerk bringen, aber paß auf, daß du ihn nicht erschreckst. Hör lieber auf, wenn er allzu heftig reagiert«, gab Borodin dem Hauptmann mit auf den Weg. »Und vor allem mußt du versuchen herauszufinden, warum er seinen Beruf so plötzlich gewechselt hat und aus dem Juweliergeschäft in die Schuhfabrik gegangen ist.«

Kaum hatte Kossizki die Schwelle der sogenannten »Krankenbox« überschritten, als ein dumpfes Flüstern ertönte: »Halt! Zeigen Sie Ihre Hände!«

Kossizki brauchte einen Moment, bis er begriff, wer da flüsterte und von wo das Flüstern kam. Das Bett war leer, die Decke zerknautscht. Der Kranke saß zusammengekauert auf dem Fußboden hinter dem Nachttisch.

Der ist tatsächlich komplett übergeschnappt, dachte Kossizki mitleidig, ist ja auch kein Wunder, wenn man seinen einzigen Sohn verliert.

»Wjatscheslaw Iwanowitsch, was soll denn das heißen!« rief der Arzt. »Rasch zurück ins Bett, jemand von der Miliz will Sie sprechen.«

Als Antwort hörte man ein blechernes Scheppern. Ein kleiner, magerer alter Mann mit einem großen, vollkommen kahlen Kopf kroch hinter dem Nachttisch hervor. In der Hand hatte er einen Nachttopf, den er wie einen Schild vor sich hielt.

»Von der Miliz?« Er blickte den Hauptmann mißtrauisch an. »Und warum trägt er keine Uniform? Haben Sie seine Papiere überprüft? Haben Sie ihn durchsucht? Vielleicht hat er eine Waffe?« Der Kranke wollte sich nicht beruhigen. »Ich habe Sie gewarnt, sie werden bestimmt hierherkommen. Es war sinnlos, daß Sie mir das Leben gerettet haben, nur damit ich hier, vor Ihren Augen, umgebracht werde.«

Kossizki zog seinen Dienstausweis hervor und zeigte ihn dem Kranken.

»Ich bin Hauptmann der Miliz, Wjatscheslaw Iwanowitsch, mein Name ist Kossizki. Wer will Sie umbringen?«

Butejko durchbohrte ihn mit seinen Blicken, erwiderte aber nichts, stellte den Nachttopf auf den Boden, schob ihn mit dem Fuß unters Bett, schlurfte dann barfuß zum Waschbecken und wusch sich lange und gründlich die Hände. In allen seinen Bewegungen spürte man seine innere Panik. Er zog den Kopf zwischen die Schultern, blickte sich angstvoll nach dem Hauptmann um, als erwarte er, daß der gleich eine Pistole ziehen und damit herumballern werde. Schließlich trocknete er sich die Hände ab, rannte zu seinem Bett, kroch in eine Ecke und zog sich die Decke über die Knie.

»Ich gehe jetzt. In fünf Minuten habe ich Visite«, sagte der Arzt.

»Nein!« brüllte der Kranke. »Gehen Sie nicht weg! Ich werde nur in Ihrer Gegenwart mit ihm sprechen. Ich sehe diesen Mann zum allerersten Mal und habe kein Vertrauen zu ihm.«

Mit erstaunlicher Behendigkeit sprang der Kranke aus dem Bett, versperrte dem Arzt den Weg, stellte sich auf die Zehenspitzen, packte ihn am Kittel und flüsterte ihm ins Ohr: »Mir gefällt dieser Bursche nicht, sehen Sie doch nur, wie er mich anschaut. Er bringt mich um, bestimmt bringt er mich um. Sie machen schon seit vierzehn Jahren Jagd auf mich.«

»Beruhigen Sie sich«, seufzte der Arzt, »ich habe den Genossen von der Miliz eigens hergebeten, damit er herausfindet, was los ist, wer Sie verfolgt und umbringen will.«

»Sie haben ihn also geholt?« Butejko sank augenblicklich in sich zusammen und kehrte in sein Bett zurück. »Und haben Sie auch seine Papiere geprüft?«

»Ja, ja, beruhigen Sie sich, erzählen Sie dem Hauptmann alles, was Sie mir erzählt haben.« Ein kaum merkliches spöttisches Lächeln huschte über das Gesicht des Arztes. »Entschuldigen Sie, ich muß gehen.«

Kossizki schob einen Stuhl ans Bett. Butejko starrte ihn unverwandt an. Die Augen des alten Mannes waren rot und entzündet.

»Ich schlafe schon seit vierzehn Jahren nicht mehr«, teilte er mit pfeifendem Flüstern mit.

»Warum nicht?« fragte der Hauptmann, ebenfalls flüsternd.

»Er kommt jede Nacht. Kaum nicke ich ein, taucht er vor mir auf. Ich sehe sein Gesicht. Wissen Sie, was für ein Gesicht ein Mensch hat, den man mit einer durchsichtigen Plastiktüte erstickt?«

Na, großartig! beglückwünschte sich Kossizki. Haben wir jetzt etwa noch eine Leiche? Einen unaufgeklärten Mord, der vierzehn Jahre zurückliegt, einen Toten mit einer Plastiktüte auf dem Kopf? Wenn mich da der alte Borodin nicht vor Freude mit Mamas Piroggen bewirtet ...

»Von wem sprechen Sie?« fragte der Hauptmann rasch.

»Von dem Toten«, erwiderte Butejko und schaute sich ängstlich nach allen Seiten um.

»Er wurde ermordet?«

»Ja.«

»Von wem?«

»Von Pawel.«

»Familienname?«

»Von wem?«

»Na, von diesem Pawel.«

»Verstehen Sie denn nicht?« Der Kranke schüttelte vorwurfsvoll den Kopf. »Steine haben keine Familiennamen. Sie haben alles – eine Geschichte, ein Schicksal, Blut, lebendiges, menschliches Blut, aber Familiennamen haben sie nicht. Pawel wurde von einem Huhn gelegt, 1829 im Ural, und sein Schicksal läßt sich nur bis zum Jahre 1917 verfolgen. Seitdem ist er verschwunden. Aber Steine wie er verschwinden niemals ganz. Sie tauchen immer wieder aus dem Nichts auf, damit von neuem Ströme von Blut fließen.«

Nein, keine Kohlpiroggen von Mama, dachte Kossizki mit ironischem Lächeln. Hier fördere ich nichts mehr zutage. Ein Verrückter, der Unsinn redet, und ich Trottel höre ihm zu.

»Wissen Sie, Wjatscheslaw Iwanowitsch, quälen Sie sich nicht, erzählen Sie mir lieber sofort alles, dann wird es leichter«, sagte er im herzlichsten Tonfall, zu dem er fähig war.

»Wem soll leichter werden?« Butejko schüttelte traurig den Kopf. »Ihm doch nicht, er ist längst tot. Er ist tot, aber er wird keine Ruhe geben, solange wir am Leben sind.«

»Wie hieß er?« fragte der Hauptmann vorsichtig.

»Kusja.«

»Wie, war das ein Kater?«

»Schön wär's ... Ein Säufer, ein Fixer war er, aber trotzdem ein Mensch. Ljolja hat genauso geredet wie Sie, sie hat gesagt, stell dir doch vor, das ist ein Tier, irgendein dahergelaufener Kater, der uns das Treppenhaus vollmacht.«

»Ljolja, wer ist das?«

»Wenn Sie's nicht wissen, sag ich's Ihnen nicht.«

»Wjatscheslaw Iwanowitsch, wie soll ich die Wahrheit herausfinden, wenn Sie nicht reden wollen?«

»Wozu wollen Sie das denn? Was soll das bringen? Artjom ist ermordet worden, jetzt sind wir an der Reihe. Ich verstehe nur nicht, warum man zuerst ihn umgebracht hat, er war damals doch noch ein Kind, erst sechzehn Jahre alt. Er wußte nichts und wird nun auch nie etwas erfahren.«

»Unter dem Verdacht, Ihren Sohn umgebracht zu haben, steht ein früherer Mitschüler von ihm, ein gewisser Anissimow. Kennen Sie ihn?«

»Den kenne ich seit seiner Kindheit. Er ist kein Mörder. Er war nur das Werkzeug. Zuerst haben sie ihn mit dem Ring zu mir geschickt. Als eine Art Warnung, sie wollten, daß ich Angst bekäme. Völlig überflüssig. Ich hatte diese ganzen vierzehn Jahre über Angst, aber ich hätte nie gedacht, daß Artjom der erste sein würde.«

»Soll das heißen«, unterbrach ihn der Hauptmann vorsichtig, »das alles – Plastiktüte, Leiche, Pawel – liegt schon vierzehn Jahre zurück?«

»Ja, es war 1985, im Juni. Es herrschte damals eine entsetzliche Hitze. Artjom hatte das neunte Schuljahr beendet und war mit seiner ganzen Klasse zur Kartoffelernte auf die Kolchose geschickt worden, wir hatten ihn noch weggebracht. Ljolja und ich wollten in Urlaub fahren. Ich hatte meinen letzten Arbeitstag vor dem Urlaub. Und da tauchte er auf. Er kam ins Geschäft und drückte sich lange am Ladentisch herum. Er sah nicht aus wie jemand, der sich irgend etwas in einem Juwelierladen kaufen kann. Bis Ladenschluß waren noch zehn Minuten, ein Milizionär forderte ihn auf zu gehen. Später sah ich ihn auf einer Bank im Hof sitzen. Er hatte einen erloschenen Zigarettenstummel zwischen den Zähnen und starrte in die Luft. Wissen Sie, was mich veranlaßt hat, mich zu ihm zu setzen? Mitleid. Ich dachte, er sei von Kriminellen zu uns ins Geschäft geschickt worden. So was war schon öfter vorgekommen. Bevor sie einen Raubüberfall machen, schicken sie so einen Laufburschen, der auskundschaftet, wer als letzter geht und die Tür abschließt und um wieviel Uhr der Geldtransporter kommt. Später lassen sie den Armen hängen, liefern ihn aus. Übrigens war ich immer ein guter, anständiger Mensch. Ich habe vielen geholfen, selbst wenn es für mich riskant war. Aber natürlich wollte ich auch nicht, daß unser Laden ausgeraubt wird.«

Der Hauptmann sah, daß dem Kranken Tränen übers Gesicht liefen und seine mageren Schultern bebten.

»Möchten Sie vielleicht etwas Wasser?« fragte er.

»Nicht nötig ...« Der alte Mann schluchzte auf. »Ich kann nicht mehr trinken und nicht mehr essen. Verstehen Sie, ich bin ein anständiger Mensch, in meinem Arbeitsbuch habe ich vier Danksagungen, und mein Sohn ist ein bekannter

Journalist.« Er drückte das Gesicht ins Kopfkissen und weinte noch bitterlicher. Dem Hauptmann blieb nichts anderes übrig, als die Krankenschwester zu rufen.

Beim Frühstück schwieg Lidija Borodina demonstrativ und zeigte mit ihrem ganzen Verhalten, daß sie ihren Sohn in Ruhe lassen und nicht beim Nachdenken stören wollte. Aber schließlich hielt sie es doch nicht mehr aus.

»Übrigens, gestern habe ich Warja getroffen. Ist das nicht merkwürdig, wo wir doch neulich erst von ihr gesprochen haben? Sie wirkt jetzt ganz erwachsen, und sie ist wunderschön geworden! Sie hat mich sofort erkannt, nach dir gefragt und mich gebeten, dir einen Gruß zu bestellen.«

»Wie geht es ihr?«

»Sie lebt mit einem Mann zusammen, der ihr Vater sein könnte. Er ist sechsundfünfzig und sie gerade mal zwanzig.«

»Und studiert sie jetzt wirklich an der Kunstakademie?«

»Dort habe ich sie ja getroffen, du weißt doch, ich werde einmal im Jahr eingeladen, ein Seminar über die Symbolisten abzuhalten.«

»Ach ja, natürlich. Aber soweit ich weiß, ist das Studium dort gebührenpflichtig und sehr teuer. Wer bezahlt denn für Warja?«

»Ihr Galan. Ih, was für ein widerliches Wort.« Lidija verzog das Gesicht, als hätte sie auf etwas Saures gebissen. »Aber anders kann man es nicht ausdrücken. Liebhaber klingt noch häßlicher. Übrigens, wenn er ihr das Studium finanziert, hat er ja wohl ernste Absichten und wird sie hoffentlich heiraten, wie ein anständiger Mann.«

»Ist er denn ein anständiger Mann?«

»Es heißt, ja. Vielleicht hast du schon von ihm gehört. Dmitri Malzew, stellvertretender Finanzminister. Man hat mir gesagt, er tut viel für die Akademie, setzt sich beim Bürgermeister und beim Kultusminister ein, hat Sponsoren in Deutschland und Amerika gefunden. Er soll auch ein ziemlich gebildeter Mann sein.«

»Wer sagt das?«

»Ilja, was ist das für eine Unsitte, Fragen zu stellen, obwohl dich die Antworten darauf im Grunde gar nicht interessieren?« sagte Lidija stirnrunzelnd.

»Wieso denn? Es interessiert mich sehr zu erfahren, von wem du so viel über den stellvertretenden Finanzminister Malzew gehört hast.«

»Von der Bibliothekarin der Akademie, Jekaterina Borissowna.«

»Was denn, geht Malzew etwa in die Institutsbibliothek?« fragte Borodin mit spöttischem Grinsen.

»Du brauchst dich gar nicht lustig zu machen, Ilja. Ja, das tut er, wenn auch selten. Er interessiert sich für Geschichte, genauer gesagt für die Geschichte des russifizierten französischen Adels, dem Katharina die Große während der Französischen Revolution Unterschlupf geboten hat.«

»Ach, will er etwa seinen Stammbaum erforschen und Mitglied der Adelsgesellschaft werden? Es ist jetzt sehr in Mode, sich als Fürst von altem Adel auszugeben oder doch mindestens als Graf.«

»Ja, du hast richtig geraten«, sagte Lidija lächelnd, »vielleicht wartet auf unsere Warja noch eine große Zukunft. Dann wird sie nicht einfach die Frau des reichen Ministers Malzew sein, sondern eine Gräfin. Ihr zukünftiger Mann hat darum gebeten, alle Dokumente herauszusuchen, die es über das Geschlecht der Grafen Paurier gibt.«

Kapitel 30

Krassawtschenko war verschwunden, wie vom Erdboden verschluckt, aber Lisa zweifelte nicht daran, daß er in Moskau auftauchen würde, sobald sie wieder dort war. Immerhin gelang es ihr, sich wenigstens zeitweilig zu beruhigen und nicht ständig darüber zu grübeln, ob wirklich sie auf den Fotos zu sehen war und was der Erpresser von ihr wollte und wie sie sich in dieser Situation am vernünftigsten verhielt.

Einen Tag vor der Abreise rief ihr Mann an, um sich zu vergewissern, ob er die richtige Flugnummer hatte. Und genau fünf Minuten später rief Juri an und stellte ihr die gleiche Frage.

»Wir haben doch verabredet, daß ich in zwei Tagen zu dir komme.«

»Du brauchst keine Angst zu haben, ich werde irgendwo ganz am Rand stehen«, sagte er traurig. »Ich zähle die Tage, ich kann ohne dich nicht leben.«

»Entschuldige. Aber es wäre besser, du kämest nicht zum Flughafen. Wir haben das doch schon besprochen.«

»Lisa, was ist mit dir? Hast du dort Probleme?«

»Ja.«

»Möchtest du mir nicht kurz erklären, was passiert ist?«

»Ich werde erpreßt.« Sie spürte, daß ihr gleich die Tränen kommen würden.

»Hat es mit uns zu tun?«

»Ich kann darüber nicht am Telefon sprechen. Ich bitte dich nur, komm nicht zum Flughafen.«

»Wenn die Erpressung mit uns zusammenhängt, dann ist alles ganz einfach. Du triffst endlich eine Entscheidung und brauchst in Zukunft nichts mehr zu verheimlichen.«

Lieber Himmel, dachte sie, er hat nie eine richtige Familie

gehabt, er weiß nicht, was es heißt, etwas zu zerstören, was sich in langen Jahren aufgebaut hat.

»Juri, wir wollen das nicht am Telefon erörtern.«

»Du weißt, ich möchte nur eins, daß du bei mir bleibst. Ob mit den Kindern oder ohne, ist nicht wichtig.«

Das ist es ja eben, dir ist es nicht wichtig, ob die Kinder bei dir sind oder nicht. Es sind ja nicht deine …

»Du weißt, ich werde so lange warten wie nötig und akzeptiere deine Entscheidung, egal, wie sie ausfällt. Aber ich merke natürlich, wie schwer es für dich ist.«

Wärest du etwas weniger verständnisvoll, wäre es für mich bedeutend leichter.

»Juri, ich verspreche dir, zwei Tage nach meiner Rückkehr werden wir uns treffen. Ich fahre nach der Nachtsendung zu dir, wie immer.«

Hauptsache, ich schaffe es, überzeugend zu lügen und dabei Michail und den Kindern in die Augen zu sehen.

Die Lügen, die sie würde erzählen müssen, belasteten sie weit mehr als die Erpressungsversuche Krassawtschenkos. Als sie den Hörer aufgelegt hatte, stand sie einige Minuten reglos und starrte stumpf auf die Türme der Kathedrale. Vielleicht sollte sie diese ganze Geschichte mit Krassawtschenko gar nicht so ernst nehmen? Ja, sie war widerlich bis zum Kotzen, aber eigentlich nicht so schlimm. Es würden sich Möglichkeiten finden, ihn zu überlisten, ihm mit einem klugen Schachzug den Wind aus den Segeln zu nehmen. Doch hier, wo es um wirkliche Gefühle ging, mußte sie eine klare Entscheidung treffen, und die würde weh tun. Da konnte sie niemanden überlisten und sich nichts im voraus zurechtlegen.

Lisa holte ihren Koffer, begann ihre Sachen zu packen und dachte dabei, daß sie zu wenig Geschenke für die Kinder und ihren Mann hätte. Für Juri hatte sie überhaupt nichts. Zeit zum Einkaufen war keine mehr, sie würde alles beim Umsteigen auf dem Frankfurter Flughafen zum doppelten Preis erwerben müssen.

In dem Regal, in dem ihre Unterwäsche lag, entdeckte sie ein Polaroidfoto, eins von denen, die im Rotlichtviertel gemacht worden waren.

Sie betrachtete es in aller Ruhe und stellte fest, daß ihr Gesicht nicht einfach nur erschrocken aussah, sondern einen fast schon panischen Ekel ausdrückte. Jeder normale Mensch konnte erkennen, daß man sie in eine Falle gelockt hatte und daß sie keineswegs freudig erregt war. Aber wenn die Bilder erst einmal veröffentlicht waren, würde sowieso jeder das darin sehen, was er sehen wollte.

Der Rest des Tages verging wie im Fluge. Die letzte Sitzung, der feierliche Abschluß der Konferenz, das Festessen. Sie ertappte sich laufend dabei, daß sie sich nervös umblickte. Das fiel auch Carrie auf.

»Ich glaube, Ihr Krassawtschenko ist verschwunden«, sagte sie, als sie sich bei dem feierlichen Bankett im Hotelrestaurant neben Lisa niederließ. »Ich muß mich entschuldigen.«

»Wofür denn, Carrie?«

»Für meine dumme Frage, ob Sie mit ihm eine Affäre hätten.«

»Unsinn, Carrie. Vergessen wir den Kerl einfach. Probieren Sie den Lachs, er ist ganz hervorragend.«

»Ja, sie bereiten ihn hier auf besondere Weise zu, grillen ihn auf Holzkohle.«

Vor dem Abflug am nächsten Morgen mußte Lisa die Rechnung für die Benutzung der Minibar bezahlen. Die Flasche Weißwein kostete dreißig Dollar, und noch einmal bedachte sie Krassawtschenko im stillen mit einem unfreundlichen Ausdruck.

In Frankfurt mußte Lisa viereinhalb Stunden auf den Anschlußflug nach Moskau warten. Auf diesem großen internationalen Flughafen drängte sich ein so buntgemischtes Völkchen, daß man mindestens eine Stunde damit verbringen konnte, einfach nur die Menschen zu beobachten. Arabische Familien, angeführt von einem dicken Papa, hinter ihm cinc ganze Brut großäugiger Kinder und bis zu den Augen verschleierte Frauen verschiedener Altersstufen. Eine ältere Frau, eine mittlere, eine junge. Chassidim mit langen Schläfenlocken, runden Hüten, schwarzen Anzügen. Indianer in bunten Filzjacken und Stiefeln mit Sporen, daneben Hindus in langen, grellfarbigen Gewändern. Männer mit schweren Turbanen, Frauen mit locker umgelegten, glänzenden Kopftüchern, Ringen in der Nase, roten und blauen Punkten zwischen den Augenbrauen. Aus all dieser internationalen Buntheit hob sich scharf eine Gruppe nordkoreanischer Genossen ab, ein halbes Dutzend kleiner Männer, alle in den gleichen grauen Anzügen. Diszipliniert trippelten sie durch die Wartehalle, wie magere graue Gänseriche durch eine Menge von satten Hähnen und Pfauen.

Lisa fand ein kleines gemütliches Café, trank eine Tasse Kaffee, aß ein warmes Käsesandwich und schlenderte dann in aller Ruhe durch die Souvenirläden. Für Juri kaufte sie ein Zippo-Feuerzeug, dann suchte sie lange in einem irischen Geschäft nach handgestrickten Pullovern für Mann und Kinder, und als sie endlich welche gefunden hatte, hörte sie neben sich eine einschmeichelnde, bekannte Stimme: »Hier ist aber alles viel teurer.«

Sie hatte gewußt, Krassawtschenko würde wieder auftauchen, und war sogar fast froh, daß es hier war und nicht in Moskau.

»Lange nicht gesehen«, sagte sie spöttisch lächelnd und blickte ihm gerade in die kalten Fischaugen.

»Tatsächlich. Ich hatte schon Sehnsucht nach Ihnen. Aber zum Glück habe ich ja einen Trost. Ich kann Sie mir, wenn ich will, jeden Tag auf Video ansehen.«

Lisa reagierte nicht auf seine Worte und tat, als sei er Luft. Sie zahlte, nahm ihre Tüte und verließ das Geschäft.

»Der erotische Film hat viel an Ihnen verloren. Den Busen könnte man noch ein bißchen aufpolstern, aber das sind Nebensächlichkeiten. Das wichtigste sind Temperament und Leidenschaft«, redete Krassawtschenko unbeirrt weiter und versuchte sogar, sie unterzuhaken.

An der runden Bartheke in der Mitte der Halle bemerkte Lisa zwei deutsche Polizisten. Sie saßen auf den hohen Barhockern und tranken Cola.

»Lassen Sie uns etwas trinken und dabei reden«, schlug sie plötzlich mit einem liebenswürdigen Lächeln vor. »Kommen Sie, ich lade Sie ein.« Und ohne sich noch einmal umzudrehen, steuerte sie entschlossen die offene runde Bar an.

Die Polizisten waren inzwischen von ihren Hockern gestiegen, standen noch einen Moment zusammen und gingen dann in verschiedene Richtungen auseinander. Der eine, ein älterer Mann mit Bauch, kam direkt auf Lisa zu. Als er sich ihr bis auf einen Meter genähert hatte, öffnete sie bereits den Mund, um zu sagen: »Entschuldigen Sie, Herr Polizist, dieser Mann verfolgt und belästigt mich«, spürte aber im selben Moment instinktiv, daß Krassawtschenko gar nicht mehr hinter ihr war.

»Haben Sie eine Frage, gnädige Frau?« erkundigte sich der Polizist freundlich.

»Nein ... Entschuldigen Sie ...« Sie begriff, daß sie mit offenem Mund mitten in der Halle stand und dem Polizisten den Weg versperrte. Schnell trat sie beiseite und ging in die Wartehalle, suchte sich einen freien Sessel, setzte sich, streckte die Beine aus und schloß die Augen.

Bis zum Weiterflug blieben noch zwei Stunden. Lisa merkte nicht, wie sie in dem bequemen Sessel einnickte, und erwachte erst, als jemand sie an der Schulter berührte.

»Lisa, es ist Zeit. Sie kommen zu spät zum Flugzeug. Der Flug wird schon zum zweiten Mal ausgerufen.«

Ob ich ihn nicht einfach umbringen soll? dachte sie, ohne die Augen zu öffnen.

»Dumm war das. Ehrenwort, richtig dumm«, sagte Krassawtschenko und setzte sich neben sie. »Was hätten Sie damit wohl erreicht?«

Sie öffnete die Augen und sprang auf. Die Tüte mit den Pullovern fiel ihr vom Schoß. Krassawtschenko hob sie auf und reichte sie ihr.

»Wollten Sie sich etwa beschweren, ich hätte Sie sexuell belästigt? Ich gebe zu, hier wie auch in Amerika nimmt man solche Sachen bedeutend ernster als in unserer barbarischen Heimat. Aber der dicke Deutsche hätte auch nicht mehr getan, als Ihnen ein paar mitfühlende Worte zu sagen. Kommen Sie, wir gehen zusammen zum Flugzeug. Unterwegs können wir uns ein wenig unterhalten.«

»Verschwinden Sie, Krassawtschenko«, sagte Lisa mit finsterer Miene, »ich kann Sie nicht ertragen.«

»Es wäre viel unangenehmer, wenn ich Ihnen das Wiedersehen mit Ihrem Mann in Moskau verderben würde. Da werden Sie ja auch ohne mich in einer kitzligen Situation sein.« Er zwinkerte ihr vergnügt zu. »Ich habe immer schon gesagt, treue Frauen gibt es nicht. Eine Frau ist wie eine literarische Übersetzung. Ist sie schön, dann ist sie nicht treu, und ist sie häßlich, interessiert sich niemand für ihre Treue. Was starren Sie mich denn so an? Begreifen Sie immer noch nicht, daß es besser für Sie ist, wenn Sie sich meine Bedingungen zumindest einmal anhören?«

»Gut, ich höre.«

»Danke.« Er grinste schief. »Ich brauche Sendezeit, sonst nichts. Ich möchte, daß Sie mich in Ihre Sendung einladen.«

»Das wird nicht möglich sein. Nicht ich plane die Sendung und entscheide, wer eingeladen wird. Dafür sind der Programmchef und der Redakteur zuständig.«

»Ich weiß.« Krassawtschenko nickte. »Trotzdem hängt viel von Ihnen ab. Wenn Sie jemanden vorschlagen, wird man darauf eingehen.«

»Gut. Angenommen. Und worüber wollen Sie reden?«

»Na, sehen Sie, wir kommen doch noch auf einen Nenner. Schließlich sind wir beide Profis. Ich habe eine ziemlich abwechslungsreiche und interessante Biographie. Afghanistan, Tschetschenien. Ich weiß eine Menge spannender Geschichten über die Arbeit der Geheimdienste.«

»Das fällt nicht in mein Ressort. Spannende Geschichten werden in anderen Sendungen erzählt. Außerdem ist über die Tätigkeit der Geheimdienste schon so viel geschrieben worden, daß man damit keinen mehr hinterm Ofen hervorlocken kann.«

»Ich weiß Dinge, über die noch niemand geschrieben oder gesprochen hat.«

»Zum Beispiel?«

»Zum Beispiel über den Aufbau eines Agentennetzes in Tschetschenien. Über die Logistik von Entführungen.«

»Haben Sie denn mit so etwas zu tun?«

»Ich weiß vieles darüber.«

»Woher?«

»Langsam, Lisa. Noch sind wir nicht auf Sendung.«

»Alle diese Fragen werden mir meine Chefs stellen, sobald ich Sie als Kandidaten für die Sendung vorschlage. Außerdem muß ich unbedingt genaue Angaben zu Ihrer Person haben, Beruf, Titel, falls Sie einen haben, Kurzbiographie.

Alle diese Angaben müssen den Tatsachen entsprechen. Man wird sie überprüfen.«

»Kein Problem«, gab er lächelnd zurück, »aber alles zu seiner Zeit. Wir werden noch Gelegenheit haben, die Einzelheiten zu besprechen.«

»Und wie soll ich erklären, warum ich ausgerechnet Sie einlade? Über die Tätigkeit der Geheimdienste und über Entführungen kann ich selber viel erzählen, wie jeder, der Zeitungen liest und fernsieht.«

»Sie können von den Problemen erzählen. Aber über die Methoden, die Logistik wissen Sie nichts«, sagte er rasch und erregt, und sie merkte, daß sie ihn endlich doch an einem wunden Punkt getroffen hatte.

»Gut. Nennen Sie mir wenigstens ein Beispiel. Etwas, das ich nicht weiß.«

»Die Methoden der Einzel- und Massenbeeinflussung, die Anwendung von Hypnose und Drogen bei der Anwerbung von Agenten. Die Technik eines Verhörs unter Drogen.«

»Stop. Zu letzterem bitte Einzelheiten.«

»Warum gerade dazu?«

»Über die anderen Dinge weiß ich auch ohne Sie Bescheid.«

»Ausgezeichnet. Dann unterhalten wir uns über das Verhör unter Drogen in der Sendung. Das war's, Lisa. In Moskau sehen wir uns wieder. Sie können sich gar nicht vorstellen, wie froh ich bin, daß wir uns einig geworden sind. Ich rufe Sie an.«

Und mit diesen Worten tauchte er in der Menge unter.

Nach seinem Besuch im Krankenhaus traf sich Hauptmann Kossizki mit dem Untersuchungsführer und erstattete ihm Bericht. Kossizki selber hielt das, was er herausgefunden hatte, für fast wertlos. Nichts als Fieberphantasien. Trotzdem lauschte ihm Borodin sehr aufmerksam und stellte ihm Fragen über Fragen, so daß er sich jedes Detail des Gesprächs ins Gedächtnis zurückrufen mußte. Borodin interessierte sich für alles. Für den unglücklichen Säufer mit dem Katernamen Kusja, der sich vor vierzehn Jahren in dem Juweliergeschäft herumgedrückt hatte und nun Butejko jede Nacht mit einer Plastiktüte auf dem Kopf erschien; für Ljolja alias Jelena Butejko, und sogar für das Huhn, das 1829 im Ural einen gewissen »Pawel« gelegt hatte. Wegen dieses Huhns mußte Hauptmann Kossizki in aller Herrgottsfrühe ins Bergbauinstitut gehen, um dort beim Inhaber des Lehrstuhls für Mineralogie Erkundigungen einzuziehen.

»Der ›Pawel‹ ist ein Edelstein«, erläuterte der Untersuchungsführer, »genauer gesagt, ein großer Diamant. Die ersten russischen Diamanten wurden im Ural gefunden, Ende der zwanziger Jahre des neunzehnten Jahrhunderts. Was das Huhn angeht, so könnte das eine Legende sein. Um berühmte Edelsteine ranken sich ja oft viele Legenden, deshalb sei unbesorgt, die Mineralogen werden dich nicht auslachen, wenn du sie nach einem Huhn fragst.«

Tatsächlich lachte ihn niemand aus, ganz im Gegenteil.

»Sind Sie etwa dem ›Pawel‹ auf die Spur gekommen? Das ist ein ganz ungewöhnlicher Kristall von höchst seltener Reinheit.« Fjodor Udalzow, Professor für Mineralogie, ein älterer Mann, war so aufgeregt, daß es ihn nicht an seinem Platz hielt, er lief in seinem kleinen, vollgequalmten Arbeitszimmer auf und ab. »Er gilt seit 1917 als spurlos verschwunden. Aber de facto hat ihn bereits seit 1880 niemand mehr gesehen, seit der Zeit, als der bekannte Moskauer Juwelier Le Villon ihn im Auftrag der Besitzerin, der Gräfin Olga Paurier, geschliffen und in eine ungewöhnlich schöne Brosche eingesetzt hat. Sehen Sie, hier.« Udalzow zog den gewichtigen Band irgendeines Nachschlagewerkes hervor und schlug ihn an einer Stelle mit eingehefteten Farbtafeln auf. »Die Fotografien sind schlecht, schwarzweiße, die 1880 gemacht wurden, aber hier sehen Sie farbige Zeichnungen.«

»Und was ist mit dem Huhn?« wollte der Hauptmann wissen.

»Auch diese Geschichte ist belegt.« Udalzow griff in eins der oberen Regale und holte ein zerfleddertes Bändchen heraus. »Das hier sind die Tagebücher des Mineralogen Schmidt. Er hat die Geschichte der ersten russischen Diamantenmine im Ural ausführlich beschrieben. Den allerersten Diamanten hat ein vierzehnjähriger Bauernjunge namens Pawel Popow gefunden, der in der Goldmine in Krestodwishenskoje arbeitete. Das geschah 1829 und ist nicht nur von Schmidt genau geschildert worden, sondern auch von dem berühmten deutschen Gelehrten Alexander von Humboldt, der damals gerade eine Reise durch Sibirien und den Ural machte. Die Geschichte mit dem Huhn findet man allerdings nur bei Schmidt. Hühner picken ja bekanntlich sehr gern Steine auf, auch große. Übrigens, der beste Spezialist für historische Edelsteine ist Pawel Malzew. Er hat bei uns am Institut gearbeitet, allerdings schon vor ziemlich langer Zeit, danach war er als Dozent irgendwo im Ausland, in Dänemark oder Holland, glaube ich. Soviel ich weiß, unterrichtet er jetzt an einer Privatschule hier in Moskau.«

Der Hauptmann schrieb sich für alle Fälle Name und Telefonnummer von Malzew in sein Notizbuch, obwohl seiner Ansicht nach Professor Udalzow genügend wußte, um Borodins Neugier zu stillen. Außerdem hatte diese romantische Geschichte von dem Diamanten im Eierkörbchen zu ihrem Fall, dem Mord an Butejko, ja nur eine sehr weitläufige Beziehung.

»Wieviel ist der Stein etwa wert?« fragte Kossizki.

»Der Geldwert solcher Kristalle ist sehr relativ und kann nur annähernd bestimmt werden. Aber wenn man seine einzigartige Geschichte berücksichtigt und den Wert der Juweliersarbeit, den Namen Le Villons ... Nein, eine konkrete Zahl kann ich Ihnen nicht nennen. Ich denke, bei einer internationalen Auktion würde der Ausgangspreis der Brosche mit dem ›Pawel‹ bei mindestens fünfhunderttausend Dollar liegen. Übrigens würden sich auch bei einem Ausgangspreis von einer Million Interessenten finden.«

Der Hauptmann stieß einen leisen Pfiff aus und betrachtete die Abbildung genauer. Tatsächlich, sehr schön. Solche Schmuckstücke hatte er bisher nur im Museum gesehen, unter Panzerglas und auf schwarzem Samt.

»Hat die Brosche auch mal irgendwer getragen?«

»Nein. Die Gräfin Paurier hat die Brosche in Auftrag gegeben, als sie schon eine sehr alte Dame war, und hat sie ihrem Urenkel vermacht, dem Grafen Michail Paurier. Der Graf war keine bedeutende Persönlichkeit, man findet in keinem Lexikon etwas über ihn. Ich kann Ihnen nur eins sagen: Höchstwahrscheinlich hat er die Brosche weder verkauft noch verschenkt, sonst wäre irgend etwas darüber bekannt geworden. Es ist ein zu auffälliger Stein, und die Welt der Juweliere und Sammler ist recht klein.«

»Sagen Sie, wenn heute jemand die Brosche mit dem ›Pawel‹ finden würde, könnte er sie verkaufen?«

»Heute ist das wahrscheinlich möglich. In sowjetischer Zeit war es so gut wie ausgeschlossen. Grundsätzlich muß ich Ihnen sagen, junger Mann, daß man mit solchen Sachen sehr vorsichtig sein sollte. Wertvolle Steine werden öfter gestohlen als gekauft, ihretwegen werden viele schändliche und gemeine Taten begangen, Lüge, Verrat, Mord. Der Wunsch, ein solches Kleinod zu besitzen, kann einen um den Verstand bringen. Wenn Sie also einen Mordfall untersuchen, könnte die Brosche mit dem ›Pawel‹ durchaus das Motiv sein. Suchen Sie die Brosche, und Sie werden auf den Mörder stoßen.«

Kapitel 31

Sonja Baturina führte ein Tagebuch, und besonders viele Seiten darin waren dem Sommer des Jahres 1917 gewidmet, dem letzten russischen Sommer, der still und weich war, mit einem seidigblassen Himmel, großen, ungewöhnlich süßen und zahlreichen Erdbeeren und riesigen, strahlendhellen Sternen in der Nacht, so groß, wie man sie in Mittelrußland noch niemals am Himmel gesehen hatte.

Irina Paurier reiste auf Drängen ihres Vaters schon im Mai ins Bad Mineralnyje Wody. Tichon Boljakin hatte beschlossen, sich endlich ernsthaft um die Gesundheit seiner Tochter zu kümmern. Er glaubte dem Professor der Medizin, der gesagt hatte, sie brauche unbedingt Luftveränderung und eine spezielle Therapie, sonst werde ihr Zustand sich rapide verschlechtern und er könne für die Konsequenzen keine Verantwortung übernehmen.

»Es ist mir vollkommen unwichtig, was weiter mit uns sein wird«, schrieb Sonja Baturina in der Morgendämmerung des dritten Juni, »ich bin jetzt so glücklich, daß ich morgen ruhig sterben könnte, weil ich weiß, etwas Besseres wird es in meinem Leben nicht geben.

Vielleicht lebe ich ja noch sehr lange, und es wird noch viel geschehen, Gutes wie Schlechtes – aber ich weiß, ich werde jeden Augenblick an diesen Tag zurückdenken, an diesen ruhigen, windstillen, etwas zu kühlen Tag mit dem trüben Morgengrauen, dem mittäglichen Nieselregen und der hellen, zarten Abenddämmerung, an diese seltsame Nacht mit den eisigen, leuchtendhellen Sternen, die jeden Augenblick vom Himmel zu fallen und einen mit ihrem kalten Feuer zu verbrennen drohten. Jeder wie ein Kugelblitz.

Ich glaube, Papa hat alles begriffen, schweigt aber vorläufig, ist nervös und verwirrt. Er spielt immer noch mit Michail Paurier Schach, aber wenn er verliert, macht er ein Gesicht, als fände zwischen ihnen keine Schachpartie, sondern ein richtiges Duell statt, ein Gefecht mit Degen. Wenn ich an ihnen vorbeigehe, höre ich geradezu das gespenstische Sausen ihrer Waffen. Oder ist es nur das Sirren der ersten Mücken in der Luft?«

Konstantin Baturin wußte tatsächlich, daß sich zwischen dem Grafen Paurier und seiner Tochter eine Liebesbeziehung angebahnt hatte. Zuerst war ihm aufgefallen, daß der Graf mit dem Trinken aufhörte und erstaunlich jugendlich und schlank aussah. Dann bemerkte er den ungewöhnlichen Glanz in Sonjas Augen, fragte sich sogar erschrocken, ob sie etwa, wie manche dummen jungen Adelsfräulein, sich heimlich Baldrian in die Augen träufelte, damit sie glänzten.

»Vergiß nicht, das ist schädlich.«

»Wovon redest du Papa?« fragte Sonja erstaunt.

»Deine Augen glänzen viel zu sehr, und das kommt bekanntlich durch den Gebrauch von Baldriantropfen.«

»Du lieber Himmel, Papa«, lachte Sonja, »was für Baldriantropfen? Ich habe nur einfach gut ausgeschlafen und bin die ganze Zeit an der frischen Luft.«

»Daß du ausgeschlafen hast, glaube ich nicht«, meinte Konstantin Iwanowitsch kopfschüttelnd, »meiner Meinung nach schläfst du in der letzten Zeit überhaupt nicht. Du bist viel zu blaß, und noch dazu ganz mager und spitz geworden, mit Ringen unter den Augen.«

Und wirklich schlief Sonja nachts kaum noch. Sie wartete,

bis es Mitternacht war, kletterte dann leise aus dem Fenster, sprang ins taunasse Gras, schlich sich mit angehaltenem Atem aus dem Garten und radelte zu dem Eichenwäldchen, das die natürliche Grenze zwischen Baturino und Boljakino bildete. Am Rand des Wäldchens wartete in einem Nebengebäude der Graf auf sie.

Konstantin Baturin merkte natürlich auch, daß Sonjas Fahrradausflüge zum Flüßchen Obeschtschaika immer häufiger wurden. Dort saß gewöhnlich der Graf und malte an seinen endlosen Landschaften. Er malte jeden Tag, brachte aber trotzdem kein Bild zu Ende.

»Ich spüre, daß zwischen Papa und Michail bald ein ernstes Gespräch stattfinden wird. Sie kämpfen auf dem Schachbrett so erbittert gegeneinander, als hinge davon etwas schrecklich Wichtiges ab. Michail hat Papa nun doch nicht erzählt, daß ich an die Front gehen wollte, er hat meinen Brief verbrannt. Zu Unrecht. Papa wäre ihm dankbar gewesen, und vielleicht ... Nein, es gibt kein Vielleicht. Papa weiß zwar, wie das Eheleben auf Boljakino aussieht, aber trotzdem ist der Graf Paurier für ihn ein verheirateter Mann, und damit ist alles gesagt.

Gestern kam ein Brief von Olga Susdalzewa. Eine schreckliche Geschichte, die unserer früheren Mitschülerin Nadja passiert ist. Ich erinnere mich gut an sie. Ein stilles, freundliches, nicht besonders schönes Mädchen. Sie hat sich leidenschaftlich in einen bekannten Dichter, einen Symbolisten, verliebt und bei einer Lesung auf ihn geschossen. Aber zum Glück hat die Pistole versagt, sie wurde festgenommen und ist jetzt in einer Heilanstalt für Geisteskranke. Michail sagt, daß der Symbolismus zum Chaos führt, zum Verfall. Es ist modern, Morphinist zu sein und an nichts zu glauben. Es ist modern, Rußland zu hassen, die Zarenfamilie zu verfluchen, einen Räuber als Märtyrer, als geheimnisvolle, geknechtete Seele zu betrachten, einen ganz gewöhnlichen Schutzmann aber Henker und Mörder zu nennen. Es ist modern, alles auf den Kopf zu stellen, den Tod für schöner als das Leben zu halten, alles Normale, Gesunde, Moralische zu verachten. O Gott, verzeih uns beiden, dürfen wir denn überhaupt über Moral urteilen? Ich lebe mit einem verheirateten Mann, belüge Papa und Oma, kann nicht mehr zur Beichte gehen. Aber meine Liebe ist so stark, so unmöglich, daß alles andere für mich nicht mehr wichtig ist.

Michail hat begonnen, mein Porträt zu malen. Es will ihm gar nicht recht gelingen, er kann keine Menschen malen, nur Landschaften, Genrebilder und Karikaturen. Aber gleichgültig, wie er mich malt, ich werde nicht gekränkt sein. Aus irgendeinem Grund hat er mir eine riesige, ziemlich geschmacklose Brosche an die Bluse gesteckt. Er sagte, es sei ein sehr kostbares Stück, das er von seiner Urgroßmutter geerbt habe, und nun malt er mich im Wald mit dieser kalten, schweren Blüte am Hals, wobei die tote, funkelnde Orchidee ihm weit besser gelingt als ich.«

Kapitel 32

Hauptmann Kossizki war sehr erstaunt, als er eine Nachricht auf seinem Pieper erblickte, daß ein W. I. Butejko auf seinen Anruf warte. Es folgte die private Nummer der Butejkos.

Der Hörer wurde augenblicklich abgenommen.

»Ich kann jetzt nicht sprechen«, vernahm der Hauptmann ein erschrockenes, heiseres Flüstern, »ich muß Sie unbedingt treffen, aber ich weiß nicht, wie.«

»Einen Moment, Wjatscheslaw Iwanowitsch, Sie sollten

doch noch eine Woche im Krankenhaus bleiben. Wieso sind Sie zu Hause?«

»Ljolja hat mich abgeholt. Man glaubt, ich hätte den Verstand verloren, und will keine Scherereien mit mir haben. Aber kommen Sie auf keinen Fall hierher. In Ljoljas Gegenwart kann ich nicht sprechen. Wir müssen uns heimlich treffen, ohne daß sie etwas davon erfährt. Ich muß Schluß machen, verzeihen Sie ...« Es wurde aufgelegt.

Der Hauptmann wählte die Nummer sofort noch einmal. Diesmal nahm Jelena Butejko ab.

»Guten Tag, geben Sie mir doch bitte Ihren Mann.«

»Wer will ihn sprechen?«

»Hauptmann Kossizki.«

»Und in welcher Angelegenheit?«

»Ich bin mit der Untersuchung des Mordes an Ihrem Sohn beauftragt. Ich muß Ihren Mann dringend sprechen.«

»Waren Sie das, der zu ihm ins Krankenhaus gekommen ist?«

»Ja.«

»Ich muß Sie nachdrücklich darum bitten, nicht mehr anzurufen und meinen Mann nicht zu beunruhigen.« In ihrer Stimme klang deutlich ein hysterischer Unterton mit.

»Jelena Petrowna, ich weiß, daß Ihr Mann zu Hause ist. Kann er nicht ans Telefon kommen?«

»Ich sagte doch, rufen Sie auf keinen Fall mehr hier an. Nach Ihrem Besuch hat mein Mann versucht, sich umzubringen!« schrie sie und warf den Hörer auf.

Ohne lange nachzudenken, wählte Kossizki die Nummer des Krankenhauses. Er hatte Glück, Peremyschlew, der Arzt, war an seinem Platz.

»Seine Frau hat ihn gestern abend abgeholt. Wir mußten sie rufen. Die Schwester hatte entdeckt, daß er die Tabletten nicht einnahm, sondern in einer Dose sammelte.«

»Schlaftabletten?«

»Ja. Vor kurzem hatte er mal gefragt, wie viele Tabletten man schlucken muß, um zu sterben. Was ist, hat Madame Butejko ihre Drohungen etwa schon wahr gemacht?« fragte der Arzt ironisch.

»Wie meinen Sie das?«

»Sie hat verlangt, ich solle ihr schriftlich bestätigen, daß die psychische Verfassung ihres Mannes sich nach dem Verhör durch die Miliz, das heißt durch Sie, abrupt verschlechtert habe. Vor der Entlassung hat Butejko mich heimlich gefragt, ob Sie Ihre Telefonnummer bei uns hinterlassen hätten. Ich habe ihm Ihre Dienstnummer und die Ihres Piepers gegeben.«

»Danke. Ging es ihm danach denn wirklich schlechter?«

»Ich würde sagen, nein. Daß die Schwester zwei Stunden nach Ihrem Besuch die Tabletten in der Dose gefunden hat, ist eine andere Sache.«

»Haben Sie denn für Frau Butejko die Bestätigung geschrieben, um die sie Sie gebeten hat?«

»Selbstverständlich nicht.«

Warum ist sie derart in Panik? überlegte Kossizki, während er zurück zur Staatsanwaltschaft fuhr. Und warum hat er solche Angst vor ihr?

Er traf Borodin bei der Lektüre eines zerfledderten englischen Büchleins an.

»Setz dich, Hauptmann. Möchtest du Tee?«

»Wenn's auch Piroggen dazu gibt, gern. Ich habe noch nicht gefrühstückt.«

»Ja, dann setz dich besser noch nicht, sondern geh dir die Hände waschen, und stell den Wasserkocher an. Alles, was du brauchst, findest du in der Kommode.«

Kossizki kannte Borodin seit fünf Jahren, sie hatten schon oft zusammengearbeitet. Borodin bot ihm immer Tee an, aber noch nie hatte er ihn gebeten, den Tee selbst zu kochen. Das Teetrinken war für ihn nämlich fast so etwas wie eine heilige Zeremonie. Teebeutel lehnte er strikt ab und sagte, man könne unmöglich einen »Papieraufguß« trinken. Sorgfältig goß er kochendes Wasser in das Porzellankännchen mit dem Tee, bedeckte es dann mit einem Leinentuch, ließ den Aufguß zehn Minuten ziehen, goß anschließend ein wenig davon ins Glas, dann wieder zurück in die Kanne, und das dreimal. Diese Prozedur hieß »den Tee verheiraten«.

Viele lachten über ihn, aber seinen Tee und seine Piroggen lehnte niemand ab.

»Was lesen Sie denn da so Spannendes, daß Sie diese heilige Handlung mir anvertrauen?« fragte Iwan, als er mit sauberen Händen und gefülltem Wasserkocher ins Büro zurückkam.

»George Smith, ›Historische Edelsteine‹«, brummte Borodin, ohne den Kopf zu heben. »Eine detaillierte Geschichte verschwundener Diamanten und des Schicksals ihrer Besitzer. Vergiß nicht, den Tee zu verheiraten.«

»Und steht dort auch etwas über diesen ›Pawel‹, den ein Huhn gelegt haben soll?«

»Selbstverständlich!« Borodin klappte das Buch zu. »Sowohl über den Stein wie auch über den Grafen Michail Paurier, seinen letzten Besitzer. Na los, Iwan, erzähle, was gibt es für Neuigkeiten?«

Der Hauptmann berichtete ausführlich über seine Telefonate mit dem Ehepaar Butejko und dem Arzt Peremyschlew.

»Sehr interessant«, brummte Borodin, »gut möglich, daß der Mineralogieprofessor recht hat, wenn er sagt, wir sollen die Brosche suchen und werden den Mörder finden. Vielleicht finden wir nicht gleich den Mörder des Journalisten, aber dafür einen anderen, was auch nicht übel wäre. Wir müssen zu Butejko fahren, wir beide. Du brichst jetzt sofort auf, und ich komme etwas später nach. Warte so lange vor dem Haus, bis Butejko herauskommt, um spazierenzugehen. Rasch, iß noch eine Pirogge, nimm die lange hier, mit Kohl.«

»Sind Sie denn sicher, daß er herauskommt?«

»Sicher bin ich nicht. Aber der Versuch lohnt.«

Er nahm den Telefonhörer ab und wählte eine Nummer.

»Guten Tag, Jelena Petrowna. Hier spricht Untersuchungsführer Borodin. Wie geht es Ihnen? Und wie ist das Befinden Ihres Gatten? Ich habe vor, ihn in den nächsten Tagen im Krankenhaus zu besuchen. Ja, natürlich ... Sie haben doch hoffentlich nichts dagegen, wenn ich kurz bei Ihnen vorbeischaue, nur zehn Minuten, und mir die Kassetten hole, wie verabredet. Ja? Haben Sie vielen Dank ... nein, nein, keine Fragen .... Nur die Kassetten. Punkt vier bin ich bei Ihnen. Ich störe Sie bestimmt nicht länger als zehn Minuten. Danke.«

Er legte auf, nahm einen Schluck Tee, lehnte sich zurück und schaute Kossizki nachdenklich an.

»Eins kann ich nicht begreifen. Wie konnte es passieren, daß ein Kind eine so kostbare Sache mit in die Schule bringt?«

»Wovon reden Sie, Ilja Nikititsch?«

»Von der Orchideenbrosche. Weißt du, wer mir zum ersten Mal die Geschichte von dem diamantenlegenden Huhn aus dem Ural erzählt hat? Anissimow. Er ist ja mit Butejko zusammen zur Schule gegangen. Jelena Butejko ist eine schlaue Frau, aber sie hat schwache Nerven ... Also, machen wir's so. Viertel vor vier wird Butejko aus dem Haus kommen, um frische Luft zu schnappen. Seine Frau wird sich irgend etwas ausdenken, um ihn für die Dauer meines Besuchs aus der Wohnung zu schaffen, zumal ich ja versprochen habe, sie nicht länger als zehn Minuten aufzuhalten. Du mußt ihn vor dem Haus abfangen.«

»Hat sie denn geglaubt, Sie wüßten noch nicht, daß er nicht mehr im Krankenhaus ist?« fragte Kossizki erstaunt.

»Ja, das hat sie glatt geschluckt.«

»Aber ihr muß doch klar sein, daß Sie es sehr bald erfahren.«

»Natürlich. Aber je später ich Ihren Mann treffe, desto besser für sie. Was meinst du wohl, warum sie ihn so überstürzt aus dem Krankenhaus geholt hat?«

»Damit er in Zukunft nur noch in ihrem Beisein verhört wird.«

»Nicht nur das. Sie wird ihn jetzt heftig bearbeiten, ihm den Kopf zurechtrücken und gleichzeitig versuchen, möglichst schnell ein psychiatrisches Gutachten über seine Unzurechnungsfähigkeit zu bekommen.«

»Begreift sie denn nicht, daß all das unser Interesse nur noch verstärken wird?«

»Offensichtlich nicht. Ich habe ja auch nicht gesagt, sie ist klug, ich habe gesagt, sie ist schlau.«

»Aber warum hat sie solche Angst? Egal, was passiert, die Sache ist nach vierzehn Jahren doch verjährt.«

»Trotz Verjährung, ein Verbrechen bleibt ein Verbrechen, erst recht ein Mord.«

Kapitel 33

Graf Michail Paurier war nicht imstande, die Zeitungen zu lesen, derart zitterten ihm die Hände. Unruhen in Kiew, Unruhen in Nishni Nowgorod. In Petrograd ein richtiger Aufstand, mit Blut, Panik und Plünderungen. In Jelza hatte man einen alten zaristischen General nackt ausgezogen und in einen Haufen Glasscherben geworfen.

Das »Neue Leben« druckte einen Aufruf des verrückten Trotzki. Jede Zeile atmete Haß und Chaos. Die »Stimme

Rußlands« brachte auf der ersten Seite Kerenskis hysterischen Appell: »An alle! An alle! An alle!«, als sei er eine Offenbarung.

»Wer sind denn diese ›alle‹?« murmelte der Graf. »Ich weiß nicht, was das heißen soll – ›alle‹.«

Die Bauern aus dem Nachbardorf betranken sich und rissen dann die Ikonen in der Dorfkirche herunter, warfen sie in der Nähe der Eisenbahnstation auf einen Haufen und steckten sie in Brand, darunter ein kostbares Bild des heiligen Nikolaus des Gerechten aus dem sechzehnten Jahrhundert und eine wundertätige Ikone der Gottesmutter von Iwersk. Noch vor kurzem hatten die Bauern Kerzen vor ihr aufgestellt und sie um Gnade, Gesundheit und Wohlstand angefleht.

Der lahme alte Priester humpelte in seinem sackleinenen Nachthemd aufgeregt um das Feuer herum und versuchte noch, das eine oder andere Stück zu retten. Man fesselte ihn, warf ihn zu Boden, flößte ihm Wodka ein und schrie, nun beginne für alle ein neues Leben, er könne dem Volk kein X mehr für ein U vormachen, auf diesen Holzbrettern sei alles erstunken und erlogen. »Da, guck nur, wie sie sich krümmen und biegen, deine Heiligen, guck sie dir nur an, du alter Hornochse!«

Auf dem Bahnsteig wirbelte der Wind den Staub und die Schalen von Sonnenblumenkernen in die Luft. Niemand fegte die Bahnsteige, die Bahnsteigwärter saßen den ganzen Tag im »Agrarkomitee«, lauschten finster den Reden von der Gleichheit aller Menschen und nickten zustimmend, voller Zorn und Haß auf den Stationsvorsteher. »Der kriegt uns nicht mehr an diese Drecksarbeit, soll er doch selber fegen.« Abends betranken sie sich bis zur Besinnungslosigkeit, randalierten und drohten, alle aufzuspießen, die es verdienten.

Es war eine schmutzige, trübe Zeit, trotz des klaren Wetters, das in diesen Tagen herrschte. Nachts sang im Wäldchen von Baturino die Nachtigall, so eindringlich, so verzweifelt, als sei es zum letzten Mal. In dem schwülen Nebengebäude standen alle Fenster weit offen. Die Türen klapperten laut in der Zugluft. Sonja kämmte ihr glänzendes schwarzes Haar und zuckte zusammen, wenn wieder einmal eine Tür zuschlug.

Zwischen Doktor Baturin und Graf Paurier fand ein klärendes Gespräch statt. Der Arzt verlangte nichts, und der Graf versprach nichts.

»Ich bin vor dir schuldig, Konstantin. Ich liebe deine Tochter sehr und weiß nicht, was morgen mit uns sein wird.«

»Dafür weiß ich es«, sagte der Arzt, ohne aufzuschauen, »morgen kommt deine Kaufmannstochter zurück und bringt dich und Sonja um. Und wenn sie es nicht tut, dann spießen die betrunkenen Deserteure uns alle auf ihre Bajonette. Ich kann keine Nacht mehr schlafen, Michail. Ich weiß, daß Sonja bei dir im Nebengebäude ist, aber ich sorge mich nicht deshalb, weil du verheiratet bist und sie fast noch ein Kind. Das spielt keine Rolle mehr. Nichts spielt jetzt noch eine Rolle. Gestern habe ich Geburtshilfe in einer Bauernhütte geleistet. Eine schwierige Geburt, mit einer Sepsis wegen einer verdrehten Nabelschnur, die ganze Nacht habe ich mich abgemüht. Gegen Morgen reißt der Vater der Familie die Tür auf und sagt: ›He, du Quacksalber, wenn es ein Mädchen wird, stecke ich dir das Haus überm Kopf an.‹«

»Und was ist es geworden?«

»Ein Junge.« Baturin grinste schief. »Was meinst du, Graf, ist das alles nur ein böser Traum?«

Anfang August starb Jelena Michailowna, die Großmutter. Nachdem sie das Abendmahl empfangen hatte, rief sie den Sohn und die Enkelin zu sich, segnete beide und sagte dann deutlich: »Geht fort von hier.«

»Wohin sollen wir denn gehen, Mama?« fragte der Arzt.

»Ganz gleich wohin.«

Im Wächterhäuschen auf dem Friedhof lebte ein Deserteur, ein Neffe des Wächters, ein riesiger, triefäugiger Kerl. Er kam heraus, um zuzuschauen, wie man die alte Gutsherrin zu Grabe trug, stand ganz in der Nähe und spuckte ununterbrochen auf den Boden. Der Graf hielt es nicht aus, trat zu ihm und sagte leise, durch die Zähne: »Verschwinde.«

»Paß bloß auf, Erlaucht, beleidige mich nicht«, gab der Deserteur mit breitem Grinsen zurück. »Ich hab hier 'ne dolle Kanone, mit Bajonett. Da spieße ich dich drauf auf, und die Volksmacht wird sich dafür bei mir noch bedanken. Ein Scheusal weniger.«

Michail Paurier holte schon zum Schlag aus, aber der Arzt hielt den Grafen noch rechtzeitig zurück, packte ihn am Ellbogen und flüsterte ihm ins Ohr: »Michail, sei vernünftig, laß ihn in Ruhe, es ist besser …«

Am nächsten Tag brachte Tichon Boljakin Irina zurück. Wie sich herausstellte, hatte sie aus Mineralnyje Wody mehrere Briefe und Telegramme geschickt, aber nichts war angekommen. Die Post funktionierte fast gar nicht mehr.

Energisch schritt die schlanker gewordene und jugendlicher aussehende Irina durchs Haus und schaute in alle Ecken. Die Dienerschaft, die sich dem Grafen gegenüber hatte gehenlassen, duckte sich wie zuvor, und für einen Moment schien es, als sei nicht nur in Boljakino, sondern in ganz Rußland wieder alles beim alten. Das Stubenmädchen und die Köchin küßten der Herrin die Hand, der Hofknecht Fjodor war nüchtern und verneigte sich tief.

Im Nebengebäude fand Irina Sonjas Haarnadeln und ihren Kamm, dann erfuhr sie von dem Stubenmädchen

Klawdija, daß der Herr dort und nicht im Haus übernachtet habe und daß man unter dem Vordach, auf der Waldseite, das Fahrrad des Fräuleins von Baturino gesehen habe. Irina wurde kreidebleich, ihre Lippen wurden ganz blau, aber sie sagte zu niemandem etwas.

»Wir müssen abwarten«, erklärte der Schwiegervater beim Mittagessen, »in Moskau rebelliert das Kneipengesindel, die Polizisten hängt man an Laternenpfählen auf, es gibt kein Recht und keine Ordnung mehr. Aber der Staat ist ein starker Mechanismus, und mit Gottes Willen wird sich das von selbst wieder einrenken, allem sozialrevolutionären Gefasel zum Trotz. Lange kann es nicht mehr so weitergehen.«

In der Abenddämmerung brach Irina in ihrem neuen rosa Kleid zu den Nachbarn auf, sank dort in den Schaukelstuhl auf der Veranda, wischte sich das schweißnasse Gesicht mit einem Taschentuch ab, griff nach der auf dem Tisch liegenden Zeitung und wedelte sich damit so heftig Kühlung zu, daß ein kalter Luftzug die ringsum Sitzenden anwehte. Dann erzählte sie von ihrer Reise, von der Wildheit der Kaukasier, den unmöglichen Zuständen bei der Eisenbahn, und zum Schluß schaute sie Sonja freundlich an und sagte: »Geben Sie uns doch die Ehre und kommen Sie morgen zum Tee zu uns. Ich zeige Ihnen meine Mitbringsel, zwei persische Schals habe ich gekauft, Silberkrüge für Getränke und für Blumen. Wir haben georgische Walnußkonfitüre, sehr lecker, drei Gläser habe ich mitgebracht. Kommen Sie, und wir setzen uns gemütlich zusammen. Und dabei wollen wir auch Jelena Michailownas gedenken, Gott schenke ihr ewige Ruhe, der lieben Seele. Eine gute Frau war sie.«

»Danke, Irina Tichonowna«, murmelte Sonja.

»Sie kommen also?«

»Ja, natürlich, wir kommen. Danke«, erwiderte der Arzt schnell.

Den Tee tranken sie im Gartenpavillon. Sonja blickte in die zitternde Flamme der Petroleumlampe, so lange und so starr, bis vor ihren Augen grell-orange Kreise tanzten. Der Graf verzehrte gottergeben die georgische Konfitüre. Die Gräfin hatte ihm vorsorglich ein ganzes Schälchen hingestellt, und er aß, ohne etwas zu schmecken.

Boljakin schimpfte über den Trottel Kerenski, über den erneuten Kabinettswechsel in der Regierung, die eigentlich nur noch zum Schein existierte.

»Aber der gefährlichste von all diesen Schwätzern, der schlaueste und gewissenloseste ist Lenin. Er hat deutsches Geld im Rücken, er lügt frecher als alle anderen, und vor allem lügt er gekonnt, dieser nuschelnde Teufel, er weiß, wie man das Proletenpack ködern kann. Mögen sie rauben und plündern, diese Nichtstuer, auf fremde Kosten fressen und saufen. Die Fabriken den Arbeitern, das Land den Bauern, stehlt nur und mordet. Ihr seid Proletarier, ihr habt nichts zu verlieren als eure Ketten. Stellt euch mit dem Morgenstern in der Hand als Wegelagerer an die Hauptstraße. Ich erlaube es euch. Natürlich laufen diese Hungerleider so einem Mann hinterher, der ihnen zu Mord und Raub auch noch seinen Segen gibt. Aber was wird sein, wenn sie alles Geraubte versoffen und aufgefressen und Rußland endgültig ins Elend gestürzt haben?«

»Warum essen Sie denn gar nichts, Sonja?« fragte Irina leise. »Probieren Sie doch wenigstens die Konfitüre. Kränken Sie mich nicht, meine Liebe.«

»Danke, ich habe sie schon probiert, sie schmeckt sehr gut.«

»Aber Ihr Schälchen ist doch noch ganz voll.«

»Als Kind war Sonja ein richtiges Schleckermaul«, sagte der Arzt, während er seine Papirossa in die Zigarettenspitze steckte, »aber jetzt macht sie sich gar nichts mehr aus Süßem.«

»Konstantin, gib mir eine Papirossa«, bat der Graf mit heiserer Stimme.

Als das Streichholz aufflammte und sein Gesicht beleuchtete, sah der Arzt, daß Michail Iwanowitsch furchtbar bleich war. Seine Augen waren eingefallen, seine Lippen blau verfärbt.

»Ist dir nicht gut?« fragte er leise.

»Nein … Alles in Ordnung …«

»Vielleicht hast du Fieber?« Der Arzt hielt ihm die Hand an die Stirn. Die Stirn war eiskalt und feucht. »Michail, du mußt dich hinlegen. Du bist krank. Gehen wir.«

»Vielleicht hast du zuviel Konfitüre gegessen?« vermutete der Kaufmann.

Irina saß zurückgelehnt im Sessel und schwieg. Ihr Gesicht war in der Finsternis nicht zu sehen. Ihre großen, vollen, von der Sonne des Kaukasus gebräunten Hände klammerten sich so fest um die Armlehnen, daß die Fingerknöchel weiß hervortraten. Aus der Dunkelheit schaute sie Sonja an.

»Ja, ich will mich etwas hinlegen«, sagte Michail mit sonderbar fremder, heiserer Stimme, »es brennt im Innern.«

Er erhob sich, ging aus dem Gartenpavillon, machte ein paar Schritte und fiel in das nasse schwarze Gras. Der Arzt und Sonja liefen zu ihm. Irina blieb wie versteinert sitzen.

Sonja und ihr Vater hoben den Grafen mit einiger Mühe wieder hoch, führten ihn zum Haus und betteten ihn auf die Chaiselongue auf der Veranda.

»Lauf nach Haus, Sonja, weck Semjon auf und bring mein Köfferchen her, es steht im Arbeitszimmer neben dem Ofen. Schnell, schnell … He, ist denn keiner da, ich brauche Wasser, viel Wasser, einen ganzen Eimer voll! Wo seid ihr denn alle, seid ihr gestorben? Habt ihr Kaliumpermanganat? Wo ist das Stubenmädchen?! Halt, Sonja, warte! Hast du von der Konfitüre gegessen?«

»Nein.«

»Bestimmt nicht? Keinen Löffel?«

Sie schüttelte den Kopf und rannte fort in die Dunkelheit, durch das Wäldchen nach Baturino.

Mit schweren Schritten stieg Irina die Stufen zur Veranda hoch, ihr Vater folgte ihr. Der Kaufmann war in diesen wenigen Minuten um Jahre gealtert. Er schaute bald auf den sterbenden, heiser röchelnden Grafen, bald auf seine Tochter.

»Seine Erlaucht haben zuviel Konfitüre gegessen«, sagte Irina ruhig, »ich hätte sagen sollen, daß man nicht zuviel davon essen darf. Die unreife Haut der Walnüsse enthält schädliche Substanzen.«

»Michail Iwanowitsch hat eine Arsenikvergiftung«, sagte der Arzt, »man muß den Priester und den Dorfpolizisten holen.«

Kapitel 34

Der Hauptmann mußte lange auf Butejko warten. Endlich hörte er, wie oben im Haus eine Tür klappte und eine Frauenstimme laut sagte: »Hast du mich verstanden, Slawa? Wenn es kein Schwarzbrot gibt, dann nimm Roggenbrot, aber auf keinen Fall das runde. Und vergiß nicht, in die Apotheke zu gehen.«

»Ja, Ljolja, ich habe verstanden.«

Butejko trat mit einem Stoffbeutel in der Hand aus dem Lift, sah sich gehetzt um, als hätte er gespürt, daß jemand im Treppenhaus war, ließ seinen Blick über Kossizki gleiten, schien ihn aber nicht wiederzuerkennen.

»Wjatscheslaw Iwanowitsch«, rief der Hauptmann ihn leise an.

Butejko blieb wie angewurzelt stehen, die Klinke der Haustür in der Hand, und wandte langsam den Kopf.

»Entschuldigung ... Was wünschen Sie?«

»Sie wollten mich doch treffen.«

»Ich? Sie? Wer sind Sie denn?«

»Hauptmann Kossizki.«

»Entschuldigen Sie, ich kenne Sie nicht.«

Im Treppenhaus war es recht hell. Eine Sekunde lang schauten sie einander in die Augen. Der alte Mann senkte den Kopf. Die Bommel auf seiner Kindermütze zitterte leicht.

»Wjatscheslaw Iwanowitsch«, sagte Kossizki leise, als sie auf die Straße traten, »der Fall ist verjährt. Sie haben nichts zu befürchten. Aber Sie müssen es erzählen, sonst kommt er weiterhin jede Nacht zu Ihnen. Wollen Sie das?«

»Ich will nicht ins Gefängnis«, war die Antwort.

»Wer hat Ihnen gesagt, Sie müßten ins Gefängnis?«

»Ich weiß, Sie werden mir zureden, mir Versprechungen machen, aber Ljolja hat mich gewarnt, ich darf Ihnen nicht glauben. Sie sind Milizionär, und alle Milizionäre lügen. Ljolja hat gesagt ...«

»Haben Sie denn keinen eigenen Kopf?« fragte der Hauptmann mitleidig.

»Ljolja hat gesagt, daß ich jetzt krank bin. Ich bin wirklich krank. Ich hatte einen Herzinfarkt. Zuerst muß ich wieder gesund werden, dann kann ich auf die Fragen fremder Leute antworten. Entschuldigen Sie, ich muß einkaufen. Alles Gute.«

»Wjatscheslaw Iwanowitsch, warum haben Sie im Krankenhaus nicht Ihre Tabletten genommen, sondern sie in einer Dose gesammelt?«

»Ich habe Ihnen doch gesagt, ich kann nicht schlafen. Kaum mache ich die Augen zu, dann erscheint er auch schon. Und deshalb hat man mir dort Schlaftabletten gegeben.«

Diesmal sah Jelena Butejko noch besser aus. Sie schien von Tag zu Tag jünger zu werden. Ein geschicktes, sorgfältiges

Make-up, eine elegante Frisur. Ihre Kleidung wirkte schlicht, alltäglich, aber sogar Borodin, der sich mit Damenmode schlecht auskannte, merkte, daß Hose und Bluse aus einer teuren Boutique stammten.

»Guten Tag. Treten Sie bitte ein.« Jelena Petrowna schob sich mit einer koketten Handbewegung eine Haarsträhne auf der Stirn zurecht. »Ich habe Ihnen die Kassetten schon herausgelegt.« Sie nickte zum Eßtisch hinüber, wo die Video- und Audiokassetten in ordentlich aufgeschichteten Stapeln bereitlagen.

»Danke.« Borodin nickte erstaunt. »Wenn Sie erlauben, sehe ich sie aber doch erst noch durch, vielleicht sind darunter Kopien von denen, die ich beim letzten Mal mitgenommen habe.«

»Sagen Sie, ist es wirklich wahr, daß man Zweifel an der Täterschaft von Anissimow hat? Ich dachte, alles sei klar ...«

»Für das Gericht muß alles bis ins letzte geklärt sein«, brummte Borodin, »leider darf ich Ihnen nichts über den Stand der Ermittlungen sagen. Entschuldigen Sie.«

»Aber ich bin doch schließlich die Mutter«, erklärte sie mit pathetischer Stimme, »ich habe ein Recht zu erfahren, wer meinen Sohn getötet hat.« Offensichtlich hielt sie nur mit Mühe ihre Angst und ihren Ärger im Zaum.

Sie war sehr bemüht, dem Untersuchungsführer zu gefallen, sein Mißtrauen zu zerstreuen, sie schenkte ihm großzügig ihr strahlendes Lächeln, aber ihre Augen irrten unruhig hin und her, sahen heimlich immer wieder zur Uhr. Als man das Rumpeln des Liftes hörte, zuckte die Butejko zusammen und wurde rot.

Borodin zog seinen Besuch absichtlich in die Länge, betrachtete die Beschriftung jeder einzelnen Hülle, drehte jede Kassette lange in den Händen.

»Entschuldigen Sie«, die Gastgeberin hielt es nicht mehr

aus, »ginge es nicht etwas schneller? Ich muß mich hinlegen, ich fühle mich nicht gut.«

»Ja, natürlich. Verzeihen Sie.«

Schließlich hatte Borodin die Kassetten sorgfältig in seiner großen Sporttasche verstaut und wandte sich zur Tür. Jelena Butejko entspannte sich und atmete erleichtert auf. Borodin öffnete die Tür, tat einen Schritt nach draußen, blieb dann aber stehen: »Ach, ich glaube, ich habe meine Brille auf dem Tisch liegenlassen.«

Er machte die Tür wieder zu, schritt entschlossen ins Zimmer zurück, schaute erst auf dem Tisch umher, bückte sich dann, um unter den Tisch zu sehen, zog dabei heimlich die Brille aus seiner Manteltasche, setzte sie sich auf die Nase, richtete sich wieder auf, blickte Jelena zerstreut an und äußerte laut: »Eins verstehe ich nicht, wie konnten Sie einem Kind erlauben, ein so wertvolles Stück mit in die Schule zu nehmen und es seinen Mitschülern zu zeigen?«

»Es war eine Kopie«, murmelte die Butejko mit starren, bleichen Lippen, »mein Mann hatte eine Kopie gemacht, nach der Zeichnung aus dem Katalog ... Artjom war erst zwölf. Ihm gefiel die Geschichte von dem Huhn. Slawa hat dem Jungen so gern Geschichten über Edelsteine erzählt ...«

»Wovor fürchten Sie sich?« wiederholte Hauptmann Kossizki zum x-ten Mal, während er auf den gesenkten Kopf des alten Mannes hinunterschaute, auf die gestrickte Kindermütze mit der Bommel darauf.

Vielleicht hatte Artjom diese Mütze als Kind getragen, und sein Vater trug sie jetzt auf? Sie lebten tatsächlich sehr bescheiden, fast schon armselig. Konnte es wirklich sein, daß ein Juwelier mit so hoher Qualifikation gar keine Ersparnisse hatte? Viele Jahre hatte er illegal gearbeitet, hatte sich Mittel und Wege ausgedacht, wie man Gold und Juwelen aus dem Lande schmuggeln konnte. Er hatte für Sammler Kopien berühmter Schmuckstücke angefertigt. Im Institut für Mineralogie lagen Arbeiten von ihm. Er war fast der einzige Fachmann, der Dubletten von berühmten, kostbaren Kristallen anfertigen konnte.

»Im übrigen will ich Sie zu nichts überreden. Auf Wiedersehen!« Der Hauptmann öffnete die Glastür des Lebensmittelgeschäftes weit vor Butejko.

»Warten Sie«, sagte Butejko mit leiser Stimme, »gehen Sie noch nicht. Ich bin gleich wieder da.«

Der Hauptmann blieb auf der Straße stehen. Durch die Scheibe beobachtete er, wie der gebeugte alte Mann mit der Kindermütze ein halbes Roggenbrot kaufte.

Als er wieder herauskam, blickte er sich gehetzt um.

»Setzen wir uns doch«, sagte er, »hier ist allerdings gar keine Bank. Und kalt ist es auch. Wir gehen besser in den Hof dort drüben.«

Auf dem Hof, der sich hinter der Poliklinik für Kinder befand, standen einige heile und saubere Bänke. Sie setzten sich ein Stück weit entfernt von zwei älteren Frauen, die ihre Enkel hüteten.

»Er kommt jede Nacht«, begann Butejko mit raschem, nervösem Flüstern, so leise, daß der Hauptmann sich zu ihm hinüberbeugen mußte. »Aber die Hauptsache ist, ich kann bis heute nicht begreifen, wie uns das passieren konnte. Qualmen Sie mir bitte nicht ins Gesicht. Ich vertrage keinen Rauch, ich bin ein kranker Mann. Und nehmen Sie die linke Hand aus der Tasche. Ich muß sicher sein, daß Sie kein Aufnahmegerät haben.«

»Entschuldigen Sie.« Kossizki drückte seine Zigarette aus und zeigte ihm seine Hände. »Ich habe kein Aufnahmegerät.«

»Danke ... Ljolja hat mich gewarnt.« Butejko verzog den Mund und lächelte nervös. »Ich darf mit niemandem darüber sprechen, nur mit ihr. Sie verbietet mir sogar, daran zu denken, wiederholt ohne Ende, es sei gar nichts gewesen. Zuerst dachte ich, ich hätte einfach Halluzinationen. Ich hatte die Brosche so viele Male betrachtet, hatte mit eigenen Händen eine Kopie nach den Bildern aus dem Katalog angefertigt. Anfangs einfach nur für mich, ich wollte etwas so Schönes ein zweites Mal erschaffen. Den Auftrag für eine Kopie habe ich später bekommen, bedeutend später, und habe dann die bereits fertige Kopie verkauft.«

»An wen?« fragte Kossizki vorsichtig.

»Unterbrechen Sie mich nicht!« schrie Butejko und zuckte nervös zusammen, als hätte man ihm einen elektrischen Schlag versetzt, fast wäre er sogar aufgesprungen. Der Hauptmann faßte ihn sacht am Arm.

»Entschuldigen Sie, es soll nicht wieder vorkommen.«

»Ich wußte alles über den Stein, und da taucht dieser Säufer Kusja auf, dieser Taugenichts, faltet einen schmutzigen Lappen auseinander, und darin liegt die Brosche des Grafen Paurier. Die echte, keine Nachahmung, das sehe ich auf den ersten Blick. Er zeigt sie mir und fragt: ›Was geben Sie mir dafür? Das ist ein wertvolles Erbstück.‹ Er erklärt mir – er mir! –, daß das ein wertvolles und altes Stück ist! Einen Moment habe ich mich tatsächlich gefragt, ob er vielleicht ein Nachkomme des Grafen ist? Aber das war Unsinn. Michail Paurier hatte keine Kinder. In Wirklichkeit war es ganz einfach. Der Großvater ebendieses Kusja war Bauer auf der Sowchose ›Bolschewik‹, in der Nähe von Moskau. Er hatte beschlossen, auf seinem Grundstück die Überreste des herrschaftlichen Gartenpavillons zu beseitigen. Das war Anfang der dreißiger Jahre. Er wollte sich ein Haus bauen. Er begann also zu schippen und fand ein altes Schmuckkästchen. Darin lag eine Brosche mit einem Edelstein. Der Sowchosbauer Kusnezow, der damals gerade mal fünfundzwanzig

Jahre alt war, glaubte, diese Brosche werde ihm Glück bringen, so schön und außergewöhnlich war sie, und so grub er das Fundament nicht weiter aus. Das Haus baute er sich an einem anderen Platz. Die Brosche aber versteckte er, zeigte sie niemandem, erst im Alter übergab er sie seinem Sohn mit der Auflage, sie für seine Enkel aufzubewahren und nicht zu verkaufen. Nach dem Krieg zog die Familie nach Moskau, aus der Sowchose machte man eine Datschensiedlung. Der letzte Nachkomme der Kusnezows, eben dieser Kusja, wurde zum Trinker. Die Brosche mit dem ›Pawel‹ war das einzige, was er noch verkaufen konnte. Und so ging er von Juwelierladen zu Juwelierladen, hatte aber immer Angst, man könne denken, er habe sie gestohlen. Als ich im Hof unseres Geschäfts auf ihn zukam, hat er sich ein Herz gefaßt. Später hat er sich aber wieder eines anderen besonnen, hat Ljolja und mir seine Familiengeschichte erzählt, wurde ganz rührselig und sagte, nein, ich kann die Brosche nicht verkaufen, nehmt euer Geld zurück, und gebt mir mein Erbstück wieder. Und wie mit Vorbedacht ist das alles an einer ganz abgelegenen, menschenleeren Stelle im Serebrjanyj-Park passiert. Wir hatten ihn zum Schaschlik eingeladen, um den Kauf zu feiern. Es war ein schwüler Abend, wir hatten schon etwas getrunken, und als er herumzujammern begann und die Brosche zurückverlangte, wurde es uns zuviel. Ich stürzte mich auf ihn, warf ihn zu Boden, Ljolja stülpte ihm die Plastiktüte über den Kopf … Als wir begriffen, was geschehen war, haben wir seine Leiche ins Gebüsch geschleift. Erst dann wurde uns bewußt, daß niemand uns gesehen hatte, keine Menschenseele etwas wußte. Ljolja hat mir sofort gesagt: Vergiß es. Aber das konnte ich nicht. Jede Nacht in all diesen Jahren ist er zu mir gekommen. Und jetzt hat er Artjom geholt. Ljolja sagt, das Leben geht weiter. Wenn alles vorbei ist, verschwinden wir aus Moskau.«

»Wenn was vorbei ist?«

»Die Untersuchung und der Prozeß.«

»Und wohin wollen Sie verschwinden?«

»Wahrscheinlich ins Ausland. Ich muß an meine Gesundheit denken. Ich brauche ärztliche Behandlung, dann wird er auch nachts nicht mehr kommen.«

»Wo ist denn die Brosche jetzt?«

»Welche Brosche?«

Butejko hob jäh den Kopf und blickte den Hauptmann mit völlig anderen Augen an, klaren und leeren.

»Hören Sie auf.« Kossizki runzelte die Stirn. »Heben Sie sie zu Hause auf, in einem Geheimfach? Wer hat Ihnen den Auftrag für die Kopie gegeben und diese Kopie dann gekauft? Wer? Und wann?«

»Ich muß jetzt zur Apotheke«, sagte Butejko und schaute sich verwirrt um, wie ein Mensch, der gerade an einem unbekannten Ort erwacht ist, »meine Medikamente holen ...«

»Ich begleite Sie.«

»Danke.«

Bis zur Apotheke gingen sie schweigend. Der Hauptmann hielt ihm wieder die Tür auf und wartete auf der Straße.

»Darf ich einen Blick auf ihre Medikamente werfen?« fragte er, als Butejko wieder herauskam.

»Ja, natürlich.«

Der Hauptmann schaute in die kleine Tüte: Haloperidol und Seduxen in Tablettenform, Aminasin in Ampullen, drei Päckchen mit Einwegspritzen.

»Gibt Ihnen Ihre Frau die Spritzen?«

»Ja. Sie kann das gut, es tut gar nicht weh.«

»Schon lange?«

»Seit zwei Jahren.«

»Und wer stellt die Rezepte aus?«

»Sie selber, Ljolja. Sie hat solche Formulare mit Stempeln.

Früher hat sie im Bezirkskrankenhaus gearbeitet, als Neuropathologin. Vor drei Jahren hat sie sich aus Gesundheitsgründen in den Ruhestand versetzen lassen. Aber in Wirklichkeit ist sie gesund, sie hatte nur keine Lust mehr, praktisch umsonst zu arbeiten.«

»Ich verstehe. Und die Idee, aus Moskau zu verschwinden, hatten Sie die erst jetzt, nach dem Tod von Artjom, oder schon früher?«

Butejko blieb so abrupt stehen, daß er fast hingefallen wäre.

»Was für eine Idee? Verschwinden? Wohin denn?«

Kapitel 35

Während Wowa den kräftigen, muskulösen Körper seines Kunden massierte, dachte er daran, daß er bald nicht mehr arbeiten müßte und das richtige Leben anfangen würde. Klim war diesmal für lange und mit ernsten Absichten gekommen, er hatte große Pläne.

Der Kunde war nicht aus Moskau, er kam aus Surgut in Sibirien und hatte sich als Pjotr Petrowitsch vorgestellt. Dem Aussehen nach war er Anfang dreißig. Während er vor Behagen ächzte und stöhnte, teilte er Wowa sein Problem mit: Innerhalb von drei Tagen mußte er in Moskau fünftausend Dollar auf möglichst erfreuliche Weise durchbringen.

Der junge, kräftige, gesund aussehende Sibirier erzählte Wowa, er habe ein chronisches Magengeschwür, daher kämen Restaurantbesuche für ihn nicht in Frage. Er trinke und rauche nicht, und Glücksspiele seien nichts für seine angegriffenen Nerven. In Kultureinrichtungen wie dem Bolschoi-Theater oder dem Konzertsaal »Rossija« fielen ihm unweigerlich die Augen zu.

»Es bleibt nur eins – Weiber«, seufzte Pjotr Petrowitsch und wälzte sich vom Bauch auf den Rücken, »aber wo findet man sie hier bei euch, die Klasse-Weiber?«

»Na, davon haben wir hier mehr als genug«, entgegnete Wowa und klopfte mit den Kanten seiner müden Hände die haarlosen Lenden seines Kunden durch, »in jeder Zeitung stehen Hunderte einschlägiger Annoncen, ›Freizeitgestaltung‹, ›Sauna de luxe‹ und so weiter.«

»Den Zeitungen traue ich nicht. Ich möchte es sauber und schön haben, mit der Garantie, daß nicht bloß gebumst wird, sondern man sich auch über das Leben unterhalten kann.«

»Es gibt spezielle Agenturen, da vermitteln sie Mädchen als Begleitung. Erstklassige Frauen, Models, die verschiedene Sprachen sprechen, mit denen können Sie über alles reden. Wo ist das Problem?«

»Aber wer garantiert mir das? Verstehst du, ich will nicht so eine von der Straße. Wenn nun in deiner Agentur Betrüger sitzen und das Model eine Diebin und Spionin ist? Immerhin habe ich eine seriöse Firma: Dokumente, Verträge, Verhandlungen. Du weißt, wie leicht man in unserer Zeit in eine brenzlige Situation geraten kann.«

Wowa konnte beim besten Willen nicht begreifen, was dieser Gimpel eigentlich wollte, der für fünftausend Dollar in Moskau kein passendes Mädchen finden konnte.

»Ihr habt hier einen soliden, teuren Betrieb«, fuhr der Sibirier fort, »eure Kunden sind seriöse Leute. Wohin gehen die denn, um sich zu amüsieren? In Moskau gibt es doch besondere Clubs, für die oberen Zehntausend sozusagen, wo nicht jedermann reindarf. Eine Villa im Grünen, ein beheizter Swimmingpool und zwei hübsche Püppchen, die einen gleichzeitig bedienen – das wär das Richtige.«

»Natürlich …«

»Na, dann sag mir doch, hast du unter deinen Kunden welche, die mir helfen könnten, einen solchen Urlaub zu organisieren?«

Das Gespräch begann sich in die Länge zu ziehen, klebrig und unkonkret zu werden. Wowa mochte derartige Gespräche nicht.

»So läuft das nicht, ich sehe Sie ja heute zum ersten Mal. Sie müssen entschuldigen, aber besser wäre es, Sie sagen mir direkt, was Sie wollen. Ich würde Sie schon verstehen. Aber so – nur vage Andeutungen, damit kann ich nichts anfangen.«

»Da bist du nun Masseur und hast eine gute Stellung und bist trotzdem so schwer von Begriff. Euren Betrieb hier haben mir Leute empfohlen, die sich auskennen.«

»Und wer genau, wenn man fragen darf?«

»Das kann ich dir gern sagen. Aber zuerst mußt du mir verraten, ob du mir helfen kannst oder nicht? Bring mich mit den richtigen Leuten zusammen, ich habe nicht viel Zeit.«

»Meinst du Mädchen?«

»Mein Gott, bist du blöd! Zum Teufel mit deinen Mädchen! Bei uns in Sibirien haben wir genug eigene und hundertmal bessere als in Moskau.« Er richtete sich so jäh auf, daß er Wowa beinahe den Kopf in die Zähne gerammt hätte, und winkte ihn mit dem Finger zu sich heran. Wowa beugte sich ganz nah zu ihm herunter und hörte ihn heiser flüstern: »Schießeisen will ich kaufen.«

»Ach so ... Das hätten Sie doch gleich sagen können. Wieviel brauchen Sie?«

»Nur ein einziges, ein Spezialgewehr. Und jemanden, der damit umgehen kann.«

»Warum haben Sie dann von Mädchen geredet?«

»Na, von Mädchen redet man doch immer gern, besonders mit einem sympathischen Burschen wie dir. Aber ich warne dich, wenn du mich reinlegst, dann betoniere ich dich ein«, sagte der Sibirier kaum hörbar, so als spräche er nur einen Gedanken aus, blickte Wowa dann mit seinen hellen grauen Augen an und brach in lautes Lachen aus. »Das ist ein Witz. Hast du kapiert? Also abgemacht. Morgen abend um sieben sehen wir uns wieder.«

Abends rief Wowa Klim an. Eine Stunde später trafen sie sich an einer versteckten, menschenleeren Stelle im Ismailowski-Park. Wowa begriff nicht, warum Klim diesen konspirativen Treffpunkt ausgewählt hatte und warum man sich nicht einfach an einem netten, warmen Ort, in irgendeiner Kneipe, zusammensetzen und zu Abend essen konnte.

Gegen Abend wurde das Wetter wieder schlechter. Der Wind heulte, die kahlen Bäume schaukelten schwer und langsam hin und her, die Stämme knackten, und im Lichtkegel der Laternen glitten die Schatten der Zweige in bizarren Mustern über den verharschten Schnee. Der Himmel war fast schwarz, es sah nach einem Schneesturm aus. Wowa war völlig durchgefroren, er befürchtete schon, daß Klim ihn versetzt hätte oder daß irgend etwas Unerwartetes geschehen sei. Mit kältestarren Fingern tastete er nach dem Handy in seiner Manteltasche, als er im Schein der wenigen Laternen plötzlich die bekannte Silhouette erblickte.

»Raus mit der Sprache, was ist los?« herrschte Klim ihn ohne Begrüßung an.

Wowa berichtete ihm Wort für Wort von dem Gespräch mit dem Gast aus Surgut.

»Aha, offensichtlich ein Mann mit Grips, wenn er dich so profimäßig durchgecheckt hat«, konstatierte Klim, nachdem er den Bericht gehört hatte.

»Grips!« schnaubte Wowa. »Ich war kurz davor, ihn zum Teufel zu jagen, Ehrenwort. Besoffen hat der mich geredet, tonnenweise Lügen aufgetischt.«

»Daran mußt du dich gewöhnen.« Klim klopfte Wowa auf die Schulter. »Einfach so, ohne Umschweife, gibt niemand solche Aufträge. Und wenn doch, dann muß man auf der Hut sein. Aber im großen und ganzen hast du dich wacker geschlagen.«

Während sie sich so unterhielten, stapften sie langsam durch den tiefen Schnee. Wowa klapperte vor Kälte mit den Zähnen, Klim dagegen ging mit offenem Mantel, ohne Schal und Handschuhe, wie im Sommer.

»Weiter werden wir folgendermaßen vorgehen«, sagte er nachdenklich, »wenn Pjotr Petrowitsch anruft, wirst du dich mit ihm treffen. Aber vorher soll er dir noch sagen, wer ihm empfohlen hat, sich an dich zu wenden.«

»Und wenn er das nicht tut?«

»Dann nimm ihn in die Mangel. Er muß es sagen.«

»Und wenn er trotzdem nicht will? Es wäre schade, wenn ein guter Auftrag flötenginge. Du hast selber gesagt, halb Moskau besteht heutzutage aus arbeitslosen Killern, und die Jungs von den organisierten Banden kommen noch dazu. Die fünftausend sind bestimmt nur ein Vorschuß oder das Honorar für die Vermittlung.«

»Einen Killer aus einer der Banden kann er nicht brauchen«, meinte Klim nachdenklich, »mit den organisierten Kriminellen will er nichts zu tun haben. Tätowierungen hat er keine, sagst du?«

»Nein, er ist sauber«, erwiderte Wowa, »keine Hinweise auf Beziehungen zum Milieu. Er wirkt wie einer, der 'ne Masse Geld hat, aber noch nicht richtig dran gewöhnt ist. Vielleicht steckt sowieso mehr Angeberei als Geld dahinter. Spuckt erst große Töne und macht sich dann aus dem Staub – das war's.«

»Immer langsam, du Hobby-Psychologe«, sagte Klim mit gerunzelter Stirn. »Der kann sich nicht mehr aus dem Staub machen. Du kennst ihn ja jetzt schon. Also sei unbesorgt. Quetsch alles aus ihm raus, und dann zu mir damit.«

»Was, die ganze Summe im voraus?« Wowa riß die Augen auf. »Aber das geht doch nicht, Klim …«

»Du bist wirklich ein Idiot, Wowa«, sagte Klim kopfschüttelnd, »merk dir, wenn du viel Geld machen willst, darfst du nicht die ganze Zeit daran denken. Informationen sollst du aus ihm herausquetschen, Informationen. Kapiert? Wir brauchen den Namen des Opfers, ein Foto, wenn's geht, Telefonnummern, Adressen.«

»Und das Geld?« platzte Wowa mechanisch heraus. An etwas anderes konnte er einfach nicht denken.

»Du wirst deinen Vorschuß schon kriegen, keine Sorge.« Klim grinste.

Wowas Augen wurden für einen Moment ganz durchsichtig, er brummelte etwas Unverständliches, zündete sich eine Zigarette an, fuhr dann plötzlich auf und starrte Klim erschrocken an.

»Sag mal, fünf Riesen – ist das wirklich ein normaler Vorschuß?«

»Kann ich jetzt noch nicht sagen.«

»Und wie kann man das herauskriegen?«

»Ich habe dir schon hundertmal erklärt«, sagte Klim finster, »die Summe hängt von der Qualität des Kunden und von der Quantität der Informationen ab.«

Vielleicht finden wir den Stein viel schneller als den Mörder, dachte Borodin. Vermutlich brauchen wir nur die Wohnung der Butejkos zu durchsuchen. Aber dafür ist später noch Zeit. Jetzt dürfen wir uns nicht ablenken lassen. Wir können Anissimow nicht endlos in der Psychiatrie festhalten. Die Zahl der Verdächtigen wächst, ohne daß wir mehr konkrete Anhaltspunkte hätten als zu Anfang.

Er legte eine Videokassette ein, auf der der Name »Sokolow« stand.

»Mal sehen, wer das nun wieder ist«, murmelte er und machte es sich auf dem Sofa bequem.

Es handelte sich um die Aufzeichnung einer alten Sendung aus der Reihe »Blitzlicht«.

Auf dem Bildschirm war ein riesiger Konzertsaal zu sehen, überfüllt mit Jugendlichen. Sie johlten und pfiffen, die Mädchen kletterten den Jungen auf die Schultern, um einen halbnackten Kerl zu begrüßen, der mit einem Mikrofon in der Hand über die Bühne turnte und malerisch seine dichten langen Haare schüttelte.

»Erfolg im Showgeschäft läßt sich weder planen noch vorhersagen«, ertönte die heisere, hohe Stimme von Artjom Butejko aus dem Off.

Borodin fiel auf, daß der Skandalreporter zum ersten Mal ganz ernsthaft sprach, ohne Ironie und Spott.

»Kaum jemand in der komplizierten Welt der Popmusik war so erfolgreich wie dieser attraktive, talentierte junge Mann«, fuhr Artjom mit eindringlicher Stimme fort, während das Gejohle im Saal langsam leiser wurde.

Auf dem Bildschirm erschien das Gesicht des Sängers.

»Du kamst, so zärtlich,
du kamst, so sündig,
und deine nachtschwarzen Augen
brannten sich tief in meine Seele.«

Die Stimme des Sängers war ziemlich dünn, er hauchte mehr ins Mikrofon, als daß er sang. Die erste Strophe ging im begeisterten Gejohle des Publikums unter. Die Kamera glitt über die Gesichter der Mädchen. Viele schluchzten.

»Ruslan Kudimow eroberte fast auf Anhieb nicht nur die Liebe des Publikums, sondern auch die Anerkennung vieler berühmter Kollegen. Die Stars begrüßten ihn als einen der Ihren«, kommentierte Artjom Butejko, immer noch in diesem einfühlsamen, ernsthaften Ton.

Der Saal verschwand, ein marmornes Foyer tauchte auf. Auf dem Bildschirm erschien ein bekannter Komponist.

»Dieser junge Sänger ging am Horizont unserer Schlagerwelt auf wie ein heller Komet. Ein solches Talent konnte nicht unbemerkt bleiben.«

»Ruslan ist einfach ein Wunder, jedesmal, wenn ich ihn singen höre, kommen mir die Tränen«, teilte eine alternde Schlagersängerin mit und warf ein Kußhändchen in die Kamera.

Dann war der Alte Arbat zu sehen. Zwei etwa vierzehnjährige Mädchen wurden von einem unsichtbaren Butejko befragt.

»Mögt ihr Ruslan Kudimow?«

»Ich bete ihn an! Ich nehme alle seine Konzerte auf!«

»Wenn ich seine Stimme höre und sein Gesicht sehe, wird mir ganz anders.«

Wieder erschien das Gesicht Ruslan Kudimows. Diesmal zeigte ihn die Kamera bei einem Festessen in einem Restaurant. Er lachte und hob sein Glas zum Mund. Das Bild erstarrte.

»Betrachten Sie aufmerksam Ruslans Gesicht, behalten Sie es so schön und fröhlich wie hier in Erinnerung«, sagte Butejko im Hintergrund mit kummervoller Stimme, »so sah er noch vor nur einer Woche aus, als wir seinen Geburtstag feierten.«

Das Bild setzte sich wieder in Bewegung. Es war ein Amateurfilm. Auf dem Bildschirm tauchte zwischen den trinkenden und essenden Gästen das Gesicht von Alexander Anissimow auf. Die Kamera tanzte unruhig auf und ab. Offenbar war es Butejko selber, der gefilmt hatte, denn er war im Bild nicht zu sehen.

»Ruslan hatte seine engsten Freunde eingeladen«, kommentierte die Stimme aus dem Off. »Vielleicht hat der eine oder andere von uns etwas zuviel getrunken, aber ein Geburtstag ist schließlich ein Geburtstag. Und jetzt schauen Sie bitte sorgfältig hin.«

Auf dem Bildschirm erschien ein schönes Mädchen, sie lachte laut, den Kopf zurückgeworfen. Offenbar war sie stark betrunken, vielleicht hatte sie auch Drogen genommen. Plötzlich sprang sie auf den Tisch und begann zu tanzen, wobei sie mit den Füßen das Geschirr auseinanderkickte.

»Das ist die Freundin eines Gastes«, kommentierte Butejko ruhig weiter, »sicher benimmt sie sich nicht gerade damenhaft, aber trotzdem, so darf man eine Frau nicht behandeln.«

Das Bild blieb stehen. Man sah, wie ein Kellner und ein Oberkellner versuchten, das Mädchen vom Tisch zu ziehen. Im Hintergrund schimmerte trübweiß das Gesicht des Sängers. Sein Mund war geöffnet. Als das Band weiterlief, hörte man, daß er schrie.

Dann huschten die Bilder mit unglaublicher Geschwindigkeit vorbei. Der Sänger ging mit den Fäusten auf die beiden Kellner los.

»Ja, Ruslan ist für das Mädchen eingetreten, das heißt, er hat sich benommen wie ein echter Gentleman«, erläuterte Artjom, »und noch könnte man alles friedlich regeln, noch könnte man sich miteinander verständigen.«

Na, den Eindruck habe ich nicht, dachte Borodin, während er die Schlägerei betrachtete, dafür sind die viel zu betrunken.

»Aber jetzt ist es zu spät«, teilte Butejko mit.

Im Bild erschienen mehrere Milizionäre. Ruhig und professionell bemühten sie sich, die Ordnung wiederherzustellen.

Die wacklige Kamera fing für einen Moment das breite, mürrische Gesicht eines der Ordnungshüter ein. Wieder blieb das Bild stehen.

»Betrachten Sie aufmerksam dieses Gesicht. Es ist das Gesicht von Wassili Sokolow, Hauptmann der Miliz. Und jetzt sehen Sie sich ein letztes Mal Ruslan an.«

Die Aufnahme, die den Sänger zeigte, war offensichtlich nicht aus diesem Film, sondern nachträglich einmontiert worden. Der verträumte Gesichtsausdruck und die ordentlich gekämmten Haare paßten ganz und gar nicht zu einem betrunkenen Handgemenge. Wahrscheinlich hatte man eines der Promotion-Fotos von Kudimow benutzt. Gleich darauf kehrte die Kamera ins Restaurant zurück. Der Sänger prügelte sich mit dem Milizionär. Die schwere Faust des Hauptmanns sauste hoch. Wieder erstarrte das Bild. Kudimow krümmte sich und hielt sich die Hände vors Gesicht. Noch ein Schlag. Eine Großaufnahme von seinem blutüberströmten, zerschlagenen Gesicht.

»Ruslan wurde mit dem Notarztwagen ins Krankenhaus gebracht. Er wird mehrere plastische Operationen über sich ergehen lassen müssen«, teilte Butejko mit. »Hauptmann Sokolow dagegen hat höchstens mit einer Rüge zu rechnen.«

Der Beitrag war zu Ende. Auf dem Bildschirm war ein Fernsehstudio zu sehen, in dem mehrere Männer saßen.

»Ich weiß wirklich nicht, was ich dazu sagen soll«, erklärte einer von ihnen nach einer langen, bedeutungsvollen Pause. »Wir haben heute den Autor dieses Beitrags zu Gast, Artjom Butejko, und außerdem einen Augenzeugen der schrecklichen Ereignisse, Alexander Anissimow.«

»Wissen Sie, wenn man Horrorgeschichten über unsere Miliz erzählt, scheint vieles übertrieben. Wir alle haben davon gehört, daß auf den Revieren geprügelt wird und Geständnisse mit Gewalt erpreßt werden. Wenn man daran denkt, daß niemand dafür zur Rechenschaft gezogen wird, können einem schon die Haare zu Berge stehen«, sagte Butejko düster.

»Ich wollte zuerst meinen Augen nicht trauen«, warf Anissimow ein, »ich hatte mir nicht vorstellen können, daß man jemandem einfach so das Gesicht zerschlagen kann. Und im Grunde für nichts und wieder nichts. Einfach, weil einer Milizionär ist, hat er die Macht dazu.«

»Entschuldige, Alexander, wir haben einen Anruf«, unterbrach ihn der Moderator. »Hallo? Wir hören Sie.«

»Ich könnte diesen Milizionär glatt umbringen«, rief eine aufgeregte Mädchenstimme. »Was soll man sich denn noch alles bieten lassen? Das sind Tiere, die tun, was sie wollen.«

Ein Anruf nach dem anderen kam. Einmütig äußerten alle Zuschauer ihre Empörung.

Borodin sah sich die Kassette bis zum Schluß an. Er erinnerte sich dunkel an diesen Skandal, der drei Jahre zurücklag. Ja natürlich, diese Sendung war es gewesen, die eine ganze Lawine losgetreten hatte, aus dem Fall des Hauptmanns Sokolow hatte man eine Art Schauprozeß gemacht. Im Innenministerium wurde daraufhin zum wiederholten Mal die Führung ausgetauscht, es begann eine neue Kampagne gegen Übergriffe und Amtsmißbrauch, der Film fand Resonanz auf höchster Ebene, und der Hauptmann mußte als Sündenbock herhalten. Drei Jahre hatte er wohl bekommen. Aber das wollte Borodin noch nachprüfen.

Lisa war noch nicht durch die Paßkontrolle von Scheremetjewo Zwei hindurch, als sie schon beide erblickte, ihren Mann und Juri. Sie mußte noch auf ihr Gepäck warten und trat solange an die gläserne Trennwand. Ihr Mann lächelte ihr fröhlich zu und winkte. Juri stand am anderen Ausgang, rauchte und sah sie ebenfalls an. Lisa lächelte ihrem Mann zu und machte ihm Zeichen, daß ihr Gepäck noch nicht da sei. Als sie den Kopf wandte, begegnete sie dem Blick von Juri. Sie trat zurück, bemüht, sich vor den freudigen Augen ihres Mannes in der Menge zu verbergen, und ging langsam zu dem anderen Ausgang, wo Juri sein Gesicht an die Glasscheibe drückte.

»Ich liebe dich«, sagte Juri lautlos und nahm die Brille ab. Seine Augen wirkten dadurch noch trauriger, er kam Lisa ganz verloren und schutzlos vor. Eben noch hatte sie gedacht, daß er absichtlich, aus Trotz, hier erschienen war, aber jetzt verschwand ihr Ärger und machte dem Mitleid Platz.

Er liebt mich ja wirklich. Er hat niemanden außer seinem Hund, dem Dobermannwelpen, den er Lotta genannt und im Grunde mehr für mich als für sich gekauft hat. Wer ist schuld, daß es so gekommen ist? Hätte er eine andere, unverheiratete Frau getroffen, dann hätte er jetzt eine ganz normale Familie.

Lisa lächelte und machte die gleichen Lippenbewegungen, dann fügte sie, ebenfalls tonlos, hinzu: »Fahr bitte wieder weg.«

Er begriff und schüttelte verneinend den Kopf. Und plötzlich erblickte sie in seinen Augen ein nervöses Aufflackern. Sie drehte sich um und stieß beinahe mit Krassawtschenko zusammen.

»Das Gepäck ist schon gekommen«, teilte er laut mit, »hier ist Ihr Koffer. Und das ist also, wenn ich es recht verstehe, Ihr Juri? Derselbe, nach dem Sie in Kanada solche Sehnsucht hatten? Na, da freue ich mich, ihn endlich persönlich kennenzulernen. Allerdings muß ich sagen, Ihr legitimer Gatte sieht erheblich attraktiver aus.« Er lächelte den verdutzten Juri ungeniert an und winkte ihm sogar zu. »Lisa, vielleicht könnten Sie sich auch mal bedanken? Immerhin habe ich Ihren Koffer vom Band gehoben, einen Gepäckwagen für sie gesucht, und Sie haben mir immer noch keine Antwort gegeben, ob Sie mich in Ihre Sendung einladen wollen oder nicht. Oh, pardon, ich sehe, Ihnen steht der Sinn nicht nach mir. Ihr gesetzlicher Gatte steuert auf uns zu. Was für eine wundervolle Szene!«

Doch die wundervolle Szene kam nicht zustande. Juri verschwand in der Menge. Die Geschwindigkeit, mit der Krassawtschenko zum Ausgang stürzte, machte Lisa klar, daß sie noch einige unangenehme Überraschungen zu erwarten hatte.

Als Lisa den Zoll passiert hatte und ihrem Mann einen Kuß gab, hörte man hinter ihr ein aufgeregtes Flüstern: »Und ich sage dir, das ist sie! Ganz bestimmt!«

Michail Beljajew lud das Gepäck in den Kofferraum. Lisa schaute sich auf dem Parkplatz um und bemerkte in einiger Entfernung Juris dunkelblauen Opel. Neben dem Wagen standen Juri und Krassawtschenko. Beide rauchten.

»So, setz dich rein, wir können losfahren«, hörte sie ihren Mann sagen. »Nadja hat zur Feier deiner Rückkehr eine Pizza gebacken. Ob sie was geworden ist, weiß ich nicht. Und Witja ist gestern mit einem Mädchen aufgekreuzt. Es heißt Olga, ist sehr hübsch und vor allem überhaupt nicht aufgetakelt, ohne Hörner und Hufe.«

»Wie meinst du das?«

»Na, heute geben sie sich doch alle dämonisch, drehen sich irgendwelche wilden Hörner aus ihren Haaren, ziehen meterhohe Hufe an die Füße, und auf zum Hexensabbat, um sich dort in Veitstänzen zu verrenken. Übrigens, unsere Nadja will jetzt auch Schuhe mit Plateausohlen. Ich habe ihr gesagt, nur über meine Leiche.«

Als sie den Parkplatz verließen, kamen sie ganz nahe an dem Opel vorbei. Juri saß am Steuer und hielt irgendein Buch in der Hand.

Ja, natürlich, ein Buch, dachte Lisa spöttisch. Die Videokassette ist das. Krassawtschenko hat schon eine Kopie machen lassen, und sicher ist das nicht die einzige.

Das Handy klingelte, als sie im Bad war. Ihr Mann streckte seine Hand durch die Tür.

»Gehst du ran? Oder soll ich sagen, du kannst jetzt nicht?«

»Ich gehe ran, danke.«

»Wie ist denn das gekommen, Lisa?« hörte sie eine gedämpfte, heisere Stimme. »Wie konnte dir so etwas passieren?«

»Bist du sicher, daß ich das bin?« fragte sie leise. »Hast du genau hingeschaut?«

»Allerdings.« Er lachte hart und unangenehm auf. »Ich habe sehr genau hingeschaut.«

»Juri, bitte hör mich ganz ruhig an, ohne alle Emotionen. Die Sache ist die, daß ich mich an absolut nichts erinnern kann.«

Es klopfte an der Tür.

»Mama, kommst du bald?« fragte Nadja. »Papa und Witja streiten sich um die Pullover, beiden gefällt der mit dem dunklen Muster, und die Größen sind gleich. Und außerdem wird die Pizza kalt.«

»Sofort, Kleines«, rief Lisa zurück und legte die Hand über das Telefon.

»Ich weiß, ich habe keinerlei Rechte dir gegenüber«, klang Juris Stimme aus dem Hörer, »aber du mußt auch begreifen, wie sehr mich das kränkt. Am Telefon hast du gesagt, du wirst erpreßt. Aber bei einem derartigen Lebenswandel, du mußt schon entschuldigen, ist das auch kein Wunder. Etwas vorsichtiger könntest du wirklich sein.«

»Juri, was redest du? Was für ein Lebenswandel? Was heißt vorsichtiger?«

»Lisa, mach wenigstens dir selber nichts vor. Na schön, es ist passiert. So was kommt vor.« Er lachte spöttisch. »Und ich alter Idiot mache mir Illusionen.«

»Juri, hör auf. Wir reden darüber, wenn ich komme. Nimm das bitte nicht so ernst.«

»Entschuldige, ich bin vielleicht etwas altmodisch, aber solche Dinge kann ich nicht auf die leichte Schulter nehmen.«

»Du schließt also die Möglichkeit aus, daß ich es gar nicht bin?«

»Ich bin doch nicht total verblödet. Das bist du, Lisa. Und du fühlst dich pudelwohl dabei.«

An der Tür wurde erneut geklopft.

»Mama, wie lange dauert das denn noch?« erkundigte sich Witja unzufrieden. »Nadja macht die Pizza schon zum zweiten Mal warm.«

»Ja, Witja, ich bin gleich fertig. Juri, bitte beruhige dich. Morgen komme ich zu dir, nach der Sendung. Ich muß mir die Kassette selber mal ansehen.«

Am anderen Ende wurde aufgelegt.

Kapitel 36

Im August 1917 gab es bereits keine Polizisten mehr in Rußland. Statt dessen existierte eine sogenannte Volksmiliz, aber wo man sie finden und an wen man sich dort wenden sollte, wußte niemand.

»So ein Unglück, und das alles wegen der Konfitüre. Wer kennt sich mit ihnen aus, diesen Kaukasiern«, brummte Tichon Boljakin. »Ich habe ja gesagt, es ist gefährlich, auf ihren schmutzigen Basaren einzukaufen. Wer weiß, vielleicht haben sie dieses verfluchte Zeug in einem Keller aufbewahrt, wo es Ratten gab. Die Ratten haben sie vergiftet, und so ist das Arsen auch in das Glas gekommen.«

»Ja«, entgegnete Irina heiser aus der Dunkelheit, »dort gibt es viele Ratten. Ich weiß es, ich habe sie selber gesehen.«

»Das sage ich ja«, stimmte der Kaufmann zu, »durch Zufall konnte wer weiß was in das Glas gelangen. Was kommt nicht alles vor. Übrigens habe ich ja auch von der Konfitüre gegessen, und auch Sie, Konstantin Wassiljewitsch, und Sonja ebenfalls. Alle haben davon gegessen.«

»Hören Sie auf.« Der Arzt winkte ab. »Wen wollen Sie belügen? Ein Glas hat Madame Paurier selber geöffnet, daraus hat sie die Konfitüre für ihren Mann und für Sonja genommen. In diesem Glas war das Gift. Als wir uns an den Tisch gesetzt haben, hat sie den beiden die schon gefüllten Schälchen zugeschoben. Und die anderen, das heißt wir drei, haben uns selber aus der großen Schale genommen. Alles ist ganz einfach, und alles ist im voraus geplant worden.«

»Was ist geplant worden? Von wem? Wie können Sie so etwas behaupten?« erregte sich der Kaufmann. »Schämen Sie sich gar nicht? Meine Irina wird sich doch nicht selber schaden! Warum sollte sie sich in einer so schwierigen, gefährlichen Zeit zur Witwe machen? Hören Sie, Herr Doktor, vielleicht hat ja Seine Erlaucht selber beschlossen, auf derart originelle Weise … Sie verstehen, was ich meine?« Der Kaufmann räusperte sich verhalten. »Ich habe schon seit geraumer Zeit allerlei Seltsamkeiten an ihm bemerkt, zum Beispiel diesen Hang zum Alleinsein, zum Malen von Bildern … Aber Sie, Herr Doktor, werde ich für Ihre Bemühungen bezahlen. Ich werde Sie gut bezahlen, es soll Ihr Schaden nicht sein.«

»Herr Boljakin, verschwinden Sie von hier, ich bitte Sie sehr. Gehen Sie irgendwohin, und nehmen Sie Ihre Tochter mit, sonst garantiere ich für nichts«, preßte Baturin hervor.

»Wohin sollen wir denn gehen, das möchte ich gern wissen?« kreischte Irina hysterisch. »Wir sind in unserem eigenen Haus, und Sie, Herr Doktor, haben hier gar nichts zu sagen.«

»Sie ist ein dummes Weib.« Der Kaufmann schüttelte den Kopf. »Nehmen Sie ihr das nicht übel, Herr Doktor. Sie ist natürlich nicht bei Sinnen. Hör auf zu schreien, Irina, du mußt dich hinlegen.« Er faßte seine Tochter beim Arm und führte sie ins Schlafzimmer.

Eine halbe Stunde später kehrte Sonja zurück. Auf dem Fuhrwerk brachte sie den Feldscher Semjon und den Priester mit.

Michail Paurier starb unter großen Qualen. Doktor Baturin bemühte sich, seine Leiden zu lindern, indem er ihm Morphium spritzte. Vor der Morgendämmerung, unmittelbar vor dem Ende, öffnete der Sterbende die Augen und flüsterte etwas. Sonja beugte sich zu ihm hinunter.

»Sonja ... die Brosche ... Gib sie niemandem, heb sie auf, sie ist alles, was ich habe ...«

»Was für eine Brosche, Michail? Wovon sprichst du?«

»Die Brosche von der Großmutter ... mit dem Brillanten. Gib sie ihnen nicht ...«

Sonja nahm sein Gesicht in ihre Hände, blickte ihm in die Augen und sagte kaum hörbar: »Michail, ich werde ein Kind haben. Dein Kind. Ich liebe dich sehr.«

Der Arzt hörte das nicht, er war gerade in den Garten gegangen, um zu rauchen. Als er zurückkam, atmete der Graf nicht mehr.

Zwei Tage nach der Beerdigung erschien Tichon Boljakin in Baturino, in einem teuren, eleganten, blendendweißen englischen Anzug, mit einem Spazierstock aus Ebenholz in der Hand und in makellos weißen Halbstiefeln. In dem verwilderten Baturinschen Garten wirkte er recht seltsam. Hinter ihm stand wie immer sein riesiger, schweigsamer Begleiter, der Chauffeur Andrjucha. In der Hand hielt Boljakin einen großen Strauß dunkelroter Rosen.

»Was kann ich für Sie tun?« fragte Konstantin Baturin finster.

»Ich bin gekommen, um Ihnen meine Dankbarkeit für Ihre Mühen auszusprechen«, erklärte der Kaufmann, räusperte sich und zog ein ovales rotes Samtetui mit einem verschnörkelten goldenen Monogramm auf dem Deckel aus der Tasche. »Da Geld heutzutage keinen Wert mehr hat, habe ich beschlossen, Ihnen im Namen unserer leidgeprüften Familie ein kleines Geschenk als Andenken zu überreichen. Wollen Sie geruhen, einen Blick darauf zu werfen?«

»Ich danke Ihnen, Herr Boljakin, aber ein Geschenk nehme ich von Ihnen nicht an«, lehnte der Arzt ab.

»Sehen Sie es sich doch wenigstens einmal an. Ein schönes Stück, sehr wertvoll.« Er öffnete das Etui. Im Innern lag eine goldene Taschenuhr an einer massiven Goldkette.

»Behalten Sie das. Solche protzigen Sachen passen nicht zu mir.«

»Sie weisen also meine Dankbarkeit zurück?« Der Kaufmann kniff die Augen zusammen. »Nun, dann nehmen Sie wenigstens die Blumen. Sie sind für Sonja. In den heutigen schweren Zeiten sind sie ebenfalls sehr teuer. Ihretwegen habe ich Andrjucha eigens nach Moskau geschickt. Genau fünfundzwanzig Stück, eine besondere Sorte. Haben Sie eine Vase?«

»Danke«, sagte Sonja. »Aber eine Vase ist nicht nötig. Ich bringe sie sowieso gleich zum Grab von Michail Iwanowitsch.«

»Aha, na gut.« Der Kaufmann zögerte noch etwas, räusperte sich mehrmals in die Faust und wandte sich dann an den Arzt: »Ich bitte um Verzeihung, aber ich muß unbedingt unter vier Augen mit Ihrer Tochter reden.«

»Bitte sehr«, nickte der Arzt, »Sie können ins Haus kommen. Sonja, ich bleibe hier in der Nähe.«

»Sie haben da noch eine Sache, die unserer Familie gehört«, sagte der Kaufmann, als sie in den Salon gingen. »Ein sehr wertvolles Stück. Eine Brosche in Form einer Orchideenblüte mit einem Brillanten in der Mitte.«

»Ich weiß nicht, wovon Sie sprechen«, entgegnete Sonja leise.

»Aber nicht doch, gnädiges Fräulein, nicht doch.« Der Kaufmann blinzelte listig. »Ich will sie ja nicht umsonst. Ich gebe Ihnen Geld dafür. Viel Geld, goldene Tscherwonzen. Gold verliert seinen Wert nicht. Also haben Sie die Liebenswürdigkeit, die Brosche zurückzugeben. Sie gehört Ihnen nicht.«

»Sie verwechseln da etwas, Tichon Tichonowitsch«, erwiderte Sonja. »Ich pflege keinen Schmuck zu tragen, und eine Brosche besitze ich nicht.«

»Sie geben sie also nicht zurück?« sagte der Kaufmann seufzend. »Sie machen einen Fehler. Wenn Sie hoffen, ein derart kostbares Stück verkaufen zu können, so irren Sie sich. Man wird Sie betrügen, Sie und Ihr gelehrter Herr Vater verstehen nichts von Geschäften.«

Da betrat Konstantin Baturin das Zimmer.

»Ah, Herr Doktor«, wandte sich der Kaufmann an ihn, »ich versuche gerade, Ihre Tochter dazu zu bringen, freiwillig zurückzugeben, was ihr nicht gehört. Der Herr Graf, Gott habe ihn selig, hat unüberlegt gehandelt, als er Sonja unser Eigentum überließ. Und nun will sie es nicht zurückgeben. Das ist nicht schön von ihr. Eine Schande ist das.«

»Sonja, worum geht es?« fragte Baturin erstaunt.

»Ich weiß nicht, Papa. Der Herr Kaufmann fordert irgendeine Brosche von mir.«

»Meine Tochter hat sich für solchen Klimperkram nie interessiert«, sagte der Arzt rasch.

»Aber das ist kein Klimperkram, sondern ein sehr wertvolles Stück. Zum letzten Mal, geben Sie die Brosche freiwillig heraus. Ich weiß, daß Sie sie haben. Sie kann nirgends sonst sein. Haben sie denn kein Gewissen? Schließlich ist das eine Sünde – fremdes Eigentum nehmen.«

»Genug, es reicht«, sagte der Arzt stirnrunzelnd. »Ich habe nicht die Absicht, mit Ihnen über Gewissen und Sünde zu diskutieren. Darüber sollten Sie sich besser mit Ihrer Tochter unterhalten.«

Der Kaufmann seufzte tief auf. »Wissen Sie, ich wollte die Angelegenheit mit Ihnen im Guten regeln, wie es unter Nachbarn üblich ist, aber offensichtlich ist das nicht möglich.«

Ohne sich umzusehen, ging er.

»Er wird Ganoven anheuern, die unser ganzes Haus durchwühlen«, sagte der Arzt nachdenklich, während er ihm nachblickte. »Diese Brosche hat tatsächlich einen ungeheuren Wert.«

»Papa, du hast sie doch gar nicht gesehen.«

»Sie steckt an deiner weißen Bluse. Und die Bluse liegt auf einem Stuhl in deinem Zimmer. Auf deinem Porträt ist Michail die Brosche viel besser gelungen als dein Gesicht. Das Porträt müssen wir aus dem Haus schaffen, möglichst weit weg von hier. Und die Brosche müssen wir unbedingt verstecken. Für diesen Stein geht der Kaufmann jedem an die Gurgel. Michail hat mir die Geschichte des Diamanten erzählt. Er sagte, es sei scin einziger Besitz von Wert.«

»Er hat mich vor seinem Tod gebeten, ihnen die Brosche

nicht zu geben. Mich kümmert nicht, wieviel sie wert ist. Schließlich wollen wir sie nicht verkaufen«, sagte Sonja langsam.

In der Nacht erwachte der Arzt von einem schrecklichen Getöse. Er zog seinen geladenen Revolver unterm Kopfkissen hervor und stürzte nach oben, in Sonjas Zimmer.

Sonja saß, im Nachthemd, gefesselt auf einem Stuhl. Im Zimmer befanden sich der Kaufmann Boljakin und sein treuer Chauffeur und Leibwächter Andrjucha. Der Chauffeur schlitzte mit einem kurzen Finnmesser die Kissen auf, der Kaufmann saß auf dem Fußboden und wühlte in Sonjas Wäsche. Der Arzt richtete seinen Revolver auf den Kaufmann.

»Lassen Sie das, Konstantin Wassiljewitsch«, sagte Boljakin kopfschüttelnd, »das Haus wimmelt von meinen Leuten. Und auf Hilfe brauchen Sie nicht zu hoffen. Recht und Ordnung gibt es heutzutage nicht mehr. Ich habe Sie gewarnt – Sie hätten mir die Brosche freiwillig geben sollen.«

Der Arzt blickte in Sonjas kreidebleiches Gesicht und ließ den Revolver sinken. An ihre Kehle war das kurze Finnmesser gesetzt.

»Wollen Sie mir nicht lieber doch sagen, wo die Brosche ist?« fragte der Kaufmann, ohne sich vom Boden zu erheben, und wühlte weiter in der Wäsche herum. »Sonst müssen wir Sonja womöglich noch weh tun. Wir gehen nicht eher, als bis wir die Brosche gefunden haben. Ich warne Sie zum letzten Mal, geben Sie sie freiwillig heraus, sonst wird es zu spät sein.«

»Es riecht nach Rauch«, sagte Andrjucha plötzlich.

Die Tür wurde aufgerissen, der riesige Deserteur, der Neffe des Friedhofswächters, stürzte ins Zimmer, sah sich mit wilden roten Augen um, öffnete den Mund und fiel dann direkt auf den Kaufmann. Aus seinem gespaltenen Schädel schoß ein breiter, pulsierender Blutstrahl. Hinter ihm stand der Feldscher Semjon mit einer Axt. Der Kaufmann schrie auf, Andrjucha stürzte zu ihm, der Arzt schoß und traf den Chauffeur ins Genick. Verzweifelt zappelte der Kaufmann, begraben unter zwei mächtigen Körpern. Von unten hörte man ein furchtbares Poltern, dann verzweifeltes Geheul und schweres, schnelles Getrappel.

»Konstantin Wassiljewitsch, wir brennen!« schrie der Feldscher. »Da sind noch zwei, ich habe sie eingesperrt, aber offenbar haben sie sich befreit. Wir müssen weg.«

Der Arzt ergriff eine Schere, die auf dem Frisiertisch lag, und schnitt die Stricke durch.

»Sonja, halt dir etwas vors Gesicht, du darfst den Rauch nicht einatmen.« Er tastete auf dem Fußboden nach dem Finnmesser, das dem Chauffeur aus der Hand gefallen war, bekam es zu fassen und warf es Semjon zu. »Wir müssen sie verjagen!«

»Die sind längst abgehauen, das sind schließlich keine Idioten, gleich kracht ja das Dach ein!«

In der Tür tauchte, eingehüllt in Rauch, eine gewaltige Silhouette auf, ein Schuß ertönte. Der erste Mann fiel, rappelte sich aber gleich wieder auf, hinter ihm stürzte ein zweiter herein. Schüsse krachten, der Rauch biß in die Augen, man konnte nichts mehr erkennen.

»Zu Hilfe«, schrie der Kaufmann schluchzend, mit gepreßter Stimme, »helft mir heraus! Meine Beine! Sonja, mein Täubchen, retten Sie mich, es tut so weh ...«

Das alte Holzhaus brannte bereits lichterloh. Hustend, mit tränenden Augen, tastete sich Sonja zu Boljakin vor, der unter den beiden riesigen Körpern begraben lag, und streckte ihm die Hand entgegen: »Halten Sie sich fest, kommen Sie heraus!«

Er krallte sich mit aller Kraft in ihr Handgelenk und

ächzte: »Ich lasse dich nicht weg! Verbrennen sollst du, bei lebendigem Leibe! Wo ist die Brosche?«

Inzwischen hatte sich der eine der beiden Einbrecher auf den Arzt gestürzt, der andere auf den Feldscher. In dem kleinen, raucherfüllten Zimmer kämpften die vier Männer erbittert miteinander, und man konnte nicht erkennen, wer die Oberhand hatte.

Sonja versuchte ihre Hand wegzureißen, aber der Kaufmann hatte sie fest gepackt und zog sie zu sich. Sie hustete, verschluckte sich am Rauch und konnte nur noch mit letzter Kraft verzweifelt schreien: »Papa!«

Ihr Aufschrei verlieh Konstantin Baturin neue Kräfte. Es gelang ihm, einem der beiden Einbrecher mit dem Pistolengriff einen Schlag gegen die Schläfe zu versetzen. Über ihnen knirschte es bedrohlich, man hörte, wie auf dem Dachboden die Balken herabstürzten. Der Ganove schlug mit dem Kopf das Fenster ein, sprang aus dem ersten Stock und verschwand im Morgennebel. In seinem Revolver, den der Feldscher aufgehoben hatte, war noch eine letzte Patrone.

»Die Brosche«, ächzte der Kaufmann hustend und stöhnend, »wo ist die Brosche? Gib sie her! Sie gehört dir nicht!«

»Sonja, wo bist du? Antworte, Sonja!«

Ein Schuß krachte, so nahe, daß es Sonja schien, man hätte auf sie geschossen. Vor Rauch bekam sie keine Luft mehr, begriff kaum noch, was vorging. In ihrem Hals kratzte es so sehr, daß statt eines Schreis nur ein schwaches, heiseres Flüstern herauskam: »Papa!«

Im selben Moment merkte sie, wie der Kaufmann erschlaffte. Mit aller Kraft bemühte sie sich, ihren Arm zu befreien. Tichon Boljakin war tot, aber er hielt Sonja immer noch gepackt. Seine Finger hatten sich verkrampft. Der Arzt hatte seine Tochter gefunden, versuchte die Finger des Kaufmanns aufzubiegen, konnte ihre Hand jedoch nicht befreien.

»Es reicht!« brüllte der Feldscher, der hinzugekommen war, dumpf und hieb mit der Axt auf den toten Arm.

Endlich hatten sich alle drei aus dem brennenden Haus gerettet. Es wurde bereits hell. Sonja konnte sich kaum noch auf den Beinen halten. Mit schrecklichem Krachen stürzte das Dach ein, die Funken flogen. Sonja verlor das Bewußtsein.

Kapitel 37

»Es wird ein bißchen länger dauern«, sagte Lisa und gab ihrem Mann zum Abschied einen Kuß, »nach der Sendung muß ich mit dem Chef noch ein paar Dinge besprechen.«

»Warum unbedingt mitten in der Nacht?«

»Du weißt doch, beim Fernsehen gibt es keine Nacht.«

Die vielen Lügen blieben ihr fast im Halse stecken. Genug, dachte sie ärgerlich, das war das letzte Mal.

Und es waren nicht nur die Lügen. Sie hatte sich schon daran gewöhnt, sich alle möglichen wichtig klingenden Gründe dafür auszudenken, warum sie nicht um zwei Uhr nachts, sondern erst um sechs Uhr morgens nach Hause kam. Aber jetzt ertappte sie sich zum ersten Mal dabei, daß sie gar keine Lust hatte, zu Juri zu fahren. Sie wußte, daß sie dort ein lästiges, sinnloses Gespräch erwartete.

In Ostankino wurde immer noch über den Tod von Artjom Butejko getratscht. Er war zwar nicht mehr das Gesprächsthema Nummer Eins, doch Lisas Erscheinen brachte die tragischen Ereignisse der vergangenen Woche wieder in Erinnerung. Sie spürte, daß man sie heimlich musterte.

»Hat sich die Staatsanwaltschaft schon wegen Butejko an dich gewandt?« fragte sie der Chef der Nachrichtensendung. »Bestimmt hat denen schon irgendeine Giftspritze was über eure besonderen Beziehungen gesteckt.«

Sie brachte ihre Sendung rasch hinter sich und setzte sich ins Auto. Es bereitete ihr Vergnügen, durch die leeren nächtlichen Straßen zu fahren. Den Weg wußte sie auswendig, so daß sie sich am Steuer entspannen konnte. Es war noch gar nicht lange her, ein paar Wochen erst, da hatte sie genau hier, an dieser Kreuzung am Ende der Scheremetjew-Straße, nachts an der Ampel gehalten und im Auto neben sich ein wohlbekanntes Profil gesehen. Als sie in der Nowokusnezkaja-Straße ankam, sah sie denselben Wagen wieder, und plötzlich war ihr der verrückte Gedanke gekommen, daß Artjom sie beschattete. Auch damals war sie gerade auf dem Weg zu Juri gewesen.

Natürlich war er nicht recht bei Trost, aber doch wohl nicht in solchem Maße, hatte sie gedacht. Hat ihm die peinliche Show damals mit meiner Mutter nicht genügt?

Als sie jetzt auf die Kreuzung zusteuerte, dachte sie wieder an Butejko. Wie dumm doch sein Leben eigentlich gewesen war und wie früh und unsinnig sein Tod. Viele hatten von ihm gesagt, eines Tages werde er sich noch »vergaloppieren«. Aber wegen dieser schmutzigen kleinen Geschichten hatte man ihn doch wohl kaum ermordet. In Ostankino munkelte man, ein Freund habe ihn wegen einer Geldschuld erschossen. Gut möglich. Er hatte immer auf Pump gelebt, sich bei allen Geld geliehen, es allerdings auch immer zurückgegeben.

Wenn ein Mensch ums Leben kommt, den man nicht leiden konnte, über den man schlecht gedacht und geredet hat, ist das ein merkwürdiges, unangenehmes Gefühl. Man schämt sich, als sei man an seinem Tod mit schuld.

Weshalb konnte ich Artjom eigentlich nicht leiden? Weil er ein Zyniker und ein dreister Flegel war? Aber Zyniker und Flegel gibt es beim Fernsehen mehr als genug. Weil er kein Talent hatte? Auch das ist eher die Regel als die Ausnahme. Früher war unser Verhältnis zueinander doch ganz normal, fast freundschaftlich. Aber seit dieser Talkshow mit der getürkten Geschichte hat er mich gehaßt. Und zu Recht. Ich habe ihm seine Premiere verdorben. Gut, er hat gepfuscht. Na und? Ist er da etwa der einzige? Ich hätte seinen Gast auch in Ruhe lassen können, besonders in einer Live-Sendung. Warum habe ich es nicht getan? Es muß doch einen Grund geben.

Einen Monat vorher war im Magazin »Blitzlicht« sein Exklusivbeitrag über den Sänger und den Milizionär gebracht worden. Damals war er in aller Munde, sein Name wurde bekannt. Er bekam die Chance, eine eigene Sendung zu machen.

Lisa erinnerte sich deutlich an das breite Gesicht des Mannes in Milizuniform, an seine starren, kalten Augen von einem unbestimmten trüben Grün.

»Ich bitte dich, laß es gut sein. Begreif doch, für mich ist es sonst aus und vorbei. Man wird mich einbuchten.«

Lisa war ganz zufällig Zeugin dieses abstoßenden Gesprächs geworden. Im Haus des Films fand eine Festveranstaltung anläßlich des zehnjährigen Jubiläums der Sendung »Blitzlicht« statt. In der Pause stand Butejko mit einem jungen Mann im Foyer am Treppengeländer. Sie lachten, beide waren etwas angeheitert. Lisa war zufällig in der Nähe und sah, wie ein Milizionär auf die beiden zuging.

»Ach, du schon wieder?« Artjom schnitt eine angewiderte Grimasse. »Hör mal, Genosse Hauptmann, wieso hat man dich hier überhaupt reingelassen. Du hast hier doch gar nichts zu suchen.«

»In der Tat«, grinste Artjoms Bekannter, »womöglich kommst du noch auf die glorreiche Idee, wieder mal Ordnung zu schaffen, und haust irgendwem deine Faust in die Visage.«

»Jungs, bitte, hört auf damit«, sagte der Milizionär leise.

»Womit sollen wir aufhören?« fragte Butejko mit höhnischem Grinsen. »Den Leuten die Wahrheit zu sagen? Soll das heißen, dir ist alles erlaubt und uns nichts?«

»Darum geht es doch gar nicht … Ich bitte dich, bring diesen Film nicht, ich bitte dich von Mensch zu Mensch. Soll ich dir Geld dafür geben? Soll ich auf die Knie fallen? Für mich bedeutet es das Ende meiner Karriere, das Ende meines Lebens, versteh das doch … Wenn ihr auch nur einen Funken Mitgefühl habt, Jungs, dann verschont mich.«

»An Mitgefühl hättest du denken sollen, als du Ruslan mit der Faust ins Gesicht geschlagen hast. Hör auf, hier auf die Tränendrüsen zu drücken, das ist ja widerlich.«

Es war tatsächlich widerlich, das Schauspiel, das alle drei boten. Zwei gaben sich überheblich und arrogant, der dritte bettelte und erniedrigte sich. Butejko und seinem Freund machte das offensichtlich Spaß. Damals hatte Lisa sich regelrecht vor ihm geekelt.

Der Film wurde gesendet, der Hauptmann bekam drei Jahre. Zigtausende solcher Milizionäre aller Rangstufen vom Hauptmann bis zum Leutnant setzen in ganz Rußland ihre Fäuste ein. Manchmal tun sie es, weil es nicht anders geht, manchmal, weil sie unbeherrscht und sadistisch sind. Wollte man jeden hinter Gitter bringen, gäbe es keine Miliz mehr. Dieser Hauptmann war nicht schlechter und nicht besser als alle anderen. Er hatte nur Pech gehabt. Das Gesicht, in das er geschlagen hatte, um die Prügelei zu beenden, war das Gesicht eines populären Sängers gewesen. Und zufällig hatte gerade ein Reporter mit einer Amateurkamera in der Hand daneben gestanden. Artjom Butejko, der darauf brannte, berühmt zu werden.

Wenn schon sie als Außenstehende durch diese abstoßende Szene im Haus des Films eine bleibende Abneigung gegen Butejko gefaßt hatte, was mußte dann erst der Milizionär empfunden haben? Die drei Jahre waren inzwischen vorbei. Sicher war er schon wieder auf freiem Fuß.

Lisa fuhr ohne Licht die leere Straße entlang, alle Ampeln

zeigten grün, und sie war so in Gedanken versunken, daß sie fast gar nicht auf den Weg achtete. Plötzlich begann das Handy in ihrer Handtasche laut zu klingeln. Sie zuckte zusammen. Bevor sie es herausnahm, schaltete sie noch die Scheinwerfer an. Etwa zehn Meter vor ihr ragte schwarz, ohne Warnblinklichter, ein riesiger Kühlwagen empor und versperrte den Weg. Lisa konnte gerade noch bremsen. Wenige Zentimeter vor dem LKW kam ihr Wagen zum Halten.

Sie legte den Rückwärtsgang ein und parkte am Rand des Bürgersteigs. Das Telefon schrillte noch immer.

»Lisa, entschuldige, sicher hole ich dich gerade aus einem wichtigen Gespräch mit deinem Chef«, hörte sie die verschlafene Stimme ihres Mannes. »Ich hatte plötzlich schreckliche Sehnsucht nach dir. Du warst so lange weg, jetzt bist du zurück und schon wieder nicht da.«

»Ich dachte, du schläfst«, erwiderte sie verwirrt.

»Ja, ich habe auch schon geschlafen, aber ich bin wieder wach geworden, ich weiß nicht, wieso. Ich wurde auf einmal so unruhig und habe beschlossen, dich anzurufen.«

»Danke, Michail. Ich bin bald zurück. Geh wieder ins Bett, warte nicht auf mich.«

»Danke wofür, Lisa?«

»Einfach so. Dafür, daß du angerufen hast.«

»Ich kann doch nicht schlafen, solange du nicht zurück bist«, brummte er, »mach möglichst schnell.«

Sie steckte das Handy wieder zurück in die Tasche und zündete sich eine Zigarette an.

Wie kann er das nur gespürt haben? Wenn er nicht aufgewacht wäre und angerufen hätte, wäre ich jetzt tot.

Langsam fuhr sie wieder auf die Fahrbahn und vorsichtig um den Kühlwagen herum. Eine Viertelstunde später stoppte ihr Wagen auf dem großen leeren Hof an der Nowokusnezkaja. Juri war diesmal nicht mit dem Hund herausgekommen, um sie zu empfangen, wie er es gewöhnlich tat. Er öffnete ihr die Tür, Lotta begann freudig zu kläffen und an ihr hochzuspringen.

Juri hielt ihr kühl die Wange zum Begrüßungskuß hin und wandte sich sogleich wieder ab, ging in die Küche, setzte sich auf einen Hocker, steckte sich eine Zigarette an und sagte laut, während er aus dem Fenster in die Dunkelheit blickte: »Wenn du glaubst, ich würde dir dabei Gesellschaft leisten, irrst du dich.«

»Wie meinst du das, Gesellschaft leisten?« fragte Lisa erstaunt.

»Ich habe nicht die Absicht, mir mit dir zusammen noch einmal die Kassette anzusehen. Deshalb bist du doch gekommen?«

Er hat recht, dachte sie. Ich bin wirklich deshalb gekommen. Ich muß herausfinden, was los ist. Ohne ihre Stiefel auszuziehen und ihm eine Antwort zu geben, ging sie schweigend in die Küche und setzte sich ihm gegenüber.

»Ihr seid doch alle gleich«, sagte er mit einer lauten, fremden Stimme, zog gierig an der Zigarette und starrte immer noch aus dem Fenster. »Deine schönen Worte, daß du deinem Mann nicht weh tun willst, sind nichts als Worte. Für dich ist diese Situation einfach bequem. Du hast einen Ehemann, und du hast einen Liebhaber. Du fährst für eine Woche nach Kanada, organisierst dir ein Abenteuer am Rande, weil weder er noch ich in der Nähe sind. Allerdings hast du dabei für einen Augenblick vergessen, wer du bist, und bist in die Falle getappt.«

»Danke.« Lisa stand abrupt auf. »Gib mir die Kassette, und ich fahre nach Hause.«

»Nein, warte. Ist dir noch gar nicht der Gedanke gekommen, daß ich irgendeine Erklärung hören möchte?«

»Warum?«

»Weil du mir weh getan hast.«

»Entschuldige.«

»Aber noch viel mehr hat mich gekränkt, daß du mir vormachen wolltest, es handle sich um eine Fälschung und das wärest gar nicht du auf der Kassette. Du mußt dir schon überlegen, wen du belügen willst, deinen Mann oder mich, sonst bringst du noch alles durcheinander.«

»Gut, ich werde deinen weisen Rat beherzigen. Gib mir bitte die Kassette.«

Er stand auf, ging auf sie zu, faßte sie bei den Schultern und drehte sie mit einem Ruck zu sich herum, so daß sie ihm ins Gesicht schauen mußte.

»Lisa, begreifst du, daß es für immer ist, wenn du jetzt gehst?«

»Haben wir eine andere Alternative?«

»Ich weiß nicht.«

»Ja, ich weiß es auch nicht.« Lisa befreite sich aus seinem Griff. »Du wartest darauf, daß ich mich rechtfertige. Aber entschuldige, das werde ich nicht tun. Ich habe mich vor dir und vor Michail schuldig gemacht. Aber nicht mit dieser Sache. Nicht mit dieser Gemeinheit, die du auf der Kassette gesehen hast. So, das ist alles, Juri. Laß mich bitte gehen.«

»Für immer?« fragte er kaum hörbar.

»Ja.«

Er ging ins Wohnzimmer und schlug die Tür zu. Einen Augenblick später hörte man es poltern. Lotta kläffte erschrocken auf.

»Verdammt!« hörte Lisa und öffnete die Tür ein Stückchen.

Er saß auf dem Fußboden und rieb sich das Bein. Neben ihm lag ein umgefallenes Regal. Im ganzen Zimmer waren Videokassetten verstreut.

»Hier brauchst du nicht zu suchen«, knurrte er mit schmerzverzerrtem Gesicht, »nimm dir einen Stuhl, sie liegt dort oben auf dem Bücherschrank.«

Hinkend begleitete er sie hinaus zum Wagen.

»Was will er von dir?« fragte er, als er ihr die Autotür aufhielt.

»Sendezeit.«

»Und was beabsichtigst du zu tun?«

»Nachdenken.«

Sie gab ihm einen raschen Kuß, fuhr ihm über die kurzen grauen Haare und startete den Wagen. Als sie vom Hof in die Straße einbog, sah sie im Rückspiegel, daß er noch draußen stand und ihr nachblickte, mit Lotta an der Leine.

Pjotr Petrowitsch rief Wowa am folgenden Morgen an.

»Ich habe gefunden, was ich gesucht habe«, teilte er ohne Begrüßung sofort freudig mit.

Wowa erschrak zuerst – ich hab's ja gewußt, der Auftrag ist futsch! Aber dann besann er sich sogleich und dachte, in diesem Fall würde der Sibirier ihn wohl kaum anrufen, und außerdem konnte er auch nicht über Nacht jemanden für einen so delikaten Auftrag gefunden haben. Immerhin ging es ja nicht um eine Tischbestellung im Restaurant, sondern um einen Mord.

»Eine Villa bei Moskau mit einem beheizten Schwimmbassin und gleich drei Puppen auf einmal. Eine blonde, eine brünette und eine rothaarige. Stell dir vor, am Rand des Bassins brennende Kerzen, Champagner in Kristallgläsern, eine Außentemperatur von minus fünf Grad. Und nach der ersten Runde gleich noch eine zweite und dritte in der Sauna und auf dem Bärenfell vorm Kamin im Wohnzimmer. Jetzt habe ich was, woran ich mich erinnern kann. Natürlich, fünftausend sind weg, aber dafür war's auch ein toller Spaß, wie im Film. Da tut's mir um das Geld nicht leid. Geld ist schließlich dafür da, daß man es ausgibt.«

»Aber wie ...«, stotterte Wowa verwirrt, »Sie wollten dieses Geld doch für etwas ganz anderes ausgeben. Ich habe schon Absprachen getroffen ... So macht man doch keine Geschäfte.«

»Nun mach dir mal nicht gleich in die Hosen!« unterbrach ihn Pjotr Petrowitsch munter. »Ich erwarte dich in vierzig Minuten. An der Chaussee, zwei Kilometer von deinem Wohnblock entfernt, ist ein Park mit einem Sportplatz, da stehen zwei Basketballtore. Komm nicht zu spät.«

»Ja, aber den Vorschuß müssen Sie gleich heute bezahlen«, warnte ihn Wowa, »ich habe schon alles vereinbart. Sie haben doch gesagt, es muß schnell gehen. Übrigens, Schnelligkeit kostet extra.«

»Du kriegst einen Extrazuschlag für Schnelligkeit und ich für Gefährlichkeit«, meinte Pjotr Petrowitsch, »es ist nämlich gefährlich, mit so nervösen Leuten wie dir zu verhandeln. Keine Angst, du bekommst deinen Vorschuß, wie ich's versprochen habe. Liebst du das Geld?«

»Sie etwa nicht?« knurrte Wowa.

Als er an der verabredeten Stelle eintraf, saß Pjotr Petrowitsch auf dem Querbalken des Basketballtors und erwartete ihn bereits.

»Na, wo ist dein Profi denn?« fragte er, wieder ohne Begrüßung.

»Der Profi arbeitet, und ich treffe die Abmachungen«, entgegnete Wowa, im Bemühen, Klims Tonfall nachzuahmen. »Also, zuerst mal den Vorschuß. Und dann will ich wissen, wer Sie zu mir geschickt hat.«

»Den Vorschuß holst du dir ein anderes Mal ab. Zusammen mit deinem Profi.«

»Aber sicher! Der wird sich gerade vor Ihnen blicken lassen! Den kenne nur ich persönlich und sonst niemand. Geben Sie mir den Vorschuß, dann unterhalten wir uns weiter.«

»Na schön.« Pjotr Petrowitsch machte eine verächtliche Handbewegung und zog ein mit einem Gummiband umschnürtes Päckchen Hundertdollarnoten aus seiner Innentasche. »Da, zähl nach. Nach Ausführung des Auftrags kriegst du noch mal das gleiche.«

»So war das nicht abgemacht!«

»Zähl nach. Es sind genau fünftausend. Du hast das Geld angenommen, also ist es abgemacht.«

Wowa dachte, jetzt müsse er eigentlich mit einer eleganten Geste das Päckchen zurückgeben, es gar nicht anrühren, das rote Gummiband nicht herunterziehen. Klim hatte ja gesagt, greif nicht gleich nach dem Geld. Wenn du die Summe nimmst, die man dir am Anfang des Gesprächs anbietet, heißt das, du bist damit zufrieden, und das heißt, du bist arm.

Mit dem Verstand begriff Wowa, daß es besser wäre, den Vorschuß sofort zurückzugeben, aber seine Finger krampften sich um das dicke Notenbündel und wollten sich nicht lösen.

»Wie kann man vom Preis reden, wenn ich noch nicht einmal weiß, wer das Opfer sein soll und wie es bewacht wird. Vielleicht wollen Sie ja, daß mein Spezi den Innenminister umlegt oder sogar den Präsidenten! Und dann haben Sie auch immer noch nicht gesagt, von wem Sie kommen.«

»Empfohlen hat dich mir Wladik Mylo.«

»Das ist was anderes«, sagte Wowa zustimmend.

Wladik Mylnikow war von Wowas drei ehemaligen Autoservice-Partnern der einzige, zu dem er noch gute Kontakte hatte. Er stammte ebenfalls aus Surgut.

»Jetzt hör mir gut zu. Der Mann, um den es geht, heißt Malzew, Dmitri Wladimirowitsch. Zwei Autos, ein schwarzer Jeep Cherokee und ein kirschroter Sedan. Meist benutzt er den Jeep. Merk dir die Nummer. Bewacht wird er gut. Gewöhnlich von zwei Leuten, seinem Leibwächter und seinem Chauffeur. Er arbeitet im Finanzministerium.«

»Als was?«

»Als stellvertretender Minister.«

Wowa stieß einen leisen Pfiff aus und schüttelte den Kopf. »Und so ein hohes Tier wollt ihr für zehn Riesen um die Ecke bringen lassen?«

»Nicht für zehn. Für fünfzehn. Fünf hast du bekommen, der Rest folgt nach Erledigung des Auftrags. Hör mir gut zu, damit du dich nicht hinterher mit deinem schlechten Gedächtnis rausreden kannst. Der Kunde ist nicht mehr jung, aber ein kräftiger Mann. Gewöhnlich ist er im Ministerium anzutreffen, in der Duma oder im Club ›ST‹ an der Metrostation ›Nowoslobodskaja‹.«

»Haben Sie seine Privatadresse?«

»Nein. Ich weiß, daß er irgendwo auf dem Land wohnt. In der Moskauer Wohnung übernachtet er selten. Hier sind Fotos.« Er holte einen Umschlag aus der Tasche.

»Sie geben uns einen so gefährlichen Auftrag und sind nicht imstande, ihn ordentlich vorzubereiten? Übrigens sind fünfzehntausend für so eine Arbeit reichlich wenig. Zwanzig!«

Pjotr Petrowitsch verzog nur das Gesicht und schüttelte verächtlich den Kopf. Die Zahl Zwanzig blieb in der Luft hängen. Der Sibirier wollte offensichtlich nicht länger über Geld reden.

Im Schlafzimmer brannte die Nachttischlampe. Michail Beljajew lag mit geschlossenen Augen im Bett, ein Buch auf dem Bauch. Lisa ging auf Zehenspitzen ins Zimmer.

»Ich schlafe nicht«, flüsterte er, »so eine gräßliche Nacht. Draußen grölen die Jugendlichen, nebenan keifen die Nachbarn, und die ganze Zeit ruft irgendwer an, ohne etwas zu sagen, jede halbe Stunde. Willst du Tee?«

»Ja.«

Er stand auf, zog sich den Bademantel über und gähnte ausgiebig hinter vorgehaltener Hand.

»Nadja entwickelt kulinarischen Ehrgeiz. Sie hat einen Zimtkuchen gebacken. Ist ihr recht ordentlich gelungen. Ein Stück ist noch übrig.«

»Michail, weißt du, daß du mir heute das Leben gerettet hast?« sagte sie, als sie die Tassen auf den Tisch stellte.

»Wieso, wollte dir der Chef an die Gurgel?«

»Nein, ich meine es ganz wörtlich. Ich fuhr mit ausgeschalteten Scheinwerfern, und quer auf der Straße stand ein Kühlwagen ohne Warnblinklicht. Als du angerufen hast, war ich nur zehn Meter von ihm entfernt. Bei Tempo siebzig.«

»Bist du wahnsinnig?« Er holte eine Schachtel Zigaretten heraus, obwohl er in der letzten Zeit fast ganz mit dem Rauchen aufgehört hatte. »Nein, wirklich, meinst du das ernst?«

»Vollkommen ernst. Hättest du nicht angerufen, wäre ich jetzt tot. Ich habe eine ganze Weile gebraucht, bis ich mich wieder beruhigt hatte und weiterfahren konnte. Deshalb komme ich auch so spät.«

Das ist das letzte Mal, daß ich lüge. Das letzte Mal …

Ihr Mann stand auf, holte sich aus dem Kühlschrank eine eisgekühlte Flasche Wodka, goß sich ein Glas ein, kippte es auf einen Zug hinunter, warf sich einen Salzcracker hinterher, setzte sich wieder und rauchte.

Der Wasserkocher begann zu brodeln, Lisa tat Teebeutel in die Tassen und goß das kochende Wasser darüber.

»Wo ist denn Nadjas Kuchen? Ich habe schrecklichen Hunger.«

Der Kuchen war tatsächlich sehr lecker.

»Worüber hast du denn so intensiv nachgedacht, daß du vergessen hast, die Scheinwerfer einzuschalten? Übrigens, gestern kam ein Anruf von der Staatsanwaltschaft, ein Untersuchungsführer namens Borodin. Ich habe ihm deine Handynummer gegeben, aber er hat mich gebeten, dir zu sagen, du möchtest ihn heute früh selber anrufen. Hier, ich hab's aufgeschrieben. Borodin, Ilja Nikititsch. Er will mit dir über Butejko sprechen.«

»Ich werde ihn bestimmt anrufen. Ich weiß zwar nichts Näheres, aber der Mörder ist ja wohl immer noch nicht gefunden worden.«

»Lisa, du gefällst mir heute irgendwie nicht«, sagte Michail kopfschüttelnd, »du bist so seltsam.«

Sie nahm einen Schluck Tee, steckte sich eine Zigarette an, räusperte sich und sagte: »Michail, ich bin in großen Schwierigkeiten. Ich werde erpreßt.«

Sie erzählte ihm in allen Einzelheiten, was in Kanada vorgefallen war. Er lauschte schweigend, mit gesenktem Kopf. Sie konnte sein Gesicht nicht sehen, das machte ihr Angst.

»Die Kassette ist in meiner Handtasche. Ich habe sie mir noch nicht angeschaut. Vielleicht mache ich einen Fehler und sollte dich damit nicht behelligen. Aber ich habe Angst, mich zu irren. Ich erinnere mich an nichts. Möglicherweise ist eine andere Frau gefilmt worden. Die Fotos habe ich mir auch nicht genauer angesehen, ich habe sie zerrissen.«

»Wie bist du an die Kassette gekommen?« fragte er nach einer langen Pause und blickte dabei immer noch nicht auf.

»Krassawtschenko hat sie mir auf dem Frankfurter Flughafen gegeben.«

»Na, dann sehen wir uns den Film doch mal an. Die Kinder schlafen ja glücklicherweise.«

Nach den ersten Bildern schaute sie vorsichtig zu ihrem Mann hinüber. Sein Gesicht, das von dem flimmernden

Licht des Bildschirms beleuchtet wurde, kam ihr schrecklich blaß, aber ruhig vor.

»Es gibt ja hier keine einzige Großaufnahme. Auf den ersten Blick sieht es natürlich so aus, als wärst du das«, sagte er, ohne den Blick vom Bildschirm zu wenden.

»Also bin ich es nun oder nicht?« Unwillkürlich mußte Lisa lächeln, so idiotisch klang ihre Frage. Plötzlich sprang sie vom Sofa auf und drückte auf die Standbildtaste der Fernbedienung. Das Bild erstarrte. »In meinem Hotelzimmer hatte das Bett ein ganz anderes Kopfende. Hoch und rund, aus dunklem Holz. Und die Bettwäsche war auch anders. Aber vor allem müßte man aus dieser Perspektive das Fenster sehen, und aus dem Fenster die Kathedrale. Hier ist alles trübe und verwischt. Gut, das Kopfende braucht man nicht deutlich zu erkennen, die Wäsche kann man wechseln, aber nicht das Fenster und die Aussicht.«

»Das ist nicht das wichtigste«, sagte Michail, nahm ihr die Fernbedienung aus der Hand und schaltete den Videorecorder aus. »Die Dame auf dem Band hat knallrote, frischlackierte Nägel an Händen und Füßen. Und du bist gegen Azeton allergisch. Du hast dir noch nie im Leben die Nägel lackiert.«

Kapitel 38

Funken und glühende Holzstücke flogen aus dem brennenden Haus in alle Richtungen. Konstantin Baturin trug seine Tochter in den Gartenpavillon hinüber, ließ sie dort in Semjons Obhut und machte sich selber auf, Hilfe zu holen. Die Flammen drohten auf die benachbarten Gebäude überzugreifen. Sonja öffnete die Augen und erblickte zuerst das brennende Haus, dann das rote, versengte Gesicht Semjons.

Es dämmerte bereits, im Dorf kläfften und heulten wie wild die Hunde.

»Wie geht es dir? Tut der Kopf weh?«

»Nein. Mir ist nur kalt.«

»Wirklich? Mir ist ganz feucht und heiß, kein Wunder bei diesem Feuerchen. Wärm dich auf.« Er grinste und zwinkerte ihr vergnügt zu. »Hauptsache, wir sind noch am Leben, alles übrige wird sich schon finden. Aber was hast du denn, Sonja? Du bist doch unser großes Mädchen, wisch dir die Tränen ab.«

»Wieso, ich weine ja gar nicht.« Sonja rieb sich den schwarzen Ruß über die Wangen. »Ich weine überhaupt nicht. Das ist nur der Rauch, der in den Augen beißt.«

»Guck mal, hier ist dein Heft.« Semjon nahm ihr Tagebuch vom Tisch und reichte es ihr. »Ist zwar nicht viel, aber doch ein Stück Besitz.«

Das dicke Heft in dem dunkelblauen Wachstucheinband, das Tagebuch, das sie am Abend zuvor zufällig auf dem Tisch im Gartenpavillon liegengelassen hatte, war wirklich das einzige, was nicht verbrannt war. Zusammen mit Sonja reiste das Heft zuerst nach Moskau, zur Tante, dann nach Odessa und von dort auf einem überfüllten französischen Dampfer nach Konstantinopel.

Es war Februar 1918, ein trüber, kalter Monat. Auf dem Schwarzen Meer tobte ein heftiger Sturm. Schwankend und schaukelnd verschwand am Horizont der Hafen von Odessa. Das Ufer, das noch vor drei Monaten ein Teil von Rußland gewesen war, glitt davon. Aber niemand auf dem Schiff spürte den scharfen, quälenden Schmerz des endgültigen Verlustes, der einen normalen Menschen um den Verstand bringen kann.

Die durchlittenen Gefahren, die Sorgen der Gegenwart,

die Suche nach einem Lebensunterhalt, die Notwendigkeit, die ganze Zeit etwas zu beschaffen, zu tauschen, zu verstecken, vor Dieben zu schützen, irgendwelche Arrangements zu treffen – das verdrängte zum Glück die Angst vor der Zukunft. Zukunft hieß für die heimatlosen Russen ein Stück Brot und Schweinespeck, ein Schlafplatz und eine warme Decke. Sie waren froh, daß sie auf einem französischen Schiff übers Meer fuhren und noch am Leben waren, nicht vor Hunger und Kälte gestorben waren, sich nicht mit Typhus angesteckt hatten, keine Kugel in den Kopf und kein proletarisches Bajonett zwischen die Rippen bekommen hatten. Was würde morgen sein? Für morgen war noch etwas Brot da, und die Franzosen hatten versprochen, vormittags kostenlosen Wein auszuschenken. Und übermorgen? Und in einem Jahr? Nun, in einem Jahr würde dieser rote Alptraum in Rußland gewiß vorüber sein, und man könnte nach Hause zurückkehren.

Wie durch ein Wunder war es Konstantin Baturin geglückt, für Sonja ein Bett in einer Kajüte in der zweiten Klasse zu bekommen. Der Dampfer war überfüllt, vom Seegang wurde vielen übel. In der zweiten Nacht, als das Meer sich ein wenig beruhigt hatte, begannen bei Sonja die Wehen.

Es fand sich Spiritus, es fanden sich saubere Bettlaken, aus der Schiffsküche brachte man warmes Wasser, alle Fremden mußten die Kajüte verlassen. Der französische Schiffsarzt erschien und bot seine Hilfe an. Die Geburt wurde zu einem Ereignis, das auf wundersame Weise alle auf dem Schiff zusammenschweißte. Der Dampfer, der vierundzwanzig Stunden vor ihnen ausgelaufen war, hatte Schiffbruch erlitten, und niemand hatte sich retten können. Alle wußten, daß über Funk ein weiterer, noch stärkerer Sturm angekündigt worden war. Er sollte gegen Abend aufkommen. Viele setzten ihre Hoffnung auf das Kind: Wenn es gesund zur Welt käme, würde auch ihr Schiff wohlbehalten Konstantinopel erreichen.

Die Geburt dauerte zehn Stunden. Als die ersten schweren, furchtbaren Wogen das Schiff in die Höhe warfen wie ein kleines Fischerboot, ertönte der kräftige Schrei des neugeborenen Jungen.

»Jetzt ist Nacht, mein kleiner Michail ist endlich eingeschlafen. Papa ist noch nicht aus dem Krankenhaus zurück. Ich habe dieses Heft gefunden und beschlossen, mein Tagebuch weiterzuführen, warum, weiß ich nicht«, schrieb Sonja im Sommer 1920 in Paris. »Wir sind nun schon anderthalb Jahre hier und nach allen Schrecken der Flucht längst wieder zur Besinnung gekommen. Ich gehe zur Schauspielschule. Unterricht, Proben, Filmaufnahmen füllen fast meine ganze Zeit aus. Ich will und kann mich an nichts erinnern. Und trotzdem steht mir dieser seltsame, leuchtende Stein vor Augen.

Wir haben ihn neben dem Gartenpavillon vergraben, zum Wäldchen hin, zwei Meter von der größten und ältesten Eiche entfernt. Papa hatte gesagt, wir dürften nicht zögern. Der Kaufmann würde noch am selben Tag zurückkommen und das ganze Haus auf den Kopf stellen.

Ich habe die Brosche in ein silbernes Kästchen gelegt, ebenjenes, in dem Mischa sie mir gebracht hatte. Der Brillant leuchtete in der Dämmerung, und zum ersten Mal bemerkte ich, welche seltsame, schreckliche Schönheit er hat. Bisher waren mir Juwelen immer gleichgültig gewesen. Sie haben eine tote Schönheit, die im Menschen nichts Gutes weckt. Nur Bosheit, Neid und Habgier. Aber als ich dort am Rand der kleinen, tiefen Grube stand, kam es mir vor, als beerdigten wir ein lebendiges Geschöpf. Ich betrachtete die Brosche ein letztes Mal. Die Blütenblätter zitterten, der

Stein glühte im purpurnen Licht der untergehenden Sonne. Danach kam dieser ganze Alptraum, der wahnsinnige Kaufmann mit seinen Banditen, das Feuer …

Vor der Abreise nach Odessa wollte Papa noch nach Baturino fahren, um die Brosche auszugraben. Aber es war keine Zeit mehr dafür, und es wäre auch zu riskant gewesen, mit einer solchen Kostbarkeit zu fliehen. Papa entschied, wir würden später, wenn die roten Wirren vorüber wären, zurückkehren, und dann würde uns diese Brosche vielleicht helfen, neu anzufangen.

Jetzt weiß ich sicher, wir kehren nie mehr zurück. Es gibt keinen Ort, wo wir hin könnten. Dort herrschen die Arbeiter- und Bauernräte, der Hunger, der rote Terror. Zuchthäusler und Banditen sind an der Macht. Kürzlich kam Natascha Danilowa aus Berlin. Sie erzählte, sie habe von einem der Neuankömmlinge gehört, Irina Paurier sei im Herbst 1917 keineswegs an einem Schlaganfall gestorben, sondern sei Kommissarin geworden, eine rote Bürokratin, die für die Verteilung des geraubten Eigentums zuständig sei.

Papa glaubt nach wie vor, daß die Bolschewiken sich nicht lange halten werden, jeden Morgen liest er die Zeitungen mit einer solchen Gier, daß es weh tut, ihn anzuschauen.

Seine Rettung ist wie immer die Arbeit. Wir hatten unglaubliches Glück. Vor einem Jahr trafen wir auf dem Boulevard Saint-Michel den Arzt, der mir auf dem französischen Schiff zusammen mit Papa geholfen hat, meinen Sohn zur Welt zu bringen. Mit Unterstützung dieses Monsieur Frappe hat Papa alle Klippen der französischen Bürokratie umschifft und eine Stelle am Städtischen Krankenhaus bekommen, was für Emigranten wie uns normalerweise unmöglich ist. Jetzt haben wir genug für diese kleine Wohnung, für das Essen und für die Kinderfrau von Michail.

Papa ist von morgens bis abends beschäftigt, oft macht er

Nachtdienst, schläft wenig. Und ich habe in meinem Schauspielstudio zu tun. Niemals hätte ich gedacht, daß ich Schauspielerin werden würde. Aber wie sich zeigt, habe ich Talent, man sagt mir eine große Zukunft beim Film voraus. Bis jetzt sind mir nur kleinere Rollen angeboten worden, aber immerhin kann ich schon aus mehreren Angeboten auswählen.

Vor zwei Wochen tauchte auf unseren Proben ein Amerikaner namens Dickens auf. Ein ulkiger, riesiger Mann in einem weißen Anzug, der jedem gleich bei der Begrüßung sagt, daß er nicht Charles, sondern Douglas heißt und mit dem großen englischen Schriftsteller nichts zu tun hat.

Bei der Probe habe ich einen Zigeunertanz und danach eine Tschetschotka getanzt und dann noch zur Gitarre die Romanze ›Leuchte, leuchte, kleiner Stern‹ gesungen. Er hat echte, dicke Tränen geweint. Jetzt holt er mich jeden Abend mit seinem offenen schwarzen Automobil ab und drückt vorm Haus immer lange auf die Hupe. Dunkelrote Rosen und ein schneeweißer Anzug rufen nicht eben die angenehmsten Erinnerungen bei mir wach. Aber daran will ich nicht mehr denken. Das alles ist dort, in Rußland, geblieben.

Heute hat er mir vorgeschlagen, mit ihm zusammen nach Amerika zu gehen, nach Hollywood. Offenbar ist er sehr reich und investiert sein Geld ins Filmgeschäft. Ich weiß nicht, ob etwas Vernünftiges dabei herauskommt. Ich war nie abergläubisch, aber diesmal habe ich Angst, daß ich zuviel erwarte und mein Glück herausfordere.

Ach, ich glaube, jetzt ist mein Kleiner aufgewacht und weint.«

»Was liest du denn da so hingebungsvoll?« Dmitri Malzew war so leise eingetreten, daß Warja zusammenfuhr.

Er nahm ihr das Buch aus der Hand. Auf dem Umschlag

war das Foto eines amerikanischen Filmstars aus den dreißiger Jahren, Sophie Paurier.

»Ich hätte nie gedacht, daß sie Russin ist«, sagte Warja, »aber in Wirklichkeit hieß sie Sonja Baturina, das Pseudonym Paurier hat sie zur Erinnerung an ihre erste Liebe gewählt. Dies sind Auszüge aus ihrem Tagebuch, eine tragische Liebesgeschichte mit einem unglücklichen und viel älteren Grafen, der von seiner wahnsinnigen Frau ermordet wurde. Tatsächliche Ereignisse sind oft viel interessanter als jeder Roman.«

»Na, erstens sind längst nicht alle Ereignisse, die hier beschrieben werden, tatsächlich geschehen. Vieles ist erfunden, schließlich kann man es nicht mehr nachprüfen.«

»Trotzdem ist es interessant, auch wenn's erfunden ist. Das Buch lag im Schlafzimmer auf deinem Nachttisch, du hast es doch auch gelesen und konntest dich nicht losreißen. Und, wenn du genauer hinschaust, wirst du sehen, wie ähnlich ich ihr bin. Hier, guck mal.« Warja blätterte die Illustrationen durch, zeigte ihm einige Fotos und drehte ihren Kopf so, daß er ihn aus der gleichen Perspektive sah, aus der Sonja Baturina aufgenommen worden war.

»Ja, ihr habt tatsächlich eine gewisse Ähnlichkeit«, stimmte Malzew ihr zu.

»Übrigens, ist sie das nicht auch auf dem Porträt, das im Wohnzimmer hängt, in ihrer Jugend? Sie schildert ja in ihrem Tagebuch, wie der Graf sie mit der Brosche gemalt hat.«

»Ja, das ist sie. Pawel schwärmt für die alten Hollywoodfilme, besonders die aus den dreißiger Jahren. Als er erfahren hat, daß das Mädchen auf dem Bild die junge Sophie Paurier ist, hat er es sofort gekauft.«

»Ist denn die Brosche, die sie im Garten vergraben hat, wirklich so wertvoll? Ob später wohl jemand dieses Silberkästchen gefunden hat?«

»Genug davon.« Malzews Stimme klang auf einmal lauter und schärfer, in seine Augen trat ein unangenehmer, böser Ausdruck. »Du solltest dich besser auf die Prüfungen vorbereiten und deine Lehrbücher lesen.«

Draußen hörte man Motorengeräusch. Malzew sah auf die Uhr und ging nach unten ins Wohnzimmer. Warja huschte zum Fenster und sah, wie der blaue Sedan seines Bruders durchs Tor fuhr.

Ein paar Augenblicke später hörte sie Schritte auf der Treppe. Bevor die Männer oben waren und die Tür des Arbeitszimmers hinter sich schlossen, schnappte Warja einige Gesprächsfetzen auf. Dmitri war sehr verärgert und sprach mit lauter Stimme, schrie fast schon, was bei ihm selten vorkam.

»Hat er gesagt, womit das zusammenhängt? Konzentrier dich bitte, Pawel. Reiß dich zusammen. Schließlich ist er nicht als Tourist dorthin gefahren, weil er seinen Horizont erweitern will.«

»Schrei nicht so, Dmitri. Es ging irgendwie um den Mord an einem Fernsehjournalisten, aber die Einzelheiten kenne ich nicht. Wie du begreifen wirst, hat der Milizionär Professor Udalzow keine Details mitgeteilt und Udalzow mir erst recht nicht.«

»Gut, Pawel, das ist ja immerhin schon etwas – ein Fernsehjournalist. Das ist schon so was wie eine Spur. Ich werde versuchen, bei der Staatsanwaltschaft mehr zu erfahren.«

Die Tür des Arbeitszimmers schlug zu. Die Stimmen verstummten.

Kapitel 39

Lisa hatte sich vorgenommen, sofort am nächsten Morgen zur Miliz zu fahren. Sie teilte Borodin mit, daß sie von zehn bis zwölf frei habe. Aber der gab zu bedenken, wie viele

Neugierige in seinem kleinen Büro auftauchen würden, sobald sich herumspräche, daß Jelisaweta Beljajewa persönlich bei ihm säße. Ein normales Gespräch würde da kaum möglich sein.

»Ich komme lieber zu Ihnen, wenn Sie nichts dagegen haben.«

»Nein, natürlich nicht.«

Borodin erwartete, eine luxuriöse Wohnung mit mindestens fünf Zimmern vorzufinden oder eher noch ein zweistöckiges Penthouse mit verglastem Wintergarten in einer der in den neunziger Jahren von Bürgermeister Lushkow erbauten Siedlungen für die neuen Reichen. Aber es stellte sich heraus, daß der Fernsehstar in einer ganz normalen Dreizimmerwohnung lebte.

Ungeschminkt, in Jeans und Pullover, sah die Beljajewa sogar noch hübscher aus als auf dem Bildschirm. So kam es jedenfalls Borodin vor, der geschminkte Frauengesichter sowieso nicht leiden konnte.

»Tee? Kaffee?«

»Wenn es Tee in Teebeuteln ist, dann lieber Kaffee.«

»Und wenn der Kaffee Pulverkaffee ist, dann lieber Tee«, sagte sie lächelnd.

»Sie haben also den Mörder von Artjom noch nicht gefunden?« fragte sie, während sie am Herd stand und beobachtete, wie der Schaum in dem großen Kupfertopf aufstieg.

»Nein, noch nicht. Seit wann kannten Sie Butejko eigentlich?«

»Seit etwa fünf Jahren.« Sie nahm das Gefäß vom Herd, goß den Kaffee in kleine Tassen und setzte sich auf die andere Seite des Tisches. »Sicher hat man Ihnen schon gesagt, daß die Beziehungen zwischen Artjom und mir nicht die besten waren.«

»Ja, das habe ich gehört, und ich habe auch die Aufzeichnungen mehrerer alter Sendungen gesehen.«

»Und welcher, wenn es kein Geheimnis ist?« Sie trank etwas Kaffee und verzog das Gesicht, weil er noch zu heiß war, stand auf und holte eine Packung Grapefruitsaft aus dem Kühlschrank. »Möchten Sie auch?«

»Ja, ein wenig. Danke.«

Der Saft war eiskalt. Sie leerte ihr Glas in einem Zug. Borodin merkte, daß sie ziemlich aufgeregt war.

»Sagen Sie, Jelisaweta Pawlowna, war Ihr Verhältnis zu Butejko von Anfang an so schlecht? Oder gab es irgendwelche konkreten Gründe für die Feindseligkeit zwischen Ihnen?«

»Sie haben mir noch nicht gesagt, welche Sendungen Sie gesehen haben. Wenn ich das wüßte, könnte ich Ihre Frage leichter beantworten.«

»Ihr Kaffee ist vorzüglich«, sagte Borodin lächelnd. »Dürfte ich noch eine Tasse haben? Nein, bleiben Sie sitzen, ich gieße mir selber welchen ein. Wissen Sie, Jelisaweta Pawlowna, ich bin auf die Kassette mit der ersten und letzten Talkshow von Butejko gestoßen.«

»Was Sie nicht sagen.« Sie schüttelte erstaunt den Kopf. »Ich dachte, davon existierte gar keine Aufzeichnung mehr. Ich habe eher vermutet, Sie würden mir jetzt von einer seiner letzten Sendungen erzählen, dem Beitrag über meine Mutter.«

»Ja, den habe ich auch gesehen. Sagen Sie, Jelisaweta Pawlowna, warum haben Sie vor drei Jahren seine Talkshow platzen lassen?«

»Nun, wenn Sie die Aufzeichnung gesehen haben, müßten Sie sich eigentlich denken können, warum. Einem Untersuchungsführer wie Ihnen ist sicher aufgefallen, wie schlampig er seine Kriminalstory vorbereitet hatte.«

»Aber Sie müssen doch gewußt haben, daß Sie sich einen ernst zu nehmenden Feind schaffen.«

»Daran habe ich damals überhaupt nicht gedacht. Natürlich, später habe ich oft bereut, was ich getan habe. Aber damals, in der Talkshow, war ich schrecklich erbost.«

»Warum?«

»Das ist eine lange Geschichte.«

»Ich werde sie mir mit Vergnügen anhören.«

»Na schön, ich will versuchen, es zu erklären, obwohl ich Sie warne, das alles ist eine sehr emotionale Angelegenheit und hat wohl kaum etwas mit dem Mord zu tun. Ich weiß nicht, ob Sie auch die Aufzeichnung der Sendung ›Blitzlicht‹ gesehen haben, in der Artjoms Beitrag über den Milizionär und den Sänger gezeigt wurde?«

»Ja, den Beitrag habe ich gesehen.«

»Sie wissen sicher schon, daß dieser Milizhauptmann drei Jahre Gefängnis bekommen hat. Es ist nicht an mir zu beurteilen, ob zu Recht oder Unrecht, und es geht dabei auch eigentlich gar nicht um Gerechtigkeit. Durch Zufall wurde ich Zeugin eines Gesprächs zwischen dem Hauptmann und Artjom. Es war noch ein dritter dabei, ein Freund von Artjom, ich glaube, ein Schulkamerad von ihm. An den Namen erinnere ich mich nicht. Der Hauptmann war ins Haus des Films gekommen, dort wurde das zehnjährige Jubiläum von ›Blitzlicht‹ gefeiert. Er wollte Butejko bitten, den Beitrag über die Schlägerei im Restaurant nicht zu senden. Ich merkte, daß es nicht das erste Gespräch zwischen ihnen war. Es fand im Foyer statt, in der Pause, viele Leute standen ringsum. Der Hauptmann war kurz davor, auf die Knie zu fallen, und Artjom und sein Freund hatten ihren Spaß daran. Sie haben ihn offen verhöhnt, es war widerlich. Mit Hilfe dieser Wirtshauskeilerei hat Artjom seine beruflichen Probleme gelöst und letztendlich bekommen, was er wollte:

eine eigene Talkshow. Und als ich dann sah, daß er als Helden genau diesen Freund und Schulkameraden eingeladen hatte und die beiden sich noch nicht einmal die Mühe gemacht hatten, ihre fiktive Geschichte richtig zu durchdenken, das Publikum im Saal ihnen aber glaubte und Tränen vergoß – da wurde ich wütend. Bis dahin hatte ich den Eindruck gehabt, daß Artjoms Zynismus mehr Spiel und Pose als Wahrheit sei und es eine bestimmte innere Grenze bei ihm gebe. Schließlich sind die Bettgeschichten der Stars eine Sache, ein ruiniertes Leben aber eine ganz andere. Doch ich mußte erkennen, daß es für ihn keine Grenze gab. Wenn diese Geschichte schon auf mich als Außenstehende einen so starken Eindruck gemacht hat, daß ich bereit war, die Spielregeln zu verletzen und einem Kollegen die Live-Premiere seiner Sendung zu verderben, wie mußte sich dann wohl erst der Hauptmann fühlen? Wie sehr mußte er Butejko und dessen Freund hassen? Übrigens, die drei Jahre sind herum. Wahrscheinlich ist der Hauptmann wieder in Freiheit, nur wird er wohl kaum zur Miliz zurückgekehrt sein.«

Klim betrachtete die Fotografie lange und aufmerksam. Wowa hätte gern gewußt, woran er dachte, doch Klims Gesicht blieb undurchdringlich.

Das Schweigen zog sich in die Länge. Wowa wurde unheimlich zumute. Er dachte plötzlich, daß Klim im Grunde für ihn bis jetzt eine völlig rätselhafte Gestalt geblieben war. Er hatte niemals seine Papiere gesehen, war nie bei ihm zu Hause gewesen und wußte nicht einmal, ob Klim verheiratet war und Kinder hatte.

Zum ersten Mal in den vielen Monaten ihrer Bekanntschaft bekam er Angst. Aber nur für einen Moment. Wowa Muchin quälte sich nicht gern mit schwierigen Fragen herum. Wieso sollte er sich die gute Laune verderben? Wieso sollte er seine reine, große Hoffnung auf den zu erwartenden Geldsegen mit Zweifeln trüben?

Lieber lauschte er beflissen allem, was Klim sagte, und glaubte jedes seiner Worte. Wie die meisten krankhaft habgierigen Menschen war er vertrauensselig und unterwürfig. Er hatte sofort vergessen, daß Anissimow und Butejko seine Freunde gewesen waren. Kann denn ein Geschäftsmann auf derlei Bagatellen Rücksicht nehmen? Im Gegenteil, es war ein großer Vorteil, daß er die beiden persönlich kannte und über entsprechende Informationen verfügte. Sein Wert als Geschäftspartner stieg dadurch sowohl in Klims Augen als auch in den Augen der Auftraggeber beträchtlich. Diese Auftraggeber hatte er allerdings nie zu Gesicht bekommen, er wußte nur von Klim, daß es sich um sehr wichtige Leute handelte. Klim sagte, die Auftraggeber seien zufrieden gewesen und hätten eine Menge Schotter rausgerückt, aber man könne durchaus noch mehr bekommen.

Klim hatte ihm allerdings nur einen Tausender gegeben, doch erklärt, das sei lediglich ein kleiner Teil vom Gesamtbetrag. Das erste Geld, das man für einen Auftrag erhielte, noch dazu für einen so schwierigen, dürfe man nicht anrühren.

»Das wäre ein schlechtes Omen. Das erste Honorar muß man seiner Mutter schenken«, behauptete Klim, »dann geht das Geld nie aus. Deine Mutter wird ein Bankkonto in Deutschland sein. Ich überweise sofort alles auf deinen Namen, es ist eine ordentliche Summe, in ein paar Jahren werden anständige Zinsen zusammengekommen sein, dann kaufst du dir ein Häuschen an einem Ort deiner Wahl und lebst von dem Geld, das wir für die nächsten Aufträge kriegen.«

Wowa interessierte es nicht, wie Klim auf seinen Namen ein Konto bei einer ausländischen Bank eröffnen wollte, ohne ihn selber oder zumindest seine Papiere vorzuweisen. Er wußte, Klim würde alles tun, was nötig war. Überhaupt war zum Nachdenken keine Zeit. Der zweite Auftrag war fast sofort nach dem ersten gekommen. Klim hatte versichert, daß sich noch weitere große Geschäfte anbahnten und sie viel Geld haben würden. Die Sache kam in Schwung. Was sollte er sich da Sorgen machen?

Klim steckte die Fotos sorgfältig zurück in den Umschlag, reichte ihn Wowa und fragte nachdenklich: »Wer ist eigentlich dieser Wladik Mylo?«

»Ein guter Kumpel von mir, er hat mit mir beim Autoservice gearbeitet. Auf den kann man sich verlassen.«

»Wie ist der Auftraggeber auf ihn gekommen?«

»Da ist alles sauber. Wladik ist selber aus Surgut, das heißt, dieser Pjotr Petrowitsch und er sind Landsleute.«

»Gut. Weißt du, wo dieser Club ›ST‹ ist?«

»Natürlich.«

»Fahr dorthin und sieh dir die Gegend genauer an.«

»Kapiert.« Wowa schluckte krampfhaft. »Hör mal, ich ... Was ich fragen wollte ... Wie ist es mit dem Vorschuß? Wieviel bin ich dir schuldig?«

»Gar nichts.«

Wowa zwinkerte nervös, holte seine Zigaretten aus der Tasche und versuchte lange vergeblich, sich eine Zigarette anzuzünden, so sehr zitterten ihm die Hände.

»Klim, ich verstehe nicht ...«

»Was gibt's da zu verstehen?« sagte Klim grinsend. »Schießen kannst du doch ganz gut. Morgen bringe ich dir ein gutes Gewehr, und dann los. Fünfzehn Riesen sind ein Haufen Geld.«

Sanja Anissimow begrüßte den Untersuchungsführer Borodin mit finsterem Schweigen. Er verstand nicht, was vor sich ging. Nach der psychiatrischen Untersuchung hatte man ihn im Gannuschkin-Krankenhaus behalten, noch dazu in einem separaten Zimmer, das einer Gefängniszelle ähnelte. Natürlich, besser als im Untersuchungsgefängnis war es hier allemal. Keine kriminellen Zellengenossen, verhältnismäßig sauber, das Essen auch etwas besser als im Gefängnis. Aber Sanja hing das alles zum Hals heraus, er wollte endlich nach Hause. Er hatte schon gemerkt, daß der Untersuchungsführer im Prinzip ein ganz netter Kerl war und nicht die Absicht hatte, ihm ein fremdes Verbrechen unterzuschieben. Warum also ließ man ihn nicht frei?

»Ich zeige Ihnen jetzt einige Fotos«, sagte Borodin, »Sie sehen sie sich aufmerksam an und versuchen sich zu erinnern, ob Sie jemandem von diesen Leuten schon einmal begegnet sind und wenn ja, wo, wann und unter welchen Umständen.«

Anissimow drehte die Fotos lange hin und her und sagte zuerst, er kenne niemanden davon. Borodin ließ ihm Zeit. Zumindest seinen Kumpel Wowa Muchin mußte er wiedererkennen, wenn auch das Foto, das aus der Paßabteilung stammte, nicht besonders gut war.

»Würden Sie mich vielleicht entlassen, wenn ich unterschreibe, in Moskau zu bleiben?« erkundigte sich Sanja vorsichtig und hob den Blick von den Fotos.

»Man wird sehen«, brummte Borodin. »Sie versichern also, daß Sie keinen von diesen Leuten kennen? Bitte schauen Sie doch noch einmal hin.«

»Na, ich glaube, der hier«, Anissimow tippte mit dem Finger auf das Foto von Muchin, »der ist Wowa! Genau, Wowa Muchin! Allerdings sieht er sich hier gar nicht ähnlich. Halt, und den hier kenne ich auch. Wo habe ich den bloß schon gesehen?«

»Vielleicht kann ich Ihnen helfen«, sagte Borodin langsam. »Das ist der Milizhauptmann Wassili Sokolow. Vor dreieinhalb Jahren waren Sie gemeinsam mit Artjom Butejko in einem Restaurant, wo Sie den Geburtstag des Sängers Ruslan Kudimow gefeiert haben …«

»In einem Restaurant?« murmelte Anissimow mit gerunzelter Stirn. »Was für ein Hauptmann Sokolow? Ach ja, dieser Milizionär! Aber was hat Sokolow damit zu tun? Der sitzt doch im Gefängnis. Er hatte auch einen Schnurrbart … Und das Gesicht sah ganz anders aus … In einem Restaurant … Das ist Klim! Ernest Klimow, der Geschäftsmann aus Deutschland!«

Kapitel 40

Krassawtschenko rief Lisa übers Handy an und teilte ihr mit, er werde sie auf der Straße vor dem Fernsehzentrum erwarten.

»Ich habe keine Zeit«, sagte sie.

»Zehn Minuten werden Sie schon erübrigen.«

Sie erblickte ihn sofort, als sie aus dem Auto stieg. Er lenkte seinen silberfarbenen BMW zu ihrem Škoda hinüber, lächelte ihr freundlich zu und winkte. Ohne ihn zu beachten, stieg sie aus, schloß den Wagen ab und schaltete die Alarmanlage ein. Er stieg ebenfalls aus und hakte sich bei ihr unter.

»Guten Tag, Jelisaweta Pawlowna.«

»Ich habe doch gesagt, ich habe keine Zeit.« Sie riß ihren Arm los. »Und sowieso muß ich Sie enttäuschen. Alle Ihre heroischen Anstrengungen waren vergeblich. Sie haben irgendeine Frau engagiert, sind mit ihr ins Bett gegangen und haben sich dabei filmen lassen. Sie sieht mir tatsächlich etwas ähnlich.«

»Sie sieht Ihnen sogar sehr ähnlich. Sie sind unglücklicherweise ein ausgesprochener Allerweltstyp.«

»Ja, und?«

»Ja, und Sie sind doch eine kluge Frau, Jelisaweta Pawlowna, Sie kennen die garstige menschliche Natur gut genug. Viele werden in der Frau auf diesem Band Sie sehen wollen und nicht irgendeine Unbekannte. Sie sind ein Star. Außerdem werde ich der Boulevardpresse einige sehr offenherzige Interviews geben, in denen ich von unserer heimlichen, leidenschaftlichen Affäre erzählen werde.«

»Mit demselben Erfolg könnte jeder beliebige von einer Affäre mit mir erzählen. Ein paar Beweise sind dafür doch schon nötig, sogar für die Boulevardpresse.«

»Die habe ich ja. Die Fotos und die Videokassette. Ist das vielleicht nichts? Ich verkünde der Welt die rührende Geschichte, daß ich Sie schon seit langem liebe, ohne daß meine Gefühle erwidert wurden, und daß Sie sich nun endlich meiner erbarmt haben, das Glück aber nicht von langer Dauer war. Es fand sich ein Widerling, der uns beide gefilmt hat und dann eine gewaltige Geldsumme von uns erpressen wollte. Und Sie haben vor lauter Schreck beschlossen, mit mir zu brechen. Vor Gericht werde ich Ihnen schmachtende Blicke zuwerfen, vielleicht sogar eine mannhafte Träne zerdrücken. Ich werde immer wieder sagen: Lisa, verzeih mir, ich liebe dich. Denk daran, wie glücklich wir waren. Und man wird mir glauben. Mir, nicht Ihnen. Beweise spielen da gar keine Rolle. Man wird mir glauben, weil meine Version interessanter und melodramatischer ist. Ich werde eine solche Show abziehen, eine solche Seifenoper aus der Geschichte machen, daß mir ein cleverer Produzent noch Geld dafür bezahlen wird.«

»Ich habe mir noch niemals Fingernägel oder Fußnägel lackiert«, bemerkte Lisa gleichgültig, »ich habe eine Allergie gegen Azeton. Ihre Dame hat knallrote Nägel.«

»Was Sie nicht sagen!« Er klatschte erschrocken in die

Hände. »Ach, da habe ich ja einen Bock geschossen, wie unangenehm! Aber trotzdem, ich bin Optimist. Ausweglose Situationen gibt es nicht. Ich wußte natürlich von Ihrer Allergie, aber Sie haben mir trotzdem den Gefallen getan, weil ich so wahnsinnig auf rote Nägel stehe. Übrigens, wie hat der Film Ihrem Juri gefallen? Auf die Farbe der Nägel wird er wohl kaum geachtet haben. Und wenn sogar er, der Ihnen so nahesteht, diesen Lapsus nicht bemerkt hat, was kann man dann vom breiten Publikum an Wachsamkeit erwarten? Allerdings, ich muß zugeben, da habe ich mir eine Nachlässigkeit geleistet. Ich hätte die Dame bitten sollen, den Lack zu entfernen.«

Lisa sah, daß der dunkelblaue Mercedes ihres Chefs auf den Parkplatz fuhr, und stürzte sofort, ohne ein weiteres Wort zu sagen, zum Eingang des Fernsehzentrums. Das hätte ihr noch gefehlt, daß man sie zusammen mit Krassawtschenko erblickte.

»Warten Sie, Jelisaweta Pawlowna, wir sind noch nicht fertig. Ich verstehe, daß es hier und jetzt nicht so gut paßt. Nennen Sie mir einen Ort und eine Zeit.«

»Gut«, knurrte Lisa, »kennen Sie das Restaurant ›Patio-Pizza‹ am Puschkin-Museum?«

»Natürlich.«

»Heute abend um neun.«

Er hat recht, dachte sie, als sie im Schneideraum saß und stumpf auf die Monitore starrte, ich muß seine Bedingungen erfüllen. Da hilft mir kein Nagellack.

Es war ein ganz normaler Arbeitstag, hektisch und anstrengend wie immer. In der kurzen Besprechung verlor Lisa den Gesprächsfaden und starrte gedankenverloren in das harte Gesicht des Programmdirektors. Sein Mund lächelte, die Augen blieben stechend und ernst. Sie überlegte, wie sie ihm Krassawtschenko am besten servieren und sich gleichzeitig selber maximal absichern könnte und wann sie das Gespräch auf dieses Thema bringen sollte.

Oder soll ich vielleicht doch auf Zeit spielen? Versuchen, ihn hinzuhalten? Solange er noch darauf hofft, in die Sendung zu kommen, wird er seine Seifenoper nicht erzählen, überlegte sie, während sie in dem kleinen Zimmer neben dem Fernsehstudio Make-up auflegte.

In diesem Raum trank man Kaffee, erzählte sich Witze, rauchte heimlich und zuckte bei jedem Klopfen an der Tür zusammen, weil das Rauchen eigentlich streng verboten war.

Aber zuerst muß ich herausfinden, was er eigentlich im Fernsehen erzählen will und wem, dachte sie, während die Sendung aufgezeichnet wurde und sie mechanisch ihren Text aufsagte.

»Du bleibst ja bei jedem zweiten Wort stecken«, sagte der Redakteur verärgert, »noch mal von vorn.«

Um halb neun verließ sie mit ihrem Wagen den Parkplatz des Fernsehzentrums, Punkt neun kam sie vor dem Restaurant an. Auf dem Parkplatz stand bereits der ihr wohlbekannte silberfarbene BMW.

Freie Tische gab es genügend. Sie schaute sich um, ging durch die verschiedenen Räume, sah Krassawtschenko aber nicht. Sie setzte sich an einen Tisch am Fenster, von wo aus sie auf den beleuchteten Parkplatz blicken konnte, bestellte vorläufig nur einen Saft, stellte dann ihre Tasche ab und holte sich vom kalten Büfett verschiedene Salate und Knoblauchbrot. Als sie zu ihrem Tisch zurückkam, schaute sie auf die Uhr. Es war schon Viertel nach neun.

Wo bleibt er bloß? Sein Wagen ist doch da … Sie begann zu essen. Der Kellner kam und fragte, ob er eine Pizza bringen solle. Sie lehnte ab.

Um halb zehn tauchten neben dem robusten Jeep, der

direkt hinter dem silberfarbenen BMW stand, schlüsselklappernd zwei breitschultrige Burschen in Leder und ein hochgewachsenes hellblondes Mädchen in langem, offenem Pelzmantel auf. Der BMW hatte so geparkt, daß der Jeep nicht herauskonnte. Einer der Burschen beugte sich herunter, klopfte an die Scheibe und fuhr fast im selben Moment erschrocken zurück. Er stürzte zu seinen Freunden, die neben dem Jeep standen und rauchten. Alle drei begannen erregt zu diskutieren. Schließlich holte das Mädchen ihr Handy heraus und wählte eine Nummer.

Lisa wäre gern hinausgegangen, um zu erfahren, was los war. Aber sie zwang sich sitzenzubleiben. Sie trank ihren Saft aus, bestellte sich Kaffee, rauchte.

Etwa zehn Minuten später ertönte Sirenengeheul. Ein Krankenwagen kam auf den Parkplatz gefahren, hinter ihm ein Milizauto. Helle Scheinwerfer flammten auf, unter dem Vordach des Restaurants wurde ein starker Strahler eingeschaltet, und Lisa sah, daß in dem BMW auf dem Fahrersitz ein Mensch saß, dessen Kopf seltsam verdreht an der Kopfstütze lehnte. Sie stand halb auf, preßte das Gesicht an die Fensterscheibe und erkannte das kantige Profil von Krassawtschenko.

Die Milizionäre baten alle Gäste, auf ihren Plätzen zu bleiben, zeigten ihnen einen Paß mit einem Foto und fragten, ob jemand diesen Mann kenne.

Lisa wurde von dem Milizionär sogleich lächelnd und mit Namen begrüßt.

»Was ist dem Mann denn geschehen?« wollte sie wissen. »Ein Herzanfall? Eine Gehirnblutung?«

»Ein Kopfschuß«, erwiderte der Milizionär leise.

»Wieso hat niemand den Schuß gehört?«

»Es war eine Pistole mit Schalldämpfer. Profiarbeit. Der Parkplatzwächter hat gesehen, wie irgendein junger Kerl auf den Wagen zugegangen ist, kann ihn aber nicht genauer beschreiben.«

Der Milizionär wurde gerufen, er lächelte noch einmal und nickte Lisa zu.

»Alles Gute, Jelisaweta Pawlowna. Es war mir eine Freude, Ihre Bekanntschaft zu machen.«

Er hatte gar nicht mehr gefragt, ob sie diesen Mann kenne.

»Guten Abend, Dmitri Wladimirowitsch!« Der Besitzer des Clubs »ST« zerfloß in einem breiten Lächeln, drückte Malzew die Hand, nickte Warja wieder nur zu, würzte diese nicht allzu ehrerbietige Begrüßung aber immerhin mit einem Kompliment: »Sie sehen heute blendend aus, Warja. Ich freue mich, Sie zu sehen.«

Sie gingen zu ihrem Tisch. Der Club war diesmal fast leer, das Orchester machte gerade Pause, aus einem unsichtbaren Lautsprecher strömte leise alte Lautenmusik.

Warja öffnete die in einen teuren kirschroten Einband gebundene Speisekarte.

Neben den Namen der Gerichte standen keine Preise. Die Stammkunden bezahlten bargeldlos, mit einer speziellen Clubkarte. So konnte man das Verzeichnis der Speisen und Weine lesen wie ein Gedicht, ohne von unangenehmen Zahlen abgelenkt zu werden.

»Afrikanischer Fisch ›Loup de mer‹ in einer Sauce aus fernöstlichen Krabben mit Crevettenchips«, las Warja laut vor.

»Bloß nicht«, lächelte Malzew, »diese exotische Spezialität hast du schon probiert.«

»Ach ja, natürlich. Ein schauderhaftes Zeug.«

Warja dachte daran zurück, wie sie zum ersten Mal in dieses paradiesische Etablissement gekommen war, lange die Speisekarte studiert und schließlich dieses Gericht, den afrikanischen Loup-Fisch, ausgewählt hatte. Ungefähr eine halbe Stunde später war eine ganze Eskorte an ihrem Tisch erschienen. Der Chef selber und der Oberkellner trugen auf ausgestreckten Armen Teller mit runden silbernen Deckeln. Dabei machten sie Gesichter wie die Soldaten der Ehrenwache am Mausoleum. Sie blieben exakt ausgerichtet stehen und verharrten regungslos, ohne zu atmen. Mit einer leichten Bewegung der Augenlider gab der Chef ein Zeichen, und im selben Moment wurden die Silberdeckel gehoben.

Auf Warjas Teller lagen mehrere kleine grauweiße Fischstückchen, die mit einer trüb-orangefarbenen Sauce übergossen waren. Dem Geschmack nach erinnerte der afrikanische Fisch an trockenen Kabeljau in Tomatensauce. Warja war so enttäuscht, daß sie fast geweint hätte. Sie hatte etwas ganz besonders Leckeres, Ausgefallenes wählen wollen, und nun so etwas.

»Beim nächsten Mal bist du klüger«, sagte Malzew und bestellte ihr Bliny mit Kaviar. »Ein Freund von mir hat sich einmal in Marseille, in einem afrikanischen Restaurant namens ›Guinea‹, die Nationalspeise dieses Landes bestellt, das teuerste Gericht auf der Karte. Unter Schellengeläut und Trommelwirbeln wurde ihm ein riesiger Kessel an den Tisch gebracht, in dem eingeweichte rohe Hirse, bestreut mit gekochten Möhrenscheibchen, war. Also merk dir, Warja, du mußt immer die Gerichte bestellen, die du kennst, sonst bleibst du hungrig.«

Sie mochte es, wenn er lustige Geschichten erzählte. Aber heute war er schweigsam und finster. Die Probleme des langen, schwierigen Arbeitstages ließen ihm keine Ruhe. Zweimal klingelte das Handy, er antwortete knapp und ärgerlich, verzog das Gesicht, weil er wegen der Musik schlecht verstehen konnte.

»Ich glaube, ich nehme Schaschlik vom Stör.« Warja

klappte die Speisekarte zu und zündete sich eine Zigarette an.

Das Essen wurde mit der üblichen Feierlichkeit serviert. Die großen, auf einen silbernen Spieß gesteckten Scheiben des bernsteingelben und rosafarbenen Schaschliks waren mit einer dünnen goldenen Kruste bedeckt, wie sie nur gelingt, wenn der Fisch auf einem richtigen Holzkohlengrill gebraten wird.

Dmitri Malzew aß rasch und gierig und trank sehr viel Wasser dazu. Der Chef des Clubs trat an ihren Tisch und fragte, ob sie mit allem zufrieden seien oder ob vielleicht die Musik zu laut sei.

»Hör mal, Stas«, sagte Malzew, »du weißt doch immer alles. Wer war dieser Journalist, der kürzlich ermordet wurde?«

»Wo soll das gewesen sein, Dmitri Wladimirowitsch? Wenn es an einem der Krisenherde war, dann ...«

»Nein. In Moskau.«

»Von den prominenten Reportern ist meines Wissens niemand getötet worden. Oder nein, warten Sie. Einen haben sie doch umgebracht. Allerdings war es keiner von den ganz bekannten, sicher haben Sie von ihm noch nie gehört. Artjom Butejko.«

»Was hast du gesagt? Butejko?« Malzew erstarrte für einen Augenblick.

»Ja, er hat erst vor kurzem auf Kanal Sechs eine Nachtshow bekommen. Wissen Sie, so eine Klatsch-und-tratsch-Sendung.«

»Danke, Stas. Bring doch bitte einen Kaffee für Warja und für mich wie immer grünen Tee.«

Der Clubchef nickte ehrerbietig und entfernte sich. Malzew zog sofort sein Telefon heraus und wählte eine Nummer.

»Weißt du, wie der ermordete Journalist heißt?« sagte er ohne Einleitung. »Butejko. Natürlich, der Sohn …«

Er steckte das Telefon zurück in die Tasche. Stas brachte Kaffee und Tee. Schweigend tranken sie. Warja nahm eine Zigarette aus der Schachtel.

»Laß sie stecken. Wir fahren«, sagte Malzew.

Im Foyer kämmte sich Warja vor dem Spiegel, nahm dann ihre Autoschlüssel aus der Handtasche und warf sie dem Bodyguard Serjosha zu, wobei sie riskierte, die Spiegelwand oder die chinesische Bodenvase zu treffen. Aber Serjosha fing das schwere Bündel geschickt im Fluge auf.

»Mach keinen Unsinn.« Malzew wuschelte ihr lässig durch die gerade gekämmten Haare.

»Versprochen.« Warja lächelte schuldbewußt, fuhr in die Ärmel ihres blaß-türkisfarbenen Pelzmantels, knöpfte die goldenen Knöpfe mit den großen echten Perlen zu und griff wieder nach ihrem Kamm.

»Rasch, steh nicht so lange vor dem Spiegel herum«, mahnte Malzew.

Sie traten in den dichten, feuchten Schneesturm hinaus. Die Jeeps und Mercedeslimousinen schimmerten weiß. Warjas Renault war völlig eingeschneit. Aber das beunruhigte sie nicht weiter. Serjosha, der Bodyguard, würde den Wagen sauberfegen und wegfahren. Viel ärgerlicher fand sie, daß ihr Gesicht vom Schnee naß wurde und die Wimperntusche zu zerlaufen drohte. Sie rannte fast über den feuchten Teppichläufer, der vom Eingang des Clubs bis zum Fahrdamm, wo der Jeep stand, ausgelegt war.

Der gepanzerte Jeep von Dmitri Malzew funkelte bereits wieder in makellosem Schwarz. Der Chauffeur Kolja und der Bodyguard Fjodor fegten eilig die letzten Schneereste von der Windschutzscheibe. Es waren nur noch wenige Schritte bis zum Jeep, da tauchte plötzlich aus dem Nichts ein riesiger Schäferhund auf. Er hatte ein Halsband, aber keine Leine und keinen Maulkorb. Warja hatte keine Angst vor Hunden, wich aber instinktiv zur Seite, rutschte dabei aus und verlor das Gleichgewicht. Ihr spitzer Absatz blieb in einer Ritze zwischen den feuchten Platten des Gehwegs hängen, ihr Fuß verdrehte sich schmerzhaft, und Warja stürzte. Die Wimperntusche lief, in den Augen brannte es, sie konnte nichts mehr sehen, spürte nur den heißen Atem des Hundes. Aus dem Rachen des Tieres stank es unerträglich nach faulem Hering. In der Nähe stieß jemand einen lauten, obszönen Fluch aus. Durch Tränen und Schneesturm erkannte Warja zwei riesige Männergestalten, die neben ihr zu Boden fielen, und gleich darauf krachten drei Schüsse. Warja preßte das Gesicht in den Schnee und bedeckte den Kopf mit den Armen.

Wowa Muchin huschte aus dem Hauseingang und rannte durch die Schneeverwehungen, fast ohne den Boden zu berühren. Lange konnte er dieses Tempo jedoch nicht durchhalten. Wowa war ein schlechter Läufer, außerdem war der Schnee tief und naß. Hinter sich hörte er Hundegeröchel. Im Laufen drehte er sich um und sah, daß ein riesiger Hund, groß wie ein Bär, ihn schon fast eingeholt hatte und ihn gleich zerfleischen würde. Er konnte an nichts mehr denken, ihm war völlig egal, ob er getroffen oder vorbeigeschossen hatte, Hauptsache, er entkam diesem Hund, Hauptsache, er blieb am Leben.

In der Mitte des Hofes lag unter einer dünnen Schneeschicht ein glattes Stück Plastik, ein selbstgebasteltes Snowboard, wie es Kinder benutzen, um von Hügeln herunterzurutschen. Wowa Muchin glitt aus, der Hund war mit einem Sprung über ihm, seine kräftigen Zähne gruben sich in Wowas rechte Hand. Er versuchte den Hund mit der linken und mit den Beinen wegzustoßen, ohne den Schmerz zu spüren, denn mehr als alles andere fürchtete er, der Hund könne ihm an die Gurgel gehen.

»Frida, her zu mir!« hörte er schon halb besinnungslos durch das Rauschen in seinen Ohren.

Er begriff nicht sofort, daß der Hund ihn losgelassen hatte, wagte nicht, die Augen zu öffnen. Der Schmerz in der Hand durchbohrte ihn so heftig, daß er aus vollem Halse zu schreien begann.

»Leise, leise, schrei nicht so laut, bleib ruhig liegen, gleich ist es vorbei«, erklang dicht an seinem Ohr eine vertraute Stimme, »gib mir deine Hand, nein, nicht die, die linke.«

»Klim, es tut so weh, ich kann nicht«, stöhnte Wowa und bemühte sich mit aller Kraft, den Schrei zu unterdrücken, »es tut so wahnsinnig weh, sag mal, der Hund ist doch nicht tollwütig?«

Daß Klim jetzt bei ihm war, beruhigte ihn, doch der Schmerz in der zerbissenen Hand wurde immer heftiger und war kaum noch zu ertragen.

»Klim, tu doch irgendwas!«

Klim handelte bereits. Er zog Wowa die dicke Jacke aus und schob den Ärmel seines Pullovers hoch. Wowa war so verwirrt, daß er gar nicht darüber nachdachte, was Klim hier im Hof machte, woher der Hund gekommen war und warum er Klim gehorchte, wieso Klim plötzlich eine Spritze in der Hand hatte und vor allem, was das für ein Medikament in der Spritze war.

Das alles dauerte nicht länger als eine Minute.

»Gleich wird es dir besser gehen.« Klim streifte ihm den aufgekrempelten Ärmel herunter, pfiff leise nach dem Hund, der etwas abseits saß und wartete, und gab Wowa einen Schubs. »Gehen wir.«

Wowa war völlig benommen. Der Schmerz in der Hand hatte etwas nachgelassen, doch dafür wurden seine Beine weich, und ihm war heiß. Er begann heftig zu schwitzen, der Pullover wurde feucht, und nun fröstelte er so stark, daß er mit den Zähnen klapperte.

Aber wie schlecht er sich auch fühlte, er bemerkte trotzdem, daß Klim ihn keineswegs in die richtige Richtung schubste, zur Straße hin, sondern zurück, auf den großen Torbogen zu.

»Wohin? Was machst du?« ächzte er und versuchte stehenzubleiben.

Aber da schlossen sich auch schon Fesseln um seine Hände. Er wimmerte vor Schmerz auf.

Nach den Schüssen trat auf dem Vorplatz vor dem Club Stille ein, eine so lastende Stille, daß es Warja schien, als drücke man sie tief in den stechenden, feuchten Schnee. Erst allmählich kam wieder Leben auf. Aus dem Torbogen, der in den Hof führte, hallten rasche, laute Schritte herüber und das Knirschen des überfrorenen Schnees. Die Alarmanlagen mehrerer Autos auf dem Parkplatz begannen in verschiedenen Tonlagen zu heulen, schließlich hörte man aus der Ferne Sirenen. Die Miliz und ein Krankenwagen näherten sich dem Ort des Geschehens.

Warja entschloß sich aufzustehen. Das war gar nicht so einfach. Ein Schuh war in eine tiefe Pfütze gefallen, der andere steckte mit der Spitze des Absatzes zwischen den Gehwegplatten. Die dünne Eisschicht knirschte unter ihren Füßen, durch die Strumpfhose versengte ihr der Schnee die Fußsohlen.

»Bist du in Ordnung?« Malzew war schon neben ihr, faßte sie am Ellenbogen und drehte sie zu sich herum. »Wo tut es weh? Schnell, sag, wo tut es weh?«

Er war ohne Mantel, sein Jackett stand offen, die Krawatte war zur Seite gerutscht. Sie umarmte ihn, drückte ihr Gesicht an sein feuchtes Hemd und brach in Tränen aus.

»Mitja, Mitja, haben sie dich nicht getroffen? Bist du noch am Leben?«

»Du stehst ja barfuß im Schnee. Du wirst dich erkälten«, sagte er heiser und abgerissen und hob Warja auf seine Arme. So etwas erlebte sie zum ersten Mal. Nicht nur mit ihm, dem Herrn Minister, sondern überhaupt, in ihrem ganzen zwanzigjährigen Leben, hatte noch nie jemand sie auf die Arme genommen. Höchstens ihre Mutter, als sie noch ganz klein war, ja, und Hauptmann Sokolow, als er sie aus dem Wasser holte.

»Wenn dir etwas passiert wäre, wäre ich gestorben«, gestand sie völlig aufrichtig.

Er gab keine Antwort und ging schnell auf den Jeep zu. Er trug sie mit solcher Leichtigkeit, als wäre sie ein kleines Kind.

Die Leibwächter, der Chauffeur und die Männer vom Sicherheitsdienst des Clubs hasteten hin und her, jemand gab laute, abgehackte Befehle, das Einsatzkommando der Miliz untersuchte den Tatort. Aus dem Torbogen tauchte zuerst der Schäferhund mit heraushängender Zunge auf, dann sah man zwei männliche Gestalten, die aus der Dunkelheit ans Licht traten. Der eine Mann hielt den anderen am Ellbogen gepackt und schleifte ihn durch den Schnee. Die Arme waren ihm auf den Rücken gefesselt, er krümmte sich tief zusammen.

Hat man den Killer tatsächlich noch geschnappt? dachte Warja erstaunt.

Malzew bugsierte sie auf den Rücksitz des Jeeps, der herbeigeeilte Chauffeur zog sich schwungvoll seine warme Lederjacke aus, legte sie ihr über die Beine, schaltete die Heizung ein und schlug die Tür zu.

Warja beruhigte sich, langam wurde ihr wärmer, und sie hörte auf zu zittern. Sie kletterte auf den Vordersitz, drehte den Rückspiegel so, daß sie sich im Halbdunkel betrachten konnte. Schließlich mußte sie ihr Gesicht wieder einigermaßen herrichten. In ihren Manteltaschen fand sie nur ein Kaugummipapier. Die Handtasche, in der sie alles Nötige hatte – Taschentuch, Puderdose, Kamm –, war im Schnee liegengeblieben, zusammen mit den Schuhen. Große Lust, in Strümpfen aus dem Auto zu steigen, hatte sie nicht, andererseits tat es ihr um die Handtasche leid. Sie öffnete die Autotür einen Spaltbreit, um jemanden zu rufen. Aber der Chauffeur und der Leibwächter standen zu weit weg. Zusammen mit Malzew redeten sie mit den Milizionären, wahrscheinlich machten sie Zeugenaussagen.

Neben ihnen, direkt auf den schneebedeckten Betonplatten, lag ein Mann. Warja konnte seine schwarze Jacke und die gespreizten Beine erkennen. Er war es gewesen, der geschossen hatte, ihn hatte der Halter des Schäferhundes vor ein paar Minuten mit gefesselten Armen durch den Torbogen geführt.

»Verflixt, was soll ich nur tun?« murmelte Warja und schob die Tür noch ein Stück weiter auf.

In der feuchten Luft roch es nach Tabak, und sofort bekam sie Lust auf eine Zigarette. Aber auch die Zigarettenschachtel war in der Handtasche. Sie schaute sich um und bemerkte ganz in der Nähe einen kräftigen, untersetzten Mann, der rauchte und in den Schnee spuckte. Neben ihm saß mit heraushängender Zunge der Schäferhund. Aus seiner Schnauze dampfte es, seine Flanken bebten, er hechelte schwer und rasch.

»Entschuldigung, könnte ich eine Zigarette haben?«

Der Mann drehte sich um, trat auf die geöffnete Autotür zu und fischte noch im Gehen eine Schachtel aus der Tasche.

»Waren Sie das, der den Banditen geschnappt hat?« Warja nahm sich Feuer von seiner brennenden Zigarette.

»Nicht ich. Frida«, sagte der Unbekannte abgehackt, »sie hat ihn mit zwei Sätzen eingeholt, ich konnte sie kaum wegziehen.«

»Womit haben Sie ihn gefesselt?«

»Mit der Hundeleine.«

»Hat er aus dem Fenster geschossen?«

»Nein. Er ist auf das Vordach gestiegen.«

Durch die Windschutzscheibe blickte Warja zum Clubeingang hinüber. Das breite steinerne Vordach verlief direkt über der Eingangstür und erstreckte sich auf der Höhe des ersten Stockwerks weiter über die ganze Fassade,.

»Seltsam ... Dann mußte er doch zuerst in eine der Wohnungen im ersten Stock.«

»Das Fenster im Treppenhaus«, erklärte der Unbekannte kurz.

Eins der sechs Treppenhausfenster über dem Vordach stand offen. Warja bemerkte erst jetzt, wie die Fensterflügel von dem starken Wind hin und her bewegt wurden.

»Als Sie ihn verfolgt haben, hatten Sie da gar keine Angst, daß er auf Sie schießt?«

»Nein.«

»Hat er die Pistole weggeworfen?«

»Weiß ich nicht.«

Warja bemerkte an seiner rechten Hand zwei Ringe. In dem hellen Licht der Laterne funkelten die farblosen Steine auf, Steine, die zu groß waren, um echte Brillanten zu sein. An seinem Handgelenk baumelte eine dicke goldene Kette. Sein Gesicht konnte sie nicht richtig erkennen, die Laterne, die am nächsten stand, leuchtete ihm in den Nacken. Breite, muskelbepackte Schultern, der Kopf kahlgeschoren, ein kurzer, kräftiger Hals. Vielleicht ein Sportler, ein Gewichtheber oder ein Elitesoldat aus einer Spezialeinheit, vielleicht auch ein Wachmann.

Sie rutschte ganz an den Rand des Sitzes, sie wollte zu gern sein Gesicht sehen.

»Bewachen Sie hier irgendwen?«

»Ich war mit meinem Hund spazieren.«

»Wohnen Sie in diesem Haus?«

»Nein. Im Nachbarhaus.«

»Das heißt, Sie waren ganz zufällig hier?«

»Ja.«

»Und Sie haben alles gesehen?«

»Fast alles.«

»Als die Schüsse fielen, da hat doch ein Mann einen anderen zu Boden geworfen. Wissen Sie zufällig, wer wen?« fragte sie und versuchte ihm in die Augen zu schauen.

Er wandte sich ab, gab keine Antwort, warf die Zigarettenkippe in den Schnee und ging schnell weg.

»Warten Sie!« schrie sie ihm nach. »Darf ich Sie um einen Gefallen bitten?«

Er blieb abrupt stehen.

»Da drüben im Schnee liegt meine Handtasche, vielleicht kann sie mir jemand bringen. Und meine Schuhe auch.«

Er nickte schweigend und ging rasch dorthin, wo die Wachleute und die Milizionäre standen. Der Schäferhund lief, an sein Bein gedrückt, neben ihm her. Warja sah, wie Malzew mit großen Schritten dem Mann mit dem Hund entgegenkam. In der einen Hand hielt er ihre Tasche, in der anderen die Schuhe. Als er auf einer Höhe mit dem Unbekannten war, blieb er stehen. Sie sprachen ziemlich lange miteinander. Worüber, konnte Warja nicht hören.

Er war es, der Malzew eine Sekunde vor dem Schuß zu Boden geworfen hat, erriet Warja plötzlich. Durch den spärlicher fallenden Schnee sah sie, wie der Festgenommene hochgehoben und in den Wagen der Miliz gestoßen wurde. Er hat Malzew gerettet. Und seine Frida hat mich gerettet. Wenn ich nicht hingefallen wäre, hätte die Kugel mich leicht erwischen können.

Das Milizauto fuhr davon und brachte den Festgenommenen fort. Malzew sprach immer noch mit dem Unbekannten.

Wer weiß, wie viele deutsche Schäferhunde es in Moskau gibt, dachte Warja. Und wie viele durchtrainierte junge Kerle, die einen heiseren Baß haben, eine abgehackte Redeweise und diese idiotische Art, den Zigarettenfilter mit den Zähnen zu zerquetschen.

»Sie haben ihn also auf dem Vordach über dem Eingang stehen sehen?« fragte Dmitri Malzew und blickte in die kleinen hellen Augen seines Retters.

»Es war Instinkt. Eine Sekunde vor dem Schuß habe ich gespürt, auf wen er zielt.«

»Woher haben Sie einen solchen Instinkt?«

»Afghanistan. Tschetschenien.«

»Sie sind Soldat?«

»Ich war Offizier einer Spezialeinheit.«

»Was machen Sie jetzt?«

»Ich führe meinen Hund spazieren.« In der Dunkelheit blitzten schneeweiße Zähne auf. Es war nur das Aufzucken eines Lächelns, wie ein Blitzlicht, dann versteinerte das Gesicht sofort wieder. Malzew spürte, wie angespannt sein Gesprächspartner war. Auf diese Frage wollte er offenbar keine Antwort geben.

Natürlich, einem so kräftigen Burschen ist es peinlich zuzugeben, daß er Probleme hat, Arbeit zu finden, dachte Malzew mit ehrlichem Mitgefühl für den ehemaligen Elitesoldaten.

»Nun gut, und wie haben Sie erraten, in welche Richtung er fliehen würde?«

»Ich habe das offene Fenster gesehen und begriffen, daß es vom Clubeingang bis zum Torbogen in der Mitte des Hofes nur ein paar Meter sind. Also war es für ihn bequemer, den Hof zu überqueren und erst dann in eine der Straßen abzubiegen. Aber eingeholt habe nicht ich ihn, das war Frida.«

»Haben Sie Ihrem Hund diese Fertigkeiten antrainiert?«

»So ist es.«

»Und hat er schon oft Verbrecher verfolgen müssen?«

»Ist schon vorgekommen.«

»Einen prächtigen Hund haben Sie.« Malzew streckte die Hand aus und tätschelte die nasse, verfilzte Mähne. »Wie alt ist Ihre Frida?«

»Dreieinhalb Jahre.«

»Ein schönes Alter.«

»So ist es.«

»Gut. Noch einmal vielen Dank. Hier ist meine Visitenkarte. Rufen Sie mich morgen um zehn an.«

Warja war wieder auf den Rücksitz zurückgeklettert, hatte sich die zusammengerollte Jacke des Chauffeurs unter den Kopf gelegt, die Beine hochgezogen und sich mit ihrem Pelzmantel zugedeckt. Erst jetzt merkte sie, wie schrecklich müde sie war. Die Augen fielen ihr zu.

Als erste setzten sich der Chauffeur und der Leibwächter ins Auto. An ihrem finsteren Schweigen merkte Warja, daß beiden die Entlassung drohte. Wäre nicht der zufällige Hundehalter gewesen, hätte alles böse enden können.

Malzew setzte sich auf den Rücksitz neben Warja.

»Wer ist dieser Typ mit dem Hund?« fragte sie gähnend.

»Ein ehemaliger Soldat, von einer Spezialeinheit.«

»Ja? Und ich dachte, es wäre ein Milizionär.«

»Schlaf ein bißchen, mein Herz.« Malzew streichelte ihr

übers Knie. »Die Fahrt dauert noch lange, schlaf inzwischen.«

»Er hat einen prima Hund«, murmelte Warja mit schon geschlossenen Augen, halb im Schlaf, »sicher ein altes Tier. Nur alte Hunde sind so klug.«

»Nein, er ist erst dreieinhalb Jahre.«

Warja schlief immer sofort ein, sie brauchte nur die Augen zu schließen, und einen Moment später träumte sie schon etwas. Ihre Träume waren farbig und lebhaft.

Diesmal erblickte sie ein kleines Zimmer, eine wattierte zweischläfrige Matratze, die direkt auf dem Boden lag, mit zerknüllter, nicht mehr frischer Bettwäsche, ein schwarzes Fenster ohne Vorhänge, eine nackte Glühbirne an der Decke. Neben ihr ein breiter weißer Rücken, ein kräftiger, militärisch kurz geschorener Nacken. Der bis zum Gürtel nackte Mann kauerte neben einem Welpen.

»Soll ich ihn Warja nennen, dir zu Ehren? Warja, die Hündin. Klingt doch gut.«

Der Traum war so lebendig, daß sogar die Gerüche wieder aus dem Nichtsein auftauchten und in der Nase kitzelten. Der Gestank des mit Kippen gefüllten Aschenbechers. Der schwere Geruch nach Guttalin, den die braunen Dienstschuhe, die er immer direkt neben die Matratze stellte, ausströmten. Der Welpe mit seinen dicken Pfötchen roch angenehm nach Milch, sauberem Fell und frischem Heu. An einem Kleiderbügel, der am geöffneten Oberlicht hing, schaukelte eine graue Milizionärsjacke mit den Schulterstücken eines Hauptmanns.

So deutlich, als sei sie wach, sah sie sein kantiges, großes Gesicht auf sich zukommen, die kleinen grünlichen Augen, den blonden Offiziersschnäuzer.

»Na, nun sei doch nicht gleich beleidigt. Als ich klein war, hatten unsere Nachbarn aus der Wohnung gegenüber einen

Schäferhund. Ich habe sie glühend beneidet, mehr als alles auf der Welt habe ich mir auch so einen Hund gewünscht. Ein prächtiges Tier war das. Zum Andenken an diesen Hund werde ich den Welpen Frida nennen ...«

Kapitel 41

Der am Tatort festgenommene Mann hatte einen Paß bei sich, ausgestellt auf den Namen Muchin, Wladimir Nikolajewitsch, geboren 1973, wohnhaft in Moskau. Dieser Muchin benahm sich seltsam. Er war schlaff wie ein Lappen. Widerstandslos ließ er sich vom Sanitäter verbinden und eine Tetanusspritze geben. Der Sanitäter gab zu Protokoll, er habe bei der Behandlung der Wunde undeutlich etwas gemurmelt und mehrmals »Klim, dieser Bastard« gesagt.

»Die Wunde ist nicht tief«, sagte der Arzt den Einsatzleuten, »nichts Gefährliches. Lassen Sie morgen den Verband wechseln. Es war ein Haushund, er ist geimpft, aber für alle Fälle sollte man dem Mann noch eine Spritze gegen Tollwut geben. Hier, ich habe Ihnen alles aufgeschrieben.«

Muchin schüttelte nur den Kopf, gab auf Fragen keine Antwort und starrte ins Leere. Gierig atmete er die stickige, verqualmte Luft im Milizwagen ein.

Die erfahrenen Einsatzleute kamen zu dem Schluß, entweder simuliere der Mann den Verrückten oder er sei durch die blitzschnelle Festnahme und den Hundebiß wie betäubt.

Als sie auf dem Milizrevier eintrafen, die hintere Wagentür öffneten und ihn zum Aussteigen aufforderten, rührte er sich nicht. Man war gezwungen, ihn herauszuzerren. Er ächzte, hing schlapp in den Armen der Milizionäre und riß die glasig blickenden Augen weit auf.

»Macht nichts, gleich kommst du wieder zur Besinnung«,

munterte man ihn auf und setzte ihn auf eine Bank im »Affenkäfig«.

Er fiel gegen die Wand und begann rhythmisch mit Armen und Beinen zu zucken.

»He, Chef, wen haben Sie uns denn da angeschleppt?« wollten die anderen Insassen des »Affenkäfigs« wissen. »Der kratzt doch jeden Moment ab. Wo bleibt der Notarzt?«

Der Wachhabende sah sich den Neuankömmling genauer an und beschloß tatsächlich, den Krankenwagen zu rufen. Das fünf Minuten später eintreffende Team stellte fest, daß der Mann bereits im zerebralen Koma lag. Mit Blaulicht und Sirene wurde er ins nächste Krankenhaus gebracht. Aber die Wiederbelebungsversuche halfen nicht, er starb noch unterwegs, ohne zu Bewußtsein gekommen zu sein.

Bei der Autopsie entdeckte man, daß der Tod durch die Überdosis einer synthetischen Importdroge eingetreten war.

Am nächsten Morgen erschien ein ältlicher, pedantischer Untersuchungsführer auf dem Revier, scheuchte alle auf und verhörte sie eingehend über das Attentat vor dem Club »ST«, verlangte Papiere zu sehen, die man noch gar nicht ausgestellt hatte, rief bei der Station an, von der der Krankenwagen gekommen war, ließ sich mit dem diensthabenden Ärzteteam verbinden und erklärte, daß der Mann mit dem Hund, der das Attentat verhindert und Muchin festgehalten hatte, ihn auch umgebracht habe und überhaupt ein äußerst gefährlicher Krimineller sei und das ganze Attentat höchstwahrscheinlich nur vorgetäuscht gewesen sei.

»Na und, was können wir dafür?« fragten die Einsatzleute vom Bezirksrevier verdutzt. »Wir haben seine Zeugenaussagen zu Protokoll genommen, aber Papiere hatte er nicht bei sich. Welcher normale Mensch steckt seinen Paß ein, wenn er nachts mit seinem Hund auf die Straße geht? Im Gegenteil, bedanken muß man sich bei dem Mann. Hier, im

Protokoll steht ja sein Name, Maxim Maximowitsch Issajew, samt Adresse.«

»Na und? Habt ihr die Adresse überprüft?« fragte Borodin. »Wohnt dort tatsächlich Standartenführer Stirlitz?«*

»Nein, haben wir noch nicht.« Die Männer blickten sich erstaunt an und brachen dann in Gelächter aus.

»Daran ist überhaupt nichts komisch«, bemerkte Borodin finster.

Hauptmann Kossizki traf mit seiner Einsatzgruppe, den zivilen Zeugen und dem Durchsuchungsbefehl um acht Uhr früh vor der Wohnungstür der Butejkos ein. Auf sein Klingeln wurde nicht geöffnet. Es stellte sich heraus, daß die Tür offen war. In der Wohnung herrschte Chaos, das Parkett war aufgerissen und das Linoleum in der Küche aufgeschlitzt.

Die Leiche Jelena Butejkos entdeckten sie im Bad. Sie lag in einer Blutlache auf dem Fußboden. Der Mund war ihr mit Klebeband verschlossen, am Hals zeichnete sich ein Strangulationsstreifen ab. Man hatte sie mit dem seidenen Gürtel ihres Morgenmantels erdrosselt. An ihrem Körper waren frische Blutergüsse, Schrammen und zahlreiche Schnitt- und Stichwunden zu sehen.

»Die Spuren von Folterung«, konstatierte der Experte.

Wjatscheslaw Butejko war von vorn erschossen worden, direkt ins Herz. Er lag auf dem Sofa und starrte mit gebrochenen, weit offenen Augen zur Decke. Den Mund hatte man ihm ebenfalls zugeklebt, aber er hatte keinerlei Wunden am Körper außer der einen, tödlichen.

In der Wohnung wurden zwei Geheimfächer gefunden,

* Maxim Maximowitsch Issajew ist der richtige Name eines sowjetischen Spions, der unter dem Pseudonym »Stirlitz« in Nazideutschland tätig war und durch die Romane von Julian Semjonow zum sowjetischen Volkshelden wurde.

eins im Fußboden des Zimmers, das bis vor kurzem von Artjom bewohnt worden war, das andere im Schrankaufsatz im Flur. Beide Fächer waren ausgeplündert.

In der kleinen Abstellkammer fand man Juwelierswerkzeuge: Schraubstöcke, Lötkolben, Feilen, Lupen auf Stativen und Lupen ohne Stative, mit einem Wort, die komplette Profi-Ausstattung. Aber außer einem Stückchen Golddraht, das unter der Fußleiste steckte, entdeckte man nichts von Wert.

Die Nachbarn berichteten, sie hätten in der Nacht dumpfen Lärm aus der Wohnung gehört, mehrere Mal habe etwas gepoltert. Aber da sie wußten, daß Butejko aus dem Krankenhaus zurückgekommen war und oft unter Schlaflosigkeit litt, hatten sie diesen Geräuschen keine besondere Bedeutung beigemessen.

Beim Abendessen fragte Lidija Borodina ihren Sohn: »Ilja, hat Warja Bogdanowa dich erreicht? Ich habe ihr deine Dienstnummer gegeben.«

»Warum hast du mir nichts davon gesagt, Mama!« Borodin sprang vom Tisch auf. »Rasch, gib mir ihre Nummer.«

»Entschuldige, aber die habe ich mir nicht aufgeschrieben.« Lidija zuckte die Schultern. »Daran habe ich nicht gedacht. Sie sagte, sie würde dich ganz bestimmt anrufen. Du regst dich unnötig auf.«

»Was hat sie noch gesagt?«

»Warte, laß mich überlegen. Sie wirkte ein bißchen überdreht und aufgeregt. Sie hat gesagt, sie müsste dich dringend sprechen. Ich fragte, was passiert sei, sie antwortete, nichts Schlimmes, sie brauche nur deinen Rat.«

Zehn Minuten später klingelte das Telefon.

»Ilja Nikititsch«, erklang eine angenehme, dunkle Frauenstimme im Hörer, »guten Abend. Hier ist Warja Bogdanowa. Erinnern Sie sich an mich?«

»Guten Abend, Warja. Natürlich erinnere ich mich an dich.«

»Entschuldigen Sie, Ilja Nikititsch, daß ich Sie störe, ich weiß nur nicht, wen ich sonst um Rat fragen soll. Wissen Sie, ich habe einen Freund ... oder Verlobten ... Also, wir leben seit drei Jahren zusammen. Er heißt Malzew, Dmitri Malzew, und ist der stellvertretende Finanzminister. Gestern nacht ist auf ihn geschossen worden, zum Glück wurde er nicht getroffen. Zufällig war ein Mann dort, der gerade mit seinem Hund spazierenging und ihm das Leben gerettet hat. Hören Sie mir zu?«

Er hatte schweigend, ohne sie zu unterbrechen, zugehört. Er spürte, wie aufgeregt sie war.

»Ja, Warja, ich höre dir aufmerksam zu.«

»Verstehen Sie, es kann natürlich sein, daß ich mich irre, aber ich hatte den Eindruck, als wäre das alles absichtlich so inszeniert worden. Vielleicht rede ich Unsinn ... Ich habe einfach Angst. Dmitri Malzew ist ein sehr wohlhabender Mann, er hat einen hohen Regierungsposten. Er war dem Mann, der ihn gerettet hat, sehr dankbar und will ihn jetzt in seinem Sicherheitsdienst einstellen. Aber mir hat dieser Hundehalter überhaupt nicht gefallen.«

»Einen Moment. Wieso meinst du, das sei alles inszeniert worden?« unterbrach sie Borodin.

»Ich glaube einfach nicht an solche Zufälle. Aber wie gesagt, vielleicht irre ich mich auch, ich wollte Sie nur bitten, diesen Mann zu überprüfen. Er trägt an der rechten Hand zwei Ringe mit großen durchsichtigen Steinen, und unter den Ringen sind Tätowierungen, die auch Ringe darstellen. Mir kam es vor, als habe er Ähnlichkeit mit Hauptmann Sokolow.«

»Bitte, hilf mir auf die Sprünge, wer dieser Hauptmann Sokolow ist«, bat Borodin in gleichmütigem Ton.

»Das war der Mann, der mich aus dem Wasser gezogen hat. Später war er dann im Gefängnis. Dmitri weiß von all dem, was mit mir war, nichts. Wenn sich plötzlich herausstellt, daß es wirklich Sokolow ist …« Sie schluchzte auf und seufzte schwer, bekümmert. »Wenn Dmitri davon erfährt, wird er mich bestimmt verlassen.«

Sie konnte sich nicht mehr beherrschen, weinte laut und bitterlich und konnte fast nicht mehr sprechen.

»Beruhige dich, Warja. Und flunkere mir nichts vor. Sag mir ehrlich, woher weißt du, daß das Attentat eine Inszenierung war?«

»Es kommt mir einfach so vor.«

»Kommt es Dmitri Malzew auch so vor?«

»Nein. Wenn er ihn als Bodyguard einstellen will, dann glaubt er wohl, daß das alles echt war. Ich bitte Sie sehr, prüfen Sie nach, ob es Sokolow ist oder nicht. Er kommt allerdings sowieso morgen mittag zu uns, also zu Malzew nach Hause. Wir wohnen auf dem Land, sechzig Kilometer vor Moskau, an der Leningrader Chaussee, in einer kleinen Siedlung, sie heißt ›Sonnenschein‹. Es sind nur drei Villen, aber sehr große Grundstücke. Wir haben das mittlere. Entschuldigen Sie, Ilja Nikititsch, wahrscheinlich habe ich Sie unnötig gestört. Man kann ja doch nichts mehr machen. Morgen um zwölf will er kommen. Entschuldigen Sie …«

»Warja, warte, wein doch nicht und leg nicht auf«, sagte Borodin. Aber da hatte sie schon eingehängt.

Um elf Uhr fünfzehn bog der unscheinbare schwarze Shiguli von der Leningrader Chaussee auf die Landstraße ab, die zur fünf Kilometer entfernten Siedlung »Sonnenschein« führte. Quer über der Straße stand gleich am Anfang ein riesiger, schmutziger, mit Balken beladener Lastwagen.

»Verdammt«, fluchte Wassili Sokolow und bremste.

Er war etwas früher losgefahren. Auf keinen Fall wollte er zu spät kommen. Leute wie Malzew waren in Fragen der Pünktlichkeit besonders pingelig.

Zunächst hupte Wassili den Lastwagen an, obwohl er begriff, daß das zwecklos war. Die Fahrerkabine war leer. Er schaute sich um und überlegte, ob er vielleicht auf einem Umweg in die Siedlung gelangen könnte. Hinter ihm hupten bereits zwei weitere Autos, ein Wolga und ein Geländewagen der Armee. Um von der Landstraße abzubiegen, mußte er entweder zurück oder nach vorn. Es blieb ihm nichts anderes übrig, als auszusteigen und sich mit dem Wolga-Fahrer zu verständigen.

Für alle Fälle hupte er noch einmal, löste dann den Sicherheitsgurt, stieg aus und ging ohne Eile auf den Wolga zu.

Im Inneren des Wagens saßen außer dem Fahrer noch drei Männer mit kurzgeschorenen Köpfen, alle in Lederjacken. Das gefiel Wassili nicht besonders.

»Jungs, könnt ihr ein bißchen zurücksetzen«, sagte er, zu dem halbgeöffneten Vorderfenster hinuntergebeugt, »da drüben ist eine Abzweigung, vielleicht kann man einen Umweg fahren, weiß der Teufel, wie lange der hier noch den Weg versperrt.«

Aus dem Geländefahrzeug waren inzwischen drei Männer herausgesprungen, ebenfalls junge, breitschultrige Kerle.

»Wir wollen's versuchen«, nickte der Fahrer des Wolga. Wassili bemerkte plötzlich, daß vor dem Rückfenster eine Uniformmütze lag. Die drei Männer aus dem Armeefahrzeug umstellten ihn. Aus dem Wolga stiegen zwei weitere aus. Ohne irgend etwas zu begreifen, riß Wassili seine TT heraus und schoß.

Einen der Männer traf er am Arm.

Alle schrien ihm zu, was man in solchen Fällen gewöhnlich schreit, er aber übersprang den Graben wie im Flug und stürzte, im tiefen Schnee versinkend, in den Wald. Im Unterschenkel spürte er einen brennenden Schmerz und begriff, daß er verwundet war. Er drehte sich um und feuerte noch einmal.

»Halt! Stehenbleiben! Wirf die Waffe weg!«

Er antwortete mit zwei Schüssen und verletzte einen weiteren Milizionär. Da begann man gezielt auf ihn zu schießen. Die erste Kugel traf ihn in den Kopf, die zweite ins Rückgrat, aber die erste reichte schon aus.

Kapitel 42

Warja verließ das Gebäude der Kunstakademie um sieben Uhr abends. Weiche, große Schneeflocken, die in den Lichtern von Kitai-Gorod märchenhaft glitzerten, fielen vom Himmel. Statt sich in ihren Renault zu setzen, ging sie zu Fuß in die Richtung des Polytechnischen Museums. Ihre kleine Wildledertasche baumelte ihr locker von der Schulter, sie schritt langsam, ohne Hast. Nicht weit entfernt vom Denkmal für die Helden von Plewno bog sie in einen Durchgangshof ein.

Ganz am Ende des Hofes stand ein Lincoln, schwarz und lang wie ein Krokodil, mit verdunkelten Scheiben und ausgeschalteten Scheinwerfern. Warja ging auf den Wagen zu. Die hintere Tür öffnete sich, sie tauchte ins warme, nach teurem Eau de Cologne duftende Innere.

»Hallo, mein Kätzchen«, sagte eine tiefe Männerstimme aus der weichen Finsternis.

»Hallo«, erwiderte Warja ziemlich mürrisch.

»Was bist du heute so traurig.« Aus der Dunkelheit streckte sich eine Hand vor und streichelte Warja zärtlich über die Wange. »Was möchtest du? Kaffee? Saft?«

»Saft. Moosbeerensaft, wie immer.«

Im Wagen flammte Licht auf. Neben Warja, auf dem breiten, sofaähnlichen Rücksitz, saß gemütlich zurückgelehnt ein kleiner, magerer, völlig kahlköpfiger Mann, mit einem Gesicht, das einem Totenschädel ähnelte. Die winzigen Augen versanken in tiefen Höhlen, verbargen sich unter schweren, nackten Jochbögen.

»Hör mal, Pnyrja, ich kenne dich schon mehr als drei Jahre, aber ich weiß immer noch nicht, welche Farbe deine Augen haben«, sagte Warja und nahm einen Schluck von dem dickflüssigen Moosbeerensaft.

»Ich denke, braun«, erwiderte er und lächelte, »quatsch mir keine Romane vor, Kätzchen. Warum hast du Wassili verraten?«

»Du hast versprochen, daß er nie mehr aus dem Gefängnis rauskommt und ich ihn nie wiedersehen würde.«

»Über das, was ich versprochen habe, reden wir später. Zuerst beantworte meine Frage.«

»Ich habe ihn nicht verraten.« Warja schüttelte ihr Haar und wandte sich ab. »Erstens hat er sich selber verraten. Zweitens hätte er mich unweigerlich hochgehen lassen.«

»Wie hat er sich denn verraten?«

»Das weißt du doch selber.« Sie holte ihre Zigaretten aus der Handtasche und begann zu rauchen. »Er hätte den Journalisten nicht umbringen dürfen. Aber er mußte ja seine gekränkte Eigenliebe rächen. Übrigens, deshalb hatte ich auch Angst, er könnte mich vor Malzew entlarven. Und das, Pnyrja, ist nicht in deinem Interesse.«

»Trotzdem war es schlecht von dir, daß du Wassili verraten hast.«

»Ich habe damit gar nichts zu tun. Der Fall des Mordes an dem Journalisten liegt in den Händen eines klugen Untersuchungsführers. Ich habe ihm nur einen Wink gegeben, und wenn er nicht schon gewußt hätte, wovon die Rede war, wäre deinem Wassili gar nichts passiert.«

»Meinem Wassili?« Pnyrja schüttelte vorwurfsvoll den Kopf. »Auf jeden Fall ist das ein Minuspunkt für dich.«

»Dafür habe ich jede Menge Pluspunkte! Wer hat zum Beispiel Krassawtschenko für dich ausfindig gemacht? Ich.«

»Nun übertreib mal nicht, Schätzchen, du hast nur die nötigen Informationen geliefert, ausfindig gemacht haben wir ihn.«

»Gut, Pnyrja. Machen wir eine ehrliche Rechnung auf. Du hast von mir die Brillantbrosche gekriegt und ich von dir Wassili. Wir sind quitt.«

»Ja, das mit der Brosche hast du gut gemacht«, sagte Pnyrja. »Das muß der Neid dir lassen. Vor allem rechtzeitig. Drei Stunden nach uns war schon die Miliz da. Hör mal, wieso hast du deinen Malzew nicht von Anfang an auf diesen Gedanken gebracht?«

»Am Anfang habe ich selber nichts begriffen.«

»So? Spiel nicht das Dummchen. Du hast dich mit mir in Verbindung gesetzt, sobald du von Krassawtschenko erfahren hattest. Hättest du deinem Malzew nicht wenigstens einen kleinen Wink geben können?«

»Meinst du denn, er hätte auf mich gehört?« sagte Warja spöttisch. »Es gab einen Moment, da hätte ich mich beinahe eingemischt. Als ich erfuhr, daß sie vorhatten, die Beljajewa in Kanada unter Drogen zu setzen und zu verhören, dachte ich, jetzt sind sie beide völlig übergeschnappt. Schließlich brauchte man nicht viel Grips, um zu kapieren: Wenn jemand wirklich die Erde tief aufgegraben hat, dann bestimmt nicht die Datschenbesitzer. Jedenfalls nicht als erste. Die Datschen sind dort erst nach dem Krieg gebaut worden. Vorher war dort eine Sowchose, Bauernhöfe. Die Bauern haben Häuser gebaut, Kartoffeln gelegt, jeden Quadratzentimeter genutzt. Man mußte die Leute suchen, die unmittelbar nach der Revolution auf Baturino gelebt haben.«

»Aber immerhin haben sie doch herausgefunden, daß nach der Revolution das Haus eines Bauern namens Kusnezow auf dem Grundstück gestanden hat.«

»Ja, eigentlich lief alles hervorragend«, stimmte Warja zu, »sie haben die ganze Familiengeschichte der Kusnezows zurückverfolgt. Nach dem Krieg ist die Familie nach Moskau gezogen. Der letzte Nachkomme der Kusnezows war ein Trinker, völlig heruntergekommen, und galt seit 1985 als vermißt. Da haben sie entschieden, das sei eine Sackgasse. Sie wollten handeln, nicht die Hoffnung aufgeben. Sie hatten so viele Informationen: das Porträt, das Tagebuch von Sonja Baturina, wo der Ort genau bezeichnet ist – und kamen trotzdem nicht weiter! Nicht zu fassen. Dann ist der kluge Pawel auf die Idee gekommen, alle folgenden Besitzer des Grundstücks durch Krassawtschenko überprüfen zu lassen. Ehrlich gesagt, ich hatte schon selbst fast die Hoffnung aufgegeben, daß sie die Brosche noch finden würden. Aber als ich dann erfuhr, daß der Vater von Butejko eine Kopie der Brosche angefertigt hat, begriff ich: Das ist keine Sackgasse, im Gegenteil, alles ist ganz einfach.«

»Wieso einfach?« knurrte Pnyrja. »Ich für mein Teil verstehe nichts.«

»Die beiden Malzews haben selbst einige Male davon gesprochen, wie schade es sei, daß ein so hervorragender Meister wie Wjatscheslaw Butejko keine Kopien mehr macht. Irgend etwas ist im Sommer 1985 mit ihm passiert. Er hat seine Stellung in dem Juwelierladen aufgegeben, er hat keine Aufträge mehr angenommen, alte Beziehungen abgebrochen, hat zurückgezogen und arm wie ein Bettler gelebt und Angst gehabt, über seinen früheren Beruf auch nur zu sprechen. Nimmt man dann dazu, daß im selben Jahr, 1985, der

Alkoholiker Kusnezow, der einzige mögliche Besitzer der Brosche, spurlos verschwindet, muß man doch auf die Idee kommen, daß es da irgendeinen Zusammenhang gibt!«

»Aber das hätte doch auch ein zufälliges Zusammentreffen sein können«, brummte Pnyrja.

»Natürlich.«

Pnyrja zog aus der Tasche seines Jacketts ein großes Ledereetui, öffnete es und reichte es Warja.

»Das ist sie, die Brosche mit dem ›Pawel‹. Sieh nur, wie wunderschön.«

Warja warf einen gleichgültigen Blick auf die funkelnde Blüte mit den zitternden Blütenblättern aus Platin, auf den Diamanten, der geheimnisvoll im Halbdunkel leuchtete, und wandte sich ab.

»Ich finde, sie unterscheidet sich überhaupt nicht von der Kopie. Als ich sie in der Sammlung von Malzew gesehen habe, habe ich lange nicht begriffen, warum sie sich so verrückt machen, wenn sie doch da ist, die Brosche mit dem ›Pawel‹. Erst später habe ich erfahren, daß sie nur eine Kopie hatten.«

»Du mußt sie in die Hand nehmen, aufmerksamer betrachten. Ein einzigartiges Stück, es ist Unsummen wert.«

»Verkaufst du sie? Oder willst du sie behalten?«

»Erst mal bleibt sie hier. Warum verkaufen? Nur zu, hab keine Angst, du darfst sie dir sogar mal anstecken. Hier ist ein Spiegel.«

»Ja, ich stecke sie an, und dann überfährt mich ein Auto, oder ein Ziegelstein fällt mir auf den Kopf.« Warja trank ihren Saft aus und rauchte noch eine Zigarette. »Ich kann mir vorstellen, wie verzückt mein guter Malzew jetzt wäre, völlig aus dem Häuschen. Sogar deine Augen leuchten richtig, Pnyrja. Jetzt sehe ich, sie sind tatsächlich braun.«

Am späten Abend flackerte im gemütlichen Wohnzimmer von Dmitri Malzew fröhlich der Kamin. Das elektrische Licht war ausgeschaltet, es brannten Kerzen. Auf dem runden Couchtisch standen eine Flasche mit französischem Kognak und zwei Gläser aus böhmischem Kristall. Pawel Malzew saß mit hochgezogenen Beinen auf der Couch und blätterte in einer Nummer des Katalogs »Schmuck und Edelsteine«.

Dmitri ging mit einem Glas Mineralwasser in der Hand im Wohnzimmer auf und ab. Warja saß im Kaminsessel und las in einem Lehrbuch der Philosophie der Frührenaissance.

Dmitri gab ihr im Vorbeigehen einen Kuß auf den Scheitel und fragte leise: »Wann ist deine nächste Prüfung, mein Liebes?«

»Morgen«, erwiderte sie, ohne den Kopf von ihrem Buch zu heben.

»Willst du dir nicht vielleicht doch einen Kognak genehmigen, Dmitri?« fragte Pawel. »Nicht jeden Tag wird auf dich geschossen, und nicht jeden Tag wird dein Leben von einem gefährlichen Kriminellen gerettet.«

»Wie, war dieser Elitekämpfer mit dem Schäferhund ein Krimineller?« Warja sah mit erschrockenen Augen auf. »Woher wißt ihr das?«

»Man wollte ihn auf dem Weg zu uns verhaften, fünf Kilometer von der Siedlung entfernt«, antwortete Pawel, »aber er hat Widerstand geleistet und zwei Milizionäre verwundet. Er ist dort im Wald erschossen worden.«

»Du lieber Gott, wie schrecklich!« Warja preßte die Hand an die Lippen. »Und wie hat man in Erfahrung gebracht, daß er ein Krimineller ist?«

»Geh besser schlafen, Kindchen«, sagte Dmitri, »es ist schon ein Uhr.«

»Gleich«, stimmte Warja zu. »Ich schnappe vorher nur noch ein bißchen frische Luft.«

Sie rutschte vom Sessel und ging so, wie sie war, in Pantoffeln und seidenem Hauskleid, in den Garten. Auf dem frischgefallenen Schnee lagen wie gelbe Samtflicken die Lichtreflexe der erleuchteten Fenster. Über der reglosen Wasserfläche des Swimmingpools stand leichter, im Mondlicht schimmernder Dunst. Warja trat an den Rand des Beckens, kauerte sich nieder und blickte lange unverwandt ins Wasser, als versuche sie mit ihrem Blick in die Tiefe einzudringen, in das schwarze, unergründliche Quadrat mitten in dem weißen, von sauberem Schnee bedeckten Garten. Endlich erhob sie sich langsam, zog das Kleid aus, kniff die Augen fest zusammen und sprang in den Pool. Im Licht der Gartenlaternen funkelten helle Gischtspritzer auf. Schnell und leicht schwamm Warja durch das Wasser.

Im Haus schlug eine Tür, Dmitri Malzew kam herausgelaufen.

»Warja! Du bist wahnsinnig! Halte durch, ich komme!«

Als er den Swimmingpool erreicht hatte, war sie schon herausgeklettert, und im selben Moment tauchte ein Bodyguard mit einem Frotteebadetuch auf. Warja zitterte, aber sie lächelte glücklich.

»Du bist wahnsinnig!« wiederholte Malzew, während er sie in das Badetuch hüllte, hochhob und auf das nasse, kalte Gesicht küßte. »Du kannst doch gar nicht schwimmen!«

»Offenbar doch.« Warja lachte vergnügt und schlang ihre eiskalten Nixenarme um seinen Hals. »Dmitri, Lieber, heiratest du mich irgendwann oder nicht?«

»Ach du lieber Himmel, natürlich, ich heirate dich, meine Sonne.«

Die Philosophieprüfung bestand Warja mit Eins. Diesmal war sie sicher, daß sie das nicht der Wohltätigkeit Dmitri Malzews zu verdanken hatte.

Sie lief leichtfüßig die Treppe hinunter, gab in der Garderobe ihre Marke ab und ließ, während sie darauf wartete, daß der alte Mann ihren Pelzmantel heraussuchte, die Autoschlüssel um den Finger kreisen. Der Ring rutschte ab, die Schlüssel flogen herunter und landeten scheppernd auf den Fliesen des Fußbodens. Warja bückte sich, um sie aufzuheben, aber da streckte ihr schon eine fremde Hand die Schlüssel entgegen.

»Danke.« Sie streifte das Gesicht des dicklichen älteren Mannes mit einem flüchtigen Blick, dachte, das müsse wohl irgendein neuer Dozent sein, und wandte sich dann ab, um ihren Mantel entgegenzunehmen.

»Guten Tag, Warja«, sagte eine leise, erstaunlich vertraute Stimme.

Warja blieb mit dem leichten Nerzmantel in der Hand einen Moment wie angewurzelt stehen und betrachtete das weiche, runde Gesicht, das von grauen Koteletten in der Mode der siebziger Jahre eingerahmt wurde.

»Ilja Nikititsch? Guten Tag ...«

»Seltsam, daß du mich nicht gleich erkannt hast. Großartig siehst du aus, so hübsch und erwachsen. Du hast gerade Examen gemacht. Ich hoffe, mit Eins?« Er nahm ihr den Mantel aus der Hand. Sie konnte lange nicht die Ärmel finden, endlich schlüpfte sie hinein, schob ihr Haar zurecht und schüttelte den Kopf, wobei sie eine ganze Wolke von herbem Parfumduft um sich herum verbreitete.

»Natürlich mit Eins, was sonst? Ich freue mich sehr, Sie zu sehen, Ilja Nikititsch.«

»Ich mich auch, Warja. Du hast aufgelegt, aber unser Gespräch war noch nicht zu Ende.«

Epilog

In Kalifornien, in einer dreistöckigen weißen Villa am Ufer des Pazifik, nahm Michael Batturin, ein hochgewachsener, hagerer alter Herr und einer der reichsten und prominentesten Anwälte Hollywoods, einen Schluck Mineralwasser aus einem hohen Glas, setzte sich bequemer im Sessel zurecht und drückte auf die Fernbedienung. Der riesige Bildschirm begann zu flackern, Musik erklang und ein schwarzweißer Löwe riß brüllend seinen Rachen auf. Unter bedrohlichen Trommelwirbeln flammte der Schriftzug des Titels auf: »Die rote Schlinge«.

Dann schwebte zu einer schmachtend-lyrischen Melodie der Vorspann vorbei: »In der Hauptrolle: Sophie Paurier«.

Es war ein wildes Melodram über den Bürgerkrieg in Rußland, einer der ersten großen Hollywoodfilme. Sophie Paurier spielte eine junge, schöne Fürstin, die ins rote Hinterland eingeschleust wird. Es gab jede Menge Schießereien und Verfolgungsjagden, Berge von Leichen und eine romantische Liebesgeschichte.

Ganz am Anfang des Films saß die Fürstin in einem im altrussischen Bojarenstil eingerichteten Restaurant und sang zur Gitarre eine russische Romanze. Sie hatte eine tiefe, volle Stimme, ihr Russisch war ohne Akzent.

»Von weither tönt das Läuten der Schellen,
Jagt die Troika dahin wie im Flug,
Und rings glitzert im Mondlicht, im hellen,
Weißer Schnee wie ein Leichentuch.«

Der Anwalt sang das Lied mit halbgeschlossenen Augen leise mit, ebenfalls ohne jeden Akzent in fehlerfreiem Russisch. Den Film »Die rote Schlinge« hatte er sich in der letzten Zeit sehr oft angesehen. Die Dreharbeiten zu diesem

Film gehörten zu seinen ersten Kindheitserinnerungen. Er achtete nicht auf die Handlung, er kannte jede Einstellung, jedes Wort auswendig.

In einer Episode sah er seine junge, schöne Mutter und sich selbst, einen mageren dreijährigen Jungen mit großen hellen Augen. Bei den Aufnahmen hatte er weinen, aus vollem Halse brüllen müssen. Die Handlung sah vor, daß er unter den Trümmern eines zerstörten Zuges hervorkroch, unter den verstümmelten Leichen nach seiner Mutter suchte, sich die Tränen über die Wangen rieb und schrie: »Mama, Mama!«

Die Szene war so rührend ausgefallen, daß schon mehrere Generationen von Kinobesuchern an dieser Stelle geweint hatten. Die Verzweiflung des kleinen Michail Baturin war nicht gespielt. Nach der Übersiedlung in die Staaten hatte er seine Mutter viel zu selten gesehen und große Sehnsucht nach ihr gehabt. Sie war fast sofort ein Star geworden und ständig bei Dreharbeiten.

Michael Batturin war jetzt zweiundachtzig Jahre alt. Er war reich, aber er arbeitete immer noch. Er zitierte gern die Worte seines Großvaters, der Doktor der Medizin gewesen war, daß Arbeit das beste Heilmittel gegen alle Krankheiten sei, auch gegen das Alter.

Der alte Anwalt Batturin trat mit jugendlichem Temperament weiterhin in Zivil- und Strafprozessen auf. Die Jahre hatten ihm nichts von seiner Energie genommen, sondern ihr Ruhm und Erfahrung hinzugefügt. Er gewann fast alle seine Prozesse, selbst ganz hoffnungslose Fälle. Jeder seiner Auftritte vor Gericht war bühnenreif, und es hieß, er habe die schauspielerische Begabung seiner berühmten Mutter geerbt.

Jedesmal, wenn er ihre alten Schwarzweißfilme sah, bedauerte er, daß die Leinwand nicht das strahlende Tiefblau ihrer Augen wiedergab.

Sophie Paurier hatte im Laufe ihres Lebens in mehr als vierzig Filmen mitgespielt, darunter zwanzig Hauptrollen. Dreimal hatte sie geheiratet, zuerst den Filmproduzenten Douglas Dickens, dann den skandalumwitterten französischen Regisseur Philippe Bonnier. Ihr letzter Ehemann war der Ölmagnat Heinrich Krause gewesen.

1968 hatte sie ihre Karriere mit der Verfilmung eines Romans von Agatha Christie beendet, in der sie die Miss Marple spielte. Damals war sie für ein paar Tage zu ihrem Sohn in diese Villa gefahren. Einen ganzen Abend lang hatte sie sich bemüht, ihrem dreizehnjährigen Enkel Kevin beizubringen, wie man die Tschetschotka tanzt. Ihre kleinen schmalen Füße wirbelten so leicht über das Eichenparkett, als gäbe es für sie keine Schwerkraft und als sei die Zeit stehengeblieben.

Am folgenden Tag flog sie nach Nizza zu ihrem Mann. Eine Woche später geriet sein kleines Sportflugzeug, in dem nur er und Sophie saßen, in einen Vogelschwarm und stürzte über den französischen Alpen ab.

Sonja Baturina war siebzig Jahre alt.

Als der Anwalt nach dem Tod seiner Mutter ihre Papiere durchsah, stieß er auf ein zerfleddertes, halb zerfallenes dickes Heft in einem dunkelblauen Wachstuchumschlag.

Es war noch nicht lange her, 1997, als ihm die Idee gekommen war, ein Buch über seine berühmte Mutter zu schreiben. Zum hundertsten Geburtstag von Sophie Paurier brachte der amerikanische Verlag »Metropolitan« das Buch heraus. Die englische Fassung wurde ein Bestseller, die Rechte für die russische Ausgabe verkaufte der Anwalt an den Verlag »Witjas«.

Beim Bankett, das aus Anlaß der Buchpremiere und des hundertsten Geburtstags von Sophie Paurier gegeben wurde, fragte ein Journalist der »Times«, ob Herr Batturin nicht nach Rußland fahren wolle, um nach der Brosche mit dem berühmten Diamanten zu suchen.

»Selbstverständlich würde ich in einem russischen Dorf, mit einem Spaten in der Hand, ein großartiges Bild abgeben«, sagte der Anwalt lächelnd, »aber für ein derart romantisches Abenteuer bin ich zu alt.«

Übrigens fühlte sich Michael Batturin vorläufig durchaus noch nicht als Greis, auch wenn er jetzt immer öfter an seine Kindheit zurückdachte und sich alte Filme anschaute.

»Wie klopft mir das Herz voller Feuer,
Was vergangen ist, tut mir nicht leid.
Stürmt, ihr Pferde mit silberner Mähne,
Zum Schellenklang in die Ferne so weit«,

fiel er mit tiefer, ein wenig zittriger Stimme in den Gesang seiner jugendlichen Mutter auf dem Bildschirm ein.

Die Glasfront seines Wohnraums ging auf das Ufer des Pazifik hinaus. Dort schaukelten weiße Jachten und schrien die Möwen.

Michael Batturin fühlte sich gesund, jung und glücklich. Seine Frau, die Hollywoodschauspielerin Judy Milton, war fünfunddreißig Jahre alt, sein jüngster Sohn zehn. Insgesamt hatte er vier Kinder, sieben Enkel und zwei kleine Urenkel. Die Kinder konnten Russisch, sprachen es aber mit starkem Akzent. Für die Enkel war es eine Fremdsprache. Auf russisch konnten sie nur drei Worte sagen: »Mooshik, voudka, na sdorouvye.«

»Atemberaubend gut.« Freundin
Polina Daschkowa bei AtV

Keine beschreibt das moderne Rußland so packend wie sie: Polina Daschkowa, geb. 1960, studierte am Gorki-Literaturinstitut in Moskau und arbeitete als Dolmetscherin und Übersetzerin, bevor sie zur beliebtesten russischen Krimiautorin avancierte. Für die Polizei erstellt sie psychologische Tätergutachten. Polina Daschkowa lebt mit ihrem Mann und zwei Töchtern in Moskau.

Die leichten Schritte des Wahnsinns
Bravourös meistert die Journalistin Lena die Tücken ihres Alltags in Moskau – bis ihre Freundin Olga mit einer Hiobsbotschaft auftaucht. Ihr Bruder Mitja, ein bekannter Liedermacher, soll sich im Drogenrausch erhängt haben. Aber nicht nur Olga hat Zweifel an Mitjas Tod, der – anders als seine Frau – niemals Drogen nahm. Auch Lena stößt auf allerlei Ungereimtheiten. »Das ist große Kriminalliteratur.«
Literaturen
Roman. Aus dem Russischen von Margret Fieseler. 454 Seiten. AtV 1884

Club Kalaschnikow
Katja Orlowa hat nicht den besten aller Ehemänner. Obschon sie eine attraktive Primaballerina ist, wird sie von ihm ständig betrogen. Als reicher Casinobesitzer verkehrt er in den höchsten, aber auch zwielichtigsten Kreisen Moskaus. Eines Abends wird er vor ihren Augen erschossen. Die Tatwaffe findet die Miliz bei der Geliebten des Toten. Doch Katja zweifelt an ihrer Schuld – erst recht, als ein zweiter Mord geschieht. »Unglaublich dicht und spannend.«
Brigitte
Roman. Aus dem Russischen von Margret Fieseler. 445 Seiten. AtV 1980

Lenas Flucht
Lena fürchtet um ihr noch ungeborenes Baby. Es ist zwar kerngesund, aber es gibt Leute, die es ihr nehmen wollen. Instinktiv flieht sie aus der Klinik. Die Miliz glaubt ihr nicht. Doch offenbar geht es hier um weit mehr als eine medizinische Fehldiagnose. In all ihrer Bedrängnis begegnet Lena, bekannt aus »Die leichten Schritte des Wahnsinns«, dem Mann ihres Lebens.
»Es gibt wenige Bücher, die mir beim Lesen Gänsehaut verursachen. Polina Daschkowa hat es geschafft.«
Gabriele Krone-Schmatz
Roman. Aus dem Russischen von Helmut Ettinger. 233 Seiten. AtV 2050

Mehr Informationen über die Bücher von Polina Daschkowa erhalten Sie unter www.aufbau-verlag.de oder bei Ihrem Buchhändler.

AtV

Boris Akunin: »Ein kriminell guter Schriftsteller.« F.A.Z.

In kürzester Zeit gelangte Boris Akunin in Rußland mit seinem Serienhelden Fandorin zu legendärer Popularität. Meisterhaft spielt er mit Versatzstücken der russischen Literatur wie des klassischen Detektivromans. »Akunin erzählt in bester russischer Tradition, grotesk wie Gogol, dunkel wie Dostojewski, unterhaltsam bis zuletzt.« DIE WOCHE »Seit Doktor Shiwago ist Erast Fandorin der erste russische Romanheld, den Hollywood haben will. Sherlock Holmes, Maigret, James Bond, aber mit russischer Seele.« ARD-KULTURREPORT

Fandorin
Moskau 1876: Im Alexandergarten erschießt sich aus unerklärlichem Grund ein Student. Der 19jährige Fandorin, begabt, unwiderstehlich und als Detektiv frisch im Dienst Seiner Kaiserlichen Majestät, wird stutzig – hinterlassen doch alle Opfer ein ansehnliches Vermögen. Fandorins unerschrockene Ermittlungen führen in rasantem Tempo von Moskau über Berlin und London nach St. Petersburg, vom Selbstmord eines Studenten zur Aufdeckung einer Weltverschwörung.
Roman. Aus dem Russischen von Andreas Tretner. 289 Seiten. AtV 1760

Türkisches Gambit
1877: In seinem zweiten Fall ist Fandorin für den russischen Geheimdienst in der Türkei unterwegs, mit der Rußland zu dieser Zeit im Krieg steht. An der bulgarisch-türkischen Grenze begegnet er Warja, die in den Kriegswirren ihren Mann sucht. Um nicht zurückgeschickt zu werden, wird sie Fandorins Gehilfin. Die beiden geraten in die Schußlinie internationaler Geheimdienste.
Fandorin ermittelt . Roman. Aus dem Russischen von Renate und Thomas Reschke. 245 Seiten. AtV 1761

Mord auf der Leviathan
Seinen dritten Fall löst Fandorin auf dem Luxusschiff »Leviathan«, mit dem er 1878 unterwegs nach Japan ist. Dort begegnet er Kommissar Gosch, der versucht, ein Jahrhundertverbrechen aufzuklären: In Paris wurden Lord Littlebee, sieben seiner Bediensteten und zwei Kinder ermordet.
Fandorin ermittelt. Roman. Aus dem Russischen von Renate und Thomas Reschke. 280 Seiten. AtV 1762

Weitere Informationen erhalten Sie unter www.aufbau-verlag.de oder in Ihrer Buchhandlung

AtV

Fred Vargas: »Es ist unmöglich von Vargas nicht gefesselt zu sein« Die Zeit

Die schöne Diva von Saint-Jacques
Im Garten der Sängerin Sophia im Pariser Faubourg St. Jacques steht eines Morgens ein Baum, der am Tage zuvor noch nicht da stand. Niemand hat ihn gepflanzt. Zwei Tage später ist Sophia spurlos verschwunden. Ihr Nachbar Marc, ein junger Historiker, beginnt den Boden unter der kleinen Buche aufzugraben und stößt auf einen uralten Haß, der beinahe auch ihn das Leben kosten wird.
»Eine vielversprechende neue Stimme des europäischen Kriminalromans.« Der Tagesspiegel
Kriminalroman. Aus dem Französischen von Tobias Scheffel. 288 Seiten. AtV 1510

Der untröstliche Witwer von Montparnasse
Mathias, Marc und Lucien, die drei »Evangelisten« aus der »Schönen Diva von Saint-Jacques«, haben einige Monate später ihren nächsten Fall am Hals. Ihr Freund Louis Kehlweiler, Ex-Inspektor des Pariser Innenministeriums, versteckt einen mutmaßlichen Frauenmörder in ihrem Haus, von dessen Schuld er nicht überzeugt ist. Doch schon am nächsten Morgen steht das Phantombild des Mörders in allen Zeitungen.
»Es ist unmöglich, von Vargas nicht gefesselt zu sein.« Die Zeit
Kriminalroman. Aus dem Französischen von Tobias Scheffel. 278 Seiten. AtV 1511

Es geht noch ein Zug von der Gare du Nord
Auf Pariser Bürgersteigen erscheinen über Nacht mysteriöse blaue Kreidekreise, darin liegt stets ein verlorener oder weggeworfener Gegenstand. Keiner hat den Zeichner je gesehen, die Presse amüsiert sich, niemand nimmt die Sache ernst. Aber eines Nachts geschieht, was Kommissar Adamsberg als einziger befürchtet hat: es liegt ein toter Mensch im Kreis.
»Wer Donna Leon liebt, wird Fred Vargas vergöttern.« P.S., Zürich
Kriminalroman. Aus dem Franz. von Tobias Scheffel. 212 Seiten. AtV 1512

Bei Einbruch der Nacht
Ein Wolfsmensch, so sagen die Leute, zieht nach Einbruch der Dunkelheit mordend durch die Dörfer der provenzalischen Alpen. Der halbwüchsige Sohn eines Opfers und ein wortkarger Schäfer nehmen die aussichtslose Verfolgung auf. Ein urkomisches Roadmovie und eine zarte Liebesgeschichte um die schöne Camille und Kommissar Adamsberg aus Paris.
»Prädikat: hin und weg.« WDR
Kriminalroman. Aus dem Franz. von Tobias Scheffel. 336 Seiten. AtV 1513

Mehr Informationen über Fred Vargas erhalten Sie unter www.aufbau-verlag.de oder bei Ihrem Buchhändler

AtV

»Sensibel und sexy à la française.« JOY
Danielle Thiéry bei AtV

Der tödliche Charme des Doktor Martin
Ein Unbekannter hinterläßt auf Marions Briefkasten ein Paar Kinderschuhe, versiegeltes Indiz eines fünf Jahre zurückliegenden Falls, der nie aufgeklärt wurde. Die Kommissarin holt die Akte wieder hervor, wühlt jede Menge Schlamm auf und findet einen Täter, den sie sich wünscht, niemals überführt zu haben.
»Da will man ausnahmsweise mal mehr haben von der Polizei.« L'EXPRESS
Roman. Aus dem Französischen von Sabine Schwenk. 422 Seiten. AtV 1878

Der letzte Klient des Maître Renoir
Mit einer mysteriösen Lieferung von 15 Kartons kommt der Fall ins Rollen. Sie enthalten die Habseligkeiten eines Freundes der Familie, der kurz zuvor ermordet wurde.
»Edwige Marion wird dafür sorgen, daß Sie eine lange, gräßliche Nacht damit zubringen, Tote zu zählen, ehe Sie beim Morgengrauen erlöst werden.« L'EXPRESS
Roman. Aus dem Französischen von Sabine Schwenk. 427 Seiten. AtV 1982

Die fatale Lust der Mademoiselle Julie
Léo Lunis ist neu in Marions Truppe. Und er ist der Mann ihres Lebens. Doch in der Stadt geschehen seltsame Dinge: Eine Frau wird vergewaltigt, ein Mann erschossen, und alle Spuren führen zum neuen Lieutenant und Liebhaber der impulsiven Ermittlerin.
»Eine durchwachte Nacht mit der Kommissarin – das blüht Ihnen, wenn Sie den Thriller der Hauptkommissarin Danielle Thiéry lesen.« L'EXPRESS
Roman. Aus dem Französischen von Sabine Schwenk. 340 Seiten. AtV 2052

Mehr Informationen über die Bücher von Danielle Thiéry erhalten Sie unter www.aufbau-verlag.de oder bei Ihrem Buchhändler

AtV

Nino Filastò:
»... molto italiano« WDR

Der Irrtum des Dottore Gambassi
Ein Avvocato Scalzi Roman
Unter den lieblichen Hügeln der Toskana entdeckt der ägyptische Etruskologe Fami ein sakrales Gewölbe, das Unbekannte für gar nicht heilige Zwecke nutzen. Doch bevor er den vermuteten Schatz heben kann, wird sein Fund ihm zum Verhängnis.
»Ein atemberaubender, erstklassig geschriebener Mafiaroman.« BUCHMARKT
Aus dem Italienischen von Julia Schade. 414 Seiten. AtV 1601

Alptraum mit Signora
Ein Avvocato Scalzi Roman
Florenz – lichte Stadt der Kunst und Stadt düsterer Geheimnisse. Zwei brutale Morde sind an Menschen geschehen, die einem Maler Modell gesessen haben, einem Fälscher, der malt wie die großen Künstler des Quattrocento.
»Ein scharfsinnig komponierter Krimi, in dem alles lebensecht italienisch wirkt – die raffiniert gefälschten Bilder inbegriffen.« BRIGITTE
Aus dem Italienischen von Bianca Röhle. 380 Seiten. AtV 1600

Die Nacht der schwarzen Rosen
Ein Avvocato Scalzi Roman
Im Hafenbecken von Livorno, der Geburtsstadt Modiglianis, wird die Leiche eines Kunstkritikers geborgen. Auf welch tödliches Geheimnis mag er bei seiner Recherche über die Echtheit einiger Skulpturen des Künstlers gestoßen sein? »Italien-Bilder voll authentischer ›Italianità‹: Filastò beschert uns einen überdurchschnittlichen Kriminalroman.« F.A.Z.
Aus dem Italienischen von Barbara Neeb. 352 Seiten. AtV 1602

Forza Maggiore
Ein Avvocato Scalzi Roman
Der Wirt einer heruntergekommenen Trattoria wird ermordet aufgefunden. Die Schuldigen sind schnell ausgemacht: Witwe und Tochter des Opfers. Doch Scalzi ist von der Unschuld der beiden Frauen überzeugt. Ihr angeblicher »Mord aus Leidenschaft« dient nur dazu, kriminelle Machenschaften weit größeren Ausmaßes zu vertuschen.
»Ein hervorragender Krimi, der nicht nur auf Spannung, sondern auch auf der psychologischen Wetterlage der urigen Hauptfiguren aufgebaut ist.« EX LIBRIS
Aus dem Italienischen von Esther Hansen. 352 Seiten. AtV 1604

Mehr Informationen über die Bücher von Nino Filastò erhalten Sie unter www.aufbau-verlag.de oder bei Ihrem Buchhändler

AtV

Mord in Serie: Krimis bei AtV

RUSSELL ANDREWS
Anonymus
Ein Leseerlebnis, atemberaubend wie eine Achterbahnfahrt: Carl Granville bekommt die Chance seines Lebens. Aus geheimen Briefen soll er die Geschichte eines Jungen rekonstruieren, der seinen Bruder tötete. Doch der mysteriöse Auftrag gerät zu einem nicht enden wollenden Alptraum: Nicht nur, daß seine Verlegerin und eine Nachbarin getötet werden – bald verfolgt ihn die Polizei und hält ihn für einen Mörder.
»Ein temporeicher politischer Thriller in der Art von Grishams ›Akte‹.« MICHAEL DOUGLAS
Thriller. Aus dem Amerikanischen von Uwe Anton und Michael Kubiak. 450 Seiten. AtV 1900

ELIOT PATTISON
Der fremde Tibeter
Fernab in den Bergen von Tibet wird die Leiche eines Mannes gefunden. Shan, ein ehemaliger Polizist, der aus Peking nach Tibet verbannt wurde, soll rasch einen Schuldigen finden, bevor eine amerikanische Delegation das Land besucht. In den USA wurde dieses Buch mit dem begehrten »Edgar Allan Poe Award« als bester Kriminalroman des Jahres ausgezeichnet.
»Gute Bücher entführen den Leser an Orte, die er nicht so einfach erreichen kann: ein ferner Schauplatz, eine fremde Kultur, eine andere Zeit ... Pattison leistet all das zusammen.« BOOKLIST
Roman. Aus dem Amerikanischen von Thomas Haufschild. 493 Seiten. AtV 1832

CHRISTOPHER WEST
Zuviel himmlischer Frieden
Kommissar Wang ermittelt
China 1991: Mitten in einer Vorstellung der Peking-Oper wird ein kleiner Gauner ermordet. Die Spuren führen Kommissar Wang in Kreise des organisierten Verbrechens. Wang glaubt fest an den Sieg der Gerechtigkeit, doch läßt sie sich wirklich durchsetzen im heutigen China?
»›Zuviel himmlischer Frieden‹ ist für China, was ›Gorki-Park‹ für Rußland war.«
FLORIDA SUN-SUNTINEL
Roman. Aus dem Englischen von Frank Wolf. 288 Seiten. AtV 1754

BORIS AKUNIN
Russisches Poker
Fandorin ermittelt
Hat Fandorin nun doch noch seinen Meister gefunden? In Moskau geht ein Betrüger um, der die gerissensten Gaunerstücke inszeniert und vor nichts zurückschreckt, wenn sich nur ordentlich Geld scheffeln läßt. Von Fandorin und seinem Team wird höchster Einsatz verlangt bei diesem Pokerspiel.
»Akunin erzählt in bester russischer Tradition, grotesk wie Gogol, dunkel wie Dostojewski, unterhaltsam bis zuletzt.« DIE WOCHE
Roman. Aus dem Russischen von Renate und Thomas Reschke. 192 Seiten. AtV 1764